Une histoire symbolique du Moyen Âge occidental

Michel Pastoureau

Une histoire symbolique du Moyen Âge occidental

Éditions du Seuil

Cet ouvrage a été publié dans la collection
« La Librairie du XXIe siècle »
dirigée par Maurice Olender.

ISBN 978-2-7578-4106-8
(ISBN 978-2-02-013611-2, 1re publication)

Pour Laure et Anne

Il est des choses qui ne sont que des choses et d'autres qui sont aussi des signes [...]. Parmi ces signes, certains sont seulement des signaux, d'autres sont des marques ou des attributs, d'autres encore sont des symboles.

SAINT AUGUSTIN

Le symbole médiéval

Comment l'imaginaire fait partie de la réalité

Le symbole est un mode de pensée et de sensibilité tellement habituel aux auteurs du Moyen Âge qu'ils n'éprouvent guère le besoin de prévenir les lecteurs de leurs intentions sémantiques ou didactiques, ni de toujours définir les termes qu'ils vont employer. Ce qui n'empêche pas le lexique latin du symbole d'être d'une grande richesse et d'une remarquable précision ; et cela aussi bien sous la plume de saint Augustin, père de toute la symbolique médiévale, que sous celle d'auteurs plus modestes, comme les encyclopédistes du XIIIe siècle ou les compilateurs de recueils d'*exempla* destinés aux prédicateurs.

Dans ces problèmes de lexique se situent les premières difficultés que rencontre l'historien pour parler du symbole médiéval. Les langues européennes contemporaines, y compris la langue allemande qui a plus que d'autres la faculté de créer des mots, ne disposent pas de l'outillage terminologique capable de rendre avec exactitude la diversité et la subtilité du vocabulaire latin employé au Moyen Âge pour définir ou mettre à l'œuvre le symbole. Quand, dans un même texte, le latin utilise tour à tour des mots comme *signum*, *figura*, *exemplum*, *memoria*, *similitudo* – tous termes qui en français moderne peuvent se traduire par « symbole » –, il ne le fait pas indifféremment mais au contraire choisit chacun de ces mots avec soin parce que chacun est porteur d'une nuance essentielle. Ce sont des termes forts, impossibles à traduire avec précision tant est vaste et subtil leur champ sémantique, mais ce ne sont nullement des termes interchangeables. De même, quand pour évoquer le fait de « signifier » le latin a recours à des verbes comme *denotare*, *depingere*, *figurare*, *monstrare*, *repraesentare*, *significare*, il n'y a jamais entre les uns et les autres ni équivalence ni synonymie, mais au contraire, dans la préférence accordée à l'un d'entre eux, un choix mûrement réfléchi qui aide à exprimer au plus près la pensée de l'auteur. Si, pour souligner ce que représente symboliquement tel animal ou tel végétal, il nous dit *quod significat*, cela n'est pas équivalent à *quod representat*, et cette dernière expression n'est pas exactement synonyme de *quod figurat*.

Cette richesse offerte par la langue et les faits de lexique constitue en elle-même un document d'histoire. Elle souligne comment dans la culture médiévale le symbole fait partie du premier outillage mental : il s'exprime par de multiples vecteurs, se situe à différents niveaux de sens, et concerne tous les domaines de la vie intellectuelle, sociale, morale et religieuse. Mais en même temps cette richesse explique pourquoi la notion de symbole est rebelle à toute généralisation, à toute simplification, sinon à toute analyse. Le symbole est toujours ambigu, polyvalent, protéiforme ; il ne peut s'enfermer dans quelques formules. Au reste, il ne se traduit pas seulement par des mots et des textes, mais aussi par des images, des objets, des gestes, des rituels, des croyances, des comportements. Son étude est d'autant plus malaisée que ce qu'en disent les auteurs du Moyen Âge eux-mêmes, y compris les plus illustres, n'épuise nullement l'étendue de ses champs d'action ni la diversité ou la souplesse de ses modes d'intervention. En outre, il s'agit d'un objet d'histoire pour l'étude duquel le danger de l'anachronisme guette l'historien au détour de chaque document. Enfin, cette étude, par le seul fait d'être conduite, présente souvent le risque de faire perdre au symbole une bonne part de ses dimensions affective, esthétique, poétique ou onirique. Or ce sont là des propriétés essentielles, nécessaires à sa mise en œuvre et à son efficacité.

Une histoire à construire

Aujourd'hui, cet appauvrissement du symbole se rencontre surtout dans les ouvrages de vulgarisation. Aucun domaine des recherches portant sur le Moyen Âge n'a peut-être été autant galvaudé par des travaux et des livres de qualité médiocre (pour ne pas dire plus). En matière de « symbolique médiévale » – notion vague dont on abuse – le public et les étudiants n'ont le plus souvent droit qu'à des ouvrages racoleurs ou ésotérisants, jonglant avec le temps et l'espace et mêlant dans un galimatias plus ou moins commercial la chevalerie, l'alchimie, l'héraldique, le sacre des rois, l'art roman, les chantiers des cathédrales, les croisades, les Templiers, les Cathares, les vierges noires, le Saint Graal, etc. Or, malheureusement, ces ouvrages sont souvent des succès de librairie, faisant par la même un tort considérable à de tels sujets et détournant de l'étude du symbole les lecteurs et les chercheurs aspirant à des problématiques ambitieuses.

Cette situation est d'autant plus regrettable qu'il y a certainement place au sein des études médiévales pour une « histoire symbolique » ayant comme l'histoire sociale, politique, économique, religieuse, artistique ou littéraire – et en étroite relation avec elles – ses sources, ses méthodes, ses problématiques. Or une telle discipline reste à construire entièrement[1]. Certes, concernant l'étude propre du symbole, des travaux de qualité existent ; mais soit ils se limitent aux hauteurs les plus spéculatives de la théologie ou de la philosophie[2], soit ils empiètent largement sur le monde de l'emblème et de l'emblématique[3]. Or, au Moyen Âge, l'emblème n'est pas le symbole, même si la frontière entre le premier et le second reste toujours perméable. L'emblème est un signe qui dit l'identité d'un individu ou d'un groupe d'individus : le nom, l'armoirie, l'attribut iconographique sont des emblèmes. Le symbole au contraire a pour signifié non pas une personne physique mais une entité abstraite, une idée, une notion, un concept. Souvent, certains signes, certaines figures, certains objets sont ambivalents, à la fois emblèmes et symboles. Parmi les *regalia* du roi de France, par exemple, la main de justice est à la fois un attribut emblématique, qui identifie le roi de France et le distingue des autres souverains (ces derniers n'en font jamais usage), et un objet symbolique, qui exprime une certaine idée de la monarchie française. De même, si les armoiries royales, *d'azur semé de fleurs de lis d'or*, constituent bien une image emblématique aidant à reconnaître le roi de France, en revanche les figures et les couleurs qui composent ces armoiries – l'azur, l'or, les fleurs de lis – sont porteuses d'une forte charge symbolique[4].

Les seize chapitres proposés ici sont le reflet des recherches que je conduis dans les domaines du symbole, de l'image et de la couleur depuis trois décennies. Certaines pages, déjà publiées, ont été révisées, complétées ou récrites pour le présent livre. D'autres sont restées inchangées. D'autres encore sont inédites. Tous les sujets évoqués ont fait l'objet de mes séminaires à l'École pratique des hautes études et à l'École des hautes études en sciences sociales au cours des vingt dernières années. Tous sont le fruit d'une réflexion de longue durée et d'incursions dans des domaines de la recherche peu fréquentés par l'histoire universitaire. Réunis en un volume, ces travaux ne prétendent pas constituer un traité du symbole médiéval, mais simplement aider à définir ce que pourrait être cette discipline à naître : l'histoire symbolique. Pour ce faire, je souhaite attirer l'attention sur plusieurs notions de base, défricher quelques terrains où le symbole aime à s'exprimer, cerner ses principaux modes de fonctionnement et niveaux de signification, enfin ouvrir différentes pistes où pourraient s'engager les enquêtes à venir.

L'étymologie

C'est probablement au travers des mots que le symbole médiéval se laisse le plus facilement définir et caractériser. L'étude des faits de lexique constitue donc la première enquête afin d'en comprendre les mécanismes et les enjeux. Pour bon nombre d'auteurs antérieurs au XIVe siècle, la vérité des êtres et des choses est à chercher dans les mots : en retrouvant l'origine et l'histoire de chaque mot, on peut accéder à la vérité « ontologique » de l'être ou de l'objet qu'il désigne. Mais l'étymologie médiévale n'est pas l'étymologie moderne. Les lois de la phonétique sont inconnues, et l'idée d'une filiation entre le grec et le latin n'émergera clairement qu'au XVIe siècle. C'est donc dans la langue latine elle-même que l'on cherche l'origine et l'histoire d'un mot latin, avec l'idée que l'ordre des signes est identique à l'ordre des choses. D'où certaines étymologies qui heurtent notre science philologique et notre conception de la langue. Ce que les linguistes modernes, à la suite de Saussure, appellent « l'arbitraire du signe », est étranger à la culture médiévale. Tout est motivé, parfois au prix de ce qui nous semble être de fragiles jongleries verbales. L'historien ne doit en rien ironiser sur ces « fausses » étymologies. Il doit au contraire les considérer comme des documents d'histoire culturelle à part entière… et se souvenir que ce qui nous semble aujourd'hui scientifiquement assuré parmi nos connaissances fera peut-être sourire les philologues qui nous succéderont dans trois ou quatre générations. En outre, il lui faut garder à l'esprit l'idée que certains auteurs du Moyen Âge, à commencer par Isidore de Séville, peuvent parfois s'amuser lorsqu'ils s'adonnent à l'exercice étymologique. Les constructions les plus spéculatives y voisinent parfois volontairement avec les rapprochements les plus grossiers.

Cette vérité des mots explique néanmoins un grand

nombre de croyances, d'images, de systèmes et de comportements symboliques. Elle concerne tous les éléments du lexique, mais surtout les noms : noms communs et noms propres. Citons quelques exemples, qui seront présentés et développés tout au long de cet ouvrage. Parmi les arbres, le noyer passe pour maléfique parce que le nom latin qui le désigne, *nux*, est généralement rattaché au verbe qui signifie nuire, *nocere*. Le noyer est donc un arbre nuisible : il ne faut pas s'endormir sous ses frondaisons de peur d'être visité par le Diable ou par les mauvais esprits. Même idée pour le pommier dont le nom, *malus*, évoque le mal. C'est du reste à son nom qu'il doit d'être peu à peu devenu, dans les traditions et les images, l'arbre du fruit défendu, cause de la Chute et du péché originel. Tout est dit dans le nom et par le nom. L'étude de la symbolique médiévale doit toujours commencer par celle du vocabulaire. Souvent elle mettra l'historien sur la bonne voie et lui évitera de se fourvoyer dans des explications par trop positivistes, ou bien dans une approche psychanalytique le plus souvent malvenue. Plusieurs romans de chevalerie français des XIIe et XIIIe siècles ont ainsi dérouté de nombreux érudits en mettant en scène un brochet, étrange prix remis au vainqueur d'un tournoi. Ni la symbolique générique des poissons ni celle du brochet en particulier ne sont pour rien dans le choix d'une telle récompense ; pas plus que ne sont en cause l'obscur thème jungien des « eaux primordiales », ni celui de l'animal sauvage « image archétypale du guerrier prédateur », comme on l'a écrit. Non, ce qui explique le choix d'un brochet pour récompenser le chevalier vainqueur d'un tournoi, c'est simplement son nom : en ancien français ce poisson est nommé *lus* (du latin *lucius*), et ce nom est proche du terme qui désigne une récompense : *los* (du latin *laus*). De *los* à *lus* la relation est « naturelle » pour la pensée médiévale et, bien loin de constituer ce que nous appellerions aujourd'hui un à-peu-près ou un calembour, elle constitue une articulation remarquable autour de laquelle peut se mettre en place le rituel symbolique de la récompense chevaleresque.

Une relation verbale de même nature se rencontre du côté des noms propres. Le nom dit la vérité de la personne, permet de retracer son histoire, annonce ce que sera son avenir. La symbolique du nom propre joue ainsi un rôle considérable dans la littérature et dans l'hagiographie. Nommer est toujours un acte extrêmement fort, parce que le nom entretient des rapports étroits avec le destin de celui qui le porte. C'est le nom qui donne sens à sa vie. Bien des saints, par exemple, doivent leur *vita*, leur passion, leur iconographie, leur patronage ou leurs vertus à leur seul nom. Le cas limite est celui de sainte Véronique, qui ne doit son existence – tardive – qu'à la construction d'un nom propre de personne sur les deux mots latins *vera icona* désignant la sainte Face, c'est-à-dire la véritable image du Sauveur imprimée sur un suaire. Véronique est ainsi devenue une jeune femme qui, lors de la montée au Calvaire, a essuyé avec un linge la sueur du Christ portant sa croix ; miraculeusement, les traits du Christ restèrent imprimés sur le linge.

Des exemples semblables, pour lesquels c'est le nom qui crée la légende hagiographique, sont nombreux. L'apôtre Simon passe ainsi pour avoir subi le martyre en étant *scié* en long, supplice qu'il partage avec le prophète Isaïe : ces deux noms propres évoquent en effet en français celui de la scie – instrument abominable pour la sensibilité médiévale parce que, contrairement à la hache, elle ne vient à bout de la matière que lentement – et contribuent à créer des légendes, des images et des patronages. Inversement, sainte Catherine d'Alexandrie, qui subit le supplice de la roue, devint de bonne heure la patronne de tous les métiers utilisateurs ou fabricants de roues, à commencer par les meuniers et les charrons. On a pu observer qu'en Allemagne, à la fin du Moyen Âge, le nom de baptême Katharina était fréquemment donné aux filles dont le père exerçait l'un de ces métiers ; une chanson affirme même que « toutes les filles de meuniers s'appellent Catherine » et que ce sont « de riches filles à marier ». Une partie des saints guérisseurs doivent pareillement leurs pouvoirs thérapeutiques ou prophylactiques à leur seul nom. La relation parlante entre le nom du saint et celui de la maladie n'étant pas la même dans les différentes langues, les vertus de chaque saint diffèrent selon les pays. En France, saint Maclou est ainsi invoqué contre un grand nombre de maladies à pustules (clous) alors qu'en Allemagne c'est saint Gall qui remplit un rôle semblable (*die Galle*, le bubon). De même, si dans les pays germaniques saint Augustin guérit de la cécité ou soulage les maux d'yeux (*die Augen*), pour les mêmes troubles on sollicite en France sainte Claire et en Italie sainte Lucie (jeu de mots avec le latin *lux*, lumière).

Connaître l'origine d'un nom propre, c'est donc connaître la nature profonde de celui qui le porte. D'où ces innombrables gloses parétymologiques qui nous semblent aujourd'hui risibles mais qui au Moyen Âge ont valeur de vérités. Ainsi pour ce qui concerne Judas. En Allemagne, à partir du XIIe siècle, son surnom d'Iscariote (en allemand *Ischariot*) – l'homme de Carioth, localité au sud d'Hébron – est décomposé en *ist gar rot* (qui « est tout rouge »). Ce faisant, Judas devient l'homme rouge par excellence, celui dont le cœur est habité par les flammes de l'Enfer, et celui qui dans les images doit être représenté avec les cheveux flamboyants, c'est-à-dire roux, la rousseur étant le signe de sa nature félonne et annonçant sa trahison.

L'analogie

Même s'il est polymorphe, le symbole médiéval se construit presque toujours autour d'une relation de type analogique, c'est-à-dire appuyée sur la ressemblance – plus ou moins grande – entre deux mots, deux notions, deux objets, ou bien sur la correspondance entre une chose et une idée.

Plus précisément, la pensée analogique médiévale s'efforce d'établir un lien entre quelque chose d'apparent et quelque chose de caché ; et, principalement, entre ce qui est présent dans le monde d'ici-bas et ce qui a sa place parmi les vérités éternelles de l'au-delà. Un mot, une forme, une couleur, une matière, un nombre, un geste, un animal, un végétal et même une personne peuvent ainsi être revêtus d'une fonction symbolique et par là même évoquer, représenter ou signifier autre chose que ce qu'ils prétendent être ou montrer. L'exégèse consiste à cerner cette relation entre le matériel et l'immatériel et à l'analyser pour retrouver la vérité cachée des êtres et des choses. Au Moyen Âge, expliquer ou enseigner consiste d'abord à rechercher et dévoiler ces significations cachées. Nous sommes renvoyés ici au sens premier du mot grec *sumbolon* : un signe de reconnaissance matérialisé par les deux moitiés d'un objet que deux personnes ont partagé. Pour la pensée médiévale, la plus spéculative comme la plus commune, chaque objet, chaque élément, chaque être vivant est ainsi la figuration d'une autre chose qui lui correspond sur un plan supérieur ou immuable et dont il est le symbole. Cela concerne aussi bien les sacrements et les mystères de la foi, que la théologie cherche à expliquer et à rendre intelligibles, que les *mirabilia* les plus grossiers, dont est si curieuse la mentalité profane. Toutefois, dans le premier cas il s'opère toujours une sorte de dialectique entre le symbole et ce qu'il signifie, tandis que dans le second la relation entre l'objet signifiant et la chose signifiée s'articule sur un mode plus mécanique[5].

Cela dit, qu'il s'agisse de théologie, de *mirabilia* ou de vie quotidienne, la correspondance entre l'apparence trompeuse des choses et les vérités cachées qu'elles abritent se situe toujours à plusieurs niveaux et s'exprime sur différents modes. La relation peut ainsi être directe, allusive, structurale, plastique, phonique, mais elle peut aussi s'appuyer sur des données affectives, magiques ou oniriques et, de ce fait, être malaisée à reconstituer. D'autant que nos savoirs et nos sensibilités modernes, qui n'étaient pas ceux des hommes et des femmes du Moyen Âge, constituent un obstacle pour retrouver la logique et le sens du symbole. Prenons un exemple simple concernant les couleurs. Pour nous le bleu est une couleur froide ; cela nous semble une évidence, sinon une vérité. Or, pour la culture médiévale, le bleu est au contraire une couleur chaude parce que c'est la couleur de l'air et que l'air est chaud et sec. L'historien de l'art qui penserait qu'au Moyen Âge le bleu était, comme aujourd'hui, une couleur froide, se tromperait du tout au tout[6]. Comme il se tromperait, et plus gravement encore, s'il appuyait ses enquêtes sur la classification spectrale des couleurs, ou bien sur la notion de contraste simultané, ou encore sur l'opposition entre couleurs primaires et couleurs complémentaires : toutes ces prétendues vérités de la couleur sont inconnues des peintres médiévaux, de leurs commanditaires et de leur public. Et ce qui est vrai des savoirs et des sensibilités concernant les couleurs est également vrai de tous les autres domaines de la connaissance (animaux, végétaux, minéraux, etc.) et de leurs prolongements dans la civilisation matérielle. Le lion, par exemple, n'est pas vraiment dans l'Europe chrétienne médiévale un fauve exotique et inconnu, mais un animal qui se voit, peint ou sculpté, dans toutes les églises et qui fait presque partie de la vie quotidienne. Comme fait partie de la vie quotidienne le dragon, créature du Diable, symbole du Mal qui se rencontre partout et qui occupe dans les mentalités une place considérable.

Ainsi, non seulement l'étude des symboles nécessite de ne pas projeter tels quels dans le passé, sans précaution aucune, les savoirs qui sont les nôtres aujourd'hui parce qu'ils n'étaient pas ceux des sociétés qui nous ont précédés, mais elle invite également à ne pas établir une frontière trop nette entre le réel et l'imaginaire. Pour l'historien – et pour l'historien du Moyen Âge peut-être plus que pour aucun autre – l'imaginaire fait toujours partie de la réalité, l'imaginaire est une réalité.

L'écart, la partie et le tout

Aux spéculations de type étymologique et aux modes de pensée analogiques le symbolisme médiéval ajoute souvent des procédés que l'on pourrait qualifier de « sémiologiques », spécialement dans les images et dans les textes littéraires. Il s'agit de formules parfois mécaniques, parfois fort subtiles, portant sur la distribution, la répartition, l'association ou l'opposition de différents éléments à l'intérieur d'un ensemble. Le procédé le plus fréquent est celui de l'écart : dans une liste ou dans un groupe, un personnage, un animal ou un objet est exactement semblable à tous les autres à un petit détail près ; c'est ce petit détail qui le met en valeur et qui lui donne sa signification. Ou bien ce même personnage fait un écart par rapport à ce que l'on sait de lui, à la place qu'il doit occuper, à l'aspect qu'il doit avoir, aux relations qu'il entretient avec les autres. Cet écart par rapport à l'usage ou à la norme permet d'accéder à une symbolique de nature exponentielle, celle que les anthropologues qualifient parfois de « sauvage », c'est-à-dire une symbolique à l'intérieur de laquelle les logiques ou les procédés mis en œuvre se transgressent eux-mêmes pour se situer à un autre niveau, supérieur au précédent. Prenons un exemple simple. Dans les images médiévales, tous les personnages qui portent des cornes sont des personnages inquiétants ou diaboliques. La corne, comme toutes les protubérances corporelles, a quelque chose d'animal et de transgressif (aux yeux des prélats et des prédicateurs, par exemple, se déguiser en animal cornu est pire que de se déguiser en animal sans cornes). Toutefois il existe une exception : Moïse, que l'iconographie a de bonne heure doté de cornes, par mécompréhension d'un passage biblique et mauvaise traduction d'un terme hébreu. Ce faisant, elle l'a survalorisé. Cornu parmi les êtres cornus, Moïse, qui ne peut évidemment pas être pris en mauvaise part, est singularisé et admiré par et pour ses cornes mêmes. Inversement, toujours dans les images, où tous les diables ont l'habitude de porter des cornes, un diable dépourvu d'un tel attribut sera encore plus inquiétant qu'un diable cornu.

Cette pratique de l'écart est à l'origine de nombreuses constructions poétiques ou symboliques. Elle est d'autant plus performante que, pour la société médiévale, les êtres et les choses doivent rester à leur place, dans leur état habituel ou naturel, afin de respecter l'ordre voulu par le Créateur. Transgresser cet ordre est un acte violent qui attire nécessairement l'attention.

De même, transgresser une séquence, un rythme ou une logique à l'intérieur d'un texte donné est un moyen fréquemment utilisé pour faire intervenir le symbole. Certains auteurs savent ainsi habilement capter l'attention de leur public en rompant brutalement avec le code ou le système symbolique qu'ils ont eux-mêmes élaboré et auquel ils ont peu à peu habitué l'auditeur ou le lecteur. Chez un grand poète comme Chrétien de Troyes, on en relève plusieurs exemples. Prenons celui du « chevalier vermeil ». Dans les romans de Chrétien (et de ses continuateurs), les chevaliers vermeils – c'est-à-dire les chevaliers dont les armoiries, l'équipement et le vêtement sont de couleur rouge – incarnent des personnages mauvais, inquiétants, parfois venus de l'autre-monde pour défier les héros et provoquer une situation de crise. Au début du *Conte du Graal*, Chrétien met ainsi en scène un chevalier vermeil qui se rend à la cour d'Arthur, insulte la reine Guenièvre et défie les chevaliers de la Table Ronde présents. Or ce chevalier est rapidement vaincu par le tout jeune Perceval qui s'approprie ses armes et son cheval et qui devient donc à son tour, avant même d'être adoubé, un « chevalier vermeil ». Mais Perceval n'est pas un personnage négatif. Au contraire, l'inversion du code fait de lui un héros hors du commun, un chevalier extraordinaire, dont les armoiries entièrement rouges enfreignent à dessein tous les systèmes de valeurs construits par l'auteur, ses devanciers et ses épigones.

Voisin de ce procédé de l'écart ou de l'inversion est celui de la rencontre des extrêmes. La symbolique médiévale n'en a pas le monopole, mais elle sait en jouer avec beaucoup de souplesse. Le point de départ en est l'idée – chère à la culture occidentale prise dans la longue durée – que les extrêmes s'attirent et finissent par se rejoindre. Idée dangereuse, subversive même, mais qui permet de sortir des formules du symbolisme ordinaire et de mettre en exergue quelques idées fortes. Pour que ce procédé garde toute son efficacité, il faut savoir l'employer avec parcimonie. Ce que font les auteurs et les artistes du Moyen Âge. Au demeurant, c'est presque toujours dans un contexte christologique que ce procédé est à l'œuvre. Reprenons l'exemple de Judas et de ses cheveux roux : dans de nombreuses images ou œuvres peintes de la fin du Moyen Âge représentant l'arrestation de Jésus et le baiser de la trahison, la rousseur de l'apôtre félon semble se transmettre, comme par osmose, aux cheveux et à la barbe du Christ ; le bourreau et sa victime, qui ne peuvent en rien se confondre, sont symboliquement réunis par la même couleur.

Enfin, à ce symbolisme de l'écart, de l'inversion ou de la transgression s'ajoute souvent celui de la partie pour le tout, la *pars pro toto*. Lui aussi est de type sémiologique dans sa structure et dans ses manifestations. Mais il s'appuie également sur des notions plus spéculatives concernant les relations entre le microcosme et le macrocosme. Pour la scolastique, l'homme et tout ce qui existe ici-bas forment des univers en miniature, construits à l'image de l'Univers dans sa totalité. Le fini est donc à l'image de l'infini, la partie vaut pour le tout. Cette idée est reprise dans de nombreux rituels, où ne se déroulent qu'un nombre limité de scènes et de gestes valant pour un nombre beaucoup plus grand. Elle préside également à l'encodage de nombreuses images, notamment celles qui accordent une large place à l'ornemental. Dans un ornement, une trame, une texture, il n'y a en effet jamais de différence entre une petite et une grande surface : un centimètre carré (pour prendre une mesure d'aujourd'hui) vaut pour un mètre carré et même bien davantage.

Cette mise en scène de la partie pour le tout constitue dans beaucoup de domaines le premier degré de la symbolisation médiévale. Dans le culte des reliques, par exemple, un os ou une dent valent pour le saint entier ; dans la mise en scène du roi, la couronne ou le sceau remplacent efficacement le souverain ; dans la remise d'une terre à un vassal, une motte, une touffe d'herbe ou un fétu de paille suffisent pour matérialiser cette terre ; dans la représentation d'un lieu, une tour figure un château, une maison une ville, un arbre une forêt. Mais il ne s'agit pas seulement d'attributs ou de substituts : cet arbre est vraiment cette forêt ; cette motte est entièrement cette terre concédée en fief ; ce sceau est pleinement la personne du roi ; cet os appartient véritablement à ce saint... même si ce dernier a laissé aux quatre coins de la Chrétienté plusieurs dizaines de fémurs ou de tibias. Le symbole est toujours plus fort et plus vrai que la personne ou la chose réelle qu'il a pour fonction de représenter parce que, au Moyen Âge, la vérité se situe toujours hors de la réalité, à un niveau qui lui est supérieur. Le vrai n'est pas le réel.

Tels sont les principaux codes et procédés autour desquels se construit le symbole médiéval. Ils n'en épuisent nullement la substance ni les enjeux. Mais ce sont là les différents mécanismes sur lesquels l'historien a le plus de prise et qu'il n'est pas totalement vain de vouloir étudier. Une bonne part de ses autres propriétés (affectives, poétiques, esthétiques, modales) est plus difficile à cerner ou bien lui échappe entièrement.

Les modes d'intervention

Cela dit, dans la symbolique médiévale comme dans tout autre système de valeurs ou de correspondances, rien ne fonctionne hors contexte. Un animal, un végétal, un nombre, une couleur ne prennent tout leur sens que pour autant qu'ils sont associés ou opposés à un ou plusieurs autres animaux, végétaux, nombres, couleurs. L'historien doit donc se méfier de toute généralisation abusive, de toute quête d'une signification transdocumentaire. Il doit au contraire toujours s'efforcer de partir du document qu'il est en train d'étudier et d'abord rechercher dans ce document les systèmes et les modes de signification des différents éléments symboliques qui s'y trouvent. Ce n'est que dans un deuxième temps qu'il lui faudra faire des comparaisons avec d'autres documents de même nature, puis avec d'autres terrains d'enquête, afin de rapprocher les textes des images, les images des lieux et les lieux des rituels pour comparer leurs apports respectifs. Enfin, dans un dernier stade de l'analyse, il lui sera licite de convoquer une symbolique plus générale, celle sur laquelle les auteurs du Moyen Âge sont souvent bavards, mais qui conduit parfois sur de fausses pistes parce que ces pistes se situent hors de tout contexte documentaire. Pour inviter l'historien à la prudence – et emprunter aux linguistes une phrase qu'ils emploient volontiers à propos du lexique – on pourrait dire que, dans la symbolique médiévale, les éléments signifiants (animaux, couleurs, nombres, etc.) n'ont, comme les mots, « pas de sens en eux-mêmes mais seulement des emplois ». Certes, dans certains cas une telle affirmation paraîtra exagérée. Mais, dans toute construction symbolique médiévale, l'ensemble des relations que les différents éléments nouent entre eux est toujours plus riche de significations que la somme des significations isolées que possède chacun de ces éléments. Dans un texte, dans une image, sur un monument, la symbolique du lion, par exemple, est toujours plus riche et plus facile à comprendre quand elle est associée ou comparée à celle de l'aigle, du dragon ou du léopard que lorsqu'elle est envisagée isolément.

En allant plus loin, on pourrait même dire que les symboles médiévaux se caractérisent davantage par des modes d'intervention que par telle ou telle signification particulière. Si l'on prend l'exemple des couleurs, on peut ainsi affirmer que le rouge n'est pas tant la couleur qui signifie la passion ou le péché que la couleur qui intervient violemment (en bien ou en mal) ; le vert, la couleur qui est cause de rupture, de désordre puis de renouveau ; le bleu, celle qui calme ou qui stabilise ; le jaune, celle qui excite ou qui transgresse. En donnant priorité à ces modes d'intervention sur les codes de signification, l'historien conserve au symbole toute son ambivalence, son ambiguïté même ; ambiguïté qui fait partie de sa nature la plus profonde et qui est nécessaire à son bon fonctionnement. Grâce à une telle attitude devant le symbole, le médiéviste peut se livrer au comparatisme ou bien inscrire certains problèmes dans la longue durée et ne pas couper la symbolique médiévale de celles de la Bible ou des cultures grecque et romaine, pour lesquelles ces modes d'intervention semblent parfois plus importants que telle ou telle fonction ou signification précise. Dans la mythologie grecque, par exemple, Arès (Mars pour les Romains) n'est pas tant le dieu de la guerre que le dieu qui, toujours et partout, intervient avec violence. Exactement comme le fait la couleur rouge dans les textes et les images du Moyen Âge.

Les grands axes de la symbolique médiévale, tels qu'ils se mettent en place pendant les cinq ou six premiers siècles du christianisme, ne sont pas des constructions sorties *ex nihilo* de l'imagination de quelques théologiens. Ils sont au contraire le résultat de la fusion de plusieurs systèmes de valeurs et modes de sensibilité antérieurs. En ces domaines, le Moyen Âge occidental a bénéficié d'un triple héritage :

celui de la Bible, sans doute le plus important, celui de la culture gréco-romaine, et celui des mondes « barbares », c'est-à-dire celte, germanique, scandinave, voire plus lointains. Et il y a ajouté ses propres couches, tout au long d'un millénaire d'histoire. Dans la symbolique médiévale, en effet, rien ne s'élimine jamais complètement ; au contraire, tout se superpose en une multitude de strates qui s'interpénètrent au fil des siècles et que l'historien a du mal à démêler. Ce qui le conduit parfois – à tort – à croire à l'existence d'une symbolique transculturelle, appuyée sur des archétypes et relevant de vérités universelles. Une telle symbolique n'existe pas. Dans le monde des symboles, tout est culturel et doit s'étudier par rapport à la société qui en fait usage, à un moment donné de son histoire et dans un contexte précis.

L'accent mis sur le mode d'intervention du symbole plus que sur le répertoire grammatical des équivalences ou des significations souligne également comment, dans les sociétés médiévales, il est impossible de séparer les pratiques symboliques des faits de sensibilité. Dans le monde des symboles, suggérer est souvent plus important que dire, sentir que comprendre, évoquer que prouver. C'est pourquoi l'analyse que nous faisons aujourd'hui des symboles médiévaux est souvent anachronique parce que trop mécanique, trop rationnelle. Les nombres en constituent le meilleur exemple. Au Moyen Âge, ils expriment autant des qualités que des quantités et ne doivent pas toujours être interprétés en termes arithmétiques ou comptables, mais en termes symboliques. Trois, quatre ou sept, par exemple, sont des nombres symboliquement primordiaux qui signifient toujours plus que les seules quantités de trois, quatre et sept. Douze ne représente pas seulement une douzaine d'unités mais aussi l'idée d'une totalité, d'un ensemble complet et parfait ; de ce fait, onze est insuffisant et treize est excessif, imparfait et néfaste. Quant à quarante, si récurrent en tous domaines, il ne doit nullement se comprendre comme un nombre précis mais comme l'expression générique d'un grand nombre, un peu comme nous employons aujourd'hui cent ou mille. Sa valeur n'est pas quantitative, mais qualitative et suggestive. Elle s'adresse plus à l'imagination qu'à la raison.

Ce qui est vrai des nombres l'est aussi des formes, des couleurs, des animaux, des végétaux et de tous les signes, quels qu'ils soient. Ils suggèrent et modalisent tout autant qu'ils disent. Ils font sentir et rêver plus qu'ils ne désignent. Ils font entrer dans cette autre part de la réalité qu'est l'imaginaire.

L'ANIMAL

Les procès d'animaux

Une justice exemplaire ?

Longtemps les historiens ne se sont guère préoccupés de l'animal. Ils ont abandonné celui-ci à la « petite histoire », comme ils avaient l'habitude de le faire pour tous les sujets qui leur semblaient futiles, anecdotiques ou marginaux. Seuls quelques philologues et quelques archéologues s'étaient intéressés à tel ou tel dossier spécifique au sein duquel l'animal pouvait être concerné. Mais lui consacrer une étude à part entière ou un véritable livre était proprement impensable.

Depuis une vingtaine d'années, la situation a changé. Grâce aux travaux de quelques historiens pionniers, au premier rang desquels il faut citer Robert Delort[1], et grâce à la collaboration de plus en plus fréquente avec des chercheurs venus d'autres horizons (archéologues, anthropologues, ethnologues, linguistes, zoologues), l'animal est enfin devenu un objet d'histoire à part entière. Son étude se situe même désormais à la pointe de la recherche et au carrefour de plusieurs disciplines. Elle ne peut, en effet, être que « transdocumentaire » et « transdisciplinaire », deux adjectifs qui aujourd'hui sont certes quelque peu galvaudés en raison de l'usage abusif que l'on en a fait, mais deux adjectifs qui qualifient parfaitement les recherches que doit conduire tout historien s'intéressant à l'animal. Envisagé dans ses rapports avec l'homme, l'animal touche à tous les grands dossiers de l'histoire sociale, économique, matérielle, culturelle, religieuse, juridique et symbolique.

Dans cette attention nouvelle portée au monde animal,

les médiévistes ont joué le rôle principal. À cela plusieurs raisons. La première tient peut-être à leur curiosité sans limite et à la façon dont ils ont su, précocement et efficacement, faire tomber les barrières entre des secteurs de la recherche par trop cloisonnés. Cela a permis de croiser des informations tirées de catégories documentaires différentes, d'enrichir les problématiques et de nouer plus facilement des contacts avec des spécialistes venus des autres sciences, sociales et naturelles[2]. Mais la raison première s'en trouve également dans les documents médiévaux eux-mêmes : ceux-ci sont particulièrement bavards sur l'animal et sur ses relations avec les hommes, les femmes et la société. Textes et images, bien sûr, mais aussi matériaux archéologiques, rituels et codes sociaux, héraldique, toponymie et anthroponymie, folklore, proverbes, chansons, jurons : quel que soit le terrain documentaire sur lequel il s'aventure, l'historien médiéviste ne peut pas ne pas rencontrer l'animal. Il semble bien qu'en Europe aucune autre époque ne l'ait aussi fréquemment ni aussi intensivement pensé, raconté et mis en scène. Les animaux prolifèrent jusque dans les églises, où ils constituent une bonne part du décor et de l'horizon figuré – peint, sculpté, modelé, tissé – que les clercs et les fidèles ont quotidiennement sous les yeux. Au grand scandale de certains prélats qui, comme saint Bernard dans une diatribe fameuse, s'emportent contre « les lions féroces, les singes immondes [...] et les monstres hybrides » qui envahissent les églises et détournent les moines de la prière[3].

Le Moyen Âge chrétien face à l'animal

Malgré cette apparente attitude de rejet, il faut souligner combien les clercs et la culture médiévale chrétienne dans son ensemble sont curieux de l'animal et comment s'expriment à son sujet deux courants de pensée et de sensibilité apparemment contradictoires. D'une part il faut opposer le plus nettement possible l'homme, qui a été créé à l'image de Dieu, et la créature animale, soumise et imparfaite, sinon impure. Mais d'autre part il existe chez plusieurs auteurs le sentiment plus ou moins diffus d'un lien entre les êtres vivants et d'une parenté – non pas seulement biologique mais aussi transcendante – entre l'homme et l'animal.

Le premier courant est dominant et explique pourquoi l'animal est si souvent sollicité ou mis en scène. Opposer systématiquement l'homme à l'animal et faire de ce dernier une créature inférieure ou un repoussoir conduit, par la force des choses, à en parler constamment, à le faire intervenir à tout propos, à en faire le lieu privilégié de toutes les métaphores, de tous les « exemples », de toutes les comparaisons. Bref, à le « penser symboliquement », pour reprendre la formule célèbre d'un anthropologue[4]. Il conduit également à réprimer sévèrement tout comportement qui pourrait entretenir la confusion entre l'être humain et l'espèce animale. D'où, par exemple, les interdictions sans cesse répétées – car sans effet véritable – de se déguiser en animal[5], d'imiter le comportement animal, de fêter ou de célébrer l'animal et, plus encore, d'entretenir avec lui des relations jugées coupables, depuis l'affection excessive portée à certains individus domestiques (chevaux, chiens, faucons) jusqu'aux crimes les plus diaboliques et les plus infâmes, tels ceux de sorcellerie ou de bestialité.

Le second courant est plus discret, mais peut-être plus riche de modernité. Il est à la fois aristotélicien et paulinien. D'Aristote, en effet, vient cette idée d'une communauté des êtres vivants, idée dispersée dans plusieurs de ses œuvres, notamment dans le *De anima*, et dont le Moyen Âge a hérité en plusieurs étapes, la dernière – le XIIIe siècle – étant la plus importante[6]. Toutefois, en ce domaine, l'assimilation de l'héritage aristotélicien a été facilitée par l'existence, au sein de la tradition chrétienne, d'une attitude envers le monde animal qui allait dans le même sens (mais pour des raisons différentes). Cette attitude, dont l'exemple le plus célèbre se trouve chez François d'Assise, tient peut-être son origine dans plusieurs versets de saint Paul, particulièrement dans un passage de l'épître aux Romains : « La créature elle-même sera libérée de la servitude de la corruption pour entrer dans la liberté de la gloire des enfants de Dieu[7]. »

Cette phrase a fortement marqué tous les théologiens qui l'ont commentée[8]. Les uns s'interrogent sur le sens de ces paroles : ils se demandent si le Christ est vraiment venu sauver *toutes* les créatures et si *tous* les animaux sont vraiment « enfants de Dieu ». Que Jésus soit né dans une étable semble à certains auteurs la preuve que le Sauveur est descendu sur terre pour sauver *aussi* les animaux[9]. D'autres, épris de scolastique, se posent des questions qui sont encore débattues à la Sorbonne à la fin du XIIIe siècle. Ainsi, à propos de la vie future des animaux : ressuscitent-ils après la mort ? vont-ils au ciel ? dans un lieu qui leur est spécialement réservé ? tous ou bien un seul individu de chaque espèce ? Ou bien à propos de leur vie terrestre : peuvent-ils travailler le dimanche ? faut-il leur imposer des jours de jeûne ? et, surtout, faut-il les traiter ici-bas comme des êtres moralement responsables[10] ?

Ces questions, ces curiosités, ces interrogations multiples que le Moyen Âge occidental se pose à propos de l'animal soulignent combien le christianisme a été pour lui l'occasion d'une remarquable promotion. L'Antiquité biblique et gréco-romaine le négligeait, le méprisait ou le sacrifiait ; le Moyen Âge chrétien, au contraire, le place sur le devant de la scène, le dote d'une âme plus ou moins rationnelle et se demande s'il est ou non responsable de ses actes. Le changement est considérable.

S'interroger sur la responsabilité morale des animaux ouvre l'important dossier des procès qui les conduisent au tribunal à partir du milieu du XIIIe siècle. Malheureusement, malgré leur immense intérêt, ces procès attendent encore leurs historiens[11]. Longtemps ils ont été, eux aussi, abandonnés à la « petite histoire », souvent à des publications destinées à un public friand d'anecdotes, tournant en dérision les mœurs et les croyances des sociétés anciennes[12]. Attitude parfaitement anachronique, qui montre que parfois l'on n'a rien compris à ce qu'était l'Histoire.

Inconnus, semble-t-il, avant le milieu du XIIIe siècle[13], ces procès se rencontrent tout au long des trois siècles suivants. La Chrétienté occidentale a alors tendance à se replier sur elle-même, et l'Église devient un immense tribunal (création de l'officialité, institution de l'Inquisition et de la procédure par enquête). C'est sans doute ce qui explique, du moins en partie, l'instruction de tels procès. Pour le royaume de France, j'ai pu repérer une soixantaine de cas entre 1266 et 1586. Quelques affaires sont bien documentées, comme celle de la truie infanticide de Falaise (1386) sur laquelle je vais m'attarder. D'autres, plus nombreuses, ne sont connues que par des mentions indirectes, le plus souvent comptables. Cependant, la France n'a nullement le monopole de telles affaires. Elles concernent tout l'Occident, notamment les pays alpins où les procès faits à des insectes et à des « vers » semblent – comme ceux de sorcellerie – plus fréquents et plus durables qu'ailleurs[14]. Souhaitons que des travaux à venir nous les fassent mieux connaître. Leur étude devrait sans doute faire l'objet d'un travail d'équipe, tant sont complexes les dossiers, les procédures, les documents et les problèmes concernés.

La truie de Falaise

Au début de l'année 1386, à Falaise, en Normandie, eut lieu un événement pour le moins insolite. Une truie âgée d'environ trois ans, revêtue de vêtements d'homme, fut traînée par une jument de la place du château jusqu'au faubourg de Guibray, où l'on avait installé un échafaud sur le champ de foire. Là, devant une foule hétérogène, composée du vicomte de Falaise et de ses gens, d'habitants de la ville, de paysans venus de la campagne alentour et d'une multitude de cochons, le bourreau mutila la truie en lui coupant le groin et en lui tailladant une cuisse. Puis, après l'avoir affublée d'une sorte de masque à figure humaine, il la pendit par les jarrets arrière à une fourche de bois spécialement dressée à cet effet, et l'abandonna dans cette position jusqu'à ce que la mort survînt. Ce qui arriva sans doute rapidement car des flots de sang coulaient des blessures de l'animal. Mais le spectacle ne prit pas fin pour autant. La jument fut rappelée et le cadavre de la truie, après un simulacre d'étranglement, fut attaché sur une claie afin que le rituel infamant du traînage pût recommencer. Finalement, après plusieurs tours de place, les restes plus ou moins disloqués du pauvre animal furent placés sur un bûcher et brûlés. Nous ignorons ce que l'on fit de ses cendres, mais nous savons que quelque temps plus tard, à la demande du vicomte de Falaise, une grande peinture murale fut exécutée dans l'église de la Sainte-Trinité afin de conserver la mémoire de l'événement[15].

Insolite, celui-ci l'est à plus d'un titre. Le déguisement de la truie en homme, les mutilations corporelles, la double traînée rituelle et, surtout, la présence de congénères porcins sur le lieu du supplice, tout cela est vraiment exceptionnel. Ce qui l'est peut-être moins, en revanche, en cette fin de XIVe siècle, c'est l'exécution publique d'un animal qui, ayant commis un crime ou un *mesfet* grave, comparaît devant un tribunal, est jugé puis condamné à mort par une autorité laïque. Tel fut le cas de la truie de Falaise, coupable d'avoir tué un nourrisson ; son procès, contrairement à beaucoup d'autres, a laissé quelques traces dans les archives[16].

Ce sont en effet des documents d'archives judiciaires qui, le plus souvent, nous permettent d'avoir connaissance de ces étranges cérémonies. Et, plus encore que le récit (rarissime) de l'exécution, ou même que le texte de la sentence la réclamant, ce sont de simples mentions comptables qui mettent l'historien sur la piste de tels procès. En attendant d'être jugé, l'animal est emprisonné : il faut donc le nourrir, payer son geôlier et, éventuellement, le propriétaire du local. L'emprisonnement peut durer de une à trois semaines. De même, il faut payer le bourreau et ses assistants ainsi que les charpentiers, les maçons et les différents corps de métiers qui ont installé l'échafaud ou préparé les instruments du supplice. En outre, rechercher l'animal coupable, l'escorter vers sa prison, le conduire jusqu'à son destin fatal a nécessité l'intervention de sergents et de gardes. Châtier le crime coûte cher au Moyen Âge, très cher[17]. Toutes ces sommes sont donc soigneusement consignées dans les registres comptables de l'autorité judiciaire ou d'un notaire, en même temps que sont portés les noms des bénéficiaires et, parfois, indiquées quelques précisions sur les tâches accomplies. Pour la truie de Falaise, par exemple, nous savons par une quittance du 9 janvier 1386, passée devant un tabellion nommé Guiot de Montfort, que le bourreau de la ville reçut dix sous et dix deniers tournois pour sa peine – ce dont il se dit « bien content » – puis de nouveau dix sous pour s'acheter une paire de gants neufs. Somme importante pour une paire de gants, mais les précédents avaient reçu une souillure matérielle et symbolique telle qu'il fallait sans doute aller au-delà du simple dédommagement.

Sur cette affaire, l'une des mieux documentées parmi la soixantaine de procès repérés ayant eu lieu en France du XIIIe au XVIe siècle, nous savons bien d'autres choses encore. Le vicomte, c'est-à-dire le bailli royal puisqu'en cette région de Normandie les bailliages se nomment *vicomtés*, avait pour nom Regnaud Rigault. Il fut vicomte de Falaise de 1380 à 1387. C'est sans doute lui qui prononça la sentence et présida la cérémonie d'exécution. C'est peut-être lui aussi qui eut l'étonnante idée d'inviter les paysans à venir y assister non pas seulement en famille mais accompagnés de leurs porcs, afin que le spectacle de la truie suppliciée « leur fasse enseignement[18] ». C'est lui enfin qui demanda qu'une peinture soit réalisée dans l'église de la Trinité pour garder mémoire de l'événement.

Cette peinture eut une histoire mouvementée. Exécutée dans la nef peu de temps après le supplice, elle disparut, en même temps qu'une grande partie de l'église, lors du terrible siège imposé à la ville par le roi d'Angleterre Henri V à l'automne 1417. Elle fut refaite à une date inconnue, et selon un modèle qu'on a du mal à imaginer, sur un mur du croisillon sud du transept. On pouvait l'y voir sous l'Ancien Régime, et encore sous le Premier Empire. Mais en 1820, toute l'église fut reblanchie à la chaux, et cette curieuse peinture murale semble à jamais perdue. Quelques auteurs anciens nous ont toutefois laissé une description :

> Ce trait singulier est peint à fresque sur le mur occidental de l'aile ou croisée méridionale de l'église de la Sainte-Trinité de Falaise. L'enfant dévoré et son frère sont représentés sur ce mur, proche de l'escalier du clocher, couchés côte à côte dans un berceau. Puis, vers le milieu de ce mur, sont peints la potence, la truie habillée sous la forme humaine, que le bourreau pend, en présence du vicomte à cheval, un plumet à son chapeau, le poing sur le côté, regardant cette expédition[19].

Nous savons même que la truie était « habillée d'une veste, d'un haut-de-chausses, de chausses aux jambes de derrière, de gants blancs aux jambes de devant ; elle fut pendue suivant la sentence portée à cause de la détestation du crime[20] ».

Ce crime fut commis pendant les premiers jours de janvier. L'enfant au berceau était âgé d'environ trois mois ; il s'appelait Jean Le Maux et son père était maçon. La truie girovague, dont nous ignorons à qui elle appartenait, avait dévoré le bras de l'enfant et une partie de son visage « tel qu'il en mourust[21] ». Le procès dura neuf jours, pendant lesquels il fallut nourrir et surveiller la truie. Elle fut assistée par un *deffendeur*. Celui-ci fut peu efficace – sa tâche, il est vrai, était difficile – puisque sa « cliente » fut condamnée à mort, après avoir subi les mêmes mutilations que celles qu'elle avait infligées à sa victime[22]. Le vicomte exigea que le supplice ait lieu en présence du propriétaire de l'animal « pour lui faire honte » et du père du nourrisson « pour punition de n'avoir pas fait veiller sur son enfant »[23]. La sentence fut signifiée à l'animal dans sa geôle, comme pour un homme ou une femme. En revanche, aucun prêtre n'écouta sa confession.

De telles dispositions semblent fréquentes dans les procès de ce genre. Le propriétaire de l'animal, notamment, n'est jamais responsable pénalement[24]. Quelquefois on lui demande d'accomplir un pèlerinage, mais en général la perte de son pourceau, de son cheval ou de son taureau apparaît comme une peine suffisante. Ce n'est pas l'homme qui est coupable mais la bête[25]. C'est du reste à elle que l'on peut – exceptionnellement, semble-t-il – appliquer la question. Ainsi cette autre truie qui, en 1457, à Savigny-sur-Étang, en Bourgogne, avoua (!) sous la torture avoir tué et en partie dévoré le jeune Jehan Martin, âgé de cinq ans, sinistre repas qu'elle partagea avec ses six porcelets[26].

À propos de torture, il semble bien que plus on avance dans le temps, plus on s'efforce de faire souffrir l'animal déclaré coupable avant de l'exécuter. Il vaudrait la peine d'établir ici des comparaisons entre l'évolution du châtiment appliqué à l'animal et celui qui l'est à l'être humain, du XIIIe au XVIIe siècle. Pour les hommes et les femmes condamnés à la peine capitale, assiste-t-on pareillement, à partir de la fin du XIVe siècle, à une augmentation des souffrances infligées avant la mort ? Notamment lorsque le crime a été commis dans des circonstances ou selon des formes jugées aggravantes : ruse ou préméditation, acharnement sur la victime, cruautés et « excès » de toutes sortes, quantité de sang qui a coulé, etc.[27]. Ces circonstances aggravantes sont parfois prises en compte dans les procès faits aux animaux et ont des conséquences sur les supplices et les rituels qui précèdent ou qui suivent la mise à mort : exposition, traînée, mutilations, humiliation et destruction du cadavre. Parfois, la circonstance aggravante concerne le jour ou la période de l'année où le crime a été commis. Ainsi en 1394, à Mortain, en Normandie, un porc est-il traîné et humilié avant d'être pendu non seulement pour avoir tué un jeune enfant, mais aussi pour avoir à moitié dévoré ses chairs alors que l'on était un vendredi, jour maigre[28].

Une historiographie décevante

Malgré leur immense intérêt, tant sur le plan historique et juridique que sur le plan anthropologique, ces procès d'animaux, que l'on rencontre en différentes régions d'Europe occidentale à partir du XIIIe siècle, attendent encore pour l'essentiel leurs historiens. Seuls quelques juristes et quelques historiens du droit s'y sont intéressés au XIXe siècle et au début du XXe. Certains ont consacré tout ou partie de leur thèse à ce sujet jugé alors « amusant », récréatif, voire croustillant[29]. L'un des premiers à avoir adopté un autre point de vue et senti l'importance d'un tel objet d'étude, fut Karl von Amira (1848-1930), rénovateur de l'ethnohistoire du droit germanique, fondée à l'époque romantique. Malheureusement il n'y consacra qu'une brève étude et n'eut guère de continuateurs[30]. La « petite histoire » put continuer à compter les procès d'animaux aux nombre des *curiosa ridiculosa* du passé.

À dire vrai, travailler sur une telle question n'est pas un exercice aisé. Les archives de ces procès sont souvent réduites à l'état de miettes, parfois dispersées dans des fonds labyrinthiques. Tant en France que dans les pays voisins, l'organisation des anciennes institutions de justice est d'une complexité telle que les chercheurs hésitent parfois à s'aventurer dans les archives qu'elles ont produites. Et pourtant, pour l'histoire de la vie quotidienne comme pour celle des faits de sensibilité, les archives judiciaires sont sans doute les plus riches que le Moyen Âge finissant nous a laissées. En outre, pour le sujet qui nous occupe, quelques juriconsultes des XVIe et XVIIe siècles ont en partie défriché le terrain : s'interrogeant sur la légitimité et l'efficacité de tels procès, ils ont constitué plusieurs recueils de jurisprudence, parfois même de véritables traités, qui, malgré leur caractère lacunaire, peuvent servir de point de départ à nos enquêtes[31].

Parmi ces juriconsultes, il faut citer le célèbre Barthélemy de Chasseneuz (1480-1541), magistrat bourguignon plus connu sous le nom de Chassenée. Il commença sa carrière comme avocat du roi au bailliage d'Autun (1508) et la termina comme président du Parlement d'Aix, magistrature importante qui le conduisit à sévir contre les villages vaudois de Provence (1532). Chassenée a laissé de nombreux ouvrages, dont un livre de commentaires sur la *Coutume de Bourgogne* et, surtout, un recueil de ses consultations sur diverses matières de jurisprudence. Dans la première partie de ce livre, il traite de plusieurs questions relatives à la forme des « procédures en usage contre les animaux pernicieux ». Une légende tardive, peut-être forgée par un auteur protestant visant à le tourner en ridicule, veut que Chassenée lui-même, en 1517, se soit trouvé requis d'office pour défendre devant l'officialité d'Autun des rats qui avaient envahi la ville et les environs. Sa plaidoirie lui aurait valu « la réputation d'un vertueux et habile avocat[32] ». Dans son ouvrage, Chassenée ne parle pas de cette affaire, mais, après en avoir évoqué quelques autres semblables, il dresse la liste des principaux « animaux pernicieux » qui nuisent aux récoltes : rats, mulots, campagnols, charançons, limaces, hannetons, chenilles et autre « vermine ». Puis il pose une série de questions auxquelles il tente de répondre en s'appuyant à la fois sur l'opinion des autorités, sur la coutume et sur les décisions déjà prises par certains tribunaux. À la question de savoir si ces petits animaux doivent être cités en justice, il répond sans hésiter par l'affirmative. Faut-il les assigner eux-mêmes ? Oui. S'il y a défaut de comparution, peut-on les citer en la personne d'un procureur (avocat) nommé d'office ? Oui. Quelle est la juridiction compétente ?

L'officialité, c'est-à-dire le tribunal de l'évêque. A-t-on le droit d'ordonner à ces rongeurs et insectes de quitter le territoire où ils exercent leurs méfaits ? Oui (toutefois Chassenée reconnaît que, pour la plupart d'entre eux, manger les produits des récoltes est une activité « naturelle »). Comment procéder pour en venir à bout ? Par la conjuration, l'anathème, la malédiction et même l'excommunication[33] !

De fait, quelques prélats semblent avoir agi ainsi pendant plusieurs siècles. En France, le témoignage le plus ancien (mais sujet à caution) concerne le diocèse de Laon, où en 1120 l'évêque Barthélemy, comme s'il avait affaire à des hérétiques, déclare « maudits et excommuniés » les mulots et les chenilles qui ont envahi les champs[34]. L'année suivante, il s'en prend pareillement aux mouches. Il existe peut-être des cas antérieurs qui attendent d'être mis au jour[35]. À partir du XIVe siècle, des affaires semblables deviennent relativement nombreuses et le restent jusqu'au début de l'époque moderne. En 1516, par exemple, l'évêque de Troyes Jacques Raguier ordonne aux *hurebets* (sorte de sauterelles) qui ont envahi les vignes de la région de Villenauxe, de quitter son diocèse dans les six jours, faute de quoi ils seront excommuniés. Il en profite pour rappeler à ses ouailles de « s'abstenir d'aucuns crimes et payer sans fraude les dîmes accoustuméez[36] ». Même menace dans le diocèse de Valence en 1543 contre les limaces[37], et dans celui de Grenoble en 1585 contre des chenilles[38]. Dans cette dernière affaire, l'official, avant de prononcer la sentence d'excommunication, offre complaisamment aux chenilles de se retirer sur un territoire inculte qui leur serait spécialement concédé. Peine perdue. Pourtant, des offres semblables seront encore faites à certains insectes au XVIIe et même au XVIIIe siècle (derniers exemples repérés : à Pont-du-Château, en Auvergne, en 1718[39], et dans la région de Besançon vers 1735[40]).

Ces procès collectifs intentés aux rongeurs et à la « vermine » ont été mieux étudiés que les procès individuels faits aux gros animaux domestiques. Ils ont laissé davantage de traces dans les archives – peut-être parce qu'ils font intervenir la justice ecclésiastique –, notamment dans les régions alpines[41]. Un excellent ouvrage, récemment paru et consacré aux exorcismes et procès d'animaux dans le diocèse de Lausanne à la fin du Moyen Âge et au début de l'époque moderne, a de nouveau attiré l'attention sur eux. Il souligne comment, par procureurs interposés, s'affrontent au tribunal de l'évêque les populations et la « vermine » à propos des récoltes et des fruits de la terre. Il montre comment devant de tels fléaux, parfois tombés du ciel (sauterelles, hannetons, mouches), l'Église utilise un grand nombre de pratiques liturgiques prophylactiques (pénitences diverses, processions rogatoires, aspersion d'eau bénite, ostension de reliques) avant d'en venir aux rituels de conjuration, d'exorcisme et enfin d'excommunication. Souhaitons que cette belle étude, due à Catherine Chène[42], soit imitée par d'autres travaux portant sur d'autres régions.

Typologie des procès

Pendre ou brûler des porcs et excommunier des rats ou des insectes n'est pas exactement la même chose. L'écart est même immense entre l'affaire de la truie de Falaise et celles des rats d'Autun ou des *hurebets* de Villenauxe. Et entre les deux s'intercalent d'autres affaires ayant conduit devant des tribunaux différents, laïques ou ecclésiastiques, un bestiaire diversifié. Toutefois, il est possible de regrouper ces procès en trois catégories. Tout d'abord ceux qui sont intentés à des animaux domestiques (porcs, bovins, chevaux, ânes, chiens) pris individuellement et qui ont tué ou blessé grièvement un homme, une femme ou un enfant[43]. Ce sont des procès criminels ; l'autorité ecclésiastique n'intervient pas. Ensuite les procès intentés à des animaux envisagés collectivement : soit de gros mammifères sauvages (sangliers, loups) qui dévastent un terroir ou menacent des populations, soit, plus fréquemment, des animaux de petite taille (rongeurs, insectes, « vermine ») qui détruisent les récoltes. Ce sont des fléaux. Les premiers sont pourchassés par des battues qu'organisent les autorités laïques, les seconds nécessitent l'intervention de l'Église qui a recours à l'exorcisme et prononce parfois contre eux des anathèmes en les maudissant[44] ou en les excommuniant[45]. À cette occasion, on rappelle comment Dieu a maudit le serpent qui, au début de la Genèse, a servi d'instrument à Satan[46]. De telles pratiques associent le rituel liturgique et le rituel judiciaire, avec intervention et de l'exorciste et de l'official diocésains. Il existe enfin un troisième type de procès : ceux qui mettent en scène des animaux impliqués dans des crimes de bestialité. Ils sont difficiles à étudier parce que les pièces des procès ont souvent disparu, peut-être en même temps que les coupables. Parfois l'homme (ou la femme) et l'animal (considéré comme complice) sont enfermés vivants dans un même sac avec les minutes de l'instruction, et le tout est brûlé sur un bûcher, peut-être pour qu'il ne reste aucune trace d'un crime aussi horrible[47]. Il est difficile de savoir si ces crimes de bestialité, mal documentés, ont au Moyen Âge été nombreux ou non[48]. Tout ce qui s'est écrit sur ce sujet relève d'une histoire bien peu scientifique. En outre, les accusations de bestialité sont quelquefois sujettes à caution et font pénétrer le chercheur dans des affaires fort troubles, où il est bien difficile, à plusieurs siècles de distance, de séparer le vrai du faux.

Prenons pour exemple la triste histoire de Michel Morin. En 1553, alors qu'il est âgé de soixante-cinq ans, ce négociant en vin de Baugé, en Anjou, est accusé par sa jeune femme Catherine, virago notoire et femme légère, d'avoir acheté une brebis pour « en jouir charnellement » et d'être passé à l'acte à trois reprises : le 13 novembre, le 25 novembre (jour de la Sainte-Catherine !) et le 1er décembre. Un voisin complaisant, amant de la jeune femme et apothicaire de son état, affirme que Morin lui a avoué « préférer sa brebis à sa femme ». Le domestique du couple, un certain Jeannot, bénéficiant sans doute lui aussi des faveurs de Catherine, confirme tous ces propos. Le juge et prévôt de Baugé fait arrêter Michel Morin le 13 décembre. Celui-ci nie les faits qui lui sont reprochés et affirme que sa femme, son domestique et l'apothicaire ont monté ce complot pour s'emparer de sa fortune. Le juge le condamne à subir la question. En voyant les préparatifs de la torture, Morin se met à hurler et confesse « avoir bien acheté la brebis dans l'intention susdite, mais n'avoir cependant commis qu'une seule fois la copulation charnelle ». Le 15 janvier 1554, il est condamné à être pendu et brûlé dans un sac avec la brebis. Ses biens sont confisqués au profit de sa femme. Deux ans après l'exécution de son vieux mari, celle-ci épouse l'apothicaire[49].

Plus spécifiques encore sont les procès de sorcellerie ou d'hérésie dans lesquels des animaux (chats, chiens, boucs, ânes, corbeaux) sont impliqués à un titre ou à un autre. Ils posent des problèmes différents et demandent des études propres, pour lesquelles j'avoue être incompétent. En outre, contrairement à ce que l'on croit trop souvent, ces procès concernent peu le Moyen Âge mais surtout les XVIe et XVIIe siècles.

Mes propres enquêtes ont uniquement porté sur le premier cas, c'est-à-dire sur de gros animaux domestiques qui, individuellement, ont commis un crime, en général l'infanticide ou l'homicide. Quelquefois les archives du procès ne précisent que très vaguement le crime ou la faute reprochés à l'animal. Ainsi à Gisors, en 1405, un bœuf est-il pendu « pour ses desmérites[50] ». Et en 1735 encore, à Clermont-en-Beauvaisis, une ânesse est arquebusée pour avoir « mal accueilli » sa nouvelle maîtresse. Toutefois, les affaires les plus graves et les plus nombreuses sont celles d'homicide et d'infanticide. Elles conduisent au tribunal tout un cortège de vaches, de taureaux, de juments, de chevaux, de chiens, de béliers et, surtout, de cochons. En France, du XIVe au XVIe siècle, l'intervention de la justice semble se dérouler presque toujours selon un même rituel : l'animal est capturé vivant et incarcéré dans la prison appartenant au siège de la justice criminelle du lieu ; celle-ci dresse procès-verbal, conduit une enquête et met l'animal en accusation ; le juge entend les témoins, confronte les informations et rend sa sentence, qui est signifiée à l'animal dans sa cellule[51]. Cette sentence marque la fin du rôle de la justice, l'animal appartient désormais à la force publique chargée d'appliquer la peine.

Celle-ci peut être la pendaison (cas le plus fréquent), le bûcher, l'étranglement (rare), la décapitation (pour les bovins notamment), la noyade ou l'enfouissement[52]. La peine, nous l'avons vu, peut être associée à des rituels d'exposition, d'humiliation ou de mutilation. Si, pour une raison ou pour une autre, l'exécution prévue ne peut avoir lieu, l'animal condamné est « eslargi » et rendu à son propriétaire. Ainsi en 1462, à Borest, paroisse relevant de la juridiction de l'abbaye Sainte-Geneviève, une truie qui avait dévoré un enfant pendant que ses parents étaient à l'église est-elle relâchée, faute de pouvoir être pendue : les fourches patibulaires des religieux étaient « cheues par poureture » (tombées pour cause de pourriture)[53]. Lorsque l'animal coupable n'a pu être identifié ou capturé, il peut arriver que l'on s'empare arbitrairement d'un congénère, qui est alors emprisonné, jugé et condamné à sa place (en revanche, il n'est pas exécuté). Cependant, un autre procédé semble plus fréquent pour remplacer l'animal coupable qui s'est échappé : il consiste à juger et à supplicier à sa place un mannequin lui ressemblant. Le plus ancien exemple français documenté date de 1332. Un cheval avait causé un accident ayant entraîné mort d'homme sur le territoire de la paroisse de Bondy, aux environs de Paris. Cette paroisse relevait de la justice du prieuré de Saint-Martin-des-Champs, réputée fort sévère. Aussi le propriétaire du cheval s'empressa-t-il de conduire l'animal sur un territoire relevant d'une autre juridiction. Mais la ruse fut découverte, et l'homme, saisi. Il fut condamné à payer une somme équivalente à la valeur d'un cheval et, d'autre part, à fournir à la justice de Saint-Martin-des-Champs une « figure de cheval », qui fut traînée et pendue selon le rituel habituel[54].

Pourquoi tant de porcs au tribunal ?

La vedette de ce bestiaire judiciaire n'est cependant pas le cheval mais bien le porc. Dans neuf cas sur dix, c'est lui qui est présent au tribunal. Au point que, pour le chercheur, l'histoire de ces procès d'animaux se transforme rapidement en une anthropologie historique du cochon.

À cette primauté du porc il existe différentes raisons. La principale réside sans doute dans la loi du nombre. Parmi les mammifères, le porc est peut-être le plus abondant en Europe jusqu'au début de l'époque moderne. Contrairement à une idée reçue, le mouton ne vient qu'au second rang. Certes, cette population porcine est inégalement répartie et semble diminuer à partir du milieu du XVIe siècle ; mais le poids du nombre demeure. L'archéozoologie ne rend pas bien compte de cette abondance des porcins. En matière d'élevage de bétail et de consommation de viande, elle appuie ses estimations quantitatives sur le nombre des ossements retrouvés, et a donc tendance à sous-évaluer le nombre des porcins par rapport à celui des ovins ou des bovins. En procédant ainsi, en effet, elle oublie que « dans le cochon tout est bon » et que les os du porc servent à fabriquer une foule d'objets et de produits (notamment, de la colle). En outre, d'un point de vue méthodologique, admettre que le nombre des animaux domestiques vivant à une époque donnée, sur un terroir donné, est proportionnel au nombre d'ossements qui ont été retrouvés sur ce terroir, est pour le moins discutable[55].

Les porcs sont non seulement les plus nombreux, mais ils sont aussi et surtout les plus vagabonds. En ville, où ils jouent le rôle d'éboueurs, on en rencontre sur toutes les places, dans toutes les rues, dans tous les jardins et jusque dans les cimetières (où ils cherchent à déterrer les cadavres). Malgré les interdictions des autorités municipales, maintes et maintes fois répétées dans toutes les villes d'Europe du XIIe jusqu'au XVIIIe siècle, la divagation des porcs fait partie de la vie quotidienne. Dans certaines villes – Naples par exemple – elle perdure jusqu'au début du XXe siècle. Dès lors, il n'est pas étonnant que ces cochons girovagues occasionnent des dégâts et des accidents plus fréquemment que tous les autres animaux domestiques[56].

Mais il est une autre raison qui explique la présence du porc au tribunal : sa parenté avec l'homme. Pour les sociétés anciennes, en effet, l'animal le plus proche de l'homme n'est pas l'ours (malgré son aspect extérieur et ses pratiques supposées d'accouplement *more hominum*), encore moins le singe (il faut vraiment attendre le XVIIIe siècle pour qu'un tel rapprochement soit sérieusement envisagé), mais bien le cochon. La médecine ne s'y trompe pas qui, de l'Antiquité au XIVe siècle, et parfois jusqu'en plein XVIe, étudie l'anatomie du corps humain à partir de la dissection du porc, avec l'idée que l'organisation interne de ces deux êtres vivants est voisine (ce que confirme pleinement la médecine contemporaine pour ce qui concerne l'appareil digestif, l'appareil urinaire, les tissus et le système cutané[57]). En outre, dans l'Europe chrétienne, de telles pratiques permettent de contourner les interdits de l'Église, qui jusqu'à une date avancée condamne la dissection du corps humain. L'étude anatomique de celui-ci dans les écoles de médecine s'enseigne donc à partir de la dissection du verrat ou de la truie[58].

Des entrailles du corps à celles de l'âme, il n'y a qu'un pas. Certains auteurs sont tentés de le franchir, ou du moins se demandent si la parenté anatomique ne s'accompagne pas d'une parenté d'une autre nature. Le porc est-il comme l'homme responsable de ses actes ? Est-il capable de comprendre ce qu'est le bien et ce qu'est le mal ? Et, au-delà du seul cas du porc, peut-on considérer tous les gros animaux domestiques comme des êtres moraux et perfectibles ?

L'âme des bêtes

Telles sont en effet les grandes questions auxquelles renvoient la plupart des procès. Juristes et théologiens se les posent de bonne heure. Dès la fin du XIIIe siècle, par exemple, Philippe de Beaumanoir, célèbre compilateur des *Coutumes de Beauvaisis*, affirme que conduire une truie au tribunal parce qu'elle a tué un enfant est « justice perdue », car les bêtes ne savent pas ce qu'est le mal et sont incapables de comprendre la peine qu'on leur inflige[59]. Toutefois, cette opinion n'est pas la plus répandue. Elle met même plusieurs siècles avant de s'imposer. Au XVIe siècle, nombreux sont encore les juristes qui, pour des raisons diverses, estiment qu'il faut punir les animaux coupables d'homicide ou d'infanticide. Beaucoup pensent que c'est là l'occasion de montrer que la justice est exemplaire et qu'elle concerne tout le monde. Ainsi Jean Duret, auteur en 1572 d'un *Traité des peines et amendes*, plusieurs fois réimprimé jusqu'à la fin de l'Ancien Régime : « Si les bestes ne blessent pas seulement mais tuent ou mangent, comme l'expérience le montre pour des petits enfants dévorés par des pourceaux, la mort doit advenir. Il fauct les condamner a estre pendus et estranglés pour faire prendre mémoire de l'énormité du faict[60] ». Un peu plus tard, son confrère Pierre Ayrault, auteur d'un *Ordre, formalité et instruction judiciaires*, publié pour la première fois en 1575 mais qui restera une sorte de bible pour les juristes français du XVIIe siècle, est du même avis. Pour lui, les animaux ne sont sans doute pas doués de raison et ne peuvent donc pas comprendre ce qu'on leur reproche. Mais le principal but de la justice est l'exemple ; par là même, « si nous voyons un pourceau pendu au gibet pour avoir mangé un enfant, c'est pour advertir les pères et mères, les nourrices, les domestiques, de ne laisser leurs enfants tout seuls, et de si bien resserrer leurs animaux qu'ils ne leur puissent nuire ni faire mal[61] ».

De leur côté, les théologiens soulignent que la Bible recommande d'abattre les animaux homicides, car ils sont à la fois coupables et impurs. Le livre de l'Exode stipule ainsi : « Si un bœuf a renversé un homme ou une femme et qu'ils en sont morts, le bœuf devra être lapidé. Ses chairs, en revanche, ne seront pas mangées, et le propriétaire du bœuf sera considéré comme innocent[62]. » En outre, au Moyen Âge, pour un certain nombre d'auteurs, l'animal est en partie responsable de ses actes. Comme tous les êtres vivants, il possède une âme (qui se définit d'abord comme un souffle vital et qui retourne à Dieu après la mort). Cette âme est non seulement *végétative* (c'est-à-dire dotée du principe de nutrition, de croissance et de reproduction) comme celle des plantes, et *sensitive* (dotée du principe de toute sensation), mais elle est aussi, du moins pour les « animaux supérieurs », partiellement *intellective* comme celle de l'homme. Plusieurs auteurs, en effet, observent que les animaux rêvent, reconnaissent, déduisent, se souviennent, peuvent acquérir des habitudes nouvelles. Le problème, cependant, reste de savoir si ces animaux possèdent en plus, comme l'homme, un principe pensant et un principe spirituel. Thomas d'Aquin affirme nettement que ces deux qualités sont réservées à l'être humain : l'animal supérieur est certes doué de connaissance sensible, d'une certaine intelligence pratique, et est en outre capable d'états affectifs, mais il ne perçoit pas l'immatériel ; il reconnaît *une* certaine maison qui lui est familière, mais il n'a pas accès à la notion abstraite de *maison*[63]. Et Albert le Grand, qui montre comment l'animal est quelquefois capable de déduction, apporte une autre restriction en soulignant que, pour l'animal le plus intelligent, les signes restent toujours des signaux, mais ne deviennent jamais ce que nous appellerions aujourd'hui des symboles[64]. Deux différences essentielles qui semblent établir une frontière imperméable entre l'homme et la bête. Celle-ci ne perçoit pas ce qui n'est pas contingent ; toute idée religieuse ou morale, toute notion abstraite lui est interdite. C'est pourquoi Thomas d'Aquin est hostile aux procès faits aux animaux : ceux-ci peuvent reconnaître un certain nombre de *res* et même de *signa*, mais il ne peuvent pas distinguer le bien du mal[65].

Cela n'empêche pas la théologie scolastique de se poser une foule de questions à propos de la vie future ou terrestre des animaux, nous l'avons vu plus haut, et de se demander s'il faut les traiter comme des êtres moralement responsables. Malgré l'autorité de Thomas d'Aquin, bien des théologiens et des juristes du Moyen Âge finissant continuent de répondre par l'affirmative à cette dernière question.

Au XVIIe siècle, celle-ci n'est plus guère d'actualité. Certains philosophes s'élèvent violemment contre la conception aristotélicienne de l'âme. Pour Descartes, par exemple, les animaux n'en ont pas et sont incapables de raison. Ce sont presque de pures machines mécaniques (théorie que La Mettrie étendra un peu plus tard à l'être humain)[66]. Pour Malebranche, les animaux ne connaissent pas la souffrance car celle-ci est la conséquence du péché originel, auquel ils sont étrangers. Pour d'autres auteurs, de plus en plus nombreux, il est absurde de penser que ce sont des êtres moraux, responsables et perfectibles[67]. Racine, dans sa comédie *Les Plaideurs* (1668), tourne ainsi en ridicule le procès fait à un chien qui a dérobé un chapon et que le juge Dandin condamne aux galères[68].

À l'époque moderne, l'animal semble donc plus éloigné de l'homme qu'il ne l'était à l'époque médiévale. Les théories de Darwin sur l'origine des espèces sont encore loin. À l'aube des Lumières, les amis des bêtes ne peuvent, encore et toujours, opposer à l'effroyable théorie cartésienne et post-cartésienne des « animaux machines » que des arguments scripturaires : Jésus est né dans une étable ; il est venu sauver *toutes* les créatures car, comme l'affirme saint Paul, toutes les créatures sont enfants de Dieu[69].

La bonne justice

Dans la culture médiévale, il en va autrement : l'animal est toujours source d'exemplarité, à un titre ou à un autre. Pour la justice, envoyer des bêtes au tribunal, les juger et les condamner (ou les acquitter), c'est toujours mettre en scène l'exemplarité du rituel judiciaire. Ce n'est nullement « justice perdue », comme le pense Beaumanoir, mais au contraire un acte indispensable à l'exercice de la « bonne justice ». Rien ne semble pouvoir échapper à l'emprise de celle-ci, pas même les animaux. Tout être vivant est sujet de droit.

Longtemps je me suis interrogé sur le nombre des procès intentés aux animaux domestiques. Est-ce que de telles affaires étaient fréquentes ? Peut-être. Mais, dans ce cas, pourquoi si peu de documents d'archives nous en ont-ils conservé le témoignage (pour le royaume de France, je le rappelle, une soixantaine de procès documentés du milieu du XIIIe siècle jusqu'à la fin du XVIe) ? Cela est-il dû aux aléas de la conservation et de la transmission des archives ? À la volonté de faire disparaître les pièces des procès ? Ou bien, au contraire, ces affaires étaient-elles rares, voire très rares et, par là même, d'autant plus remarquables, le rituel du procès et le spectacle du châtiment ayant fonction d'exemple et d'enseignement ? Aujourd'hui, c'est cette seconde hypothèse qui me semble être la bonne. Du moins pour la fin de la période médiévale. À partir du XIIIe siècle, ces procès faits aux animaux constituent de véritables *exempla* ritualisés. Ils mettent en scène l'exercice parfait de la « bonne justice », appuyée sur la procédure inquisitoire et accompagnée de tous ses rituels (ceux-ci étant accomplis jusqu'au moindre détail). En outre, la justice n'encourt pas ici, comme c'est trop souvent le cas ailleurs, le risque de la subornation des témoins ni celui de la rétractation des accusés. Tout y est absolument exemplaire. À ce titre, ces procès devraient à l'avenir davantage retenir l'attention des historiens du droit et des rituels judiciaires.

Cependant, l'intérêt de tels procès ne se limite pas à l'univers juridique. Mieux que bien d'autres dossiers, ils mettent en exergue, une fois de plus, le danger le plus grand qui guette l'historien travaillant sur les rapports entre l'homme et le monde animal dans les sociétés anciennes : l'anachronisme. Plusieurs questions évoquées plus haut nous font aujourd'hui sourire (est-il licite de faire travailler les animaux le dimanche ? faut-il leur imposer des jours de jeûne ? vont-ils en Enfer ou au Paradis ?). Nous avons tort. Du moins dans notre travail d'historiens, domaine où nous ne devons pas projeter telles quelles dans le passé nos connaissances et nos sensibilités d'aujourd'hui. Ce n'étaient pas celles d'hier (et ce ne seront sans doute plus celles de demain). Nos savoirs actuels ne sont nullement des vérités absolues et définitives, mais seulement des étapes dans l'histoire mouvante des savoirs. Faute de l'admettre, le chercheur risque de verser dans un scientisme réducteur, non seulement haïssable sur le plan idéologique, mais aussi source de nombreuses confusions, erreurs ou absurdités sur celui de la méthode.

Le sacre du lion

Comment le bestiaire médiéval s'est donné un roi

Pourquoi tant de lions dans l'Occident médiéval ? Répondre à cette question n'est pas un exercice aisé. Pour ce faire, il convient de s'aventurer sur des terrains documentaires variés, depuis l'archéozoologie et l'histoire des ménageries jusqu'aux témoignages des images et des textes littéraires, en passant par les faits de lexique, les savoirs zoologiques, les codes sociaux, l'héraldique, l'anthroponymie, les proverbes. Plus facile, en revanche, est de constater que les lions se rencontrent partout, en tous lieux, en toutes circonstances : lions parfois véritables, faits de chair et de poils, mais aussi et surtout lions peints, sculptés, modelés, brodés, tissés, décrits, racontés, pensés, rêvés.

Des lions partout

À l'état sauvage, les lions ont disparu d'Europe occidentale de bonne heure, sans doute plusieurs millénaires avant notre ère. Pour les jeux du cirque, les Romains les font venir, en grande quantité, d'Afrique du Nord ou d'Asie Mineure, parfois de plus loin encore. Au Moyen Âge, le lion n'est plus indigène en Europe depuis longtemps. Cependant, les hommes et les femmes de l'époque féodale peuvent avoir l'occasion de voir des lions vivants ; pas tous les jours, certes, mais peut-être moins rarement qu'on ne pourrait le croire de prime abord. Il existe en effet de nombreux montreurs d'animaux qui se déplacent de foire en foire et de marché en marché. Parmi une faune relativement diversifiée, ils montrent des ours qui dansent et font des acrobaties et, de temps en temps, un ou plusieurs lions. Ceux-ci naturellement sont des « vedettes », et l'on vient parfois de loin pour les contempler. À côté de ces modestes ménageries ambulantes, il existe aussi des ménageries de plus grande taille, souvent fixes, quelquefois itinérantes, à l'intérieur desquelles les lions se doivent d'occuper la première place : les ménageries royales et princières[1].

Dans l'Europe médiévale, ces ménageries[2] sont toujours des signes de pouvoir. Elles l'étaient déjà dans l'Antiquité et le resteront à l'époque moderne. Longtemps, seuls les rois, les grands seigneurs et quelques abbayes en ont possédé. À partir du XIIIe siècle, certaines villes, plusieurs chapitres et quelques riches prélats les imitent. Il ne s'agit nullement de satisfaire la curiosité d'un public avide de voir des bêtes féroces ou insolites, mais bien de mettre en scène des emblèmes ou des symboles vivants, que seuls les plus puissants peuvent acheter, nourrir, offrir ou échanger. En ce sens, toute ménagerie est un « trésor[3] ». Malheureusement, les documents qui en parlent sont peu nombreux et ne livrent en général que des miettes d'informations. Nous manquent notamment de véritables inventaires ou dénombrements qui nous donneraient la composition de la ménagerie de tel ou tel prince, en tel endroit, à tel moment[4]. On aimerait ainsi mieux connaître la répartition entre animaux indigènes et animaux exotiques, animaux sauvages et animaux domestiques, animaux dangereux et animaux inoffensifs, animaux de grande taille et animaux de petite taille, animaux présents en un seul exemplaire et animaux possédés en nombre. L'étude attentive de la composition de ces ménageries serait instructive à plus d'un titre. Dans celles du haut Moyen Âge prédominent les ours, les sangliers et les lions. À l'époque féodale, les sangliers n'y trouvent plus guère leur place, les ours y sont moins nombreux, mais la part des lions augmente, ainsi que celle des léopards et des panthères. À la fin du Moyen Âge, les animaux exotiques, qu'ils soient nordiques (morses, rennes, élans), asiatiques (panthères, chameaux) ou africains (éléphants, dromadaires, singes, antilopes, onagres), sont de plus en plus recherchés. Mais la grande vedette reste encore et toujours le lion, attribut obligé de tout détenteur de pouvoir[5].

Voir un lion vivant n'est donc pas si rare dans l'Europe du Moyen Âge, même en milieu rural. Mais voir un lion peint, sculpté, brodé ou modelé est évidemment beaucoup plus fréquent. À vrai dire, presque quotidien, tant sont nombreuses les images de lions dans les églises, sur les bâtiments civils, les monuments funéraires, les œuvres d'art et les objets de la vie matérielle. Qu'elle soit romane ou gothique, l'église, notamment, donne à voir des lions partout, à l'extérieur et à l'intérieur, dans la nef comme dans le chœur, sur les sols, les murs, les plafonds, les portes et les fenêtres : lions entiers ou lions hybrides, représentés seuls ou bien intégrés à une scène. Dans le décor foisonnant des églises, où la part réservée au bestiaire est considérable, les lions sculptés sont aujourd'hui plus nombreux que les lions peints. Mais une grande partie de ces derniers a disparu – comme la plupart des figures peintes sur les murs – et il n'est pas sûr que tous les animaux sculptés que nous prenons pour des lions aient été vraiment pensés et reçus comme tels. Parfois il s'agit de félins relativement indéterminés, voire de simples quadrupèdes sur lesquels il est impossible de mettre un nom d'espèce. Parfois également nous avons tendance à confondre le lion et l'ours, ces deux animaux faisant couple dans la Bible, dans les textes patristiques et dans l'iconographie qui en découle. Seules la queue et la crinière permettent vraiment de distinguer le premier du second. Plus souvent encore, nous sommes tentés de qualifier de lion tout fauve ou tout monstre à la gueule béante qui semble engloutir ou vomir un être humain. Dans bien des cas cette identification est abusive, parce que trop précise.

Il n'empêche, les lions abondent, notamment dans le décor

sculpté de l'époque romane. Mais cette abondance n'est pas le seul fait de la sculpture. Dans les manuscrits enluminés, par exemple, elle se retrouve avec les mêmes proportions : le lion est l'animal le plus souvent mis en scène. Dans certains livres, il est même présent à tous les folios, dans la miniature principale comme dans les lettres historiées ou le décor de marge. En fait, quel que soit le support de l'image ou la technique utilisée, le lion est la « star » du bestiaire médiéval, loin, très loin devant tous les autres animaux. Rares sont les lieux et les moments où le regard ne tombe pas sur un ou plusieurs lions. Celui-ci fait pleinement partie de la vie quotidienne et invite l'historien à s'interroger sur la pertinence de l'opposition entre animaux « indigènes » et animaux « exotiques » dans la culture médiévale. Nos classifications et nos conceptions actuelles doivent être ici encore maniées avec prudence.

La faune du blason

Cette prédominance du lion dans le bestiaire figuré se retrouve dans le monde des emblèmes et des codes sociaux. Nombreux sont par exemple les noms propres qui de près ou de loin évoquent le lion : noms de baptême construits sur la racine *leo-* (Leo, Leonardus, Leonellus, Leopoldus), noms de famille intégrant le mot *lion* (Lionnard, Löwenstein, Leonelli), mais aussi noms ou surnoms donnés à de grands personnages (Henri le Lion, Richard Cœur de Lion) ou à des héros littéraires (Robert le Lion, Lion de Bourges, Lionel cousin de Lancelot). Toutefois, ce n'est pas l'anthroponymie qui apporte en ce domaine le matériel documentaire le plus abondant mais, à partir du XIIe siècle, l'héraldique.

Le lion est en effet la figure la plus fréquente dans les armoiries médiévales (*fig. 12*). Plus de 15 % en sont chargées. C'est là une proportion considérable puisque la figure qui vient en seconde position, la *fasce* (figure géométrique représentée par une bande horizontale), n'atteint pas 6 %, et que l'aigle, seul rival du lion dans le bestiaire héraldique, ne dépasse pas 3 %. Cette primauté du lion se retrouve partout : au XIIe siècle comme au XVe, dans l'Europe du Nord comme dans l'Europe méridionale, dans les armoiries nobles comme dans les armoiries non nobles, dans celles des personnes physiques comme dans celles des personnes morales, dans l'héraldique véritable comme dans l'héraldique littéraire ou imaginaire[6]. L'adage fameux, « qui n'a pas d'armes porte un lion », apparaît au XIIIe siècle dans les romans de chevalerie et est encore légitimement cité par les manuels de blason du XVIIe siècle. Au reste, on observe que, mis à part l'empereur et le roi de France, tous les dynastes de la Chrétienté occidentale ont, à un moment ou à un autre de leur histoire, porté dans leurs armoiries un lion ou un léopard (lequel n'est pour l'héraldique qu'un lion d'un type particulier).

À ce tableau d'ensemble il faut cependant apporter des nuances géographiques et chronologiques. C'est en Flandre et dans l'ensemble des Pays-Bas que les lions sont le plus nombreux ; dans les régions alpines – et, d'une manière générale, dans les zones de montagne –, qu'ils sont le moins fréquents. D'autre part, entre le XIIIe et le XVIe siècle, l'indice de fréquence moyen du lion est partout en régression sensible. Mais cela est dû à la diversification de plus en plus grande du répertoire des figures héraldiques et non pas, loin s'en faut, à un recul quantitatif. Partout, le lion conserve la première place. Premier par les statistiques, il l'est aussi sous la plume des hérauts d'armes et des auteurs de traités de blason compilés à partir du milieu du XIVe siècle. Tous s'accordent pour en faire le roi des animaux et la figure héraldique par excellence. Comme les bestiaires et les encyclopédies, ils le parent de toutes les vertus du chef et du guerrier (force, courage, fierté, largesse, justice), auxquelles s'ajoute parfois une dimension christologique (charité, oblation, miséricorde).

Souvent constatée, cette vogue considérable du lion dans les armoiries médiévales reste mal expliquée. Certes, on trouve déjà beaucoup de lions sur de nombreux supports emblématiques ou insignologiques de l'Antiquité et du haut Moyen Âge. Mais, dans la plupart des régions d'Europe, l'aigle, le sanglier, l'ours et le corbeau y sont au moins aussi fréquents. Mieux même : entre le VIe et le XIe siècle, par rapport au statut qui était le sien dans le monde gréco-romain, le lion semble en recul assez net dans la symbolique politique et dans l'emblématique guerrière, et ce dans tout l'Occident[7]. Or, soudainement, dans la seconde moitié du XIe siècle et tout au long du XIIe, on assiste à une irruption massive de lions et de « chevaliers au lion » (chevaliers doté d'un écu ou d'une bannière ornée d'un lion), d'abord comme motifs figurés dans le décor peint et sculpté, puis comme thèmes littéraires et narratifs. D'où viennent ces lions pré- et proto-héraldiques ? Plus qu'à une influence des croisades et à un emprunt fait par les Francs aux insignes ou aux usages emblématiques byzantins ou musulmans, je crois davantage au rôle joué par les tissus et par les objets d'art, régulièrement importés du Proche et du Moyen-Orient et sur lesquels des lions sont fréquemment représentés, parfois dans des attitudes déjà presque héraldiques. La sculpture, la peinture, la littérature et le blason naissant ont trouvé là une figure se prêtant à toutes les déclinaisons plastiques et symboliques. Mais cela n'explique pas tout, loin s'en faut.

L'héraldique, en effet, apparaît à un moment où l'iconographie et l'imaginaire du lion sont en forte expansion. Dans la seconde moitié du XIIe siècle, l'écu au lion devient dans toute œuvre littéraire latine, française ou anglo-normande l'écu stéréotypé du chevalier chrétien. Il s'oppose alors à l'écu au dragon du combattant païen[8]. Seules les régions germaniques résistent pendant quelques décennies à cette prolifération de lions : le sanglier y est encore, au début du XIIIe siècle, l'attribut conventionnel du héros littéraire. Mais cela ne dure pas. Dès les années 1230, par exemple, un héros aussi admiré que Tristan abandonne, en Allemagne et en Scandinavie, son écu traditionnel au sanglier pour prendre un écu au lion, comme il le faisait depuis deux ou trois générations en France et en Angleterre, et comme il le fera un peu plus tard en Autriche et en Italie du Nord[9]. À la fin du XIIIe siècle, partout en Europe occidentale, tout héros littéraire se doit d'avoir un lion pour figure héraldique.

Un triple héritage

Avant de s'interroger sur la symbolique du lion dans les traditions médiévales chrétiennes et de tenter de cerner comment celle-ci explique ou n'explique pas son foisonnement dans les images et dans les armoiries, il convient d'évoquer la place de cet animal dans les trois ensembles culturels dont le Moyen Âge chrétien a été l'héritier : biblique, gréco-romain, « barbare » (germanique et celtique).

Aux époques bibliques, le lion vit encore à l'état sauvage en Palestine et dans tout le Proche-Orient. Il s'agit d'un lion (*leo persicus*) plus petit que celui d'Afrique et qui s'attaque surtout au bétail, plus rarement aux hommes. Abondant en ces régions depuis plusieurs millénaires, il l'est moins au moment de la conquête romaine et a pratiquement disparu à l'époque des croisades. La Bible en parle souvent et souligne sa force : vaincre un lion est un exploit, et tous les rois ou héros dotés d'une force remarquable sont comparés à des lions. Cependant, du point de vue symbolique, il s'agit d'un animal ambivalent : il y a un bon et un mauvais lion. Ce dernier est le plus fréquent. Dangereux, cruel, brutal, rusé, impie, il incarne les forces du mal, les ennemis d'Israël, les tyrans et les mauvais rois, les hommes vivant dans l'impureté. Les Psaumes et les Prophètes lui accordent une place importante et en font une créature redoutable qu'il faut fuir absolument en implorant la protection divine : « Sauve-moi de la gueule du lion », supplie le psalmiste[10] ; sa prière sera reprise tout au long du Moyen Âge. Le Nouveau Testament n'est pas en reste qui fait du lion une figure du Diable : « Soyez vigilants : votre adversaire, le Diable, tel le lion rugissant, rôde, cherchant qui dévorer. Résistez-lui, fermes dans votre foi [...][11]. » Mais il existe aussi un bon lion, qui met sa force au service du bien commun et dont le rugissement exprime la parole de Dieu. C'est le plus courageux de tous les animaux et l'emblème de la tribu de Juda, la plus puissante d'Israël[12]. À ce titre il est associé à David, à sa descendance, et même au Christ : « Ne pleure pas : voici le lion de la tribu de Juda, le rejeton de David, il a remporté la victoire, il va ouvrir le livre et briser ses sept sceaux[13]. »

Comme la Bible, les auteurs grecs et latins sont bavards sur le lion. Ils le connaissent bien – ne serait-ce que par les jeux du cirque, énormes consommateurs de lions – et beaucoup lui accordent une sorte de primauté sur tous les autres animaux. Aucun cependant, pas même Aristote, ne proclame expressément qu'il est le « roi des animaux ». Pline semble même lui préférer dans ce rôle l'éléphant, par lequel il commence le livre VIII de son *Histoire naturelle* consacré aux quadrupèdes. Six siècles plus tard, en revanche, Isidore de Séville, lorsqu'il disserte sur les bêtes sauvages (*de bestiis*) commence par le lion et le qualifie de « *rex, eo quod princeps sit omnium bestiarum*[14] ». Roi, parce que premier parmi les bêtes fauves (*rex bestiarum*), mais pas encore vraiment roi des animaux (*rex animalium*). Il s'agit là d'une tradition orientale (plus iranienne qu'indienne ?), pratiquement inconnue des auteurs grecs et romains de l'Antiquité classique, timidement présente dans les textes bibliques et qui pénètre lentement en Occident à l'époque hellénistique.

Rien de tel chez les Celtes, dont la mythologie est longtemps restée imperméable aux traditions méditerranéennes et orientales. Jusqu'à la christianisation, le lion y est ignoré et ne joue aucun rôle dans la faune emblématique et symbolique. Le trône animal est occupé par l'ours (le roi Arthur lui-même porte un nom qui évoque l'ours, animal royal), mais plusieurs autres animaux lui font une forte concurrence au sein du bestiaire mythologique : le sanglier, le cerf, le corbeau, le saumon. Chez les Germains, les traditions sont plus complexes et plus nuancées. Dans les strates les plus anciennes de la mythologie germano-scandinave, il n'est évidemment nulle part question du lion. Toutefois, de bonne heure, bien avant la christianisation, les Varègues, qui ont dans les régions de la mer Noire des contacts commerciaux et culturels avec les sociétés de l'Asie centrale et du Moyen-Orient, importent en Occident les figures du lion et du griffon incisées dans le métal, taillées dans l'ivoire, brodées sur les tissus. Ces figures se chargent rapidement d'une dimension symbolique compatible avec les traditions germaniques. La crinière, notamment, valorise le lion parce que chez les Germains la chevelure longue et abondante est toujours signe de force et de pouvoir. Lorsque les premiers missionnaires pénètrent en Germanie, apportant avec eux la Bible et son long cortège de lions, le fauve est déjà bien connu des indigènes païens, même s'il occupe une place modeste dans la symbolique et la mythologie animales.

Naissance du léopard

La symbolique ambivalente du lion biblique se retrouve dans la symbolique chrétienne du haut Moyen Âge. À la suite d'Augustin, ennemi déclaré du lion et de toutes les bêtes féroces, la plupart des Pères de l'Église en font un animal diabolique : il est violent, cruel, tyrannique ; sa force n'est pas mise au service du bien, sa gueule ressemble au gouffre de l'Enfer ; tout combat contre un lion est un combat contre Satan ; vaincre un lion, comme l'ont fait David et Samson, est un rite de passage qui consacre les héros et les saints. Cependant certains Pères et quelques auteurs

– Ambroise, Origène, Raban Maur[15] – adoptent un point de vue différent : s'appuyant surtout sur le Nouveau Testament, ils voient dans le lion le « seigneur des animaux » et donc une figure du Christ. Ce faisant, ils préparent le terrain à une future valorisation chrétienne du lion ; dans les textes et les images, celle-ci est à l'œuvre dès la fin de l'époque carolingienne puis, surtout, à partir du XIe siècle.

Cette valorisation subit l'influence des bestiaires latins, dérivés du *Physiologus* grec compilé à Alexandrie au IIe siècle de notre ère[16]. Suivant les traditions orientales, notamment celle des fables, le lion y est presque toujours présenté comme le *rex omnium bestiarum*, « le roi de toutes les bêtes fauves », pas encore comme le *rex animalium*, « le roi des animaux » [17]. Pour cela, il faudra attendre les grandes encyclopédies du XIIIe siècle, celles de Thomas de Cantimpré, de Barthélemy l'Anglais et de Vincent de Beauvais[18]. Tous trois qualifient le lion de *rex animalium* et lui consacrent de longs développements, plus longs que pour n'importe quel autre animal. Ils soulignent sa force, son courage, sa largesse et sa magnanimité : toutes qualités qui sont le propre des rois et dont, dans les plus anciennes branches du *Roman de Renart* (v. 1170-1175), le roi Noble est déjà abondamment pourvu. Le lion est bien définitivement devenu le roi des animaux.

Entre-temps, toujours sous l'influence des bestiaires latins, le lion est investi d'une importante dimension christologique. Chacune de ses « propriétés » et de ses « merveilles », héritées des traditions orientales, est mise en relation avec le Christ. Le lion qui efface avec sa queue les traces de ses pas pour égarer les chasseurs, c'est Jésus cachant sa divinité en s'incarnant dans le sein de Marie ; il s'est fait homme en secret pour mieux tromper le Diable. Le lion qui épargne un adversaire vaincu, c'est le Seigneur qui dans sa miséricorde épargne le pécheur repenti. Le lion qui dort les yeux ouverts, c'est le Christ dans son tombeau : sa forme humaine dort, mais sa nature divine veille. Le lion qui par son souffle, le troisième jour, redonne vie à ses petits mort-nés, c'est l'image même de la Résurrection[19].

À partir du moment où le lion se dote de cette forte dimension christologique et où l'on assiste à sa promotion en de nombreux domaines, se pose pour les auteurs et pour les imagiers une question délicate : que faire des aspects négatifs du lion ? Que faire du mauvais lion, celui dont parlent le livre des Psaumes, saint Augustin, les Pères de l'Église et, à leur suite, une bonne partie de la culture cléricale du haut Moyen Âge ? Les bestiaires, les images, les emblèmes ont hésité pendant quelque temps. Puis, au tournant des XIe-XIIe siècles, ils ont trouvé une solution à cette question : faire du mauvais lion un animal à part entière, portant un nom qui lui soit propre afin de ne pas être confondu avec le lion christologique, alors en passe de devenir définitivement le roi des animaux. Cet animal « soupape », ce sera le léopard. Non pas le léopard véritable mais un léopard imaginaire, possédant une grande partie des propriétés et des aspects formels du lion (pas la crinière cependant), mais doté d'une nature mauvaise. Dès le XIIe siècle, les textes littéraires et la jeune héraldique le mettent fréquemment en scène et en font un lion déchu, un demi-lion, voire un ennemi du lion. Dans ce dernier rôle, le léopard se trouve parfois être le cousin ou l'allié du dragon.

Reprenons l'exemple des armoiries et voyons quelles sont la place et la signification de cet animal étrange et nouveau. Formellement, le léopard héraldique n'est qu'un lion figuré dans une position particulière : la tête toujours de face et le corps de profil, le plus souvent horizontal ; tandis que le lion, inversement, a toujours quant à lui la tête et le corps de profil[20]. C'est donc cette facialité de la tête qui fait la différence et qui fait sens : dans l'iconographie zoomorphe du Moyen Âge, la représentation d'un animal de face est presque toujours péjorative. Parce qu'il a la tête de face, alors que le lion l'a de profil, le léopard est un mauvais lion. On peut du reste se demander si, dans la sculpture romane, les innombrables fauves qui sont figurés la tête de face et la gueule grande ouverte, prête à dévorer, ne sont pas déjà des léopards.

Dans les armoiries, l'origine proprement héraldique du léopard est liée à l'évolution des armoiries des Plantegenêts dans la seconde moitié du XIIe siècle. La place manque pour s'y attarder ici[21]. Disons seulement que c'est Richard Cœur de Lion qui le premier, à partir de 1194-1195, utilisa les armoiries à trois léopards, armoiries reprises par tous ses successeurs (son père Henri II avait peut-être déjà eu un écu à deux léopards). Jusqu'au milieu du XIVe siècle, dans tous les armoriaux, ces animaux au corps de profil et à la tête de face conservent ce nom de *léopards*, malgré ses connotations négatives. Mais, à partir de cette date, les hérauts d'armes au service des rois d'Angleterre commencent à éviter ce terme et lui préfèrent l'expression *lions passant guardant* (lions horizontaux ayant la tête de face), qui s'impose définitivement à la fin du XIVe siècle, sous Richard II[22]. À cette étrange substitution terminologique correspondent des causes à la fois politiques et culturelles. En pleine guerre franco-anglaise, les hérauts d'armes français multiplient les railleries et les attaques contre le léopard anglais, mauvais lion, animal bâtard, fruit de l'accouplement de la lionne et du mâle de la panthère, le *pardus* des bestiaires latins. Toute la littérature zoologique depuis le XIIe siècle dresse en effet du léopard un tableau très défavorable[23]. Cet animal est également devenu la figure péjorative par excellence dans les armoiries attribuées à des personnages littéraires ou imaginaires (créatures mythologiques, vices personnifiés) ou bien ayant vécu avant l'apparition des armoiries (figures bibliques, héros antiques). Nombreux sont ainsi les romans arthuriens qui opposent un écu au lion et un écu au léopard pour mettre en scène un bon et un mauvais chevalier (de même que les chansons de geste opposaient un écu au lion et un écu au dragon)[24]. Par là même, il n'est plus possible aux rois d'Angleterre de garder pour emblème héraldique un animal ayant une aussi mauvaise réputation. Sans en changer le dessin, par une simple substitution terminologique, leur léopard, entre 1350 et 1380, est définitivement devenu un lion. Il l'est encore aujourd'hui dans les armoiries de la reine Élisabeth II.

L'arche de Noé

Avant le XIIIe siècle le lion n'est pas seulement le premier des animaux pour les bestiaires et les encyclopédies. Il l'est aussi sur de nombreux documents figurés, l'iconographie lui accordant une place privilégiée, tant du point de vue quantitatif que du point de vue qualitatif. Prenons pour exemple un thème qui, de l'époque paléochrétienne jusqu'à l'époque féodale, est souvent représenté et met en scène un important cortège animalier : l'arche de Noé.

À première vue, les images de l'arche ne semblent pas pouvoir fournir à l'historien d'informations très pertinentes. À première vue seulement. Car ces images, qui prennent place sur des supports de toutes natures, montrent un bestiaire soigneusement sélectionné, et cette sélection constitue un riche document d'histoire. Le texte de la Genèse, en effet, ne mentionne aucun nom d'espèce parmi les animaux de l'arche. Il reproduit simplement l'ordre donné par Dieu à Noé : « De tout ce qui est vie, de tout ce qui est chair, tu feras entrer dans l'arche deux de chaque espèce pour les garder en vie avec toi ; qu'il y ait un mâle et une femelle. De chaque espèce de grosses bêtes, de chaque espèce d'oiseaux, de chaque espèce de petits animaux rampant sur le sol, un couple viendra avec toi pour que tu le gardes en vie[25]. » Artistes et imagiers sont donc relativement libres de choisir les animaux qu'ils vont placer dans l'arche, et ce choix est évidemment le reflet de systèmes de valeurs, de modes de pensée et de sensibilité, de savoirs et de classements zoologiques qui diffèrent selon les époques, les régions et les sociétés. L'espace dont disposent les artistes pour représenter l'arche et ses habitants limite le nombre de ces derniers, mais le texte biblique laisse une grande liberté pour les choisir.

Depuis plusieurs années j'ai mis en chantier une étude du bestiaire de l'arche figuré par les images médiévales. Cette étude, quelque peu empirique quant à la quête des documents, a porté jusqu'à ce jour sur un corpus d'environ 300 miniatures présentes dans des livres manuscrits (bibles, psautiers, missels, bréviaires, chroniques universelles et compilations historiques) copiés et peints en Occident entre la fin du VIIe siècle et le début du XIVe. L'enquête devrait être étendue à d'autres supports d'images afin d'être mieux répartie dans l'espace et dans le temps et de s'appuyer sur de véritables méthodes quantitatives[26]. Mais tel qu'il est, le corpus apporte déjà des informations instructives. Il montre notamment que le bestiaire de l'arche carolingienne n'est pas celui du XIIIe siècle (et encore moins celui de la fin du Moyen Âge), et qu'un seul animal est toujours présent au fil des siècles et des images : le lion.

Les représentations de l'arche flottant sur les eaux du déluge ne montrent pas toujours des animaux. Mais, quand ils sont visibles – c'est-à-dire quatre fois sur cinq –, le lion est toujours du nombre. Il est accompagné d'autres gros « quadrupèdes » (pour employer une notion médiévale) dont la liste est variable. Les plus fréquents sont l'ours, le sanglier et le cerf. Un animal, c'est donc d'abord un quadrupède, et les quadrupèdes sauvages semblent plus « animaux » que les autres. Les espèces domestiques, parfois difficiles à identifier avec précision[27], ne viennent qu'ensuite. Quant aux oiseaux, ils sont plus rares (présents sur un tiers des images seulement), mis à part le corbeau et la colombe, éléments essentiels dans l'histoire du Déluge. Et plus rares encore les rongeurs et les serpents ; jamais d'insectes (au sens moderne) ni de poissons ; ces derniers sont figurés sous l'arche, au milieu des eaux. Près d'une fois sur trois, il n'y a pas un couple de chaque espèce mais un seul représentant, sexuellement indifférencié. Même dans les images de grande taille, il est rare que l'arche abrite plus d'une dizaine d'espèces différentes ; souvent le nombre se limite à quatre ou cinq, parfois moins. En revanche, les images représentant l'entrée des animaux dans l'arche (ou bien leur sortie) mettent en scène un bestiaire plus riche et plus diversifié. Elles permettent également d'étudier les hiérarchies au sein du monde animal : en tête le lion ou l'ours, suivi du gros gibier (cerf, sanglier) puis des animaux domestiques ; en fin de cortège, les animaux de petite taille, suivis quelquefois par les rats et les serpents[28].

Ces hiérarchies sont instructives à plusieurs titres. D'autant qu'elles évoluent au fil du temps. Pour l'iconographie du haut Moyen Âge, il semble y avoir deux « chefs » des animaux : l'ours et le lion, comme c'était le cas dans les traditions antiques ; l'ours était le chef des animaux pour les sociétés germaniques et celtiques, le lion pour les cultures biblique et gréco-romaine. À l'époque féodale, l'ours cède définitivement le pas devant le lion et recule d'une place (voire de plusieurs) dans le cortège des animaux. Au XIIIe siècle, d'autres espèces font leur apparition ou bien deviennent plus fréquentes dans les images de l'arche : l'éléphant, le chameau, le crocodile, la licorne, le dragon. Si le bestiaire se fait plus exotique, la frontière reste floue entre animaux véritables et animaux chimériques (elle le restera jusqu'au XVIIe siècle). Enfin, un animal longtemps absent de l'arche y fait une entrée remarquée : le cheval. Pour la sensibilité de l'époque féodale, celui-ci était plus qu'un animal, presque un être humain. C'est pourquoi textes et images hésitaient souvent à l'inclure dans un bestiaire : sa place n'était pas parmi les animaux mais auprès des hommes. À partir du XIIIe siècle, ce regard particulier porté sur le cheval se fait plus discret ; il semble redevenir un animal comme les autres et trouve par là même sa place dans l'arche, entre le lion, le cerf et le sanglier. Il n'en sortira plus.

L'ours détrôné

Revenons au lion et demandons-nous à partir de quand il devient définitivement le « roi » des animaux dans les traditions occidentales. Malgré tout ce qui vient d'être exposé, la question est moins simple qu'il n'y paraît. Elle met en jeu des faits culturels complexes, à la fois dans l'espace et dans la durée. À l'échelle de l'Occident, elle traduit notamment une forte tension entre une Europe germanique et celtique, pour qui l'ours est ou a été le premier des animaux, et une Europe latine, pour qui ce rôle est tenu par le lion. Ce n'est qu'après l'an mille que le lion commence à l'emporter à peu près partout sur l'ours. Sa victoire devient définitive au XIIe siècle et elle est due pour l'essentiel à l'attitude de l'Église.

Dès l'époque paléolithique, le culte de l'ours a été dans l'hémisphère Nord l'un des cultes animaliers les plus répandus. Sa mythologie exceptionnellement riche s'est prolongée dans d'innombrables contes et légendes jusqu'en plein XXe siècle : l'ours est resté par excellence l'animal des traditions orales[29]. C'est aussi celui dont le caractère anthropomorphe est le plus affirmé. Il entretient avec l'être humain, notamment la femme, des rapports étroits, violents, parfois charnels. Opposer ou associer la bestialité de l'ours et la nudité de la femme est un thème narratif et figuré attesté partout. L'ours, c'est l'animal velu, la *masle beste*, et par extension l'homme sauvage[30]. Mais c'est aussi et surtout le roi de la forêt et des animaux qui y vivent. Dans les traditions celtes, scandinaves et slaves, cette fonction royale de l'ours – qui, ailleurs, semble disparaître assez tôt – est encore bien attestée à l'époque médiévale. Les deux aspects – bestialité et royauté – peuvent du reste être confondus : plusieurs récits mettent en scène des rois ou des chefs qui sont « fils d'ours », c'est-à-dire fils d'une femme enlevée et violée par un ours[31].

Un tel animal ne pouvait qu'effrayer l'Église du haut Moyen Âge. Non seulement l'ours est doté d'une force prodigieuse mais il est lubrique et violent. En outre, il ressemble à l'homme par son aspect extérieur, par son aptitude à se tenir debout et par ses pratiques sexuelles. Depuis Pline, en effet, qui a mal interprété un passage d'Aristote, tous les bestiaires et toutes les encyclopédies affirment que les ours s'accouplent *more hominum* et non pas à la façon des autres quadrupèdes[32]. L'ours est donc un dangereux cousin de l'homme. Enfin, contrairement au lion, sur tous les terroirs d'Europe occidentale, c'est un animal indigène : le voir, l'admirer, le redouter, le vénérer, est chose fréquente. De fait, à l'époque carolingienne, dans une bonne partie de l'Europe germanique et scandinave, il fait encore l'objet de cultes païens, associés à des fêtes calendaires, et passe encore pour le roi des bêtes sauvages ; rôle, nous l'avons vu, déjà tenu par le lion dans l'Europe méridionale. Dès lors, l'Église part en guerre contre l'ours et cherche à le faire descendre de son trône. Partout, entre le VIIIe et le XIIe siècle, elle favorise la promotion du lion, animal exotique et non pas indigène, issu de la culture écrite et non pas des traditions orales, animal par là même maîtrisable et non pas imprévisible. Partout elle « joue » le lion contre l'ours. Partout elle s'acharne contre ce dernier[33].

Pour ce faire, elle utilise trois procédés : l'ours est d'abord diabolisé, puis dompté et enfin ridiculisé. S'appuyant sur la Bible, où l'ours est toujours pris en mauvaise part[34], et reprenant une phrase de saint Augustin, « *ursus est diabolus*[35] », les Pères et les auteurs chrétiens de l'époque carolingienne rangent l'animal dans le bestiaire de Satan ; du reste, à les croire, le Diable prend souvent la forme d'un ours pour venir menacer ou tourmenter les hommes pécheurs. La plupart des auteurs occultent la tradition selon laquelle l'ourse redonne vie à ses petits mort-nés en les léchant – tradition ambiguë, héritée de Pline[36], qui aurait pu être glosée comme un symbole de résurrection – et mettent constamment en avant les vices de l'ours : brutalité, méchanceté, lubricité, saleté, goinfrerie, paresse, colère[37].

Dans un deuxième temps, l'ours devient un animal domestique, ou plutôt domestiqué, au sens médiéval de ce mot (*domesticus*). Ici c'est l'hagiographie qui s'attaque à l'ours. De nombreuses vies de saints racontent comment l'homme de Dieu, par son exemple, ses vertus ou son pouvoir, a vaincu un ours sauvage et redoutable et l'a forcé à lui obéir. Saint Amand oblige ainsi un ours qui avait dévoré sa mule à lui porter ses bagages. Saint Corbinien, en route vers Rome, fait de même, tandis que saint Vaast exige de celui qui avait mangé un bœuf qu'il tire la charrue à sa place. Saint Rustique, en Limousin, agit pareillement envers un ours qui avait tué et emporté les deux bœufs qui tiraient le char funéraire de son disciple saint Viance. Saint Colomban force un ours à lui laisser une place dans sa caverne pour s'abriter du froid. Quant à saint Gall, il s'attache la compagnie d'un ours qui l'aide à construire un ermitage, lequel deviendra la prestigieuse abbaye de Saint-Gall. L'épisode est bien connu et a donné lieu à une iconographie abondante, notamment en Suisse rhénane[38].

Diabolisé puis dompté, l'ours est ensuite ridiculisé. Cela se fait en général après l'an mille. L'Église, pourtant hostile à tous les spectacles d'animaux, ne s'oppose désormais plus à la circulation des montreurs d'ours. Muselé et enchaîné, l'ours accompagne les jongleurs et les bateleurs de château en château, de foire en foire, de marché en marché. L'ancien animal royal, admiré et redouté, devient une bête de cirque, qui danse, fait des tours, amuse le public. À partir du XIIIe siècle, offrir un ours n'est plus vraiment un cadeau de roi comme c'était encore le cas à l'époque carolingienne ; l'animal sort même des ménageries princières où il n'a plus sa place. Seuls les ours blancs offerts par les rois de Danemark et de Norvège conserveront un certain prestige jusqu'au début des Temps modernes parce que ce sont des *curiosa*.

Au tournant des XIIe-XIIIe siècles, l'affaire semble donc entendue : le lion, roi des animaux dans les traditions orientales et méridionales, le devient aussi, à la place de l'ours, dans les traditions occidentales septentrionales. Dans toute l'Europe, il n'y a désormais plus qu'un seul roi, comme en témoignent les différentes branches du *Roman de Renart* compilées dans les dernières décennies du XIIe siècle et dans les premières du XIIIe : Noble, le lion, n'a pas de rival ; son pouvoir royal n'est pas contesté (sauf par Renart, mais pour d'autres raisons) ; Brun, l'ours, n'est que l'un de ses « barons » ; un baron lent et lourd, souvent ridiculisé par le goupil[39]. À la même époque, l'héraldique, nous l'avons vu, donne au lion la première place, loin devant tous les autres animaux, et n'accorde à l'ours qu'un rôle très discret[40]. Partout le lion étend son empire.

Chasser le sanglier

Du gibier royal à la bête impure : histoire d'une dévalorisation

Dans l'Antiquité, la chasse au sanglier est une chasse particulièrement valorisée, et ce aussi bien chez les Grecs et les Romains que chez les Germains et les Celtes. Il en va de même pendant tout le haut Moyen Âge et encore au lendemain de l'an mille : chasser le porc sauvage reste un rituel royal et seigneurial obligé et affronter l'animal dans un combat singulier, un exploit héroïque. À partir du XIIe siècle, cependant, cette chasse semble moins recherchée en milieu princier. Cette défaveur paraît même s'accentuer à la fin du Moyen Âge et au début de l'époque moderne. Pour quelles raisons ? Dévalorisation de l'animal ? Nouvelles pratiques de vénerie ? Transformations des fonctions et des enjeux de la chasse ? Au reste, ce déclin concerne-t-il la Chrétienté dans son ensemble ou bien les seuls royaumes de France et d'Angleterre ? En effet, ce sont d'abord les traités de chasse compilés dans ces deux pays qui en portent témoignage. Toutefois, par la suite, à partir de la fin du XIVe siècle, dans une large partie de l'Europe occidentale, les documents comptables, les textes narratifs, la littérature et l'iconographie semblent aller dans le même sens.

Tenter de répondre aux questions qui viennent d'être posées n'est pas aisé si l'on envisage le sanglier isolément. Certes, il est possible d'étudier l'évolution du discours symbolique sur cet animal au travers des bestiaires et des encyclopédies, des recueils d'*exempla*, des livres de vénerie, des textes littéraires et des images de toutes natures. Mais, ce faisant, l'historien demeure quelque peu sur sa faim. Le discrédit du sanglier au sein du bestiaire chrétien est indéniable, mais il n'explique pas tout. En revanche, si le chercheur replace cet animal dans une problématique plus large, concernant à la fois l'attitude de l'Église envers la chasse et les fonctions royales et princières de la vénerie en Occident entre l'époque mérovingienne et le XIVe siècle, il comprend mieux les causes et les différents aspects de cette relative dévalorisation. La chasse au sanglier en effet ne prend tout son sens que pour autant qu'elle est comparée à deux autres chasses, celle de l'ours et, surtout, celle du cerf.

Les chasses romaines

Les Romains aiment chasser le sanglier. Il s'agit d'un gibier noble, d'une bête redoutable dont on admire la force et le courage. Pour les chasseurs c'est un adversaire extrêmement dangereux qui se bat jusqu'au bout et meurt sans fuir ni renoncer. Par là même, c'est un gibier respecté et recherché. D'autant que la chasse au sanglier, qui se pratique le plus souvent à pied[1], se termine par un combat au corps à corps, face contre face, souffle contre souffle. Le travail de rabattage se fait avec des chiens et des filets, mais c'est un homme seul qui supporte le dernier assaut de la bête furieuse : ne craignant ni ses coups, ni ses cris, ni son odeur épouvantable, il tente de l'achever à l'épieu ou au couteau, en frappant à la gorge ou bien entre les yeux. Être vainqueur d'un sanglier est toujours un exploit. Rares sont ceux qui y parviennent sans être blessés par les défenses ou par les soies hérissées de l'animal[2].

Au contraire, la chasse au cerf est délaissée ou méprisée (et celle du chevreuil plus encore). L'animal passe pour faible, peureux et lâche : il fuit devant les chiens, avant de renoncer et de se laisser tuer. À son image, on qualifie de *cervi* (cerfs) les soldats sans courage qui fuient devant l'ennemi[3]. Par ailleurs, la viande du cerf passe pour molle et peu hygiénique ; elle ne figure pas sur la table des patriciens romains[4]. Enfin, les cervidés habitent sur des terres que les chasses nobles ne fréquentent guère, lui préférant des zones plus sombres ou plus accidentées. Courir ou forcer le cerf est donc une activité qui ne procure ni gloire ni plaisir ; un noble ou un citoyen de bonne réputation ne doit pas s'adonner à ce type de chasse, mais la laisser au paysan. « Tu laisseras le cerf au vilain » (*cervos relinques vilico*), conseille à la fin du Ier siècle de notre ère le poète Martial dans une épigramme célèbre[5]. Cette opinion est partagée par la plupart des auteurs parlant de vénerie : le cerf est un gibier méprisable, seuls sont nobles le lion – que l'on ne mange pas, ce qui prouve bien que la chasse est d'abord un rituel avant d'être une quête de nourriture –, l'ours et le sanglier. Sur ce dernier ils sont intarissables, soulignant la fureur et la sauvagerie de l'animal qui jaillit de sa bauge tel la foudre, brisant tout sur son passage puis se retournant pour affronter le chasseur, les soies dressées, les prunelles en feu[6]. Voici quelques adjectifs qualifiant la bête singulière (*aper*) que j'ai pu relever chez les poètes latins du Ier siècle avant notre ère et des deux premiers siècles après : *acer* (impétueux), *ferox* (fougueux), *ferus* (sauvage), *fremens* (grondant), *fulmineus* (foudroyant), *rubicundus* (coléreux), *saevus* (furieux), *spumans* (écumant), *torvus* (menaçant), *violentus* (brutal). Domine dans ces *topoi* l'idée d'une rage fulminante, mettant en valeur les dangers d'une telle chasse.

Cette admiration mêlée de crainte se retrouve chez les Germains. Affronter en combat singulier un ours ou un sanglier est pour tout jeune homme un rituel indispensable pour devenir un guerrier libre et adulte. Le lexique allemand confirme du reste la parenté symbolique entre les deux animaux : les mots *Bär* (ours) et *Eber* (sanglier) possèdent une étymologie commune et se rattachent à la grande famille du verbe **bero*, qui signifie combattre ou frapper. Comme l'ours, le sanglier est l'attribut du courage et du guerrier[7].

Chez les Celtes il possède également cette vertu virile, mais il est aussi, et surtout, le gibier royal par excellence. Nombreux sont, dans les mythologies celtiques, les rois ou les princes qui poursuivent dans une chasse sans fin un sanglier, spécialement un sanglier blanc qui va les entraîner dans l'autre-monde. Ici encore, le sanglier fait couple avec l'ours, roi des animaux pour les Celtes, dont il est à la fois le double et l'ennemi[8]. Le roi Arthur, dont le nom, construit sur la racine indo-européenne *art-*, est le même que celui de l'ours, représente ainsi le souverain archétypal qui chasse sans fin la laie ou le sanglier[9]. C'est l'image du pouvoir temporel (le roi et l'ours) poursuivant vainement le pouvoir spirituel (le druide et le sanglier). Plusieurs textes littéraires français ou anglo-normands des XIIe et XIIIe siècles ont conservé quelques parcelles de cette riche mythologie celtique du porc sauvage et mettent en scène un héros (Guingamor, Aubri le Bourguignon, Tristan), chassant le sanglier blanc et entraîné à sa suite dans des aventures sans fin, voire dans le monde des morts[10]. C'est là une chasse symbolique héritée de traditions très anciennes[11].

Les livres de vénerie

Cette admiration pour le sanglier et sa chasse traverse tout le haut Moyen Âge[12], notamment dans les pays germaniques, comme en portent témoignage l'archéologie, la toponymie, le droit et l'hagiographie[13]. Mais elle ne se retrouve plus guère dans les traités de vénerie français des XIIIe et XIVe siècles. Pour tous les auteurs, la bête noble, le gibier royal, c'est désormais le cerf et non plus le sanglier. Certains, comme Gaston Phébus, comte de Foix, auteur d'un *Livre de chasse* compilé à l'horizon des années 1387-1389, établissent une véritable hiérarchie des chasses et placent en tête celle du cerf ; d'autres, comme Henri de Ferrières, ne proposent pas de hiérarchie précise, mais commencent très naturellement leur propos par la chasse au cerf et s'y attardent plus longuement que sur toutes les autres ; quelques auteurs, tel celui anonyme de la *Chace dou cerf*[14], dont on peut situer la compilation dans la seconde moitié du XIIIe siècle (France de l'Est ?), ou bien William Twich, grand veneur du roi d'Angleterre Édouard II et auteur vers 1315-1320 d'un *Art de vénerie*[15], consacrent même un poème entier ou un ouvrage spécifique au seul grand cervidé ; ce à quoi le sanglier n'a jamais droit. Mais, surtout, le discours sur le cerf ne prend jamais l'animal en mauvaise part et valorise sa chasse à tout point de vue. Voici ce qu'écrit Gaston Phébus :

> C'est bonne chasce que du cerf, quar c'est belle chose bien quester un cerf, et belle chose de le destourner, et belle chose de le laissier courre, et belle chose de la chacier, et belle chose le rachacier, et belle chose les abais, soient en yaue ou en terre, et belle chose la cuirïe, et belle chose bien l'escorchier et bien le deffere et lever les droiz, et belle chose et bonne la venaison. Et c'est belle beste et plaisante, et je tiens que c'est la plus noble chasse[16].

Même discours, ou presque, chez trois auteurs cynégétiques du XIVe siècle : Gace de La Buigne, chapelain de trois rois de France successifs, familier des chasses royales et auteur d'un *Roman des deduis*, long poème composé entre 1359 et 1373/1379[17], dans lequel, entre autres, il affirme que la musique des veneurs est plus belle que celle que l'on entend à la chapelle royale ; Hardouin de Fontaine-Guérin, qui achève en 1394 un *Livre du Trésor de vénerie* dédié à Louis II d'Anjou[18], dans lequel il s'amuse à classer les plus belles forêts, les meilleurs chasseurs et les plus remarquables sonneries du cor ; enfin, et surtout, Henri de Ferrières, gentilhomme normand sur lequel nous ne savons à peu près rien, mais auteur des célèbres *Livres du roy Modus et de la royne Ratio*, mis en forme quelques années plus tôt, entre 1360 et 1379. Henri se refuse à établir une véritable hiérarchie entre les différentes chasses mais avoue néanmoins sa préférence pour celle du cerf :

> Toutes personnes ne sont mie d'une volenté ne d'un courage, ains sont leur natures diverses, et pour ce ordena Dieu Nostre Sires pluseurs deduis, qui sont de diverses manieres, affin que chascun peut trouver deduis a la plaisance de sa nature et de son estat ; car les uns appartienent aus riches, les autres aus povres, et pour ce les vous deviserai par ordre. Et commencherai a la venerie des cerfs et comment l'en les prent a forche de chiens. Lequel deduit est un des plus plaisans qui soit[19].

Si Gaston Phébus ne tarit pas d'éloges sur le cerf, il n'accable pas le sanglier pour autant. Certes, dans son système classificatoire, le sanglier fait partie non seulement des *grosses bestes* (au même titre que le cerf, le daim, l'ours et le loup), mais aussi des *bestes mordantes* (avec l'ours, le loup, le renard et la loutre), des *bestes puantes* (avec le loup, le renard et le blaireau) et des *bestes noires* (avec l'ours et le loup). Mais c'est aussi pour lui une bête courageuse et fière, qui ne ruse pas et qui combat jusqu'au bout de ses forces ; par là même il est, contrairement au cerf, extrêmement dangereux :

> C'est la beste dou monde qui a plus forz armes et qui plus tost tueroit un homme ou une beste ; il n'est nulle beste qu'il ne tuast seul a seul plus tost que elle ne feroit luy, ne lion ne liepart […] ; quar lyons ne liepart ne tuent mie un homme ne une beste a un coup […] ; le sanglier tue d'un coup, comme on feroit d'un coutel[20].

Henri de Ferrières, en revanche, est l'auteur le plus sévère avec le sanglier. La reine Ratio, qui exprime l'opinion commune, voit dans cet animal une incarnation de tous les ennemis du Christ. Il est l'antithèse du cerf : aux dix « propriétés » christologiques de celui-ci correspondent les dix propriétés diaboliques de celui-là. Selon la reine, le sanglier est laid, noir et *hérichié* ; il vit dans les ténèbres ; il est félon, coléreux et rempli d'orgueil ; il est querelleur ; il possède deux armes redoutables, dignes des crochets de l'Enfer : *deux dens qui sont en sa gueule* ; il ne regarde jamais vers le ciel mais a toujours la tête enfouie dans la terre ; il fouille le sol toute la journée et ne pense qu'aux plaisirs terrestres ; il est sale et trouve son plaisir dans la boue ; ses pieds sont tordus et ressemblent à des *pigaches*[21] ; enfin il est paresseux : quand il a bien fouillé et bien mangé, il ne pense plus qu'à se reposer dans son lit. C'est l'ennemi du Christ. C'est le Diable[22].

Des textes cynégétiques aux documents d'archives

Le déclin du prestige de la chasse au sanglier n'est pas seulement allégorique ou littéraire. Il est confirmé par les documents d'archives. À partir du milieu du XIVe siècle, en effet, du moins en France et en Angleterre, il n'est pas rare, dans les comptes royaux ou princiers, de ne plus rencontrer de mention comptable concernant l'entretien régulier d'une meute spécialisée dans la chasse au sanglier[23]. Cette chasse nécessite des chiens nombreux, courageux et endurants ; beaucoup sont victimes de l'animal et doivent être régulièrement remplacés[24]. Par là même, l'entretien d'une telle meute coûte très cher. Or à partir du moment où la chasse au sanglier cesse d'être une chasse royale et princière, ou bien, plus concrètement, cesse d'être pratiquée avec assiduité, l'entretien permanent d'une telle meute ne s'impose plus. De fait, il n'est pas rare de lire sous la plume d'un chroniqueur, ou même dans un document d'archives, que tel prince désirant chasser le sanglier mais n'ayant pas ou plus de meute pour ce faire, a emprunté la meute d'un autre prince, voire, ce qui est encore plus significatif de la dépréciation de cette chasse, celle d'un vassal[25].

D'autres documents – techniques, narratifs ou comptables – concernant les cours de Bourgogne, de Bourbon et d'Anjou à la fin du XIVe siècle et au début du XVe, nous apprennent que la chasse au cerf est désormais la seule pratiquée par les princes et les rois tandis que la chasse au sanglier est le fait des seuls veneurs, devenus de véritables professionnels[26]. La chasse à la *beste singuliere*, « noire, mordante et puante », n'est plus tant un rituel aristocratique qu'une simple battue destinée à éliminer un animal devenu prolifique, dévastant les vignes, les jardins et les terres emblavées. Ce que confirme l'emploi d'*engins*, c'est-à-dire de pièges et de filets pour rabattre l'animal et en venir à bout[27]. Nous sommes là très loin du corps à corps qui mettait aux prises l'homme et la bête et qui, dans les sociétés anciennes, faisait de la chasse au sanglier une activité guerrière, dangereuse, sauvage. Désormais, elle tend à se rapprocher de celle du loup et, par là même, perd sa dimension de rituel aristocratique. Au reste, à la fin du Moyen Âge, la viande du sanglier, si goûtée des Romains, des Gaulois et des Germains et encore grandement appréciée à l'époque féodale, se fait moins présente sur les tables royales et ducales. On lui préfère désormais la chair des oiseaux d'eau et, en matière de venaison, la viande du cerf, de la biche ou même du daim[28]. Ce dernier commence à être élevé dans des parcs et sert à la fois d'animal d'agrément et de nouveau gibier.

Pour comprendre cette inversion du prestige des chasses entre le haut et le bas Moyen Âge, il faut également tenir compte des lieux où l'on opère. Le cerf, qui se chasse « à courre », comme le chevreuil, le daim, le renard et le lièvre[29], nécessite des espaces plus grands que le sanglier. Or, au fil des siècles, le régime juridique de la *foresta*, c'est-à-dire du droit de chasse contrôlé par le pouvoir des dynastes (voire réservé au seul suzerain), tend à s'étendre dans les royaumes et les grands fiefs d'Europe occidentale. Au point qu'à partir du XIIe siècle, dans bien des pays et régions, seuls les rois et les princes finissent par disposer de territoires suffisamment étendus pour chasser le cerf[30]. Faute de posséder de vastes forêts où ils pourraient courir le cerf en pleine liberté juridique ou féodale, les simples seigneurs doivent se contenter de chasser le sanglier. Ce faisant, ils contribuent à diminuer le prestige de cette chasse tandis que celle du cerf, autrefois moins prisée, devient pleinement royale. D'autant que cette dernière se pratique toujours à cheval tandis que la première se commence à cheval mais se termine à pied. Or, à partir des XIe-XIIe siècles, rares sont les rois et les princes qui consentent à chasser à pied, comme les valets et les vilains.

Sans pouvoir vraiment avancer une chronologie précise, on peut admettre qu'en France et en Angleterre, c'est entre le début du XIIe siècle et le milieu du XIIIe que la chasse au cerf est devenue plus prestigieuse que celle du sanglier ; tandis qu'en Italie et dans les pays germaniques cette inversion de hiérarchie se produit plus tard, peut-être vers la fin du XIVe siècle ou au début du XVe ; et en Espagne et au Portugal, plus tard encore, à l'aube des Temps modernes.

Le sanglier, un animal diabolique

Malgré ce qui vient d'être dit, le droit féodal et l'évolution des techniques de chasse ne suffisent pas à expliquer le déclin du prestige de la chasse au sanglier. Il est d'autres raisons qui tiennent à la symbolique de l'animal lui-même. Ou plutôt à la place que l'Église et les clercs lui ont réservée au sein du bestiaire. Cette place a de bonne heure été négative. Sans guère changer le discours des textes antiques et en conservant au sanglier tous les qualificatifs dont le dotaient les auteurs latins (*acer*, *ferox*, *fulmineus*, *saevus*, *violentus*, etc.), les Pères de l'Église ont transformé l'animal tant admiré des chasseurs romains, des druides celtes et des guerriers germains en une bête impure et effrayante, ennemie du Bien, image de l'homme pécheur et révolté contre son Dieu. Augustin, commentant le psaume 80 [79] qui décrit le sanglier ravageant les vignes du Seigneur, est le premier à faire de l'animal une créature du Diable[31]. Quelques décennies plus tard, Isidore de Séville souligne que l'animal doit son nom à sa férocité même : « le sanglier (*aper*) est ainsi nommé d'après sa férocité (*a feritate*) en substituant P à F » (*Aper a feritate vocatus, ablata f littera et subrogata p dicitur*)[32]. Enfin Raban Maur, au IXe siècle, fixe définitivement la symbolique infernale de l'animal en l'inscrivant au cœur du bestiaire du Diable[33]. Certains de ses propos seront repris mot pour mot par les bestiaires latins des XIe et XIIe siècles, puis par les grandes encyclopédies du XIIIe[34].

À la même époque, des idées semblables sur la férocité diabolique du sanglier se retrouvent dans les sermons, dans les *exempla*, dans les traités sur les vices et dans les bestiaires. Le courage de l'animal, chanté par les poètes romains, est devenu une violence aveugle et destructrice. Ses mœurs nocturnes, son pelage sombre, ses yeux et ses défenses qui semblent jeter des étincelles en font une bête tout droit sortie du gouffre de l'Enfer pour tourmenter les hommes et défier Dieu. Le sanglier est laid, il bave, il sent mauvais, il fait du bruit, il a le dos hérissé et les soies rayées, il possède « des cornes dans sa gueule[35] », c'est en tout point une incarnation de Satan.

À la fin du Moyen Âge, la symbolique négative du sanglier paraît même s'accentuer car on commence à le doter de vices jusque-là réservés au seul porc domestique : saleté, gloutonnerie, intempérance, lubricité, paresse. Les savoirs et les sensibilités du haut Moyen Âge ne confondaient pas les deux animaux ; or c'est parfois, sinon souvent, chose faite à partir du XIVe siècle. En apportent la preuve les commentaires qui ont suivi la mort du roi de France Philippe le Bel, à la fin de l'année 1314[36]. Celui-ci mourut des suites d'un accident de chasse causé en forêt de Compiègne par un sanglier. Deux ou trois siècles plus tôt, une telle mort aurait été perçue comme héroïque, et même vraiment royale. Mais au début du XIVe siècle, ce n'est plus le cas. Même si elle est due à un porc sauvage, cette mort rappelle l'étrange mort du prince Philippe, fils de Louis VI le Gros, près de deux cents ans auparavant : dans une rue de Paris, au mois d'octobre 1131, un vulgaire *porcus diabolicus*, comme l'écrit Suger[37], s'était jeté dans les pattes du cheval du jeune prince, provoquant une chute mortelle et souillant la dynastie capétienne d'une flétrissure indélébile que même les futures fleurs de lis virginales des armoiries royales ne pourront jamais tout à fait effacer. Ce prince Philippe avait en effet déjà été couronné et sacré roi de France du vivant de son père, comme c'était l'usage chez les premiers rois capétiens afin d'assurer la continuité de la dynastie. Un simple cochon girovague fut cause de la mort de ce *rex junior jam coronatus*, et cette mort fut, dans toute la Chrétienté, ressentie comme particulièrement honteuse[38]. Rien de tel apparemment concernant Philippe le Bel au mois de novembre 1314. Et pourtant, chroniques, libelles et pamphlets ne manquèrent pas de souligner qu'une fois encore la monarchie française était victime d'un porc et que le roi honni payait là toutes ses trahisons et ses turpitudes. Entre le cochon domestique et le cochon sauvage, la frontière symbolique, autrefois solide, n'était plus imperméable.

De fait, à partir du milieu du XIIIe siècle, dans les sommes théologiques sur les vices, dans les recueils d'*exempla* puis dans les bestiaires littéraires ou iconographiques associés aux sept péchés capitaux, le sanglier semble additionner sur sa personne tous les vices et péchés autrefois distribués entre le porc domestique et le porc sauvage : *violentia* (violence), *furor* (fureur), *cruor* (sauvagerie), *ira* (colère), *superbia* (orgueil), *obstinatio* (entêtement), *rapacitas* (cupidité), *impietas* (impiété), d'un côté ; *sorditia* (saleté), *foeditas* (laideur), *libido* (débauche), *intemperantia* (incontinence), *gula* (goinfrerie), *pigritia* (paresse), de l'autre. Lorsque s'impose, à la fin du Moyen Âge, le système mécanique des sept péchés s'opposant aux sept vertus, le sanglier présente ce palmarès unique parmi tous les animaux de pouvoir être l'attribut de six des sept péchés mortels : *superbia* (orgueil), *luxu-*

ria (luxure), *ira* (colère), *gula* (goinfrerie), *invidia* (envie) et *acedia* (paresse) ! Seule l'*avaritia* (avarice) ne lui est pas associée[39]. Dans les miniatures et les tapisseries allemandes qui, au XVe siècle, mettent en scène l'affrontement des vices et des vertus sous forme d'une joute ou d'un tournoi, le sanglier peut ainsi être choisi comme monture, comme cimier ou comme emblème héraldique de chacun des six péchés capitaux mentionnés ci-dessus, figuré par une personnification. Il est la vedette incontestée du camp ennemi du Christ[40].

Au reste, c'est déjà cette qualité infernale que cherchait à mettre en valeur, quelques décennies plus tôt, Henri de Ferrières dans ses *Livres du roy Modus et de la Royne Ratio*, en énumérant les dix propriétés morales du sanglier et en les rapprochant des dix « commandemens Anticrist[41] ». Elles renvoient déjà à cinq ou six péchés mortels : orgueil, colère, luxure, goinfrerie, paresse, et peut-être envie. Quant à son aspect physique, l'animal évoque en tout point l'Enfer : noirceur du poil, dos hérissé de pointes, odeur insupportable, cris terrifiants, chaleur du rut, soudaineté de la foudre, défenses incandescentes faisant fondre tout ce qu'elles touchent. Le sanglier du XIVe siècle n'est pas décrit si différemment du sanglier des auteurs romains, mais tout ce qui constituait ses admirables qualités dans l'Antiquité païenne le transforme désormais en une créature infernale.

Le cerf, un animal christologique

À cet animal diabolique, Henri de Ferrières oppose un animal christologique : le cerf, dont les dix propriétés constituent le pendant de celles du sanglier et dont les dix cors sont mis en parallèle avec le décalogue : « Et ches dis branches representent les dis commandemens de la loy que Jhesu Crist donna a homme pour soi deffendre de trois anemis : c'est de la char, du dyable et du monde[42]. » Gaston Phébus lui emboîte le pas, qui pare cet animal de toutes les vertus et en fait le principal gibier royal[43]. En énumérant les différentes qualités du cerf, nos deux auteurs ne font que reprendre un discours favorable à cet animal qui apparaît dès l'époque paléochrétienne et traverse tout le Moyen Âge chrétien.

Les Pères de l'Église et les bestiaires latins qui leur font suite s'appuient en effet sur un certain nombre de traditions antiques pour voir dans le cerf un animal solaire, un être de lumière, médiateur entre le ciel et la terre. D'où toutes les légendes hagiographiques puis littéraires construites autour du cerf blanc, du cerf d'or, du cerf ailé, du cerf merveilleux rencontré par un chasseur et portant entre ses bois une croix lumineuse. Ils en font en outre un symbole de fécondité et de résurrection (ses bois ne repoussent-ils pas chaque année ?), une image du baptême, un adversaire du Mal. Ils rappellent la phrase de Pline selon laquelle le cerf est l'ennemi du serpent, qu'il force à sortir de son trou pour le mettre à mort[44]. Ils glosent surtout à l'infini sur un verset célèbre du psaume 42 [41], chantant comment l'âme du juste cherche le Seigneur à l'image du cerf assoiffé cherchant l'eau de la source[45]. Laissant volontairement de côté les aspects négatifs et sexuels de la symbolique du cerf[46], les Pères et les théologiens en font un animal pur et vertueux, une image du bon chrétien, un attribut ou un substitut du Christ au même titre que l'agneau ou la licorne. Pour ce faire, ils n'hésitent pas à jouer sur les mots et à établir un rapprochement entre *servus* et *cervus* : le cerf, c'est le Sauveur.

Les livres de vénerie ont beau jeu de reprendre cette assimilation : le cerf est un animal de sacrifice, un gibier sacrifié rituellement, selon des codes et des usages précis sur lesquels s'attardent tous les traités cynégétiques ; sa mort rituelle est mise en parallèle avec la Passion du Christ. Et les textes littéraires s'appuient sur ce même jeu de mots entre *servus* et *cervus* pour faire de la chasse au cerf une métaphore de l'amour salvateur[47].

En valorisant le cerf, jugé peureux et de peu d'intérêt par les veneurs antiques, et en dépréciant le sanglier, par trop vénéré des chasseurs et des guerriers barbares, l'Église médiévale a progressivement contribué à inverser la hiérarchie des chasses. De même qu'entre le haut Moyen Âge et le XIIe siècle elle avait réussi à faire descendre l'ours (animal indigène, anthropomorphe, objet de croyances et de cultes suspects) de son trône de roi des animaux dans toute l'Europe du Nord pour le remplacer par le lion (animal exotique et scripturaire, sans danger pour la religion chrétienne)[48], de même elle a peu à peu substitué le cerf au sanglier comme gibier royal et princier. La substitution ne s'est pas faite d'un seul coup ni partout au même rythme. Mais les premières traces s'en trouvent déjà dans la littérature arthurienne de la seconde moitié du XIIe siècle : Arthur, le roi-ours qui chassait la laie blanche dans les contes gallois du haut Moyen Âge[49], chasse désormais « le blanc cerf » au début du premier roman de Chrétien de Troyes, *Érec et Énide*[50]. Ce faisant, vers 1170, le poète champenois inaugure un *topos* qui sera repris par la plupart de ses successeurs et qui fera de la chasse au cerf la chasse royale pour toute la littérature courtoise du XIIIe siècle[51]. Du modèle littéraire aux pratiques véritables, le pas sera plus ou moins rapidement franchi : dès le XIIIe siècle en France et en Angleterre, à la fin du Moyen Âge en Allemagne, en Italie et en Espagne.

L'Église face à la chasse

Le rôle des clercs dans cette promotion du cerf comme gibier royal a donc été primordial. Pour l'Église, ennemie de toute chasse[52], celle du cerf est en fait un moindre mal. C'est une chasse moins sauvage que celle de l'ours[53] – laquelle est encore bien attestée dans les Pyrénées aux XIVe et XVe siècles[54] – et que celle du sanglier. Elle ne se termine pas par un corps à corps sanglant entre l'homme et la bête. Elle voit mourir moins d'hommes et moins de chiens. Elle dévaste moins les récoltes, provoque moins de vociférations et de puanteurs animales, s'appuie davantage sur la fatigue des hommes, des chiens et du gibier pour prendre fin. Certes, elle n'est pas aussi paisible que la chasse aux oiseaux et garde même un caractère furieux à l'automne, à l'époque du brame et du rut, lorsque les grands mâles sont pris d'une vigueur sexuelle exacerbée. Mais, quelle que soit la période de l'année, la poursuite du cerf ne plonge pas les chasseurs dans un état proche de la transe ou de la rage, comme peut le faire un combat de près contre un ours ou un sanglier[55]. Bref, elle apparaît comme plus policée, mieux contrôlée.

En outre, la symbolique du cerf permet de donner à la chasse une vraie dimension chrétienne. Dans les récits médiévaux le saint est toujours l'antithèse du chasseur. Mais, avec le cerf, le chasseur peut devenir saint. Ainsi dans la légende d'Eustache, général romain et chasseur enragé qui vit un jour apparaître un crucifix entre les bois d'un cerf qu'il poursuivait ; à la suite de cette vision, il se convertit avec toute sa famille[56]. Ainsi également, un peu plus tard, dans la légende voisine d'Hubert, fils du duc d'Aquitaine, qui eut la même vision alors qu'il chassait un vendredi saint ; il réforma sa vie, partit évangéliser les Ardennes et devint le premier évêque de Liège[57] ; par une sorte d'inversion, il devint à l'époque moderne un saint guérisseur particulièrement sollicité en pays mosan et rhénan contre toutes les formes de rage[58]. Sur le cerf, l'Église exerce toujours une véritable maîtrise. Sur l'ours et le sanglier, elle ne possède pratiquement aucun contrôle. La seule stratégie possible est donc de diaboliser ces deux animaux et, ce faisant, de dévaloriser les chasses qui les prennent pour gibier. C'est chose faite au tournant des XIIe-XIIIe siècles : la place est libre pour promouvoir définitivement le cerf – et seulement le cerf – dans le rôle de gibier royal.

Entre la fin de l'Antiquité et celle du Moyen Âge, l'Église n'a pas réussi à supprimer la chasse, comme elle aurait certainement aimé le faire. C'était impossible : au Moyen Âge, tout roi, prince ou seigneur se doit de chasser et de donner ou de partager le gibier qu'il a capturé. Mais l'Église a su canaliser la chasse, l'orienter vers des voies moins dangereusement sauvages et païennes. Pour ce faire, la désacralisation de l'ours et du sanglier et, au contraire, la valorisation du cerf ont été des moyens particulièrement efficaces.

LE VÉGÉTAL

Les vertus du bois

Pour une histoire symbolique des matériaux

Chercher à cerner ce qu'a pu représenter le bois dans les croyances, les sensibilités, les codes sociaux et les pratiques symboliques des hommes du Moyen Âge nécessite d'interroger des catégories de documents variées, relevant non seulement du monde des signes et des images mais aussi de la culture technique et matérielle, des structures féodo-juridiques (le statut des forêts, les droits du bois) et des enjeux de l'économie. Peut-être plus qu'en tout autre domaine, le matériel et le symbolique sont ici indissociables ; l'analyse ne peut ni ne doit les séparer. Toutefois, plusieurs terrains ayant déjà été défrichés par les archéologues et par les historiens des techniques (ce qui a trait à la construction, par exemple), il m'a paru légitime de faire porter mes réflexions sur ce qui relevait de l'imaginaire et des usages qui en découlaient. Un travail approfondi sur ces problèmes ne sera cependant vraiment possible que lorsque se seront multipliées les analyses et les identifications des essences concernant les objets et monuments de bois que le Moyen Âge nous a transmis. Je ne propose donc ici qu'un bilan provisoire, appuyé sur quelques terrains documentaires qui me sont familiers : le vocabulaire, les noms de personnes et de lieux, les encyclopédies, les textes littéraires, les emblèmes et les images. Entre la culture savante et la culture « populaire » (cette dernière notion est-elle vraiment applicable aux sociétés médiévales ?), j'ai tenté de mettre en valeur ce qui pouvait relever d'une culture moyenne, « ordinaire », laissant de côté ce qui me semblait par trop spéculatif, ésotérique, anecdotique ou circonstanciel.

Un matériau vivant

Pour la culture médiévale, le bois est d'abord une matière vivante. À ce titre, elle l'oppose souvent à ces deux matières mortes que sont la pierre et le métal, et dans la plupart des échelles de valeurs concernant la symbolique des matériaux le bois l'emporte sur l'une et sur l'autre. Il est certes moins résistant qu'eux, mais il est plus pur, plus noble et surtout plus proche de l'homme. Le bois, en effet, n'est pas un matériau comme les autres : il vit et il meurt, il a des maladies et des défauts, il est fortement individualisé. Albert le Grand, au XIIIe siècle, note que l'on peut observer ses nœuds et ses anomalies de croissance, ses fentes et ses piqûres ; comme l'être humain, il peut souffrir, pourrir ou être blessé ; comme lui il peut être infesté de vers[1]. Plusieurs métaphores latines médiévales comparent la chair de l'arbre à la chair de l'homme, et quelques auteurs soulignent le caractère anthropomorphe non seulement de l'arbre mais aussi du bois, matériau qui comme l'homme possède des veines et des « humeurs » (*humores*), qui s'anime par des montées de sève, qui contient une grande quantité d'eau, qui vit en étroite relation avec le climat, avec les lieux et le milieu, avec le rythme des jours et des saisons[2]. C'est un être vivant, presque un animal. À côté d'un grand savoir technique, il existe ainsi chez quelques auteurs du Moyen Âge un véritable discours humaniste concernant le bois[3]. Or un tel discours n'existe ni pour la pierre ni pour le métal, ni même pour la terre ou pour le tissu. Le bois l'emporte sur les autres matériaux parce qu'il est vivant.

Il l'emporte notamment sur la pierre qui, comme lui, est souvent associée au sacré mais qui représente une matière inerte, brutale et immuable (ce qui lui confère, en revanche, parfois une dimension d'éternité). Il est frappant de constater que la plupart des superstitions médiévales mettant en scène des statues qui parlent, qui se déplacent, qui saignent, qui pleurent, concernent des statues de bois et non pas de pierre[4]. À cela des raisons chronologiques (l'âge d'or de ces phénomènes se situe aux environs de l'an mille et au début de l'époque romane, quand les statues de pierre sont encore rares), mais aussi des motifs liés à la symbolique des matériaux : le bois est vivant et dynamique, pas la pierre. Je me demande du reste si, à l'époque féodale, les résistances – plus nombreuses qu'on ne le croit généralement – pour passer du château de bois au château de pierre ne sont pas dues, elles aussi, à des préoccupations d'ordre symbolique et non pas seulement à des raisons économiques ou techniques, comme on l'affirme toujours[5]. Il est vrai que, dans la culture féodale, il est en général impossible de séparer nettement ce qui est matériel et ce qui est symbolique, ce qui est technique et ce qui est idéologique. Malgré les châteaux forts et les cathédrales, malgré l'enjeu politique considérable que représente la possession d'un bâtiment en dur, il me semble que la véritable idéologie de la pierre ne date que de la fin du Moyen Âge. Jusque-là, inlassablement, malgré les incendies qui se répètent sans cesse, on reconstruit souvent en bois ce qui était en bois. Non seulement parce que cela demande moins de temps, d'efforts ou d'argent, mais aussi et surtout parce qu'il y a des objets, des lieux et des usages qui sont faits pour le bois et d'autres pour la pierre. Passer du bois à la pierre peut traduire une ambition politique, représenter un enjeu économique ou une réussite technologique, mais peut aussi exprimer une dévalorisation symbolique[6]. Nous l'enseignent par exemple les curieuses légendes qui racontent comment telle ou telle statue de bois a été punie et transformée en pierre parce qu'elle ne rendait pas tous les services – cultuels ou prophylactiques – que l'on était en droit d'en attendre. Passer du bois à la pierre est ici pensé comme un châtiment, presque comme une condamnation à mort[7].

Cependant, cette opposition bois/pierre concerne deux matériaux valorisants et valorisés. Elle n'est pas aussi violente que l'opposition bois/métal qui met en relation un matériau pur et sanctifié par l'image idéale de la Sainte Croix, et un matériau inquiétant, pervers, presque diabolique. Pour la sensibilité médiévale, le métal – qu'il soit vil ou qu'il soit précieux – est toujours plus ou moins infernal : il a été arraché aux entrailles de la terre puis traité par le feu (lequel est le grand ennemi du bois). C'est un produit des ténèbres et du monde souterrain et c'est le résultat d'une opération de transformation qui a quelque peu à voir avec la magie[8]. Par là même, dans les systèmes de valeurs concernant les métiers, tout oppose le forgeron et le charpentier. Le premier est certes, sur le plan social, un homme puissant et indispensable, mais c'est aussi une sorte de sorcier qui manie le fer et le feu[9]. Le second, au contraire, est un artisan modeste mais respecté, parce qu'il travaille un matériau noble et pur[10]. Ce n'est pas un hasard si de bonne heure la tradition a fait de Jésus le fils d'un charpentier, alors que les textes canoniques restaient vagues quant au métier exact de Joseph[11]. Un charpentier est exempt de toute souillure, n'est illicite à aucun titre, travaille un matériau plein de vie et honore la condition d'artisan. Peu nombreux sont en définitive au Moyen Âge les métiers qui soient aussi exemplaires[12].

Dans la pratique, l'opposition entre le bois et le métal se traduit souvent par l'association de ces deux contraires : on prête en effet au bois la faculté d'atténuer la nocivité du métal, notamment du fer, le plus « félon » de tous les métaux (un auteur anonyme cité par Thomas de Cantimpré parle de *ferrum dolosissimum*[13]). Sur plusieurs objets, outils ou instruments faits de bois et de métal (la hache, la bêche, la charrue), le fer est censé conserver ses vertus de force et d'efficacité tout en étant partiellement débarrassé, grâce au manche ou à la partie en bois, de ses aspects inquiétants. Le bois semble dompter le métal et légitimer son emploi[14].

Une autre opposition chère à la culture médiévale est celle du végétal et de l'animal. Comme dans les civilisations antiques (celles de la Bible notamment) et comme dans la civilisation musulmane, le monde végétal est en général associé à l'idée de pureté et le monde animal, à celle d'impureté. Comme l'arbre, la feuille ou la fleur (le cas du fruit semble un peu différent[15]), le bois est pur alors que l'animal – et avec lui tous les produits qu'il fournit aux hommes – ne l'est pas. Par là même, dans la fabrication d'images ou d'objets pour lesquels il est possible de choisir entre le bois et l'os, entre le bois et la corne, entre le bois et le parchemin, préférer le bois peut, entre autres raisons, être une façon de choisir le pur et de refuser l'impur.

La matière par excellence

Vivant, pur, noble, objet de respect et de sympathie, objet de transactions multiples, travaillé par de nombreux artisans, présent partout, en toutes circonstances, les plus humbles comme les plus solennelles, le bois représente à ce point un matériau valorisé qu'il constitue, aussi bien dans la vie quotidienne que dans l'imaginaire, la matière par excellence, la *materia prima*, celle qui jusqu'au XIVe siècle est souvent citée en tête de liste dans une énumération des matériaux utilisés ou travaillés par l'homme.

Nous avons du mal à nous représenter aujourd'hui la place qu'occupait le bois dans la vie matérielle et dans l'univers quotidien des hommes du Moyen Âge, parce que les objets et les monuments de bois nous sont parvenus en nombre limité, infime même par rapport à ceux de pierre ou de métal[16]. Mais jusqu'au XIVe siècle cette place était immense, spécialement dans l'Europe du Nord et du Nord-Ouest. Le bois y était une des principales richesses, à la fois produit de grande exportation – principalement vers les pays d'Islam, qui ont toujours cruellement manqué de bois – et produit de grande consommation. Sur tous les terroirs, les paysans défendent déjà avec acharnement leurs droits d'usage des forêts communales et d'exploitation du bois. À la valeur symbolique de celui-ci s'ajoute une valeur économique, toutes deux participant d'une véritable « civilisation du bois », au sein de laquelle l'historien a du mal à séparer les préoccupations techniques, les enjeux financiers et les horizons idéologiques. Du moins dans l'Europe septentrionale. Dans les régions méridionales, les problèmes sont quelque peu différents parce que le bois y est moins abondant ; toutefois, là aussi il représente une « valeur », justement parce qu'il est rare : on l'économise, on le respecte, on en fait presque un matériau précieux (dans le domaine cultuel, par exemple).

Vers la fin du XIIIe siècle apparaissent les premiers signes d'une mutation de longue durée. Depuis l'an mille, les défrichements, les progrès technologiques, le grand commerce ont largement mis à mal les forêts européennes. En trois siècles, l'Occident a fortement entamé son capital bois, et à une période d'abondance succède une période de pénurie relative (cette évolution générale doit évidemment être nuancée selon les régions et les moments). Or ce qui frappe, c'est qu'à la fin du Moyen Âge ce ralentissement économique – et technologique aussi, par certains aspects – semble s'accompagner d'un relatif déclin symbolique : le bois n'est désormais plus la seule « matière par excellence », le textile lui fait dans ce rôle une concurrence de plus en plus affirmée. Du XIIe au XVe siècle, en effet, malgré des difficultés de toutes natures, l'industrie textile devient le véritable moteur de l'économie occidentale. Les tissus se diversifient et font l'objet d'une demande et d'une consommation ne cessant de grandir au cours des décennies. En outre, dans les pratiques sociales, les étoffes et les vêtements jouent un rôle croissant non seulement parce qu'ils sont des objets d'échange et de transaction mais aussi parce qu'ils sont porteurs de signes, notamment de signes d'identité[17]. Le vêtement dit qui l'on est, à quelle place ou rang on se situe, à quel groupe familial, professionnel ou institutionnel on appartient. Ce faisant, dans la symbolique sociale et dans l'imaginaire qui l'accompagne, le textile prend peu à peu le premier rang par rapport à tous les autres matériaux.

Le lexique reflète en partie ces transformations. Comparons par exemple le latin et le français. En latin médiéval, comme en latin classique, le terme *materia* désigne d'abord le bois de construction (par opposition à *lignum* qui désigne plutôt le bois de chauffe), puis par extension n'importe quel matériau, voire la « matière » en général. Celle-ci trouve donc son nom dans l'un des noms du bois[18]. Quelques siècles plus tard, en moyen français, les systèmes de valeurs ne sont plus les mêmes et le lexique en tient compte : c'est dorénavant un des termes servant à désigner le tissu qui sert à désigner toute espèce de matériau, voire la matière en général : *étoffe*. Mais ici l'évolution sémantique s'est faite dans un sens inverse. Aux XIIe et XIIIe siècles, le mot *étoffe* (venu des langues germaniques, mais dont l'étymologie reste controversée) désigne un matériau, quel qu'il soit ; c'est un équivalent du latin *materia*. Puis, progressivement, son champ sémantique se réduit et se spécialise, pour finir par ne plus nommer que ce matériau particulier qu'est le textile. Au point que, dans la langue française de la fin du XVIe siècle, étoffe et textile finissent par devenir synonymes, le textile étant devenu l'*étoffe* (c'est-à-dire la matière) par excellence[19]. Plus tard, à l'époque de la révolution industrielle, c'est le textile qui, à son tour, devra céder de nouveau au métal le titre de *materia prima* dans la culture et dans l'imaginaire de l'homme européen[20].

Le bûcheron et le charbonnier

Parmi les hommes qui travaillent le bois, nous avons déjà rencontré le charpentier et souligné comment celui-ci, dans les traditions médiévales, était souvent opposé au forgeron. En fait, le vocable *carpentarius* recouvre des réalités professionnelles variées et désigne souvent n'importe quel artisan travaillant le bois, tant celui qui construit des charpentes que tous ceux qui fabriquent des objets, des meubles, des outils et des instruments en bois : menuisiers, huchiers, charrons, tonneliers, sabotiers, huissiers, boisseliers. En ville, ces métiers sont spécialisés et soumis à des règlements corporatistes contraignants, mais au village et au monastère, ils sont polyvalents[21].

Attardons-nous sur deux professionnels du bois qui dans la société médiévale sont deux grands réprouvés, presque deux exclus : le bûcheron et le charbonnier. Différents témoignages (textes littéraires, chroniques, proverbes, folklore, traditions orales) mettent en valeur le caractère péjoratif de ces deux personnages, vivant, solitaires ou en petits groupes, au plus profond de la forêt. Pauvres, sales, hirsutes, violents, destructeurs, nomades, coupés de la société des hommes, ils vont de terroir en terroir abattre ou mutiler les arbres et brûler le bois : ce ne peuvent être que des envoyés du Diable. Au reste, dans la forêt, ils retrouvent parfois cet autre « sorcier » dont il a été parlé plus haut : le forgeron. Tous trois forment avec le meunier (qui est un stockeur et un affameur) et avec le boucher (qui est riche, cruel et sanguinaire) le groupe des cinq métiers les plus craints et les plus honnis dans la culture paysanne[22].

Le bûcheron manie le fer et l'étincelle : c'est le grand ennemi des arbres, le *carnifex* (à la fois bourreau et boucher) de la forêt. Il existe dès le XIIIe siècle un corpus de contes et de légendes relatifs au bûcheron et ce corpus ne change plus guère jusqu'au XIXe siècle : le bûcheron est un être doué d'une force prodigieuse, il ne se sépare jamais de sa hache et se mêle peu aux villageois ; c'est en outre un voleur et un mauvais coucheur, qui ne sort de la forêt que pour marauder ou chercher querelle ; c'est enfin un personnage vivant dans la plus grande pauvreté. Un motif récurrent dans les textes littéraires et dans les traditions orales raconte comment la fille (ou le fils) d'un « pauvre bûcheron » finit, grâce au destin ou à ses mérites personnels, par épouser un roi (ou une princesse)[23].

Plus pauvre encore, plus sale, plus chétif et plus inquiétant est le charbonnier. Ne maniant pas le fer mais le feu – le plus grand ennemi du bois –, il est réellement diabolique. Le charbonnier ne se marie pas et n'a pas de postérité. Il ne quitte la forêt que pour s'enfermer dans une autre forêt, afin d'y continuer son œuvre de destruction et de crémation. En toutes régions, les villageois ont peur du charbonnier[24]. Dans les textes littéraires, notamment dans les romans courtois, les auteurs mettent quelquefois en scène un preux chevalier perdu au cœur de la forêt et contraint de demander son chemin à un horrible charbonnier. Pour les lecteurs du XIIe ou du XIIIe siècle, cette rencontre constitue celle des extrêmes ; c'est le contraste social le plus fort qui puisse être imaginé. Dans ces textes, le charbonnier est toujours décrit de la même façon : petit, noir, velu, les yeux rouges et enfoncés, la bouche tordue et cruelle ; c'est l'archétype de l'homme situé au plus bas de l'échelle sociale : il est à la fois misérable, animal et démoniaque[25].

La carbonisation du bois représente pourtant une activité indispensable à certaines industries, principalement la métallurgie et la verrerie. Le charbon de bois est en outre plus facile à transporter que le bois brut ; il brûle mieux et, pour un même volume, dégage davantage de chaleur. Tout cela, les hommes du Moyen Âge le savent et en profitent largement. Mais la fabrication du charbon de bois contribue à la destruction des forêts que partout, à partir du XIIIe siècle, on tente de protéger. On a pu calculer qu'à l'époque de Philippe le Bel il fallait environ dix kilos de bois pour faire un kilo de charbon, et qu'une fosse charbonnière pouvait ainsi détruire en un mois jusqu'à cent hectares de forêt[26]. Plus encore que le bûcheron, c'est donc surtout le charbonnier qui est le grand ennemi des arbres.

On sait comment à l'époque moderne certains « charbonniers » se sont groupés en sociétés, dont plusieurs furent en Italie et ailleurs à l'origine des principales sociétés secrètes révolutionnaires[27]. Je n'ai trouvé au Moyen Âge aucun antécédent à ces *carbonari* de l'Europe moderne, ni dans la description de la réalité ni dans la mise en scène de l'imaginaire. Le charbonnier médiéval est toujours un être solitaire et, s'il apparaît comme un exclu, il ne cherche nullement à renverser l'ordre social ni à se dresser contre quelque pouvoir que ce soit. En fait, comme beaucoup d'autres personnages plus ou moins suspects – le forgeron et le bûcheron, dont il a été parlé, mais aussi le chasseur, le porcher, l'ermite, le proscrit, le brigand, le revenant ou le fugitif –, il participe de ce monde à la fois inquiétant et mystérieux qu'est la forêt médiévale. C'est le lieu des rencontres et des métamorphoses. On y vient fuir le monde, chercher Dieu ou le Diable, se ressourcer, se transformer, prendre contact avec les forces et les êtres de la nature[28]. Tout séjour en forêt fait de l'homme un *silvaticus*, un « sauvage ». La symbolique médiévale est ici, une fois encore, fille de la philologie[29].

La hache et la scie

La symbolique du bois est inséparable de celle des outils qui servent à abattre les arbres : la hache et la scie. Certes, il y aurait également beaucoup à dire de plusieurs outils qui servent à travailler le bois[30] : ainsi le marteau, symbole occasionnel de l'autorité ou de la force brutale ; ou bien le rabot, que l'Europe médiévale a utilisé assez tôt, mais devant lequel elle est néanmoins restée longtemps méfiante[31]. Cependant, le cas de la hache et celui de la scie sont exemplaires parce que, si toutes deux servent à abattre et à débiter le bois, elles représentent, sur le plan symbolique, deux pôles totalement opposés.

La hache est à la fois un outil et une arme ; comme telle, elle prend place dans deux systèmes de valeurs différents, et cette dualité de fonction constitue l'une de ses spécificités. Parmi les outils, elle est considérée par plusieurs auteurs médiévaux comme le plus licite, ou du moins comme le moins nocif. Parmi les armes, en revanche, elle rentre, si l'on peut dire, dans le rang : en « noblesse », elle est dépassée par la lance et par l'épée, les deux armes offensives du chevalier ; mais elle-même devance d'autres armes, celles qu'utilisent les roturiers et tous ceux qui combattent à pied : le couteau, la massue, la pique, le bâton, l'épieu, la fronde. Cette polyvalence de la hache en fait un instrument qu'au Moyen Âge on rencontre partout et que l'on utilise en maintes occasions[32]. Par rapport à l'Antiquité, elle n'a guère profité de perfectionnements technologiques remarquables : c'est un instrument millénaire, peu fragile, facile à fabriquer, d'un emploi aisé et durable. De bonne heure, peut-être en raison de son utilisation militaire, la hache antique avait atteint une indéniable perfection technique. Il existe néanmoins dans l'Europe médiévale une grande variété de haches dont les fonctions et significations ne sont jamais confondues : chez les artisans du bois, par exemple, la grande hache du bûcheron (la *cognée* dont le manche est long et le fer étroit) n'a que peu de rapport avec celle du charpentier (la *doloire* : manche court et fer dissymétrique). Cependant, malgré la diversité de ses emplois, la hache-outil conserve partout la même force symbolique : c'est un objet qui frappe et qui tranche, en s'accompagnant de bruit et d'étincelles. Comme la foudre, elle tombe en faisant jaillir la lumière et le feu, ce qui lui vaut une réputation de fertilité, même lorsqu'il s'agit d'abattre des arbres. Elle frappe pour produire.

Tout autre est la réputation de la scie. Son principe mécanique est connu depuis la préhistoire, mais son usage artisanal et professionnel ne s'est imposé que lentement. Les hommes du Moyen Âge s'en servent, mais ils la tiennent en abomination : c'est un instrument qui passe pour diabolique. De fait, jusqu'au XIIe siècle, textes et images n'en parlent pas ou bien ne la montrent que comme un instrument de torture : avec la scie on ne découpe pas le bois des arbres, mais le corps des justes et des saints subissant le martyre. Dans l'iconographie, la vedette du supplice de la scie est ainsi le prophète Isaïe qui, selon la légende, fut scié avec l'arbre creux dans lequel il s'était réfugié[33]. Sauf exception, dans les images, il faut attendre la fin du Moyen Âge pour voir des bûcherons découper à la scie l'arbre qu'ils viennent d'abattre à la hache. Dans la réalité, il semble que l'usage de la scie soit plus précoce et devenu courant à partir du XIIIe siècle. Mais il demeure inégal selon les régions : alors que la scie reste inconnue en Europe orientale jusqu'à la fin du XVIIe siècle et qu'en plusieurs diocèses occidentaux, au XIVe siècle encore, des évêques condamnent son emploi et excommunient tous ceux qui s'en servent, en Italie du Nord, dès le XIIe siècle, on rencontre de véritables scies hydrauliques industrielles, permettant de scier en long[34].

Que reproche-t-on à la scie ? Les griefs sont nombreux. On lui reproche d'abord d'être fragile et d'un emploi complexe, nécessitant deux hommes là où la hache n'en demande qu'un. Ensuite, de coûter cher et d'être difficile à entretenir et à réparer. Puis d'être relativement silencieuse et donc de permettre de couper du bois en fraude. Enfin, et surtout, d'être lente et lâche, de ruser avec la matière, d'être cruelle avec le bois, de massacrer les fibres de l'arbre, d'empêcher la repousse des branches sur le tronc ou sur la souche, car la coupe à la scie entraîne souvent le pourrissement de la matière ligneuse[35]. Bref, on projette sur l'arbre et le bois les souffrances d'Isaïe et des saints suppliciés à la scie (Simon, Jude, Cyr)[36]. Quelques textes soulignent également la patience qu'il faut montrer pour user d'une scie ; ils la comparent à la lime, qui elle non plus n'attaque pas franchement la matière mais en vient à bout à force de répétition du même geste. Ce sont des outils « féminins », des outils trompeurs et félons qui comptent sur la durée pour parvenir à leurs fins. Dans la sensibilité médiévale, scier et limer ont à voir avec la pratique de l'usure, dans tous les sens de ce terme, parce que ce sont deux actions qui jouent sur la durée, qui s'approprient le temps[37].

Ce caractère péjoratif de la scie s'étend très au-delà de l'outil et de ceux qui s'en servent. Dans les systèmes de représentation, tout ce qui est dentelé, déchiqueté, découpé en dents de scie, connote quelque chose de négatif. La ligne brisée est une mauvaise ligne, comparée à la ligne droite ou à la ligne courbe. L'héraldique et l'iconographie en usent largement pour souligner le caractère péjoratif, à un titre ou à un autre, d'un personnage : sur les vêtements comme dans les armoiries, un décor fait de lignes brisées, de structures *dentelées*, *denchées*, *vivrées*, *chevronnées*, a souvent une fonction dévalorisante. Celui qui le porte se situe hors de l'ordre social, moral ou religieux. Sont ainsi parfois dotés de tels vêtements ou de telles armoiries les chevaliers félons, les bourreaux, les prostituées, les fous, les bâtards, les hérétiques, les païens[38].

Les arbres bienfaisants

La symbolique du bois se confond nécessairement avec celle de l'arbre qui le fournit. Cette dernière occupe une place importante dans la culture médiévale, même si elle innove assez peu par rapport à l'Antiquité. Le christianisme, en effet, introduit davantage de symboles nouveaux dans le monde animal que dans le monde végétal. Mais il doit ici encore gérer un triple héritage : celui de la Bible, celui du monde gréco-romain, celui des cultures « barbares », spécialement de la civilisation germanique qui accorde à la mythologie des arbres et de la forêt une place considérable. Tâche difficile donc, car les Pères de l'Église et leurs continuateurs doivent tenir compte des différences géographiques et végétales entre les différents pays : comment, par exemple, dans l'Europe du Nord-Ouest, gloser sur la symbolique biblique de l'olivier ou du palmier, deux arbres valorisés par les cultures méditerranéennes mais inconnus dans les régions septentrionales ?

Dans toute société rurale, il y a de bons et de mauvais arbres, des arbres favorables et des arbres néfastes, des arbres que l'on plante et des arbres que l'on coupe. Ce faisant, plusieurs questions essentielles se posent à l'historien. Quelle relation existe-t-il entre la dimension symbolique d'un arbre et celle du bois qui en est issu ? Les « bons » arbres fournissent-ils toujours des bois que l'on valorise et que l'on recherche ? Les « mauvais » arbres, des bois que l'on évite ? De même, les bois provenant d'arbres réputés « féminins » (le tilleul, le frêne, le hêtre) sont-ils considérés également comme féminins ? D'une manière plus générale, dans l'utilisation que l'on fait d'un bois, outre ses propriétés physiques et chimiques, son prix, ses disponibilités, jusqu'à quel point tient-on compte aussi de la réputation ou de la mythologie de l'arbre qui l'a produit ? Évite-t-on, par exemple, de tailler des crucifix ou des statues de saints particulièrement vénérés dans des bois tirés d'arbres ayant mauvaise renommée ? Y a-t-il ainsi, dans la statuaire, une taxinomie hiérarchique et symbolique des essences, venant s'ajouter aux problèmes de disponibilité, de coût, de savoir technique ou d'enjeu artistique ? Sculpte-t-on le Christ en chêne, la Vierge en tilleul, les apôtres en hêtre, Judas en noyer, pour prendre un exemple volontairement fictif et grossier ? De même, dans la fabrication des objets de la vie quotidienne, existe-t-il (parfois ? toujours ?) une relation entre l'emploi de tel ou tel bois et la fonction symbolique de l'arbre dont il provient ? Est-ce qu'à partir de l'orme, arbre fréquemment planté dans les lieux où on rend la justice, on fabrique du mobilier ayant à voir avec l'exercice de la justice ? Est-ce que de l'if, arbre planté dans les cimetières et passant pour entretenir des rapports étroits avec la mort, on a cherché à tirer un bois servant à fabriquer des cercueils ou des objets mortuaires ? C'est à dessein que je prends ici des exemples qui paraîtront simplistes. Mais tenter de répondre à ces questions est moins aisé qu'il n'y paraît. D'autant qu'archéologues et historiens de l'art ne semblent guère se les être posées et que, de ce fait, l'analyse et l'identification des bois entrant dans la composition d'objets, d'œuvres d'art ou de bâtiments conservés restent souvent à faire[39].

Évoquons néanmoins la symbolique de quelques arbres afin de réfléchir à la portée que celle-ci a pu avoir sur l'utilisation de leur bois. Je laisse de côté les arbres les mieux connus – ou supposés tels : le chêne, le châtaignier, l'olivier, le pin – et je prends mes exemples parmi des arbres qui ont moins retenu l'attention des historiens des techniques et des botanistes.

Si l'on en croit les nombreux textes qui lui ont été consacrés, un arbre semble avoir été particulièrement admiré des populations médiévales : le tilleul. Les auteurs ne lui trouvent que des qualités ; jamais, cas unique à ma connaissance, il n'est pris en mauvaise part. On admire en premier lieu sa majesté, son opulence, sa longévité. En Allemagne, où au Moyen Âge on a déjà le goût des records, plusieurs documents nous parlent de tilleuls ayant à la base du tronc une circonférence extraordinaire : celui de Neustadt, dans le Wurtemberg, aurait ainsi eu en 1229 une circonférence équivalant à douze de nos mètres[40]. Mais, plus que sa taille ou son ancienneté, ce qui fait la séduction d'un tilleul, c'est son parfum, sa musique (le bruit des abeilles) et la richesse des produits que l'on peut en retirer. Là-dessus les auteurs médiévaux, comme les auteurs antiques, sont intarissables[41]. C'est d'abord l'arbre vedette de la pharmacopée, qui utilise sa sève, son écorce, ses feuilles et, surtout, ses fleurs, dont le pouvoir sédatif, et même narcotique, est connu depuis une lointaine Antiquité. Dès le XIIIe siècle, on commence à planter des tilleuls près des maladreries et des hôpitaux (pratique encore largement attestée à l'époque moderne). Des fleurs du tilleul, dont les abeilles raffolent, provient un miel auquel on prête de multiples vertus thérapeutiques, prophylactiques et gustatives. De sa sève on tire une sorte de sucre. De ses feuilles, du fourrage pour le bétail. Avec son écorce, souple, résistante et riche en fibres, on fabrique une matière textile, la « teille » (*tilia*), utilisée pour faire des sacs et des cordes de puits. Arbre utile et admiré, le tilleul passe aussi pour protecteur et seigneurial : on le plante devant les églises, on rend la justice sous ses frondaisons (il partage ce rôle avec l'orme et le chêne) ; on commence même, à la fin du Moyen Âge, à l'employer comme arbre d'ornement et d'alignement ; toutefois, c'est au XVIIe siècle seulement que cet usage se développera à grande échelle dans toute l'Europe[42].

Toutes ces richesses, toutes ces vertus ont-elles un réel impact sur l'emploi que l'on fait du bois de tilleul ? Tendre et léger, facile à travailler, possédant un grain serré et uniforme, ce bois est au Moyen Âge l'un des plus appréciés des sculpteurs et des boisseliers. Est-ce en raison de ses propriétés physiques indiscutables ? Ou bien en raison de ses propriétés symboliques favorables ? Comment les unes et les autres s'enrichissent-elles mutuellement ? Est-ce qu'une statue de saint guérisseur taillée dans du bois de tilleul passe pour avoir un pouvoir thérapeutique ou prophylactique plus grand qu'une statue de ce même saint guérisseur taillée dans un autre bois ? Est-ce que les instruments de musique de la fin du Moyen Âge, qui sont souvent fabriqués en bois de tilleul, doivent le choix de ce bois à ses qualités de tendresse et de légèreté, ou bien au souvenir de la musique des abeilles, dont le tilleul est l'arbre préféré, comme le chante déjà Virgile au quatrième livre des *Géorgiques* ?

Autant de questions auxquelles, dans l'état actuel de nos connaissances, il n'est guère possible de répondre, mais que l'historien ne peut pas ne pas se poser, pour le tilleul comme pour tous les autres arbres. Le frêne, par exemple, arbre vénéré des Germains, médiateur entre le ciel et la terre, passant pour attirer la foudre et l'orage, doit-il, au Moyen Âge, son emploi pour fabriquer la plupart des armes de jet (lances, javelots, flèches) à la souplesse et à la résistance de son bois ou bien à cette ancienne dimension mythologique qui en faisait l'arbre du feu céleste, instrument des guerriers au service des dieux[43] ? Et le bouleau, arbre blanc, arbre lumineux dans le soleil de l'hiver, doit-il à la flexibilité de ses ramures ou bien à la pureté de sa couleur de fournir, dans toute l'Europe du Nord, les verges servant à flageller les possédés et les délinquants pour en expulser le mal ? Au point qu'en anglais, c'est le même mot – *birch* – qui désigne à la fois le bouleau, le fouet et la flagellation. Ici encore, dans cet usage punitif des verges de bouleau, s'appuie-t-on sur les propriétés physiques de l'arbre ou bien sur sa symbolique ou sa mythologie ?

Les arbres malfaisants

Ces questions se posent de la même façon pour les mauvais arbres. Mais elles paraissent sur ce terrain encore plus complexes, car les croyances relatives aux arbres ne semblent pas toujours s'accorder avec les usages que l'on fait de leur bois. Prenons deux exemples : l'if et le noyer.

Tous les auteurs médiévaux soulignent le caractère néfaste et inquiétant de l'if[44]. Non seulement il pousse, triste et solitaire, là où le plus souvent les autres arbres ne poussent pas (landes, tourbières), mais il semble étrangement immuable, toujours vert, toujours égal à lui-même, comme si d'un pacte avec le Diable il avait acquis une sorte d'immortalité. De fait, légendes et traditions l'associent à l'autre-monde et à la mort, association qu'attestent ses noms allemand (*Todesbaum*) et italien (*albero della morte*). C'est un arbre funéraire, que l'on rencontre dans les cimetières et qui a des liens avec le deuil et avec le suicide (dans certaines versions de l'histoire de Judas, celui-ci ne se donne pas la mort en se pendant aux branches d'un figuier, mais en absorbant un poison violent, tiré de l'if). L'if fait peur parce que tout en lui est toxique : ses feuilles, ses fruits, son écorce, ses racines et, surtout, son suc, qui entre dans la composition de nombreux poisons, tel celui dont Shakespeare fait mourir le père de Hamlet. Au reste, aucun animal ne touche l'if, et son nom latin (*taxus*) évoque lui-même l'idée de poison (*toxicum*) : « l'if est un arbre vénéneux d'où l'on tire des poisons », écrit Isidore de Séville, et à sa suite la plupart des encyclopédistes médiévaux[45].

Est-ce en raison de telles propriétés mortifères que le bois d'if a été au Moyen Âge le bois le plus employé pour fabriquer des arcs et des flèches ? Est-ce que l'on comptait sur le poison contenu dans son suc et dans ses fibres pour terrasser l'adversaire ? Voyait-on dans le bois tiré de cet « arbre de la mort » un bois propre à propager la mort ? Ou bien, plus simplement, est-ce parce que le bois d'if est souple et résistant (presque autant que le frêne) qu'il a servi à fabriquer ce type d'armes ? Il est malaisé de répondre. Mais force est de constater que c'est en Angleterre, en Écosse et au Pays de Galles que les archers médiévaux ont eu le plus massivement recours au bois d'if pour tailler des arcs et des flèches. C'est-à-dire dans trois pays héritiers de l'antique culture celte qui, plus qu'aucune autre, a tout à la fois redouté et vénéré l'if[46].

Ce problème des relations complexes existant entre les qualités d'un bois et la mauvaise réputation de l'arbre dont il est issu se pose avec encore plus d'acuité à propos du noyer. Ici aussi tous les auteurs s'accordent : le noyer est un arbre néfaste qui prend place parmi les arbres de Satan[47]. Non seulement ses racines toxiques font périr toute la végétation alentour, mais elles passent également pour causer la mort des animaux domestiques lorsqu'elles se rapprochent par trop des étables et des écuries. Quant aux hommes et aux femmes, ils ont tout à craindre de cet arbre maléfique : s'endormir sous un noyer, c'est non seulement s'exposer à la fièvre et aux maux de tête, mais aussi et surtout risquer d'être visité par les esprits malins et les divinités infernales (de telles croyances sont encore attestées en différentes régions d'Europe au milieu du XXe siècle[48]). Isidore de Séville, père de l'étymologie médiévale, établit un rapport direct entre le nom du noyer (*nux*) et le verbe nuire (*nocere*) : « le nom du noyer vient de ce que son ombre ou l'eau de pluie qui tombe de ses feuilles nuisent aux arbres voisins[49] ».

Comme l'if, comme l'aulne[50], le noyer est un arbre dangereux et malfaisant. Cependant, cette mauvaise réputation ne semble avoir porté préjudice ni à ses fruits, ni à ses feuilles, ni à son écorce, ni à son bois. Les noix, dont les populations médiévales font une grande consommation, servent à la médecine et à l'alimentation ; on en tire de l'huile et toutes sortes de breuvages, ni dangereux ni redoutés. Les racines et l'écorce du noyer entrent dans la fabrication de produits tinctoriaux permettant de teindre en brun et, ce qui est toujours difficile dans l'Europe médiévale, en noir. Quant au bois du noyer, ferme, lourd, résistant, il passe déjà pour un des plus beaux et des plus réputés en ébénisterie et en sculpture.

Il existe donc un écart important entre le discours symbolique et mythologique portant sur le noyer ou les croyances qui l'entourent (à partir du XVe siècle, c'est l'arbre des sorcières) et le rôle utile et nécessaire qu'occupent dans la culture matérielle les produits que l'on en tire, notamment les noix et le bois. À la fin du Moyen Âge, dans un même village, les paysans éloignent leurs enfants et leur bétail du noyer tandis que les huchiers travaillent son bois avec plaisir et profit. Comment est vécue cette différence ? Que signifie-t-elle ? Que le noyer mort perd toute sa nocivité ? Mais qui ose l'abattre ? Ou bien cela signifie-t-il que ce qui relève du domaine de l'artisanat, des techniques et de l'économie s'est peu à peu coupé, et même affranchi, de ce qui relevait autrefois du seul monde des signes et des songes ?

Une fleur pour le roi

Jalons pour une histoire médiévale de la fleur de lis

Les historiens se méfient-ils de la fleur de lis ? Il est permis de se le demander tant est pauvre la bibliographie scientifique qui lui est consacrée. Il s'agit pourtant d'un authentique objet d'histoire, tout à la fois politique, dynastique, artistique, emblématique et symbolique. Mais ce n'est pas un objet neutre, loin s'en faut, et les dérives idéologiques ou les appropriations partisanes que son étude a pu faire naître en France depuis la naissance de la République, ont fini par susciter la méfiance des historiens et des archéologues. Même les héraldistes – pourtant placés au premier rang pour prendre en charge de telles enquêtes – se sont montrés réticents et n'ont pas encore livré sur cette figure du blason et ce symbole de la monarchie française le travail de synthèse que l'on était en droit d'attendre d'eux[1].

Les documents cependant ne manquent pas : du XIIe au XIXe siècle, la fleur de lis est présente partout, sur des objets, des œuvres d'art et des monuments de toutes sortes, et pose à l'historien des questions difficiles et variées. En outre, les érudits d'Ancien Régime, notamment Jean-Jacques Chiflet[2] et Scévole de Sainte-Marthe[3], sans compter l'illustre Charles Du Cange[4], ont partiellement défriché le terrain et collecté de nombreux témoignages. Leurs travaux, quoique vieillis, parfois naïfs, sont néanmoins supérieurs à ceux des érudits polygraphes du XIXe[5] ou du premier XXe siècle. Sous la plume des uns et des autres, la fleur de lis a fréquemment été livrée en pâture au militantisme politique[6], aux excès du positivisme[7], aux jongleries spatio-temporelles[8] ou bien aux délires ésotériques[9]. Certes, ce sont là aussi des documents d'histoire – sur les XIXe et XXe siècles –, mais il est temps que les médiévistes reprennent les enquêtes et les dossiers et les étudient à la lumière de problématiques nouvelles, afin que nous puissions bientôt lire sur l'histoire de cette fleur dynastique des travaux aussi sérieux et féconds que ceux dont nous disposons désormais sur l'histoire du léopard anglais ou de l'aigle germanique.

Une fleur mariale

La plupart des auteurs qui ont disserté sur les origines plastiques de la fleur de lis s'accordent pour reconnaître qu'elle n'a que peu de rapport avec le lis véritable, mais ils divergent quant à savoir si elle dérive de l'iris, du genêt, du lotus ou de l'ajonc ; ou bien – hypothèses plus extravagantes – si elle représente un trident, une pointe de flèche, une hache, voire une colombe ou un soleil[10]. Ce sont là, à mon avis, des débats un peu vains, même s'ils ont occupé les érudits pendant de longues décennies. L'essentiel est de souligner qu'il s'agit d'une figure stylisée, certainement une fleur ou un motif végétal, et que cette figure a été utilisée comme thème ornemental ou comme attribut emblématique dans de nombreuses sociétés. On la rencontre en effet aussi bien sur les cylindres mésopotamiens, les bas-reliefs égyptiens et les poteries mycéniennes que sur les monnaies gauloises, les étoffes sassanides, les vêtements amérindiens ou les « armoiries » japonaises. En revanche, la signification symbolique de cette fleur diffère d'une culture à l'autre. Tantôt il s'agit d'un symbole de pureté ou de virginité, tantôt d'une figure fertile et nourricière, tantôt d'un insigne de pouvoir ou de souveraineté. Trois dimensions symboliques qui fusionneront dans la fleur de lis médiévale, tout à la fois virginale, fécondante et souveraine.

Les plus anciens exemples de fleurs de lis semblables à celles dont on a fait usage en Europe occidentale au Moyen Âge prennent place sur des sceaux et des bas-reliefs assyriens du troisième millénaire avant notre ère. Elles y décorent des tiares, des colliers, des sceptres et semblent déjà jouer le rôle d'attributs royaux[11]. Celles que l'on rencontre un peu plus tard en Crète, en Inde et en Égypte possèdent probablement une signification analogue. En outre, en Égypte, cette fleur constitue parfois l'emblème des provinces du Sud (le papyrus étant celui des provinces du Nord) et passe pour un symbole de fertilité et de richesse[12]. Nous trouvons quelque temps plus tard la fleur de lis sur plusieurs monnaies grecques, romaines et gauloises. Mais tandis que, dans les deux premiers cas, il s'agit d'un fleuron au dessin plus ou moins affirmé, dans le dernier il s'agit déjà d'une véritable fleur de lis, graphiquement très proche de celles qui prendront place, beaucoup plus tard, dans les armoiries médiévales. Plusieurs statères arvernes en or blanc du Iᵉʳ siècle avant notre ère présentent ainsi au revers un splendide spécimen de fleur de lis pré-héraldique. Celle-ci joue-t-elle sur cette pièce un rôle uniquement ornemental ? Sert-elle d'emblème fédérateur à ce puissant peuple du centre de la Gaule ? Ou bien a-t-elle une véritable signification symbolique, liée à l'idée de liberté, voire de souveraineté ? À ces questions il est difficile de répondre tant restent rudimentaires nos connaissances du monneyage arverne et de la symbolique monétaire gauloise et gallo-romaine en général. Ces splendides statères sont en outre indatables à cinquante ans près et présentent à l'avers, sous les pattes d'un cheval stylisé, un motif qui reste à ce jour non identifié[13].

Tout en conservant sa valeur d'attribut royal, la fleur de lis se charge, pendant le haut Moyen Âge, d'une forte dimension religieuse, principalement christologique. L'origine s'en trouve dans un verset du Cantique des cantiques, maintes fois repris et glosé par les Pères et par les théologiens[14] : « Je suis la fleur des champs et le lis des vallées » (Cant 2,1).

Jusqu'au XIIIe siècle, il n'est pas rare de voir le Christ figuré au milieu de lis ou de fleurs de lis[15]. Toutefois, après l'an mille, sur ce contenu christologique se greffe progressivement une symbolique mariale, liée au développement du culte de la Vierge, à qui l'on rapporte désormais le verset suivant du Cantique : « Comme un lis au milieu des épines, telle est mon amie au milieu des jeunes filles » (Cant 2,2), ainsi que les nombreux passages des Écritures et des commentaires des Pères où le lis est présenté comme un symbole de pureté et de virginité. Dès l'époque féodale, en effet, Marie passe pour avoir été conçue hors du péché originel[16]. Ce n'est pas encore le dogme de l'Immaculée Conception – qui ne sera institué définitivement qu'au XIXe siècle –, mais c'est déjà une tradition qui invite à doter Marie d'attributs ayant tous à voir avec le thème de la pureté.

Peu à peu, dans les images, le lis devient l'emblème premier de la Vierge. C'est la numismatique qui nous en apporte les plus anciens témoignages : plusieurs monnaies des XIe et XIIe siècles, émises par des évêques dont l'église cathédrale est dédiée à Notre-Dame, présentent dans le champ de l'avers ou du revers des fleurs de lis. Puis ce sont les sceaux des chapitres de ces mêmes églises qui nous montrent l'image de la Vierge tenant dans sa main droite une fleur de lis : Notre-Dame de Paris dès 1146[17], Notre-Dame de Noyon en 1174[18], Notre-Dame de Laon en 1181[19]. Les chapitres sont rapidement imités par les abbayes et par les prieurés placés sous le patronage de la Vierge[20]. À la fin du XIIe siècle et au début du XIIIe, les témoignages iconographiques représentant Marie porteuse ou entourée de lis deviennent abondants. La forme de ces lis varie beaucoup, sans que la signification emblématique et symbolique en soit modifiée. Tantôt il s'agit de simples fleurons, tantôt de lis de jardin figurés d'une manière naturaliste, tantôt déjà de véritables fleurs de lis héraldiques ; dans ce dernier cas, la fleur prend place sur un sceptre ou sur une couronne ou bien parsème la grande surface d'un manteau. Le XIIIe siècle semble marquer l'apogée de cette vogue de la fleur de lis comme attribut de la Vierge. À la fin du Moyen Âge, dans les images peintes et sculptées, le lis devient moins fréquent et commence à être concurrencé par la rose. La fleur de l'amour prend alors le pas sur celle de la virginité, ce qui est en soi un témoignage important sur les nouvelles orientations prises par le culte marial[21].

Une fleur royale

La date, les modalités et la signification du choix par les rois de France de la fleur de lis comme emblème héraldique sont des questions qui ont fait couler beaucoup d'encre. Plusieurs poètes leur consacrent quelques vers dès la seconde moitié du XIIIe siècle[22], tandis que tout au long du siècle suivant différentes œuvres littéraires[23] – pour la plupart destinées à légitimer les droits au trône de la nouvelle dynastie des Valois[24] – expliquent, comme le fait Raoul de Presles vers 1371-1372, au début de sa traduction de la *Cité de Dieu* de saint Augustin, que le roi de France « porte les armes des trois fleurs de lys en signe de la beneoite Trinité ; par l'ange de Dieu elles furent envoiez a Clovis, premier roi chrestien [...] en lui disant qu'il fist raser les armes aulx trois crapaulx que il portoit en son escu et mettre en ce lieu les trois fleurs de lys[25] ».

Cette légende des trois fleurs de lis remplaçant les armes primitives aux trois crapauds connaît une grande diffusion jusqu'à la fin du XVIe siècle[26]. Les fleurs de lis ne sont dès lors plus pensées comme l'expression des trois vertus, Foi, Sapience et Chevalerie (c'était l'interprétation que l'on donnait des trois pétales de la fleur à l'époque de Saint Louis et encore sous Philippe le Bel[27]), mais bien comme le symbole même de la Trinité, protectrice du royaume de France. Elles auraient été envoyées du ciel à Clovis, roi fondateur de la monarchie française, au moment de sa conversion au christianisme, et auraient aussitôt pris place dans ses armoiries, en remplacement des crapauds[28] – figures éminemment diaboliques qu'il passait pour avoir portées avant de recevoir le baptême. Dans quelques versions de la légende, datant de l'époque des croisades, les crapauds sont remplacés par des croissants, figures non plus païennes et diaboliques mais musulmanes[29].

Cette légende eut la vie longue. Malgré les coups que lui ont portés les érudits du XVIIe siècle, elle se rencontre encore sous la plume d'historiens de l'époque romantique et du Second Empire, qui y cherchent une vérité historique[30]. Aujourd'hui, cependant, la sage opinion des érudits d'Ancien Régime ne peut plus être contestée. Il n'existe pas d'armoiries, nulle part en Europe, avant le milieu du XIIe siècle, et le roi de France est loin d'être un des premiers princes à en avoir fait usage[31]. Il faut en effet attendre l'année 1211 pour voir, sur un sceau, un prince capétien porter le célèbre écu semé de fleurs de lis (*fig.13*). Et encore ne s'agit-il pas du roi Philippe Auguste lui-même mais seulement de son fils aîné, le prince Louis, futur roi sous le nom de Louis VIII (1223-1226)[32].

En fait, au milieu du XIIe siècle, lorsque naissent les armoiries et que le système héraldique se met en place en Angleterre, en Écosse, en France, aux Pays-Bas, dans la vallée du Rhin, en Suisse et en Italie du Nord, la fleur de lis n'a encore aucune relation privilégiée avec la monarchie française. Cette fleur, nous l'avons vu, constitue à la fois un très ancien symbole de souveraineté – qu'utilisent depuis longtemps la plupart des rois d'Occident[33] – et un attribut marial dont l'apparition est plus récente. Or, c'est probablement dans un contexte religieux qu'il faut situer la genèse de la fleur de lis des rois capétiens. Sous l'influence de Suger[34] et de saint Bernard[35], deux prélats qui vouaient une dévotion personnelle à la Vierge et qui se sont efforcés de placer le royaume de France sous sa protection, Louis VI d'abord (1108-1137), Louis VII ensuite (1137-1180) ont progressivement introduit la fleur de lis dans le répertoire des insignes et des attributs de la monarchie française. Dans la seconde moitié du règne de Louis VII – qui fut le plus pieux des premiers rois capétiens –, son usage emblématique et symbolique va même en s'intensifiant. Elle n'est pas encore véritablement héraldique, mais elle est déjà pleinement mariale et royale. Le roi de France l'emploie désormais plus que tout autre souverain. Finalement, lorsque deux ou trois décennies plus tard, à l'horizon des années 1180, on cherche dans l'entourage du jeune Philippe Auguste un emblème héraldique pour prendre place dans les armoiries royales alors en gestation, on pense naturellement à cette figure qui depuis deux règnes déjà entretient avec la monarchie capétienne des relations étroites et souligne la protection privilégiée que la reine des cieux accorde au royaume de France. Le problème reste de savoir à partir de quand Philippe Auguste use de véritables armoiries semées de fleurs de lis, que reprendront tous ses successeurs jusqu'à Charles V. Dès 1180, au lendemain de son avènement, comme le suggère la fleur de lis qui se voit dans le champ du contre-sceau royal ? Ou bien quelques années plus tard, après son retour de croisade, vers 1192-1195 ? Ou encore plus tard, après 1200, dans la seconde moitié du règne ? Il est difficile de répondre à cette question dans l'état actuel de notre documentation. Pour l'heure, le plus ancien témoignage figuré de cet écu fleurdelisé reste le sceau du prince Louis. Il ne nous fait pas connaître les couleurs des armoiries royales. Pour cela, il faudra attendre quelques années encore : c'est une verrière haute de la cathédrale de Chartres, datable des années 1215-1216, qui la première montre en couleurs les armoiries capétiennes : *d'azur semé de fleurs de lis d'or*[36].

Quoi qu'il en soit de la date d'adoption définitive de l'écu *d'azur semé de fleurs de lis d'or*, le roi capétien, à partir du règne de Philippe Auguste, grâce à cet emblème floral qu'il possède désormais en commun avec la mère du Christ, apparaît vraiment sur son sceau et dans ses armoiries comme un médiateur entre le ciel et la terre, c'est-à-dire entre Dieu et les sujets de son royaume. Son prestige dynastique s'en trouve renforcé et son programme monarchique, tout tracé.

Un décor cosmique

Pendant plusieurs siècles, en effet, toute la propagande royale construite autour des fleurs de lis s'articulera autour de cette idée : le roi de France, responsable du salut de ses sujets, a reçu de Dieu une mission ; les fleurs de lis qui ornent son sceau et son écu témoignent de cette mission et soulignent la dimension religieuse de la fonction royale. Par la cérémonie du sacre – où, à partir du XIIIe siècle, les fleurs de lis foisonnent sur de nombreux supports – et par l'onction de l'huile consacrée, le roi de France reçoit des grâces particulières et cesse d'être un pur laïque[37]. Dieu lui confère même le pouvoir de faire des miracles en guérissant les écrouelles[38]. Ce n'est en rien un roi comme les autres.

Ce caractère sacré de la monarchie française et l'origine *célestielle* de sa mission sont bien mis en valeur dans les armoiries par la disposition particulière des fleurs de lis d'or sur le champ d'azur. Depuis le règne de Philippe Auguste, le roi de France, dans son écu, sur sa bannière, sur ses vêtements, ne porte pas une ou trois fleurs de lis, mais un *semé* de fleurs de lis, dont le nombre n'est pas fixé. Cette particularité constitue à la fois un emblème et un symbole. Elle est emblématique en ce qu'elle différencie les armoiries royales d'autres armoiries ornées elles aussi de fleurs de lis. La disposition en semé présente en outre une particularité héraldique originale : elle est relativement rare dans l'héraldique primitive, et le roi de France est le seul souverain d'Occident à l'employer pour mettre en scène la figure principale de son écu. Mais la disposition en semé revêt aussi et surtout une forte dimension symbolique : c'est une structure constellée, un ciel étoilé, une image cosmique qui, ici encore, souligne les origines divines de ces armoiries et le lien privilégié qui unit le roi du ciel et le roi de France, son représentant sur la terre. Dans l'iconographie médiévale, le décor en semé est presque toujours associé à l'idée de sacré. Il s'oppose, d'un côté, au champ uni qui représente en quelque sorte un champ neutre et, de l'autre, aux champs rayé, tacheté, compartimenté, qui ont tous des connotations négatives[39]. Dans un contexte royal, la structure en semé est associée à la solennité des sacres et des couronnements et souligne l'origine divine du pouvoir. Mais, alors que la plupart des autres rois d'Occident se font couronner revêtus d'un manteau semé d'étoiles, parfois accompagnées de croissants de lune – autre décor cosmique –, le roi de France n'y a pas recours et se fait sacrer et couronner dans un manteau semé de fleurs de lis, c'est-à-dire dans un manteau qui porte ses armoiries mêmes et qui le place sous la protection de la reine des cieux (*fig.26*)[40].

À plus d'un titre, les armoiries royales françaises ne sont donc pas des armoiries ordinaires. Elles sont d'essence mariale, comme l'expliquent plusieurs textes anonymes dès la fin du XIIIe siècle que reprendront jusqu'à l'époque moderne les hérauts d'armes puis les historiens au service de la couronne, qui trouvent dans ces armoiries si particulières un matériel symbolique remarquable, autorisant les constructions idéologiques les plus élaborées. Plus que le léopard anglais, plus que les lions de León, d'Écosse ou de Norvège, plus que le château de Castille, plus que l'aigle impériale elle-même, la fleur de lis s'est prêtée à une abondante exégèse au service de la propagande royale et a contribué à faire du roi de France un souverain à nul autre pareil[41].

Une nouvelle étape est franchie à l'horizon des années 1375, lorsque dans les armoiries royales le semé de fleurs de lis sans nombre cède la place à trois grosses fleurs de lis. Cette nouvelle disposition, qui perdurera jusqu'à la fin de l'Ancien Régime, et même au-delà, n'est pas apparue soudainement, comme on l'a écrit parfois. Dès le règne de Louis VIII, on rencontre des compositions armoriées où le nombre des fleurs de lis est déjà réduit à trois. Les exemples s'en font plus nombreux pendant les deux règnes suivants, notamment sur les sceaux des officiers et des « fonctionnaires » royaux. Quelquefois, on ne passe pas du semé à trois fleurs de lis, mais à une seule, ou bien à six, à quatre, à deux. En fait, graveurs de sceaux, artisans et artistes soumettent le nombre de ces fleurs aux dimensions de l'espace qu'ils ont à remplir, sans qu'il soit possible de dégager une règle générale. Cependant, à partir du règne de Philippe III (1270-1285), et plus encore à partir du tournant des années 1300, paraît émerger une distinction assez nette entre le semé, qui renvoie à la personne du roi, éventuellement à sa famille, et les fleurs de lis en nombre réduit, le plus souvent trois, qui renvoient au pouvoir royal délégué, au gouvernement et même à l'administration naissante[42]. Un phénomène semblable s'observe en Angleterre pendant le long règne d'Édouard III (1327-1377) : l'écu aux trois léopards reste celui du roi et de la dynastie Plantegenêt, tandis que des formules réduites, avec un ou deux léopards seulement, sont utilisées pour mettre en scène le gouvernement, ses rouages, ses institutions et les hommes qui le servent.

En France, la réduction du semé à trois fleurs de lis fut mise en relation avec la symbolique de la Trinité. Entre 1372 et 1378, en effet, Charles V entérina cette modification en rappelant non plus la protection accordée par la Vierge au roi et au royaume, mais « la singulière affection de la benoicte Trinité pour le royaume de France[43] ». C'était là une nouveauté et peut-être le premier signe de déclin des références mariales pour expliquer l'origine des armes de France. Charles VI, fils de Charles V, fut le premier roi à porter dès le début de son règne (1380) trois fleurs de lis dans ses armes. Cependant, jusque fort avant dans le XVe siècle, ses oncles, ses cousins, ses neveux continuèrent à user du semé, soulignant ainsi le caractère dynastique qu'avait conservé celui-ci, par opposition au caractère monarchique et gouvernemental du nouvel écu aux trois lis.

Une fleur partagée

Le roi de France, sa famille et ses représentants ne sont pas les seuls à porter des fleurs de lis dans leurs armoiries. Dès la fin du XIIe siècle, cette fleur constitue une figure héraldique à part entière que l'on rencontre abondamment un peu partout en France et en Europe occidentale. Seuls le lion, l'aigle et deux ou trois figures géométriques (la fasce, la bande, le chef) sont d'un emploi plus fréquent. D'un point de vue géographique, la fleur de lis héraldique a au Moyen Âge ses territoires de prédilection : les Pays-Bas du Nord, la basse vallée du Rhin, le Brabant, l'Artois, la Haute-Bretagne, l'Anjou, le Poitou, la Bavière et la Toscane. D'un point de vue social, elle prend surtout place dans les armoiries de la petite et moyenne noblesse et dans les emblèmes sigillaires, plus ou moins héraldisants, des paysans. Sur les sceaux de ces derniers, elle représente même le motif sigillaire le plus employé en Normandie, en Flandre, en Zélande, en Suisse[44]. Nous sommes là fort loin des fleur de lis du roi de France, de la Vierge et de la Trinité. Il s'agit d'un simple motif graphique utilisé comme emblème individuel ou familial.

Sous l'Ancien Régime, on a cependant beaucoup disserté (et aussi divagué) pour tenter d'expliquer la présence de fleurs de lis dans les armes de telle ou telle famille, de tel ou tel individu, de telle ou telle communauté. Plusieurs auteurs, parfois stipendiés par les possesseurs eux-mêmes, n'ont pas hésité à créer des généalogies fictives et des ascendances glorieuses, mettant en avant une lointaine parenté avec la dynastie capétienne, ou bien à imaginer un service important rendu à la couronne et ayant entraîné de la part du roi une concession d'armoiries. À la vérité, rien de cela ne s'appuie sur les documents. Les concessions de fleurs de lis par les rois de France ont toujours été rares (citons pour exemple les concessions à la maison d'Albret en 1389, et aux Médicis en 1465). Dans l'immense majorité des cas, la présence de fleurs de lis dans les armoiries d'une famille n'est due qu'à l'indice de fréquence élevé de cette figure dans les armoiries de la région d'où vient cette famille. En outre, la fleur de lis joue souvent dans les écus le même rôle « technique » que d'autres petites figures du blason, tels les étoiles, les besants, les annelets, les croissants, les losanges : remplir les champs monochromes, équilibrer la composition, différencier des armoiries semblables, accompagner ou charger des pièces (croix, sautoir, bande, fasce, etc.) et des partitions (fascé, bandé, palé, etc.). Pour ce faire, dans certaines régions on préfère les étoiles, dans d'autres les annelets ou les croissants, dans d'autres encore, les fleurs de lis[45]. Comme toujours en héraldique médiévale, les modes sont plus géographiques que sociales. Dans certaines armoiries, la fleur de lis peut également jouer le rôle de figure « parlante », c'est-à-dire former un jeu de mots avec le nom de la personne, de la famille ou de la communauté qui en fait usage. La relation peut alors être construite sur le mot « fleur » (latin *flos*), comme dans les armes de Florence, documentées dès les années 1250[46], ou bien sur le mot « lis » (latin *lilium*) comme dans celles de Lille, connues par un sceau de la fin du XIIe siècle[47] et encore présente de nos jours dans l'emblématique de cette ville (*fig.16*).

En France, cependant, les fleurs de lis urbaines se sont faites plus discrètes sous le régime de la République. Même quand elles n'avaient aucun lien avec les fleurs de lis royales – ainsi celles de Lille –, elles durent parfois céder la place à d'autres emblèmes. Après être partie en guerre contre les armoiries, dont l'usage fut aboli dès juin 1790, la Révolution française, au lendemain de la chute de la monarchie, le 21 septembre 1792, partit aussi en guerre contre les anciens attributs royaux, notamment contre les couronnes et les fleurs de lis. Pendant plusieurs mois, une sorte de « terreur héraldique » s'exerça contre ces dernières. Au mois d'août 1793, par exemple, la splendide flèche de la Sainte-Chapelle à Paris fut abattue parce qu'elle était partiellement décorée de L (initiale de Louis) et de lis[48]. Par réaction, pendant la période révolutionnaire même, la fleur de lis devint un emblème militant pour les royalistes et le resta tout au long du XIXe siècle et encore dans la première moitié du XXe. Aspirant au retour de l'Ancien Régime, les différents mouvements royalistes se reconnurent dans l'adoption systématique de l'orthographe *lys*, jugée plus ancienne et plus noble (en fait, tant au Moyen Âge que sous l'Ancien Régime, la forme *lis* est tout aussi fréquente). Aujourd'hui encore, sous la plume de quelques auteurs, l'orthographe française d'une fleur aussi fortement symbolique n'est pas neutre : il y a *fleur de lys* et *fleur de lis*.

Une monarchie végétale

Est-ce pousser trop loin la métaphore que de qualifier la monarchie française de « monarchie végétale » ? Peut-être pas si l'on s'en tient à la période médiévale. Non seulement le roi de France est l'un des rares souverains de la Chrétienté qui ne porte pas d'animal dans ses armoiries, mais il est également celui qui puise dans le règne végétal l'essentiel de ses emblèmes et de ses symboles[49]. En premier lieu la fleur de lis. Ensuite, le fleuron sous toutes ses formes, notamment sous la forme de ces deux équivalents symboliques de l'arbre de vie – cher à l'iconographie médiévale – que sont la verge fleurie et le sceptre fleuronné. On les voit sur les sceaux des rois capétiens dès le XIe siècle et ils accompagneront le règne de chaque souverain jusqu'à la fin de l'Ancien Régime[50]. Puis la palme – attribut christologique et insigne du pouvoir – déjà présente dans la symbolique royale carolingienne et que les Capétiens ont progressivement transformée en sceptre court puis en main de justice[51].

Enfin la couronne, qui peut être fleuronnée ou fleurdelisée de mille manières, mais qui peut aussi être ornée d'autres motifs végétaux (trèfles, palmettes, feuilles d'ache). Tous ces attributs sont présents sur les sceaux de majesté où ils contribuent à mettre en scène la personne du roi, l'idéal monarchique et la politique dynastique. On pourrait y ajouter d'autres thèmes empruntés au monde végétal, présents sur d'autres types de sceaux ou dans d'autres catégories d'images. Ainsi l'arbre de Jessé, cher à Suger et si fréquemment associé, dès le XIIe siècle, au royaume des lis qu'il a fini par en devenir un véritable attribut iconographique. Ainsi, un peu plus tard, l'image même de l'Annonciation – où le lis est constamment présent – et le riche floraire de la Vierge, qui occupe dans l'iconographie royale de la fin du Moyen Âge une place importante. Ainsi, surtout, les nombreux emblèmes héraldiques ou para-héraldiques dont les rois et princes valois, dans toutes leurs branches, ont fait un large usage du XIVe au XVIe siècle : fleurs (roses, marguerites, iris, bleuets) et feuilles diverses, branches de genêt, de houx, de rosier, souche d'oranger ou de groseiller, bâtons noueux ou écôtés, épines de la couronne du Christ. Enfin, le fameux chêne de Saint Louis pourrait lui aussi être inclus dans ce répertoire car il représente un authentique symbole de l'exercice de la justice. Joinville nous en a laissé un témoignage très vivant et nullement sujet à caution : « Il arriva bien des fois qu'en été il allait s'asseoir au bois de Vincennes, après la messe, et s'adossait à un chêne et nous faisait asseoir autour de lui. Et tous ceux qui avaient une affaire venaient lui parler, sans être gênés par les huissiers ni par d'autres gens[52]. »

La liste est donc longue des emprunts que la monarchie française a faits au monde des plantes pour donner d'elle-même une image spécifique. Certes, les végétaux ne sont pas les seules figures qu'elle a utilisées pour ce faire, mais ils soulignent avec force l'essence d'une monarchie qui s'est toujours voulu différente des autres, plus pure, plus légitime et plus sacrée. Se distinguer, ne pas être un souverain ordinaire, ne pas puiser dans le répertoire commun des insignes royaux[53], a toujours ainsi été au fil des siècles la ligne directrice de la mise en scène symbolique des rois de France.

LA COULEUR

Voir les couleurs du Moyen Âge

Une histoire des couleurs est-elle possible ?

La couleur n'est pas seulement un phénomène physique et perceptif ; c'est aussi une construction culturelle complexe, rebelle à toute généralisation sinon à toute analyse, et qui met en jeu des problèmes nombreux et difficiles. C'est sans doute pourquoi, au sein des études médiévales, rares sont les travaux qui lui sont consacrés, et plus rares encore ceux qui envisagent avec prudence et pertinence son étude dans une perspective vraiment historique[1]. Un certain nombre d'auteurs préfèrent jongler avec l'espace et le temps afin de rechercher les prétendues vérités universelles ou archétypales de la couleur. Pour l'historien, celles-ci n'existent pas. La couleur est d'abord un fait de société. Il n'y a pas de vérité transculturelle de la couleur, comme voudraient le faire croire certains livres appuyés sur un savoir neurobiologique mal digéré ou versant dans une psychologie de pacotille.

Les archéologues, les historiens de l'art et ceux de la vie quotidienne sont plus ou moins responsables de cette situation parce qu'ils ont rarement parlé des couleurs. À leur silence, toutefois, il existe différentes raisons qui sont en elles-mêmes des documents d'histoire. Elles ont trait pour l'essentiel aux difficultés qu'il y a à envisager la couleur comme un objet historique à part entière. Ces difficultés sont de trois sortes : documentaires, méthodologiques, épistémologiques.

Difficultés documentaires

Les premières difficultés tiennent à la multiplicité des supports de la couleur et à l'état dans lequel chacun nous a été conservé. Toutefois, avant toute enquête sur ces supports, l'historien doit impérativement se souvenir qu'il voit les objets et les images en couleurs que les siècles passés nous ont transmis non pas dans leur état d'origine, mais tels que le temps les a faits. Ce travail du temps est lui-même un fait historique, qu'il soit dû à l'évolution des composants chimiques des matières colorantes ou bien au travail des hommes qui, au fil des siècles, ont peint et repeint, modifié, nettoyé, vernis ou supprimé telle ou telle couche de couleur posée par les générations précédentes. C'est pourquoi je suis toujours perplexe devant les entreprises de laboratoire qui se proposent, avec des moyens techniques désormais très élaborés, de « restaurer » les couleurs des monuments ou des œuvres d'art, ou bien – ce qui est pire – de les remettre dans leur état chromatique premier. Il y a là un positivisme scientifique qui me paraît à la fois vain, dangereux et contraire aux missions de l'historien. Le travail du temps fait partie intégrante de la recherche historique, archéologique et artistique. Pourquoi le renier, l'effacer, le détruire ? La réalité historique n'est pas seulement ce qu'elle a été dans son état premier, c'est aussi ce que le temps en a fait. Ne l'oublions jamais à propos des couleurs et ne méprisons aucunement les opérations de décoloration ou de recoloration effectuées par chaque génération, chaque siècle, chaque époque.

N'oublions pas non plus que nous voyons aujourd'hui les images, les objets et les couleurs dans des conditions d'éclairage totalement différentes de celles qu'ont connues non seulement les sociétés du Moyen Âge mais aussi toutes celles qui ont vécu avant l'invention de l'électricité domestique. La torche, la lampe à huile, la chandelle, le cierge, la bougie produisent une lumière qui n'est pas celle que procure le courant électrique. Quel historien des images, des œuvres d'art ou des monuments en tient compte ? L'oublier conduit parfois à des absurdités. Pensons par exemple au travail récent de restauration des voûtes de la chapelle Sixtine et aux efforts considérables, tant techniques que médiatiques, pour « retrouver la fraîcheur et la pureté originelles » des couleurs posées par Michel-Ange. Un tel exercice excite certes la curiosité, même s'il agace un peu, mais il devient totalement anachronique si l'on éclaire, regarde et étudie à la lumière électrique les couches de couleurs ainsi dégagées. Que voit-on réellement des couleurs de Michel-Ange avec nos éclairages de l'an 2004 ? La trahison n'est-elle pas plus grande que les transformations opérées lentement par le temps et par les hommes entre le XVIe et le XIXe siècle ? Plus criminelle aussi, quand on songe à l'exemple de sites médiévaux détruits ou endommagés par la rencontre des témoignages du passé et des curiosités d'aujourd'hui. Une trop grande recherche de la prétendue « vérité » historique ou archéologique débouche parfois sur de véritables catastrophes.

Enfin, concernant toujours les difficultés documentaires, il faut souligner que, depuis le XVIe siècle, historiens et archéologues sont habitués à travailler à partir d'images majoritairement en noir et blanc : estampes et gravures d'abord, photographies par la suite. Pendant près de quatre siècles, la documentation « en noir et blanc » a pratiquement été la seule disponible pour étudier les témoignages figurés du passé, y compris la peinture. Par là même, les modes de pensée et de sensibilité des historiens et des historiens de l'art sont eux aussi quelque peu devenus « en noir et blanc » et ont contribué à renforcer la séparation entre cet univers du « noir et blanc » et celui des couleurs proprement dites (ce que ne faisaient jamais les cultures antiques et médiévales). Habitués à travailler à partir de documents, de livres, de périodiques et d'iconothèques où dominaient très largement les images en noir et blanc, les historiens (et les historiens de l'art peut-être encore plus que les autres) ont, jusqu'à une date récente, pensé et étudié le Moyen Âge soit comme un monde fait de gris, de noirs et de blancs, soit comme un univers d'où la couleur était totalement absente.

Le recours récent à la photographie « en couleurs » n'a pas changé grand-chose à cette situation. Du moins pas encore. D'une part, les habitudes de pensée étaient trop fortement ancrées pour être transformées en quelques décennies ; d'autre part, l'accès au document photographique en couleurs a été et reste aujourd'hui encore un luxe. Les livres d'art coûtent cher ; les Ektachrome valent une fortune ; les banques d'images numériques trahissent fortement les couleurs, notamment les rouges, les verts et, surtout, les ors (et l'on sait combien le problème de l'or est essentiel pour étudier l'art médiéval). Pour un chercheur, pour un étudiant, faire de simples diapositives dans un musée, dans une bibliothèque, dans une exposition ou un centre de documentation, demeure un exercice difficile. Des obstacles se dressent de tous côtés pour le décourager ou pour le rançonner. Tout est fait non seulement pour l'éloigner de l'œuvre ou du document original, mais aussi de sa reproduction en couleurs. En outre, pour des raisons financières parfois compréhensibles, les éditeurs et les responsables de revues savantes ont tendance à limiter ou éliminer les planches en couleurs des publications dont ils ont la charge. Au sein des sciences humaines, travailler sur la couleur demeure donc un véritable luxe, inaccessible à la plupart des chercheurs. L'écart est même de plus en plus grand entre ce que permettent aujourd'hui les techniques de pointe dans le domaine des images scientifiques – numérisées, transmises à distance, analysées ou recomposées par l'ordinateur – et le travail artisanal et quotidien de l'étudiant et de l'historien des images qui rencontrent des entraves de toutes natures pour étudier les documents figurés que le passé nous a transmis. D'un côté, on se trouve déjà pleinement dans le monde scientifique du XXIe siècle ; de l'autre, les barrières – financières, institutionnelles, juridiques – restent souvent insurmontables.

Ces remarques ne sont en rien anecdotiques. Elles ont au contraire une forte valeur historiographique et expliquent la situation présente, principalement dans le domaine de l'histoire de l'art. Les obstacles matériels, juridiques et financiers étant trop lourds, on préfère souvent se détourner de la couleur et se consacrer à autre chose. Combien d'étudiants ont ainsi renoncé à poursuivre les enquêtes qu'ils avaient entreprises sur l'enluminure, sur le vitrail ou sur la peinture : difficultés d'accès aux documents originaux, méfiance des institutions les conservant, véritable « racket » des organismes vendant des photographies, enfin impossibilité de reproduire en couleurs le résultat de leur travaux dans des publications savantes. Mieux vaut donc se consacrer, encore et toujours, à la biographie des artistes ou au discours théorique sur l'art plutôt qu'à l'étude des œuvres elles-mêmes.

Difficultés méthodologiques

Les deuxièmes difficultés sont d'ordre méthodologique. L'historien médiéviste est presque toujours désemparé lorsqu'il tente de comprendre le statut et le fonctionnement de la couleur dans une image, sur un objet, sur une œuvre d'art. Avec la couleur, en effet, tous les problèmes – matériels, techniques, chimiques, iconographiques, artistiques, symboliques – se posent en même temps. Comment conduire une enquête ? Quelles questions poser et dans quel ordre ? Aucun chercheur, aucune équipe n'a encore à ce jour proposé une ou des grilles d'analyse pertinentes qui aideraient l'ensemble de la communauté savante. C'est pourquoi, devant le foisonnement des interrogations et la multitude des paramètres, le chercheur a souvent tendance à ne retenir que ce qui l'arrange par rapport à la démonstration qu'il est en train de conduire et, inversement, à laisser de côté tout ce qui le dérange. C'est évidemment là une mauvaise façon de travailler, même si nous y avons tous fréquemment recours.

En outre, les documents produits par les sociétés médiévales, qu'ils soient écrits ou figurés, ne sont jamais ni neutres ni univoques. Chaque document possède sa spécificité et donne du réel une interprétation qui lui est propre. Comme tout autre historien, celui des couleurs doit en tenir compte et conserver à chaque catégorie documentaire ses règles d'encodage et de fonctionnement. Textes et images, surtout, n'ont pas le même discours et doivent être interrogés et exploités avec des méthodes différentes. Cela – qui est aussi une évidence – est souvent oublié, particulièrement par les iconographes et par les historiens de l'art qui, au lieu de tirer du sens des images elles-mêmes, plaquent dessus ce qu'ils ont pu apprendre par ailleurs, du côté des textes notamment. Les médiévistes devraient parfois prendre exemple sur les préhistoriens qui travaillent sur des images (les peintures pariétales) mais qui ne disposent d'aucun texte : ils sont donc obligés de chercher dans l'analyse des images elles-mêmes des hypothèses, des pistes, du sens, sans projeter sur ces images ce que les textes leur auraient appris. Les historiens et les historiens de l'art feraient bien de les imiter, au moins pour le premier stade de leurs analyses.

La priorité au document étudié (panneau, vitrail, tapisserie, miniature, peinture murale, mosaïque) est un impératif. Avant de chercher des hypothèses ou des explications d'ordre général ou transdocumentaire (la symbolique des couleurs, les habitudes iconographiques, la représentation conventionnelle de la réalité), il faut d'abord retirer du document lui-même tout ce qu'il peut nous apprendre du pourquoi et du comment de la couleur : liens avec le support matériel, surface occupée, couleurs présentes et couleurs absentes (les absences, ici comme ailleurs, sont de riches documents d'histoire), jeux de construction par la couleur, distributions et stratégies rythmiques. Avant tout codage extrapictural, la couleur est d'abord codée de l'intérieur, par et pour un document donné. Ce n'est qu'une fois menées ces analyses internes, d'ordre matériel, séquentiel ou syntaxique, que le chercheur peut ouvrir d'autres pistes, entreprendre d'autres analyses. Toutes les explications justifiant la présence de telles ou telles couleurs par la fidélité à un texte, par habitude iconographique, par une fonction héraldique, emblématique ou symbolique, ne doivent être sollicitées que dans une seconde phase, une fois achevée l'analyse structurale interne des couleurs à l'intérieur de l'objet ou de l'image étudiés. Ce qui ne veut pas dire qu'elles soient moins pertinentes ; mais il faut y avoir recours dans une seconde étape seulement.

Néanmoins, ce à quoi il faut absolument renoncer, c'est à chercher une quelconque signification « réaliste » des couleurs dans les images et dans les œuvres d'art. L'image médiévale ne « photographie » jamais la réalité. Elle n'est absolument pas faite pour cela, ni dans le domaine des formes ni dans celui des couleurs. Croire, par exemple, qu'un vêtement rouge prenant place dans une miniature du XIIIe siècle ou dans un vitrail du XVe représente un vêtement véritable, qui a réellement été rouge, est à la fois naïf, anachronique et faux. C'est en outre une erreur de méthode grave. Dans toute image, un vêtement rouge est d'abord rouge parce qu'il s'oppose à un autre vêtement qui est bleu, noir, vert ou d'un autre rouge ; ce second vêtement pouvant se trouver dans cette même image, mais aussi dans toute autre image faisant écho ou opposition à la première. Une couleur ne vient jamais seule ; elle ne trouve sa raison d'être, elle ne prend son sens que pour autant qu'elle est associée ou opposée à une ou plusieurs autres couleurs.

Aucune image médiévale ne reproduit le réel avec une scrupuleuse exactitude colorée. Cela est vrai aussi bien pour l'enluminure (qui nous a transmis plusieurs centaines de milliers d'images en couleurs) que pour toute autre technique artistique. Or, ce qui est vrai des images l'est aussi des textes. Tout document écrit donne de la réalité un témoignage spécifique et infidèle. Ce n'est pas parce qu'un chroniqueur du

Moyen Âge nous dit qu'en telle ou telle occasion le manteau de tel ou tel roi était bleu que ce manteau était réellement bleu. Cela ne veut pas dire non plus que ce manteau n'était pas bleu. Mais les problèmes ne se posent pas ainsi. Toute description, toute notation de couleur est idéologique, même lorsqu'il s'agit du plus anodin des inventaires ou du plus stéréotypé des documents notariés. Le fait même de mentionner ou de ne pas mentionner la couleur d'un objet est un choix fortement signifiant, reflétant des enjeux économiques, politiques, sociaux ou symboliques s'inscrivant dans un contexte précis. Comme est également signifiant le choix du mot qui, sous la plume d'un scribe ou d'un notaire, est choisi de préférence à tel ou tel autre pour énoncer la nature, la qualité et la fonction de cette couleur.

Difficultés épistémologiques

Les troisièmes difficultés sont d'ordre épistémologique : il est impossible de projeter tels quels sur les images, les monuments, les œuvres d'art et les objets produits par les siècles médiévaux, nos définitions, nos conceptions et nos classements actuels de la couleur. Ce n'étaient pas ceux des sociétés du Moyen Âge. Le danger de l'anachronisme guette toujours l'historien – et l'historien des images et des œuvres d'art peut-être plus que tout autre – à chaque coin de document. Mais lorsqu'il s'agit de la couleur, de ses définitions et de ses classements, ce danger semble plus grand encore. Rappelons par exemple que, tout au long du Moyen Âge, le noir et le blanc ont été considérés comme des couleurs à part entière (et même comme des pôles forts de tous les systèmes de la couleur) ; que le spectre et l'ordre spectral des couleurs sont inconnus avant les découvertes de Newton, dans la seconde moitié du XVIIe siècle ; que l'articulation entre couleurs primaires et couleurs complémentaires émerge lentement au cours de ce même siècle et ne s'impose vraiment qu'au XIXe ; que l'opposition entre couleurs chaudes et couleurs froides est purement conventionnelle et fonctionne différemment selon les époques et les sociétés. Au Moyen Âge, nous l'avons dit, le bleu est considéré en Europe comme une couleur chaude, parfois même comme la plus chaude de toutes les couleurs. C'est pourquoi l'historien de la peinture qui chercherait à étudier dans un panneau, une miniature ou un vitrail la proportion entre les couleurs chaudes et les couleurs froides et qui croirait naïvement qu'au XIIIe ou au XIVe siècle le bleu est, comme aujourd'hui, une couleur froide, se tromperait complètement et dirait des absurdités. Les notions de couleurs chaudes ou froides, de couleurs primaires ou complémentaires, les classements du spectre ou du cercle chromatique, les lois de la perception ou du contraste simultané ne sont pas des vérités éternelles mais seulement des étapes dans l'histoire mouvante des savoirs. Ne les manions pas inconsidérément, ne les appliquons pas sans précaution aux sociétés antiques ou médiévales.

Prenons un exemple simple et attardons-nous sur le cas du spectre. Pour nous, depuis les expériences de Newton, la mise en valeur du spectre et la classification spectrale des couleurs, il semble incontestable que le vert se situe quelque part entre le jaune et le bleu. De multiples habitudes sociales, des calculs scientifiques, des preuves « naturelles » (ainsi l'arc-en-ciel) et des pratiques quotidiennes de toutes sortes sont constamment là pour nous le rappeler ou pour nous le prouver. Or, pour l'homme du Moyen Âge, cela n'a guère de sens. Dans aucun système médiéval de la couleur le vert ne se situe entre le jaune et le bleu. Ces deux dernières couleurs ne prennent pas place sur les mêmes échelles ni sur les mêmes axes ; elles ne peuvent donc avoir un palier intermédiaire, un « milieu » qui serait le vert. Le vert entretient des rapports étroits avec le bleu, certes, mais il n'en a aucun avec le jaune. Au reste, que ce soit en peinture ou en teinture, aucune recette ne nous apprend avant le XVe siècle que pour faire du vert il faille mélanger du jaune et du bleu[2]. Peintres et teinturiers savent fabriquer la couleur verte, bien évidemment, mais pour ce faire ils ne mélangent pas ces deux couleurs. Pas plus qu'ils ne mélangent du bleu et du rouge pour obtenir du violet.

L'historien doit donc se méfier de tout raisonnement anachronique. Non seulement il ne doit pas projeter dans le passé ses propres connaissances de la physique ou de la chimie des couleurs, mais il ne doit pas prendre comme vérité absolue, immuable, l'organisation spectrale des couleurs et toutes les spéculations qui en découlent. Pour lui comme pour l'ethnologue, le spectre ne doit être envisagé que comme un système parmi d'autres pour classer les couleurs. Un système aujourd'hui connu et reconnu, « prouvé » par l'expérience, démonté et démontré scientifiquement, mais un système qui peut-être, dans deux ou trois siècles, fera sourire ou sera dépassé. La notion de preuve scientifique est, elle aussi, étroitement culturelle ; elle a son histoire, ses raisons, ses enjeux idéologiques et sociaux. Aristote, qui ne classe pas du tout les couleurs dans l'ordre du spectre, démontre néanmoins *scientifiquement*, par rapport aux connaissances de son temps, et preuves à l'appui, la justesse physique et optique, pour ne pas dire ontologique, de sa classification. Nous sommes alors trois siècles avant notre ère[3].

Et sans même solliciter la notion de preuve scientifique, que penser de l'homme médiéval – dont l'appareil de vision n'est aucunement différent du nôtre – qui ne perçoit pas les contrastes de couleurs comme l'homme d'aujourd'hui ? Au Moyen Âge, en effet, deux couleurs juxtaposées qui pour nous constituent un contraste fort, peuvent très bien former un contraste relativement faible ; et, inversement, deux couleurs qui pour notre œil voisinent sans aucune violence peuvent « crier » pour l'œil médiéval. Ainsi juxtaposer du rouge et du vert (la combinaison de couleurs la plus fréquente dans le vêtement aristocratique entre l'époque de Charlemagne et le XIIe siècle) représente un contraste faible, presque un camaïeu ; or pour nous il s'agit d'un contraste violent, opposant une couleur primaire et sa couleur complémentaire. Inversement, associer du jaune et du vert, deux couleurs voisines dans le spectre, est pour nous un contraste relativement peu marqué. Or c'est au Moyen Âge le contraste le plus brutal que l'on puisse mettre en scène : on s'en sert pour vêtir les fous et pour souligner tout comportement dangereux, transgressif ou diabolique !

Le travail de l'historien

Ces difficultés documentaires, méthodologiques et épistémologiques mettent en valeur le relativisme culturel de toutes les questions qui touchent à la couleur. Celles-ci ne peuvent pas s'étudier hors contexte, hors du temps et de l'espace. Par là même, toute histoire des couleurs doit d'abord être une histoire sociale avant d'être une histoire technique, archéologique, artistique ou scientifique. Pour l'historien – comme du reste pour le sociologue ou l'anthropologue – la couleur se définit d'abord comme un fait de société. C'est la société qui « fait » la couleur, qui lui donne ses définitions et son sens, qui construit ses codes et ses valeurs, qui organise ses pratiques et détermine ses enjeux. Ce n'est pas l'artiste ou le savant ; ce n'est pas non plus l'appareil biologique ou le spectacle de la nature. Les problèmes de la couleur sont d'abord et toujours des problèmes sociaux, parce que l'homme ne vit pas seul mais en société. Faute de l'admettre, on verserait dans un neurobiologisme réducteur ou dans un scientisme dangereux, et tout effort pour tenter de construire une histoire des couleurs serait vain.

Pour entreprendre celle-ci, le travail de l'historien est double. D'une part il lui faut essayer de cerner ce qu'a pu être l'univers des couleurs pour les sociétés médiévales, en prenant en compte toutes les composantes de cet univers : le lexique et les faits de nomination, la chimie des pigments et les techniques de teinture, les systèmes vestimentaires et les codes qui les sous-tendent, la place de la couleur dans la vie quotidienne et dans la culture matérielle, les règlements émanant des autorités, les moralisations des hommes d'Église, les spéculations des hommes de science, les créations des hommes de l'art. Les terrains d'enquête et de réflexion ne manquent pas et posent des questions complexes. D'autre part, dans la diachronie, en se limitant à une aire culturelle donnée, l'historien doit étudier non seulement les pratiques, les codes et les systèmes, mais aussi les mutations, les disparitions, les innovations ou les fusions qui affectent tous les aspects de la couleur historiquement observables. Ce qui, contrairement à ce que l'on pourrait croire, est peut-être une tâche encore plus difficile que la première.

Dans cette double démarche, tous les documents doivent être interrogés : la couleur est par essence un terrain transdocumentaire et transdisciplinaire. Mais certains terrains se révèlent à l'usage plus fructueux que d'autres. Ainsi celui du lexique : ici comme ailleurs, l'histoire des mots apporte à notre connaissance du passé des informations nombreuses et pertinentes ; dans le domaine de la couleur, elle souligne combien, dans toute société, la fonction première de celle-ci est de signaler, de souligner, de classer, de hiérarchiser, d'associer ou d'opposer. Ainsi encore, et surtout, le domaine des teintures, de l'étoffe et du vêtement. C'est probablement là que se mêlent le plus étroitement les problèmes chimiques, techniques, matériels et professionnels, et les problèmes sociaux, idéologiques, emblématiques et symboliques. Ainsi, enfin, celui des savoirs et des discours – spéculatifs, théologiques, éthiques et même parfois esthétiques – qui les accompagnent. Ces discours sont rares pendant tout le haut Moyen Âge mais deviennent plus nombreux à partir des XIe-XIIe siècles et abondent au XIIIe, notamment en raison des multiples interrogations des théologiens et des savants sur la nature et la structure de la lumière.

Spéculations savantes

À première vue, les hommes de science du Moyen Âge parlent rarement des couleurs pour elles-mêmes. Le contraste est même grand entre l'abondance des textes concernant la physique ou la métaphysique de la lumière et la pauvreté du discours spécifique sur la couleur. Le XIIIe siècle, par exemple, qui est le grand siècle médiéval de l'optique[4], celui qui a inventé les lunettes, qui a expérimenté de nombreuses lentilles, qui s'est intéressé aux aveugles, qui a définitivement fait du Christ un Dieu de lumière, semble avoir été peu curieux de mieux connaître la nature et la vision des couleurs. Aussi bien dans les encyclopédies et les ouvrages de vulgarisation que dans les nombreux traités d'optique, la part réservée à ces problèmes est mince et peu novatrice ; le plus souvent elle se limite aux spéculations sur l'arc-en-ciel.

Celles-ci, en revanche, abondent et innovent. L'arc-en-ciel retient l'attention des plus grands savants qui, pour certains, sont aussi théologiens. Tous découvrent ou redécouvrent les *Météorologiques* d'Aristote et l'optique arabe, notamment celle d'al-Hazen (Ibn al-Haytham, 965-1039). Ce faisant, le discours sur l'arc-en-ciel de l'Occident chrétien n'est plus seulement poétique ou symbolique, mais devient véritablement physique, prenant en compte la courbure de l'arc, sa position par rapport au Soleil, la nature des nuages et, surtout, les phénomènes de réflexion et de réfraction des rayons lumineux[5]. Même si les auteurs ne s'accordent pas, loin s'en faut, leur désir de savoir et de prouver est en ce domaine considérable. Parmi ces auteurs, il faut citer plusieurs noms prestigieux de l'histoire médiévale des sciences au XIIIe siècle : Robert Grosseteste[6], John Pecham[7], Roger Bacon[8], Thierry de Freiberg[9], Witelo[10]. Cependant, si tous ont longuement disserté sur l'arc-en-ciel, aucun n'a véritablement fait progresser les connaissances sur la nature et sur la vision des couleurs hors de cette problématique spécifique. Ces différents auteurs s'efforcent surtout de déterminer le nombre des couleurs visibles dans l'arc et la séquence que celles-ci forment en son sein. Les opinions se partagent entre trois, quatre et cinq couleurs. Un seul auteur – Roger Bacon (v.1214-1294) – pousse le nombre jusqu'à six : bleu, vert, rouge, gris, rose, blanc[11]. Aucun ne met en avant une séquence ou un fragment de séquence qui pourrait avoir un rapport quelconque avec le spectre, c'est-à-dire avec notre arc-en-ciel moderne : c'est trop tôt. Tous, ou presque, voient dans l'arc-en-ciel une atténuation de la lumière solaire traversant un milieu aqueux, plus dense que l'air. Les controverses portent essentiellement sur les faits de réflexion, de réfraction ou d'absorption des rayons lumineux, sur leur longueur et sur la mesure de leurs angles. Bien des arguments et des démonstrations sont hérités de la culture antique ou de la culture arabe, comme le sont par ailleurs toutes les explications qu'avancent les médecins et les encyclopédistes à propos de la vision colorée.

Sur cette dernière question, le Moyen Âge n'innove guère et reste même prisonnier de théories fort anciennes[12]. Soit on admet encore, comme le faisait déjà Pythagore six siècles avant notre ère, que des rayons sortent de l'œil et vont chercher la substance et les « qualités » des objets qui sont vus – et parmi ces « qualités » figure en bonne place la couleur. Soit, plus fréquemment, on considère, à la suite de Platon, que la vision des couleurs provient de la rencontre d'un « feu » visuel sorti de l'œil[13] et de particules émises par les corps perçus ; selon que les particules composant ce feu visuel sont plus grandes ou plus petites que celles qui composent les rayons émis par les corps, l'œil perçoit telle ou telle couleur. Malgré les compléments apportés par Aristote à cette théorie mixte de la vision des couleurs (importance du milieu ambiant, de la matière des objets, de l'identité de celui qui regarde) – compléments qui auraient dû ouvrir la voie vers des réflexions nouvelles – et malgré l'amélioration des connaissances concernant la structure de l'œil, la nature de ses différentes membranes et humeurs et le rôle du nerf optique (bien mis en valeur par Galien), c'est toujours cette théorie (extramission/intromission), héritée de l'Antiquité grecque, qui prédomine tout au long du Moyen Âge.

Sur la stricte question de la vision colorée, le bilan scientifique médiéval est donc pauvre. Toutefois, l'historien des couleurs ne reste pas complètement sur sa faim. Des nombreux écrits concernant l'optique, il peut retirer un certain nombre d'informations pertinentes. Tout d'abord l'idée, partagée par tous les hommes de science (mais pas par tous les théologiens), que la couleur est de la lumière ; de la lumière qui s'est atténuée ou obscurcie en traversant différents objets ou milieux. Son affaiblissement se fait en quantité, en intensité et en pureté et, ce faisant, donne naissance aux différentes couleurs. C'est pourquoi, si on place les couleurs sur un axe, toutes se situent entre un pôle blanc et un pôle noir, lesquels font pleinement partie de l'univers des couleurs. Sur cet axe, les couleurs ne s'organisent nullement dans l'ordre du spectre mais dans un ordre hérité du savoir aristotélicien, redécouvert au XIIe siècle et enseigné jusqu'au XVIIe : blanc, jaune, rouge, vert, bleu, noir. Quel que soit le domaine étudié, ces six couleurs sont les couleurs de base. Une septième couleur leur est parfois ajoutée afin de constituer un septenaire : le violet, qui prend alors place entre le bleu et le noir. Le violet médiéval, en effet, n'est pas pensé comme un mélange de rouge et de bleu mais comme un demi-noir, un sous-noir comme le montrent les pratiques liturgiques[14] et comme le dit expressément le terme latin le plus courant pour le désigner : *subniger*.

En second lieu, la plupart des auteurs qui parlent de la vision colorée mettent en avant l'idée, d'origine aristotélicienne, que toute couleur est mouvement : elle se meut comme la lumière et elle met en mouvement tout ce qu'elle touche. Par là même, la vision colorée est une action dynamique, résultant bien de la rencontre du « feu visuel » (pour reprendre l'expression de Platon) et des rayons émis par les corps perçus. Bien que cela ne soit véritablement formulé par aucun auteur, il semble même se dégager de certains textes scientifiques ou philosophiques que, pour que le phénomène couleur existe, trois éléments sont indispensables : une lumière, un objet sur lequel tombe cette lumière et un regard qui fonctionne à la fois comme un émetteur et un récepteur. Théorie plus simple (et finalement plus moderne) que celle d'Aristote et de ses disciples, qui s'articulait autour de l'interaction des quatre éléments : le feu lumineux (*feu*), la matière des objets (*terre*), les humeurs de l'œil (*eau*) et l'air ambiant jouant un rôle modulateur de médium optique (*air*).

Si, pour tous les hommes de science, la couleur est d'abord de la lumière, il n'en va pas de même pour tous les théologiens, encore moins pour tous les prélats. À partir du XIIe siècle, ne sont plus rares ceux qui, comme saint Bernard, pensent que la couleur ce n'est pas de la lumière mais de la matière, donc quelque chose de vil, d'inutile, de méprisable qu'il faut rejeter hors du temple chrétien. À côté des prélats chromophiles, qui assimilent couleur et lumière, il existe ainsi des prélats chromophobes, qui ne voient dans la couleur que de la matière. Les couleurs qui dans une église sont données à voir aux moines, aux frères ou aux fidèles, peuvent donc être liées à la conception qu'un prélat bâtisseur ou fondateur d'ordre a de la couleur. Pour l'historien, la question devient complexe et passionnante lorsque ce prélat est aussi un grand théologien et un homme de science. C'est le cas de Robert Grosseteste (1175-1253), l'un des premiers savants du XIIIe siècle, fondateur de la pensée scientifique à l'université d'Oxford, longtemps principal maître franciscain en cette ville, puis porté en 1235 sur le siège de l'évêché de Lincoln (le plus étendu et le plus peuplé d'Angleterre). Il vaudrait la peine d'étudier dans le détail les liens qui peuvent avoir existé à propos de la couleur entre les idées de l'homme de science, qui a étudié l'arc-en-ciel et la réfraction de la lumière, la pensée du théologien, qui fait de la lumière l'origine de tous les corps, et les décisions du prélat bâtisseur et réformateur qui, en faisant partiellement rebâtir sa cathédrale de Lincoln, se soucie de lois mathématiques et optiques[15]. Ces interrogations pourraient également concerner John Pecham (v.1230-1292), autre savant franciscain, qui fut maître à Oxford, qui nous a laissé le traité d'optique le plus lu jusqu'à la fin du Moyen Âge (la *Perspectiva communis*) et qui passa les quinze dernières années de sa vie sur le trône archi-épiscopal de Canterbury, primat d'Angleterre[16].

Pratiques sociales

Mais laissons les savants à leurs spéculations et les théologiens à leurs controverses. Intéressons-nous à présent aux hommes et aux femmes qui constituent le commun des sociétés médiévales, et posons-nous d'emblée deux questions : où et quand voient-ils la couleur ? Contrairement à une image trop misérabiliste que nous avons parfois, celle-ci occupe une place importante dans la vie quotidienne ; même pour les classes sociales les plus pauvres, l'horizon visuel n'est jamais incolore. Mais au Moyen Âge il y a couleur et couleur, et même si l'on teint presque tout – y compris, en milieu princier, les aliments, ou bien le pelage ou le plumage de certains animaux (chiens, chevaux, faucons) – toutes les couleurs ne se situent pas sur le même plan. Ne sont considérées comme couleurs véritables (*colores pleni*) que celles qui sont franches, lumineuses, saturées, solides, celles qui produisent de l'éclat et qui semblent source de vie et de joie, celles qui adhèrent profondément au support sur lequel elles prennent place et qui résistent aux effets du temps, des lessives et du soleil[17]. Ces couleurs-là ne se rencontrent pas partout ni en toutes circonstances ; elles sont seulement présentes en certains lieux et associées à certains rituels, fêtes ou solennités.

Le premier de ces lieux est évidemment l'église. Même s'il existe des prélats « chromophobes », ceux-ci ne sont pas majoritaires. De l'époque carolingienne jusqu'au XVe siècle, l'église, grande ou petite, reste massivement polychrome et demeure un temple de la couleur[18]. D'autant qu'aux couleurs fixes, celles qui se voient sur les murs, sur les sols, sur les plafonds, sur les verrières, sur le décor sculpté (toujours peint), s'ajoutent des couleurs mobiles et changeantes, celles des objets et des vêtements du culte, celles des livres liturgiques, celles des décors éphémères (en général textiles) associés à telle ou telle fête. À partir du XIIIe siècle, la messe elle-même n'est plus seulement un rituel mais aussi un spectacle, au sein duquel les couleurs liturgiques jouent un rôle croissant[19].

Cette théâtralité de la couleur se rencontre aussi dans des lieux profanes, notamment ceux où le pouvoir se donne à voir et où un cérémoniel est présent (palais royaux, salles de justice). En outre, quels qu'ils soient, les jours de fête sont toujours l'occasion d'une mise en scène de couleurs riches et turbulentes ; acteurs et spectateurs en font alors un usage bien plus grand que lors des jours ordinaires. Les tournois et les joutes, qui deviennent nombreux à partir de la seconde moitié du XIIe siècle, en sont les exemples profanes les plus marquants[20]. Au cœur du spectacle et des combats, les couleurs remplissent des fonctions qui sont à la fois visuelles et rituelles. Parmi ces couleurs, celles du blason occupent une place essentielle.

Les armoiries sont apparues dans le courant du XIIe siècle, mais ce n'est qu'à partir des années 1200-1220 que leur usage atteint un réel développement, touchant l'ensemble des classes et catégories sociales (en certaines régions, il existe de bonne heure des armoiries d'artisans ou de paysans), et que le code du blason, désormais stabilisé, entre dans sa phase classique[21]. Au sein de ce code, les couleurs jouent un rôle essentiel. Elles n'existent qu'au nombre de six (blanc, jaune, rouge, bleu, noir et vert) et sont désignées, dans la langue française du blason, par un terme spécifique : *argent, or, gueules, azur, sable, sinople.*

Dans l'Occident de la fin du Moyen Âge, la diffusion matérielle des armoiries est telle que ces couleurs tombent sous le regard en tous lieux et en toutes circonstances. Elles font partie du paysage quotidien, y compris au village car n'importe quelle église paroissiale, à partir du milieu du XIIIe siècle, devient un véritable « musée » d'armoiries. Et ces armoiries sont toujours porteuses de couleurs : même lorsqu'elles sont sculptées (sur les clefs de voûte ou les pierres tombales [*fig.12*], par exemple) elles sont peintes, car les couleurs sont un élément indispensable pour les lire et les identifier. De ce fait, il est probable que l'héraldique a joué un rôle considérable dans l'évolution de la perception et de la sensibilité chromatiques des hommes et des femmes à partir du XIIIe siècle. Elle a contribué à faire du blanc, du noir, du rouge, du bleu, du vert et du jaune les six couleurs « de base » de la culture occidentale (ce qu'elles sont restées jusqu'à nos jours, du moins dans la vie quotidienne). Elle a habitué l'œil à certaines associations de couleurs plus fréquentes que d'autres – parce que admises par les règles du blason – et, au contraire, a contribué à discréditer ou à raréfier d'autres associations, interdites par ces mêmes règles (ainsi la juxtaposition du rouge et du noir, du vert et du bleu, du bleu et du noir, etc.). Elle a également sensibilisé l'œil à la lecture des couleurs non pas seulement en étendue mais aussi en épaisseur. Dans une armoirie donnée, en effet, la superposition des plans est un élément syntaxique essentiel ; or c'est presque toujours la distinction des couches colorées empilées les unes sur les autres qui permet à l'œil de différencier ces plans. En tous domaines, y compris le domaine artistique, il apparaît bien que l'héraldique a exercé une influence déterminante sur la perception, la vogue et la symbolique des couleurs.

Cependant, si grande soit cette influence de l'héraldique, ce ne sont pas les armoiries qui constituent le support chromatique le plus présent dans la vie quotidienne. C'est le vêtement. Contrairement à une idée reçue, au Moyen Âge tous les vêtements sont teints, y compris ceux des classes les plus pauvres[22]. Mais il y a teinture et teinture. Ce qui distingue les vêtements riches des vêtements pauvres, ce n'est pas une opposition entre étoffe teinte et étoffe non teinte, ni même le choix ou la vogue de telle ou telle coloration, mais bien la solidité, la densité et l'éclat de la teinte. Les riches et les puissants portent des vêtements aux couleurs vives, dont la matière colorante pénètre profondément dans les fibres du tissu et résiste à la lumière, au lavage et aux effets du temps. Les pauvres, les humbles, au contraire, portent des vêtements aux couleurs délavées, grisées, parce qu'ils ont été teints avec une matière colorante de moindre prix, presque toujours végétale, qui reste à la surface de l'étoffe et qui disparaît sous l'effet de l'eau ou du soleil. Là se situe sans doute l'écart chromatique le plus grand dans les pratiques vestimentaires du Moyen Âge : riches et pauvres s'habillent à peu près des mêmes couleurs, mais sur les premiers celles-ci sont franches, lumineuses, solides, tandis que sur les seconds elles sont pâles, ternes, fanées. Saint Louis, par exemple, aime à se vêtir de bleu (il est même le premier roi de France à le faire), notamment dans la seconde partie de son règne[23]. Or, en ce milieu du XIIIe siècle, presque tous les paysans de son royaume portent également des vêtements bleus, artisanalement teints avec de la guède, plante crucifère qui pousse à l'état sauvage sur de nombreux terroirs[24]. Mais il ne s'agit absolument pas du même bleu. Le premier est vif, franc, « royal » ; le second est délavé, grisâtre, éteint. Pour l'œil du XIIIe siècle il ne s'agit pas du tout de la même couleur.

Voir les couleurs au quotidien

Ce point est essentiel. L'historien des couleurs, en effet, qui cherche à comprendre comment celles-ci étaient perçues, s'aperçoit rapidement, en croisant différents témoignages empruntés aux faits de lexique, aux pratiques sociales, aux activités économiques, aux morales religieuses ou civiles, aux enjeux de la mode, que pour l'œil médiéval un bleu dense et lumineux est souvent perçu comme plus proche d'un rouge, d'un jaune ou d'un vert eux aussi denses et lumineux que d'un bleu terne et délavé. Les paramètres d'éclat, de densité et de saturation de la couleur semblent plus importants que ceux qui relèvent de la seule tonalité[25]. C'est pourquoi, dans le domaine de l'étoffe et du vêtement, les prix, les hiérarchies, les taxinomies sociales s'articulent d'abord autour de la luminosité et de la densité des couleurs avant de prendre en compte leur coloration (rouge, bleu, vert…). Nous sommes là sur un terrain distinct de celui de l'héraldique qui manie les couleurs comme des catégories presque abstraites et ne tient pas compte des nuances qu'elles prennent lorsqu'elles sont exprimées sur tel ou tel support, selon telle ou telle technique.

Cela dit, dans un second temps pourrait-on dire, le vêtement peut lui aussi être héraldique ou emblématique et accorder une importance à telle ou telle coloration qui dira l'identité, le rang ou la dignité d'un personnage. C'est même une fonction vestimentaire de la couleur qui, probablement sous l'influence des armoiries, se développe à partir du XIIe siècle, notamment dans la société ecclésiastique. Dans cette fonction taxinomique, la coloration et les jeux d'associations bichromes ou trichromes sont concernées au premier chef. Mais la qualité matérielle de la couleur – vive ou terne, saturée ou délavée, unie ou mouchetée, lisse ou rugueuse – peut également jouer un rôle déictique ou classificatoire important.

L'œil médiéval est tellement habitué à juger de la qualité des matières et des matériaux, sans même que la main ait besoin de les toucher, qu'il exerce au premier regard cette faculté sur n'importe quelle étoffe colorée.

Enfin, à partir des années 1140, le vêtement médiéval n'est pas à l'abri de phénomènes de vogue et de mode, et ceux-ci portent fréquemment sur la couleur. En ce domaine, le fait marquant, constituant presque une « révolution » par rapport aux siècles précédents, c'est le triomphe des tons bleus dans toutes les classes de la société. Cette « révolution bleue » naît en France dans les années 1140, s'intensifie dans la seconde moitié du XIIe siècle et triomphe partout, y compris dans les pays d'Empire, au siècle suivant[26]. Il s'agit d'un fait de société et de sensibilité d'une portée considérable, qui introduit dans la culture occidentale un nouvel ordre des couleurs, ordre sur lequel nous vivons encore partiellement aujourd'hui. Le bleu, qui comptait peu dans les sociétés antiques et que les Romains n'aimaient guère (pour eux c'était la couleur des Barbares), était resté relativement discret pendant le haut Moyen Âge. Or, soudainement, à partir des années 1140, il envahit toutes les formes de la création artistique, devient une couleur christologique et mariale, puis une couleur royale et princière, et, dès la fin du XIIe siècle, commence même à faire concurrence au rouge dans de nombreux domaines de la vie sociale. Le siècle suivant est le grand siècle de la promotion du bleu, si bien qu'à l'horizon des années 1300 on peut admettre qu'il est déjà devenu, à la place du rouge, la couleur préférée des populations européennes. Il l'est resté jusqu'à aujourd'hui.

Cette promotion du bleu dans l'étoffe et le vêtement entraîne un recul des autres couleurs. Non pas tant du rouge, auquel le bleu fait désormais une forte concurrence mais qui reste néanmoins très présent dans le vêtement (pour voir vraiment décliner la place des tons rouges dans le costume et dans la vie quotidienne, il faut attendre le XVIe siècle), que du vert et, surtout, du jaune. Rares sont, après les années 1200, les hommes et les femmes qui en Europe occidentale s'habillent de jaune, et ce aussi bien dans le monde des princes que dans celui des roturiers. De même, si certaines associations de couleurs connaissent, à partir de cette date, une vogue sans précédent : bleu et blanc, rouge et blanc, noir et blanc et même rouge et bleu, d'autres régressent : jaune et rouge, jaune et vert, rouge et noir et surtout rouge et vert, association bichrome qui était la plus en vogue dans le vêtement aristocratique depuis l'époque carolingienne[27].

Toujours à propos de ces premiers phénomènes de vogue et de mode, l'historien est en droit de se demander comment les hommes et les femmes du Moyen Âge jugent belles ou laides les couleurs qui les entourent. Répondre à cette interrogation est malheureusement une tâche presque impossible. Non seulement parce que le danger de l'anachronisme guette le chercheur, mais aussi parce que pour conduire ses enquêtes celui-ci est constamment prisonnier des mots. Le beau et le laid, dans les documents médiévaux, sont d'abord affaire de vocabulaire. Or, entre la couleur réelle des êtres et des choses, la couleur véritablement perçue par tel ou tel individu et la couleur nommée par tel ou tel auteur, l'écart peut être énorme. En outre, il ne faut pas le cacher, l'historien du Moyen Âge n'a pour ainsi dire jamais prise sur les regards et les goûts individuels. Tout passe par le regard des autres et, plus encore, par celui du système social. C'est pourquoi les valeurs accordées à telle ou telle couleur, les jugements sur la beauté ou la laideur de telle ou telle nuance, relèvent d'abord de considérations morales, religieuses ou sociales[28]. Le beau, c'est presque toujours le convenable, le tempérant, l'habituel. Certes, le plaisir purement esthétique de la contemplation des couleurs existe, mais il concerne surtout les couleurs de la nature, les seules vraiment belles, pures, licites et harmonieuses, parce qu'elles sont l'œuvre du Créateur. Toutefois, malgré les témoignages des poètes, l'historien est mal outillé pour étudier cette pure délectation chromatique ; ici aussi il reste prisonnier des mots et des procédés littéraires qui sous-tendent leurs emplois.

Au reste, les notions de plaisir, d'harmonie, de beauté ne sont pas, ni à l'époque carolingienne, ni au XIIe ou au XVe siècle, ce qu'elles sont au XXIe, loin s'en faut. La perception même des associations ou des oppositions de couleurs, nous l'avons dit, peut être différente de la nôtre. Dès lors, comment juger de la beauté ou de la laideur des couleurs que le Moyen Âge nous a laissées ? Non seulement nous ne les voyons pas dans leur état d'origine mais telles que le temps les a faites ; non seulement nous les regardons le plus souvent dans des conditions de lumière et d'éclairage qui n'ont guère de rapport avec celles de l'époque médiévale ; mais notre regard ne s'accroche ni aux mêmes qualités ni aux mêmes valeurs, ni aux mêmes accords. Comment vraiment distinguer aujourd'hui, comme le font certains auteurs au Moyen Âge, le clair du brillant[29], le terne du mat, le lisse de l'uni ? Ces notions, que nous avons tendance à confondre, ne sont alors nullement identiques, ni même approchantes. De même, comment ressentir aujourd'hui des impressions différentes devant les jeux de couleurs médiévaux construits sur la polychromie : impression désagréable si ces jeux se situent sur un même plan, mais au contraire très plaisante s'ils s'organisent en épaisseur, sur plusieurs plans empilés les uns sur les autres[30] ? C'est ainsi qu'on les perçoit et qu'on les apprécie au Moyen Âge. Mais pour notre œil il n'y a aujourd'hui guère de différence entre ces deux types de polychromie.

L'historien doit constamment se souvenir qu'il n'existe aucune vérité universelle de la couleur, ni pour ce qui concerne ses définitions, ses pratiques ou ses significations, ni même pour ce qui concerne sa perception. Ici aussi, tout est culturel, étroitement culturel.

Naissance d'un monde en noir et blanc

L'Église et la couleur des origines à la Réforme

Un vêtement rouge est-il encore rouge lorsque personne ne le regarde ? À cette question complexe, la première et la principale de toutes celles qui touchent à la couleur, aucun théologien ni aucun homme de science ne paraît avoir réfléchi avant le XVIIIe siècle. Au Moyen Âge, la question serait du reste anachronique : la couleur ne se définit pas comme un phénomène perceptif, mais soit comme une substance, c'est-à-dire comme une véritable enveloppe matérielle habillant les corps, soit comme une fraction de la lumière. Ce n'est qu'à partir des années 1780 que certains philosophes ont commencé à définir la couleur comme une sensation, la sensation d'un élément coloré par une lumière qui l'éclaire, reçue par l'œil et transmise au cerveau ; et c'est à l'époque contemporaine seulement que cette définition a fini par prendre le pas sur toutes les autres.

Pour les auteurs du Moyen Âge, presque tous hommes d'Église, la couleur ne représente donc pas un horizon sensible, mais bien un problème théologique. Nombreux sont, dans les premiers siècles du christianisme, les Pères qui en parlent et, à leur suite, la plupart des théologiens médiévaux[1]. Bien avant les peintres, les teinturiers ou les hérauts d'armes, ce sont eux les premiers « spécialistes » de la couleur. Sous leur plume, elle revient fréquemment, soit sous forme de métaphore, soit sous forme d'attribut, soit surtout parce qu'elle pose un problème de fond, lié à la physique et à la métaphysique de la lumière, et donc à la relation que l'homme d'ici-bas entretient avec le divin.

Pour la théologie médiévale, en effet, la lumière est la seule partie du monde sensible qui soit à la fois visible et immatérielle. Elle est visibilité de l'ineffable et, comme telle, émanation de Dieu. D'où cette interrogation : la couleur est-elle, elle aussi, immatérielle, est-elle, elle aussi, lumière, ou du moins fraction de la lumière, comme l'affirment bien avant Newton (mais, évidemment, d'une tout autre manière) plusieurs auteurs de l'Antiquité et du haut Moyen Âge[2] ? Ou bien est-elle matière ? N'est-elle qu'une simple enveloppe qui recouvre les objets ? Tous les problèmes spéculatifs, théologiques, éthiques, sociaux et même économiques que se posent les hommes du Moyen Âge à propos de la couleur s'articulent autour de cette interrogation.

Pour l'Église, l'enjeu est d'importance. Si la couleur est une fraction de la lumière, elle participe ontologiquement du divin, car Dieu est lumière. Chercher à étendre ici-bas la place de la couleur, c'est diminuer celle des ténèbres, c'est étendre celle de la lumière, donc celle de Dieu. Quête de la couleur et quête de la lumière sont indissociables. Si en revanche la couleur est une substance matérielle, une simple enveloppe, elle n'est en rien une émanation de la divinité. Au contraire, elle représente un artifice inutilement ajouté par l'homme à la Création : il faut la combattre, il faut l'exclure du culte, la chasser du temple. Elle est à la fois inutile et immorale, nuisible même car elle gêne le *transitus* de l'homme pécheur sur le chemin de sa réconciliation avec Dieu.

Ces questions ne sont donc pas seulement spéculatives, ni même seulement théologiques. Elles ont aussi une portée concrète, une influence sur la culture matérielle et sur la vie quotidienne. Les réponses que l'on y apporte déterminent la place de la couleur dans l'environnement et le comportement du chrétien, dans les lieux qu'il fréquente, dans les images qu'il contemple, dans les vêtements qu'il porte, dans les objets qu'il manipule. Elles conditionnent, aussi et surtout, la place et le rôle de la couleur dans l'église et dans les pratiques cultuelles.

Lumière ou matière ?

De l'Antiquité tardive jusqu'à la fin du Moyen Âge, ces réponses ont été diverses. Dans leurs discours comme dans leurs actes, théologiens et prélats ont été tantôt favorables à la couleur et tantôt hostiles. L'historien toutefois manque encore d'informations pour dresser un tableau chronologique et géographique précis de leurs attitudes. Les Pères sont plutôt hostiles aux couleurs. Ils observent que la Bible en parle peu[3]. Ils y voient une futilité, un ornement stérile qui gaspille temps et argent, et surtout un masque trompeur qui détourne de l'essentiel. Bref, une vanité qui cache la réalité des choses[4]. Quelques auteurs estiment même qu'il existe un lien entre le mot *color* et le verbe *celare* (cacher)[5]. La couleur, c'est ce qui cache, ce qui dissimule, ce qui trompe. Les spéculations étymologiques des Anciens rejoignent ici l'opinion de quelques savants du XXe siècle, qui eux non plus n'hésitent pas à inclure le mot *color* dans la grande famille des termes latins évoquant l'idée de cacher : *celare, clam* (en cachette), *clandestinus* (clandestin), *cilium* (paupière), *cella* (cellier, chambre), *cellula* (cellule), *caligo* (brouillard, obscurité), etc., tous termes s'articulant autour du même radical[6].

Cependant, tous les Pères ne sont pas de cet avis. Plusieurs, au contraire, glorifient la couleur : elle est lumière et non pas matière ; elle est clarté, chaleur, soleil. Quelques-uns établissent un pont entre les termes *color* et *calor* (chaleur). Ainsi Isidore de Séville, qui propose une étymologie largement reprise et glosée jusqu'au XIIIe siècle : « Les couleurs (*colores*) sont appelées ainsi parce qu'elles naissent de la chaleur (*calore*) du feu ou bien du soleil[7]. »

À l'époque carolingienne, c'est plutôt cette seconde attitude qui semble prévaloir. Les débats sur la couleur sont désormais étroitement liés à ceux sur l'image (ils ont malheureusement été beaucoup moins étudiés) et, après le concile de Nicée II (787), la couleur fait une entrée massive dans le temple chrétien[8]. Malgré quelques exceptions, la plupart des prélats bâtisseurs d'églises sont chromophiles, et cette chromophilie – dont celle de Suger, abbé de Saint-Denis, est restée la plus célèbre – imprègne profondément les périodes carolingienne, ottonienne et romane.

Les premières réactions hostiles datent de la fin du XIe siècle et du début du XIIe. Elles se rattachent à ce grand mouvement de retour aux valeurs et aux pratiques du christianisme primitif qui affecte principalement le monde monastique mais qui touche aussi les milieux séculiers. De nouveau, les débats sur le luxe, sur les images et sur les couleurs sont portés sur le devant de la scène ecclésiologique, voire sur la place publique. Il faut évidemment évoquer ici la personne et le rôle de saint Bernard, iconoclaste célèbre (la seule image qu'il tolère est le crucifix) mais aussi « chromoclaste » redoutable. Tout a été dit sur l'attitude de l'abbé de Clairvaux face aux images[9]. Tout ou presque, en revanche, reste à écrire sur ses relations avec le monde et les problèmes de la couleur. Même la question de l'enluminure et celle du vitrail, qui ne représentent qu'un aspect partiel des enjeux soulevés, demeurent peu ou mal étudiées[10].

Certes, le cas de saint Bernard n'est pas unique. À l'horizon des années 1120-1150, d'autres prélats, d'autres théologiens partagent une partie de ses idées sur la proscription du luxe et sur l'ascétisme artistique. Mais son cas est probablement celui qui souligne de la façon la plus nette et la plus profonde les enjeux véritables de la couleur, même si ses propos s'adressent avant tout à des moines. Cela tient d'abord à son renom ; mais cela tient aussi au lexique qu'il emploie, aux concepts qu'il articule, à l'étonnante sensibilité qui est la sienne. Pour saint Bernard, en effet, la couleur est matière avant d'être lumière. Le problème n'est donc pas tant un problème de coloration (au reste, Bernard, lorsqu'il parle de la couleur, n'emploie que rarement des termes de coloration) qu'un problème de densité, de concentration, d'épaisseur. Non seulement la couleur est trop riche, non seulement elle est impure, non seulement elle constitue un luxe inutile, une *vanitas*, toutes choses banales dans le discours d'un prélat, mais elle a à voir avec le dense et l'opaque. En ce domaine, particulièrement instructif est le vocabulaire bernardien. Le mot *color* y est rarement associé aux notions de clarté ou d'éclat ; en revanche il est parfois qualifié de *turbidus*, de *spissus*, de *surdus*, tous termes qui renvoient à l'idée de trouble, de saturé, d'obscur. « Cécité des couleurs ! » (*Caecitas colorum !*), va-t-il jusqu'à proclamer[11]. Telle est l'extraordinaire originalité de Bernard, qui voit dans la couleur non pas du brillant mais du mat, non pas du clair mais du sombre. La couleur n'éclaire pas, elle obscurcit, elle étend la part des ténèbres, elle est suffocante, elle est diabolique. Le beau, le clair, le divin, qui sont tous trois émergence hors des opacités, doivent donc se détourner de la couleur et, plus encore, *des* couleurs.

De telles conceptions suscitent chez l'historien une double interrogation, l'une touchant à l'éthique, l'autre à la sensibilité. Pour ce qui concerne la première, saint Bernard n'est guère original : la plupart des morales médiévales de la couleur sont des morales de la densité bien avant d'être des morales de la coloration. Pour la seconde, au contraire, l'abbé de Clairvaux se montre plus singulier. Voir le clair et le beau dans le désaturé, dans le décoloré, n'est pas une attitude fréquente. Envisagée hors de toute considération de nature éthique ou économique, elle semble exprimer une articulation originale des différents paramètres servant à cerner la couleur. En règle générale, le beau médiéval est bien à chercher du côté du clair, mais certainement pas du côté du décoloré. Deux hypothèses peuvent alors être avancées pour expliquer ce fait de sensibilité propre à Bernard. Tout d'abord la priorité qu'il a toujours donnée au sens de l'ouïe sur celui de la vue. Ce qui prévaut chez lui, c'est le verbe, le chant, le rythme, le nombre, les proportions, en un mot la *musica* au plein sens médiéval du mot. Harmonie des sons et des rythmes avant harmonie des formes, et harmonie des formes avant harmonie des couleurs. Saint Bernard n'est pas un stratège de la lumière. Certes, en tant que théologien, il sait bien que Dieu est lumière ; mais, en tant qu'homme, elle semble lui être relativement indifférente ; et, en tant que prélat, il s'emporte à maintes reprises contre les lourdes couronnes de lumière et les immenses candélabres qui ornent les églises (clunisiennes notamment). Sur ce point, il est relayé par la rigueur des nouveaux règlements cisterciens des années 1130, limitant l'éclairage à l'intérieur des lieux de culte[12].

Ce problème personnel des rapports avec la lumière est d'autre part amplifié par une haine tenace de la *diversitas*, c'est-à-dire, en termes de couleur, de la polychromie. Idéologie et sensibilité se rejoignent ici pleinement. Tant par esprit de pénitence et de pauvreté que par goût personnel et profond, l'abbé de Clairvaux déclare la guerre aux couleurs, aux couleurs plus encore qu'à la couleur. S'il tolère parfois une certaine harmonie monochrome, éventuellement construite sur un camaïeu, il rejette tout ce qui relève de la *varietas colorum*, comme les vitraux multicolores, l'enluminure polychrome, l'orfèvrerie et les pierres chatoyantes. En fait, saint Bernard n'aime pas ce qui scintille ni ce qui brille (d'où également sa haine de l'or). Pour lui – et c'est en cela qu'il diffère de la plupart des hommes du Moyen Âge – le clair n'est pas le brillant. D'où, par rapport à ses contemporains, une façon très personnelle d'appréhender les différentes propriétés de la couleur. D'où aussi cette conception terne et sourde de la couleur, et cette assimilation inhabituelle (moderne par certains côtés) du clair au désaturé, voire au transparent[13].

L'église médiévale, temple de la couleur

Opposer saint Bernard à Suger, deux contemporains, est pour l'historiographie devenu un lieu commun. De fait, les deux prélats ont du temple chrétien et du culte divin des conceptions antinomiques. Sur la question de la couleur, cette opposition semble même plus accentuée que sur toute autre. Suger, qui comme les grands abbés de Cluny pense que rien n'est trop beau pour le service de Dieu, va jusqu'à donner priorité à l'harmonie de la lumière et des couleurs sur l'harmonie des formes, aussi bien pour la sculpture que pour l'architecture. Toutes les techniques et tous les supports – peinture, vitrail, émail, orfèvrerie, étoffes, pierreries – sont sollicités pour faire de son église abbatiale de Saint-Denis un temple de la couleur, car pour lui richesse et beauté, nécessaires pour vénérer Dieu, s'expriment d'abord par la couleur. Celle-ci est à la fois lumière et matière[14].

Cette opinion, qui revient à maintes reprises dans les écrits de Suger, notamment dans son *De consecratione*[15], rédigé vers 1143-1144, est partagée par de nombreux prélats, non seulement au XIIe siècle mais dans une tranche chronologique plus large, du milieu de l'époque carolingienne jusqu'à celle de Saint Louis. La Sainte-Chapelle elle-même, achevée en 1248, n'a-t-elle pas été conçue comme un sanctuaire de la lumière et de la couleur ? Mesurée à l'échelle des églises de la Chrétienté occidentale, l'attitude de saint Bernard, ou, d'une manière plus générale, l'attitude cistercienne, est minoritaire. Presque partout les églises entretiennent avec la couleur des rapports privilégiés. Ce qui conduit à déplacer nos réflexions de la théologie vers l'archéologie.

- Polychromies

Souligner que nous voyons aujourd'hui les églises médiévales telles que le temps les a faites, c'est-à-dire, pour la question qui nous occupe, comme pratiquement incolores, ne suffit pas. Il faut tenter de reconstituer, et pas seulement par l'imagination, ce qu'ont pu être la place et l'économie de la couleur dans ces églises. Puis, surtout, il faut essayer d'étudier le comment et le pourquoi de cette présence, la distribution des couleurs dans l'édifice, les correspondances qu'elles établissent entre des emplacements, des objets et des matériaux différents, enfin cerner le rôle, tout à la fois ornemental, topographique et liturgique, qu'elles jouent dans la vie du sanctuaire et dans les pratiques cultuelles. Présence massive, fonction dynamique, liens de la couleur avec les lieux, les moments, les techniques et les rituels : autant de questions essentielles à poser pour étudier l'église médiévale. Or ce sont là des questions sous-étudiées.

Ici aussi la couleur est longtemps demeurée la grande absente de l'archéologie et de l'histoire de l'art. Comme la peinture, l'architecture et la sculpture médiévales (mais cela vaut pour d'autres époqucs) ont souvent été pensées et étudiées comme sans couleurs (ou, pire, comme en noir et blanc), alors que la couleur constitue une dimension essentielle de leur encodage et de leur fonctionnement. Par là même, se pose la question de la légitimité des travaux qui, sur ces terrains, négligent ou occultent la couleur, voire qui ne soupçonnent même pas son existence. Pour la période romane par exemple, quelle pertinence peuvent avoir des études consacrées à tel ou tel tympan, à tel ou tel ensemble de chapiteaux, alors qu'elles oublient totalement que les uns et les autres ont été conçus, réalisés, regardés et compris en couleurs ? Et ce qui vaut pour le tympan ou pour les chapiteaux vaut évidemment pour les autres éléments et parties de l'édifice, à l'extérieur comme à l'intérieur. Les simples fonctions syntaxique et rythmique de la couleur (distinguer des zones et des plans, créer des oppositions ou des associations, établir des séquences, des échos, des correspondances) sont ignorées de beaucoup d'historiens de l'architecture et de la sculpture. Or ce ne sont là que deux fonctions parmi d'autres, certes les plus faciles à appréhender mais pas nécessairement les plus importantes, et en tout cas jamais exclusives. La couleur joue aussi un rôle théologique, liturgique, emblématique, « atmosphérique ». Elle est tonalité, elle est catalyse, elle est symbole, elle est rituel[16].

L'église doit donc être pensée par rapport à ses couleurs. Étudier les quelques traces de polychromie architecturale et de polychromie sculptée qui nous ont été conservées doit bien sûr être une des premières tâches. En ce domaine, aux enquêtes superficielles ou romantiques des siècles passés[17] doivent succéder des analyses scientifiques, appuyées sur des méthodes de laboratoire. C'est ce qui, après bien des décennies d'indifférence (combien d'archéologues et d'historiens de l'art n'ont-ils pas considéré la polychromie comme un enjolivement anecdotique, indigne de toute recherche sérieuse !), se fait depuis une vingtaine d'années, par exemple autour des cathédrales de Lausanne, de Senlis, d'Amiens et d'ailleurs[18]. Souhaitons que ces exemples soient partout imités. Toutefois, il ne faudrait pas non plus que le laboratoire impose ses lois et ses conclusions, nécessairement ponctuelles, ni que les analyses pigmentaires détournent l'historien de l'essentiel, comme cela est parfois le cas pour la peinture de chevalet de l'époque moderne. Car l'essentiel est bien de penser la couleur dans l'église comme un tout. L'église fonctionne comme une machine complexe dont la lumière et les couleurs sont les énergies principales, les fluides opératoires. Ces énergies ont une histoire, elles s'inscrivent dans l'espace et dans le temps, un temps court et un temps long, des espaces divers, une histoire dynamique.

La chronologie et la géographie de la « mise en couleurs » des églises médiévales reste donc à étudier. S'il est indéniable que l'époque carolingienne représente, sinon un point de départ, du moins une phase d'intensification de la mise en couleurs, il est difficile d'en préciser les modalités chronologiques. Trois ou quatre siècles plus tard, quand situer les premiers signes de déclin du phénomène : vers 1250 ?

vers 1300 ? un peu plus tôt ? un peu plus tard ? Sans doute peut-on ici, grâce à des témoignages plus nombreux, saisir les grandes étapes du processus de recul de la polychromie architecturale et sculptée et situer le passage de couleurs vives à des couleurs plus atténuées un peu après le milieu du XIIIe siècle (autour des années 1250, par exemple, on peut noter la différence entre les couleurs encore violentes de la Sainte-Chapelle et les couleurs plus discrètes de la cathédrale de Reims), et remarquer dans le courant du XIVe siècle l'abandon progressif, mais non pas total, de la polychromie véritable au profit de simples rehauts de couleurs, de la dorure des lignes et des arêtes et des effets de grisaille. Cependant, sur toutes ces questions, les enquêtes approfondies restent à entreprendre. Leurs conclusions devront tenir compte des différences géographiques et typologiques : ce qui vaut pour l'Île-de-France ou la Champagne ne vaut pas pour la Toscane ou pour la vallée du Rhin ; et ce qui vaut pour les grandes cathédrales ne vaut pas pour les petites églises de campagne, c'est une évidence.

De même, à propos des grands édifices, il faudrait tenter de cerner la part qui revient à chaque technique, à chaque corps de métier, à chaque maître d'œuvre dans cette coloration puis décoloration des églises. Jusqu'à la fin du XIIIe siècle, il semble bien que ce soient les architectes qui décident de l'ensemble de la polychromie et de sa distribution. Par la suite, les sculpteurs paraissent jouer un rôle plus important, et la polychromie architecturale s'adapter à la polychromie sculptée. Mais, dans cette répartition chronologique des rôles, il faut aussi inclure celui des maîtres verriers et des techniques du vitrail. Les vitraux du XIIIe siècle laissent passer moins de lumière que ceux du XIIe ; mais, après 1300, grâce notamment à la révolution technique du jaune d'argent, ils deviennent au contraire plus lumineux et le restent jusqu'au milieu du XVe siècle. De telles mutations infléchissent fortement les stratégies de la couleur à l'intérieur de l'église et sa tonalité générale. En outre, la question du vitrail rappelle à l'historien qu'à côté des évolutions de longue durée existent aussi des cycles courts : l'année et la journée. Les couleurs dans l'église vivent et s'animent selon la course du soleil, selon la saison et l'heure du jour, selon les conditions météorologiques. Le temps qu'il fait et celui qui passe sont ici inséparables. Par là même, il n'y a pas dans l'église de couleurs stables, immuables. Elles sont en perpétuelle vibration, en perpétuelle transformation. Elles s'allument et s'éteignent, elles vivent et elles meurent.

Elles s'usent aussi. Qu'elle soit sur pierre, sur verre, sur bois ou sur étoffe, la couleur s'altère et a besoin d'être renouvelée. Couleurs vives ne signifient pas toujours couleurs neuves. Ici, l'une des enquêtes les plus passionnantes est l'étude de la gestion des couleurs des siècles passés par une époque donnée (fidélité, réinterprétation, trahison). Chaque époque, chaque milieu (monastique ou séculier), chaque prélat a pensé ou repensé la couleur et s'est plus ou moins démarqué de ses prédécesseurs. Une telle enquête est difficile, presque utopique, pour l'architecture. Elle l'est moins pour le vitrail, les tentures, les objets et même la sculpture. Certaines statues de la Vierge, par exemple, ont été constamment repeintes de l'époque romane à l'époque contemporaine. Aux vierges noires ou sombres de l'an mille ont succédé des vierges rouges (XIIe siècle), bleues (XIIIe-XVe siècle), dorées (âge baroque) et enfin blanches (au XIXe siècle, après l'adoption du dogme de l'Immaculée Conception en 1854). Parfois, sur une même statue, ces couches de peinture successives ont laissé des traces superposées qui toutes, y compris les plus récentes, constituent autant de documents d'histoire archéologique, iconographique et cultuelle[19].

• Sensibilités

Les enquêtes sur la couleur des églises, de leurs murs, de leur décor, de leur mobilier, ne doivent pas être séparées de celles, plus larges, touchant aux rapports entre la couleur, la sensibilité et la culture matérielle. Il y a un problème général de la couleur. Certes, tout n'est pas couleur dans l'Occident médiéval, mais bien des surfaces et des matériaux sont alors colorés qui ne le seront plus, ou guère, dans les siècles ultérieurs : tous les bois et tous les ivoires, presque tous les argiles, une bonne partie des métaux (notamment le bronze), l'os, la corne, la cire et, en milieu princier, un grand nombre d'aliments d'origine végétale, ainsi que le pelage ou le plumage de certains animaux domestiques (chiens, belettes, chevaux et même faucons). L'homme du Moyen Âge aime les couleurs. Elles sont pour lui richesse, joie, sécurité. Mais sa sensibilité n'est pas la nôtre, notamment en matière de polychromie. Là où, dans toute débauche de couleurs vives, nous voyons indistinctement du bariolé, c'est-à-dire, en termes de valeurs, du péjoratif, l'homme du Moyen Âge introduit une nette distinction entre les couleurs juxtaposées et les couleurs superposées. Pour lui, seules les premières peuvent être désagréables à l'œil, relever de la notion de bariolé et renvoyer à des valeurs négatives. Au contraire, plusieurs couleurs superposées, c'est-à-dire situées sur des plans différents, constituent un système harmonieux et valorisant.

Ce point est essentiel pour comprendre la sensibilité médiévale aux couleurs des surfaces, qu'elles soient peintes ou tissées. Priorité est donnée à la structure en épaisseur sur la structure en étendue. Pour faire impression, pour créer du sens, toute couche de couleur est d'abord mise en relation avec celles qui se trouvent au-dessus ou en dessous, et ensuite seulement avec celles qui lui sont juxtaposées. Dans l'étude de la polychromie, il faut donc éviter tout anachronisme et apprendre à lire les objets et les surfaces colorés comme le faisaient les hommes du Moyen Âge, plan par plan, en commençant par le plan du fond et en terminant par celui du devant, le plus rapproché de l'œil du spectateur. Il en ressort que ce qui nous semble aujourd'hui bariolage, excès de couleurs, débordement polychrome, n'était pas nécessairement conçu, senti ni vécu comme tel.

Cela n'empêche nullement la couleur d'être présente partout dans l'église : sur les sols, sur les murs, sur les piliers, sur les voûtes et sur les charpentes, sur les portes et sur les fenêtres, sur les tentures, sur le mobilier, sur les objets et sur les vêtements du culte. Tout ce qui est en bois, en terre, en pierre, en cire ou en étoffe est ou peut être coloré. Et ce qui est vrai de l'intérieur du bâtiment l'est souvent aussi de l'extérieur, du moins jusqu'à une date avancée de la période gothique, souvent le milieu du XIVe siècle. Aujourd'hui, ce sont probablement les églises de bois scandinaves qui peuvent nous faire sentir avec le plus de force (ce qui ne veut pas dire de fidélité) ce qu'a été la présence massive de la couleur dans l'église médiévale. Mais beaucoup de sculptures apportent également des témoignages pertinents. Du IXe au XVe siècle, toutes – qu'elles soient monumentales ou indépendantes – sont peintes, totalement ou partiellement. À plusieurs reprises, Suger recommande de ne pas faire de statue qui ne soit polychrome. Et, au début du XVe siècle encore, dans les ateliers parisiens, la peinture des figures sculptées – l'« estoffiage » – est payée aussi cher que le travail de sculpture proprement dit.

• Le problème de l'or

Temple de la couleur, l'église est aussi temple de l'or. Il y est présent dès l'époque paléochrétienne et, au fil des siècles, sous la double influence byzantine et germanique, cette présence va en s'accentuant. À partir du IXe siècle, tout le mobilier des églises est tributaire de l'orfèvrerie, et les moines ou les prélats orfèvres, à l'image de leur illustre précurseur saint Éloi, ne sont pas rares. L'orfèvrerie est un art d'église et le restera jusqu'au XIIIe siècle.

À l'intérieur de l'édifice, l'or entretient avec la couleur des rapports étroits. Comme elle, il est à la fois matière et lumière. Mais il est aussi couleur, une couleur parmi d'autres et une couleur ayant un statut particulier. D'où, entre l'or et la couleur, des relations dialectiques subtiles, tant sur le plan artistique que sur le plan symbolique. Tous deux sont des énergies lumineuses, des « lumières matérialisées », comme l'affirme Honorius Augustodunensis au début du XIIe siècle[20]. Mais l'or est aussi chaleur, poids, densité ; il participe de la symbolique des métaux, il porte un nom magique, et, dans l'échelle médiévale des matières, seules les pierres précieuses lui sont supérieures. Il leur est du reste souvent associé afin d'orchestrer des jeux de couleurs et de lumières qui sont comme autant de médiations entre le monde d'en haut et celui d'en bas. D'un côté l'or fait resplendir la couleur ; de l'autre, il la contrôle, il la stabilise, en l'ancrant sur des fonds, en l'enfermant dans des bordures. Cette double fonction de l'or, portée à son plus haut degré dans l'orfèvrerie, vaut également pour l'enluminure, l'émaillerie, la statuaire et même le textile. C'est une fonction à la fois artistique et esthétique, mais aussi et surtout liturgique et politique. L'or permet à l'Église d'affirmer et de mettre en scène son *auctoritas* ; il est signe de pouvoir et, comme tel, thésaurisé sous diverses formes à l'intérieur ou près du sanctuaire (lingots, poudres, monnaies, bijoux, vaisselles, armes, reliquaires, tissus, vêtements, livres et objets cultuels). Cependant l'or n'est pas seulement fait pour être thésaurisé. L'or est également une transaction : il doit être montré, porté, déplacé, touché, donné, échangé (volé ?). Sa valeur d'ostension et de médiation est considérable. D'où ces nombreux rituels de l'or, auxquels l'Église médiévale (et plus tard l'Église de l'âge baroque) associe le sacré. Rares sont avant saint Bernard les prélats qui s'y soient ouvertement opposés.

L'or, en effet, pose un problème éthique. Lumière, il participe de l'échange avec le divin : c'est le bon or. Mais, matière, il exprime la richesse terrestre, le luxe, la cupidité : c'est une *vanitas*. En outre, lorsqu'il est couleur, l'or représente la saturation absolue et repose donc le problème moral de la densité chromatique, évoqué ci-dessus. Cela peut du reste être utile pour exprimer certaines échelles de valeurs : l'or, qui dans la culture et la sensibilité médiévales n'a que peu de rapport avec la couleur jaune mais qui en a beaucoup avec la couleur blanche, sert parfois à traduire l'idée de blanc intense, de « super-blanc », palier chromatique souvent nécessaire pour hiérarchiser le céleste ou le divin (ainsi le monde des anges) mais que, dans la pauvre gamme des blancs, ni le lexique ni la peinture ne peuvent rendre de façon satisfaisante[21]. Au Moyen Âge, plus blanc que blanc, c'est l'or. Cependant, sa saturation trop forte peut aussi être prise en mauvaise part : couleur trop riche, couleur trop dense, l'or exprime au plus haut degré cette opacité, cette « cécité » de la couleur si douloureusement ressentie par l'abbé de Clairvaux. D'où sa phobie de l'or.

Liturgie de la couleur

L'église est donc dans l'Occident médiéval un des « théâtres » de l'or, comme elle l'est de la couleur, de la lumière, du verre, voire des torches, des lampes et des candélabres. Tous coûtent cher et sont réservés aux lieux de culte. Pendant le Moyen Âge central (XIe-XIIIe siècle) qui, tous lieux et documents confondus, laisse aujourd'hui à l'historien une impression (mais peut-être n'est-ce qu'une impression ?) moins colorée que le haut et le bas Moyen Âge[22], l'église apparaît même comme le seul véritable sanctuaire chromatique. Elle n'est pas seulement lieu de la couleur, elle est aussi temps de la couleur, moments de la couleur, rituels de la couleur. De Grégoire VII (1073-1085) à Innocent III (1198-1216), en effet, la couleur est de plus en plus étroitement associée à l'office divin. Et lorsque, dans la première moitié du XIIIe siècle, la messe, sans changer fondamentalement, devient un véritable « système », la fonction proprement liturgique de la couleur accède au statut de code.

Aussi curieux que cela puisse paraître, il n'existe aucune étude véritable sur l'origine et la mise en place de ces couleurs liturgiques[23]. La question, il est vrai, est difficile et, sur bien des points, nos connaissances restent lacunaires, non seulement pour le haut Moyen Âge, mais même pour toute la période prétridentine. Dans les premiers temps du christianisme, l'officiant célèbre le culte avec son vêtement ordinaire ; d'où une certaine unité à l'échelle de la Chrétienté ; d'où aussi une prédominance des vêtements blancs ou des vêtements non teints. Puis, progressivement, on semble réserver le blanc à la fête de Pâques et aux fêtes les plus solennelles du calendrier liturgique. Saint Jérôme, Grégoire de Tours et d'autres Pères s'accordent pour faire du blanc la couleur chargée de la plus grande dignité. Toutefois, les usages liturgiques varient selon les diocèses et sont placés sous le contrôle des évêques ; mais ceux-ci ne légifèrent guère en matière de couleurs, se contentant, comme les conciles provinciaux, de condamner les tenues bariolées et de rappeler, parfois, la primauté du blanc.

À partir du IXe siècle, le luxe, l'or, les couleurs brillantes et saturées font leur apparition sur les étoffes et les vêtements cultuels. Ce mouvement de grande ampleur s'accompagne de la compilation de plusieurs traités spéculatifs sur la symbolique de ces vêtements et de ces étoffes, traités dans lesquels il est parfois fait mention des couleurs. Elles sont en général au nombre de sept (blanc, rouge, noir, vert, jaune, brun et pourpre) et glosées par rapport aux Écritures, notamment par rapport au Lévitique[24]. Le problème est de savoir si ces textes – anonymes, souvent difficiles à dater et à localiser, parfois à comprendre – ont une portée quelconque sur les pratiques liturgiques véritables. Ni l'archéologie ni l'iconographie, où dominent les couleurs sombres, ne permettent de l'affirmer. En revanche, ces textes laissent des traces discursives jusque chez les plus grands liturgistes du XIIe siècle : Jean d'Avranches, Honorius, Rupert de Deutz et même Hugues de Saint-Victor et Jean Beleth. En outre, dès cette époque, la pratique qui consiste à associer une couleur et une fête ou un temps du calendrier liturgique est déjà solidement attestée en de nombreux diocèses. Mais les différences restent grandes d'un diocèse à l'autre.

Vient alors le cardinal Lothaire, le futur pape Innocent III. Vers 1195, en effet, alors qu'il n'était que cardinal diacre et que le pontificat de Célestin III (un Orsini, ennemi de sa propre famille) l'avait momentanément éloigné du gouvernement de l'Église, Lothaire rédigea plusieurs traités, dont un traité sur la messe, le *De sacrosancti altaris mysterio*[25]. C'est une œuvre de jeunesse, parfois jugée indigne du grand Innocent III, où, selon les habitudes de la scolastique, l'auteur compile et cite beaucoup. Mais ce faisant il est de son temps, et son œuvre a pour nous le mérite de résumer ce qui s'est écrit avant lui. En outre, pour ce qui concerne les couleurs des étoffes et des vêtements liturgiques, son témoignage est d'autant plus précieux qu'il décrit les usages du diocèse de Rome à la veille de son propre pontificat. Jusque-là, en matière de liturgie, les usages romains pouvaient être pris comme référence (c'était notamment ce que recommandaient liturgistes et canonistes), mais ils n'avaient guère de portée normative à l'échelle de la Chrétienté ; évêques et fidèles restaient souvent très attachés aux traditions locales. Grâce au prestige immense d'Innocent III, les choses changèrent dans le courant du XIIIe siècle. L'idée s'imposa de plus en plus fortement que ce qui était valide à Rome avait une dimension presque légale. Et, surtout, les écrits de ce pape, fussent-ils des œuvres de jeunesse, devinrent tous des autorités obligées. Ce fut notamment le cas du traité sur la messe. Le long chapitre sur les couleurs fut non seulement repris par tous les liturgistes du XIIIe siècle, mais il commença aussi à être mis en pratique dans maints diocèses, certains fort éloignés de Rome.

Voici la distribution et la signification des couleurs tout

au long de l'année liturgique, telles que le cardinal Lothaire les met en scène. Le blanc, symbole de pureté, est utilisé pour les fêtes des anges, des vierges et des confesseurs, pour Noël et l'Épiphanie, pour le Jeudi saint et le dimanche de Pâques, pour l'Ascension et la Toussaint. Le rouge, qui rappelle le sang versé par et pour le Christ, s'emploie pour les fêtes des apôtres et des martyrs, pour celles de la Croix et pour la Pentecôte. Le noir, lié au deuil et à la pénitence, sert pour les messes des défunts ainsi que pendant le temps de l'Avent, pour la fête des saints Innocents, et de la Septuagésime à Pâques. Le vert, enfin, est sollicité les jours où ni le blanc, ni le rouge, ni le noir ne conviennent, parce que – et c'est là une notation du plus grand intérêt – « le vert est une couleur intermédiaire entre le blanc, le noir et le rouge » (*viridis color medius est inter albedinem et nigritiam et ruborem*).

Cette distribution des couleurs appelle quelques remarques. Il faut tout d'abord souligner la construction du système liturgique autour des trois couleurs « de base » de la culture occidentale du haut Moyen Âge : le blanc, le rouge et le noir, c'est-à-dire le blanc et ses deux contraires. En ce sens, le système liturgique ne diffère aucunement de tous les autres systèmes symboliques que l'Antiquité tardive et le Moyen Âge ont construits sur l'univers des couleurs. Et, comme partout, une quatrième couleur, une couleur « soupape » y est associée : le vert, la couleur « en plus », la couleur du dehors. Il faut ensuite noter l'absence de toute mention du bleu. Au XIe siècle et au début du XIIe, où le texte du cardinal Lothaire puise ses sources, le bleu commence à peine à être considéré comme une couleur, et il est trop tôt pour y investir une quelconque dimension symbolique. Au reste, dans la longue durée, le bleu n'accédera jamais au statut de véritable couleur liturgique. Lothaire ne nous parle pas non plus de l'or, du moins pas dans ce chapitre. Pour lui, l'or est une matière et une lumière, pas une couleur. En ce qui concerne le blanc et le rouge, ses notations sont intéressantes à double titre : d'une part, il confirme définitivement la substitution du rouge au blanc comme couleur des martyrs (pendant le haut Moyen Âge, le blanc, couleur du Paradis, est aussi celle des martyrs ; puis ceux-ci, qui ont versé leur sang pour le Christ, sont progressivement associés au rouge) ; d'autre part, en cas de superposition de deux qualités chez un même saint ou pour une même fête, il établit la supériorité du martyre sur la virginité (donc du rouge sur le blanc) et du temps (Avent, Carême) sur la fête (donc du noir sur le rouge ou sur le blanc).

Bien que plus descriptif que normatif, le texte de Lothaire sur les couleurs allait dans le sens d'une certaine unification de la liturgie. Il ne fut pas relayé par les décisions du IVe concile de Latran (1215), mais sa renommée fut prolongée par le célèbre *Rationale divinorum officiorum*, compilé par Guillaume Durant, évêque de Mende, vers 1285-1286. Cet ouvrage en huit livres, qui constitue la plus vaste encyclopédie médiévale de tous les objets, signes et symboles liés à la célébration du culte divin, reprend en effet le chapitre de Lothaire sur les couleurs liturgiques, développe les considérations allégoriques et symboliques, complète le cycle des fêtes et érige en système universel ce qui, chez Lothaire, n'était qu'une description des usages romains. Lorsque l'on sait que plusieurs centaines de manuscrits du *Rationale* nous ont été conservés, qu'il fut après la Bible et le Psautier le troisième livre à avoir été imprimé, et que quarante-trois éditions incunables en ont été données, on se rend compte de la portée qu'a pu avoir en Occident un tel discours normatif sur les couleurs[26].

Cette portée fut cependant plus théorique et didactique que véritablement pratique. Aux XIVe et XVe siècles, l'installation de la papauté à Avignon, le schisme et la crise générale de l'Église firent régresser ce mouvement vers une liturgie plus unifiée qui s'était mis en marche au XIIIe siècle. Bien des diocèses retrouvèrent alors des usages particuliers et les conservèrent fort avant dans l'époque moderne. Les décisions du concile de Trente et l'instauration du missel romain de saint Pie V (1570), qui rendaient obligatoires les usages romains, mirent longtemps à s'imposer. Si tous les diocèses de la Chrétienté adoptèrent peu à peu les cinq couleurs liturgiques principales, imposées par Rome (blanc, rouge, noir, vert et violet)[27], de nombreuses particularités locales survécurent jusqu'en plein XIXe siècle.

Cette mise en place progressive des couleurs liturgiques entre l'époque carolingienne et le XIIIe siècle n'est pas un fait isolé mais se rattache au vaste mouvement de mise en couleurs des églises évoqué ci-dessus. Sur ces questions, archéologie et liturgie ne peuvent être dissociées. Toutes les couleurs, qu'elles soient permanentes ou circonstancielles, qu'elles soient posées sur verre ou sur étoffe, sur pierre ou sur parchemin, se parlent et se répondent à l'intérieur de l'édifice. Toute couleur s'adresse toujours à une autre couleur, et de leur dialogue naît le rituel. La couleur, ici encore, articule l'espace et le temps, distingue les acteurs et les lieux, exprime les tensions, les rythmes, les accents. Sans couleur, pas de théâtralité, pas de liturgie, pas de culte.

Archéologie et liturgie doivent en outre être mises en relation avec une autre discipline : l'héraldique. L'historien, en effet, ne peut pas ne pas constater que les premières tentatives véritables pour codifier les couleurs de la liturgie sont contemporaines de la naissance des armoiries, le plus élaboré des codes sociaux que l'Occident médiéval a construits autour des couleurs. En un siècle, le XIIe, la messe, comme la guerre, comme le tournoi, comme la société, comme les images, s'est proprement « héraldisée » dans la couleur. Comme celles du blason, les couleurs de la liturgie n'existent qu'en nombre limité et ne se combinent pas indifféremment. Comme en héraldique, elles représentent des catégories pures : ce sont des couleurs abstraites, conceptuelles, dont les nuances ne comptent pas. Comme le *gueules* des armoiries, par exemple, le rouge de la Pentecôte peut être traduit par du rouge clair, foncé, orangé, rosé, violacé, bruni, etc. ; cela n'a aucune importance ni aucune signification. C'est un rouge archétypal, l'imaginaire du rouge, le symbole de tous les rouges. C'est aussi, comme en héraldique, un rouge uni ; ce qui, à bien des égards, en ces XIIe et XIIIe siècles, constitue une notion, une valeur et une réalité extrêmement modernes. Désormais, le prélat et le théologien peuvent manipuler les couleurs comme le fait le héraut d'armes. D'autant que toutes les églises d'Occident accueillent en leurs murs une foule d'armoiries à partir des années 1230-1250. Liturgie et héraldique ont dorénavant un théâtre commun : l'église.

Le vêtement : du symbole à l'emblème

Cette héraldisation de la couleur se retrouve dans l'histoire du vêtement monastique. En sept siècles, du VIe au XIIIe, les enjeux primitifs, qui étaient d'ordre éthique, se transforment en stratégies taxinomiques, et l'ancienne quête du degré zéro de la couleur, c'est-à-dire de la laine non teinte, chère au monachisme primitif, doit céder la place à une véritable emblématique du monde religieux, soigneusement et définitivement classé en moines noirs, moines blancs, frères gris, frères bruns, etc. Dans cette évolution de longue durée, les mutations essentielles, ici encore, se situent aux XIIe et XIIIe siècles, c'est-à-dire au moment où toute la société occidentale subit fortement l'influence de l'héraldique naissante. Ce n'est nullement un hasard.

Les travaux, peu nombreux et souvent décevants, sur l'histoire du vêtement monastique parlent rarement des couleurs[28]. Tous les problèmes que celles-ci posent au médiéviste sont présents dans ce dossier : caractère contradictoire de la documentation et lacunes de l'historiographie ; écarts parfois énormes entre les discours théoriques, normatifs ou dogmatiques et les pratiques quotidiennes (le noir bénédictin, par exemple, en plein XIIIe siècle encore, peut très bien s'exprimer matériellement par du brun, du fauve, du gris, du bleu) ; priorité accordée aux questions de matière et de densité sur les questions de stricte coloration ; liens presque dialectiques entre les contraintes de la chimie tinctoriale et les spéculations symboliques sur les couleurs ; enfin, distribution de ces couleurs à l'intérieur de deux systèmes entrecroisés, l'un fonctionnant en épaisseur (couleurs des différentes pièces de l'habit déclinées par rapport au corps), l'autre en étendue (mise en relation des couleurs d'un ordre religieux avec celles d'un autre ordre, ou bien avec le monde des séculiers, ou encore avec celui des laïques).

Du point de vue chronologique, le contraste est grand entre le flou des règles et des coutumes primitives et la précision parfois extrême des statuts, règlements et constitutions postérieurs au XIIIe siècle. À l'origine du monachisme occidental domine un souci de simplicité et de modestie : les moines adoptent le même costume que les paysans et ne teignent ni n'apprêtent la laine. C'est du reste ce que recommande la règle de saint Benoît[29]. La couleur apparaît comme un ajout superflu. Mais, progressivement, le vêtement acquiert pour le moine de plus en plus d'importance : il est à la fois le symbole de son état et l'emblème de la communauté à laquelle il appartient. D'où un écart grandissant entre le costume des religieux et celui des laïques ; d'où également la recherche d'une certaine uniformité pour assurer et proclamer l'unité de l'*ordo monasticus.* À l'époque carolingienne, cette unité vestimentaire tend déjà à s'exprimer par la couleur, non pas tant par une coloration déterminée (le noir) que par une gamme de colorations (le sombre). Au reste, jusqu'au XIIIe siècle, teindre une étoffe dans un vrai noir, dense et stable, reste, pour les moines comme pour les laïques, un exercice difficile.

Au fil du temps, cependant, les moines occidentaux paraissent entretenir des rapports institutionnels de plus en plus étroits avec la couleur noire. Dès le IXe siècle, le noir, couleur de l'humilité et de la pénitence, semble être devenu la couleur monastique par excellence ; si dans la réalité textile il est souvent remplacé par du brun, du bleu, du gris ou par une teinte « naturelle » (*nativus color*), les textes parlent de plus en plus souvent de *monachi nigri*[30]. Cette habitude est définitivement installée aux Xe et XIe siècles, lorsque s'étend l'empire clunisien. Une preuve en est donnée *a contrario* par tous les mouvements à tendance érémitique qui se développent au XIe siècle : en réaction idéologique contre Cluny et le luxe clunisien, ces mouvements cherchent à retrouver dans le vêtement la pauvreté et la simplicité des origines ; dans le domaine de la couleur, cela se traduit par la quête proclamée d'une étoffe grossière, soit laissée dans son suint et sa couleur naturelle, soit mêlée à des poils de chèvre (Chartreux), soit simplement « blanchie » sur le pré (Camaldules), soit tissée avec de la laine d'agneaux blancs et roux (Vallombreuse). Cette volonté de retour à l'austérité des premiers anachorètes est aussi une volonté d'écart par rapport à la couleur, luxe dont tout moine doit se passer. C'est peut-être également une volonté de choquer, la frontière étant floue qui sépare la laine de l'animal de l'animalité. Certains parmi ces mouvements érémitiques se situent aux frontières de l'hérésie, laquelle, dans l'Occident médiéval, s'exprime souvent par le vêtement, et beaucoup ont pour modèle ou patron Jean-Baptiste, véritable homme sauvage des traditions bibliques et de l'iconographie.

Du point de vue de la couleur, c'est dans ce courant qu'il faut situer les débuts de l'ordre cistercien. Lui aussi est réaction contre le noir clunisien et vise un retour aux sources. Lui aussi souhaite retrouver les principes essentiels de la règle de saint Benoît : n'user que d'étoffe commune et de bas prix, faite d'une laine non teinte, filée et tissée par les moines eux-mêmes dans le monastère. Qui dit laine non teinte dit couleur tirant vers le gris. Et de fait, comme d'autres, les premiers Cisterciens sont qualifiés de *monachi grisei* par plusieurs textes du début du XIIe siècle. Dès lors, quand et comment est-on passé du gris au blanc, c'est-à-dire du degré zéro de la couleur à la couleur véritable ? Peut-être sous l'abbatiat de saint Albéric (1099-1109), peut-être au début de celui d'Étienne Harding (1109-1133) ? Peut-être à Clairvaux (fondée en 1115) avant Cîteaux ? Peut-être pour distinguer les moines de chœur des simples convers ? En fait, nous n'en savons rien[31]. Mais ce qui est certain, c'est que la violente controverse qui oppose Clunisiens et Cisterciens à l'époque de Pierre le Vénérable et de saint Bernard contribua à faire définitivement des seconds des moines blancs.

C'est en effet Pierre le Vénérable, abbé de Cluny, qui le premier, en 1124, dans une célèbre lettre adressée à l'abbé de Clairvaux, interpelle publiquement ce dernier comme un moine blanc (« *o albe monache...* ») et lui reproche l'excès d'orgueil que représente le choix de cette couleur pour se vêtir : le blanc est la couleur de la fête, de la gloire et de la Résurrection, alors que le noir est la couleur de l'humilité[32]. Cette controverse, qui constitue un des temps forts de l'histoire monastique médiévale[33], rebondit plusieurs fois et tourne à un véritable affrontement dogmatique et chromatique entre moines noirs et moines blancs. Malgré plusieurs tentatives d'apaisement faites par Pierre le Vénérable, elle perdure jusqu'en 1145. Ainsi, en deux décennies, de même que les Clunisiens étaient emblématisés par le noir, de même les Cisterciens se trouvèrent pour toujours emblématisés par le blanc. Par la suite, cette couleur blanche donna rétroactivement naissance à différentes explications miraculeuses quant à ses origines divines : ainsi la légende, forgée au XVe siècle, qui raconte comment la Vierge, apparue à saint Albéric, lui enjoignit d'adopter l'habit blanc.

Après le XIIe siècle, les écarts se rétrécissent entre les couleurs idéologiques et les couleurs effectivement portées. Non seulement la technique des teintures fait des progrès permettant de se rapprocher de la teinte souhaitée mais, surtout, l'emblème a désormais remplacé le symbole, et les libertés que l'on pouvait matériellement prendre avec les couleurs symboliques ne peuvent plus l'être avec les couleurs emblématiques. Dans ses usages sociaux, la couleur est devenue une marque, une étiquette, et à un nouvel ordre social correspond un nouvel ordre des couleurs.

Les frères mendiants font irruption dans la société religieuse au moment – le début du XIIIe siècle – où cette évolution est consommée. Ils arrivent trop tard pour le symbole ; ne reste plus que l'emblème. À cet égard, exemplaire est le cas des Franciscains. Eux aussi visent le degré zéro de la couleur, la robe de laine vile, non teinte, sale, rapiécée, donc s'inscrivant dans la gamme incertaine des gris et des bruns[34]. Mais, en dépit de ces préoccupations idéologiques et de l'extrême diversité des couleurs de leurs robes (problème encore largement débattu au sein de l'ordre au XIVe siècle), les Franciscains sont malgré eux, de l'extérieur, désignés et emblématisés par les laïques comme des « frères gris » ; et saint François lui-même devient dans bon nombre d'expressions populaires « saint Gris[35] ». La couleur crée le nom. Refuser la couleur et la nomination par la couleur est devenu impossible, utopique, surtout pour des religieux qui vivent et prêchent dans le siècle.

Les Dominicains paraissent l'avoir senti qui, après une fidélité première au blanc des chanoines Prémontrés, choisissent dès les années 1220 une formule nouvelle, bichrome, presque héraldique : le blanc (robe) et le noir (chape), présentés comme les couleurs de la pureté et de l'austérité[36]. Cette structure bichrome, déjà adoptée par les ordres militaires, sera reprise par d'autres ordres mendiants (Frères de la Pie, Carmes) et monastiques (Célestins, Bernardins, etc.) jusqu'à la fin du Moyen Âge. Elle consacre la déclinaison en épaisseur des couleurs vestimentaires et permet d'y inscrire des combinatoires et des systèmes de signes nouveaux[37].

En outre, les temps sont mûrs pour de nouvelles morales de la couleur. Ce seront des morales de la coloration et non plus de la densité ou de la saturation.

Une couleur honnête : le noir

Ces morales de la coloration, qui vont avoir une si grande importance à la fin du Moyen Âge, émergent en fait de bonne heure et concernent d'abord le clergé séculier. Dès le milieu du XIe siècle, devançant les réformes grégoriennes, un certain nombre de prélats prêchent et légifèrent contre le luxe vestimentaire des clercs, appuyés et relayés par les décisions des synodes, des assemblées provinciales et des conciles. Chasse est faite aux étoffes trop riches et aux couleurs trop vives, notamment le rouge et le vert, constamment cités dans les textes du XIIe siècle. En 1215 encore, le canon XVI du IVe concile de Latran interdit au clergé dans son ensemble de faire usage « d'étoffes rouges et vertes pour quelque pièce du vêtement que ce soit[38] ». Ces deux couleurs, auxquelles est parfois adjoint le jaune, sont jugées trop voyantes et trop onéreuses. Ces décisions ecclésiastiques ont parfois une portée chez les laïques : après son retour de croisade, en 1254, Saint Louis bannit le rouge et le vert de sa garde-robe et se vêt le plus souvent de gris, de brun, de noir et parfois de bleu, couleur dynastique de la famille capétienne se transformant lentement en couleur de la monarchie française.

Outre telle ou telle couleur prise individuellement, les textes réglementaires déclarent la guerre aux couleurs juxtaposées, c'est-à-dire à la polychromie. Le concile de Reims de 1148, présidé par le pape Eugène III, dénonce « l'inconvenante diversité des couleurs » (*varietas colorum indecora*). À partir du XIVe siècle, cette guerre contre la polychromie vestimentaire se cristallise contre les habits rayés, mi-partis ou à damiers, lesquels connaissent une vogue grandissante chez les laïques. Pour un clerc du XIVe siècle, « être pris en habits rayés » constitue le pire des scandales[39]. Pour la sensibilité médiévale, la rayure constitue en effet l'archétype du bariolé. Elle est indigne non seulement d'un clerc mais de tout honnête chrétien. De fait, l'iconographie réserve les vêtements rayés aux exclus, aux réprouvés, aux traîtres et à tous les personnages pris en mauvaise part[40].

À la fin du XIIIe siècle, les interdictions et règlements ne portent plus seulement sur le costume des clercs. Toute la société laïque est désormais concernée, et le bas Moyen Âge voit partout se développer la promulgation de textes normatifs et de lois somptuaires ou vestimentaires, spécialement en milieu urbain. Ces lois qui, sous des formes variées, perdureront parfois jusqu'au XVIIIe siècle (ainsi à Venise) ont une triple fonction. Tout d'abord une fonction économique : limiter dans toutes les classes et catégories sociales les dépenses concernant le vêtement et ses accessoires, car ce sont des investissements jugés improductifs. Ensuite une fonction morale : maintenir une tradition chrétienne de modestie et de vertu ; en ce sens, ces lois se rattachent au grand courant moralisateur qui traverse tout le Moyen Âge finissant et dont la Réforme protestante se fera l'héritière. Enfin, et surtout, une fonction sociale et idéologique : instaurer une ségrégation par le vêtement, chacun devant porter celui de son sexe, de son état et de son rang. Tout est réglementé selon les classes et les catégories socioprofessionnelles : le nombre de vêtements possédés, les pièces qui les composent, les étoffes dont ils sont faits, les couleurs dont ils sont teints, les fourrures, les bijoux et tous les accessoires du costume[41].

Certaines couleurs sont interdites à telle ou telle catégorie sociale non seulement en raison de leur coloration trop voyante ou trop immodeste, mais aussi parce qu'elles sont obtenues au moyen de colorants trop précieux, dont le commerce et l'emploi sont rigoureusement contrôlés. Ainsi, dans la gamme des bleus, les robes « paonacées » (bleu foncé intense), teintes avec un concentré de guède particulièrement coûteux. Ainsi également toutes les robes rouges dont les riches couleurs sont tirées du kermès ou de la cochenille. D'autres couleurs, au contraire, sont prescrites à telle ou telle catégorie d'exclus : métiers spéciaux ou illicites, infirmes divers, non-chrétiens, condamnés de toutes sortes. Ces couleurs fonctionnent comme des signaux indiquant une transgression de l'ordre social. Leur nature et la façon dont elles sont employées diffèrent d'une ville à l'autre, d'une région à l'autre, parfois d'une décennie à l'autre, mais trois couleurs reviennent constamment pour organiser ces différents systèmes de marques : le rouge, le jaune et le vert. Ce sont, nous l'avons vu, celles du bariolage, de l'écart et de la transgression.

Cette morale économique et sociale de la couleur vestimentaire favorise à grande échelle, dans l'Europe occidentale de la fin du XIVe siècle et du XVe siècle, la promotion du noir. Cette couleur, jusque-là exclue du vêtement d'apparat, notamment parce qu'on ne savait pas la faire dense et lumineuse, devient progressivement une couleur à la mode. Le phénomène semble partir d'Italie après la Peste, dans les années 1350-1380 ; puis, en quelques décennies, il touche tout l'Occident. Au XVe siècle, dans les milieux princiers, le noir devient non seulement une couleur en vogue, mais aussi une vraie « valeur », un pôle nouveau (ou renouvelé) de la couleur. Désormais les teinturiers multiplient les prouesses techniques et chimiques pour fabriquer des noirs intenses et vifs, des noirs à reflets bleus ou bruns très brillants, des noirs qui tiennent aussi solidement sur les draps de laine que sur les soieries. Toutes choses dont les teinturiers ont été incapables pendant des siècles et qu'ils parviennent à réaliser en deux ou trois générations.

Cette valorisation du noir (qui s'accompagne également d'une promotion du gris) se prolonge fort avant dans l'époque moderne et exerce ses effets jusque dans nos pratiques vestimentaires contemporaines. D'une part, en effet, la cour ducale de Bourgogne, qui codifie et catalyse toutes les pratiques protocolaires du Moyen Âge finissant, transmet à la cour d'Espagne cette mode du noir princier ; et, par le relais de la fameuse « étiquette espagnole », c'est ce noir qui envahit toutes les cours européennes du XVIe au XVIIIe siècle. D'autre part, et surtout, l'éthique protestante s'empare de bonne heure de ce noir moralisé par les lois vestimentaires et en fait, jusqu'à l'âge industriel, et même plus avant, le pôle premier de tous les systèmes de la couleur.

Le « chromoclasme » de la Réforme

Si l'iconoclasme de la Réforme est mieux connu et plus étudié que son « chromoclasme », la guerre aux couleurs, ou du moins à certaines couleurs, a néanmoins toujours constitué une dimension importante de la nouvelle morale religieuse et sociale instaurée par Luther, Calvin et leurs disciples. Né au début du XVIe siècle, au moment où triomphe le livre imprimé et l'image gravée, c'est-à-dire une culture et un imaginaire « en noir et blanc », le protestantisme se montre à la fois héritier des morales de la couleur des XIVe et XVe siècles et parfaitement fils de son temps : dans tous les domaines de la vie religieuse et de la vie sociale (le culte, le vêtement, l'art, l'habitat, les « affaires »), il préconise et met en place des systèmes de la couleur entièrement construits autour d'un axe noir-gris-blanc. Contrairement à l'iconoclasme, auquel il est en partie lié (en partie seulement) et qui a récemment suscité plusieurs travaux de qualité[42], ce « chromoclasme » réformé attend encore ses historiens. Mieux le connaître, surtout pour ce qui concerne le siècle des grands réformateurs, aiderait à mieux apprécier dans quelle mesure il y a, ou non, une attitude spécifique du protestantisme à l'égard de l'art et de la couleur.

• Le temple

La question de savoir si la couleur doit être ou non largement présente dans le temple chrétien est ancienne. Elle vient d'être évoquée à propos du conflit qui oppose, dans la première moitié du XIIe siècle, moines de Cluny et moines de Cîteaux. À partir du milieu du XIVe siècle, les deux positions, longtemps inconciliables, ont tendance à se rapprocher. Ni la polychromie absolue ni la décoloration totale ne sont plus guère de mise. On préfère désormais les simples rehauts de couleurs, la dorure des seules lignes et arêtes, les effets de grisaille. Du moins en France et en Angleterre. Car dans les pays d'Empire (sauf aux Pays-Bas), en Pologne, en Bohême, en Italie et en Espagne, la couleur reste souvent omniprésente. Dans les cathédrales les plus riches, la place de l'or se fait même envahissante, et le luxe du décor fait écho à celui du culte et du vêtement. D'où différents mouvements préréformateurs (celui des Hussites, par exemple) qui, au XVe siècle, s'insurgent déjà contre la richesse ostentatoire de l'or, de la couleur et des images présentes dans les églises, comme le feront quelques décennies plus tard les protestants.

Les débuts de la Réforme ne se situent cependant pas au moment où les églises d'Occident ont été le plus chargées de couleurs. Au contraire, ils s'inscrivent dans une phase de polychromie déclinante et de coloration plus sobre. Mais cette tendance n'est pas générale et, pour les grands réformateurs, elle est insuffisante : il faut faire sortir massivement la couleur du temple. Comme saint Bernard au XIIe siècle, Zwingli, Calvin, Melanchton et Luther lui-même[43] dénoncent la couleur et les sanctuaires peints trop richement. Comme le prophète biblique Jérémie s'emportant contre le roi Joachim, ils vitupèrent « ceux qui construisent des temples semblables à des palais, y percent des fenêtres, les revêtent de cèdre et les enduisent de vermillon[44] ». La couleur rouge – la couleur la plus vive pour la Bible et pour toute la théologie médiévale – est celle qui symbolise au plus haut point le luxe et le péché. Elle ne renvoie plus au sang du Christ mais à la folie des hommes. Karlstadt et Luther la tiennent en abomination[45]. Ce dernier y voit la couleur emblématique de la Rome papiste, luxueusement habillée de rouge comme la grande prostituée de Babylone.

Ces faits sont relativement bien connus. Ce qui l'est moins, en revanche, c'est la mise en action des points de vue théoriques et dogmatiques par les différentes Églises et confessions protestantes. Comment se présentent, aux XVIe et XVIIe siècles, la chronologie et la géographie précises (et nuancées) de l'expulsion de la couleur hors des temples ? Quelle est la part des destructions violentes, des pratiques de dissimulation ou de décoloration (matériaux mis à nu, tentures monochromes cachant les peintures, badigeonnages à la chaux), des aménagements entièrement nouveaux ? Recherche-t-on partout un degré zéro de la couleur, ou bien est-on dans certains cas, en certains lieux, à certains moments, plus tolérant, moins chromophobe ? Qu'est-ce au demeurant que le degré zéro de la couleur ? le blanc ? le gris ? le non-peint[46] ?

Sur ces questions, nos informations restent lacunaires, simplistes, parfois contradictoires. Le chromoclasme n'est pas l'iconoclasme. On ne peut pas lui attribuer telles quelles les grilles chronologiques et cartographiques fournies par les études consacrées à la guerre faite aux images. La guerre faite aux couleurs – car guerre il y a – s'exprime d'une façon différente, moins brutale, plus diffuse, plus subtile aussi, et donc moins facilement observable par l'historien. Y a-t-il vraiment eu, par exemple, des agressions contre des images, des objets ou des bâtiments uniquement parce qu'ils portaient des couleurs trop riches ou trop provocantes ? Comment répondre à une telle question ? Comment séparer la couleur de son support ? La polychromie sculptée, surtout dans le cas des statues de saints, contribue certainement aux yeux des réformés à transformer ces statues en idoles. Mais elle n'est pas seule en cause. Et dans le cas de destructions de vitraux (nombreuses par les huguenots français à partir des années 1560), qu'est-ce qui est visé : l'image ? la couleur ? le traitement formel (représentations anthropomorphes des personnes divines) ? ou bien le sujet (vie de la Vierge, légendes hagiographiques, figurations du clergé) ? Ici encore, il est difficile de répondre. D'autant qu'il est permis de se demander, en prenant le problème presque en sens inverse, si les rituels d'injures et de violences à l'encontre des images et des couleurs ne participent pas chez les protestants d'une certaine « liturgie de la couleur », tant ces rituels, en plusieurs occasions (surtout à Zurich et en Languedoc), prennent un tour théâtral, pour ne pas dire « carnavalesque[47] ».

L'attitude hostile à l'égard de l'or et des métaux précieux est plus facile à cerner, de la répulsion à la destruction. Mais jusqu'où peut aller l'identification entre métal et couleur ? Comment s'établit le pont entre l'or et les pigments ou colorants qui peuvent lui être substitués, ou bien qui forment système avec lui ? Ici, ce n'est pas la phase de destruction mais celle de reconstruction qui autorise des embryons de réponses. Cette phase de longue durée est sans doute la plus riche d'enseignements pour la problématique qui nous occupe. Il est en effet patent que partout, du XVIe au XXe siècle, les temples protestants sont plus vides de couleurs que les églises catholiques. Même les fleurs en sont absentes[48]. L'historien pourrait donc observer sans trop de difficulté comment s'opère le passage de la théorie à la pratique. Mais encore faut-il le faire ; et, au-delà des simples observations, étudier dans le détail l'évolution et les différents aspects de ce phénomène[49]. La chronologie n'en est pas uniforme, la géographie n'en est pas homogène[50]. Même en se limitant à une période donnée et à des zones restreintes, on remarque des pratiques distinctes. Vers 1530-1550, par exemple, ce qui vaut à Zurich ne vaut pas à Genève, et ce qui vaut à Genève ne vaut pas à Bâle. À l'intérieur des communautés réformées elles-mêmes, on sent souvent des dissensions entre l'opinion des réformateurs ou des pasteurs et celle des fidèles. Les uns se montrent quelquefois accommodants vis-à-vis de la polychromie en place ; d'autres lui sont radicalement hostiles[51]. De même, dans le domaine luthérien, les écarts peuvent être assez grands d'une région à l'autre. Dès la fin du XVIe siècle, quelques temples allemands paraissent déjà sensibles à un certain baroque coloré, inconnu chez les calvinistes. Plus tard, au XVIIIe siècle, le rococo fait même son entrée dans plusieurs temples de Souabe et de Franconie[52].

Tout cela mériterait d'être étudié attentivement dans le temps et dans l'espace, pour chaque confession, et même communauté par communauté. Seuls des travaux monographiques feront, dans un premier temps, utilement progresser nos connaissances.

• Le culte

Dans le rituel de la messe, la couleur joue un rôle primordial. Les objets et les vêtements du culte sont non seulement codés par le système des couleurs liturgiques, mais ils sont aussi pleinement associés aux luminaires, au décor architectural, à la polychromie sculptée, aux images peintes dans les livres saints et à tous les ornements précieux, afin de créer une véritable théâtralité de la couleur. Comme les gestes, comme les sons, les couleurs sont un élément essentiel au bon déroulement de l'office. Partant en guerre contre la messe et contre cette théâtralité qui « ridiculise l'Église » (Luther), qui « transforme les prêtres en histrions » (Melanchton), qui fait étalage de parures et richesses inutiles (Calvin), la Réforme ne pouvait que partir en guerre contre la couleur. À la fois pour ce qui était de sa présence physique à l'intérieur du temple et de son rôle dans la liturgie. Pour Zwingli, la beauté extérieure des rites fausse la sincérité du culte[53]. Pour Luther et pour Melanchton, le temple doit être débarrassé de toute vanité humaine. Pour Karlstadt, il doit être « aussi pur qu'une synagogue[54] ». Pour Calvin, son plus bel ornement est la parole de Dieu. Pour tous, il doit conduire les fidèles à la sainteté et donc être simple, harmonieux, sans mélange, la pureté de son apparence favorisant la pureté de l'âme. Dès lors, il n'y a plus de place pour les couleurs liturgiques telles que les met en scène l'Église romaine, ni même pour un quelconque rôle cultuel de la couleur à l'intérieur du temple.

Telles sont, brutalement résumées, quelques-unes des positions doctrinales des grands réformateurs. Mais, ici encore, l'écart est parfois grand entre l'horizon théorique et les pratiques effectives. La question des couleurs liturgiques, notamment, n'est pas facile à appréhender car, au fil des siècles et des décennies, l'attitude des différentes communautés protestantes a évolué et s'est diversifiée. On aimerait savoir comment, dans les faits et pas seulement dans le dogme, la Réforme a fait table rase de ces couleurs liturgiques[55] ; puis comment, à partir du XVIIe siècle, dans quelques communautés luthériennes – hongroises, slovaques, scandinaves –, l'idée a germé d'un retour, d'abord timide puis plus marqué, aux couleurs associées à telle ou telle fête. Les exemples en deviennent plus nombreux au XIXe siècle, en liaison avec certains mouvements allemands de renaissance de la liturgie[56]. On aimerait également mieux connaître, chez les anglicans, d'abord l'abandon de tout système associant la liturgie à un code de couleurs puis, deux siècles plus tard, le retour pur et simple aux usages médiévaux. Mais les habitudes de la haute Église ne sont pas celles de la basse Église ; lesquels diffèrent à leur tour de ce qu'ont pu préconiser, ici ou là, certaines forces du Réveil. Ici encore, une chronologie, une géographie et une typologie précises seraient bienvenues[57].

Des enquêtes et des réflexions plus nombreuses aideraient à comprendre pourquoi et comment la Réforme a rapidement et intensément valorisé la couleur noire. Puis comment elle a progressivement mis en avant, à la fois dans le domaine du culte et dans celui de la morale sociale, un axe noir-gris-blanc qui, au même titre que la diffusion du livre imprimé et celle de l'image gravée, a largement contribué à opposer le monde du noir et blanc et celui des couleurs proprement dites.

• L'art

Existe-t-il un art spécifiquement protestant ? La question n'est pas neuve. Mais les réponses que l'on a tenté d'y apporter demeurent incertaines et contradictoires. En outre, si les travaux ont été nombreux qui se sont proposé d'étudier les rapports entre la Réforme et la création artistique, bien rares sont ceux qui ont pensé à évoquer la question de la couleur.

J'ai dit comment dans certains cas la guerre faite aux images pouvait s'accompagner d'une guerre faite aux couleurs, jugées trop vives, trop riches, trop provocantes. L'érudit et antiquaire du XVIIe siècle Roger de Gaignières nous a transmis le dessin de plusieurs tombeaux médiévaux de prélats angevins et poitevins, autrefois ornés de magnifiques couleurs mais que les huguenots, dans la grande vague d'iconoclasme et de chromoclasme de l'année 1562, ont entièrement dépeints ou décolorés. Dans le nord de la France et aux Pays-Bas, les « casseurs de l'été 1566 » ont parfois agi pareillement, même si la destruction pure et simple l'a emporté sur l'écaillage, le grattage ou le badigeonnage[58]. Dans le domaine luthérien, en revanche, une fois passée la période des premières violences, un certain respect des images anciennes, que l'on retire des sanctuaires ou que l'on recouvre de tentures, va de pair avec une tolérance plus grande pour la couleur en place.

Cependant, l'essentiel n'est pas là. Ce ne sont pas, répétons-le, les destructions mais les créations qui peuvent nous apporter les informations les plus pertinentes sur l'attitude du protestantisme à l'égard de l'art et de la couleur. Il faut donc étudier la palette des peintres protestants et, plus en amont, les discours des réformateurs en matière de création picturale et de sensibilité esthétique ; ce qui n'est pas facile car ce discours est souvent hésitant et changeant[59]. Zwingli, par exemple, semble moins hostile à la beauté des couleurs à la fin de sa vie que durant la période 1523-1525. Il est vrai que, comme Luther, la musique le préoccupe davantage que la peinture[60]. C'est donc sans doute chez Calvin que l'on trouve le plus grand nombre de considérations ou de prescriptions stables à propos de l'art et de la couleur. Elles sont malheureusement dispersées dans un grand nombre de passages. Essayons de les résumer sans trop les trahir.

Calvin ne condamne pas les arts plastiques, mais ceux-ci doivent être uniquement séculiers et chercher à instruire, à « réjouir » (au sens théologique) et à honorer Dieu. Non pas en représentant le Créateur (ce qui est abominable) mais la Création. L'artiste doit donc fuir les sujets artificiels, gratuits, invitant à l'intrigue ou à la lascivité. L'art n'a pas de valeur en soi ; il vient de Dieu et doit aider à mieux le comprendre. Par là même, le peintre doit travailler avec modération, chercher l'harmonie des formes et des tons, prendre son inspiration dans le créé et représenter ce qu'il voit. Pour Calvin, les éléments constitutifs de la beauté sont la clarté, l'ordre et la perfection. Les plus belles couleurs sont celles de la nature ; les tons bleus de certains végétaux semblent même avoir sa préférence parce qu'ils ont « plus de grâce[61] ».

Si, pour ce qui concerne le choix des sujets (portraits, paysages, animaux, natures mortes), il n'est guère difficile d'établir un lien entre ces recommandations et les tableaux des peintres calvinistes des XVIe et XVIIe siècles, cela est moins aisé pour ce qui concerne les couleurs. Existe-t-il vraiment une palette calviniste ? Et, d'une manière plus générale, une palette protestante ? De telles questions ont-elles un sens ? Pour ma part, je répondrai positivement dans les trois cas. Les peintres protestants me semblent bien posséder dans leur palette quelques dominantes et récurrences qui leur donnent une authentique spécificité chromatique : sobriété générale, horreur du bariolage, teintes sombres, effets de grisaille, jeux de camaïeux, recherche de la couleur locale, fuite de tout ce qui agresse l'œil en transgressant l'économie chromatique du tableau par des ruptures de tonalité. Chez plusieurs peintres calvinistes, on peut même parler d'un véritable puritanisme de la couleur tant ces principes sont appliqués de façon radicale. C'est par exemple le cas de Rembrandt, qui pratique souvent une sorte d'ascèse de la couleur, appuyée sur des tons foncés, retenus et peu nombreux (au point qu'on l'a parfois accusé de « monochromie »), pour laisser place aux puissants effets de lumière et de vibration. De cette palette si particulière se dégagent une forte musicalité et une indéniable intensité spirituelle[62].

Les peintres protestants n'ont cependant pas le monopole de cette austérité chromatique. Elle s'observe également chez des peintres catholiques, principalement au XVIIe siècle chez ceux qui s'inscrivent dans la mouvance janséniste. On a ainsi pu remarquer que la palette de Philippe de Champaigne se faisait plus économe, plus dépouillée, plus sombre aussi, à partir du moment (1646) où il se rapprochait de Port-Royal puis opérait sa véritable conversion au jansénisme[63].

Dans la longue durée, il existe en Occident une grande continuité des différentes morales artistiques de la couleur. Entre l'art cistercien du XIIe siècle et la peinture calviniste ou janséniste du XVIIe, en passant par les miniatures en grisaille des XIVe et XVe siècles et la vague chromoclaste des débuts de la Réforme, il n'y a aucune rupture mais au contraire un discours univoque : la couleur est fard, luxe, artifice, illusion. Elle est vaine parce qu'elle est matière ; elle est dangereuse parce qu'elle détourne du vrai et du bien ; elle est coupable parce qu'elle tente de séduire et de tromper ; elle est gênante parce qu'elle empêche de reconnaître clairement les formes et les contours. Saint Bernard et Calvin tiennent à peu près le même langage, et celui-ci n'est guère différent de celui que tiendront, au XVIIe siècle, les adversaires de Rubens et du colorisme dans le cadre des interminables débats sur la primauté du dessin ou du coloris[64].

La chromophobie artistique de la Réforme n'est donc guère novatrice ; elle est même réactionnaire. Mais elle joue un rôle essentiel dans l'évolution de la sensibilité occidentale aux couleurs. D'un côté elle contribue à accentuer l'opposition entre le monde du noir et du blanc et les couleurs proprement dites, de l'autre elle provoque une réaction romaine chromophile et participe, indirectement, à la genèse de l'art baroque et jésuite. Pour la Contre-Réforme catholique, en effet, l'église est une image du ciel sur la terre, et le dogme de la présence réelle justifie toutes les magnificences à l'intérieur du sanctuaire. Rien n'est trop beau pour la maison de Dieu : marbres, ors, étoffes et métaux précieux, verrières, statues, fresques, images, peintures et couleurs resplendissantes ; toutes choses rejetées par le temple et le culte réformés. Avec l'art baroque, l'église redevient ce sanctuaire de la couleur qu'elle était dans l'esthétique et la liturgie clunisiennes à l'époque romane.

Mais c'est sans doute par la gravure et par l'estampe que la Réforme a eu l'influence la plus forte sur les mutations de sensibilité de l'époque moderne. En s'appuyant sur le livre, en donnant toujours priorité à la gravure sur la peinture, en utilisant à grande échelle l'image gravée et imprimée à des fins de propagande, la Réforme protestante a contribué à la diffusion massive d'images en noir et blanc. Ce faisant, elle a activement participé à la profonde révolution culturelle qui a bouleversé l'univers des couleurs entre le XVe et le XVIIe siècle : toutes les images médiévales étaient des images polychromes ; la majorité des images de l'époque moderne sont devenues des images en noir et blanc. Cette mutation a eu des répercussions considérables et a contribué à faire sortir – bien avant les découvertes de Newton et la mise en valeur du spectre – le noir et le blanc de l'ordre des couleurs. D'autant que cette « sortie » ne concerne pas seulement l'art et les images ; elle concerne également les codes sociaux, à commencer par le premier d'entre eux : le vêtement.

• Le vêtement

C'est sans doute dans les pratiques vestimentaires que la « chromophobie » protestante a exercé son influence la plus profonde et la plus durable. C'est aussi un des domaines où les préceptes des grands réformateurs sont les plus convergents. Sur les relations entre la couleur et l'art, les images, le temple, la liturgie, leurs opinions vont *grosso modo* dans le même sens, mais elles divergent sur un si grand nombre de points secondaires qu'il est difficile de parler d'adéquation, ni même simplement de concordance. Sur le vêtement, ce n'est pas le cas : le discours est presque uniforme et les usages, similaires. Les différences ne sont que des différences de nuances et de degrés, chaque confession, chaque église ayant comme partout ses modérés et ses radicaux.

Pour la Réforme, le vêtement est toujours plus ou moins signe de honte et de péché. Il est lié à la Chute, et l'une de ses principales fonction est de rappeler à l'homme sa déchéance. C'est pourquoi il doit être signe d'humilité, et donc se faire sobre, simple, discret, s'adapter à la nature et aux activités. Toutes les morales protestantes ont l'aversion la plus profonde pour le luxe vestimentaire, pour les fards et les parures, pour les déguisements, pour les modes changeantes ou excentriques. Pour Zwingli et pour Calvin, se parer est une impureté, se farder, une obscénité, se déguiser, une abomination[65]. Pour Melanchton, un souci trop grand accordé au corps et au vêtement place l'homme au-dessous de l'animal. Pour tous, le luxe est une corruption ; le seul ornement qu'il faille rechercher est celui de l'âme. L'être doit constamment prendre le pas sur le paraître.

Ces commandements ont pour conséquence une austérité extrême du vêtement et de l'apparence : simplicité des formes, discrétion des couleurs, suppression des accessoires et des artifices pouvant masquer la vérité. Les grands réformateurs donnent l'exemple, à la fois dans leur vie quotidienne et dans les représentations peintes ou gravées qu'ils ont laissées d'eux-mêmes. Tous se font figurer en vêtements sombres, sobres, tristes parfois.

Cette quête de la simplicité et de la sévérité se traduit par une palette vestimentaire d'où sont absentes toutes les couleurs vives, jugées déshonnêtes : le rouge et le jaune, en premier lieu, mais aussi les roses, les orangés, tous les verts et même certains violets. Sont en revanche abondamment utilisées toutes les couleurs foncées, les noirs, les gris, les bruns, ainsi que le blanc, couleur digne et pure, recommandée pour les vêtements des enfants (et parfois des femmes). Le bleu est admis dans la mesure où il reste discret. Ce qui relève du bariolage, ce qui habille les hommes « comme le paon » – l'expression est de Melanchton[66] – est sévèrement condamné. Comme pour la décoration du temple et comme pour la liturgie, la Réforme répète ici sa haine de la polychromie.

Cette palette protestante ne diffère guère de celles que les morales vestimentaires médiévales avaient prescrites pendant plusieurs siècles. Mais avec la Réforme, ce sont bien les couleurs – entendons les colorations – et elles seules qui sont en cause, et non plus les matières colorantes ni leurs effets de densité ou de saturation. Certaines couleurs sont interdites ; d'autres sont prescrites. L'examen des normes vestimentaires et des règles somptuaires édictées par la plupart des autorités protestantes sont très claires à ce sujet, aussi bien à Zurich et à Genève au XVIe siècle qu'à Londres au milieu du XVIIe, dans l'Allemagne piétiste quelques décennies plus tard, ou même en Pennsylvanie au XVIIIe siècle. Ces règlements mériteraient des travaux plus nombreux qui aideraient à suivre, dans la longue durée, l'évolution des préceptes et des pratiques, à distinguer les phases ou les zones de détente et celles de radicalisme. De nombreuses sectes puritaines ou piétistes ont accentué la sévérité et l'uniformité du vêtement réformé – l'uniforme, que préconisaient déjà les anabaptistes à Munster en 1535, est toujours resté une tentation pour les sectes protestantes – par haine des vanités du monde[67]. Ce faisant, elles ont contribué à donner au vêtement protestant en général un aspect non seulement austère et passéiste, mais aussi quelque peu réactionnaire, car hostile aux modes, aux changements, aux nouveautés.

Mais laissons de côté ces sectes et revenons en arrière pour souligner comment l'usage de vêtements sombres, préconisé par tous les grands réformateurs, a contribué à prolonger l'immense vogue du noir déjà en place dans l'Europe du XVe siècle. Le noir protestant et le noir catholique semblent en effet se rejoindre (sinon fusionner) pour faire de cette couleur la plus employée dans le vêtement européen du XVe au XXe siècle (ce qui n'était pas le cas dans l'Antiquité ni pendant la majeure partie du Moyen Âge). Cependant, les problèmes ne sont pas aussi simples car il y a deux noirs catholiques. D'une part, le noir des rois et des princes, né à la cour de Bourgogne à l'époque de Philippe le Bon (qui toute sa vie porta le deuil de son père Jean sans Peur, assassiné en 1419) et transmis à la cour d'Espagne avec l'ensemble de l'héritage bourguignon. La cour d'Espagne étant celle qui, au moins jusqu'aux années 1660, lance les modes princières et règle l'étiquette curiale, toutes les cours européennes au début des Temps modernes participent de près ou de loin à cette vogue du noir. D'autre part, le noir monastique, celui de l'humilité et de la tempérance, celui aussi de tous les mouvements qui à la fin du Moyen Âge prétendent, à un titre ou à un autre, retrouver la pureté et la simplicité de l'Église primitive. C'est le noir de Wycliff et de Savonarole. Ce sera aussi celui de la Contre-Réforme. En matière de couleurs, en effet, cette dernière distingue nettement ce qui concerne l'église et le culte et ce qui concerne les fidèles : richesse et profusion de couleurs d'un côté, discrétion et tempérance de l'autre. Quand Charles Quint s'habille de noir – et il le fait presque tout au long de sa vie –, il ne s'agit donc pas toujours du même noir. Tantôt c'est le noir princier, hérité de la magnificence des cours ducales bourguignonnes ; tantôt, au contraire, c'est le noir humble et monastique, hérité de toutes les morales médiévales de la couleur. C'est ce second noir qui le rapproche de Luther et, surtout, qui annonce comment les éthiques catholiques et protestantes vont peu à peu converger et finir par donner naissance – une bien étrange naissance – à ce que, dans l'Europe des XIXe et XXe siècles, on appellera les « valeurs bourgeoises[68] ».

• Prolongements

L'historien, en effet, est en droit de s'interroger sur les conséquences à long terme du rejet des couleurs, ou du moins de certaines d'entre elles, par la Réforme et par les systèmes de valeurs qu'elle a contribué à mettre en place. Il est indéniable qu'une telle attitude a favorisé cette séparation évoquée plus haut (et déjà en gestation à la fin du Moyen Âge) entre l'univers du noir-gris-blanc et celui des couleurs proprement dites. Prolongeant dans la vie quotidienne, culturelle et morale une nouvelle sensibilité chromatique apportée par le livre imprimé et par l'image gravée, la Réforme prépare le terrain à Newton : en 1666, grâce à l'expérience du prisme et à la mise en valeur du spectre, l'immense savant met sur le devant de la scène un nouvel ordre des couleurs d'où sont *scientifiquement* exclus le noir et blanc ; exclusion qui culturellement avait déjà eu lieu dans les pratiques sociales, les créations artistiques et les morales religieuses depuis plusieurs décennies[69]. Comme souvent, la science est ici venue en dernier.

Mais les effets de la chromophobie protestante ne s'arrêtent pas au XVIIe siècle ni aux découvertes de Newton. Ils se font sentir plus avant, principalement me semble-t-il à partir de la seconde moitié du XIXe siècle, lorsque les industries occidentales commencent à produire à très grande échelle des objets de consommation de masse. Il n'est point besoin de partager toutes les thèses wébériennes pour admettre les liens étroits qui unissent alors le grand capitalisme industriel et les milieux protestants. Il n'est pas possible non plus de nier que la production de ces objets d'utilisation quotidienne s'accompagne en Angleterre, en Allemagne, aux États-Unis, de considérations morales et sociales relevant pour une large part de l'éthique protestante. Je me demande donc si ce n'est pas à cette éthique que l'on doit la palette fort peu colorée de ces premières productions de masse. Alors que, depuis un certain temps déjà, la chimie industrielle des colorants permettait de fabriquer des objets de colorations diverses, il est frappant de voir comment, entre 1860 et 1914, les premiers appareils ménagers, les premiers instruments mécaniques pour communiquer, les premiers téléphones, les premiers appareils photographiques, les premières voitures, etc. (pour ne rien dire des étoffes et des vêtements), produits en quantité industrielle, s'inscrivent tous dans une gamme noir-brun-gris-blanc. Comme si la débauche de couleurs vives qu'autorisait la chimie des colorants était rejetée par la morale sociale (ce qui sera le cas du cinéma en couleurs quelques décennies plus tard[70]). L'exemple le plus célèbre d'un tel comportement protestant et chromophobe est celui du grand Henry Ford (1863-1947), fondateur de la firme automobile du même nom et puritain soucieux d'éthique en tous domaines : malgré les souhaits du public, malgré les véhicules bichromes ou trichromes proposés par ses concurrents, il refusa presque jusqu'à la fin de sa vie, pour des raisons morales, de vendre des voitures autres que noires[71] !

Les teinturiers médiévaux

Histoire sociale d'un métier réprouvé

Au Moyen Âge, le métier de teinturier est un métier artisanal, différent de celui de marchand de draps ou de matières colorantes. Il est en outre fortement cloisonné et sévèrement réglementé : les textes sont fréquents à partir du XIIIe siècle qui en précisent l'organisation et le cursus, la localisation dans la ville, les droits et les obligations, la liste des colorants licites et des colorants interdits[1]. Ces textes, malheureusement, sont pour la plupart inédits, et les teinturiers, contrairement aux drapiers ou aux tisserands, n'ont pas encore vraiment retenu l'attention des historiens[2]. La vogue de l'histoire économique entre les années 1930 et 1970 a certes permis de mieux comprendre la place de la teinture dans la chaîne de production textile ainsi que les relations de dépendance qui lient les teinturiers aux marchands drapiers[3] ; mais il manque encore un travail de synthèse qui serait spécialement consacré à cette profession, toujours suspecte et plus ou moins réprouvée.

Cette méfiance suscitée par l'ensemble des activités de teinture est commune à de nombreuses sociétés depuis des époques anciennes[4]. Mais dans l'Europe médiévale chrétienne, elle semble encore plus forte que partout ailleurs et se manifeste aussi bien dans les pratiques véritables que dans le domaine des légendes et de l'imaginaire. Les sources, écrites ou figurées, abondent qui mettent en valeur le caractère inquiétant, sinon diabolique, de ce métier interdit aux clercs et déconseillé aux honnêtes gens[5].

Des artisans divisés et querelleurs

À cette abondance des sources il existe plusieurs raisons. La principale tient à la place importante que les activités de teinture occupent dans la vie économique. L'industrie textile est la seule grande industrie de l'Occident médiéval, et toutes les villes drapières sont des villes où les teinturiers sont nombreux et puissamment organisés. Or les conflits y sont fréquents qui les opposent à d'autres corps de métiers, notamment aux drapiers, aux tisserands et aux tanneurs. Partout, l'extrême division du travail et les règlements professionnels rigides réservent aux teinturiers le monopole des pratiques de teinture. Mais les tisserands qui, sauf exception, n'ont pas le droit de teindre, le font quand même. D'où des litiges, des procès et donc des archives, souvent riches d'informations pour l'historien des couleurs. On y apprend par exemple qu'au Moyen Âge on teint presque toujours le drap tissé, rarement le fil (sauf pour la soie) ou la laine en flocons[6].

Parfois, les tisserands obtiennent des autorités municipales ou seigneuriales le droit de teindre les draps de laine dans une couleur nouvellement mise à la mode, ou bien à partir d'une matière colorante jusque-là peu ou pas utilisée par les teinturiers. Ce privilège de la nouveauté, qui permet de contourner les statuts et les règlements anciens, et qui parfois nous montre le corps des tisserands moins conservateur que celui des teinturiers, provoque naturellement la colère de ces derniers. Ainsi à Paris, vers 1230, la reine mère Blanche de Castille autorisa-t-elle les tisserands à teindre en bleu dans deux de leurs officines en utilisant exclusivement la guède. Cette mesure, qui répondait à une demande nouvelle de la clientèle pour cette couleur longtemps délaissée et désormais recherchée (nous sommes alors en pleine promotion de la couleur bleue), provoqua un conflit aigu entre teinturiers, tisserands, autorité royale et autorités municipales pendant plusieurs décennies. Le *Livre des mestiers* du prévôt de Paris Étienne Boileau, compilé à la demande de Saint Louis afin de consigner par écrit les statuts des différents corps de métiers parisiens, s'en fait encore l'écho en 1268 :

> Quiconque est tisserand à Paris ne peut teindre chez lui en aucune couleur. Sauf [en bleu] en utilisant de la guède. Toutefois, cela ne peut se faire qu'en deux ateliers car la reine Blanche [de Castille] – que Dieu ait son âme – permit aux tisserands d'avoir deux hôtels dans lesquels il est licite de pratiquer et le tissage et la teinture [de guède] [...][7].

Avec les tanneurs – autres artisans suspects, parce qu'ils travaillent à partir de cadavres d'animaux – les conflits ne portent pas sur le tissu mais sur l'eau de la rivière. Teinturiers et tanneurs en ont un besoin vital pour exercer leur métier, comme du reste de nombreux autres artisans. Mais il faut que ce soit une eau propre. Or quand les premiers l'ont souillée de leurs matières colorantes, les seconds ne peuvent plus s'en servir pour laisser macérer leurs peaux. Inversement, lorsque ces derniers rejettent à la rivière les eaux sales du tannage, les teinturiers ne peuvent plus passer derrière eux. D'où, ici encore, des conflits, des procès, et donc des documents d'archives. Parmi ces derniers, on relève jusqu'au XVIIIe siècle de nombreux mandements, règlements ou décisions de police qui demandent aux teinturiers parisiens de s'établir hors de la ville et même loin de ses faubourgs, parce que « ces mestiers attirent à leur suite tant d'infection ou se servent d'ingrédiens si nuisibles au corps humain qu'il y a beaucoup de mesures à prendre dans le choix des lieux où ils peuvent estre soufferts pour ne point altérer la santé[8] ».

À Paris, comme dans toutes les grandes villes, ces interdictions d'exercer dans les zones trop densément peuplées sont sans cesse répétées du XIVe au XVIIIe siècle. Voici à titre d'exemple le texte d'un règlement parisien de 1533 :

> Défenses à tous pelletiers, megissiers et teinturiers d'exercer leurs mestiers dans leurs maisons de la ville et des fauxbourgs ; leur enjoint de porter ou de faire porter, pour les laver, leur laine dans la rivière de la Seine au-dessous des Tuileries ; [...] leur defend aussi de vuider leurs megies, leurs teintures ou autres semblables infections dans la riviere ; leur permet seulement de se retirer pour leurs ouvrages, si bon leur semble, au-dessous de Paris, vers Chaillot, éloigné des fauxbourgs de deux traicts d'arcs au moins, à peine de confiscations de leurs biens et marchandises et de banissement du royaume[9].

À propos de cette même eau de la rivière, des querelles semblables – et souvent violentes – opposent les teinturiers entre eux. Dans la plupart des villes drapières, en effet, les métiers de la teinturerie sont strictement compartimentés selon les matières textiles (laine et lin, soie, éventuellement coton dans quelques villes italiennes) et selon les couleurs ou groupes de couleurs. Les règlements interdisent de teindre une étoffe ou d'opérer dans une gamme de couleurs pour laquelle on n'a pas licence. Pour la laine, par exemple, à partir du XIIe siècle, si l'on est teinturier de rouge on ne peut pas teindre en bleu, et *vice versa*. En revanche, les teinturiers de bleu prennent souvent en charge les tons verts et les tons noirs, et les teinturiers de rouge, la gamme des jaunes. Si donc, dans une ville donnée, les teinturiers de rouge sont passés les premiers, les eaux de la rivière seront fortement rougies et les teinturiers de bleu ne pourront plus s'en servir avant un certain temps. D'où des querelles perpétuelles et des rancunes qui traversent les siècles. Parfois, comme à Rouen au début du XVIe siècle, les autorités municipales tentent d'établir un calendrier d'accès à la rivière que l'on inverse ou modifie chaque semaine, afin que tour à tour chacun puisse bénéficier des eaux propres[10].

Dans certaines villes d'Allemagne et d'Italie, la spécialisation est poussée plus loin encore : pour une même couleur, on distingue les teinturiers d'après l'unique matière colorante qu'ils ont le droit d'utiliser. À Nuremberg et à Milan, par exemple, aux XIVe et XVe siècles, on sépare parmi les teinturiers de rouge ceux qui emploient la garance, matière colorante produite abondamment en Occident et d'un prix raisonnable, de ceux qui utilisent le kermès ou la cochenille, produits importés d'Europe orientale ou du Proche-Orient et coûtant fort cher. Les uns et les autres ne sont pas soumis aux mêmes taxes ni aux mêmes contrôles, n'ont pas recours aux mêmes techniques ni aux mêmes mordants, ne visent pas la même clientèle. Dans plusieurs villes d'Allemagne (Magdebourg, Erfurt[11], Constance et, surtout, Nuremberg), on distingue, pour les tons rouges et pour les tons bleus, les teinturiers ordinaires qui produisent des teintures de qualité courante (*Färber*) des teinturiers de luxe (*Schönfärber*). Ces derniers emploient des matières nobles et savent faire pénétrer profondément les couleurs dans les fibres de l'étoffe. Ce sont des « teinturiers dont les couleurs sont belles, franches et solides » (*tinctores cujus colores optimi atque durabiles sunt*)[12].

Le tabou des mélanges

Cette étroite spécialisation des activités de teinture n'étonne guère l'historien des couleurs. Elle doit être rapprochée de cette aversion pour les mélanges, héritée de la culture biblique, qui imprègne toute la sensibilité médiévale[13]. Ses répercussions sont nombreuses, aussi bien dans les domaines idéologique et symbolique que dans la vie quotidienne et la culture matérielle[14]. Mêler, brouiller, fusionner, amalgamer sont souvent des opérations jugées infernales parce qu'elles enfreignent la nature et l'ordre des choses voulus par le Créateur. Tous ceux qui sont conduits à les pratiquer de par leurs tâches professionnelles (teinturiers, forgerons, apothicaires, alchimistes) éveillent la crainte ou la suspicion parce qu'ils semblent tricher avec la matière. Eux-mêmes, du reste, hésitent à se livrer à certaines opérations, comme chez les teinturiers le mélange de deux couleurs pour en obtenir une troisième. On juxtapose, on superpose, mais on ne mélange pas vraiment. Avant le XVe siècle, aucun recueil de recettes pour fabriquer des couleurs, que ce soit dans le domaine de la teinture ou dans celui de la peinture, ne nous explique que, pour fabriquer du vert, il faille mélanger du bleu et du jaune. Les tons verts s'obtiennent autrement, soit à partir de pigments et de colorants naturellement verts, soit en faisant subir à des colorants bleus ou gris un certain nombre de traitements qui ne sont pas de l'ordre du mélange. Au reste, pour les hommes du Moyen Âge qui ignorent tout du spectre et de la classification spectrale des couleurs, le bleu et le jaune sont deux couleurs qui n'ont pas le même statut et qui, lorsqu'on les place sur un même axe, sont très éloignées l'une de l'autre ; elles ne peuvent donc pas avoir un « palier » intermédiaire qui serait la couleur verte[15]. En outre, chez les teinturiers, jusqu'au XVIe siècle au moins, les cuves de bleu et les cuves de jaune ne se trouvent pas dans les mêmes officines : il est donc non seulement interdit, mais aussi matériellement difficile de mélanger le produit de ces deux cuves pour obtenir une teinture verte. Ces mêmes difficultés ou interdictions se rencontrent à propos des tons violets : ils sont rarement obtenus à partir du mélange de bleu et de rouge, c'est-à-dire de garance et de guède, mais seulement à partir de cette dernière à laquelle on associe un mordançage spécifique[16]. C'est pourquoi les violets médiévaux, qui sont rares sur les étoffes, tirent plus vers le bleu que vers le rouge.

Il faut rappeler à ce sujet combien les pratiques de teinture sont fortement soumises aux contraintes du mordançage, c'est-à-dire à l'action des mordants. Ceux-ci peuvent se définir comme des substances astringentes que l'on ajoute aux bains de teinture afin de débarrasser la laine de ses impuretés et de faire pénétrer profondément la matière colorante dans les fibres du tissu. Sans mordant, la teinture est impossible ou ne tient pas (sauf avec les teintures bleues riches en indigotine[17]).

L'alun est le principal mordant utilisé par la teinturerie médiévale pour les draps de luxe. C'est un sel minier qui, à l'état naturel, se présente comme un sulfate double d'aluminium et de potassium. Au Moyen Âge, il sert à de multiples usages : purifier ou clarifier l'eau, durcir le plâtre, tanner les peaux, dégraisser la laine et, surtout, fixer les teintures. C'est un produit recherché qui dès le XIIIe siècle fait l'objet d'un grand commerce. Celui-ci est aux mains des Génois, qui importent en Occident l'alun d'Égypte, de Syrie et, surtout, d'Asie Mineure, où la région de Phocée produit celui de meilleure qualité. Mais au XVe siècle, après la chute de Constantinople, il faut s'approvisionner en Occident même. On exploite alors les mines alunières d'Espagne puis, surtout, celles des monts de Tolfa, au nord de Rome, sur les territoires de la papauté, dont elles font la fortune au siècle suivant[18].

L'alun est un mordant coûteux, réservé à la teinturerie de luxe. Pour la teinturerie plus ordinaire, on le remplace souvent par des produits moins onéreux. Ainsi le tartre, dépôt salin que laisse le vin au fond et sur les parois des tonneaux[19]. Ou encore, plus simplement, la chaux, le vinaigre, l'urine humaine, la cendre de certains bois (le noyer, le châtaignier). Tel ou tel mordant conviendra mieux pour telle ou telle teinture, telle ou telle fibre textile et, selon les proportions et les recettes de mordançage, on obtiendra, dans une gamme de couleur donnée, tel ou tel ton, telle ou telle nuance. Certains colorants exigent de mordancer fortement pour obtenir de belles couleurs : c'est le cas de la garance (tons rouges) et de la gaude (tons jaunes). D'autres, en revanche, ne demandent qu'un mordançage léger ou même peuvent se dispenser de mordant : c'est le cas de la guède et, plus tard, de l'indigo, importé d'Asie puis d'Amérique (tons bleus, mais aussi verts, gris, noirs). D'où cette séparation récurrente dans tous les règlements européens entre teinturiers « de rouge » qui mordancent, et teinturiers « de bleu » qui ne mordancent pas ou guère. En France, dès la fin du Moyen Âge, pour faire cette même distinction, on dit plus fréquemment teinturiers « de bouillon » (qui, dans un premier bain, doivent faire bouillir tout ensemble le mordant, la teinture et l'étoffe) et teinturiers « de cuve » ou « de guède » (qui se dispensent de cette opération et peuvent même dans certains cas teindre à froid). Partout il est constamment rappelé que l'on ne peut être à la fois l'un et l'autre.

D'autres faits de société et de sensibilité sur lesquels les métiers de la teinturerie attirent l'attention du chercheur concernent la densité et la saturation des couleurs. L'étude des procédés techniques, du coût des matières colorantes et du prestige hiérarchique des différents draps montre en effet que les prix et les systèmes de valeurs se construisent au moins autant sur la densité et la luminosité des couleurs que sur leur coloration proprement dite. Une belle couleur, une couleur chère et valorisante, c'est, répétons-le, une couleur dense, vive, lumineuse, qui pénètre profondément dans les fibres du tissu et qui résiste aux effets décolorants du soleil, de la lessive et du temps. Ces systèmes de valeurs, qui donnent priorité à la densité sur la nuance ou la tonalité, se retrouvent dans bien d'autres domaines où la couleur est à l'œuvre : les faits de lexique (par le jeu des préfixes et des suffixes), les préoccupations morales, les enjeux artistiques, les lois contre le luxe. D'où une constatation qui heurte notre perception et notre conception modernes de la couleur : pour le teinturier du Moyen Âge et pour sa clientèle, une couleur dense est souvent perçue comme plus proche d'une autre couleur dense que de cette même couleur lorsqu'elle est délavée ou faiblement concentrée. Sur un drap de laine, un bleu dense et lumineux est toujours considéré comme plus proche d'un rouge lui aussi dense et lumineux que d'un bleu pâle, terne, « pisseux ».

Cette quête de la couleur dense, de la couleur concentrée, de la couleur qui tient (*color stabilis et durabilis*) est exigée par tous les recueils de recettes destinés aux teinturiers. L'opération essentielle, ici encore, est le mordançage : chaque textile, chaque colorant exige tel ou tel mordant ; chaque atelier possède en outre ses habitudes et ses secrets. Le savoir-faire s'y transmet par la bouche et par l'oreille plus que par la plume et le parchemin.

Les recueils de recettes

Les recueils de recettes écrites nous ont cependant été conservés en grand nombre pour la fin du Moyen Âge et le début du XVIe siècle. Ce sont des documents difficiles à dater et à étudier. Non seulement parce qu'ils se recopient tous, chaque nouvelle copie donnant un nouvel état du texte, ajoutant ou retranchant des recettes, en modifiant d'autres, transformant le nom d'un même produit, ou bien désignant par le même terme des produits différents. Mais aussi et surtout parce que les conseils pratiques et opératoires voisinent constamment avec des considérations allégoriques ou symboliques. Dans la même phrase cohabitent des gloses sur la symbolique et les « propriétés » des quatre éléments (eau, terre, feu, air) et d'authentiques conseils pratiques sur la façon de remplir une marmite ou de nettoyer une cuve. En outre, les mentions de quantité et de proportion sont toujours très imprécises : « prends une *bonne portion* de garance et plonge-la dans *une certaine quantité* d'eau ; ajoute *un peu* de vinaigre et *beaucoup* de tartre... » De plus, les temps de cuisson, de décoction ou de macération sont rarement indiqués, ou bien totalement déroutants. Ainsi un texte de la fin du XIIIe siècle explique-t-il que, pour fabriquer de la peinture verte, il faut laisser macérer de la limaille de cuivre dans du vinaigre soit pendant trois jours, soit pendant neuf mois[20] ! Comme souvent au Moyen Âge, le rituel semble plus important que le résultat, et les nombres sont plus des qualités que des quantités. Pour la culture médiévale, trois jours ou neuf mois représentent à peu près la même idée, celle d'une gestation puis d'une naissance (ou renaissance), à l'image de la mort puis de la résurrection du Christ dans le premier cas, de la venue au monde d'un enfant dans le second.

D'une manière générale, tous les réceptaires, qu'ils s'adressent aux teinturiers, aux peintres, aux médecins, aux apothicaires, aux cuisiniers ou aux alchimistes, se présentent autant comme des textes allégoriques que comme des ouvrages pratiques. Ils possèdent des structures de phrase et un lexique communs, principalement les verbes : choisir, prendre, piler, broyer, plonger, faire bouillir, laisser macérer, délayer, remuer, ajouter, filtrer. Tous soulignent l'importance du lent travail du temps (vouloir accélérer les opérations est toujours inefficace et malhonnête) et du choix méticuleux des récipients : en terre, en fer, en étain, ouverts ou fermés, larges ou étroits, grands ou petits, de telle forme ou de telle autre, chacun désigné par un mot spécifique. Ce qui se passe à l'intérieur de ces récipients est de l'ordre de la métamorphose, opération dangereuse, sinon diabolique, qui nécessite beaucoup de précautions dans la sélection et l'utilisation de ce récipient. Enfin, les réceptaires sont très attentifs, ici aussi, au problème des mélanges et à l'emploi des différentes matières : le minéral n'est pas le végétal et le végétal n'est pas l'animal. On ne fait pas n'importe quoi avec n'importe quoi : le végétal est pur, l'animal ne l'est pas ; le minéral est mort, le végétal et l'animal sont vivants. Souvent, pour obtenir de la matière colorante – teinture ou peinture –, l'essentiel des opérations consiste à faire agir une matière réputée vivante sur une matière réputée morte.

En raison de ces caractéristiques communes, les réceptaires mériteraient d'être étudiés ensemble, comme un genre littéraire en soi. Car malgré leurs lacunes et leurs insuffisances, malgré la difficulté de les dater, d'en retrouver les auteurs et d'en établir la généalogie, ce sont des textes riches de renseignements variés. Beaucoup attendent d'être édités ; tous ne sont même pas repérés, encore moins catalogués[21]. Mieux les connaître apporterait non seulement des informations nouvelles à notre connaissance de la teinture, de la peinture, de la cuisine et de la médecine médiévales, mais permettrait aussi de mieux cerner l'histoire du savoir « pratique » – ce mot doit évidemment être ici manié avec prudence – en Europe entre l'Antiquité grecque et le XVIIe siècle[22].

Pour ce qui est des seules teintures, il est frappant de constater que, jusqu'à la fin du XIVe siècle, les recueils consacrent les trois quarts de leurs recettes à la couleur rouge, alors qu'après cette date les recettes concernant le bleu deviennent sans cesse plus nombreuses. Au point qu'au début du XVIIe siècle, dans les manuels de teinturerie, les secondes finissent même par devancer les premières[23]. Une évolution identique se retrouve dans les réceptaires et les traités destinés aux peintres : les recettes de rouges dominent largement jusqu'à la Renaissance, puis les bleus font concurrence aux rouges et finissent par les devancer.

Ces réceptaires soulèvent tous les mêmes questions : quels usages les teinturiers médiévaux pouvaient-ils faire de ces textes, plus spéculatifs que pratiques, plus allégoriques que véritablement opératoires ? Les auteurs sont-ils réellement des praticiens ? À qui destinent-ils leurs recettes ? Certaines sont longues, d'autres très courtes : faut-il en conclure qu'elles visent des publics différents, que certaines sont vraiment lues dans l'officine – mais qui sait lire ? – et que d'autres ont une existence indépendante de tout travail artisanal ? Quel est du reste le rôle des scribes dans leur mise en forme ? Dans l'état actuel de nos connaissances, il est difficile de répondre. Mais ces questions se posent à peu près de la même façon à propos de la peinture, domaine où nous avons la chance d'avoir conservé, pour quelques artistes, à la fois des écrits comportant des recettes et des œuvres peintes[24]. Or nous constatons souvent qu'il n'existe que peu de rapport entre les premiers et les secondes. Le cas le plus célèbre est celui de Léonard de Vinci, auteur d'un traité de peinture (inachevé), à la fois compilatoire et philosophique, et de tableaux qui ne sont en rien la mise en œuvre de ce que dit ou prescrit ce traité[25].

Difficultés de la teinture médiévale

Malgré ce grand écart entre la transmission orale et la transmission écrite des savoirs, la teinturerie médiévale sait être performante ; bien plus performante que la teinturerie antique, qui pendant très longtemps n'a su bien teindre qu'en rouge. Même si la teinturerie médiévale a perdu le secret de la pourpre véritable[26], elle a fait de grands progrès au fil des siècles (notamment à partir du XIIe), surtout dans les gammes des bleus, des jaunes et des noirs. Seuls les blancs et les verts continuent à poser des problèmes délicats[27].

Teindre en un blanc bien blanc n'est guère possible que pour le lin, et encore est-ce une opération complexe. Pour la laine, on se contente souvent de la teinte naturelle « blanchie » sur le pré avec l'eau fortement oxygénée de la rosée et la lumière du soleil. Mais cela est lent et long, demande beaucoup de place et est impossible en hiver. En outre, le blanc ainsi obtenu n'est pas vraiment blanc et redevient bis, jaune ou écru au bout de quelque temps. C'est pourquoi, dans les sociétés médiévales, il est rare d'être habillé d'un blanc vraiment blanc[28]. L'utilisation tinctoriale de certaines plantes (saponaires), de lessives à base de cendres ou bien de terres et de minerais (magnésie, craie, céruse), donne en effet aux blancs des reflets grisâtres, verdâtres ou bleutés et leur ôte une partie de leur éclat[29]. Tous ceux, hommes ou femmes, qui, pour des raisons morales, liturgiques ou emblématiques, devraient être vêtus de blanc, ne le sont jamais vraiment ni totalement. Ainsi les reines de France et d'Angleterre, qui à partir de la fin du XIIIe siècle ou du début du XIVe prennent l'habitude de porter le deuil en blanc : c'est là un pur horizon théorique ; le blanc uni étant impossible à obtenir et à stabiliser, elles le « brisent » en l'associant à du noir, du gris ou du violet. Ainsi également les prêtres et les diacres, les jours où la couleur blanche est de rigueur pendant l'office (fêtes du Christ et de la Vierge, Épiphanie, Toussaint[30]) : ces jours-là le blanc est fréquemment associé à l'or, pour des raisons qui ne sont pas seulement symboliques mais aussi tinctoriales. Ainsi enfin les Cisterciens, ces « moines blancs » qui dans la réalité de leur vêtement ne sont jamais véritablement blancs. Il en est du reste de même de leurs frères ennemis bénédictins, les « moines noirs » : eux aussi sont rarement vêtus d'un vrai noir, car obtenir un noir uni, franc et solide sur la laine est une opération délicate et coûteuse (cela est plus facile pour les soieries). S'ils sont bien noirs et bien blancs dans certaines images – pas dans toutes, loin s'en faut –, les moines bénédictins et cisterciens dans leurs monastères et prieurés sont souvent habillés de brun, de gris et même de bleu[31].

Quant au vert, il est encore plus malaisé à fabriquer et à fixer que le blanc ou le noir. Sur l'étoffe et le vêtement, les tons verts sont souvent délavés, grisés, peu résistants à la lumière et aux lessives. Faire pénétrer profondément la couleur verte dans les fibres du tissu, la rendre franche et lumineuse, éviter qu'elle ne se décolore rapidement, a toujours été un exercice difficile pour la teinturerie européenne, de l'Antiquité romaine jusqu'au XVIIIe siècle. Les raisons en sont à la fois chimiques, techniques et culturelles. Pour teindre en vert, nous l'avons dit, on ne mélange pas encore dans un même bain un colorant bleu et un colorant jaune. Nous sommes à une époque qui ne connaît pas le spectre et, dans l'échelle des couleurs, le jaune se situe encore loin du vert et du bleu, quelque part entre le blanc et le rouge, dont il passe parfois pour le mélange, comme le chante joliment à la fin du XVe siècle le poète Jean Robertet, dans une délicate épître consacrée à la symbolique de chaque couleur :

Jaulne

De rouge et de blanc entremeslez ensemble,
Ma coulleur est ressemblanc à soucie ;
Qui joyra d'amours ne se soussie,
Car il me peult porter se bon luy semble[32].

Quand on est teinturier, on n'a donc guère l'idée qu'il faille mélanger du jaune avec du bleu pour obtenir du vert. On sait faire du vert, mais en procédant autrement. Pour la teinture la plus ordinaire, on utilise des produits végétaux : des herbes comme la fougère ou le plantain, des fleurs comme celles de la digitale, des rameaux comme ceux du genêt, des feuilles comme celles du frêne ou du bouleau, des écorces comme celle de l'aulne. Mais aucune de ces matières colorantes ne donne un vert dense et stable. La teinte ne tient pas, se décolore, disparaît même sur certains tissus. De plus, la nécessité de mordancer fortement a tendance à tuer la couleur. C'est pourquoi le vert est en général réservé aux vêtements de travail, sur lesquels il a souvent – comme du reste le bleu ordinaire – un aspect grisé. Parfois on a recours à des matières colorantes minérales pour obtenir un ton plus soutenu (terres vertes, verdet, vert-de-gris), mais elles sont corrosives – voire dangereuses – et ne peuvent donner une teinture uniforme[33].

Les difficultés techniques de la teinture en vert expliquent pourquoi, dans le courant du XVIe siècle – peut-être dès la fin du XVe siècle à Nuremberg, voire à Erfurt et dans quelques autres villes de Thuringe –, certains teinturiers, installés dans des officines différentes, associent leurs efforts ou leur curiosité et commencent à fabriquer des tons verts en trempant l'étoffe d'abord dans un bain de guède (bleu), puis dans un bain de gaude (jaune). Ce n'est pas encore le mélange du bleu et du jaune, mais c'est déjà une opération en deux temps qui se rapproche des pratiques modernes. Peu à peu elle va être imitée par les peintres[34], puis conduire à repenser la place de la couleur verte au sein de l'ordre des couleurs : à mi-chemin entre le bleu et le jaune. Pour cela, toutefois, il faudra attendre la seconde moitié du XVIIe siècle (découvertes de Newton) ou le début du XVIIIe (invention de la gravure en couleurs par Le Blon[35]). Même si, dès les années 1600, quelques artistes et savants attirent l'attention sur la possibilité qu'il y a de faire du vert en mélangeant du jaune et du bleu[36], cette pratique mettra longtemps à s'imposer chez les peintres. Au milieu du XVIIIe siècle encore, Jean-Baptiste Oudry regrette devant l'Académie royale de peinture et de sculpture que certains de ses collègues mélangent du bleu et du jaune pour exprimer sur la toile le vert des paysages[37].

Dans les sociétés anciennes, le passage de la pratique (ici le mélange des matières colorantes) à la théorie (le voisinage du vert et du jaune dans l'organisation conceptuelle des couleurs) est toujours long parce que le poids des « autorités », des traditions, des habitudes de pensée et des systèmes de croyance est considérable. Au Moyen Âge, et encore au XVIe siècle, les règlements professionnels entravent fortement la diffusion de ces pratiques tinctoriales nouvelles (déjà décrites dans quelques manuels de teinturerie des années 1500). Dans toutes les villes d'Europe occidentale, les artisans teinturiers sont encore et toujours étroitement spécialisés dans une gamme de couleur, voire dans une matière colorante donnée. À l'intérieur du même atelier, il n'est donc guère possible, sinon frauduleusement ou de manière purement expérimentale (donc transgressive), de tremper successivement une étoffe dans un bain bleu puis dans un bain jaune. L'opération inverse, en revanche, semble tolérée : on peut tenter de rattraper avec du bleu un drap mal teint en jaune. Mais pour ce faire, il faut changer d'atelier puisque les cuves de bleu et de jaune ne se trouvent en général pas dans les mêmes locaux. C'est peut-être en procédant de cette façon que les teinturiers ont peu à peu appris à faire du vert, d'abord en superposant du jaune et du bleu sur la même étoffe, puis en mélangeant du jaune et du bleu dans la même cuve.

Quoi qu'il en soit, cette impuissance des teinturiers à fabriquer de beaux verts, des verts solides, francs et lumineux, explique le désintérêt pour cette couleur dans le vêtement à partir du XIIe siècle, lorsque les tons bleus deviennent à la mode. Du moins dans le vêtement des couches supérieures de la société. Chez les paysans, où l'on pratique le « petit teint », c'est-à-dire une teinturerie empirique à base des seules plantes indigènes (la fougère, le plantain et le genêt partout[38], les feuilles de bouleau dans l'Europe du Nord) et de mordants de mauvaise qualité (vin, urine), le vert reste fréquent, plus fréquent qu'à la cour ou qu'à la ville. Il peut être clair (*vert gai*) ou foncé (*vert brun*), mais a souvent un aspect terne, pâle, délavé. En outre, la lumière des chandelles et des lampes à huile y ajoute une nuance grisée ou noirâtre, qui en fait une couleur peu recherchée.

À ces différences sociales s'ajoutent des différences géographiques. En Allemagne, par exemple, où les pratiques tinctoriales semblent moins conservatrices, le vert vestimentaire devient plus fréquent qu'ailleurs. C'est pourquoi il étonne moins, comme le note savoureusement en 1566 le grand érudit protestant Henri Estienne, au retour d'une foire de Francfort : « Si on voyait en France un homme de qualité habillé de verd, on penseroit qu'il eust le cerveau un peu gaillard ; au lieu qu'en plusieurs lieux d'Allemagne cest habit semble sentir son bien[39]. » Pour le savant calviniste, comme pour tous ses coreligionnaires, le vert est une couleur déshonnête dont tout bon chrétien doit se dispenser dans son vêtement. Certes, le rouge et le jaune sont pires encore, mais au vert il faut préférer le noir, le gris, le bleu et le blanc. Pour la Réforme, seul le vert de la nature est licite et admirable.

Un métier dévalorisé

Revenons aux teinturiers, dont nous venons de souligner les réussites (tons rouges puis tons bleus), les difficultés (verts, noirs) et les échecs (blancs). À ce bilan mitigé, il faut ajouter que pour aucune couleur ni pour aucun colorant, pas même dans la gamme des rouges ou des bleus, on ne sait obtenir à coup sûr une nuance précise choisie à l'avance. On sait s'en rapprocher, y parvenir parfois (notamment lorsque l'on teint en rouge avec de la garance), mais on ne peut affirmer avec certitude avant la fin des opérations qu'il y aura adéquation entre l'intention et le résultat. Pour cela, il faut attendre le XVIIIe siècle et le développement de la chimie industrielle des teintures puis l'apparition des colorants de synthèse. Savoir fabriquer avec certitude et en grande quantité une nuance de couleur choisie à l'avance sur un nuancier constitue un tournant majeur dans l'histoire des couleurs. Ce tournant, qu'en Europe il faut situer autour des années 1760-1780, transforme rapidement et profondément les rapports que la société entretient avec la couleur. Désormais celle-ci lui apparaît comme maîtrisable et mesurable et, ce faisant, perd à la fois sa nature rebelle et une partie de ses mystères : c'est le début d'une relation nouvelle entre l'homme et la couleur.

Avant cette date, les teinturiers restent des artisans mystérieux et inquiétants, d'autant plus craints qu'ils sont turbulents, querelleurs, procéduriers et secrets. De plus, ils manipulent des substances dangereuses, empuantissent l'air, souillent les eaux des rivières, sont sales, portent des vêtements tachés, ont les ongles, le visage et les cheveux maculés. Jusque dans leur apparence ils transgressent l'ordre social : barbouillés des pieds à la tête, ils ressemblent à des histrions sortis des cuves de l'Enfer. Au début du XIIIe siècle, Jean de Garlande, grammairien polygraphe qui enseigna à Toulouse puis à Paris, a compilé un *Dictionarius* dans lequel il décrit avec humour ces teinturiers aux ongles peints, méprisés des jolies femmes ; à moins de posséder de lourdes espèces sonnantes et trébuchantes, ils ont du mal à trouver une épouse :

> Les teinturiers de draps teignent avec la garance, la gaude et l'écorce de noyer. C'est pourquoi ils ont les ongles peints ; les uns les ont rouges, les autres jaunes, les autres encore noirs. Et pour cette raison les jolies femmes les méprisent, à moins qu'elles ne les acceptent pour leur argent[40].

Certains teinturiers, en effet, peuvent faire fortune. Mais ils resteront toujours des artisans, méprisés par la classe des marchands, à laquelle ils n'auront jamais accès. Pour l'idéologie médiévale, ce sont deux mondes différents, solidement cloisonnés. Les artisans travaillent de leurs mains, pas les marchands qui, dans toutes les villes – et plus encore dans les villes d'industrie textile –, cherchent constamment à se distinguer des *vilains, besoigneors et gens meschaniques*. D'où le mépris constant des marchands drapiers pour les tisserands et pour les teinturiers. D'où aussi la longue dépendance de ces derniers envers les épiciers et les apothicaires (*pigmentarii*) qui les approvisionnent en drogues et en matières colorantes (*pigmenta*), comme ils approvisionnent aussi les peintres, les médecins et même les cuisiniers.

Quand on est teinturier, il est donc difficile de s'élever dans la hiérarchie sociale. Il n'y a guère qu'à Venise, « capitale » de la teinturerie occidentale et source de tous les approvisionnements et de tous les savoirs, que les teinturiers sont respectés : regroupés en corps, ils forment un *arte maggiore*[41]. Partout ailleurs (sauf peut-être à Nuremberg au XVe siècle), il en va autrement ; dans certaines villes les teinturiers appartiennent même à la classe des artisans les moins considérés. À Florence, par exemple, il est précisé dans les constitutions municipales qu'ils sont exclus de la vie politique et des charges publiques[42] et qu'ils n'ont pas le droit de s'organiser en « corporation ». Ils dépendent entièrement de l'*arte* de Calimala, qui leur procure leur travail et leur fournit teintures et mordants[43] ; de ce fait, ils sont privés de toute liberté d'entreprendre, d'innover, de s'associer. D'où leur agitation permanente, leurs conflits ouverts avec les drapiers et les autres métiers du textile et, finalement, lors de la grande révolte des *ciompi* en 1378[44], leur attitude véritablement insurrectionnelle et la création d'un *arte di Tintori* (auquel se rattachent les foulons et les tisserands) réclamé depuis de longues décennies. Cette communauté englobant trois *arti minutissimi* n'aura du reste qu'une vie très courte puisqu'elle sera supprimée dès 1382, après la chute du gouvernement révolutionnaire des *ciompi* et la reprise en main des affaires de la cité par les anciennes corporations représentant les intérêts des riches marchands et des banquiers[45].

Pour toutes ces raisons, dans certaines villes italiennes (Salerne, Brindisi, Trani), espagnoles (Séville, Saragosse), languedociennes et provençales (Montpellier, Avignon), la profession de teinturier est longtemps restée le fait d'artisans juifs, qui à la méfiance ou au mépris que suscite cette activité ajoutent la marginalité sociale et religieuse[46]. Cette situation se retrouve encore à Prague au XVIIe siècle, ainsi que dans les pays d'Islam, où la teinturerie est une occupation peu valorisante, souvent laissée aux juifs[47] ou aux minorités indigènes.

Sur ces discriminations socioprofessionnelles s'est peut-être aussi greffée une idée ancienne qui voulait que toutes les activités en relation avec le fil, l'étoffe ou le vêtement soient par essence des activités féminines[48]. Pour les hommes du Moyen Âge, le modèle d'Ève filant après l'expulsion du Paradis terrestre est prégnant : c'est le symbole du travail féminin après la Chute. Il est possible que pour cette société plus ou moins misogyne, qui voit parfois dans la femme un être inférieur et dangereux, ce modèle ait contribué à dévaloriser les activités artisanales liées au textile. Dans le domaine des teintures, une tradition attestée à l'époque carolingienne voulait que seules les femmes, parce qu'elles étaient par nature impures et quelque peu sorcières, sachent teindre efficacement ; les hommes passaient pour malhabiles ou pour porter malchance dans les procédés mis en œuvre pour ce faire. Vers 760, la *Vita* de saint Ciaran, évêque irlandais du VIe siècle, nous raconte ainsi comment, lorsqu'il était enfant, sa mère le faisait sortir de la maison chaque fois qu'elle devait teindre une étoffe ou un vêtement ; la présence du garçon auprès d'elle aurait pu faire tourner ou échouer la teinture parce que la teinture est affaire de femme, et uniquement de femme[49]. Une tradition semblable se retrouve encore en Afrique noire où la teinture est souvent une activité féminine ; les hommes ne s'en mêlent pas. Mais ici ce ne sont pas eux qui ont la réputation de faire tourner la teinture, mais les femmes elles-mêmes lorsqu'elles ont leurs règles[50].

Les enjeux du lexique

Les faits de lexique confirment en partie ce regard inquiet ou méprisant que les sociétés européennes ont longtemps porté sur le métier de teinturier. En latin classique, il existe deux mots pour désigner cette profession : *tinctor* et *infector*. Tous deux survivent en latin médiéval, bien que le second soit désormais plus rare que le premier. Au fil des siècles, en effet, *infector* – directement issu du verbe *inficere*, « imprégner, recouvrir, teindre » – se charge d'une connotation dévalorisante et désigne non plus le maître artisan mais ses ouvriers les plus humbles, ceux qui nettoient les cuves et évacuent les eaux putrides ; puis, devenu trop péjoratif, le mot finit par disparaître. Le verbe *inficere* lui-même ne signifie plus seulement teindre, mais aussi altérer, souiller, corrompre ; et son participe passé passif, *infectus*, prend le sens de puant, malade, contagieux. Quant au substantif *infectio*, qui en latin classique ne désignait que la teinture, il exprime désormais l'idée de souillure, d'ordure, de puanteur, voire de maladie (d'abord de l'âme, puis du corps). Les auteurs chrétiens ont donc beau jeu de rapprocher les sonorités de cette famille de mots de celles du terme *infernum*, l'Enfer. L'atmosphère sale et nauséabonde qui règne dans l'atelier du teinturier (*infectorium*), ainsi que la présence de cuves et de chaudières et les mystérieuses opérations qui s'y déroulent, tout semble réuni pour faire de ce lieu une antichambre de l'Enfer.

Cette évolution lexicale, qui souligne le rejet grandissant des activités de teinture, laisse des traces dans les langues romanes. En français, le mot *infecture* apparaît dès la fin du XIIe siècle et désigne à la fois la teinture et l'ordure. Son doublet *infection* est attesté au siècle suivant avec les mêmes significations ; il ne se spécialise dans le sens de maladie qu'à l'époque moderne. Quant à l'adjectif *infect*, dont les plus anciennes mentions semblent dater du début du XIVe siècle, il qualifie d'abord tout ce qui a une odeur ou un goût ignoble, puis prend le sens de putride, et enfin de malfaisant[51].

Le verbe *teindre* lui-même n'est pas épargné. Déjà en latin classique était mise en avant la parenté entre *tingere* (teindre), *fingere* (façonner, sculpter, créer) et *pingere* (peindre)[52]. Chez les Pères de l'Église, l'emploi de *tingere* dans un sens liturgique en fait un verbe valorisant et valorisé : il désigne l'action de plonger dans les eaux du baptême et, par extension, le fait de baptiser[53]. Mais, à partir de l'époque féodale, le couple *tingere/fingere* commence à être pris en mauvaise part : *fingere*, ce n'est plus seulement créer ou façonner avec art, c'est aussi farder, inventer faussement, mentir ; et *tingere*, peut-être par attraction phonique, se charge parfois de la même idée : maquiller, dissimuler, tricher. Cette parenté entre les deux verbes se retrouve en français : de *teindre* à *feindre* la distance est courte et se place sous le signe de la fraude et du mensonge. Les chroniqueurs des XIVe et XVe siècles emploient ainsi l'expression *teindre sa couleur* à propos de quelqu'un qui feint, qui ment, qui dissimule ses intentions ou qui change d'avis[54]. Nous dirions aujourd'hui « tourner sa veste ». Comme le vêtement ou l'opinion, la couleur se retourne ; comme la parole, elle se dissimule, se reprend ou s'enfuit.

Dans les langues germaniques, de tels jeux de mots sont plus difficiles. Cependant, en anglais, l'homonymie entre *to dye* (teindre) et *to die* (mourir) – deux verbes que l'orthographe confond souvent jusqu'au XVIIIe siècle – semble ouvrir au champ sémantique du premier des perspectives inquiétantes, presque mortifères. Et le couple français *teindre/feindre* trouve son équivalent dans le couple anglais *to dye* (teindre)/*to lie* (mentir). Ici encore, la teinture ment, triche et trompe.

Le vocabulaire confirme donc ce que laissent entendre les taxinomies sociales et les documents d'archives : la teinturerie, dans les systèmes de valeurs antiques et médiévaux, est une activité suspecte qui passe pour entretenir des rapports avec la saleté et l'ordure d'un côté, avec la fraude et la tromperie de l'autre. D'où sans doute cette méticulosité extrême avec laquelle les textes réglementaires organisent la profession. Partout sont précisés, avec une minutie remarquable, non seulement l'organisation du travail et les étapes du cursus pour chaque catégorie de teinturiers, les jours chômés, les horaires de travail, les lieux d'implantation dans la ville, le nombre des ouvriers et des apprentis, la durée de l'apprentissage, la qualité des jurés, mais aussi et surtout les couleurs et les étoffes concernées, les matières colorantes autorisées et celles qui sont interdites, les mordants qui doivent être employés, les conditions d'approvisionnement pour chacun des produits utilisés et les relations avec les autres corps de métiers ou avec les teinturiers des villes voisines.

Certes, toutes ces précisions, prescriptions et interdictions sont fréquentes dans ce type de textes réglementaires concernant les différents métiers du textile jusqu'à la fin du XVIIIe siècle. En France, les cahiers de doléances de 1789 s'en font encore l'écho. Mais, pour les teinturiers, elles sont peut-être plus nombreuses et plus contraignantes que pour tout autre métier, comme s'il fallait absolument contrôler de part en part leurs activités inquiétantes et malsaines. La lecture des interdictions, surtout, est instructive. Elle atteste l'extrême division du travail, l'étroitesse des spécialisations, en même temps qu'elle souligne et dénonce la fraude la plus fréquente : celle qui consiste à faire passer pour solide et durable une couleur qui ne l'est pas, soit parce que le mordançage a été insuffisant – ce qui est joliment qualifié au XVe siècle de « teindre en peinture » – soit, plus fréquemment, parce que l'on a triché sur les matières colorantes en utilisant des produits bon marché au lieu de produits plus chers (et que l'on fait néanmoins payer au client un bon prix) : garance ou orseille[55] au lieu de kermès (tons rouges) ; baies diverses au lieu de guède (tons bleus) ; genêt au lieu de gaude ou de safran (tons jaunes) ; noir de chaudière ou racines de noyer au lieu de noix de galle (tons noirs).

Ces fraudes sont si fréquentes que, dans plusieurs villes, ce sont les marchands drapiers eux-mêmes qui fournissent aux teinturiers les produits colorants dont ces derniers ont besoin[56]. Dans d'autres, ce sont les autorités municipales qui contrôlent la qualité des matières colorantes utilisées et qui scellent du sceau de la ville les draps « de belle et bonne couleur[57] ». Partout, les teinturiers doivent être strictement surveillés. Leurs révoltes, comme celle liée au mouvement des *ciompi* à Florence en 1378, ou bien celles des *ongles bleus* en Languedoc en 1381, en Flandre et en Normandie l'année suivante, sont toujours d'une violence extrême.

Jésus chez le teinturier

Il serait cependant faux de croire que les teinturiers européens, sûrs de leur rôle indispensable dans la fabrication et le commerce des draps, n'aient pas cherché à corriger cette image négative que donnaient d'eux les règlements et les traditions. Au contraire, ils ont multiplié les gestes permettant de valoriser leur profession. À commencer par le patronage et la commande. Souvent riches et solidement organisés, regroupés en confréries[58], ils ont beaucoup fait pour mettre en scène leur saint patron : Maurice, l'un des saints les plus vénérés dans l'Occident chrétien. D'origine copte, celui-ci était selon la tradition le chef d'une légion romaine recrutée en Haute-Égypte ; mais, étant chrétien, il refusa de sacrifier aux dieux païens et subit le martyre avec tous ses soldats dans la région d'Agaune, en Valais, vers la fin du IIIe siècle, sous l'empereur Maximien. Quelques siècles plus tard, sur le lieu même du martyre, devenu un important lieu de culte, fut fondée une grande abbaye bénédictine.

Au Moyen Âge, Maurice est à la fois le patron des chevaliers et celui des teinturiers. Ces derniers sont fiers de le rappeler et de faire connaître son histoire par la peinture, par le vitrail, par des spectacles et des processions de toutes sortes, et même par l'héraldique. Dans plusieurs villes, le corps des artisans teinturiers porte dans ses armoiries une image de saint Maurice, et les statuts et règlements professionnels – tels ceux de Paris, rédigés au XIVe siècle et encore en usage au milieu du XVIIe – interdisent aux « maistres taincturiers, suivant les anciennes bonnes et louables coustumes, de tenir leurs ouvrouers et boutiques ouvertes le jour et feste de sainct Maurice[59] ». Cette fête a lieu le 22 septembre, jour où Maurice et ses compagnons ont subi leur passion. C'est la peau noire du saint, splendide et indélébile, qui dès le XIIIe siècle, peut-être même avant, a conduit les teinturiers à le choisir comme saint patron. Dans l'image et dans l'imaginaire, Maurice devait du reste cette couleur de peau moins à ses origines africaines qu'à son nom : pour la société médiévale, qui cherche dans les mots la vérité des êtres et des choses, le passage de *Mauritius* à *maurus* (noir) est un passage obligé. De bonne heure, Maurice l'Égyptien est donc devenu Maurice le Maure[60].

Mais les teinturiers ne se placent pas seulement sous la bannière protectrice de saint Maurice. Celle du Christ leur est encore plus chère. Dans l'histoire du Sauveur, ils retiennent un moment particulièrement glorieux : celui de la Transfiguration, lorsque le Christ se montre à ses disciples Pierre, Jacques et Jean. Entouré de Moïse et d'Élie, il leur apparaît non plus dans ses habits terrestres mais dans toute sa gloire divine, « le visage devenu brillant comme le soleil et les vêtements blancs comme la neige[61] ». Les teinturiers ont voulu voir dans ces mutations de couleurs une justification de leurs activités et se sont fréquemment placés sous la protection ou sous le patronage de ce Christ de la Transfiguration. Ils n'ont pas attendu que cette fête soit rangée, en 1457, au nombre des fêtes universelles de l'Église romaine pour la célébrer : dès le milieu du XIIIe siècle, ils commandent des retables ou bien font peindre dans le vitrail des scènes montrant le Christ transfiguré, vêtu de blanc, le visage peint en jaune[62].

Toutefois, le mécénat des teinturiers ne s'est pas limité à cette image glorieuse du Christ. Parfois, c'est le Jésus de la petite enfance qu'ils décident de mettre en scène en faisant représenter un épisode raconté par les évangiles apocryphes de l'enfance du Sauveur : son apprentissage chez un teinturier de Tibériade. Bien que transmis par des textes non canoniques, cet épisode est plus simple à comprendre et à représenter que la scène de la Transfiguration et se greffe plus directement sur leur profession.

Nous avons conservé de cette histoire plusieurs versions latines et vernaculaires (notamment anglo-normandes), héritées des évangiles arabe et arménien de l'Enfance. Ces différentes versions ont en outre engendré, à partir du XIIe siècle, une iconographie prenant place sur des supports variés : miniatures, bien sûr, mais aussi vitraux, retables, carreaux de céramique[63]. Malgré des variantes parfois importantes, les textes latins et vernaculaires, pour une part inédits, articulent le récit de l'apprentissage de Jésus chez le teinturier de Tibériade autour de la même trame. Je la résume ici d'après quelques versions latines déjà publiées, ainsi que d'après deux versions en langue vulgaire encore inédites[64].

Jésus, âgé de sept ou huit ans, est placé en apprentissage chez un teinturier de Tibériade. Son maître, nommé tantôt Israël tantôt Salem, lui montre les cuves à teinture et lui enseigne les particularités de chaque couleur. Puis il lui remet plusieurs étoffes somptueuses apportées par de riches patriciens et lui explique comment chacune doit être teinte d'une couleur spécifique. Après lui avoir confié ce travail, le maître part dans les bourgades alentour faire la collecte de nouveaux tissus. Pendant ce temps, Jésus, oubliant les consignes du teinturier et pressé de retrouver ses parents, plonge toutes les étoffes dans la même cuve et rentre chez lui. C'était une cuve de teinture bleue (ou noire, ou jaune, selon les différentes versions). Quand le teinturier revient, toutes les étoffes sont uniformément bleues (ou noires, ou jaunes). Il entre alors dans une violente fureur, court chez Marie et Joseph, gronde Jésus, se proclame ruiné et déshonoré. Jésus lui dit alors : « Ne t'inquiète pas, Maître, je vais rendre à chaque étoffe la couleur qui doit être la sienne. » Il les replonge alors toutes dans la cuve puis les ressort une par une, chacune dotée de la couleur souhaitée.

Dans certaines versions, Jésus n'a même pas besoin de replonger les étoffes dans la cuve pour leur redonner les teintes qu'elles doivent avoir. Dans d'autres, le miracle s'opère devant une foule de curieux, qui se mettent à louer Dieu et à reconnaître en Jésus son fils. Dans d'autres encore, peut-être parmi les plus anciennes, Jésus n'est pas entré chez le teinturier comme apprenti mais en véritable chenapan. L'officine se trouve à côté de la maison de ses parents : c'est en cachette qu'avec ses camarades de jeu il a pénétré dans la boutique et par une sorte de mauvaise plaisanterie qu'il a plongé dans une seule cuve les étoffes et les vêtements qui attendaient d'être teints de couleurs différentes. Mais il répare rapidement son méfait et donne à chaque étoffe la plus solide et la plus belle couleur qui se puisse voir. Dans une autre version, enfin, Jésus commet son méfait au cours d'une simple visite que sa mère et lui-même rendent au teinturier de Tibériade, et c'est Marie qui lui demande de réparer la bêtise commise, comme si elle connaissait déjà son aptitude à faire des miracles.

Quelle que soit la version prise en compte, cet épisode chez le teinturier de Tibériade ne diffère guère des autres miracles opérés par Jésus pendant sa petite enfance, soit dès la fuite en Égypte, soit une fois de retour à Nazareth[65]. Les évangiles canoniques n'en soufflent mot, mais les évangiles apocryphes sont prolixes à leur sujet. Il s'agit pour les seconds de combler les silences des premiers, de satisfaire la curiosité des fidèles et de frapper les esprits au moyen de *mirabilia*. Mais souvent l'anecdote l'emporte sur la parabole, et il est difficile de tirer de ces récits un véritable enseignement pastoral ou théologique. D'où leur exclusion précoce du corpus canonique et la méfiance extrême avec laquelle les Pères de l'Église les ont toujours regardés.

Plusieurs gloses sont possibles pour expliquer le sens de l'histoire de Jésus chez le teinturier de Tibériade. Mais, pour les teinturiers du Moyen Âge, l'essentiel est de rappeler que dans son enfance le Seigneur a fréquenté l'officine de l'un de leurs lointains prédécesseurs. D'où l'immense honneur qui rejaillit sur tous ceux qui exercent ce métier, bien à tort déprécié : il a permis à Jésus enfant de faire des miracles[66].

L'homme roux

Iconographie médiévale de Judas

Comme tous les traîtres, Judas ne pouvait pas ne pas être roux. Il l'est donc progressivement devenu au fil des siècles, d'abord dans les images dès la fin de l'époque carolingienne, puis dans les textes à partir du XIIe siècle. Ce faisant, il a rejoint un petit groupe de félons et de traîtres célèbres que les traditions médiévales avaient pris l'habitude de distinguer par une chevelure ou par une barbe rousse : Caïn, Dalila, Saül, Ganelon, Mordret et quelques autres.

Depuis longtemps, en effet, la trahison avait en Occident ses couleurs, ou plutôt sa couleur, celle qui se situe à mi-chemin entre le rouge et le jaune, qui participe de l'aspect négatif de l'une et de l'autre et qui, en les réunissant, semble les doter d'une dimension symbolique non pas double mais exponentielle. Ce mélange du mauvais rouge et du mauvais jaune a peu à voir avec notre *orangé*, lequel constitue du reste une nuance et un concept chromatiques pratiquement inconnus de la sensibilité médiévale, mais plutôt la version sombre et saturée de celui-ci : le roux, couleur des démons, du goupil, de l'hypocrisie, du mensonge et de la trahison. Dans la rousseur médiévale il y a toujours plus de rouge que de jaune, et ce rouge ne brille pas comme du vermeil, mais au contraire présente une tonalité mate et terne comme les flammes de l'Enfer, qui brûlent sans éclairer.

Judas n'est pas seul

Aucun texte canonique du Nouveau Testament, ni même aucun évangile apocryphe, ne nous parle de l'aspect physique de Judas. Par là même, ses représentations dans l'art paléochrétien puis dans l'art du premier Moyen Âge ne se caractérisent par aucun trait ni attribut spécifique. Dans la figuration de la Cène, toutefois, un effort est tenté pour le distinguer des autres apôtres, en lui faisant subir un écart différentiel quelconque, concernant sa place, sa taille, son attitude ou sa pilosité. Mais ce n'est qu'à l'époque de Charles le Chauve, dans la seconde moitié du IXe siècle, qu'apparaît puis se diffuse l'image de sa chevelure rousse. Cela se fait lentement, d'abord dans les miniatures, puis sur d'autres supports d'image (*fig. 1 et 2*). Née dans les pays rhénans et mosans, cette habitude iconographique gagne peu à peu une large partie de l'Europe occidentale (en Italie et en Espagne, elle restera, cependant, longtemps plus rare qu'ailleurs). Puis, à partir du XIIIe siècle, cette chevelure rousse, souvent associée à une barbe de même couleur, devient dans la panoplie emblématique de Judas le premier et le plus récurrent de tous ses attributs (*fig. 3-5*)[1].

Ces derniers sont pourtant nombreux : petite taille, front bas, masque bestial ou convulsé, peau sombre, nez crochu, bouche épaisse, lèvres noires (à cause du baiser accusateur), nimbe absent ou bien également de couleur noire (chez Giotto, par exemple[2]), robe jaune, gestualité désordonnée ou dissimulée, main tenant le poisson volé ou la bourse aux trente deniers, démon ou crapaud entrant dans sa bouche, chien placé à ses côtés. Comme le Christ, Judas ne peut pas ne pas être identifié avec certitude. L'un après l'autre, chaque siècle l'a pourvu de son cortège d'attributs, au sein desquels chaque artiste a été libre de sélectionner ceux qui s'accordaient le mieux avec ses préoccupations iconographiques, ses ambitions artistiques ou ses intentions symboliques[3]. Un seul attribut, toutefois, est presque toujours présent à partir du milieu du XIIIe siècle : la chevelure rousse.

Judas n'a pas le monopole de celle-ci. Dans l'art du Moyen Âge finissant, un certain nombre de traîtres, de félons et de rebelles sont parfois, voire souvent, roux. Ainsi Caïn (*fig. 6*) qui, dans la symbolique typologique mettant en parallèle les deux Testaments, est presque toujours présenté comme une préfiguration de Judas[4]. Ainsi Ganelon, le traître de la *Chanson de Roland*, qui par vengeance et jalousie n'hésite pas à envoyer au massacre Roland (pourtant son parent) et ses compagnons[5]. Ainsi Mordret, le traître de la légende arthurienne : fils incestueux du roi Arthur, il trahit son père, et cette trahison provoque l'écroulement du royaume de Logres et le crépuscule de tout l'univers des chevaliers de la Table Ronde. Ainsi encore les seigneurs rebelles des légendes épiques ou des romans courtois[6]. Ainsi les sénéchaux, prévôts et baillis qui cherchent à prendre la place de leur seigneur. Ainsi les fils révoltés contre leur père, les frères parjures, les oncles usurpateurs, les femmes adultères. Ainsi enfin tous ceux qui, dans les récits hagiographiques ou les traditions sociales, se livrent à une activité déshonnête ou illicite et qui, ce faisant, trahissent l'ordre établi : bourreaux, prostituées, usuriers, changeurs, faux-monnayeurs, jongleurs, bouffons, auxquels il faut joindre trois métiers dépréciés que mettent en scène les contes et les traditions orales : les forgerons, qui passent pour sorciers ; les meuniers, qui sont toujours présentés comme des stockeurs et des affameurs ; les bouchers, immuablement cruels et sanguinaires, tel celui de la légende de saint Nicolas[7].

Certes, dans les dizaines de milliers d'images que les XIIIe, XIVe et XVe siècles nous ont laissées, tous ces personnages ne sont pas toujours roux, loin s'en faut. Mais être roux constitue un de leurs caractères iconographiques ou déictiques les plus remarquables, au point que peu à peu cette chevelure rousse s'étend à d'autres catégories d'exclus et de réprouvés : hérétiques, juifs, musulmans, bohémiens, cagots, lépreux, infirmes, suicidés, mendiants, vagabonds, pauvres et déclassés de toutes espèces. La rousseur dans l'image rejoint ici les marques et les insignes vestimentaires de couleur rouge ou jaune que ces mêmes catégories sociales ont réellement dû porter, à partir du XIIIe siècle, dans certaines villes ou régions d'Europe occidentale[8]. Elle apparaît désormais comme le signe iconographique premier du rejet ou de l'infamie.

La couleur de l'autre

À la fin du Moyen Âge, cette rousseur infamante ne constitue en rien une nouveauté. Au contraire, l'Occident médiéval la connaît et l'intrumentalise depuis longtemps. Elle semble même l'avoir reçue d'un triple héritage, tout à la fois biblique, gréco-romain et germanique.

Dans la Bible, en effet, si ni Caïn ni Judas ne sont roux, d'autres personnages le sont et, à une exception près, ce sont des personnages négatifs à un titre ou à un autre. D'abord Ésaü, le frère jumeau de Jacob, dont le texte de la Genèse nous dit qu'il était dès sa naissance « roux et velu comme un ours[9] ». Fruste et impétueux, il n'hésite pas à vendre à son frère son droit d'aînesse pour un plat de lentilles et, malgré son repentir, il se trouve exclu de la bénédiction paternelle et messianique et doit quitter la Terre promise[10]. Ensuite Saül, le premier roi d'Israël, dont la fin de règne est marquée par une jalousie morbide envers David, jalousie le conduisant jusqu'à la folie et au suicide[11]. Enfin Caïphe, le grand prêtre de Jérusalem qui préside le Sanhédrin lors du procès de Jésus et qui a ses pendants dans l'Apocalypse, où dragons et chevaux roux sont comme lui des créatures de Satan, ennemis des Justes et de l'Agneau[12]. L'exception est constituée par David lui-même, que le livre de Samuel décrit comme « roux, au regard clair et à la belle prestance[13] ». Il s'agit là de la transgression d'une échelle de valeurs comme on en rencontre dans tout système symbolique. Pour que le système fonctionne efficacement, il faut une soupape, une exception. David est cette exception et, ce faisant, annonce Jésus. On retrouve en effet un phénomène voisin dans l'iconographie chrétienne qui, à partir du XIIe siècle, représente parfois le Christ avec des cheveux roux, comme Judas, notamment dans la scène de l'arrestation et du baiser (*fig. 1-5*). C'est à la fois une inversion du système pour le rendre encore plus performant et une façon de montrer comment les pôles les plus opposés finissent par se rejoindre. C'est aussi et surtout une mise en scène de l'osmose qui, par le baiser de la trahison, s'opère entre la victime et son bourreau, entre Jésus et Judas.

Dans les traditions gréco-romaines, la chevelure rousse était déjà pareillement prise en mauvaise part. La mythologie grecque, par exemple, la place sur la tête de Typhon, être monstrueux, fils révolté de la Terre, ennemi des dieux et particulièrement de Zeus. Diodore de Sicile, historien grec du Ier siècle avant notre ère, raconte comment « autrefois » on sacrifiait des hommes roux à Typhon pour apaiser sa colère. Légende peut-être venue de l'Égypte ancienne, où Seth, le dieu identifié au principe du Mal, passait lui aussi pour être roux et pour recevoir, au dire de Plutarque, le sacrifice d'êtres humains aux cheveux de même couleur[14].

Les choses sont moins sanglantes à Rome, mais les roux n'y sont pas moins dévalorisés pour autant. Ainsi le mot *rufus* est-il, surtout à l'époque impériale, à la fois un surnom souvent teinté de ridicule et une des injures les plus ordinaires. Elle le restera tout au long du Moyen Âge, surtout dans les milieux monastiques où, très banalement, dans la vie quotidienne, on n'hésite pas entre moines à se traiter de *rufus* ou de *subrufus* (ce qui est pire…)[15]. Dans le théâtre romain, la chevelure rousse ou les ailes roussâtres attachées aux masques désignent les esclaves ou les bouffons. Enfin, tous les traités de physiognomonie – pour la plupart héritiers d'un texte du IIIe siècle avant notre ère attribué à Aristote – présentent les hommes roux comme des êtres faux, rusés et cruels, à l'image du goupil. Tradition qui en Occident perdurera dans ce type de littérature jusqu'en plein XIXe siècle et dont quelques reliquats peuvent s'observer aujourd'hui encore[16].

Dans le monde germano-scandinave, où *a priori* l'on pourrait s'attendre à ce que les roux, relativement nombreux, soient mieux considérés qu'ailleurs, il n'en va guère différemment. Le dieu le plus violent et le plus redouté, Thor, est roux ; de même qu'est roux Loki, démon du feu, génie destructeur et malfaisant, père des monstres les plus horribles. L'imaginaire des Germains – comme du reste celui des Celtes – ne diffère en rien, vis-à-vis de la chevelure rousse, de celui des Hébreux, des Grecs et des Romains[17].

Le Moyen Âge chrétien, doté de ce triple héritage, ne pouvait que renforcer et prolonger de telles traditions. Toutefois, son originalité me semble résider dans la spécialisation progressive de la rousseur comme couleur du mensonge et de la trahison. Certes, tout au long du Moyen Âge, être roux c'est encore, comme dans l'Antiquité, être cruel, sanglant, laid, inférieur ou ridicule ; mais au fil du temps cela devient surtout être faux, rusé, menteur, trompeur, déloyal, perfide ou renégat. Aux traîtres et aux félons de la littérature et de l'iconographie, déjà évoqués, s'ajoutent les roux déconsidérés des ouvrages didactiques, des encyclopédies, des livres de manières et, surtout, des proverbes. Nombreux sont en effet jusque fort avant dans l'époque moderne, tant en latin que dans les langues vernaculaires, les proverbes qui invitent à se défier des hommes roux. En eux « il n'y a pas de fiance » (aucune confiance n'est possible), dit par exemple un proverbe fréquemment cité du XIVe au XVIe siècle ; d'autres ajoutent qu'il faut éviter de les prendre pour amis, d'en faire ses parents, de les recevoir dans l'état ecclésiastique, de les faire monter sur le trône[18]. Les superstitions ne sont pas en reste qui, dès la fin du Moyen Âge, considèrent que croiser sur son chemin un homme roux est un mauvais présage et que toutes les femmes ayant les cheveux de cette couleur sont plus ou moins sorcières[19]. Le roux, ici comme ailleurs, est une manière de paria, même si, comme dans la Bible, il existe quelques exceptions formant soupape à un système de valeurs généralisé dans toute l'Europe médiévale. Ainsi Frédéric Barberousse, qui régna sur le Saint-Empire de 1152 à 1190 et qui de son vivant eut maille à partir avec de nombreux adversaires – au point d'être comparé à l'Antichrist –, mais qui devint après sa mort un véritable personnage de légende eschatologique : endormi dans les monts de Thuringe, il se réveillera avant la fin des temps pour rendre à l'Allemagne sa grandeur passée[20]...

Depuis longtemps, historiens, sociologues, anthropologues ont tenté d'expliquer ce rejet des hommes roux dans les traditions européennes. Pour ce faire, ils ont eu recours à différentes hypothèses, y compris les plus inquiétantes : celles qui sollicitent la biologie et qui présentent la rousseur des poils et de la peau comme un accident de pigmentation lié à une forme de dégénérescence génétique ou ethnique. Qu'est-ce qu'une dégénérescence ethnique ? Et même génétique ? L'historien et l'anthropologue restent perplexes devant de telles explications, faussement scientifiques et certainement dangereuses[21]. Pour eux, tout, dans le rejet de la rousseur, est d'ordre culturel et taxinomique : dans toute société, y compris les sociétés celtes et scandinaves[22], le roux, c'est d'abord celui qui n'est pas comme les autres, celui qui fait écart[23], celui qui appartient à une minorité et qui donc dérange, inquiète ou scandalise. Le roux, c'est l'autre, le différent, le réprouvé, l'exclu. Point n'est besoin de convoquer une improbable et dangereuse « dégénérescence ethnique » pour cerner les causes et les enjeux du rejet dont furent victimes en Europe, dans la longue durée, les hommes et les femmes ayant les cheveux roux.

Rouge, jaune et tacheté

Il s'agit avant tout d'un problème de sémiologie sociale : le roux n'est pleinement roux qu'au regard des autres et pour autant qu'il s'oppose au brun ou au blond. Mais il s'agit aussi, dans la culture médiévale, d'une question de symbolique chromatique. Roux est plus qu'une nuance de couleur ; c'est presque devenu au fil des siècles une couleur à part entière, une couleur dévalorisée, « la plus laide de toutes couleurs », va jusqu'à proclamer un traité de blason probablement compilé dans la première moitié du XVe siècle[24], qui voit associés en elle tous les aspects négatifs et du rouge et du jaune.

Toutes les couleurs, en effet, peuvent être prises en bonne ou en mauvaise part[25]. Même le rouge n'échappe pas à cette règle, lui qui, en Occident, de la protohistoire jusqu'au XVIe siècle, a pendant si longtemps représenté la première des couleurs, la couleur « par excellence ». Il y a un bon et un mauvais rouge, comme il y a un bon et un mauvais noir, un bon et un mauvais vert, etc. Au Moyen Âge, ce mauvais rouge est le contraire du blanc divin et christologique et renvoie directement au Diable et à l'Enfer. C'est la couleur du feu infernal et du visage de Satan. À partir du XIIe siècle, l'iconographie, qui jusque-là donnait au prince des ténèbres un corps et une tête de différentes couleurs, généralement sombres, le dote de plus en plus souvent d'un faciès rouge et d'une pilosité rougeoyante. Par extension, toutes les créatures à tête ou à poils rouges sont considérées comme plus ou moins diaboliques (à commencer par le renard, qui est l'image même du « Malin »), et tous ceux qui s'emblématisent dans cette couleur ont plus ou moins à voir avec le monde de l'Enfer. Ainsi, dans les romans arthuriens des XIIe et XIIIe siècles, les nombreux *chevaliers vermeils* – c'est-à-dire ceux dont le vêtement, l'équipement et les armoiries sont uniformément rouges – qui se dressent sur le chemin du héros pour le défier ou pour le tuer : ce sont toujours des chevaliers animés de mauvaises intentions, parfois venus de l'autre-monde, et qui s'apprêtent à faire couler le sang. Le plus célèbre d'entre eux est Méléagant, fils de roi mais chevalier félon qui, dans le roman de Chrétien de Troyes *le Chevalier à la Charrette*, enlève la reine Guenièvre.

Anthroponymie et toponymie confirment ce caractère péjoratif de la couleur rouge. Les noms de lieux dans la formation desquels entre le mot « rouge » désignent souvent des endroits réputés dangereux, spécialement dans la toponymie littéraire ou imaginaire. Quant aux surnoms « le Rouge » ou « le Roux », ils sont fréquents et presque toujours dévalorisants : soit ils indiquent une chevelure rousse ou une face rougeaude ; soit ils rappellent le port d'une marque vestimentaire infamante de cette même couleur (bourreaux, bouchers, prostituées) ; soit, et cela est fréquent dans l'anthroponymie littéraire, ils soulignent le caractère sanglant, cruel ou diabolique de celui qui en est doté[26].

À bien des égards, ce mauvais rouge est donc, pour la sensibilité médiévale, celui de Judas, homme roux et apôtre félon, par la trahison duquel le sang du Christ a été versé. En Allemagne, à la fin du Moyen Âge, circule un jeu de mots étymologique qui fait dériver son surnom *Iskariot* (« l'homme de Cairoth ») de *ist gar rot*, c'est-à-dire l'homme qui « est tout rouge ». Mais Judas n'est pas seulement rouge ; il est aussi jaune, couleur du vêtement que lui donnent de plus en plus souvent les images à partir de la fin du XIIe siècle (*fig. 5*). Car être roux, c'est participer à la fois du rouge sanguinaire et infernal – c'est-à-dire du mauvais sang et du mauvais feu – et du jaune félon et mensonger. Au fil des siècles, en effet, dans les systèmes chromatiques européens, le jaune n'a pas cessé de se dévaluer. Alors qu'à Rome il constituait encore une des couleurs les plus recherchées, et même une couleur sacrée, jouant un rôle important dans les rituels religieux, il est progressivement devenu une couleur délaissée, puis rejetée. Aujourd'hui encore, comme le montrent toutes les enquêtes d'opinion conduites autour de la notion de couleur préférée, le jaune est une couleur mal-aimée ; c'est toujours lui qui est cité en dernier parmi les six couleurs de base : bleu, vert, rouge, blanc, noir, jaune[27]. Ce rejet date du Moyen Âge.

Cette dévalorisation du jaune est déjà bien attestée au XIIIe siècle lorsqu'il passe déjà, dans de nombreux textes littéraires et encyclopédiques, pour la couleur de la fausseté et du mensonge et qu'il devient peu à peu la couleur des juifs et celle de la Synagogue. À partir des années 1220-1250, l'imagerie chrétienne en fait un usage récurrent : un juif, c'est désormais un personnage habillé de jaune ou bien qui porte du jaune sur une des pièces de son vêtement : robe, manteau, ceinture, manches, gants, chausses et surtout chapeau[28]. Progressivement, ces pratiques passent de l'image et de l'imaginaire à la réalité puisque, en plusieurs villes du Languedoc, de Castille, d'Italie du Nord et de la vallée du Rhin, des règlements vestimentaires obligent les membres des communautés juives à faire pareillement usage d'un signe distinctif à l'intérieur duquel cette couleur prend fréquemment place[29]. L'étoile jaune trouve ici quelques-unes de ses racines, mais l'histoire de celles-ci reste à écrire dans le détail.

Malgré une bibliographie abondante, les signes et marques imposés aux juifs dans les sociétés médiévales demeurent en effet mal étudiés. Contrairement à ce qu'ont cru trop rapidement certains auteurs[30], il n'y a pas de système commun à l'ensemble de la Chrétienté, ni même d'habitudes récurrentes dans un pays ou dans une région avant le XIVe siècle. Certes, la couleur jaune – couleur traditionnellement associée à la Synagogue dans les images – est plus fréquente que les autres à partir de cette date[31]. Mais pendant longtemps, les autorités municipales ou royales ont prescrit également le port de marques unies rouges, blanches, vertes, noires ; ou bien mi-parties, coupées ou écartelées jaunes et rouges, jaunes et vertes, rouges et blanches, blanches et noires. Jusqu'au XVIe siècle, les associations chromatiques sont nombreuses, de même que la forme de la marque : ce peut être une rouelle – cas le plus fréquent –, un annelet, une étoile, une figure ayant la forme des tables de la Loi, mais aussi une simple écharpe, un bonnet ou même une croix. Quand il s'agit d'un insigne cousu sur le vêtement, il se porte tantôt sur l'épaule, tantôt sur la poitrine, tantôt dans le dos, tantôt sur la coiffe ou le bonnet, parfois en plusieurs endroits. Ici non plus il n'est pas possible de généraliser[32]. Voici, à titre d'exemple parmi les plus anciens, le texte traduit en français moderne d'une ordonnance latine de Saint Louis, prescrivant en 1269 à tous les juifs du royaume de France de porter une rouelle de couleur jaune :

> Parce que nous voulons que les juifs puissent être reconnus et distingués des chrétiens, nous vous ordonnons d'imposer des insignes à chaque juif des deux sexes : à savoir une roue de feutre ou de drap de couleur jaune, cousue sur le haut du vêtement, au niveau de la poitrine et dans le dos, afin de constituer un signe de reconnaissance. Le diamètre de cette roue sera de quatre doigts et sa surface assez grande pour contenir la paume d'une main. Si à la suite de cette mesure un juif est trouvé sans cet insigne, la partie supérieure de son vêtement appartiendra à celui qui l'aura trouvé ainsi[33].

Ce qui favorise l'emploi du jaune comme mauvaise couleur à la fin du Moyen Âge, c'est peut-être l'usage immodéré de l'or et du doré dans tous les domaines de la création artistique et, partant, dans la plupart des systèmes emblématiques et symboliques. Cet or est à la fois matière et lumière ; il exprime au plus haut point cette recherche de la luminosité et de la densité des couleurs qui caractérise toute la sensibilité du Moyen Âge finissant. Par là même, l'or devient peu à peu le « bon jaune », et tous les autres jaunes se déprécient. Non seulement le jaune qui tend vers le rouge, comme dans la chevelure rousse de Judas ; mais aussi le jaune qui tend vers le vert, celui que nous appelons aujourd'hui le « jaune citron ». Le jaune-vert ou, plus justement, l'association ou le rapprochement du jaune et du vert – deux couleurs qui ne sont jamais voisines dans les classements médiévaux des couleurs – semble constituer pour l'œil médiéval quelque chose d'agressif, de déréglé, d'inquiétant. Ce sont, lorsqu'elles sont associées, les couleurs du désordre, de la folie, du dérèglement des sens et de l'esprit. Comme telles, elles prennent place sur les costumes des fous et des bouffons de cour, sur les vêtements de l'Insensé du livre des Psaumes et, surtout, sur ceux de Judas, dont la robe jaune est fréquemment associée, du XIVe au XVIe siècle, à une autre pièce de vêtement de couleur verte.

Cependant, être roux, ce n'est pas seulement réunir sur sa personne les aspects négatifs du rouge et du jaune. Être roux, c'est aussi avoir la peau semée de taches de rousseur, c'est être tacheté, donc impur, et participer d'une certaine animalité. La sensibilité médiévale a horreur de ce qui est tacheté. Pour elle, le beau c'est le pur, et le pur c'est l'uni. Le rayé est toujours dévalorisant (de même que sa forme superlative : le damier)[34] et le tacheté, particulièrement inquiétant. Rien d'étonnant à cela dans un monde où les maladies de peau sont fréquentes, graves et redoutées, et où la lèpre, qui en représente la forme extrême, met ceux qui en sont atteints au ban de la société. Pour l'homme médiéval, les taches sont toujours mystérieuses, impures et avilissantes. Elles font du roux un être malade, malsain, presque taboué. À cette impureté conspécifique s'ajoute une connotation d'animalité, car non seulement l'homme roux a le poil de l'hypocrite goupil ou du lubrique écureuil[35], mais il est aussi recouvert de taches comme les animaux les plus cruels : le léopard, le dragon et le tigre, ces trois ennemis redoutables du lion[36]. Non seulement il est faux et vicieux comme le renard, mais aussi il est féroce et sanguinaire comme le léopard. D'où la réputation d'ogre qui est parfois la sienne dans le folklore et dans la littérature orale jusqu'en plein XVIIIe siècle.

Tous les gauchers sont roux

L'image religieuse du Moyen Âge finissant obéit à des contrôles rigoureux, dans le livre manuscrit notamment. Depuis que l'enluminure est en partie passée aux mains des laïques, les dangers d'un encodage moins répétitif, ou trop débridé, se sont accrus, et avec eux les risques de surlecture ou de glissement de sens. D'où des contrôles dans le choix et dans l'élaboration des scènes représentées. D'où également des redondances de toutes natures pour mettre en scène les personnages. Au fil des décennies, l'image semble insister de plus en plus, spécialement lorsqu'il s'agit de personnages négatifs. Un traître doit absolument être lu comme un traître. Il faut donc multiplier les attributs et les marques de l'image qui aident à l'identifier comme tel.

En ce domaine, le cas de Judas est exemplaire. À partir du début du XIVe siècle, la chevelure rousse ne suffit plus, le masque bestial ne suffit plus, le « délit de sale gueule » ne suffit plus. Il faut désormais relayer et renforcer les signes qui s'inscrivent sur la tête par d'autres signes prenant place sur le corps et sur le vêtement. D'où ce foisonnement d'attributs et de caractères spécifiques, évoqués au commencement de cette étude. Parmi ceux-ci, l'un intéresse la gestualité et devient de plus en plus récurrent dans la panoplie emblématique de l'apôtre félon : la gaucherie. Judas au fil des siècles tend à devenir gaucher ! C'est désormais avec sa main gauche qu'il reçoit (puis qu'il rend) la bourse aux trente deniers ; c'est avec sa main gauche qu'il cache derrière son dos le poisson volé, ou bien qu'il porte à sa bouche la bouchée accusatrice au moment de la Cène, puis qu'il installe la corde pour se pendre lorsque est venu le temps du repentir. Certes, de même qu'il n'est pas toujours roux, Judas n'est pas toujours gaucher. Mais c'est là une caractéristique suffisamment fréquente, surtout dans les images flamandes et allemandes, pour attirer l'attention. D'autant qu'en général les personnages gauchers sont très rares dans l'imagerie médiévale.

J'avais autrefois entrepris d'en établir le corpus et j'ai été suivi dans cette voie par Pierre-Michel Bertrand, dont les travaux récents sur l'histoire de la gaucherie font désormais autorité[37]. Or si quantitativement la moisson reste maigre, qualitativement elle est instructive. Tous les gauchers de l'iconographie médiévale sont, à un titre ou à un autre, des personnages négatifs. Et ce, qu'il s'agisse de héros de premier plan ou de comparses de troisième zone, se livrant à quelque occupation infâme ou répréhensible sur les bords de l'image ou dans le fond de la scène. Parmi eux, on retrouve certains des exclus ou des réprouvés mentionnés plus haut, notamment les bouchers, les bourreaux, les jongleurs, les changeurs et les prostituées. Mais c'est surtout du côté des non-chrétiens (païens, juifs, musulmans) et du côté de l'Enfer (Satan, créatures démoniaques) que se rencontrent ces gauchers de l'imagerie médiévale : ici les souverains et les chefs commandent et ordonnent de la main gauche, la mauvaise main, la main fatale ; et c'est avec cette même main que leurs soldats ou leurs serviteurs exécutent leurs ordres. L'univers du mal apparaît – en partie – comme un univers de gauchers.

Il n'est pas nécessaire de s'attarder ici sur le caractère péjoratif de la main gauche. Les études ne font pas défaut qui attestent cette tradition dans la plupart des cultures, y compris, bien évidemment, dans les cultures européennes[38]. Pour la période médiévale, on retrouve ici le triple héritage biblique, gréco-romain et germanique évoqué plus haut[39]. La Bible notamment souligne à maintes reprises la prééminence de la main droite[40], du côté droit, de la place à droite, et, inversement, la défaveur ou la perversité de tout ce qui se trouve à gauche. À cet égard, un passage de l'évangile de Matthieu a tout particulièrement frappé les hommes du Moyen Âge. Il s'agit du dernier discours prononcé par Jésus avant les événement de sa Passion, discours déjà eschatologique, annonçant le retour du Fils de l'Homme :

> Devant lui seront assemblées toutes les nations, et il séparera les uns d'avec les autres, comme le berger sépare les brebis d'avec les boucs ; et il placera les brebis à sa droite et les boucs à sa gauche. […] Alors il dira à ceux qui seront à sa gauche : Allez loin de moi, maudits, au feu éternel […][41].

Pour la culture du Moyen Âge chrétien, la main gauche est celle des ennemis du Christ. De ce fait, elle devient celle dont se servent quelquefois dans les images ses juges (Caïphe, Pilate, Hérode) ou ses bourreaux : ceux qui le lient, ceux qui le flagellent, ceux qui le clouent sur la croix, ceux qui continuent de le faire souffrir une fois qu'il est crucifié. Et de même qu'elle est aussi celle de Satan et de ses créatures, la main gauche devient également celle dont les traîtres, les hérétiques et les infidèles accomplissent leurs méfaits. Parmi eux, bien sûr, les roux que nous avons rencontrés dans le cortège de la félonie : Caïn, Dalila, Saül, Ganelon, Mordret, tous traîtres pour qui, comme pour Judas, les attributs emblématiques conventionnels ne suffisent plus : il faut désormais, aux XIVe et XVe siècles, y ajouter parfois les vices de la gestualité. C'est ainsi que Caïn (*fig. 6*) tue Abel de la main gauche (en général avec une bêche ou avec une mâchoire d'âne) ; que Dalila rase les cheveux de Samson de la main gauche ; que Saül se suicide en tenant sa lance ou son épée de la main gauche ; que Ganelon et Mordret – le traître de la littérature épique et celui du roman arthurien – combattent parfois de la main gauche.

Certes, comme Judas, ces quatre personnages ne sont pas toujours gauchers. Mais on peut observer que, lorsqu'ils le sont, ils sont également roux. Comme sont souvent roux, à partir du milieu du XIVe siècle, les bourreaux, les chevaliers félons et les personnages cruels qui instrumentent de la main gauche. Dorénavant, et pour plusieurs décennies, si tous les roux ne sont pas gauchers dans l'imagerie occidentale, en revanche tous les gauchers, ou presque, sont roux.

L'EMBLÈME

La naissance des armoiries

De l'identité individuelle à l'identité familiale

C'est dans la première moitié du XIIe siècle qu'apparaît un peu partout en Europe occidentale, mais principalement dans les régions sises entre Loire et Rhin, une formule emblématique nouvelle, destinée à transformer profondément toutes les pratiques emblématiques et symboliques de la société médiévale : l'armoirie. De celle-ci et du code qui en assure le fonctionnement – le blason – sont sortis des systèmes et des usages débordant très largement le cadre strict de l'héraldique. Pendant plusieurs siècles, en effet, tous les signes visuels ayant à voir avec l'identité, la parenté, la couleur et l'image semblent avoir été influencés, de près ou de loin, par les armoiries. Cette influence s'exerce du reste encore aujourd'hui : les couleurs liturgiques, les drapeaux nationaux, les insignes militaires et civils, les maillots des sportifs, les panneaux du Code de la route, par exemple, sont pour une large part les héritiers du système héraldique médiéval. Quant aux armoiries, elles existent toujours et malgré la concurrence d'emblèmes nouveaux elles ne semblent nullement devoir disparaître dans un avenir ni proche ni lointain.

La question des origines

L'apparition des armoiries est un fait de société d'une portée considérable. De la fin du Moyen Âge jusqu'à nos jours, de nombreuses hypothèses ont été avancées pour expliquer cette apparition, en comprendre les causes, en cerner les dates. Le père jésuite Claude-François Ménestrier (1631-1705) – probablement le meilleur héraldiste français d'Ancien Régime – en énumère une vingtaine dans son ouvrage *Le Véritable Art du blason et l'Origine des armoiries* publié en 1671[1]. Certaines, qui nous semblent aujourd'hui fantaisistes, comme celles qui attribuent l'invention des armoiries à Adam, à Noé, à David, à Alexandre, à César ou au roi Arthur, furent rejetées de bonne heure, en général dès la fin du XVIe siècle. D'autres, qui s'appuient sur des arguments plus solides, connurent une vie plus longue mais furent peu à peu entamées par les travaux des héraldistes de la fin du XIXe siècle et du début du XXe. C'est ainsi que les trois hypothèses qui ont longtemps eu la faveur des érudits sont aujourd'hui abandonnées. Tout d'abord une idée qui fut chère aux auteurs médiévaux et à ceux du XVIe siècle : une filiation directe entre les emblèmes (militaires ou familiaux) de l'Antiquité gréco-romaine et les premières armoiries du XIIe siècle. Ensuite une explication avancée par plusieurs héraldistes allemands : une influence privilégiée des runes, des insignes militaires barbares et de l'emblématique germano-scandinave du premier millénaire sur la formation du système héraldique[2]. Enfin, et surtout, car c'est cette théorie qui eut la vie la plus longue : une origine orientale, fondée sur l'emprunt d'une coutume musulmane (voire byzantine) par les Occidentaux au cours de la première croisade. C'est elle qui a longtemps prévalu, mais plusieurs savants, tels M. Prinet et L. A. Mayer il y a presque un siècle, ont montré comment l'adoption en terre d'Islam ou à Byzance de marques ou d'insignes plus ou moins apparentés aux armoiries était postérieure de plus de deux cents ans à l'apparition des armoiries en Europe occidentale[3].

Aujourd'hui, il est définitivement admis par tous les historiens que cette apparition n'est en rien due ni aux croisades, ni à l'Orient, ni aux invasions barbares, ni aux runes, ni à l'Antiquité gréco-romaine, mais qu'elle est liée d'une part

1. La Cène. Évangéliaire de l'empereur Henri II (Reichenau, 1012).

2. La Cène. Évangéliaire (Allemagne méridionale, vers 1160-1170).

7. Bannières armoriées dans la *Wappenrolle von Zürich* (Zurich, vers 1330-1335).

8. Bannières armoriées dans le manuscrit du *Codex balduinum* (Trèves, vers 1335-1340).

9. Bataille d'Hastings : le duc Guillaume est obligé de relever son casque pour montrer son visage et prouver son identité. Broderie de Bayeux (vers 1080).

10. Bataille d'Hastings : boucliers pré-héraldiques saxons et normands. Broderie de Bayeux (vers 1070).

11. Pièce d'échecs en ivoire d'éléphant. Fantassin (pion) tenant un bouclier pré-héraldique (Salerne, vers 1080-1100).

12. Fragment de pierre tombale aux armes des Guelfes (Bavière, fin du XIIe siècle).

13. Sceau du prince Louis, fils du roi Philippe Auguste (1211, matrice probablement gravée en 1209).

14. Sceau de Hugues IV, duc de Bourgogne, appendu à un document daté de 1234.

15. Sceau de Gui VI, comte de Forez, appendu à un document daté de 1242.

16. Sceau de la ville de Lille, orné d'une fleur de lis « parlante » et appendu à un document daté de 1199.

17. Sceau de Lancelot Havard, paysan normand, appendu à un acte daté de 1272.

18. Armes parlantes fictives dans la *Wappenrolle von Zürich* (Zurich, vers 1330-1335) : une porte pour le roi de Portugal, un « roc » d'échiquier pour le sultan du Maroc.

19. Armes parlantes formant un rébus dans la *Wappenrolle von Zürich* (Zurich, vers 1330-1335) : un éléphant *(Elefant)* posé sur un rocher *(Stein)* pour la famille des comtes de Helfenstein.

20. Cimiers dans l'*Armorial de Conrad Grünenberg* (Constance, 1483).

21. Cimiers dans l'*Armorial de Conrad Grünenberg* (Constance, 1483).

22. Plaque funéraire émaillée de Geoffroi Plantegenêt, comte d'Anjou et duc de Normandie († 1151), réalisée vers 1155-1160 et se trouvant autrefois dans la cathédrale du Mans.

23. Jean Clément, seigneur du Mez en Gâtinais, maréchal de France, recevant l'oriflamme des mains de saint Denis. Vitrail de la cathédrale de Chartres (vers 1225-1230). Les armoiries représentées sur le vêtement du personnage se composent de trois plans : un champ bleu *(d'azur)*, une croix ancrée blanche *(d'argent)*, une bande rouge *(de gueules)*.

24. Armoiries du roi de France et des princes des fleurs de lis dans le *Grand armorial équestre de la Toison d'or* (Lille, vers 1435). On voit sur ce feuillet les principales « brisures » portées dans la maison de France aux XIVe et XVe siècles.

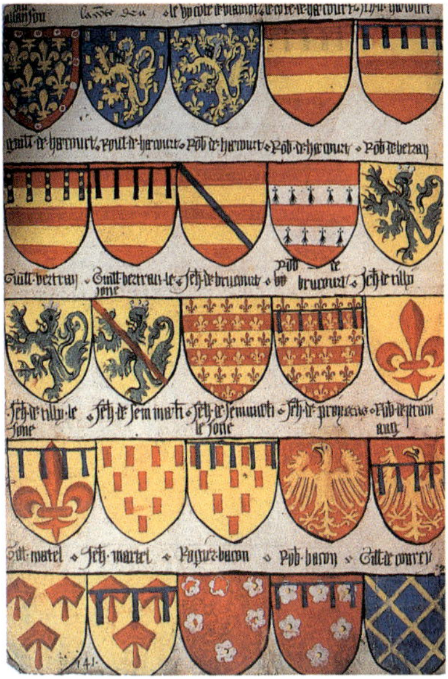

25. Armoiries normandes de la fin du XIIIe siècle peintes un siècle et demi plus tard dans le *Grand armorial équestre de la Toison d'or* (Lille, vers 1435). On remarque une figure parlante (le marteau des Martel) et de nombreuses brisures.

26. Le roi de France en grande tenue héraldique. Portrait équestre peint dans le *Grand armorial équestre de la Toison d'or* (Lille, vers 1435).

27. Cimier au dragon. Portrait équestre du roi d'Aragon peint dans le *Grand armorial équestre de la Toison d'or* (Lille, vers 1435).

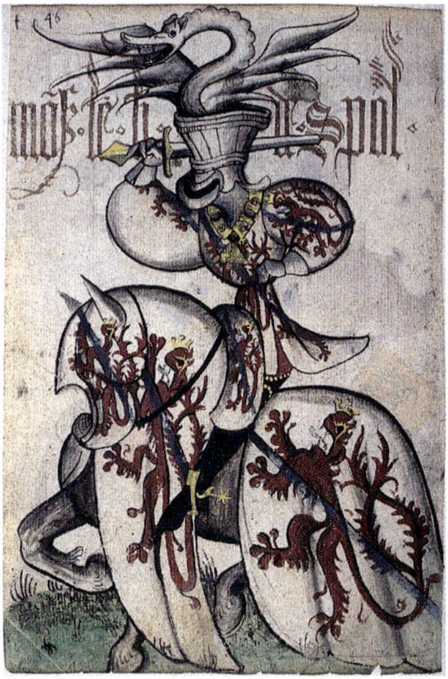

28. Cimier à la Mélusine. Portrait équestre de Jean, bâtard de Luxembourg, comte de Saint-Pol, chevalier de la Toison d'or, peint dans le *Petit armorial équestre de la Toison d'or* (Lille, vers 1438-1440).

29. Cimier au cœur crevé. Portrait équestre de Jacques de Crèvecœur, chevalier de la Toison d'or, peint dans le *Petit armorial équestre de la Toison d'or* (Lille, vers 1438-1440).

30. *Codex Manesse*, fol. 30.
Henrich von Veldeke.
«Je suis le ténébreux…»

33. *Codex Manesse*, fol. 312.
Reinmar der Fiedler.
«… et mon luth constellé/
Porte le *Soleil noir*…»

31. *Codex Manesse*, fol. 124.
Walther von der Vogelweide.
« … l'inconsolé. »

32. *Codex Manesse*, fol. 194.
Otto zum Turme. « Le prince d'Aquitaine à la tour abolie. »

34. *Codex Manesse,* fol. 17.
Der Herzog von Anhalt.
« … le *Soleil noir* de la *Mélancolie*. »

35. *Codex Manesse*, fol. 249 v.
Konrad von Alstetten. « La *fleur* qui plaisait tant à mon cœur désolé,/ Et la treille où le pampre à la rose s'allie » ; « Mon front est rouge encor du baiser de la reine. »

36. *Codex Manesse*, fol. 11 v. Herzog Heinrich von Breslau. « … deux fois vainqueur… »

37. *Codex Manesse*, fol. 116. Friedrich von Hausen. « … traversé l'Achéron.»

aux transformations de la société occidentale au lendemain de l'an mille, d'autre part à l'évolution de l'équipement militaire entre la fin du XIe siècle et le milieu du XIIe[4]. Voyons d'abord ce qu'il en est de l'équipement militaire. Rendus à peu près méconnaissables par le capuchon du haubert (qui monte vers le menton) et par le nasal du casque (qui descend sur le visage) (*fig. 9 et 10*), les combattants occidentaux, à partir des années 1080-1120, prennent progressivement (l'adverbe est important) l'habitude de faire peindre sur la grande surface plane de leur bouclier des figures géométriques, animales ou florales, leur servant de signes de reconnaissance au cœur de la mêlée. Le problème consiste à rechercher l'origine de ces figures, à établir une chronologie précise de leur transformation en armoiries véritables – étant entendu que l'on ne peut parler d'armoiries qu'à partir du moment où l'emploi des mêmes figures est constant chez un même personnage et où quelques règles simples interviennent dans leur représentation – puis à étudier comment ces armoiries sont peu à peu devenues familiales et héréditaires.

La question des règles est peut-être la question essentielle. Si, en effet, on s'explique aisément que les guerriers aient eu recours à des marques peintes sur leur grand écu pour se reconnaître à la guerre et au tournoi (et sans doute au tournoi plus qu'à la guerre), si on s'explique également que dans un but pratique ils aient reconnu l'utilité de faire usage des mêmes marques pendant une longue durée, voire pendant toute leur existence, si même on peut comprendre, en raison des mutations féodales et de l'évolution des structures familiales, l'établissement progressif du caractère héréditaire des signes ainsi créés, en revanche on ne s'explique guère comment, dès l'origine, des règles furent instituées pour en codifier la représentation et en organiser le fonctionnement. Or ce sont ces règles qui font de l'héraldique européenne un système différent des autres systèmes d'emblèmes, antérieurs ou postérieurs, militaires ou civils, individuels ou collectifs.

Faute d'un examen exhaustif et approfondi des sources, les solutions actuellement avancées pour comprendre la genèse des armoiries dans la première moitié du XIIe siècle ne peuvent être que des hypothèses. Je les résume ici[5]. Les armoiries ne sont pas nées *ex nihilo*, mais sont le produit de la fusion en une seule formule de différents éléments et usages emblématiques antérieurs. Ces éléments sont variés, les principaux provenant des bannières, des sceaux, des monnaies et des boucliers. Les bannières (j'emploie ce terme dans un sens large, regroupant toutes les catégories de *vexilla*) et, d'une manière plus générale, les étoffes ont fourni les couleurs et leurs associations, certaines figures géométriques (pièces, partitions, structure en semé) ainsi que le lien de bon nombre d'armoiries primitives non pas avec les familles mais avec les fiefs. Des sceaux et des monnaies, au contraire, proviennent plusieurs figures emblématiques (animaux, plantes, objets) dont quelques grandes familles faisaient déjà usage au XIe siècle, voire plus en amont encore, ainsi que le caractère déjà héréditaire de ces figures et le recours fréquent à des emblèmes « parlants », c'est-à-dire à des figures dont le nom forme un jeu de mots avec celui du possesseur : le bar des comtes de Bar, les « boules » (tourteaux en termes de blason) des comtes de Boulogne, le faucon des sires de Falkenstein. Aux boucliers, enfin, ont été empruntés la forme généralement triangulaire de l'écu héraldique, l'usage de fourrures (vair et hermine) et un certain nombre de figures géométriques (bande, croix, chef, fasce, bordure) héritées de la structure même de ces boucliers[6].

Cette fusion ne s'est faite ni tout d'un coup, ni au même rythme, ni selon les mêmes modalités dans les différentes régions d'Europe occidentale. L'importance de tel ou tel emprunt a pu varier d'une région à l'autre. Toutefois, il semble bien que ce soient les bannières, et d'une manière plus générale les étoffes, qui aient joué le rôle le plus important, tant pour ce qui est des couleurs et des figures que pour ce qui est de leur terminologie et de leur mise en système. Il est frappant de constater combien sont nombreux les termes de blason français empruntés au vocabulaire des tissus : certainement plus de la moitié des termes d'un usage courant en héraldique médiévale. Il y a là une source d'investigation particulièrement riche qu'il conviendrait d'exploiter, en dépouillant non seulement les textes littéraires et narratifs, mais aussi les traités techniques, les règlements professionnels et les encyclopédies des XIIe et XIIIe siècles[7].

Les grandes lignes de cette fusion de différents éléments préexistants en un seul système étant à peu près connues, reste à savoir à quelle date les armoiries, c'est-à-dire le produit de cette fusion, sont réellement apparues. Ou, plus exactement, à quelle date les combattants, afin de se faire reconnaître sur les champs de bataille et de tournoi, ont commencé à faire constamment représenter sur chacun de leur écu (mais aussi parfois sur leur gonfanon, sur leur cotte d'armes, sur la housse de leur cheval) la même figure et les mêmes couleurs. C'est là une question sur laquelle les héraldistes débattent depuis plus d'un siècle. Leur erreur est probablement de vouloir parvenir à une trop grande précision alors que les documents ne fournissent que des points de repère permettant, tout au plus, d'aboutir à une fourchette de dates d'une quarantaine d'années.

Le problème de la date

La broderie de Bayeux (*fig. 9-10*) fournit un solide *terminus a quo.* Nous savons aujourd'hui qu'elle fut réalisée vers 1080, probablement dans le sud de l'Angleterre, à la demande de l'évêque de Bayeux Odon, demi-frère du roi Guillaume[8]. Or il est patent que les figures que l'on y voit orner les boucliers (croix, sautoirs, dragons, bordures, semés) ne sont pas encore de véritables armoiries : d'une part, certains combattants des deux camps usent de boucliers identiques ; d'autre part, un même personnage, représenté en plusieurs scènes (par exemple Eustache II, comte de Boulogne) fait à chaque fois usage d'un bouclier différent. En revanche, les figures qui ornent l'écu de Geoffroi Plantegenêt, comte d'Anjou et duc de Normandie, sur l'émail de sa célèbre plaque funéraire conservée au musée Tessé du Mans, sont déjà de véritables armoiries (*fig. 22*). Mais la datation de cet émail est délicate et controversée[9]. Geoffroi est mort en 1151. La plaque funéraire fut commandée par sa veuve Mathilde, non pas dans les années 1151-1152 comme on le croyait autrefois[10], mais plutôt vers 1160[11]. Pendant longtemps il a été d'usage chez les héraldistes de considérer ces armoiries – *d'azur semé de lionceaux d'or*[12] – comme les plus anciennes connues. Elles auraient été octroyées à Geoffroi par son beau-père, le roi d'Angleterre Henri Ier, lors des fêtes de son adoubement en 1127. Quelques érudits, parmi les plus savants, datent de cette année-là la naissance des armoiries[13]. C'est à mon avis une affirmation à la fois vaine et erronée. Non seulement la naissance des armoiries est un fait général de société qu'il est impossible de dater avec précision parce qu'il s'étend sur plusieurs décennies ; mais aussi les armes de Geoffroi Plantegenêt ne nous sont connues que par des documents postérieurs à sa mort : d'une part cette plaque funéraire émaillée, d'autre part un passage de la chronique d'un moine de Marmoutier, Jean Rapicault, qui nous conte les fêtes de l'adoubement de 1127 et la remise, par Henri Ier à Geoffroi, d'« un écu orné de lionceaux d'or qui fut suspendu à son cou[14] ». Or cette chronique de Jean Rapicault fut compilée dans les années 1175-1180, soit près d'un demi-siècle après les événements. En outre, la seule empreinte conservée d'un sceau de Geoffroi, appendue à un acte daté de 1149, ne porte aucune trace d'armoiries[15].

Le problème de l'apparition des armoiries est un fait de société qui ne peut être étudié à partir d'un seul terrain documentaire, même si les sceaux fournissent les informations les plus nombreuses et les plus précises[16]. Il importe en outre de nettement distinguer les questions techniques et iconographiques (décoration des boucliers, répertoire des figures, apparition des règles de composition et du « style » héraldique) des questions sociojuridiques (qui porte des armoiries au XIIe siècle, liens de celles-ci avec les fiefs ou avec les familles, mise en place progressive du système héréditaire une fois opérée la greffe de la jeune héraldique sur la parenté).

D'un point de vue chronologique, trois phases semblent se succéder et faire de la naissance des armoiries un phénomène s'étalant sur cinq ou six générations : une phase de gestation (du début du XIe siècle aux années 1120-1130) ; une phase d'apparition (v.1120-1130 / v.1160-1170); et une phase de diffusion (v.1170 / v.1230). La phase centrale, qui fait l'objet de ce chapitre, est aujourd'hui la mieux connue, même si plusieurs points restent controversés. Contrairement à ce qu'on pourrait croire, la phase de diffusion demeure pour l'historien plus mystérieuse. Ce qui se passe réellement entre le milieu du XIIe siècle, où quelques dynastes et feudataires commencent à porter des armoiries, et les années 1220-1230, où toute la noblesse occidentale et une partie de la société non noble en sont déjà pourvues, nous est mal connu. On observe qu'il existe alors, simultanément, des armoiries encore en gestation et des armoiries déjà stabilisées, des armoiries individuelles et des armoiries de groupes, des armoiries familiales et des armoiries féodales, des armoiries militaires et des armoiries civiles. On observe également qu'un même personnage peut posséder plusieurs armoiries différentes, ou bien qu'au sein de la même famille, le père et le fils, ou encore deux frères, peuvent utiliser des armoiries dissemblables.

Quant à la phase de gestation, son étude met surtout en valeur l'atmosphère d'intense fermentation emblématique dans laquelle sont nées les premières armoiries. La société occidentale de la fin du XIe siècle est déjà une société fortement emblématisée, comme le montre ce document exceptionnel qu'est la broderie de Bayeux. Une lecture attentive permet d'y reconnaître une dizaine de systèmes de signes différents ayant pour fonction de dire l'identité, le statut social, le rang, la dignité, les activités et même l'ethnie (ainsi la nuque rasée qui distingue les Normands des Saxons) des nombreux personnages et groupes représentés. Le problème est de rattacher ces systèmes de signes au système héraldique tel qu'il se met en place quelques décennies plus tard. Pour ce faire, la démarche la plus fructueuse consiste peut-être à remonter le temps et partir non pas des environs de l'an mille mais du début du XIIIe siècle. À cette date, en effet, au sein de plusieurs groupes familiaux importants, toutes les branches – y compris les branches qui se sont séparées de la branche aînée avant la naissance des armoiries – portent des armoiries semblables. Choix délibéré pour souligner la cohésion du groupe familial large ? Ou bien transmission sur cinq, six, voire sept générations d'un emblème familial ancien, très antérieur aux armoiries ? Les enquêtes invitent à penser que les deux cas ont existé, tant en France et en Angleterre que dans les pays d'Empire[17]. De même, elles permettent de mettre en valeur, à côté de l'existence d'emblèmes familiaux pré-héraldiques, celle d'emblèmes féodaux ou territoriaux, transmis par différents supports (tissus et *vexilla*, monnaies, sceaux) depuis la fin de l'époque carolingienne jusqu'au début du XIIIe siècle, date de leur fusion généralisée avec les emblèmes familiaux au sein des armoiries définitivement constituées.

L'héraldique primitive apparaît bien comme le produit de la combinaison en un seul système – à la fois social et technique – d'une triple emblématique antérieure : individuelle, familiale et féodale. Le système ainsi créé s'est entièrement élaboré en dehors de l'influence de l'Église, ce que souligne pleinement l'emploi, dès l'origine, de la langue vulgaire comme langue servant à décrire les armoiries. Au-delà des ses enjeux proprement militaires, il se trouve lié à un phénomène de plus grande ampleur traversant tout le XIIe siècle et concernant tous les individus et tous les groupes sociaux : la quête, l'affirmation et la proclamation de l'identité. Ce dernier point est le point essentiel. La transformation de l'équipement militaire est certes la cause matérielle qui a provoqué l'apparition progressive des armoiries sur les champs de bataille et de tournoi. Mais il est d'autres causes, plus profondes, qui expliquent cette apparition et qui en font un véritable fait de société.

L'expression de l'identité

La naissance des armoiries, en effet, n'est en rien un événement isolé. Elle s'inscrit dans un vaste ensemble de mutations qui pendant près de deux siècles ont bouleversé la société occidentale. De l'effondrement de l'empire carolingien et des troubles qui l'ont suivi est sorti un ordre social nouveau, que l'on qualifiait autrefois de *féodal* et que les historiens préfèrent aujourd'hui appeler *seigneurial*. Ce nouvel ordre seigneurial se caractérise par un « encellulement[18] » de l'ensemble des classes et des catégories sociales. Chaque individu – noble ou roturier, clerc ou laïque, paysan ou citadin – est désormais placé dans un groupe et ce groupe, dans un groupe plus large. La société tend ainsi à devenir une mosaïque de cellules, inscrites les unes dans les autres. Les armoiries me semblent être nées de ces nouvelles structures sociales. À structures nouvelles, étiquettes nouvelles : il faut pouvoir s'identifier, se reconnaître, se proclamer. Or les systèmes d'identité anciens ne suffisent plus ou ne conviennent plus parce qu'ils s'appuient sur un ordre social qui a disparu. Il faut en créer de nouveaux. L'armoirie est l'une de ces étiquettes nouvelles et l'héraldique, l'un de ces systèmes nouveaux. Mais il en est d'autres, contemporains et apparentés à la jeune héraldique.

Ainsi celui des noms patronymiques qui, dans une large partie de l'Europe occidentale, naissent en même temps que les premières armoiries puis se diffusent à peu près au même rythme, du moins dans la classe noble. Dès la fin du XIIe siècle, tous deux ont pour fonction de situer l'individu dans sa famille étroite et cette famille étroite, dans un groupe familial plus large[19]. Ainsi également le vêtement qui, au tournant des XIe-XIIe siècles, subit plusieurs transformations, parfois au grand scandale des prélats et des moralistes[20]. Le vêtement laïque masculin, notamment, passe du court au long, se dote de formes et de couleurs nouvelles, s'enrichit d'ornements et d'accessoires jusque-là réservés au vêtement féminin. Ce faisant, il devient plus taxinomique, disant au premier regard à qui l'on a affaire. Quant au vêtement monastique, il se transforme en un véritable insigne, construit sur la couleur et formant système. La violente querelle entre Clunisiens – moines noirs – et Cisterciens – moines blancs – dans les années 1120-1145 met parfaitement en valeur cette « héraldisation » nouvelle du costume monastique[21]. La couleur, désormais, fait le moine, comme elle fait le chevalier.

Ainsi, enfin, les attributs iconographiques qui, dans les images, ont tendance à se multiplier. Certes, ils existent depuis longtemps ; mais, entre les années 1100 et le milieu du XIIIe siècle, ils semblent proliférer, ne concernant plus seulement les détenteurs de pouvoir, les personnes divines et quelques saints particulièrement vénérés mais bien l'ensemble de la société mise en scène dans les images. Officiers subalternes et gens de justice, valets et serviteurs, artisans et gens de métiers, simples curés, modestes prieurs, saints locaux, personnages bibliques et héros littéraires de second plan : tout le monde reçoit des attributs. Dans la société iconographique comme dans la société véritable, chacun doit désormais être à sa place et identifié avec certitude.

Partout se mettent ainsi en place, dans le courant du XIIe siècle, des signes nouveaux, qui ont pour mission non seulement de dire l'identité d'un individu mais aussi sa place au sein d'un groupe, son rang, sa dignité, son statut social. Et ce qui est vrai des individus l'est aussi des communautés et des personnes morales. Les emblèmes prolifèrent et, sous l'influence de la scolastique naissante, ils passent du simple répertoire ou de la simple nomenclature au véritable système organisé. Dans ce passage, les armoiries semblent avoir été les plus précoces et les plus performantes. Individuelles à l'origine, elles opèrent rapidement, dès les années 1170, une greffe solide sur la parenté. À la fin du XIIe siècle, au sein d'une même famille, leur usage est souvent devenu héréditaire, et c'est ce caractère familial et héréditaire qui leur donne leur essence définitive[22].

La diffusion sociale

Dans l'état actuel des recherches, nous l'avons vu, il est difficile de dresser un tableau complet et précis de la diffusion sociale des premières armoiries. Mais nous en connaissons les grandes lignes. D'abord seulement utilisées par les princes (ducs, comtes) et les grands seigneurs, elles sont progressivement adoptées par l'ensemble de l'aristocratie occidentale (*fig. 14 et 15*). Au début du XIIIe siècle, toute la petite et moyenne noblesse en est pourvue. Mais en même temps leur emploi s'est étendu aux non-combattants, aux non-nobles, et à différentes communautés et personnes morales : tour à tour, les femmes (dès 1180, parfois plus avant), les patriciens et les bourgeois (v. 1220), les artisans (dès 1230-1240), les villes (dès la fin du XIIe siècle), les corps de métiers (v. 1250), les institutions et les juridictions (à la fin du XIIIe siècle et au début du XIVe) adoptent des armoiries. Dans certaines régions (Normandie, Flandre, Angleterre méridionale), même les paysans en font quelquefois usage. Quant à l'Église, d'abord méfiante envers ce système de signes entièrement élaboré en dehors de son influence, elle s'y introduit progressivement. Les évêques sont les premiers à faire usage d'armoiries (v. 1220-1230), puis les chanoines et les clercs séculiers (v. 1260), plus tard les abbés et et les communautés monastiques. Dès le début du siècle suivant, les églises et les édifices religieux deviennent de véritables « musées » d'armoiries. On en trouve sur les sols, sur les murs, sur les verrières, sur les plafonds, sur les objets et les vêtements du culte. L'art religieux de la fin du Moyen Âge leur accorde une place considérable.

Très tôt, seigneurs et chevaliers ne se contentèrent pas de faire peindre sur leur bouclier les armoiries qu'ils venaient d'adopter. Ils les firent également représenter sur leur bannière, sur la housse de leur cheval, sur leur cotte d'armes, puis sur différents biens meubles et immeubles leur appartenant, dont principalement leur sceau, symbole de leur personnalité juridique. Peu à peu, toutes les personnes qui possédaient un sceau prirent l'habitude d'en remplir le champ au moyen d'armoiries, comme le faisait l'aristocratie (*fig. 17*). Par le sceau – dont l'emploi est alors en pleine expansion dans toutes les classes de la société – l'usage des armoiries s'est étendu aux femmes, aux clercs, aux roturiers et à toutes les personnes morales. À cet égard un chiffre est significatif : nous connaissons pour l'Europe occidentale environ un million d'armoiries médiévales ; or, sur ce million, plus des trois quarts nous sont connues par des sceaux, et près de la moitié sont des armoiries de non-nobles[23].

Comme l'armoirie, le sceau entretient avec le nom et la personne des rapports privilégiés. Parmi ses nombreuses fonctions (clore, valider, authentiquer, affirmer la propriété, etc.), il sert souvent à dire – et parfois à prouver – l'identité d'un individu, soit directement (le possesseur du sceau montre la matrice accrochée à sa ceinture pour se faire connaître ou reconnaître), soit indirectement (l'empreinte, qui circule et voyage, fait connaître l'identité du sigillant très loin du lieu où celui-ci se trouve)[24]. En ce sens, le développement intense de l'usage du sceau dans le courant du XIIe siècle ne doit pas seulement être mis en relation avec la diffusion des actes écrits et de la culture écrite, comme on l'affirme toujours, mais aussi avec l'attention plus grande portée à l'identité et aux signes d'identité à partir des années 1100-1150. L'extension de l'usage des sceaux est en effet concomitante de la naissance des armoiries et des noms de famille[25].

À cette fonction d'identification s'ajoute souvent une fonction de proclamation : « Voilà qui je suis ! » L'image sigillaire, comme l'image héraldique, fait connaître non seulement l'identité et le statut social du possesseur mais aussi, par le choix de tel ou tel type, de telle ou telle légende, sa personnalité, ses aspirations, ses revendications. En ce sens, elle est à la fois emblème et symbole[26]. Cette fonction d'identification et de proclamation ne concerne du reste pas seulement la société des vivants ; elle concerne également les morts puisque, jusqu'à la fin du XIIIe siècle au moins, il n'est pas rare qu'au lieu de briser la matrice d'un défunt afin d'en éviter tout usage frauduleux après sa mort[27], cette matrice – cancellée ou non – soit placée dans le cercueil en même temps que le corps lui-même. Non seulement à des fins d'identification dans l'au-delà ou par la postérité, mais aussi parce que le corps et la matrice ne font qu'un : ce sont les deux incarnations d'une même personne. Quelquefois, lorsque pour une raison quelconque la matrice n'a pu être retrouvée, ou qu'elle doit être réutilisée après l'ensevelissement, une seconde matrice, en tout point identique à la première, est spécialement gravée pour les funérailles et accompagne le corps dans son voyage vers l'éternité. S'il s'agit d'un très haut personnage, cette matrice spéciale peut être en argent ou en ivoire au lieu d'être en bronze[28]. Cette relation privilégiée entre l'identité et le sceau ne concerne pas seulement les personnes physiques. Elle concerne aussi les personnes morales qui sont parfois conduites à se nommer et qui ne disposent guère de moyens pour ce faire. L'image sigillaire leur offre des possibilités de « figurabilité », de nomination et d'identification qu'elles ne trouvent pas ailleurs ; ce faisant, elle leur donne leur véritable cohésion interne et leur apporte une authentique personnalité juridique. Partout, du haut en bas de l'échelle sociale et des personnes physiques aux personnes morales, le sceau a joué un rôle considérable dans la diffusion des premières armoiries.

Géographiquement, celles-ci n'ont pas eu de berceau bien défini et sont simultanément apparues dans différentes régions d'Europe occidentale : les pays situés entre la Loire et le Rhin, l'Angleterre méridionale, l'Écosse, la Suisse, l'Italie du Nord. Par la suite, elles se sont diffusées à partir de ces différents pôles. Au début du XIVe siècle, tout l'Occident est définitivement touché par cette mode nouvelle, qui commence même à s'étendre vers la Chrétienté romaine orientale (Hongrie, Pologne). La diffusion géographique et sociale s'accompagne en outre d'une diffusion matérielle : de plus en plus d'objets, d'étoffes, de vêtements, d'œuvres d'art et de monuments se couvrent d'armoiries ; elles y jouent un triple rôle : signes d'identité, marques de commande ou de possession, motifs ornementaux. Leur usage est à ce point répandu dans la vie sociale, les mentalités et la culture matérielle que l'on en attribue de bonne heure, dès la seconde moitié du XIIe siècle, à des personnages imaginaires : héros de romans courtois et de chansons de geste, créatures mythologiques, vices et vertus personnifiés, ou bien à des personnages véritables ayant vécu avant l'apparition des armoiries mais que l'on dote rétroactivement de ces emblèmes nouveaux : grandes figures de l'Antiquité gréco-romaine, principaux personnages bibliques, rois, papes et saints du haut Moyen Âge.

Sur un plan juridique, il convient donc de corriger une erreur très répandue mais qui ne repose sur aucune réalité historique : la limitation à la noblesse du droit aux armoiries. À aucun moment, dans aucun pays, le port d'armoiries n'a été l'apanage d'une classe sociale (*fig. 17*). Chaque individu, chaque famille, chaque groupe ou collectivité a toujours et partout été libre d'adopter les armoiries de son choix et d'en faire l'usage privé qu'il lui plaisait, à la seule condition de pas usurper celles d'autrui. Tel est le droit aux armoiries formulé dès le XIIIe siècle, tel il restera jusqu'à l'époque moderne[29].

Figures et couleurs

Dès leur apparition, les armoiries se composent de deux éléments : des figures et des couleurs, qui prennent place dans un écu délimité par un périmètre dont la forme est indifférente, même si la forme triangulaire, héritée des boucliers du XIe siècle, est la plus fréquente. À l'intérieur de cet écu, couleurs et figures ne s'emploient ni ne se combinent n'importe comment. Elles obéissent à des règles de composition, peu nombreuses mais rigoureuses, dont la principale concerne l'emploi des couleurs. Ces dernières sont au nombre de six : blanc, jaune, rouge, bleu, noir et vert[30]. Ce sont des couleurs absolues, conceptuelles, presque immatérielles : leurs nuances ne comptent pas. Le rouge, par exemple, peut être indifféremment clair, foncé, rosé, orangé ; ce qui compte, c'est l'idée de rouge et non pas son expression matérielle et colorée. Il en va de même des autres couleurs. Dans les armoiries du roi de France, par exemple, probablement créées au début du règne de Philippe Auguste, *d'azur semé de fleurs de lis d'or*, l'azur peut être bleu ciel, bleu moyen, bleu outremer, et les fleurs de lis, jaune clair, jaune orangé ou même dorées : cela n'a aucune importance ni aucune signification. L'artiste ou l'artisan est libre de traduire cet azur et cet or comme il l'entend, selon les supports sur lesquels il travaille, les techniques qu'il emploie et les préoccupations artistiques qui sont les siennes.

L'essentiel n'est pas dans la représentation de ces couleurs, mais dans la règle qui concerne leurs associations à l'intérieur de l'écu. Dès les débuts de l'héraldique, en effet, comme le prouvent les miniatures, les émaux et les vitraux, le blason répartit les six couleurs en deux groupes : dans le premier, il place le blanc et le jaune ; dans le second, le rouge, le noir, le bleu et le vert. La règle fondamentale interdit de juxtaposer ou de superposer deux couleurs qui appartiennent au même groupe. Prenons le cas d'un écu dont la figure est un lion. Si le champ de cet écu est rouge, le lion pourra être blanc ou jaune, mais il ne pourra être ni bleu, ni noir, ni vert, car le bleu, le noir et le vert appartiennent au même groupe que le rouge. Inversement, si le champ de l'écu est blanc, le lion pourra être rouge, bleu, noir ou vert, mais pas jaune. Cette règle fondamentale semble avoir existé dès les années 1150 et être d'abord due à des questions de visibilité : les premières armoiries, toutes bichromes, sont en effet des signes visuels faits pour être vus de loin. Or, pour l'œil médiéval, le rouge se distingue mieux lorsqu'il est placé sur du blanc ou sur du jaune que lorsqu'il se trouve sur du bleu, du noir ou du vert. Mais ces questions de visibilité n'expliquent pas tout. Les origines de la règle d'emploi des couleurs du blason doivent aussi être cherchées dans la symbolique des couleurs à l'époque féodale, symbolique alors en pleine mutation : le blanc, le rouge et le noir ne sont plus les seules couleurs « de base », comme c'était le cas pendant l'Antiquité et le haut Moyen Âge ; désormais le bleu, le vert et le jaune sont promus au même rang, et ce aussi bien dans la vie matérielle et dans la création artistique que dans les codes sociaux. L'héraldique naissante est l'un de ces codes.

Dans les armoiries primitives, les couleurs semblent constituer l'élément essentiel. Car s'il existe bien des armoiries sans figure, il n'en existe pas sans couleur, même si beaucoup d'armoiries des XIIe et XIIIe siècles ne nous sont connues que par des documents monochromes, tels les sceaux. Mais le répertoire des figures est évidemment plus grand que celui des couleurs. À dire vrai, il n'est en principe pas limité : n'importe quel animal, végétal, objet ou forme géométrique peut être figure du blason. Mais si tout peut devenir figure du blason, tout ne le devient pas, du moins pas avant la fin du Moyen Âge. Dans les décennies qui suivent l'apparition des armoiries, ce répertoire se limite encore à une vingtaine de figures ; après les années 1200, il va en augmentant mais, jusqu'à la fin du XIIIe siècle, il ne dépasse guère une cinquantaine de figures d'un usage courant. Ce répertoire est constitué pour un tiers d'animaux (le lion étant de loin le plus fréquent), pour un tiers de figures géométriques fixes, résultant de la division de l'écu en un certain nombre de bandes ou de cases, et pour un dernier tiers de petites figures elles aussi plus ou moins géométriques, mais pouvant prendre n'importe quelle place dans l'écu : besants, annelets, losanges, étoiles, billettes. Les végétaux (sauf la fleur de lis et la rose), les objets (armes, outils), les parties du corps humain sont plus rares et le resteront jusqu'au début de l'époque moderne.

Les premières armoiries ont une structure simple : une figure d'une couleur posée sur un champ d'une autre couleur. Comme elles sont faites pour être vues de loin, le dessin de la figure est schématisé et tout ce qui peut aider à l'identifier est souligné ou exagéré : lignes de contour des figures géométriques ; tête, pattes ou queue des animaux ; feuilles ou fruits des arbres. La figure occupe tout le champ de l'écu et les deux couleurs, vives et franches, sont associées selon la règle énoncée plus haut. Ces quelques principes de composition et de stylisation, nés sur les champs de bataille et de tournoi dans la première moitié du XIIe siècle, resteront en vigueur jusqu'à la fin du Moyen Âge pour composer et représenter des armoiries. Toutefois, dès le milieu du XIVe siècle, la composition a tendance à se charger et à se compliquer. Dans les armoiries d'une famille, des figures secondaires viennent souvent s'ajouter à la figure de départ pour exprimer une alliance, une parenté, une séparation en plusieurs branches ; ou bien l'écu se divise et se subdivise en un nombre de plus en plus grand de compartiments (les *quartiers*) pour associer à l'intérieur d'un même périmètre plusieurs armoiries différentes. C'est un autre moyen d'exprimer la parenté, les ascendances et les alliances, ou encore de mettre en valeur la possession de plusieurs fiefs, titres ou droits. Certaines armoiries de la fin du Moyen Âge, à force d'être ainsi découpées et redécoupées en de multiples quartiers, finissent par devenir illisibles. D'autant qu'au fil du temps, en devenant marques de possession et en prenant place sur d'innombrables documents, objets précieux ou objets de la vie quotidienne, les armoiries ont souvent perdu les grandes dimensions qui étaient les leurs sur les bannières et les boucliers des combattants du XIIe siècle.

Cependant, plus que le compartimentage ou la fusion fréquente de deux écus en un seul, le problème principal concernant la représentation et la structure des armoiries reste celui de l'épaisseur. Plusieurs plans s'empilent les uns sur les autres à l'intérieur de l'écu, dont la lecture doit toujours commencer par le plan du fond. C'est du reste ainsi que doivent se lire la plupart des images médiévales, notamment celles de l'époque romane, contemporaines de la naissance des armoiries : d'abord le plan du fond, puis les plans intermédiaires, et enfin le plan le plus rapproché de l'œil du spectateur, c'est-à-dire un ordre de lecture contraire à nos habitudes modernes. Pour composer une armoirie, en effet, on choisit d'abord un champ, puis on pose une figure sur ce champ ; si l'on veut ajouter d'autres éléments, il faut les placer sur le même plan que celui de la figure ou bien – cas fréquent – ajouter par-dessus un nouveau plan ; il est impossible de revenir en arrière (*fig. 23*). L'écu apparaît ainsi comme un empilement de plans : ceux du fond représentent la structure de départ et les éléments essentiels de l'armoirie ; ceux du milieu et du devant portent les additions successives et aident à distinguer les différentes branches d'une même famille ou bien deux individus appartenant à la même branche.

Brisures et armes parlantes

À partir des années 1180-1200, en effet, au sein d'une même famille, un seul individu, l'aîné de la branche aînée, porte les armoiries familiales « pleines », c'est-à-dire entières. Les autres, tous les autres (les fils du vivant de leur père ou bien, le père étant mort, les frères puînés du vivant de l'aîné) n'y ont pas droit et doivent introduire dans l'écu une légère modification qui montre qu'ils ne sont pas « chef d'armes », c'est-à-dire aîné de la branche aînée. Cette modification s'appelle une *brisure*. Les femmes n'y sont pas soumises : les filles non mariées portent les mêmes armoiries que leur père, tandis que les femmes mariées portent généralement des armoiries associant à l'intérieur du même écu les armes du mari et celles du père. Ces brisures se rencontrent surtout dans les pays d'héraldique « classique », c'est-à-dire ceux qui ont vu naître les armoiries sur les champs de bataille au XIIe siècle : France (*fig. 24 et 25*), Angleterre, Écosse, Pays-Bas, Allemagne rhénane, Suisse. Ailleurs, elles sont plus rares (Scandinavie, Autriche, Espagne, Portugal) ou bien inusitées (Italie).

Briser les armoiries familiales parce que l'on est un cadet peut se faire de nombreuses façons : ajouter ou retrancher une figure, changer une couleur, inverser la couleur du fond et celle de la figure. Au début, ces brisures, nécessaires au tournoi, sont bien visibles. Par la suite, on aime moins proclamer avec trop de force que l'on est un cadet et on préfère une brisure discrète, le plus souvent l'addition d'une petite figure. Les armoiries se transmettant de manière héréditaire, il peut arriver, après plusieurs générations et brisures successives, que les armes des branches cadettes ne ressemblent plus guère aux armes de la branche aînée. Parfois, au contraire, c'est la ressemblance entre les armoiries de deux familles apparemment non parentes qui permet de reconnaître qu'elles sont issues d'un ancêtre commun. L'héraldique, auxiliaire précieuse de la généalogie, aide ainsi à identifier des personnages, à retrouver leurs noms, à établir des filiations, à reconstituer des parentés, à distinguer les homonymes[31].

Dès la fin du XIIe siècle, la plupart des armoiries entretiennent ainsi des rapports étroits avec la famille et le nom. Mais il en est qui entretiennent avec ce dernier des rapports plus étroits encore : ce sont celles que les héraldistes qualifient de « parlantes ». Les définir n'est pas très aisé car elles s'expriment par des formules variées. Grossièrement on peut dire que sont « parlantes » les armoiries dans lesquelles le nom de certains éléments – le plus souvent le nom de la figure principale – forme un jeu de mots ou établit une relation de sonorité avec le nom du possesseur de l'armoirie. Le cas le plus simple est celui où le nom de la figure principale et le nom du possesseur entretiennent une relation directe : Hugues de La Tour porte une tour ; Thomas Le Leu, un loup ; Raoul Cuvier, un cuvier[32]. Mais il en existe beaucoup d'autres. La relation peut être allusive (ainsi toutes les familles dont le nom évoque une porte et qui placent des clefs dans leurs armes) ou bien se faire avec une partie du nom seulement (Guillaume de Capraville place dans son écu une simple chèvre ; les seigneurs d'Orgemont, trois épis d'orge). Elle peut également être construite sur le nom d'une couleur et non pas d'une figure (au XIVe siècle, la grande famille florentine des Rossi porte un écu *de gueules plain*, c'est-à-dire tout rouge) ; ou encore sur les noms associés de plusieurs figures et former une sorte de rébus : les comtes de Helfenstein, par exemple, largement possessionnés dans le nord de la Suisse et dans le Wurtemberg, associent dans leurs armes un éléphant et un rocher (*fig. 19*) ; les Chiaramonte, originaires de Vérone, un mont surmonté d'une étoile qui semble l'éclairer.

La notion de « jeu de mots » est elle-même très floue, ou du moins évolue avec le temps : ce qui constitue un jeu de mots au XIIe siècle peut ne plus être perçu ou considéré comme tel au XIVe ou au XVIIe siècle. D'où la difficulté qu'il y a à définir de manière univoque ces armoiries que le français et l'allemand (*redende Wappen*) qualifient de « parlantes » et que l'anglais, plus poétique ou plus précis, nomme joliment *canting arms* (armes chantantes). Cette expression, qui insiste sur l'harmonie sonore de la relation entre le nom de la personne et celui de la figure, se retrouve en latin : *arma cantabunda*[33].

Les armoiries parlantes passent souvent pour moins anciennes, moins nobles et, héraldiquement, moins pures que les autres armoiries[34]. Cela est sans fondement. Elles existent depuis la naissance de l'héraldique et de très grandes familles en ont fait usage dès la fin du XIIe siècle : ainsi les comtes de Bar (deux bars adossés), les comtes de Boulogne (trois « boules » ou tourteaux), les comtes de Minzenberg (une branche de menthe, en allemand *Minze*), les Candavène, comtes de Saint-Pol (des gerbes d'avoine), les sires de Hammerstein (un marteau, en allemand *Hammer*) et bien d'autres, sans compter le royaume de Castille (des châteaux) et celui de León (un lion). Au reste, les hérauts d'armes du Moyen Âge, quand ils ne connaissent pas les armoiries d'un roi (réel ou imaginaire) ou d'un grand seigneur, n'hésitent pas à forger des armoiries parlantes pour pallier les lacunes de leur information. De telles armes leur semblent naturelles et parfaitement fidèles à l'esprit du blason. C'est ainsi qu'un héraut d'origine française compilant un armorial à la fin du XIIIe siècle attribue au roi de Portugal un écu ayant pour figure une porte, au roi de Galice un écu orné d'un calice, et au roi du Maroc un écu à trois rocs d'échiquier (*fig. 18*)[35]. Les armoiries parlantes ne sont ni moins anciennes, ni moins honorables, ni moins héraldiques que les autres. Mais leur abondance dans l'héraldique non noble à partir de la fin du Moyen Âge et les médiocres calembours sur lesquels elles sont parfois construites à l'époque moderne les ont souvent déconsidérées aux yeux des héraldistes de l'Ancien Régime[36].

Apprécier pour chaque époque, chaque région, chaque classe ou catégorie sociale la proportion des armoiries parlantes par rapport à l'ensemble des armoiries n'est pas un exercice facile. Surtout pour la période primitive. Cette proportion est toujours sous-évaluée parce que parfois, souvent même, nous ne savons pas reconnaître de telles armes. Tantôt la relation « parlante » se construit sur des termes dialectaux ou disparus, tantôt elle s'appuie sur le latin ou sur une langue étrangère, tantôt elle est plus allusive que proprement « parlante », et ce qui était limpide ou ingénieux pour nos ancêtres ne l'est plus nécessairement pour nous. Prenons quelques exemples. Dès la fin du XIIe siècle la grande famille anglaise des Lucy porte dans ses armes trois brochets : la relation parlante entre le nom de la famille et le nom de la figure n'est aujourd'hui intelligible que si l'on sait que « brochet » (qui en anglais moderne se dit *pike*) se dit en latin *lucius* et en anglo-normand *lus*. De même, les exemples sont nombreux de familles anglaises d'origine normande qui portent dans leurs armes un animal parlant en français mais pas en anglais : un lévrier (*greyhound*) pour les Maulévrier, une loutre (*otter*) pour les Luttrel, un veau (*calf*) pour les de Vele, un ours (*bear*) pour les Fitz-Urse. Pour comprendre de tels choix, il faut remonter aux origines de la famille et connaître la langue française.

Dans les exemples qui viennent d'être cités, la figure parlante est un animal. Retrouver la relation existant entre le nom de cet animal et le nom du possesseur de l'armoirie est parfois aisé, parfois plus difficile, jamais impossible. Mais quand il s'agit d'une figure géométrique, la relation parlante est souvent moins directe ou moins limpide, et au problème de la langue s'ajoute celui du degré de relation ou d'allusion. Lorsqu'en 1265 Guillaume des Barres, simple chevalier, orne le champ de son sceau d'un écu *losangé*, c'est-à-dire d'un écu paraissant chargé d'un grand filet[37], la relation parlante est malaisée à deviner ; elle existe pourtant : le losangé évoque des « barres », c'est-à-dire un obstacle. La même idée se retrouve en Angleterre, vers la même époque, dans les armes de John Maltravers, seigneur possessionné dans le Dorset. Il porte un écu *de sable fretté d'or*[38], c'est-à-dire un écu tout noir semblant chargé d'un treillis jaune. Pour voir une relation parlante entre le nom patronymique et l'idée exprimée par la figure, il faut à la fois comprendre que cette sorte de treillis évoque lui aussi une barrière et que le nom « Maltravers » fait allusion à quelque chose qu'il est difficile de traverser.

Sur l'ensemble des armoiries médiévales publiées à ce jour, au moins 20 % peuvent être reconnues comme parlantes, à un titre ou à un autre. Mais cette proportion est certainement inférieure à la réalité puisque la relation parlante entre le nom et tel ou tel des éléments composant l'armoirie ne se laisse pas toujours reconnaître. Chronologiquement, il semble que cette proportion devienne plus grande encore à la fin du Moyen Âge lorsque beaucoup de roturiers et de communautés se dotent d'armoiries. C'est le procédé le plus simple pour se choisir une figure héraldique. Les villes, par exemple, y ont fréquemment recours : une fleur de lis pour Lille (dès la fin du XIIe siècle), un ours (*Bär*) pour Berne et pour Berlin, un lion pour Lyon, une roue de moulin pour Mulhouse, trois rats pour Arras.

Géographiquement les armoiries parlantes se rencontrent partout, mais il semble bien que dans les pays germaniques elles soient plus nombreuses que partout ailleurs. À cela des raisons à la fois linguistiques et culturelles. La langue allemande (et, d'une manière générale, les langues germaniques) semblent mieux se prêter à jouer ainsi sur les mots. En outre, l'anthroponymie germanique sollicite plus directement que l'anthroponymie romane les noms d'animaux, de végétaux, de couleurs ou d'objets. Ou du moins la relation entre le nom et la chose y semble plus claire, plus facile à exprimer et à reconnaître. Enfin, l'usage de figures parlantes paraît avoir eu en Allemagne et dans les pays germaniques meilleure presse que dans le reste de l'Europe. C'est peut-être pourquoi on en a usé et abusé. Aux XIVe et XVe siècles, par exemple, alors que quelques grandes familles françaises, espagnoles ou italiennes cherchent à dissimuler l'origine parlante de leurs armes et inventent des légendes héroïques pour en expliquer la genèse et la signification – le cas des Visconti est le plus fameux[39] –, les familles comtales allemandes ou autrichiennes n'ont aucunement honte de leurs emblèmes parlants et sont fières de souligner le lien qui unit le nom et la figure. Ce lien, qui parfois nous semble très proche du rébus ou du calembour, n'est aucunement perçu comme dévalorisant : les comtes de Henneberg sont ainsi fiers de montrer leur poule (*Henne*) perchée sur un mont (*Berg*) ; les comtes de Thierstein s'amusent à changer l'animal (*Tier*) présent dans leurs armes : tantôt c'est une biche, tantôt un chien, parfois un loup ou un mouton, mais cet animal instable est toujours posé sur une pierre (*Stein*) afin que les deux figures associées forment un rébus parlant ; quant aux célèbres Wolkenstein, puissants seigneurs du Tyrol qui ont donné deux poètes, ils mettent partout en scène leur curieux écu *tranché-nébulé*, c'est-à-dire divisé obliquement par une ligne en forme de nuages (*Wolken*). Mieux que toute autre formule, l'armoirie parlante – véritable procédé mnémotechnique – exprime la mémoire et la cohésion du lignage, articulées autour d'un nom pleinement assumé et exprimées par une ou plusieurs figures qui constituent un authentique patrimoine emblématique.

La langue du blason

Dès l'origine, la langue utilisée pour décrire les armoiries est la langue vernaculaire et non pas le latin, probablement parce que l'Église est entièrement étrangère à la naissance de ces nouveaux emblèmes. Ceux-ci ayant pour fonction première de dire l'identité des combattants, ils sont d'abord décrits par des hommes de guerre et par des hérauts d'armes, dans une langue qui n'est pas encore savante, ni même particulière[40]. Mais, au fur et à mesure de la diffusion des armoiries dans l'espace géographique et dans l'espace social, sur des supports militaires mais aussi sur des supports civils, une langue propre à la description de ces emblèmes nouveaux et semblables à aucun autre se met progressivement en place. Cette langue s'appuie sur un lexique spécifique, emprunté pour une bonne part au vocabulaire des étoffes et du vêtement, et sur une syntaxe originale, qui n'est pas celle de la langue littéraire, encore moins celle de la langue ordinaire, mais qui permet, avec une économie de moyens remarquable, de décrire toutes les armoiries et de le faire avec une grande précision. Blasonner des armoiries en langue vulgaire ne pose guère de problème au poète, au romancier ou au héraut d'armes du XIIIe siècle.

C'est surtout ce dernier qui, de par ses activités, a l'occasion de pratiquer cette langue nouvelle. À l'origine, le héraut d'armes est un fonctionnaire au service d'un prince ou d'un grand seigneur ; il a pour mission de porter les messages, de déclarer les guerres et d'annoncer et d'organiser les tournois. Peu à peu il se spécialise dans ce dernier domaine et, à la manière de nos reporters modernes, il décrit pour les spectateurs les principaux faits d'armes des participants. Cela le conduit à approfondir ses connaissances en matière d'armoiries, car ce sont celles-ci, et elles seules, qui permettent d'identifier les tournoyeurs, méconnaissables sous leur armure. Progressivement, les hérauts deviennent donc les véritables spécialistes des armoiries ; ils en codifient les règles et la représentation ; ils fixent la langue qui sert à les décrire ; ils parcourent l'Europe afin de les recenser et de compiler des recueils où ils peignent ou dessinent les armoiries qu'ils rencontrent. Ces recueils s'appellent des *armoriaux* ; certains comptent parmi les plus beaux manuscrits enluminés que le Moyen Âge nous a laissés.

Si décrire des armoiries ne pose guère de problème aux langues vernaculaires, il n'en va pas de même en latin. Dès la fin du XIIe siècle, annalistes, chroniqueurs, rédacteurs de chartes, scribes et clercs de tous ordres sont conduits à introduire des descriptions d'armoiries dans les œuvres ou les documents qu'ils compilent. Ils sont gênés pour le faire en latin et, pendant quelques décennies, ont recours à des solutions peu satisfaisantes : soit ils essaient de traduire le blasonnement vernaculaire en latin et, ce faisant, le mutilent ou le trahissent ; soit ils mélangent termes latins et termes vernaculaires et optent ainsi pour une formule peu intelligible ; soit, plus simplement et plus clairement, ils introduisent au milieu d'une phrase latine un blasonnement entièrement vernaculaire. Ces hésitations du latin héraldique perdureront chez de nombreux auteurs jusqu'à la fin du XIIIe siècle. Peu sûrs de leurs traductions ou adaptations, certains chroniqueurs placent à côté de la description en latin une description en langue vulgaire introduite par les mots *quod vulgo dicitur* (« que l'on dit en langue vulgaire… »). D'autres se contentent de blasonnements en latin vagues ou écourtés, oubliant les couleurs, confondant les figures et laissant de côté tout ce qui leur pose problème. À partir du XIVe siècle, cependant, les textes latins conduits à décrire des armoiries se font plus nombreux et plus variés : chartes et documents administratifs ou notariés, textes historiques et narratifs, poèmes et œuvres littéraires, traités juridiques, traités de noblesse et même armoriaux et manuels de blason directement rédigés en latin. Les difficultés sont encore plus grandes qu'au XIIIe siècle car les armoiries sont plus chargées et compliquées, souvent divisées en plusieurs quartiers qu'il faut blasonner avec précision et dans un ordre qui est signifiant. Par là même, essayer de créer une véritable langue latine du blason, précise et rigoureuse, devient une nécessité.

Les premiers à le faire sont les juristes et les notaires[41] ; ils sont imités par les historiens et les poètes, puis par des auteurs de traités de toutes natures, clercs en majorité. Cette langue latine du blason décalque son vocabulaire sur celui de la langue vulgaire (*banda* pour bande, *fascia* pour fasce, etc.), mais garde pour l'essentiel la syntaxe du latin. Or celle-ci convient mal pour décrire des armoiries à l'intérieur desquelles l'empilement des plans et la division de chaque plan en plusieurs quartiers sont des éléments syntaxiques de base. Le latin doit donc user et abuser des propositions relatives là où le blasonnement vernaculaire se contente de juxtaposer et de hiérarchiser des syntagmes. En ancien et moyen français, par exemple, l'ordre des mots dans la phrase héraldique est un élément syntaxique essentiel pour décrire la structure et le compartimentage de l'armoirie. En latin, où la place des mots dans la phrase est plus libre, cela n'est guère possible. D'où, pour une même armoirie quelque peu compliquée, un blasonnement français tenant en deux ou trois lignes et un blasonnement latin demandant parfois six ou huit lignes. Contrairement à d'autres domaines techniques ou scientifiques, la phrase latine du blason est toujours plus longue que la phrase vernaculaire.

De l'écu au cimier

L'écu est l'élément essentiel de la composition héraldique : c'est lui qui porte les armoiries *stricto sensu*. Toutefois, au fil des décennies, dans les représentations peintes, sculptées ou gravées, viennent s'ajouter autour de cet écu des éléments accessoires, certains purement décoratifs (casques, couronnes), d'autres pouvant parfois aider à préciser l'identité, la parenté ou la dignité du possesseur : insignes de prélats, attributs de fonctions, plus tard colliers d'ordre de chevalerie. Parmi ces ornements extérieurs à l'écu, le plus ancien et le plus signifiant est le cimier, c'est-à-dire la figure qui surmonte le heaume ou le casque. Il exprime aussi bien des « pulsions » individuelles que des liens de parenté de type « clanique ».

L'héraldique médiévale n'a pas inventé le cimier. Celui-ci existe depuis la protohistoire et se rencontre dans de nombreuses sociétés. En Europe, ce sont les guerriers germains et scandinaves qui semblent en avoir fait l'usage le plus large et le plus durable. Il est toutefois difficile d'établir un lien de filiation directe entre les cimiers des combattants de l'Antiquité tardive et du haut Moyen Âge et les cimiers proprement héraldiques tels qu'ils se mettent progressivement en place à partir de la fin du XIIe siècle. Ces derniers représentent plus qu'une simple parure de casque : ce sont de véritables masques. Leur rôle proprement militaire est faible (les cimiers se portent surtout au tournoi, rarement à la guerre), mais leur fonction symbolique est grande. Ils apparaissent au moment où la tête devient l'élément le plus important dans les systèmes de représentation construits sur le corps et sur la gestualité. En outre, ils s'inscrivent pleinement dans ce jeu fondamental du « cacher/montrer » qui caractérise la plupart des signes d'identité ou d'identification utilisés en Europe occidentale à partir du XIIe siècle, spécialement les armoiries. La figure placée dans l'écu armorié équivaut en effet à une figure peinte sur le corps ; elle dévoile l'identité de celui qui en fait usage et le situe au sein de son groupe familial ou féodal. À l'opposé, la figure placée sur le casque semble dissimuler l'identité de ce même individu, du moins dans un premier temps ; elle le dote de pouvoirs nouveaux, elle transforme sa personnalité, elle l'arrache à sa famille étroite et l'immerge dans des réseaux de parenté plus larges. Elle est à la fois masque et totem[42].

Ainsi défini, le cimier héraldique apparaît un peu partout en Europe occidentale dans la seconde moitié du XIIe siècle. Il suit de près la naissance des armoiries et semble en constituer, presque dès l'origine, le complément naturel[43]. Jusqu'aux années 1200, il s'agit d'une figure animale ou végétale, peinte sur le casque du combattant et reproduisant le plus souvent celle qui est placée à l'intérieur de l'écu, parfois celle qui est cousue sur la bannière. Les rares témoignages figurés qui nous ont été conservés de ces premiers cimiers héraldiques concernent tous des dynastes ou des chefs de guerre. Le plus ancien exemple se trouve sur le casque conique de Geoffroi Plantegenêt († 1151), comte d'Anjou et duc de Normandie, tel qu'il est représenté sur sa plaque funéraire émaillée, réalisée vers 1160 et dont il a été parlé plus haut (*fig. 22*)[44]. Dans les textes littéraires, en revanche, la description de casques peints est un exercice fréquent qui ne concerne pas seulement les princes et les barons, mais toutes les catégories de combattants. Il s'agit d'un *topos* qui remonte fort haut, et qui s'appuie davantage sur la dimension mythologique du guerrier – notamment du guerrier germanique – que sur la réalité de l'armement du chevalier de l'époque féodale. Le casque littéraire est toujours plus ou moins magique, même lorsqu'il concerne un personnage véritable. Il est ainsi probable que les fameux fanons de baleine prétendument arborés sur son heaume par le comte de Boulogne, Renaud de Dammartin, à la bataille de Bouvines (1214), et décrits comme une nouveauté singulière, voire diabolique, par le poète Guillaume Le Breton, participent de cette mythologie littéraire[45].

En fait, l'immense majorité des cimiers médiévaux nous sont connus par des sceaux et par des armoriaux. Très peu de cimiers réels – c'est-à-dire de cimiers-objets – sont parvenus jusqu'à nous (le plus illustre est celui du Prince Noir, conservé dans la cathédrale de Canterbury). Il est donc important de rappeler que sur ce terrain l'historien travaille à partir d'images, c'est-à-dire de représentations[46], avec toutes les inflexions et toutes les distances que cela suppose par rapport à la réalité. Parmi les dizaines de milliers de cimiers que nous font connaître les sceaux médiévaux, quelle est la proportion de ceux qui ont réellement été portés ? Très faible, probablement. Les participants aux tournois, aux joutes et aux différents rituels où le cimier est effectivement porté sur le casque ou sur le heaume représentent un groupe social limité. Ces cimiers de joute et de tournoi sont de fragiles échafaudages faits de bois, de métal, d'étoffe, de cuir, auxquels s'ajoutent éventuellement du crin, des plumes, des cornes et des matières végétales. Pour tenir sur la tête du chevalier, ils doivent donc rester de dimensions modestes, même si leur fonction première est d'être vus de loin. Rien de tel dans les cimiers-images, où ces contraintes d'équilibre et de pesanteur n'existent pas : par rapport au casque qui les supporte et à l'écu armorié que ce casque surmonte, les cimiers apparaissent souvent comme gigantesques, avec des constructions, des proportions et un graphisme enfreignant volontairement les règles de la géométrie et celles de la vraisemblance (*fig. 20-21, 27-29*).

Aucune règle, en effet, ne préside vraiment à la représentation du cimier. Contrairement à ce qui se passe à l'intérieur de l'écu, les couleurs, les formes et les dispositions ne sont pas codées. Les artistes et les artisans sont libres de traduire comme ils l'entendent, selon le support sur lequel ils travaillent ou selon les lieux et les moments où le cimier sera vu, les attitudes, les expressions et les caractères de la figure ou des figures qui composent ce cimier. Tantôt il s'agit de remplir un espace vide (dans le champ d'un sceau, par exemple), tantôt de faire écho à un autre cimier (sur une pierre tombale, sur la double page d'un armorial), tantôt de doter purement et simplement d'un cimier une armoirie qui en est dépourvue. L'artiste adapte ou invente toujours une partie plus ou moins grande (voire la totalité) du cimier qu'il est chargé de reproduire. Et, inversement, la part prise par le possesseur dans le choix et dans la représentation du cimier qui lui est attribué par tel ou tel document, peut être minime, voire nulle.

Le cimier peut répéter une ou plusieurs figures contenues dans l'écu. Il peut reproduire la totalité de cet écu sur un écran, sur un demi-vol ou sur une bannière plus ou moins stylisée (cas fréquent lorsqu'il s'agit de figures géométriques). Il peut aussi être totalement différent de ce qui est placé à l'intérieur de l'écu. Statistiquement, on peut considérer que 40 % environ des cimiers médiévaux reprennent une partie ou la totalité de l'écu qu'ils accompagnent (chiffre peut-être un peu plus élevé en France, en Angleterre et aux Pays-Bas, un peu plus faible dans les pays germaniques et en Écosse). Il est cependant difficile de faire des statistiques formelles ou typologiques précises car le cimier est parfois constitué non pas par une seule figure, mais par un ensemble composite, associant des cornes, des ailes et des plumes – spécialement d'autruche et de paon, deux animaux qui semblent avoir fasciné le Moyen Âge finissant[47] – avec des objets (notamment des armes), des êtres humains (jeunes filles, hommes sauvages, personnages orientaux), des végétaux (feuilles, fleurs, arbres entiers) et surtout des animaux. Plus de la moitié des cimiers médiévaux ont en effet pour figure principale un animal ou une partie d'animal (tête, buste, patte). Dans ce bestiaire « cimiesque », les oiseaux (paon, cygne, autruche, chouette, corbeau) et les animaux hybrides et chimériques sont les mieux représentés. En règle générale, il semble que l'on ait aimé choisir pour cimier des animaux que, pour une raison ou pour une autre, on répugnait à faire entrer dans l'écu. Par exemple les animaux jugés négatifs (le cygne, qui est le symbole de l'hypocrisie parce qu'il cache une chair noire sous un plumage blanc) ou diaboliques (le chat, le singe, le bouc, le renard, la chouette), ou bien les monstres et les créatures hybrides, rares dans les écus (dragon, griffon, licorne, sirène). On peut même observer que certaines familles dont le nom se prêterait facilement à l'emploi d'une figure héraldique parlante refusent d'introduire celle-ci dans l'écu lorsqu'il s'agit d'un animal dont la signification est péjorative, mais qu'en revanche elles n'hésitent pas à la placer en cimier. Ainsi la grande famille souabe des Katzenellenbogen, qui porte dans son écu un simple léopard, mais qui adopte un véritable chat (*Katze*) comme cimier[48].

Ce dernier, contrairement à l'écu, autorise en outre des jeux graphiques et plastiques de toutes sortes, par lesquels les créatures chimériques, les éléments fantastiques et les scènes de fantaisie s'associent dans des compositions dont la raison d'être est d'abord la transgression, qu'elle soit ludique ou diabolique. De fait, c'est avec l'animalité que la figure-cimier noue les rapports les plus fréquents. Elle joue alors pleinement un rôle de masque, devient un second visage ou, mieux, un « faux visage », comme dit très justement la langue française du XIVe siècle, le cimier ayant à voir avec la dissimulation et l'illusion. L'animal représenté semble figé dans une expression convulsive, exprimant la colère ou l'extase ; de plus, il est souvent terrifiant car il a pour fonction première d'effrayer l'adversaire. À la joute et au tournoi, le casque avec cimier – et il faut souligner ici encore l'indissociabilité du casque et du cimier – remplit en effet, comme le masque, un rôle à la fois défensif et offensif. D'un côté, il s'agit de se cacher, de se protéger (à la fois physiquement et de façon surnaturelle), de voir sans être vu, position essentielle dans toutes les traditions mythologiques et dans la plupart des rituels médiévaux d'initiation. De l'autre, il s'agit de se grandir, de se rendre agressif et terrifiant, comme l'animal dans le corps ou dans la tête duquel le combattant est entré. Il s'identifie avec lui. Il est cet animal.

Le cimier apparaît ainsi comme un déguisement ambivalent. Lié au regard, il dissimule en même temps qu'il proclame. Comme le masque, il permet momentanément de devenir autre, de cacher ses faiblesses, de se doter de pouvoirs nouveaux, voire de devenir invulnérable. Sa stricte fonction dénotative – identifier son possesseur au sein de la mêlée, ainsi qu'éventuellement le groupe auquel il appartient – semble peu de chose en comparaison des multiples fonctions symboliques qu'il remplit dans l'engagement du combat (ludique ou réel). Il est beaucoup plus qu'un simple signe de reconnaissance : il est l'expression d'une seconde nature, qui participe non seulement de la fête, du jeu et de la guerre, mais aussi de la mort et de l'au-delà. Par là même, il met celui qui le porte en relation avec ses ancêtres, véritables ou supposés, et avec l'ensemble de sa parenté. De masque, il devient « totem ».

La mythologie de la parenté

Le cimier entretient en effet des rapports avec la parenté, et plus spécialement avec la parenté large. Dans la panoplie héraldique de l'aristocratie médiévale, il représente même l'élément qui exprime le plus fortement certaines tendances « totémiques » (je prends évidemment ce terme dans un sens quelque peu galvaudé par rapport à l'usage qu'en font les anthropologues) issues de structures de parenté antérieures au XIIe siècle – et donc antérieures à l'apparition des armoiries et au système héraldique –, voire antérieures à l'an mille.

Il faut cependant faire ici des distinctions chronologiques, géographiques et sociales. Les premiers cimiers héraldiques semblent avoir d'abord été des emblèmes individuels, des masques de circonstance utilisés par les tournoyeurs pour se cacher et s'investir de différents pouvoirs, à la fois physiques, émotionnels et surnaturels. Mais, d'individuels à l'origine, beaucoup de ces cimiers sont devenus familiaux. Cette mutation s'est faite plus ou moins rapidement selon les pays et les régions. C'est dans les terres d'Empire qu'elle a été la plus précoce, sinon la plus complète : dès le milieu du XIIIe siècle, la plupart des cimiers allemands sont liés à la famille, et apporter une modification au cimier familial est un moyen de « briser », c'est-à-dire de distinguer l'individu au sein de son groupe familial[49]. Au contraire, dans les pays d'héraldique plus ancienne (France, Angleterre, Écosse), le cimier, dont l'emploi est moins fréquent et plus tardif que dans les pays germaniques, paraît rester assez longtemps un emblème individuel, changeant au gré des tournois, des humeurs et des circonstances. Il faut attendre le début du XIVe siècle pour qu'émergent un peu partout des cimiers familiaux, à l'image de ceux qu'on rencontrait en Allemagne, en Suisse et en Autriche. Toutefois, ce n'est guère la parenté étroite, c'est-à-dire la branche familiale, qui se lit dans ce cimier, mais bien la parenté large, horizontale, clanique ou mythologique. Du moins pour ce qui concerne les familles de dynastes et les couches supérieures de l'aristocratie. Alors que l'écu armorié, avec son système complexe de brisures et de surbrisures, appartient à la famille étroite et s'efforce de situer l'individu au sein de celle-ci, en le positionnant par rapport à ses frères, à son père, à ses oncles ou à ses cousins, le cimier est au contraire commun à tous les descendants d'un ancêtre ayant vécu deux, trois, voire quatre siècles en amont. Au XIVe siècle, par exemple, tous les Capétiens issus de Robert le Pieux († 1032), quelles que soient les figures et les couleurs prenant place dans leur écu, utilisent comme cimier une fleur de lis carrée. C'est un emblème de clan, qui suppose et traduit une conscience très fine des structures de parenté et des réseaux généalogiques. Et ce sont évidemment les branches les plus modestes et les plus éloignées de la branche aînée qui sont le plus attachées à ce cimier « clanique »[50].

Dans les familles nobles, ce sont de fait souvent les petits personnages (cadets de branches cadettes, bâtards) qui sont le plus attachés au cimier de leur famille et qui ont le moins recours aux cimiers individuels. Préférence qui permet de compenser la modestie d'un rang par une emblématique parfois prestigieuse. L'exemple le plus patent en est peut-être celui du cimier au cygne, choisi et porté aux XIVe et XVe siècles par plusieurs centaines de personnages, petits et grands, possessionnés aux quatre coins de l'Europe chrétienne mais se rattachant tous, d'une manière ou d'une autre, à un lignage prestigieux : celui des comtes de Boulogne. Tous ces personnages, par le choix d'un cimier au cygne, « jouent » à descendre du légendaire chevalier au cygne, c'est-à-dire du grand-père supposé de Godefroi de Bouillon, mort aux environs de l'an mille[51]. Tournois, fêtes, cérémonies et tous rituels où l'emblématique se donne à voir leur permettent de se réincarner momentanément dans l'ancêtre « totémique », ou en tout cas d'en rappeler l'identité et les exploits. Mais si l'on y regarde de près, cela est beaucoup plus qu'un jeu. C'est une affirmation de la parenté qui s'appuie sur une conscience lignagère extrême, car tous ces personnages – comme l'ont autrefois montré les travaux d'Anthony Richard Wagner[52] –, bien qu'ils appartiennent à des maisons différentes (Clèves, Auvergne, Bohun, Dorchester, etc.), se rattachent réellement tous à la prestigieuse maison de Boulogne, et descendent bien tous d'un ancêtre ou d'un parent de Godefroi de Bouillon. Le cimier remplit ici pleinement sa fonction de totem. Il constitue la mémoire première d'un clan qui, quatre ou cinq siècles après la mort d'un ancêtre illustre, cherche encore à se reconnaître et se rassembler, ne serait-ce que le temps d'un tournoi ou d'un rituel chevaleresque, autour d'un emblème commun, formant comme une catalyse des traditions lignagères et organisant toute la mythologie de la parenté.

Ce cas n'est pas unique. On en devine plusieurs autres, notamment dans les maisons prestigieuses. Ainsi chez les Luxembourg où, à la fin du Moyen Âge, toutes les branches, y compris et surtout les branches bâtardes (Saint-Pol, Ligny), portent pour cimier un dragon ailé placé dans un cuvier, c'est-à-dire l'image même de la fée Mélusine (*fig. 28*). Jusqu'à une date récente, rien ne semblait pouvoir établir un lien généalogique solide entre cette maison comtale puis ducale de Luxembourg et celle des seigneurs poitevins de Lusignan, étroitement associés au nom de la fée Mélusine. Mais Jean-Claude Loutsch est parvenu à démontrer que ce lien existait et qu'il se situait bien avant l'apparition des premières armoiries : ici encore, le cimier commun, porté aux XIVe et XVe siècles et par les Lusignan et par les Luxembourg, avait transmis des deux côtés le souvenir d'un ancêtre commun vivant avant ou autour de l'an mille[53].

De tels faits ne doivent pas surprendre. En Europe occidentale, l'éclatement de la famille large de type carolingien se produit entre le XIe et le XIIIe siècle et constitue surtout un phénomène juridique et économique. Dans les mentalités, dans l'imaginaire, cette famille large a survécu plus longtemps, au moins jusqu'au XVe siècle[54]. Le cimier est là pour le rappeler. Son rôle de *memoria*, de « lieu de mémoire », se rapproche ici de celui qu'il remplit en Europe orientale, spécialement en Pologne, où jusqu'en plein XVIIIe siècle le cimier est et reste d'abord un emblème de clan, commun à de multiples familles. Il y est souvent le seul témoignage d'un lien de parenté très ancien et parfois oublié ; il donne son nom au clan et organise tous les réseaux généalogiques et anthroponymiques dépendant de celui-ci : on est de tel ou tel clan et on en porte et le nom et le cimier[55].

Certes, les structures sociales des royaumes d'Occident sont différentes de ce qu'elles sont en Pologne ; mais l'exemple polonais, auquel on pourrait adjoindre l'exemple hongrois, aide à comprendre comment peuvent être choisis, utilisés et même « vécus » certains cimiers nobles. Le cimier médiéval est l'emblème où s'investissent et se cristallisent tous les récits liés à l'histoire de la famille. Il crée les légendes héraldiques, dont certaines – comme celle des armes des Visconti – prennent quelquefois une ampleur considérable. Ce faisant, il est prétexte à discours, souligne la cohésion et l'ancienneté du groupe et peut même faire l'objet d'une sorte de culte. En ce sens, il ne me paraît pas trop abusif de le qualifier de « totémique », même si d'un strict point de vue anthropologique on n'y trouve rien de ce qui se rattache aux interdits ou aux rituels du totem tels qu'ils sont pratiqués par certaines sociétés non européennes.

Des armoiries aux drapeaux

Genèse médiévale des emblèmes nationaux

Les bannières médiévales et les drapeaux modernes font-ils peur aux historiens ? Il est permis de le croire tant sont rares les études qui leur sont consacrées. Pour les bannières, ces lacunes historiographiques peuvent à la rigueur se comprendre, non seulement en raison de la rareté de la documentation et de la complexité des problèmes, mais aussi en raison du mépris dans lequel les médiévistes ont longtemps tenu les armoiries et les différents emblèmes qui leur étaient apparentés. Discipline jugée peu sérieuse, l'héraldique a longtemps été abandonnée aux érudits locaux, aux généalogistes et à la petite histoire ; or étudier les bannières féodales sans toucher à l'héraldique est évidemment un exercice impossible. Mais pour ce qui concerne les drapeaux modernes et contemporains, ce silence des historiens est difficilement compréhensible. Pourquoi les drapeaux ont-ils suscité si peu de curiosité scientifique ? Pourquoi leur étude reste-t-elle, aujourd'hui encore, soigneusement évitée, sinon réprouvée[1] ?

À ces questions, une seule réponse : parce que le drapeau fait peur aux chercheurs. Du moins en Europe occidentale. Il fait peur parce que sa pratique est si fortement et si excessivement ancrée dans le monde contemporain qu'il est presque impossible de prendre le recul nécessaire pour tenter d'en analyser la genèse, l'histoire et le fonctionnement. Il fait peur, surtout, parce que l'attachement que certains lui portent peut aujourd'hui encore donner lieu à tous les usages détournés, à toutes les passions excessives, à toutes les dérives idéologiques. L'actualité politique et militaire nous le rappelle presque tous les jours. Mieux vaut donc, semble-t-il, parler du drapeau le moins possible.

Un objet d'histoire sous-étudié

De fait, en France et dans les pays voisins, au sein des sciences humaines, on en parle peu. Je ne suis du reste pas certain qu'il faille uniquement le déplorer. Historiographiquement, en effet, il existe un lien patent entre les régimes et les époques totalitaires et les travaux des érudits ou des politologues portant sur la symbolique de l'État ou de l'identité nationale. Le désintérêt longtemps montré pour ces questions par les démocraties européennes depuis la dernière guerre, voire plus en amont[2], ne me paraît donc pas complètement regrettable. Inversement, et pour les mêmes raisons, je ne suis pas sûr qu'il faille seulement se réjouir du regain d'intérêt manifesté pour ces questions par nos gouvernants et par quelques chercheurs depuis une ou deux décennies. Cela n'est ni neutre, ni innocent, ni accidentel. La recherche est toujours fille de son temps.

Quoi qu'il en soit, les drapeaux proprement dits n'ont pas encore suscité un tel regain d'intérêt et cette situation explique pourquoi la dicipline dont ils font l'objet, la vexillologie, n'a nulle part trouvé de statut scientifique. Partout elle semble abandonnée aux amateurs de *militaria* et aux collectionneurs d'insignes. Ceux-ci leur consacrent un certain nombre de monographies, de périodiques et de répertoires, mais leurs publications ne sont le plus souvent guère utilisables par les historiens : informations lacunaires et contradictoires, manque de rigueur, érudition souvent naïve, absence, surtout, d'une véritable problématique qui envisagerait le drapeau comme un fait de société à part entière[3]. La vexillologie n'est pas encore une science. En outre, elle n'a pas su ou pas voulu profiter des mutations récentes de la plupart des autres sciences sociales ni de leurs liens avec la linguistique ; l'apport de la sémiologie, par exemple, lui est presque totalement inconnu, ce qui paraît pour le moins étonnant de la part d'une discipline qui a pour objet d'étude un système de signes. De ce fait, la vexillologie a été incapable de renouveler ses enquêtes et ses méthodes, comme a su le faire l'héraldique. Au reste, à l'heure actuelle, il n'existe pratiquement aucun pont entre les deux disciplines, les héraldistes ayant tendance – ce en quoi ils ont tort – à mépriser la vexillologie et contribuant par là même à la laisser dans son état de latence.

Les drapeaux et leurs ancêtres – bannières (*fig. 7 et 8*), enseignes, gonfanons, étendards, etc.[4] – constituent pourtant de riches documents d'histoire politique et culturelle. À la fois images emblématiques et objets symboliques, ils sont soumis à des règles d'encodage contraignantes et à des rituels spécifiques qui, progressivement, les ont placés au cœur de la liturgie étatique et nationale. Mais ils ne sont pas de toutes les époques ni de toutes les cultures. Même en se limitant aux sociétés européennes, envisagées dans la longue durée, un faisceau de questions se pose. Depuis quand, par exemple, des groupes d'hommes s'emblématisent-ils prioritairement par l'étoffe, par la couleur et par la géométrie ? Depuis quand, pour ce faire, installent-ils des morceaux de tissu au sommet d'une hampe ? Où, quand et comment ces pratiques, au début plus ou moins empiriques et circonstancielles, se sont-elles transformées en codes à part entière ? Quelles formes, quelles figures, quelles couleurs ont été sollicitées pour organiser ces codes et pour en assurer un solide contrôle ? Et, surtout, quand et comment est-on passé d'étoffes véritables, flottant au vent et faites pour être vues de loin, à des images non textiles exprimant le même message emblématique ou politique, mais pouvant prendre place sur des supports de toutes matières et dont beaucoup sont même conçus pour être vus de près ? Évolution capitale que la langue allemande, contrairement à la française, met en valeur en utilisant deux mots différents : *Flagge* (drapeau réellement textile) et *Fahne* (drapeau ou image du drapeau, quelle que soit sa matérialité[5]).

Quelles mutations – sémiologiques, sémantiques, sociales, idéologiques – a entraînées cette transformation du drapeau-objet en drapeau-image ? Puis, par rapport au sujet qui nous occupe plus directement, depuis quand, dans une entité politique donnée, l'une de ces étoffes, d'abord, l'une de ces images, ensuite, ont-elles été choisies pour symboliser le pouvoir, en premier lieu celui du seigneur ou du baron, puis celui du prince ou du roi, enfin celui du gouvernement et de l'État, voire de la Nation ? Quelles couleurs ou combinaisons de couleurs, quelles figures ou associations de figures a-t-on choisi pour ce faire ? Qu'a-t-on voulu signifier ? Au reste, qui a choisi ? dans quel contexte ? selon quelles modalités ? Et ce choix fait, quelles en ont été la durée, la diffusion, l'évolution ? Toute bannière, tout drapeau a une histoire, et cette histoire est rarement une histoire immobile. Enfin, aujourd'hui même, qui porte ou regarde un drapeau ? Qui connaît ou reconnaît celui de sa région ou de son pays, ceux des pays voisins, ceux des pays lointains ? Qui sait les décrire, les représenter, passer de l'objet à l'image et de l'image au symbole ?

Autant de questions, parmi d'autres, qui non seulement attendent encore leurs réponses mais qui n'ont même jamais été posées.

De l'objet à l'image

Pour tenter d'y répondre, ou du moins à certaines d'entre elles, la première tâche de l'historien serait d'étudier les drapeaux anciens. Mais chercher à connaître et à étudier les drapeaux des siècles passés est un exercice plus difficile qu'il n'y paraît, surtout pour la période antérieure au XVIe siècle. Peu de drapeaux ou fragments de drapeaux nous ont été conservés dans leur matérialité textile. Ce sont pour la plupart des reliques ou des trophées, enfermés dans des sanctuaires ou des musées et soumis à toutes les liturgies du trésor et de l'ostension. Certes, cette conservation à travers les siècles a en elle-même valeur de rituel ; mais elle infléchit les problèmes, car le drapeau conservé est soit un drapeau d'apparat ayant peu servi (et donc doté d'une charge symbolique modeste), soit un drapeau pris à l'ennemi (et donc pourvu d'une charge symbolique tellement forte qu'elle pervertit les problèmes strictement documentaires). Toutefois, il faut souligner que ces drapeaux symboles pris à l'ennemi ont parfois joué un rôle important dans les faits d'acculturation vexillaire. Citons pour exemple les étendards musulmans pris par les armées espagnoles de la Reconquête et exposés dans la cathédrale de Tolède ou dans le monastère de Las Huelgas, à Burgos : au fil des siècles, ils ont fini par influencer le décor et l'encodage de certains drapeaux espagnols eux-mêmes, voire par servir de propres drapeaux aux armées chrétiennes d'Espagne (ce rituel d'inversion débouchant, comme toujours, sur une symbolique se trangressant elle-même : plusieurs de ces drapeaux pris à l'Islam aux XIIe et XIIIe siècles se trouvèrent physiquement présents à la bataille de Lépante, en 1571, sur des navires chrétiens).

Si les drapeaux matériellement conservés ne sont pas nombreux, les images représentant des drapeaux sont, quant à elles, innombrables. Mais elles livrent des informations imprécises ou contradictoires et, lorsqu'il y a possibilité de comparer un témoignage iconographique et un témoignage archéologique, on s'aperçoit que l'écart entre le drapeau physique et le drapeau représenté peut être considérable. Comme toujours, l'image donne de la réalité une version qui lui est propre. Cela est particulièrement vrai lorsque le drapeau figuré représente un drapeau lointain (dans l'espace ou dans le temps) ou méconnu. Compilateurs, auteurs et dessinateurs européens n'hésitent jamais à simplifier (quand ils manquent de place), à inventer (quand l'information leur fait défaut), à retrancher certains éléments, à en ajouter d'autres, à uniformiser la représentation autour d'un seul code – le blason le plus souvent –, ce qui les conduit à attribuer à telle Nation, tel pays, tel État ou telle cité, non pas le drapeau qui est le sien, mais le drapeau qu'il devrait avoir selon la logique et les impératifs du document ou du répertoire qu'ils sont en train d'élaborer. Les exemples en sont nombreux dans les recensements des « pavillons du monde entier » (*vexilla orbis terrarum*) compilés en Europe occidentale du XVe au XVIIIe siècle. Lorsqu'un renseignement manque, pour l'Afrique ou pour l'Asie par exemple, ces compilateurs n'hésitent pas à inventer. La façon dont ils le font constitue du reste en elle-même un témoignage d'histoire culturelle important.

Au Moyen Âge et au début de l'époque moderne, les documents figurés qui nous font connaître des bannières, des pavillons et des drapeaux ont souvent à voir avec la guerre, et plus souvent encore avec la mer : portulans, cartes de géographie, globes, guides de commerce et de voyage, armoriaux (*fig. 7 et 8*), livres protocolaires. Autour de la Méditerranée, par exemple, ces documents mettent en scène la Chrétienté et les pays d'Islam ; or les transformations et les réinterprétations que les auteurs occidentaux font subir aux « drapeaux » musulmans sont pleinement caractéristiques des difficultés qu'ils éprouvent pour comprendre, accepter et représenter les emblèmes et les symboles d'une culture qui n'est pas la leur. Tout, ici, subit une forte occidentalisation : les inscriptions coraniques, éléments essentiels de la vexillologie musulmane, sont supprimées ou translittérées (!) ; les périmètres sont réduits à deux, soit l'écu, soit, surtout, le rectangle[6] ; les figures étrangères au répertoire emblématique européen sont remplacées par de strictes figures héraldiques ; enfin les couleurs religieuses ou dynastiques de l'Islam sont redistribuées selon les règles contraignantes du blason européen. C'est ainsi que le vert ne peut plus toucher ni le noir ni le rouge, mais doit en être impérativement séparé par du blanc ou par du jaune[7]. C'est cette taxinomie héraldique des couleurs, évidemment inconnue des pratiques vexillaires de l'Islam, comme du reste des autres cultures, que l'Europe va progressivement imposer aux drapeaux du monde entier. Aujourd'hui, en 2004, sur 214 drapeaux d'États indépendants que j'ai pu recenser et étudier, 187, soit plus de 80 %, respectent la règle d'emploi des couleurs héraldiques, règle née quelque part entre Loire et Rhin, sur un champ de tournoi, dans la première moitié du XIIe siècle[8].

Une histoire longue

L'héraldique se situe en effet aux origines des différents codes et des différentes formules qui ont contribué à la genèse des drapeaux. Cette dernière a été longue et, pour tenter d'en cerner tous les aspects, les rythmes et les enjeux, l'historien a besoin de l'aide d'autres disciplines : histoire diplomatique, histoire des institutions, archéologie, numismatique, sigillographie, entre autres. Il doit en outre s'efforcer de poser une définition claire de l'État et – exercice malaisé – articuler celle-ci dans l'espace et dans le temps. La distinction entre État et Nation apparaît ici comme essentielle, mais elle diffère d'un pays à l'autre, voire d'une époque à l'autre. En outre – et c'est là un point fondamental –, dans certains pays la naissance de l'État a précédé celle de la Nation (c'est le cas de la France et du Royaume-Uni) et dans d'autres ce fut le contraire (cas de la Suisse, de l'Allemagne et de l'Italie)[9]. Dans le premier cas – l'État précédant la Nation – les vieux symboles ethniques (coq gaulois, trèfle irlandais, croix basque, etc.) n'ont jamais réussi à se transformer en figures étatiques officielles, alors que d'anciens emblèmes dynastiques, devenus monarchiques, ont fini par jouer le rôle de symboles nationaux. Dans les pays où la Nation a précédé l'État, ce sont souvent d'anciennes figures ou d'anciennes couleurs héraldiques, liées à une dynastie, qui, pour des raisons essentiellement politiques, ont joué un rôle fédérateur et fini par se transformer en symbole national.

Dans la longue durée, c'est-à-dire ici du Xe au XXe siècle, il apparaît bien que le processus le plus général en Europe soit schématiquement le suivant : transformation d'un emblème féodal ou familial en un emblème dynastique ; puis, selon les cas, passage du dynastique au monarchique, du monarchique au gouvernemental et du gouvernemental à l'étatique (lorsque l'État précède la Nation) ; ou bien passage du dynastique au politique, du politique au national et du national à l'étatique ou au gouvernemental (lorsque la Nation précède l'État). Il serait souhaitable que des travaux à venir tentent de compléter ou de nuancer ce schéma général, en examinant, pays par pays, comment se sont exprimées au fil des siècles les relations entre les emblèmes d'une famille, l'affirmation d'un État et l'identité d'une Nation. Mais ce sont là des problèmes extrêmement complexes, mettant en exergue de nombreux particularismes et se prêtant difficilement à la synthèse.

Ce qui semble solidement assuré, en revanche, c'est le rôle moteur joué par les armoiries dans ces phénomènes de longue durée. Pour l'historien, elles constituent le fil conducteur le plus solide pour traverser les siècles et les régimes. Prenons un cas simple, celui de la Bavière. Le célèbre écu *fuselé en bande d'argent et d'azur*, qui dans le monde entier est l'image même de la Bavière, ne constitue pas les armoiries primitives des Wittelsbach. Ce sont les armoiries des comtes de Bogen, transmises par héritage aux Wittelsbach au plus tard en 1242-1243[10]. Adopté comme emblème héraldique et dynastique par ces derniers, le *fuselé en bande d'argent et d'azur* devient progressivement, à partir du milieu du XIIIe siècle, l'emblème du duché de Bavière et de l'administration ducale bavaroise ; il le reste à la fin du Moyen Âge et tout au long de l'époque moderne. Puis lorsque, quelques siècles plus tard, en 1805, le duché est élevé au rang de royaume, le fuselé prend tout naturellement place dans les armoiries de la nouvelle monarchie. Enfin, quelques décennies plus tard, en 1871, à l'heure de l'unité allemande, ce même fuselé, parfois réduit à la seule combinaison de couleurs blanc et bleu (*argent* et *azur* en termes de blason), se transforme en symbole national fortement militant, antiprussien, séparatiste, catholique et germano-méridional[11]. Ce qu'il est plus ou moins resté dans l'Allemagne contemporaine. Il n'y a plus de monarchie bavaroise depuis 1918, la dynastie des Wittelsbach s'est plus ou moins atomisée et ne règne plus sur la Bavière, mais il reste un Land et surtout une Nation bavaroise, dont le très vieux *fuselé en bande d'argent et d'azur* demeure tout ensemble l'emblème fédérateur et le symbole souverain.

Figures et couleurs héraldiques se trouvent au cœur de ces évolutions de longue durée. Ce sont elles qui assurent la continuité, l'histoire et la mythologie des emblèmes et des symboles. Ce sont elles qui finissent par « faire » les États et les Nations. Prenons comme deuxième exemple celui de la Bretagne et des célèbres mouchetures d'hermine qui prennent place dans son écu et sur sa bannière.

L'exemple breton

Au Moyen Âge l'hermine héraldique n'a rien de spécifiquement breton. Elle se rencontre dans des armoiries provenant de toute l'Europe et, dans plusieurs régions (Flandre, Artois, Normandie, Écosse), son indice de fréquence est bien supérieur à ce qu'il est en Bretagne, où du reste elle n'apparaît qu'assez tard : très exactement à la fin de l'année 1213, lorsque Pierre Mauclerc, « fiancé » à l'héritière du duché, Alix de Thouars, fait son entrée à Rennes. À cette date, Pierre porte déjà des armoiries, probablement depuis 1209, date de son adoubement à Compiègne : on peut les voir sur une empreinte de sceau appendue à un acte daté de janvier 1212, mais dont la matrice est certainement antérieure de deux ou trois ans. Ses armes sont constituées d'un écu échiqueté brisé d'un franc-quartier d'hermine[12] ; composition armoriale tout à fait cohérente puisque Pierre est le fils puîné du comte Robert II de Dreux. Dans les armes de sa famille, *échiqueté d'or et d'azur*, il introduit un type de brisure parfois adopté au XIIIe siècle par les cadets des grandes maisons nobles : un franc-quartier d'hermine. Dans cet emploi, le franc-quartier d'hermine – qui n'a absolument rien de breton – se rencontre un peu partout dans la France du Nord, aux Pays-Bas, en Angleterre et en Écosse[13].

La date du premier sceau armorié de Pierre Mauclerc est importante car elle souligne qu'en janvier 1212, alors qu'il n'est encore nullement question de son mariage avec Alix de Bretagne, Pierre porte déjà un écu échiqueté brisé d'un franc-quartier d'hermine. Cela coupe court à toutes les élucubrations de certains érudits bretons qui ont desespérément – et parfois malhonnêtement – voulu prouver que les hermines étaient nées en Bretagne, qu'elles faisaient déjà partie de l'emblématique du duché avant les fiançailles de 1213, et que ce fut Alix qui les avait transmises à Pierre, et non l'inverse[14]. Quelques historiens, ou prétendus tels, ont même mis en avant une proto-héraldique bretonne riche en hermines, ou bien sollicité une ancienne princesse celte nommée Hermione (!), ou encore fait de l'écu tardif *d'hermine plain* les armes « historiques » du légendaire roi Arthur[15]. Rien de tout cela ne résiste à l'analyse des faits et des documents, comme l'avait déjà montré en 1707 le grand érudit Dom Lobineau, qui insistait sur l'absence d'hermine en Bretagne avant l'arrivée de Pierre Mauclerc[16]. Mais les idées fausses ont la vie dure, et la théorie nationaliste des origines bretonnes de l'hermine a aujourd'hui encore, en Bretagne, de chauds et bavards partisans.

Les armoiries de Pierre Mauclerc restèrent celles des ducs de Bretagne jusqu'à Jean III, soit pendant plus d'un siècle. Puis, en 1316, au début de son règne, ce dernier duc, devenu un puissant personnage et non plus le représentant d'une branche cadette de la maison de Dreux, changea d'armoiries et transforma l'écu *échiqueté d'or et d'azur au franc-quartier d'hermine* en un écu *d'hermine plain.* J'ai tenté ailleurs d'analyser les différentes raisons ayant pu motiver ce changement[17]. Elles sont diverses ; mais la principale me semble être la volonté du duc de Bretagne de ne plus porter des armoiries brisées, soulignant de manière trop patente que la maison ducale de Bretagne n'était à l'origine qu'une branche cadette de la maison comtale de Dreux (alors en plein déclin).

Ce changement d'armoiries fut un véritable coup de génie politique et symbolique. En adoptant un écu *d'hermine plain*, c'est-à-dire en prenant la partie pour le tout, suivant une pratique chère à la symbolique médiévale, le duc de Bretagne faisait non seulement disparaître toute idée de brisure dans ses armes, mais il possédait désormais, comme le roi de France, un écu semé, c'est-à-dire un écu constitué de la structure de surface la plus valorisante pour les systèmes de représentation médiévaux. Cette structure, faite d'un champ parsemé à intervalles réguliers de petites figures identiques (étoiles, roses, besants, fleurs de lis, etc.) renvoie toujours à l'idée de pouvoir et parfois à celle de sacré[18]. Comme le champ *d'azur semé de fleurs de lis d'or* des rois de France, ce nouveau champ *d'argent semé de mouchetures d'hermine de sable* évoque un décor cosmique et fait du duc, non plus tant le vassal du roi, que le représentant de Dieu dans le duché de Bretagne. En outre, cela permet au duc et à ses successeurs de profiter pleinement de la récente et continuelle valorisation de la fourrure hermine dans le vêtement et dans le paraître. À la fin du Moyen Âge, en effet, l'hermine, contrairement au vair, prend de la valeur, non seulement sur le plan économique mais aussi et surtout sur le plan symbolique : elle est de plus en plus fréquemment associée à l'idée d'autorité, de justice et de souveraineté. Les ducs de Bretagne n'y sont pour rien, mais ils savent habilement entretenir la confusion entre leur hermine héraldique et cette hermine vestimentaire dorénavant liée, partout en Europe, à l'exercice du pouvoir souverain et au prestige de la *majestas*[19].

Quand l'emblème fait la Nation

Ce qui est remarquable dans les mouchetures d'hermine de la maison ducale de Bretagne, c'est la rapidité avec laquelle elles deviennent, dans le courant du XIVe siècle, un enjeu politique puis un emblème « national ». Cela semble se faire en deux temps. D'abord au moment de la guerre de succession de Bretagne (1341-1364). Le duc Jean III etait mort sans enfants et n'avait pas désigné d'héritier ; sa succession fut disputée pendant vingt-trois ans entre son demi-frère Jean de Montfort et sa nièce Jeanne de Penthièvre, mariée au neveu du roi de France, Charles de Blois. Alors qu'ils possédaient chacun des armoiries personnelles, les deux compétiteurs les abandonnèrent pour adopter, l'un et l'autre, un écu *d'hermine plain* et pour en multiplier la mise en scène. Ce conflit se situant au début de la guerre de Cent Ans et les deux compétiteurs étant soutenus, l'un par le roi d'Angleterre, et l'autre par le roi de France, l'écu *d'hermine plain* devint beaucoup plus qu'un emblème dynastique. Il devint l'image même d'une Nation bretonne en train de naître, notamment après le fameux « combat des Trente » (1351), au cours duquel trente chevaliers bretons conduits par Beaumanoir furent vainqueurs, sous la bannière aux mouchetures d'hermine, de trente chevaliers anglais, puis pendant le règne du duc Jean IV, en 1378, lorsque Charles V commit l'erreur de faire prononcer par le Parlement non seulement la déchéance du duc, allié des Anglais, mais aussi la confiscation de son duché au profit de la couronne. Les Bretons, même s'ils étaient pour la plupart francophiles et loyalistes vis-à-vis de la couronne de France, étaient fortement attachés à leur duché. Ils formèrent une ligue, se soulevèrent et la Bretagne entra de nouveau dans une période de guerre. Au cours de celle-ci, les hermines furent mises plusieurs fois en avant par les États de Bretagne et par les chroniqueurs pour incarner, non pas le duc, ni même le duché, mais bien la Nation bretonne[20].

Dès lors les armoiries et la bannière *d'hermine plain* devinrent au fil des siècles et des décennies un authentique symbole national. On les vit pleinement jouer ce rôle – unique pendant longtemps à l'intérieur du royaume de France – au moment de l'union (en plusieurs phases) du duché à la couronne de France ; ainsi lors des deux mariages d'Anne de Bretagne avec les rois Charles VIII et Louis XII, puis lors de l'union définitive ratifiée par les États de Vannes en 1532. On les vit encore sur le devant de la scène lorsque, à différentes reprises, la Bretagne, ses États, son Parlement, sa population se soulevèrent contre le pouvoir central et l'autorité royale : d'abord pendant les guerres de la Ligue à la fin du XVIe siècle ; puis au moment de la « Révolte du papier timbré », en 1675, lorsque de nouvelles et injustes mesures fiscales entraînèrent un soulèvement populaire cruellement réprimé ; enfin tout au long du XVIIIe siècle, lorsque les États et le Parlement de Bretagne formèrent dans le royaume un des noyaux d'opposition les plus actifs au pouvoir absolu et centralisateur de la monarchie française. À la fin du règne de Louis XV, l'affaire La Chalotais et le soulèvement du Parlement mirent même un moment en péril la monarchie et provoquèrent une violente réaction absolutiste.

Au cours de ces luttes, revendications et oppositions « nationales » à un pouvoir trop centralisateur, les mouchetures d'hermine furent au premier rang des combats et des soulèvements. Alors qu'il n'y avait plus depuis longtemps de maison ducale de Bretagne, elles incarnaient pleinement la Nation bretonne, jalouse de ses privilèges et fière de son histoire[21]. La chute de la monarchie ne mit pas fin à ce militantisme nationaliste des hermines. Au contraire, les soulèvements contre-révolutionnaires, la chouannerie, le renouveau des études et des curiosités celtisantes, puis, plus récemment, différentes associations régionalistes et plusieurs mouvements autonomistes ont continué de s'emblématiser dans les mouchetures d'hermine[22].

Leur longue histoire souligne bien comment un emblème est fédérateur, comment il peut cristalliser un sentiment national ou accélérer la formation d'une Nation ; notamment lorsque celle-ci est en état de rébellion ou de lutte ouverte contre un pouvoir en place, autoritaire, despotique ou centralisateur. L'histoire moderne et contemporaine est remplie d'exemples, non seulement européens (pays Baltes, pays d'Europe centrale et orientale) mais aussi américains, africains et asiatiques, montrant comment un emblème insurrectionnel, parfois choisi par un simple groupuscule révolutionnaire, peut contribuer à la naissance d'une Nation[23]. Ce qui est cependant remarquable dans le cas des hermines, c'est qu'il s'agit au départ d'une simple et banale brisure héraldique, c'est-à-dire d'une marque purement individuelle, celle de Pierre Mauclerc, cadet de la maison de Dreux. Mais cette marque est devenue familiale, puis dynastique et enfin nationale. Dans le monde entier, elle est aujourd'hui l'image de la Bretagne et des Bretons[24].

Un code européen à l'échelle planétaire

L'occidentalisation des images représentant les drapeaux est un phénomène qui n'est ni anecdotique ni épisodique. Il s'inscrit au contraire dans un processus de longue durée et de grande ampleur qui a vu au fil des siècles l'Europe réussir à imposer au reste du monde ses valeurs, ses pratiques et ses codes. Cela s'est fait de différentes manières, la plus récurrente étant la mise en forme puis la diffusion de répertoires vexillaires jouant dans la diplomatie et le commerce un rôle officiel et universel. Revenons autour de la Méditerranée et reprenons l'exemple des pays musulmans. Du XVIe siècle au début du XXe, tout au long de la domination ottomane, on peut observer que la plupart des cités, terres et pays d'Islam, à l'image de ce que faisaient les autorités turques elles-mêmes, ont constamment procédé à une autocorrection de leurs propres emblèmes et de leurs propres drapeaux selon les modèles fortement occidentalisés que leur en renvoyaient les Européens. Le phénomène s'est même poursuivi jusqu'à l'époque la plus contemporaine dans tous les États islamiques ayant accédé à l'indépendance : tous ont adopté une panoplie emblématique, des armoiries et des drapeaux construits sur les modèles ayant cours en Europe. Et ce qui est vrai de l'Islam l'est aussi des autres cultures : toujours et partout, l'acculturation a été à sens unique (s'agit-il alors encore d'*acculturation* ?), l'Europe imposant peu à peu à l'Afrique, à l'Asie, puis au monde entier, ses propres valeurs, ses propres formules et ses propres codes.

Cela s'est d'abord fait par le biais de la guerre, de la mer et du commerce ; puis par celui de la diplomatie. Cela a continué par le relais des publications et documents imprimés reproduisant des drapeaux et des pavillons : guides, cartes, encyclopédies, dictionnaires, travaux d'érudition, tous ont répandu puis officialisé le modèle européen. Enfin, cela continue aujourd'hui de se faire par le biais des grandes organisations internationales – pensons par exemple au caractère totalement occidental du protocole mondial, à l'ONU et ailleurs –, par le jeu des grandes compétitions sportives et par la médiatisation universelle qui les accompagne. Jeux olympiques, championnats du monde, coupes du monde sont devenus d'extraordinaires promoteurs de l'emblématique occidentale sous toutes ses formes, au détriment d'autres systèmes d'emblèmes utilisés depuis des siècles par d'autres cultures. Tout a été balayé par les formules de l'Occident. Même le Japon, qui en 1964 a organisé les Jeux olympiques à Tokyo, a renoncé en ce domaine à ses propres et ancestrales images emblématiques pour adopter des maillots, des couleurs, des fanions et des insignes « à l'occidentale ». Puis, les ayant adoptés, il a commencé à les commercialiser et, ce faisant, a contribué à en étendre l'usage à la planète entière. L'économique, l'idéologique et le culturel sont ici indissociables. Les sociétés multinationales américaines et japonaises ont récemment achevé par la guerre économique ce que la guerre religieuse et maritime avait commencé en Méditerranée à l'époque des croisades : la mondialisation des systèmes de signes européens.

À l'historien, de tels phénomènes posent une foule de questions : quelle est la zone d'extension et la période de fonctionnement d'une formule emblématique donnée ? Quels sont les pays, les États, les cultures, les régimes qui sont exportateurs d'emblèmes et ceux qui en sont consommateurs ? Où se situent les pôles, les carrefours, les « terrains vagues » de l'emblématique ? Dans la Chrétienté médiévale, Byzance est exportatrice d'emblèmes jusqu'au début du XIIe siècle, et c'est le Saint-Empire qui lui sert de redistributeur vers l'Europe occidentale. Par la suite, l'Angleterre, la France puis l'État bourguignon se substituent à Byzance. Au sud, la Sicile représente au plus haut degré une zone carrefour, véritable laboratoire emblématique au cœur de la Méditerranée où s'interpénètrent les systèmes byzantin, normand et musulman. À l'époque moderne, du XVIe au début du XVIIIe siècle, c'est surtout l'Espagne qui, forte de l'héritage bourguignon, assure en Europe et au Nouveau Monde le *leadership* emblématique. Enfin, à partir du XIXe siècle, les Anglo-Saxons prennent le relais et achèvent l'extension des codes européens sur tous les continents.

Ces faits d'acculturation vexillaire posent pleinement le problème de la couleur. Celle-ci est un phénomène étroitement culturel : les paramètres qui servent à la définir varient d'une société à l'autre, voire d'une époque à l'autre. Même en Occident, nos paramètres actuels (coloration, luminosité, saturation) ne se sont mis en place que lentement. Ailleurs, d'autres articulations (sec/humide, tendre/dur, mat/brillant, chaud/froid, etc.) peuvent être sollicitées pour définir et cerner la couleur. En outre, la perception même des couleurs, parce qu'elle met en jeu la mémoire et l'imagination, est, elle aussi, un phénomène culturel. Dès lors, comment se pose le problème des drapeaux ? Quelles influences ces différences exercent-elles sur leur élaboration, sur leur utilisation, sur leur réception ? Au XIIe siècle, par exemple, a-t-on la même perception ou la même conception d'un étendard rouge en terre d'Islam, à Byzance et dans le Saint-Empire romain germanique ? Non, assurément. Le rouge musulman n'est pas le rouge byzantin, et le rouge byzantin n'est pas le rouge allemand ou italien. De même, de nos jours, le vert du drapeau irlandais n'a emblématiquement ni symboliquement aucun rapport avec le vert des pays de la Ligue arabe ni avec celui des États d'Afrique occidentale, anciennes colonies françaises (Sénégal, Mali, Guinée, etc.). Cependant, la coloration de ces trois verts est aujourd'hui la même sur les drapeaux et les documents officiels, nationaux et internationaux. Comment cela est-il reçu, vécu, pensé et repensé par les uns et par les autres ?

Comment naissent les drapeaux

Comme tout signe, tout emblème, toute couleur, un drapeau n'existe jamais isolément ; il ne vit et ne prend son sens que pour autant qu'il est associé ou opposé à un autre drapeau. Par là même, il ne peut y avoir de pays sans drapeau : même si un pays refuse d'en adopter un, les autres pays se chargent de lui en attribuer un d'office ou de considérer que l'absence de drapeau équivaut à un drapeau. Sémiologiquement, en effet, l'absence d'emblème est un emblème. Toutefois, ces relations d'association, d'opposition ou de positionnement entre les différents drapeaux s'expriment par des choix qui sont d'ordre historique et culturel et pas seulement structural. Ils nécessitent une analyse qui se situe dans l'espace et dans le temps, l'emblématique ne se réduisant jamais à un pur système sémiologique, dégagé de toute épaisseur historique ou anthropologique. Cela semble particulièrement vrai pour ce qui concerne la genèse et la naissance des drapeaux.

Prenons un exemple qui nous conduit encore une fois sur les bords de la Méditerranée : celui du drapeau grec moderne[25]. Il émerge au début des soulèvements nationalistes anti-ottomans des années 1821-1823, puis il traverse la période révolutionnaire et est officiellement adopté en 1833, une fois conquise l'indépendance. D'abord formé d'une croix blanche posée sur un fond bleu (*d'azur à la croix d'argent*), il se transforme par la suite deux fois, avant d'aboutir à la composition que nous connaissons aujourd'hui : quatre fasces et une croix blanches sur un champ bleu. Les couleurs n'ont donc jamais changé depuis le début de la Révolution des années 1820. Pourquoi ces couleurs ? En Grèce, de nos jours, n'importe qui dans la rue expliquera que le bleu évoque la mer ou le ciel, et le blanc, la couleur des maisons, celle de la lumière ou bien celle du Christ. Ce sont évidemment là des interprétations peu historiques, forgées *a posteriori*, mais qui en elles-mêmes constituent des témoignages que l'on ne doit pas négliger. Tout drapeau se prête à discours et surlecture et crée de lui-même sa propre mythologie.

À l'opposé, une explication plus érudite, plus positiviste aussi, démontrerait simplement que ce bleu et ce blanc sont les couleurs héraldiques traditionnelles de la maison de Bavière et que le premier souverain de la Grèce moderne et indépendante, Otto Ier (1832-1862), était le fils cadet du roi de Bavière. Les couleurs héraldiques de la dynastie régnante seraient ainsi très banalement devenues celles du drapeau national, selon un processus que l'on rencontre dans maints pays d'Europe et dont il a été parlé plus haut : passage du familial au dynastique, du dynastique au monarchique, du monarchique à l'étatique et de l'étatique au national. Dans le cas de la Grèce et de la maison de Bavière, il demeure toutefois une difficulté : ce bleu et ce blanc ont été adoptés comme couleurs emblématiques par les insurgés grecs plusieurs années avant qu'on ne songe au jeune Otto de Bavière pour monter sur le trône du futur royaume. Il faut donc chercher ailleurs l'origine de ces couleurs, que le premier souverain de la Grèce moderne n'a sans doute fait que confirmer parce qu'elles correspondaient aux siennes propres. Pour ma part, j'expliquerais volontiers la composition du premier drapeau grec par une stratégie d'opposition au drapeau ottoman (un champ rouge frappé d'une étoile et d'un croissant blancs). La croix chrétienne répond au croissant musulman[26], et la couleur bleue, souvent dévalorisée par l'Islam ottoman, s'oppose à la couleur rouge. Le drapeau de la minorité se positionne ainsi par rapport à celui du pouvoir oppresseur : isolément, il perd de sa signification ; mais, opposé à l'autre, il fonctionne comme un contraire, devient un symbole dynamique et proclame ouvertement la rébellion.

Cette « valeur de positionnement » est à la fois structurale (croix/croissant, bleu/rouge) et culturelle, la croix et la couleur bleue ne pouvant être adoptées que par une minorité chrétienne. Pour les minorités musulmanes, ce sont là des emblèmes qu'il aurait été impossible de choisir : la croix est tabouée dans tous les pays d'Islam, et l'opposition bleu/rouge ne signifie à peu près rien dans la culture et la sensibilité musulmanes. Pour s'opposer au drapeau turc, ces minorités, lorsqu'elles se sont révoltées contre le pouvoir central (en Afrique du Nord par exemple), ont donc adopté d'autres figures (soleil, coupe, sabre) et d'autres couleurs (le vert, le noir). Ici aussi il s'agit d'une stratégie d'opposition, comme dans le cas de la Grèce, mais elle s'est exprimée et a été sémantisée par des systèmes de valeurs culturellement différents[27].

Prenons un dernier exemple, non méditerranéen mais appartenant lui aussi à l'Europe méridionale, le Portugal. Jusqu'en 1910, les armoiries et le drapeau portugais se construisent autour du bleu et du blanc, couleurs héraldiques des rois de Portugal depuis le XIIe siècle. Au début du XXe siècle éclate la révolution et se pose la question du drapeau du nouveau régime républicain. Quelles couleurs choisir ? Le bleu et le blanc, qui rappelleraient par trop la monarchie déchue, sont exclus. Le jaune l'est également, car il évoque de manière trop patente le puissant et peu aimé voisin espagnol. Restent donc en lice le vert, le rouge et le noir. En 1911, dans des circonstances mal élucidées et pour des motifs sur lesquels on glose encore, la jeune République portugaise adopte un drapeau parti vert et rouge. C'est aujourd'hui encore celui du Portugal, et c'est un des rares drapeaux européens qui enfreint la règle des couleurs héraldiques : le vert (*sinople*) et le rouge (*gueules*) se touchent, ce qui est strictement contraire aux règles du blason (le choix du noir, juxtaposé au vert ou au rouge, n'aurait du reste rien changé quant à la transgression de cette règle).

Après l'adoption de ce drapeau, par soustraction en quelque sorte puisque l'on a choisi les couleurs « qui restaient », différentes explications d'ordre historique ou symbolique ont été avancées pour en justifier le choix. Le vert, couleur prétendue de la marine portugaise, soulignerait le rôle de celle-ci dans le renversement de l'Ancien Régime (on avança même que le nouveau drapeau reprenait tel quel le pavillon parti vert et rouge du navire de guerre *Adamastor*, qui avait joué un rôle décisif dans le coup d'envoi de la révolution). Ou bien le vert serait la couleur de la liberté et le rouge proclamerait la façon dont elle a été conquise : par le sang. Banale et médiocre symbolique des couleurs, sollicitée après coup et qui évidemment n'explique rien. Certains vexillologues portugais l'ont senti et, plus récemment, ont proposé de voir dans le vert et le rouge une évocation des couleurs des croix des deux anciens ordres de chevalerie portugais, celui d'Avis et celui du Christ. Nous sommes là très loin des faits.

Aujourd'hui encore, nous ignorons pourquoi le drapeau

du Portugal associe ainsi du vert et du rouge, transgressant par là même les règles du blason. Mais ce cas est exemplaire de la façon dont beaucoup de drapeaux modernes et contemporains se sont élaborés dans la hâte et la confusion, parfois dans la clandestinité. Une fois officialisés, une fois sacralisés par un texte constitutionnel, ils deviennent immuables (ou presque) et il est difficile de retrouver les raisons qui ont présidé à leur élaboration. Ce qui ouvre la porte à toutes les hypothèses, à toutes les réinterprétations, à toutes les réappropriations. Un drapeau n'est jamais muet. Un drapeau n'est jamais neutre.

État ou Nation ?

Des exemples de ces difficultés pour retrouver le pourquoi des figures et des couleurs composant un drapeau abondent dans les pays d'Afrique, d'Asie ou d'Amérique du Sud ayant accédé à l'indépendance au cours des XIXe et XXe siècles. Le drapeau y a souvent émergé au cours de luttes armées contre un État occidental envahisseur ou colonisateur. À l'origine simple signe de ralliement d'un groupuscule insurrectionnel – mais, de ce fait, doté d'une charge idéologique très forte –, le drapeau devient peu à peu l'emblème officieux d'un mouvement plus vaste, puis, une fois la victoire assurée et l'indépendance acquise, le drapeau officiel du nouvel État. Dès lors, il ne se trouve plus grand monde pour se souvenir ou pour vouloir se souvenir du contexte, des motifs et des significations qui ont présidé au choix des couleurs et des figures composant ce drapeau. La paix revenue, les traités « d'aide et d'amitié » conclus avec l'ancien oppresseur, mieux vaut oublier ou occulter certains choix ou certaines idées par trop provocantes. Un État neuf se doit d'avoir un drapeau « propre », c'est-à-dire pacifique et non plus agressif, tourné vers l'avenir et non pas vers le passé. D'où un certain nombre de réajustements et, surtout, de réinterprétations. On ne change pas le drapeau, mais on réexplique les figures, on réinterprète les couleurs, on sollicite la symbolique la plus galvaudée concernant les idées de paix, de liberté, de fraternité, de prospérité, voire, plus banalement encore, la terre, le ciel, la mer, la forêt, etc. Et puis, au fil des décennies, on finit par y croire et par oublier les raisons et les enjeux originels de ce drapeau. La tâche de l'historien devient alors complexe.

Certes, ces processus d'oubli ou d'occultation ne concernent pas tous les drapeaux nés à l'époque contemporaine, mais ils sont représentatifs de toutes les difficultés que l'on rencontre lorsqu'on se penche sur l'emblématique politique. L'étude archéologique des signes et des symboles qui la composent se heurte soit au silence des documents, soit, plus fréquemment, au caractère multiforme et contradictoire des témoignages. Cela vaut pour les drapeaux nationaux comme pour les emblèmes des partis politiques. Chercher à savoir depuis quand tel parti use de tel emblème, qui l'a choisi, dans quel contexte, pour quels motifs, est un exercice presque toujours infructueux[28]. Cela n'empêche du reste pas ces signes et ces symboles de « fonctionner ». Au contraire, le voile qui recouvre leurs origines et les discours mythologiques ou symboliques qui les entourent leur assurent un meilleur fonctionnement. On rêve mieux quand on ne sait pas vraiment, et les signes sont plus efficaces lorsqu'ils sont dispensateur de rêves. C'est pourquoi on change rarement de drapeau.

Pour un pays, en effet, changer de drapeau est un acte symbolique très fort, et par là même très rare. Le cas récent de l'ancienne Haute-Volta, devenue en 1984 Burkina-Faso et ayant radicalement changé son drapeau, constitue une exception. Même les changements de régime ou d'idéologie ne s'accompagnent pas toujours d'une transformation du drapeau, ou du moins pas d'une transformation radicale. Prenons quelques exemples concernant le passage d'un régime monarchique à un régime républicain. En 1889, le

Brésil devenu républicain a non seulement conservé la couleur emblématique verte de l'ancienne maison impériale de Bragance (ce vert étant réinterprété depuis comme la couleur de la forêt amazonienne !), mais il a aussi continué de lui associer le globe impérial, simplement transformé en une sphère armillaire censée rappeler les premiers navigateurs portugais[29]. De même, en 1919, la République autrichienne n'hésita pas à reprendre pour drapeau la bannière héraldique rouge et blanche de l'ancien archiduché d'Autriche. Mais il y a mieux encore : en 1923, la toute nouvelle République turque, dont l'instauration constituait dans tous les domaines une rupture radicale avec un régime presque millénaire, conserva le drapeau rouge à étoile et croissant blancs de l'ancien Empire ottoman ; c'est aujourd'hui encore celui de la Turquie. Quant à la Pologne communiste, elle n'a éprouvé aucune gêne à reprendre les couleurs héraldiques de l'ancienne monarchie polonaise : le blanc et le rouge, devenus depuis longtemps couleurs nationales imprescriptibles. Car le drapeau ne représente pas seulement l'État ; il représente aussi la Nation.

Tout drapeau pose en effet le problème des rapports entre l'État et la Nation. Mais il est difficile de dire quelle est aujourd'hui celle de ces deux entités qu'il emblématise en priorité. On parle presque toujours de « drapeau national » mais ce sont des textes constitutionnels, émanant de l'État, qui le définissent et qui en régissent ou en contrôlent l'emploi. Le drapeau est un symbole officiel dont il n'est pas licite de faire n'importe quoi. Cependant, l'écart est souvent important entre les faits et le droit, et dans la pratique le drapeau est soumis à quantité de rituels qui n'ont rien d'officiel ni d'étatique. L'État voudrait avoir le monopole du drapeau, mais cela reste une utopie, du moins dans les pays démocratiques. Car le drapeau appartient aussi et surtout à la Nation. Dans n'importe quelle compétition sportive, par exemple, tout supporter de l'équipe nationale se sent légitimement le droit d'agiter le drapeau de son pays, quitte à l'abandonner, voire à le piétiner, une fois venue la défaite. Tous les rituels sportifs, festifs, commémoratifs, politiques, idéologiques, transgressifs qui mettent en scène des drapeaux nationaux mériteraient d'être étudiés dans le détail. Le drapeau d'un pays ne se déploie pas seulement pour la fête nationale, pour les cérémonies militaires ou pour participer à la liturgie de l'État. Une foule d'autres circonstances le sollicitent, tant à l'intérieur qu'à l'extérieur.

Faute d'enquêtes approfondies, il est peut-être encore trop tôt pour tenter de cerner véritablement ce qui, au cœur du drapeau, unit l'État et la Nation. Mais il n'est pas trop tôt pour s'interroger sur ces problèmes. Quelle forme d'adhésion, par exemple, un Français, un Italien, un Suédois place-t-il dans son drapeau ? Est-il fier de l'arborer ? Au reste, le fait-il ? Où, quand, comment ? Et, dans les pays à structure fédérale (la Suisse ou l'Allemagne, par exemple), manifeste-t-on la même adhésion ? Ne préfère-t-on pas le drapeau de son canton ou de son Land à celui de son pays ? En outre, partout en Europe occidentale, n'est-il pas devenu quelque peu archaïque de placer à sa fenêtre un drapeau le jour de la fête nationale ou régionale ? Mais pourquoi alors le fait-on sur un stade, notamment lorsqu'on se trouve à l'étranger ? Est-on davantage fier de son drapeau lorsqu'on est loin de chez soi ? Le drapeau est-il une nostalgie ? Ou bien le sort-on plus facilement quand il a l'occasion d'affronter un autre drapeau ? Cela semble certain lorsqu'il s'agit d'une minorité en révolte contre un pouvoir ou un pays tuteur. Les exemples contemporains en sont nombreux et souvent douloureux : drapeau corse contre drapeau français, drapeau tchétchène contre drapeau russe, drapeau tibétain contre drapeau chinois, drapeau basque contre drapeaux espagnol et français, drapeau kurde contre drapeaux de plusieurs États. Ces drapeaux de peuples n'ayant pas accédé à l'indépendance étatisée renvoient plus que d'autres à l'idée de Nation. Mais inversement, quand en période de guerre ou de tension entre deux pays une foule déchaînée brûle le drapeau de l'autre, est-ce la Nation ou l'État ennemi qui est ainsi visé ?

Car on brûle aussi les drapeaux, on les lapide, on les foule, on les pend et les dépend. Objet symbolique, image emblématique, allégorie personnifiée, à la fois signal et mémoire, passé et futur, le drapeau subit toutes les manipulations rituelles propres aux signes trop forts, ceux qui transcendent de manière presque « sauvage » leur message et leur fonction d'origine. Le drapeau vit et meurt, il ressuscite, il porte le deuil, il est blessé ou prisonnier, on le délivre, on le recoud, on le déploie, on le salue, on l'embrasse, on s'en couvre, on s'y couche, on y meurt. Puis on le plie, on le range, on l'oublie.

LE JEU

L'arrivée du jeu d'échecs en Occident

Histoire d'une acculturation difficile

Le plus ancien texte occidental qui mentionne le jeu d'échecs est catalan et date du début du XIe siècle : dans un acte de 1008, le comte d'Urgel Ermengaud Ier lègue les pièces du jeu qu'il possède à « l'église de Saint-Gilles[1] ». Quelques décennies plus tard, en 1061, le grand théologien Pierre Damien, alors cardinal d'Ostie, dénonce au pape l'évêque de Florence qu'il aurait vu jouer aux échecs[2]. Ce faisant, il inaugure la longue suite de diatribes par lesquelles l'Église, presque jusqu'à la fin du Moyen Âge, a condamné ce jeu. En vain. À partir de la seconde moitié du XIIe siècle, les témoignages textuels, archéologiques et iconographiques se multiplient qui soulignent combien, malgré l'hostilité de l'Église, le jeu se diffuse rapidement. Les princes et les prélats ne sont plus les seuls à s'y adonner : on y joue désormais dans toute la classe noble et dans tous les pays de la Chrétienté romaine, de la Sicile à l'Islande, du Portugal à la Pologne.

Un jeu venu d'Orient

Ce sont les musulmans qui ont transmis le jeu d'échecs aux Occidentaux. La pénétration s'est faite par une double voie : d'abord, peut-être dès le milieu du Xe siècle, par une voie méditerranéenne : Espagne (d'où leur première mention dans un texte catalan), Sicile, Italie du Sud ; puis, quelques décennies plus tard, au début du XIe siècle, par une voie septentrionale : les Scandinaves, qui commercent dans l'Empire byzantin, en Ukraine et sur les bords de la mer Noire rapportent vers le nord l'usage de ce jeu pratiqué depuis près de trois siècles en terre d'Islam. Les trouvailles archéologiques témoignent de ce double itinéraire et de l'occidentalisation progressive des pièces et du jeu.

Les origines proprement orientales sont plus difficiles à démêler. S'il est certain que le jeu est né aux Indes et que, des Indes, il est passé en Iran, puis de là s'est diffusé dans l'ensemble du monde musulman (les Arabes font la conquête de l'Iran à partir de 651), il n'est pas aisé de déterminer vers quelle époque s'est véritablement mis en place un jeu plus proche de notre jeu d'échecs actuel que des nombreux et lointains jeux « de damier » que les sociétés anciennes, tant en Asie qu'en Europe, connaissaient déjà. Jusqu'au XVIe siècle, moment où en Europe le jeu se stabilise dans ses aspects et ses règles « modernes », les mutations ont été nombreuses et parfois profondes. On s'accorde aujourd'hui à penser que c'est au moment où il est passé de l'Inde du Nord en Perse, au début du VIe siècle de notre ère, que le jeu a pris une structure suffisamment semblable à celle qui lui est restée par la suite pour être désormais qualifié de « jeu d'échecs ». Plus que l'Inde – berceau indéniable du jeu –, ce sont sans doute l'Iran et la culture persane qui ont constitué le laboratoire décisif. Un jeu voisin d'origine indienne – le *tchaturanga* ou jeu des quatre rois[3] – transmis à la Chine sans transiter par la culture persane a en effet donné naissance en Asie orientale à plusieurs jeux très différents de notre jeu d'échecs.

Au Moyen Âge, en Occident, on ne sait rien de ces transformations ni de ces pérégrinations. Cependant, les auteurs qui parlent du jeu d'échecs savent qu'il vient d'Orient. Non seulement ils le savent, mais surtout ils le croient, ce qui pour eux est presque plus important : un jeu aussi riche de symboles ne peut que venir d'Orient, pays des signes et des songes et source inépuisable de toutes les « merveilles ». Par là même, les origines du jeu donnent naissance à d'innombrables récits légendaires. Pour beaucoup d'auteurs médiévaux, ses origines se perdent dans la nuit des temps. Quelques-uns, cependant, remarquent avec pertinence que la Bible ne parle pas du jeu d'échecs (quel prodigieux joueur aurait pourtant fait le roi Salomon, nous dit, comme à regret, un auteur anonyme du XIVe siècle[4]) et lui cherchent donc un inventeur dans le monde grec païen. Aristote et Alexandre, deux personnages qui à des titres divers ont fait rêver les hommes du Moyen Âge, sont les plus souvent cités. Mais ils doivent partager ce rôle avec un troisième héros grec, mythologique celui-là : Palamède. Il s'agit d'un guerrier de l'*Iliade*, cousin du roi Ménélas, qui, sous les murs de Troie, alors que le siège s'éternisait et que les Grecs s'ennuyaient, aurait inventé les échecs pour les divertir. Cette légende n'est pas entièrement médiévale. Déjà dans l'Antiquité, les Grecs attribuaient à ce Palamède, grand rival d'Ulysse, de nombreuses inventions : les lettres de l'alphabet, le calendrier, le calcul des éclipses, l'usage de la monnaie, le jeu de dés et surtout le jeu de dames.

À ce dernier jeu le Moyen Âge a préféré le jeu d'échecs[5]. Mais il a aussi dédoublé le personnage de Palamède, créant, à côté du héros grec, un chevalier de la Table Ronde portant le même nom. Ce nouveau Palamède occupe dans les textes littéraires en prose du XIIIe siècle une place importante : fils du « sultan de Babylone », il se convertit au christianisme et rejoint la cour du roi Arthur ; là, il fait venir d'Orient le jeu d'échecs afin d'instruire les compagnons de la Table Ronde sur le point de partir à la conquête du Graal. Vers 1230, le jeu d'échecs est donc déjà pensé comme un véritable parcours initiatique. Par la suite, notre Palamède arthurien devient tout à la fois l'ami et le rival malheureux de Tristan, le héros préféré du public aristocratique : lui aussi aime la belle Yseut la Blonde, mais il n'en est pas aimé. L'amour malheureux, inabouti, est une des valeurs fortes de la culture courtoise. Il est possible que cet amour ait valu à notre Palamède une renommée aussi grande que celle qu'il avait retirée de l'invention du jeu d'échecs. Toutefois, pour lui conserver le mérite d'avoir fait connaître à la société chevaleresque ce jeu extraordinaire, l'imagination médiévale lui a donné des armoiries qui en gardent visuellement le souvenir : un écu *échiqueté d'argent et de sable*, c'est-à-dire un écu dont le champ est fait de carreaux alternés blancs et noirs. Ces armoiries en forme de damier apparaissent pour la première fois à l'horizon des années 1230 et sont présentes dans de nombreuses miniatures mettant en scène Palamède jusqu'à la fin du Moyen Âge[6]. En outre, quelques grands personnages – tel Régnier Pot, chambellan du duc de Bourgogne à la fin du XIVe siècle – reçoivent, pour des raisons qui nous échappent, le surnom de Palamède et adoptent ses armoiries à l'occasion d'un tournoi ou d'une campagne militaire[7]. Cette adoption de noms ou d'armoiries de héros littéraires par des personnages véritables est une pratique courante dans les milieux de cour du Moyen Âge finissant.

Que Palamède soit le compagnon du roi Ménélas ou celui du roi Arthur, il ne fait pas de doute pour les hommes du XIIIe siècle qu'il est l'inventeur du jeu d'échecs et que ce jeu vient d'Orient. Non seulement le jeu, mais aussi les pièces d'apparat avec lesquelles on joue en milieu royal et princier : le plus souvent, de grandes pièces en ivoire qui ne peuvent avoir appartenu qu'à un roi prestigieux et avoir été fabriquées que par un artisan oriental, connaissant les vertus magiques de ce matériau noble ainsi que l'art de le travailler. C'est ce que les traditions médiévales rapportent à propos de la plupart des pièces d'échecs présentes dans les riches trésors d'église ou d'abbaye. Les plus célèbres sont sans doute les lourdes pièces en ivoire d'éléphant conservées depuis les années 1270 (peut-être même dès les années 1190) dans le trésor de l'église abbatiale de Saint-Denis (*fig. 11*) : elles auraient appartenu à Charlemagne et lui auraient été offertes par le calife abbasside Haroun el-Rachid (qui régna à Bagdad de 789 à 809), personnage de légende et héros de plusieurs contes des *Mille et Une Nuits*. Charlemagne n'a évidemment jamais joué aux échecs – il est né trop tôt et trop à l'ouest pour ce faire – ni possédé de telles pièces, qui ont probablement été taillées à Salerne, en Italie méridionale, vers la fin du XIe siècle. Mais lui en attribuer la possession, c'était conférer à ces objets une valeur politique et symbolique inestimable, comparable à celle de *regalia* ou de reliques, et par là même contribuer à célébrer le prestige de Saint-Denis, de ses abbés et de ses moines[8]. Au reste, d'autres églises d'Occident se targuent d'abriter dans leur trésor de semblables pièces en ivoire, ayant appartenu à des personnages illustres : Salomon, la reine de Saba, Alexandre le Grand, Jules César, le roi-mage Balthazar, le prêtre Jean, voire tel ou tel roi ou saint particulièrement vénéré[9].

L'Église et les échecs

La notion de « trésor » est une notion clef du pouvoir féodal. Sous ce mot on distingue l'ensemble des biens meubles précieux que possède tout détenteur d'un pouvoir important, qu'il s'agisse d'un souverain, d'un grand seigneur, d'un prélat ou d'une abbaye. C'est une sorte de « musée imaginaire », dont la mise en valeur, la conservation ou l'exposition publique font partie intégrante de la liturgie du pouvoir. Un grand roi comme un simple abbé se doit de posséder un trésor. La liste est longue des éléments qui peuvent composer celui-ci. Toutefois, si elle diffère d'un pouvoir à l'autre, d'un siècle à l'autre, certains composants sont presque toujours présents. D'abord les reliques et les objets cultuels, les métaux précieux et les pièces de monnaie (souvent des pièces musulmanes, portant des inscriptions coraniques), l'orfèvrerie et la vaisselle, les bijoux et les pierres. Puis, surtout dans les trésors princiers, les armes et les équipements militaires, les harnachements pour chevaux, les selles, les peaux de bêtes, les fourrures, les étoffes et les vêtements de luxe ainsi que tous les accessoires vestimentaires liés au paraître. Enfin tout un bric-à-brac comprenant des livres manuscrits et des chartes, des instruments scientifiques et des instruments de musique, des objets exotiques, des jeux, des *curiosa* de toutes natures, et même des animaux, morts ou vivants, sauvages (ours, lions, panthères) ou domestiques (faucons, chevaux, chiens)[10].

Tous ces éléments jouent un rôle essentiel dans la symbolique et dans la mise en scène du pouvoir. On les exhibe rituellement, on les montre aux vassaux, aux visiteurs de marque, voire aux simples hôtes de passage. Parfois on en donne ou on en échange ; plus souvent, on préfère acquérir, accumuler, thésauriser. Chacun de ces objets a son histoire, sa mythologie, ses origines légendaires, ses vertus merveilleuses, voire miraculeuses, thérapeutiques ou prophylactiques. Ce sont en effet les croyances qui les entourent et la nature de leurs matériaux qui confèrent à ces objets toute leur efficacité. En revanche, le travail artistique ou intellectuel par lequel ils ont été produits compte peu. Ils ont, pour ceux qui les possèdent ou qui les convoitent, une forte dimension économique, politique et onirique, mais pas vraiment esthétique, du moins pas au sens où nous entendons ce mot aujourd'hui. Ils sont là, ils valent cher, ils assurent prestige et pouvoir, ils font rêver.

La présence de pièces d'échecs dans le trésor d'une église ou d'une abbaye n'est donc pas chose rare au Moyen Âge, et le cas de Saint-Denis n'est nullement isolé. L'abbaye Saint-Maurice d'Agaune, dans le Valais, conserve ainsi dans son trésor – l'un des plus riches de la Chrétienté – plusieurs pièces d'échecs musulmanes, tandis que la cathédrale de Cologne abrite trois jeux entiers, aujourd'hui perdus, l'un provenant de l'Europe du Nord et les deux autres de la péninsule Ibérique[11]. L'attitude de l'Église a de quoi surprendre : d'un côté elle condamne la pratique du jeu d'échecs, mais de l'autre elle semble vouer à certaines pièces un culte voisin de celui des reliques. Elle décrète le jeu diabolique, mais les pièces qui servent à jouer sont thésaurisées, parfois vénérées. Pour comprendre cette apparente contradiction, il faut tenir compte de la chronologie. Les condamnations du jeu émanant de prélats ou d'autorités ecclésiastiques (synodes, conciles) sont surtout nombreuses aux XIe et XIIe siècles. Par la suite, elles se font plus rares et tendent à disparaître à la fin du Moyen Âge. À cela, différentes raisons. Tout d'abord, l'inefficacité de telles condamnations, la pratique du jeu ne cessant, au fil du temps, de se développer dans l'ensemble de la société. Ensuite, au XIIIe siècle même, une revalorisation des jeux en général, qui font désormais pleinement partie de l'éducation courtoise et chevaleresque[12]. Enfin, et surtout, la disparition progressive de la cause principale de l'hostilité de l'Église à l'égard des échecs : l'emploi de dés, c'est-à-dire le recours au hasard. L'ancienne variante indienne du jeu d'échecs ordinaire qui consistait à tirer aux dés la marche des pièces (choix de la pièce qui va jouer et/ou nombre de cases dont elle va progresser sur l'échiquier) n'avait en effet pas totalement disparu lorsque le jeu s'était diffusé dans le monde musulman ; et elle avait même connu un certain regain de faveur au moment de son arrivée en Occident. Pour l'Église, le hasard ludique (que le latin exprime par le mot *alea*) est une abomination, et tous les jeux de hasard sont diaboliques. Les dés surtout sont abominables parce qu'on y joue plus qu'à tout autre jeu, en tous lieux, en toutes occasions, au château comme à la chaumière, à la taverne comme au cloître, et que l'on y joue souvent tout ce que l'on possède : son argent, ses vêtements, son cheval ou sa demeure. C'est en outre un jeu dangereux. Malgré l'emploi d'un cornet, les tricheries sont fréquentes, grâce notamment à l'utilisation de dés truqués, dont parlent parfois les textes littéraires : les dés *nompers* ont une face reproduite deux fois ; les *plommez*, une face rendue plus lourde que les autres par addition de plomb ; les *longnez*, une face aimantée. D'où des rixes fréquentes, qui dégénèrent parfois en véritables guerres privées[13].

Ce sont donc les dés qui ont d'abord nui aux échecs. L'évêque de Florence, que Pierre Damien avait accusé en 1061 de s'être adonné aux échecs, répondit pour sa défense que certes il avait joué mais « sans dés ». De fait, en renonçant à l'emploi de dés, le jeu d'échecs acquiert peu à peu un statut honorable puis valorisé. Désormais la réflexion remplace le hasard. Et si à la fin du XIIe siècle les prélats l'interdisent encore aux clercs – parce que jouer est une activité vaine, qui donne lieu à des querelles et à des blasphèmes –, ils commencent à le tolérer pour les laïques. Au milieu du siècle suivant, la pratique du jeu est même déjà prévue par les statuts de quelques fondations pieuses, à la condition expresse de ne jouer ni avec des dés ni pour gagner de l'argent[14]. Quelques auteurs, tel Gautier de Coincy dans ses *Miracles de la Vierge*, vont jusqu'à mettre en scène des parties qui opposent les envoyés de Dieu et ceux du Diable.

Il est cependant un roi pour demeurer plus drastique que l'Église : Saint Louis. Toute sa vie, il a eu la haine des jeux et du hasard. En 1250, sur le bateau qui l'emmène d'Égypte en Terre sainte, il n'hésite pas à jeter par-dessus bord l'échiquier, les pièces et les dés avec lesquels ses propres frères sont en train de jouer, épisode qui a vivement impressionné son biographe Joinville, témoin de la scène[15]. Quatre ans plus tard, en décembre 1254, lorsqu'il promulgue sa grande ordonnance réorganisant l'administration du royaume, le roi fait fermement condamner le jeu d'échecs, comme il fait condamner tous les jeux de *tables* (ancêtres du trictrac et du backgammon) et tous les jeux de dés. Toutefois, chez les rois et les princes, le cas de Saint Louis est isolé. Plusieurs souverains contemporains sont des joueurs d'échecs passionnés : ainsi l'empereur Frédéric II (mort en 1250), qui n'hésite pas, dans sa cour de Palerme, à défier les champions musulmans, ou bien le roi de Castille Alphonse X le Sage (1254-1284), qui fait compiler un an avant sa mort un volumineux traité consacré au trois jeux condamnés trente ans plus tôt par son cousin le roi de France : les échecs, les tables et les dés[16].

La chronologie cependant n'explique pas tout. Les trésors d'église ont commencé d'accueillir des pièces d'échecs bien avant que les prélats ne se montrent plus tolérants à l'égard du jeu. Peut-être même certains trésors abbatiaux conservaient-ils déjà des pièces musulmanes avant que la pratique du jeu ne se soit introduite en Occident, c'est-à-dire avant l'an mille. Témoin, le legs fait par le comte d'Urgel à l'église de Saint-Gilles dès 1008. L'attitude à l'égard du jeu est une chose, l'attitude à l'égard des pièces en est une autre. À cela des causes diverses, mais la principale tient probablement à ce que beaucoup de pièces d'échecs médiévales, parmi les plus grandes et les plus belles, ne sont pas faites pour jouer. Leur destination est différente, plus précieuse et plus solennelle : être possédées, être montrées, être touchées, être thésaurisées. Leur place n'est pas sur l'échiquier mais dans un trésor. Les prétendues pièces de Charlemagne conservées dans celui de Saint-Denis répondent à ces fonctions : ce ne sont pas des pions pour jouer mais des objets symboliques. Ces pièces n'ont rien de ludique. Le rituel qui les commande n'est pas celui du jeu mais celui du culte, un culte qui possède encore quelque chose de païen et qui place d'abord le sacré dans la matière même de ces objets : l'ivoire.

L'ivoire, une matière vivante

L'ivoire est pour les hommes du Moyen Âge un matériau qui ne s'apparente à aucun autre, aussi rare et recherché que l'or et les pierres précieuses, mais plus remarquable encore par ses propriétés physiques et par ses vertus médicinales ou talismaniques. Nombreux sont les textes qui en célèbrent la blancheur, la dureté, la pureté et l'inaltérabilité.

Nombreux également les témoignages qui soulignent combien l'ivoire est pensé comme une matière vivante. Derrière l'ivoire, l'animal est toujours présent, avec son histoire, sa légende et sa mythologie : l'éléphant bien sûr, mais aussi le cachalot, le morse, le narval et même l'hippopotame. Chacun de ces animaux a ses caractères symboliques propres et produit un ivoire spécifique.

Pour la culture médiévale, l'hippopotame, fort mal connu, est un monstre fluvial, brutal et indestructible, qui nage à reculons – ce qui est signe de grand péché – et qui fait déborder les eaux. C'est une créature diabolique. Est-ce pour cette raison que l'ivoire tiré de ses dents, apprécié dans l'Égypte antique et dans le monde romain, a été délaissé par le Moyen Âge chrétien ? Il aurait sans doute pu être importé d'Afrique, tout autant que l'ivoire d'éléphant, et aurait probablement coûté moins cher. De même le cachalot, que les auteurs ne différencient pas de la baleine, fait figure de monstre marin qui engloutit les hommes en utilisant les ruses du Diable (par exemple, faire croire qu'il est une île pour attirer les navigateurs ; ou bien exhaler un parfum merveilleux pour les séduire) ; jusqu'au XVIe siècle, l'ivoire de ses dents est peu employé. En revanche, celui des canines de morse est très recherché, peut-être parce que le morse des bestiaires n'est pas un monstre, mais un cheval de mer (*equus marinus*), gros comme un éléphant (nous le désignons encore quelquefois par l'expression « éléphant de mer »), placide et grégaire, et dont les peuples du nord de l'Europe utilisent la chair, le lard, les os et le cuir ; pour tous ces produits, c'est un don de Dieu[17]. Mais, plus encore que le morse, on admire l'éléphant, grand ennemi du dragon, c'est-à-dire de Satan, selon les bestiaires et les encyclopédies. Sa peau, ses os et surtout ses défenses ont la réputation d'éloigner les serpents, de protéger de la vermine et, réduits en poudre, d'agir comme un contre-poison. L'éléphant passe en outre pour le plus intelligent de tous les animaux ; sa mémoire est prodigieuse, sa chasteté proverbiale ;

il se domestique facilement, est d'un commerce agréable et, aux dires de plusieurs auteurs, peut porter sur son dos un château, voire une ville entière. L'ivoire provenant des défenses d'éléphant garde la plus grande partie de ces vertus : il purifie et protège du venin, éloigne de la tentation, résiste aux chocs et au temps, assure la transmission de la mémoire[18]. On ne taille pas dans de l'ivoire d'éléphant n'importe quel objet. Mais lorsqu'on y taille des objets en forme d'éléphant – tels les quatre éléphants échiquéens du jeu prétendu de Charlemagne –, la symbolique de l'animal et celle du matériau s'enrichissent de manière mutuelle.

À cet égard, il est dommage que les archéologues et les historiens de l'art cherchent si rarement à identifier les animaux qui se cachent derrière les ivoires qu'ils étudient. Dans les choix qui sont faits par les ivoiriers médiévaux, il semble patent qu'à côté des indéniables problèmes de prix et de disponibilité – liés au commerce et à la géographie (on travaille le morse au nord et l'éléphant au sud) – de même qu'à côté des propriétés physiques et chimiques de chaque nature d'ivoire (dimensions, courbure, porosité ou dureté du grain, finesse du polissage, variété des patines obtenues, etc.), interviennent également des considérations d'ordre symbolique, tirées des bestiaires et de la littérature zoologique. L'animal est tellement présent dans la sensibilité et dans l'imaginaire des hommes du Moyen Âge qu'il ne peut pas en être autrement.

Le cas du narval témoigne pleinement de cette emprise de l'imaginaire sur l'économique et le matériel. Le cétacé lui-même est inconnu des textes médiévaux, mais sa longue défense, qui s'effile en spirale, est assimilée à la corne magique de la légendaire licorne. Elle passe pour fournir l'ivoire le plus fin, le plus dense, le plus blanc et surtout le plus pur. La licorne, en effet, qui ne peut être capturée que par une jeune fille vierge, a une signification fortement christologique. Sa corne est dotée de vertus curatives et sanctifiantes inégalables. Souvent, on ne la travaille pas mais on la dépose intacte dans un trésor d'église où elle constitue une « relique » plus précieuse que celle de n'importe quel saint. Car la corne de licorne est de nature divine[19].

L'ivoire n'est cependant pas la seule matière animale dans laquelle sont taillées les pièces d'échecs médiévales ; il est réservé aux pièces de grand prix, celles que l'on montre mais avec lesquelles on ne joue pas, ou rarement. Les autres matériaux utilisés pour les jeux d'échecs ordinaires ne sont cependant pas très éloignés de l'ivoire et sont parfois également travaillés par les ivoiriers : os de cétacés ou de gros mammifères, bois de cervidés, cornes de taureau. Ce sont des matériaux qui conservent quelque chose du monde sauvage et qui introduisent sur l'échiquier une certaine idée de fougue et de force : en jouant avec de telles pièces, dompter symboliquement l'alfin ou le roc de l'adversaire n'est pas toujours chose aisée. Quelquefois, surtout au XVe siècle, des matières animales moins « indomptables » sont employées : la cire, l'ambre, le corail.

En revanche, pour les jeux plus ordinaires, plus quotidiens, dont les pièces ne sont pas figuratives mais géométriques ou stylisées, on recourt, à partir du XIIIe siècle, à une autre matière vivante, végétale et non plus animale, et par là même plus pure et plus paisible (la culture médiévale, comme la culture biblique, oppose fréquemment le végétal, qui est pur, et l'animal, qui ne l'est pas) : le bois. Mais ces pièces en bois n'ont pas la vigueur farouche des pièces en os, en corne ou en ivoire. Elles sont d'un usage général à la fin du Moyen Âge lorsque le jeu d'échecs s'est assagi et que les joueurs cessent d'être les éternels quêteurs de signes qu'ils étaient à l'époque féodale pour devenir les impassibles « pousseurs de bois » (l'expression date du XVIIIe siècle) qu'ils sont restés jusqu'à nos jours. Le joueur du XIIe siècle était un sanguin, comme le soulignent les passages de plusieurs chansons de geste où la partie d'échecs se termine par une mort d'homme[20] ; celui du Moyen Âge finissant et de l'époque moderne est un flegmatique. Deux tempéraments opposés qui en disent long sur les transformations du jeu entre l'époque féodale et la Renaissance.

Malgré l'emploi, dès la fin du Moyen Âge et tout au long de l'époque moderne, de matières mortes appartenant au monde des minéraux (cristaux, pierres semi-précieuses, roches diverses) ou des métaux (or, argent, bronze), le jeu d'échecs restera longtemps fidèle à l'idée que les pièces vivent sur l'échiquier par leur matériau même, qu'il soit animal ou végétal. Certains princes (Charles le Téméraire, Frédéric II de Prusse) firent même jouer à des êtres humains, dans quelques parties demeurées célèbres, le rôle de pièces d'échecs. Bien qu'exceptionnelle, une telle pratique prolongeait l'ancienne dimension mythologique du jeu : celle-ci voulait que les pièces n'obéissent pas totalement à celui qui les manipulait, mais gardent sur l'échiquier une certaine autonomie. Ce thème des pièces d'échecs humaines a séduit plus d'un littérateur, tel Chrétien de Troyes dans son *Conte du Graal*, qui met en scène un échiquier magique jouant tout seul[21], ou bien Rabelais qui, au Cinquième Livre de son *Pantagruel*, à l'occasion du bal-tournoi de la Quinte[22], raconte le déroulement de trois parties d'échecs simulées par des acteurs, s'inspirant pour ce faire d'une scène semblable décrite vers le milieu du XVe siècle par Francesco Colonna dans son célèbre *Songe de Poliphile.*

Repenser les pièces et la partie

Lorsque l'Islam transmet le jeu d'échecs aux Occidentaux vers la fin du Xe siècle, ces derniers ne savent pas jouer. Non seulement ils ne savent pas jouer mais, lorsqu'ils essaient d'apprendre, ils sont déroutés par les principes du jeu, par la nature et la marche des pièces, par l'opposition des couleurs et par la structure de l'échiquier. C'est, nous l'avons vu, un jeu oriental, né aux Indes, transformé en Perse et remodelé par la culture arabe. Mis à part sa parenté symbolique avec l'art militaire, tout ou presque y est étranger aux chrétiens des environs de l'an mille. Il faut donc, pour assimiler ce jeu nouveau, le repenser profondément, l'adapter aux mentalités occidentales, lui donner une image plus conforme aux structures de la société féodale. Cela prit sans doute quelques décennies et explique que les textes narratifs ou littéraires qui parlent du jeu d'échecs aux XIe et XIIe siècles soient si imprécis, si confus, si contradictoires quant aux règles et à la façon de jouer[23].

Ce qui déconcerte d'abord les Occidentaux, c'est le déroulement même de la partie et son but final : rechercher la victoire et faire en sorte que le roi adverse soit en position de « mat ». Une telle pratique est totalement contraire aux habitudes des guerres féodales, où les rois ne sont pas faits pour être capturés ou mis à mort, et où les combats n'ont pas vraiment d'issue, ni dans un sens ni dans un autre. On s'arrête quand vient la nuit ou quand vient l'hiver, mais pas quand l'adversaire est mis en déroute ; ce serait déloyal et méprisable. Ce qui est important, c'est de combattre, pas de gagner. On le voit bien dans les tournois, ces simulacres de guerre, où au soir de chaque journée est désigné vainqueur le chevalier qui s'est montré le meilleur combattant et non pas celui qui a mis en déroute tous ses adversaires. En fait, la partie d'échecs ressemble à la bataille et non pas à la guerre, deux choses différentes pour les chrétiens des XIe et XIIe siècles. Les batailles véritables sont rares et ont une fonction proche de l'ordalie : elles se déroulent selon un rituel presque liturgique et se terminent par une sanction divine. La guerre au contraire est faite d'incessants combats de petits groupes, de harcèlements répétés, d'escarmouches infructueuses, de chevauchées incertaines, de recherches de butin. C'est un rituel d'une autre nature, qui constitue la vie quotidienne et la raison d'être du seigneur et de ses chevaliers. Contrairement à la bataille, elle ne s'apparente guère à une partie d'échecs[24].

Au tournant des XIIe-XIIIe siècles, toutefois, cette situation évolue. La lutte contre les infidèles a progressivement donné aux chrétiens l'habitude et le goût des batailles, et au mois de juillet 1214 se déroule la première véritable grande bataille entre chrétiens d'Europe occidentale : Bouvines. Dès lors, la guerre féodale se transforme, les guerres « nationales » apparaissent, et les rapports se font plus étroits entre le jeu d'échecs et les enjeux militaires.

En second lieu, ce qui déroute les Occidentaux lorsqu'ils reçoivent des Arabes le jeu d'échecs oriental, c'est la nature des pièces. Ici il ne faut pas adapter mais transformer. Des pièces arabo-persanes, seuls le roi (le *chah*, mot qui a donné naissance au nom même du jeu : *scaccarius* en latin, *eschec* en ancien français, *Schach* en allemand), le cavalier et le fantassin (pion) ne posent guère de problème : on comprend de qui il s'agit. Ce n'est pas le cas, en revanche, du principal conseiller du roi, le vizir (*firzan* dans la terminologie arabe), que les Occidentaux conservèrent au début tel quel sous le nom français vulgarisé de *fierce*, puis qu'ils transformèrent peu à peu en reine. Cette transformation s'opéra lentement, la métamorphose du vizir en reine n'étant définitivement consommée que dans la première moitié du XIIIe siècle et attestant combien les pièces d'échecs christianisées étaient désormais davantage pensées comme une cour royale – voire comme une cour céleste – que comme une armée. Une difficulté cependant était apparue : un roi chrétien pouvait avoir plusieurs conseillers, mais il ne pouvait pas avoir plusieurs épouses ; or, comme dans les règles actuelles, la « promotion » des pions transformait ces pions en reines, et celles-ci avaient donc tendance à se multiplier sur l'échiquier. On prit alors l'habitude de qualifier de « dames » les pions promus et de n'appeler « reine » que la seule pièce formant couple avec le roi[25].

Plus complexe encore est le cas de l'éléphant. Dans le jeu indien d'origine, il incarnait pleinement l'armée, où l'éléphanterie jouait un rôle de premier plan, remplaçant ou renforçant celui de la cavalerie. Les Arabes conservèrent l'éléphant mais, comme ce fut le cas pour les autres pièces, ils le stylisèrent fortement, l'islam interdisant (en théorie du moins) la représentation figurée d'êtres animés. De l'éléphant ils ne gardèrent donc que les défenses, évoquées par deux sortes de protubérances cornues, surmontant un tronc massif. Les chrétiens ne comprirent pas cette pièce et lui firent subir plusieurs changements. Soit ils s'appuyèrent sur le mot arabe désignant l'éléphant, *al fil*, dont ils firent le latin *alfinus*, puis *auphinus*, et transformèrent l'éléphant en comte (ancien français *daufin*), en sénéchal, en arbre ou en porte-étendard (italien *albero* et *alfiere*). Soit, plus fréquemment, ils se fondèrent sur la forme des protubérances cornues coiffant la pièce pour voir tantôt une mitre d'évêque, tantôt un bonnet de bouffon. Cette dualité s'est conservée jusqu'à nos jours : l'évêque et sa mitre se sont maintenus sur l'échiquier dans les pays anglo-saxons, tandis que le fou et son bonnet se sont imposés ailleurs.

Quant au char du jeu persan puis musulman, il connut lui aussi des fortunes diverses. D'abord maintenu tel quel, il se transforma ensuite en chameau ou en animal exotique, puis en une véritable scène à deux personnages (Adam et Ève, saint Michel tuant le dragon, couple de chevaliers joutant). La tour n'a remplacé ces différentes figures que tardivement et pour des raisons qui ne sont pas encore totalement expliquées. Peut-être a-t-on rapproché le mot latin désignant cette pièce, *rochus* (que l'on avait calqué sur l'arabe *rukh*, char) du mot italien *rocca* désignant une forteresse ? Quoi qu'il en soit, cette figure, le *roc* du jeu français, est demeurée très instable jusqu'au XVe siècle, date à laquelle elle se fixe enfin dans la forme d'une tour.

Du rouge au noir

L'ivoire n'est jamais monochrome. Non seulement la matière elle-même peut montrer dans la gamme des blancs les nuances les plus variées, puis revêtir au fil du temps toutes sortes de patines, mais aussi et surtout l'habitude médiévale a toujours été de peindre ou de dorer les objets en ivoire. Parfois il s'agit de simples rehauts de couleurs vives, mais le plus souvent il s'agit de véritables couches colorées et dorées, appliquées sur toute la surface de l'ivoire et quelquefois associées à des incrustations de pierres ou de perles. Par là même, nous devons toujours nous souvenir que nous voyons les ivoires médiévaux tels que le temps les a faits, c'est-à-dire le plus souvent dépourvus de coloration, et non pas tels que le Moyen Âge les a produits, c'est-à-dire polychromes. Beaucoup de pièces d'échecs en ivoire parvenues jusqu'à nous gardent cependant des traces infimes de paillettes d'or et de peinture rouge. Cette présence de l'or a une signification tout à la fois économique, artistique et symbolique. De telles pièces, conservées dans un trésor, voisinant avec des pièces d'orfèvrerie, des pierres et des métaux précieux, ne pouvaient qu'être dorées afin de montrer leur grande valeur, de briller, de s'animer, de « signifier » au contact des autres objets précieux.

La présence de la peinture rouge, quant à elle, peut s'expliquer de deux manières : soit il s'agit des restes oxydés de la sous-couche minérale destinée à recevoir et à stabiliser l'or ; soit, au contraire, il s'agit des traces d'une ancienne peinture ayant recouvert l'ivoire et possédant une véritable signification échiquéenne. Jusqu'au milieu du XIIIe siècle, en effet, sur l'échiquier occidental ne s'affrontent pas encore des pièces blanches et des pièces noires, comme c'est le cas dans le jeu d'échecs contemporain, mais bien des pièces blanches et des pièces rouges. Cette opposition de couleurs n'était du reste pas celle que l'Occident avait héritée de l'Islam. Dans le jeu indien puis musulman, s'affrontaient à l'origine – et s'affrontent encore aujourd'hui – un camp noir et un camp rouge, deux couleurs qui formaient un couple de contraires. Ici aussi, il a fallu repenser un aspect du jeu, et le repenser rapidement car l'opposition du noir et du rouge, fortement signifiante aux Indes et en terre d'Islam, n'avait pour ainsi dire aucune signification dans la symbolique occidentale des couleurs. On transforma donc le camp noir en camp blanc, l'opposition du rouge et du blanc constituant pour la sensibilité chrétienne de l'époque féodale le couple de contraires le plus fort.

Pendant longtemps, en effet, le Moyen Âge chrétien a articulé ses systèmes de la couleur autour de trois pôles : le blanc, le noir et le rouge, c'est-à-dire autour du blanc et de ses deux contraires. Mais ces deux contraires n'avaient entre eux aucune relation, ni d'opposition ni d'association[26]. Vers l'an mille, on choisit donc pour les pièces d'échecs le couple blanc-rouge, qui était alors le plus utilisé dans l'emblématique et dans les pratiques codées de la couleur. Deux siècles plus tard, cependant, ce choix fut remis en cause, et l'idée s'imposa peu à peu que le couple blanc-noir était préférable au couple blanc-rouge. Car entre-temps la couleur noire avait connu une promotion remarquable (de couleur du Diable, de la mort et du péché elle était devenue couleur de l'humilité et de la tempérance, deux vertus alors en pleine expansion) et, surtout, les théories d'Aristote sur la classification des couleurs s'étaient largement diffusées et faisaient du blanc et du noir les deux pôles extrêmes de tous les systèmes. Dès lors, l'opposition du blanc et du noir commença à être pensée comme plus forte et plus riche de sens que celle du blanc et du rouge.

Jeu spéculatif, jeu « philosophique » même, les échecs ne pouvaient que subir l'influence de ces mutations des systèmes de pensée. Tout au long du XIIIe siècle, on vit donc sur les échiquiers les pièces rouges céder progressivement la place à des pièces noires. Vers le milieu du siècle suivant, sans avoir totalement disparu, ces pièces rouges étaient devenues rares : le jeu d'échecs était mûr pour entrer dans cet univers du noir et blanc qui caractérise la civilisation européenne de l'époque moderne. Peut-être même, à côté du livre imprimé, de l'image gravée et de la Réforme protestante, a-t-il pour sa petite part contribué à le mettre en place. Quoi de plus noir et blanc, en effet, qu'un échiquier ?

Car ce qui est vrai des pièces l'est également de l'échiquier : le passage du rouge au noir impose définitivement, au XIIIe siècle, une transformation de la surface sur laquelle on joue : soixante-quatre cases alternées noires et blanches. Cette structure, qui est pour nous aujourd'hui le symbole même du jeu d'échecs, est donc en fait d'apparition et d'emploi assez tardifs. Longtemps on a joué aux échecs, tant en Orient qu'en Occident, sur des échiquiers d'une autre nature : soit ils étaient formés de carreaux alternés rouges et noirs ou rouges et blancs ; soit, plus généralement et depuis une époque plus ancienne, ils étaient simplement constitués de lignes verticales et horizontales délimitant les soixante-quatre cases. Contrairement à une idée répandue, il n'est pas nécessaire pour jouer aux échecs de disposer d'une surface sur laquelle alternent des cases de deux couleurs différentes. Une surface monochrome, où sont seulement délimitées ces cases, suffit. De fait, les premiers joueurs indiens, persans, arabes et même occidentaux se sont souvent contentés d'une telle surface, que l'on pouvait figurer à la craie sur une pierre ou bien tracer avec le doigt dans le sol. Plusieurs miniatures des XIIe et XIIIe siècles nous montrent ainsi des échiquiers à cases monochromes. Mais la structure bichrome « en damier », qui existait depuis l'Antiquité pour d'autres jeux (notamment pour les ancêtres du jeu de dames), a fini par s'imposer parce qu'elle permettait de mieux visualiser les coups et de mieux distinguer dans chaque camp ces pièces essentielles qu'étaient alors les deux *alfins* (anciens éléphants devenus évêques ou fous).

Une structure infinie

Avant de prendre place sur les échiquiers, cette structure en damier représentait déjà un rôle important dans la sensibilité et dans la symbolique médiévales. Qu'elle constituât un décor architectural, un pavement de sol, une figure héraldique (l'*échiqueté* de Palamède, par exemple), un vêtement de jongleur ou de bouffon, le support des abaques à compter ou bien tout autre chose, elle avait toujours une connotation dynamique, liée à un mouvement, à un rythme, à une *musica* (un des mots clefs de l'esthétique médiévale), voire au passage d'un état dans un autre. D'où son emploi en certains lieux, en certaines circonstances, sur certains supports, pour signifier des rythmes ou des rituels spécifiques. Dans les salles des palais ou sur le sol des églises, par exemple, les carreaux bichromes de couleurs alternées signalaient les cérémonies qui s'y déroulaient : investiture vassalique, hommage féodal, adoubement, mariage, vœux monastiques, sacre, funérailles, tous rites de passage fortement marqués. Sur le sol de l'église Saint-Savin de Plaisance, à la croisée du transept, une mosaïque du XIIe siècle figure même non pas un simple damier, mais une véritable partie d'échecs, opposant deux joueurs[27]. Dans les armoiries littéraires, c'est souvent l'ambivalence du possesseur qui est mise en valeur par la figure en forme de damier. Chez Palamède, païen devenu chrétien, l'emploi d'un écu *échiqueté* souligne la dualité puis la conversion (le rite de passage par excellence) du personnage, en même temps qu'il le signale comme inventeur du jeu d'échecs. Dénotation et connotation vont de pair. Mais il est un domaine où les auteurs et les artistes du Moyen Âge ont donné à l'échiquier un rôle de *medium* particulièrement fort : la mort. Une partie d'échecs peut annoncer le passage de ce monde dans l'autre, et une partie contre la Mort – thème littéraire et iconographique récurrent à partir du XIIIe siècle – engage un combat perdu d'avance. La culture européenne a prolongé au-delà du Moyen Âge cette riche symbolique du damier-échiquier, tout à la fois dynamique, musical, médiateur et macabre. Au XXe siècle, c'est par exemple le plus musicien de tous les peintres, Paul Klee, qui a fait de cette figure un de ses thèmes picturaux favoris, tandis que le cinéaste le plus attiré par la métaphysique, Ingmar Bergman, a mis en scène dans son admirable *Septième Sceau* l'ultime et éternelle partie d'échecs opposant le chevalier et la Mort.

S'il est signe de mort, l'échiquier est aussi signe d'éternité. Sa structure est infinie. Il faut soixante-quatre cases pour jouer aux échecs mais quatre suffisent pour que cette structure soit déjà présente avec toutes ses propriétés. Quatre carreaux bichromes opposés en diagonale deux à deux forment déjà un rythme, un fluide, une structure ouverte, prête à se multiplier comme par simple parthénogénèse. Et soixante-quatre carreaux, c'est un tourbillon ouvert sur l'infini. Pour une société qui accorde à la symbolique des nombres une attention privilégiée, et qui dans ceux-ci voit souvent plus des qualités que des quantités, ces soixante-quatre cases sont un terrain de choix pour se livrer aux constructions symboliques les plus élaborées. Toutefois ce nombre 64 n'est pas une création de l'Occident médiéval. Il a été hérité de la culture asiatique où sa signification a toujours été plus riche qu'en Europe même. Elle est entièrement construite sur celle du nombre 8, dont 64 est le carré, et elle est associée à l'espace terrestre : il y a huit directions, quatre cardinales et quatre intermédiaires, huit portes livrant passage à huit vents, huit montagnes, huit piliers rattachant la terre au ciel. C'est ce système de représentation octaval, primordial aux Indes et dans toute l'Asie, qui a donné naissance aux soixante-quatre cases de l'échiquier, pensé comme une image en raccourci de l'espace terrestre.

Les Arabes n'ont pas modifié cette structure ni ce nombre, mais les Occidentaux ont été tentés de le faire, ni 8 ni 64 ne constituant pour eux des nombres essentiels pour accéder aux réalités occultes qui gouvernent le monde. Dans ce rôle, 3, 7, 12 et leurs multiples auraient mieux convenu. De fait, dans les images médiévales reproduisant des échiquiers, les soixante-quatre cases ne sont pas toujours représentées, loin s'en faut. Il y en a en général moins, souvent pour des raisons matérielles (la place manque), parfois pour des motifs symboliques. Neuf (3 × 3), trente-six (6 × 6) ou quarante-neuf (7 × 7) cases sont plus signifiantes pour la culture chrétienne que soixante-quatre. Quelques auteurs remarquent cependant que saint Luc, lorsqu'il dresse la généalogie du Christ, énumère soixante-quatre générations entre Adam et Jésus. D'autres soulignent que 8 est le chiffre des béatitudes : il annonce la Résurrection et le monde à venir ; son carré ne peut être que bénéfique[28].

La notion de carré est elle aussi importante. L'échiquier est un carré découpé en carrés plus petits. Or le carré est dans beaucoup de sociétés un des symboles ordinaires de l'espace (alors que le cercle est celui du temps), particulièrement en Asie où les villes et les palais sont de forme carrée et où cette figure sert à délimiter des espaces sacrés. C'est parfois le cas aussi en Europe, mais plus rarement. Pour faire pleinement de l'échiquier un espace sacré, lieu de mouvement et de métamorphose, les Occidentaux auraient sans doute préféré le cercle ou le rectangle au carré, figure par trop statique pour être le théâtre d'un combat dynamique. Ils l'ont néanmoins conservé et ont joué avec passion sur cette surface qu'une autre civilisation leur avait transmise.

Un jeu pour rêver

On joue en effet beaucoup aux échecs dans l'Occident médiéval, comme le prouvent les nombreuses pièces mises au jour par les fouilles archéologiques. Ces trouvailles permettent même de dresser un tableau chronologique, géographique et social de la première diffusion du jeu en Europe. Encore rares jusque vers 1060-1080, elles se multiplient tout au long du XIIe siècle et deviennent vraiment nombreuses au XIIIe. Par la suite, elles vont en diminuant, mais à cette diminution il existe une raison simple : les pièces des jeux ordinaires, ceux avec lesquels on joue vraiment, sont désormais en bois et non plus en os, en corne ou en ivoire, et comme beaucoup d'objets médiévaux en bois, elles n'ont pas traversé les siècles.

Pour l'époque féodale, le nombre des pièces mises au jour par les fouilles laisse penser que l'on jouait vraiment beaucoup aux échecs, en tous lieux et dans toute la classe noble. C'était du reste déjà l'opinion du grand historien des échecs Harold J.R. Murray qui, en 1913, estimait que le XIIIe siècle européen constituait peut-être, toutes périodes et tous pays confondus, l'apogée de la diffusion du jeu[29]. Cette opinion doit être nuancée, d'une part parce qu'elle est excessive, d'autre part parce que les témoignages sont fragiles et que l'identification des pièces d'échecs ordinaires reste un exercice difficile, et même quelque peu aléatoire. Certains archéologues, en effet, qualifient hâtivement de « pièces d'échecs » de petits objets géométriques, en os ou en corne, qui n'en sont pas. L'œil doit ici se faire critique, et l'on ne peut que souhaiter un réexamen et un reclassement de toutes les pièces d'échecs médiévales conservées, sinon publiées. Pour l'archéologie, mettre au jour une pièce d'échecs est plus valorisant que de mettre au jour un tesson de céramique ou un objet d'identité et de destination inconnues. Même sous leur forme la plus modeste, les pièces d'échecs conservent toujours quelque chose de noble, de séduisant, de mystérieux. Trouver sur un chantier de fouilles une pièce d'échecs, c'est ouvrir la porte à l'imaginaire.

Ces surlectures et ces interprétations fautives se rencontrent déjà chez les érudits de l'Ancien Régime. Eux aussi croient reconnaître des pièces d'échecs là où il n'y en a pas, tant pour les jeux stylisés, à figures simplifiées, que pour les jeux d'apparat, nettement figuratifs. Le trésor de Saint-Denis conservait ainsi un lourd et bel éléphant d'ivoire, un peu plus grand que les pièces de Charlemagne, qui ressemblait à une pièce d'échecs et que les érudits des XVIIe et XVIIIe siècles ont identifié comme tel. Cet objet se trouve aujourd'hui dans les collections du Cabinet des médailles de la Bibliothèque nationale à Paris : le pachyderme, solidement caparaçonné, porte sur son dos un trône où est assis un roi ; plusieurs cavaliers l'entourent et forment avec lui une véritable scène. Cet ivoire n'est pas occidental mais oriental ; il date sans doute du IXe ou du Xe siècle et porte sous son socle une inscription en caractères coufiques, que l'on peut traduire par : « œuvre de Yusuf el-Bâhili ». Nous ignorons à quelle date cet objet a fait son entrée dans le trésor de Saint-Denis, mais c'est là qu'il fut identifié comme pièce d'échecs et rangé avec celles du prétendu jeu de Charlemagne. C'est du reste peut-être cet éléphant oriental qui a contribué à faire naître la légende du cadeau envoyé par le calife Haroun el-Rachid au grand empereur d'Occident. Quoi qu'il en soit, si ce très bel objet continue aujourd'hui, comme sous l'Ancien Régime, de susciter hypothèses et controverses, tout le monde s'accorde à reconnaître qu'il ne s'agit nullement d'une pièce d'échecs[30].

Malgré ces identifications erronées et un nombre de pièces d'échecs trouvées en fouille qu'il faut sans doute revoir à la baisse, il est néanmoins vrai qu'à partir du XIIIe siècle les Européens jouent beaucoup, du moins au sein de la classe aristocratique. Les images peintes et sculptées sont nombreuses qui montrent des rois, des princes, des chevaliers ou de nobles dames en train de s'adonner à ce jeu. Mais l'archéologie nous apprend que l'on n'y joue pas seulement dans les châteaux ou les demeures seigneuriales mais aussi parfois dans les postes de garnison, dans les monastères, à l'université, parfois sur les navires. À partir du milieu du XIVe siècle, des individus qui ne sont pas nobles y jouent, notamment tous ceux – et ils sont nombreux – pour qui le temps qui passe est long et monotone.

Les règles du jeu médiéval sont différentes de celles d'aujourd'hui, mais elles sont aussi et surtout changeantes, chaque joueur ayant, après accord avec son adversaire, la possibilité de les modifier quelque peu. Du moins si l'on en croit la littérature chevaleresque[31]. Au demeurant, comme aujourd'hui, on se vante fréquemment de savoir jouer et de connaître les règles alors qu'on les ignore. Dès le XIIe siècle, jouer aux échecs relève pleinement de la culture courtoise et l'on est fier de montrer que l'on a compétence et talent en ce domaine. La principale différence avec le jeu moderne réside en ce que la valeur de la reine (l'ancien vizir du jeu indien et arabe) est faible sur l'échiquier : elle ne peut avancer qu'en diagonale et seulement d'une case à la fois. Lorsque, à la fin du XVe siècle, la reine pourra progresser d'autant de cases qu'il lui plaît, et ce aussi bien horizontalement et verticalement qu'en diagonale, elle deviendra la pièce maîtresse du jeu et celui-ci s'en trouvera profondément modifié ; les parties seront plus dynamiques et plus riches en retournements de situation. Jusqu'à cette date, la pièce la plus forte sur l'échiquier est *l'alfin* (fou ou évêque, ancien éléphant du jeu oriental) qui avance en diagonale d'autant de cases qu'il le veut[32]. Le *roc* (notre tour actuelle), au contraire, ne peut se déplacer qu'horizontalement ou verticalement et seulement d'une, deux ou trois cases à la fois[33]. Sa force est à peu près égale à celle du cavalier qui comme aujourd'hui se déplace toujours de deux cases en deux cases, l'une en diagonale, l'autre à angle droit. Quant au roi, il peut avancer dans toutes les directions, de deux, trois ou quatre cases lorsqu'il se trouve dans sa moitié de l'échiquier, d'une seule case lorsqu'il se trouve dans la moitié adverse. Même marche pour le simple pion mais seulement vers l'avant en ligne verticale.

Ces règles expliquent pourquoi les parties sont lentes et peu mouvementées. Elles consistent davantage en une suite de « combats singuliers », pièce contre pièce, qu'en des stratégies de grande envergure, mettant en branle tout l'échiquier. Mais cela ne gêne guère les joueurs de l'époque féodale, habitués aux affrontements de petits groupes, voire au corps à corps, et pour qui l'essentiel n'est pas de gagner mais de jouer. Comme dans d'autres exercices aristocratiques – la chasse par exemple –, le rituel compte plus que le résultat.

Au reste, jusqu'à la fin du XIIe siècle, si l'on en croit les textes littéraires, comme dans les guerres féodales, il n'est pas vraiment prévu qu'une partie se termine par la victoire ou par la défaite de l'un des deux camps : lorsqu'un roi se trouve en position de mat, on le déplace d'une ou de plusieurs cases et la partie reprend. Capturer ou tuer, même symboliquement, le roi adverse aurait quelque chose de vil, de lâche, et même de ridicule. Le vainqueur, si vainqueur il y a, n'est pas celui qui met son adversaire en position de mat mais, comme au tournoi, celui qui a réalisé les plus beaux coups[34].

Ces pratiques, cependant, évoluent dans le courant du XIIIe siècle, comme le montre le volumineux traité compilé vers 1280 à la demande du roi de Castille Alphonse X. Sous l'influence des joueurs musulmans, plus forts que les chrétiens, les parties se font moins longues et, par la position du mat, désignent désormais le vainqueur et le vaincu. La guerre féodale, qui servait de modèle, est désormais loin. À partir des années 1300, des compétitions sont organisées qui mettent aux prises les meilleurs joueurs d'une cour, d'une ville, d'une région, d'abord dans la péninsule Ibérique et en Italie, puis dans toute l'Europe occidentale. Mais jusqu'à la fin du Moyen Âge, les joueurs occidentaux les plus forts restent italiens et espagnols ; par la suite ce seront les portugais[35]. Il existe déjà quelques champions renommés dont, pour le XVe siècle, nous avons gardé les noms[36]. Ces champions paraissent avoir de bonne heure préféré la composition de problèmes théoriques aux parties véritables. Plusieurs recueils de ces problèmes nous ont été conservés et témoignent déjà de l'extraordinaire dimension spéculative du jeu. Les fins de partie y retiennent alors toute l'attention, mais pas encore les ouvertures.

Du spéculatif au symbolique, le pas a été vite franchi. La fin du Moyen Âge nous a laissé plusieurs textes littéraires qui font du jeu d'échecs le prétexte ou le sujet de leur propos. Ce sont, à la suite des chansons de geste et des romans courtois des XIIe et XIIIe siècles, où les parties d'échecs étaient nombreuses, des œuvres allégoriques se situant dans la postérité du *Roman de la Rose*, lequel accordait lui-même aux métaphores échiquéennes une place valorisée. Parmi ces œuvres, un long poème anonyme composé vers 1370, les *Échecs amoureux*[37], et surtout le *Liber de moribus hominum*, compilé vers 1300 par le dominicain Jacques de Cessoles, connurent un succès considérable. Il s'agit d'allégories religieuses, morales et sociales tirées de la symbolique du jeu et des pièces[38].

Jacques de Cessoles eut plusieurs épigones, non seulement médiévaux mais aussi modernes et contemporains. Pour les poètes et les romanciers, le jeu d'échecs est en effet devenu au fil des siècles un thème à part entière, offrant tout à la fois une structure narrative, un cadre symbolique et un univers poétique ineffable. Loin du Moyen Âge, Edgar Allan Poe (*L'Automate de Maelzel*), Lewis Carroll (*De l'autre côté du miroir*), Vladimir Nabokov (*La Défense Loujine*), Stefan Zweig (*Le Joueur d'échecs*), Samuel Beckett (*Murphy*) et bien d'autres ont consacré aux échecs certains de leurs livres les plus étranges ou les plus séduisants. Car le jeu d'échecs n'est pas vraiment fait pour jouer. Il est fait pour rêver. Rêver à la marche des pièces et à la structure de l'échiquier. Rêver à l'ordre du monde et au destin des hommes. Rêver, comme au Moyen Âge, à tout ce qui se cache derrière la réalité apparente des êtres et des choses.

Jouer au roi Arthur

Anthroponymie littéraire et idéologie chevaleresque

À l'origine des premiers romans arthuriens, composés en langue vernaculaire dans la seconde moitié du XIIe siècle, se trouve le souvenir fortement déformé d'événements ayant eu lieu en Grande-Bretagne aux Ve et VIe siècles. Le héros principal en est un certain *dux Arturus*, chef romano-breton qui lutte dans le nord de la grande île contre les invasions des Pictes, descendus des hautes montagnes écossaises, et surtout contre celles de peuples germains et scandinaves, venus de la mer. Ce *dux Arturus*, plus ou moins légendaire, s'est transformé au fil des siècles en roi Arthur, souverain du prestigieux royaume de Logres, assimilé à l'Angleterre primitive, et à la cour duquel se réunissent les meilleurs chevaliers du monde, ceux que plus tard on nommera « les chevaliers de la Table Ronde[1] ».

Sur l'histoire d'Arthur et de ses compagnons se sont de bonne heure greffés différents thèmes, personnages et motifs empruntés à la mythologie celtique. L'ensemble, constamment enrichi, notamment par des éléments venus du folklore et de traditions empruntées à d'autres mythologies, a fini par constituer un matériau extrêmement fertile, propice à la création littéraire. Autour de l'an mille, Arthur devient ainsi un personnage récurrent dans les chroniques anglo-saxonnes et, surtout, dans les contes que les bardes gallois vont chanter dans les cours princières et seigneuriales, d'abord en Grande-Bretagne même, puis sur le continent. Au XIIe siècle, cet Arthur des traditions galloises et anglo-saxonnes se transforme en une véritable figure historique, un ancêtre dynastique de première importance, constituant un enjeu politique pour les différentes maisons qui se disputent le trône d'Angleterre. À la demande du roi Henri Ier Beauclerc, un clerc érudit, Geoffroi de Monmouth, reprend l'ensemble de la légende et l'intègre à une vaste histoire des rois d'Angleterre qu'il écrit en latin et achève en 1138[2]. La place réservée au règne d'Arthur y est considérable et le récit de Geoffroi contient déjà la plupart des motifs et des épisodes qui vont, quelques décennies plus tard, constituer la trame des grands romans de chevalerie. Vers 1155, un chanoine de Bayeux, Wace, s'inspire du texte de Geoffroi et rédige, en vers et en langue vernaculaire cette fois, une semblable histoire d'Angleterre, le *Roman de Brut*, qu'il dédie à Aliénor d'Aquitaine, femme en secondes noces du roi Henri II Plantegenêt[3]. Wace est le premier à mentionner la Table Ronde, qu'Arthur aurait fait faire pour éviter toute querelle de préséance entre ses chevaliers, et à raconter comment le roi, endormi dans l'île d'Avalon, reviendra un jour, en véritable héros messianique, libérer son peuple et le conduire vers le salut[4].

Une littérature militante

Plus encore que celle de Geoffroi de Monmouth, l'œuvre de Wace transforme la figure d'Arthur en héros littéraire et favorise la création de « romans » – c'est-à-dire de récits composés en langue vulgaire – entièrement centrés autour des aventures du roi Arthur, de la reine Guenièvre, de leur neveu Gauvain et des principaux chevaliers qui les entourent. Désormais, pour l'essentiel, les auteurs de ces histoires ne sont plus anglais mais français, à commencer par le plus célèbre et peut-être le plus influent d'entre eux : Chrétien de Troyes. Sa vie nous est pratiquement inconnue : c'est un clerc au service de la cour de Champagne, à l'époque du comte Henri le Libéral et de sa femme Marie, fille d'Aliénor et de son premier mari, le roi de France Louis VII ; c'est aussi un véritable poète, actif entre 1165 et 1190 environ, qui a laissé cinq « romans » en vers ayant pour cadre l'univers arthurien. Quatre d'entre eux comptent au nombre des chefs-d'œuvre de la littérature française du Moyen Âge : *Érec et Énide*, *Le Chevalier à la Charrette*, *Le Chevalier au lion*, *Le Conte du Graal*. Ils fixent définitivement le caractère des principaux héros de la Table Ronde (Arthur, Guenièvre, Gauvain, Lancelot, Perceval, Yvain, Keu et quelques autres), les grands thèmes et motifs autour desquels s'articule la littérature qui leur est consacrée, et un certain nombre d'aventures et de « conjointures » que reprendront, de manière presque obligée, la plupart des auteurs qui poursuivront l'œuvre de Chrétien[5].

Celui-ci eut en effet de nombreux imitateurs, adaptateurs et traducteurs, la plupart anonymes. En outre, le destin a voulu que Chrétien laisse inachevé son roman le plus ambitieux et, pour le lecteur moderne, le plus envoûtant : *Le Conte du Graal*. Entre la fin du XIIe siècle et les années 1230, pas moins de quatre continuateurs proposent une suite au texte de Chrétien et continuent le récit en vers des étranges aventures entrelacées du jeune et naïf Perceval et du preux et courtois Gauvain. Entre-temps, sont apparues les premières traductions en moyen haut allemand, en norrois, en néerlandais, et les premiers romans en prose, plus ou moins directement inspirés par les textes de Geoffroi de Monmouth, de Wace, de Chrétien et de leurs épigones. Leurs auteurs cherchent à mieux relier entre elles les aventures des principaux personnages et à combler les silences des grands précurseurs concernant les enfances des héros et les liens existant entre les différentes générations mises en scène. Cela aboutit, dans la première moitié du XIIIe siècle, à la compilation d'immenses cycles en prose, reprenant l'ensemble de la légende du roi Arthur et de ses compagnons, développant la thématique chrétienne du Graal, puis greffant sur l'ensemble ainsi constitué deux autres légendes : d'abord celle, relativement discrète jusque-là, de Merlin l'Enchanteur, puis celle, depuis longtemps célèbre et admirée, de Tristan et Yseut. Ce travail anonyme de réécriture et de réorganisation donne naissance, entre 1215 et 1240, à trois grands ensembles qui resteront jusqu'à l'aube des Temps modernes les trois cycles les plus copiés et les plus lus de la littérature arthurienne en langue française : le *Lancelot-Graal*, le *Tristan en prose* et le roman de *Guiron le Courtois*. Ils exerceront sur la société chevaleresque, sur ses codes, ses valeurs et ses modes de sensibilité, une influence considérable[6].

Aux XIIe et XIIIe siècles, les romans de la Table Ronde constituent une littérature presque exclusivement destinée à un public aristocratique. C'est une littérature militante, fortement idéologique, qui cherche, face aux transformations de l'ordre social, à imposer sa vision du monde et de la société : elle célèbre les *jeunes*[7], elle exalte la chevalerie[8], elle regrette le pouvoir sans cesse grandissant du souverain – Arthur, contrairement aux rois capétiens et plantegenêts, reste un roi féodal, qui doit prendre conseil[9] –, elle regrette surtout l'appauvrissement politique et économique de la petite et moyenne noblesse, elle méprise les vilains, et plus encore les communes, les marchands et la population urbaine[10].

Cependant, malgré cette idéologie, tout à la fois féodale et « réactionnaire », la légende arthurienne fut de bonne heure reçue hors de la classe noble. Il faut regretter ici la rareté des études consacrées à la réception de cette légende et à ses prolongements sur l'ensemble de la société[11]. Les documents pourtant ne manquent pas pour conduire de tels travaux. Ils favorisent même une approche interdisciplinaire, au sein de laquelle l'étude des rituels chevaleresques (tournois, joutes, fêtes, pas d'armes), de l'anthroponymie, de l'iconographie et de l'héraldique représentent quatre terrains particulièrement fructueux. L'héraldique notamment a déjà fourni un certain nombre d'informations de premier ordre[12].

Pour l'iconographie, en revanche, bien des enquêtes restent à entreprendre, les travaux pionniers de Roger Sherman Loomis et de son épouse Laura Hibbard n'ayant guère suscité de continuateurs, ou du moins le contraste restant grand entre l'abondance des témoignages et le petit nombre des travaux de qualité qui leur ont été consacrés[13]. Quant à l'anthroponymie, qui se prête à des enquêtes précises et qui peut prendre en compte un matériel documentaire quantitativement important, elle devrait constituer la priorité des recherches à venir pour l'étude de la réception de la légende arthurienne. Tentons d'en dégager ici les grands axes.

Des noms littéraires aux noms véritables

L'imaginaire est toujours à la fois le reflet et le modèle de la réalité. L'anthroponymie littéraire n'échappe pas à cette règle. Depuis longtemps les sociologues ont observé comment certains livres, films ou feuilletons télévisés pouvaient exercer une influence circonstancielle sur la vogue des prénoms. Un tel phénomène n'est nullement propre à notre époque ni à sa « société du spectacle ». Du XVIe au XIXe siècle, plusieurs livres ont exercé des effets semblables, notamment sur les prénoms masculins. Ainsi, pour s'en tenir à l'époque romantique, le *Werther* de Goethe en Allemagne ou le *René* de Chateaubriand en France[14]. Ce sont là des faits bien connus. Ce que l'on sait moins, en revanche, c'est que ce phénomène culturel se rencontre déjà au Moyen Âge, bien avant l'apparition et la diffusion du livre imprimé. Quelques philologues se sont ainsi penchés sur la vogue des noms Roland et Olivier, noms de baptême répandus par la *Chanson de Roland* et par les traditions qui s'y rattachent. Ils ont même observé que l'attribution de ces deux noms à des frères jumeaux était, en certaines régions, antérieure à la date supposée de la plus ancienne version connue de la *Chanson* (fin du XIe siècle), et pouvait même remonter jusqu'aux environs de l'an mille. L'anthroponymie apporte ici une aide précieuse à l'histoire littéraire[15]. De telles enquêtes n'ont malheureusement jamais été systématiquement consacrées à la légende arthurienne[16].

En France, pourtant, vers 1250, après l'achèvement des grands ensembles en prose, le corpus de l'anthroponymie arthurienne est définitivement constitué et fournit déjà à l'anthroponymie véritable (dont il est du reste partiellement issu) un matériel abondant[17]. Il en va de même du corpus de langue allemande. Dès le milieu du XIIIe siècle, et parfois même un peu avant, on rencontre dans la France du Nord et de l'Ouest, en Angleterre, dans les régions flamandes et rhénanes, en Bavière et au Tyrol, des individus qui commencent à porter les noms de Gauvain, Tristan, Lancelot, Perceval, Bohort et quelques autres. Le problème est évidemment de savoir à partir de quelle date ces noms sont devenus de véritables noms de baptême et non plus de simples surnoms, adoptés au tournoi, à la croisade ou dans tel ou tel rituel chevaleresque. Jusqu'à la fin du XIIIe siècle, les textes nous aident, en précisant bien qu'il s'agit d'un surnom, grâce à des formules du genre *Petrus dictus Lancelot* ou bien, en langue vulgaire, *Jean dit Perceval*, formules que l'on rencontre notamment dans les chartes et dans les chroniques. Mais parfois ces précisions n'existent pas, et seul est mentionné le nom du héros, peut-être déjà employé comme authentique nom de baptême.

Cette transformation du nom littéraire en nom véritable constitue un fait culturel de grande portée : il témoigne d'un mouvement – qu'il faut évidemment inscrire dans la longue durée – qui voit l'Europe occidentale passer progressivement d'un système patrimonial du nom *transmis* (c'est-à-dire marquant l'appartenance à un groupe, pris dans un stock limité de noms « appartenant » à ce groupe, et dévolu selon des règles rigoureuses où les ascendances et les parrainages jouent un rôle essentiel), vers un système plus libre du nom *choisi* par les parents, soumis à la mode, au goût, voire à des considérations affectives, religieuses ou psychologiques plus étroitement personnelles. Ce phénomène, sur lequel les ethnologues et les anthropologues ont les premiers attiré l'attention est aujourd'hui bien connu des démographes et des historiens de l'anthroponymie[18]. Mais l'histoire littéraire semble indiquer que cette mutation a été précoce, plus précoce qu'on ne le dit parfois.

L'anthroponymie nous apprend en effet comment de bonne heure, peu après le milieu du XIIIe siècle, les noms des principaux personnages mis en scène par la légende arthurienne ont été, en plusieurs régions, adoptés et réellement portés non seulement par des seigneurs, grands et petits, mais aussi par des individus qui n'avaient pour ainsi dire jamais l'occasion d'entendre directement la lecture des textes de Chrétien de Troyes et de ses successeurs. Dans la seconde moitié du siècle, quelques paysans vivant en Normandie, en Picardie et en Beauvaisis portent ainsi, dans des documents à forte valeur juridique (chartes, sceaux, censiers et dénombrements divers), des noms arthuriens. Mentionnons par exemple le sceau d'un paysan normand qui porte pour nom de baptême « Lancelot » et pour nom patronymique « Havard » (*fig. 17*). Certes, ce Lancelot Havard, habitant de la paroisse de Boos (aujourd'hui en Seine-Maritime), est probablement un laboureur et non pas un manouvrier (il est néanmoins qualifié de *rusticus* par l'acte auquel est appendu ce sceau) ; peut-être même s'agit-il d'un coq de village puisque son sceau est appendu à un acte que l'abbaye de Jumièges, largement possessionnée dans ces terroirs des environs rouennais, a passé en 1279 avec plusieurs paysans de cette paroisse[19]. Mais ce sceau constitue un document important : il prouve non seulement qu'un paysan peut, à cette date (probablement est-il né quelque vingt ou trente ans plus tôt), porter un nom de héros littéraire, et même le nom du plus prestigieux chevalier de la Table Ronde ; mais aussi que ce nom peut prendre place sur un support dont la valeur juridique est incontestable : le sceau ; sceau qui engage la crédibilité et la responsabilité de celui qui en fait usage[20]. Cela n'est pas rien.

Rituels arthuriens

Le cas de ce Lancelot Havard n'est pas unique[21] et semble confirmer que la diffusion des noms arthuriens a été relativement rapide. Il souligne également qu'au XIIIe siècle la culture des paysans n'est guère différente de celle des petits seigneurs qui les entourent. En contact permanent, ces deux classes sociales partagent un certain nombre de signes et de songes, même si le contenu idéologique en est différent[22]. À cette époque encore, du moins pour le royaume de France, l'articulation « culturelle » des différences ne se situe pas tant entre nobles et paysans qu'entre clercs et laïques et entre monde de la ville et monde de la campagne. La légende arthurienne appartient d'abord à la culture rurale, celle du château comme celle de la chaumière[23]. Sa diffusion dans la société rurale – ainsi que celle des noms propres qui l'accompagnent – doit être mise en relation avec la multiplication, tout au long du XIIIe siècle, des tournois et des spectacles arthuriens inspirés par les romans de la Table Ronde. C'est à Chypre, en 1223, qu'aurait eu lieu le premier de ces tournois, à l'occasion de l'adoubement du fils de Jean d'Ibelin, seigneur de Beyrouth. À partir des années 1230, en Allemagne, en Suisse, en Autriche, en Angleterre, en Écosse et dans la France du Nord, les rois, les princes, les seigneurs et les chevaliers se mettent à « jouer » au roi Arthur et à ses compagnons, dont ils cherchent à reconstituer les aventures et les exploits[24]. Ce faisant, ils en adoptent les noms et les armoiries littéraires, d'abord de manière éphémère (à l'occasion d'une campagne militaire ou d'une fête chevaleresque, tel le tournoi du Hem qui eut lieu en 1278[25]), puis de façon plus durable. Le roi d'Angleterre Édouard Ier (1272-1307), l'un des plus grands souverains qu'ait connus l'Angleterre médiévale, manifesta ainsi pendant une large partie de son règne une véritable passion pour la légende arthurienne : il organisa de multiples tournois, joutes, fêtes et « tables rondes », notamment au cours de ses guerres contre l'Écosse, imitant ceux que décrivaient les romans en vers et en prose[26]. La plupart de ses chevaliers participaient à ces rituels, confirmant ainsi l'importance grandissante du comportement romanesque pour la société aristocratique du XIIIe siècle. Pour une partie de la noblesse, le monde semble devenu un *enromancement* (c'est le terme médiéval même) ; le roman n'est plus seulement le reflet de l'idéologie nobiliaire, il en est aussi le modèle[27].

Au moins autant que la transmission des œuvres des poètes et des romanciers, ce sont probablement ces tournois, vus par tous les publics (parmi lesquels le public paysan était certainement majoritaire) et accompagnés de mises en scène, de jeux et de décors divers, qui ont contribué à répandre les noms des compagnons d'Arthur dans différentes classes de la société. D'autant qu'à la fin du XIIIe siècle la légende arthurienne fait son entrée en milieu urbain. Certains bourgeois des grandes villes de la Hanse commencent à imiter les rois et les chevaliers : ils se mettent eux aussi à organiser des fêtes et des tournois arthuriens et à se constituer en société du Graal ou de la Table Ronde[28]. Au début du siècle suivant, cette mode nouvelle touche les villes de la vallée du Rhin, des Pays-Bas et de la France du Nord : tour à tour, Cologne, Liège, Tournai, Bruges, Lille, Valenciennes, Arras deviennent des lieux réputés pour l'organisation de jeux et spectacles arthuriens[29]. Au milieu du XIVe siècle, le phénomène atteint Paris, puis se diffuse vers la France méridionale, l'Italie et même l'Espagne. La légende arthurienne est définitivement entrée dans la ville. Jouer au roi Arthur et adopter les noms de ses chevaliers est devenu un authentique fait urbain. Les bourgeois des villes marchandes s'y adonnent désormais tout autant que les milieux princiers[30]. La société du Moyen Âge finissant semble atteinte dans son ensemble d'une véritable frénésie arthurienne qui en certaines régions (Pays-Bas, Italie), durera jusqu'au milieu du XVIe siècle[31].

Tristan, le héros préféré

Une étude statistique de la diffusion des noms des héros de la Table Ronde dans le temps et dans l'espace (espace géographique comme espace social) doit donc être entreprise. Toutefois, l'anthroponymie est une science difficile qui a ses méthodes propres et qui ne peut être pratiquée que par des spécialistes. Ils sont malheureusement peu nombreux et, pour la période médiévale, se sont davantage préoccupés des noms patronymiques que des noms de baptême[32]. N'étant pas spécialiste d'anthroponymie, je me suis limité à une source documentaire que je connaissais bien : les sceaux. J'ai examiné les noms de baptême inscrits dans les légendes d'environ 40 000 sceaux français[33] – la France étant envisagée dans ses limites du XVe siècle – antérieurs à 1501 (date de l'acte). Le sceau, document daté et localisé par l'acte auquel il est appendu, indique presque toujours le nom de baptême de son possesseur. J'ai ainsi recensé, pour la période allant du début du XIIIe siècle jusqu'à la fin du XVe, 431 cas apparents de l'emploi d'un nom arthurien par un personnage véritable.

Chronologiquement, c'est à la fin du XIIIe siècle et pendant tout le dernier tiers du XIVe que la vogue de ces noms semble avoir été la plus forte. Il ne faut toutefois pas perdre de vue qu'ils sont portés par des possesseurs de sceau, c'est-à-dire par des adultes nés une voire deux générations avant la date du document auquel est appendu ce sceau. Géographiquement, c'est en Picardie, en Beauvaisis, dans le Ponthieu et dans les deux Vexins que la moisson a été la plus fructueuse (près d'un quart des 431 cas recensés). Viennent ensuite la Flandre, l'Artois, Paris et la Normandie. Je dois toutefois préciser que mon matériel sigillaire, tributaire de la documentation qui nous est parvenue[34], était déséquilibré, les quatre cinquièmes des sceaux étudiés appartenant à des régions sises au nord d'une ligne Poitiers-Lyon. On notera à cet égard la rareté des noms de héros « bretons »… en Bretagne, la légende arthurienne ayant en ce domaine comme en plusieurs autres (l'iconographie, l'héraldique) un impact « armoricain » relativement faible.

Cependant, c'est sur le plan social et culturel que cette enquête semble apporter les résultats les plus pertinents. En effet, même si les noms arthuriens portés par des individus véritables se rencontrent dans toutes les classes de la société, il apparaît bien que ce sont les petits nobles (écuyers, officiers de guerre) et les riches bourgeois qui les adoptent le plus volontiers aux XIVe et XVe siècles. Mis à part le cas d'*Arthur* – nom de baptême traditionnel chez quelques grandes familles (maison de Bretagne, où trois ducs ont porté le nom d'Arthur ; maison de Cossé) –, les exemples en sont rares dans la haute noblesse après le XIIIe siècle. Il est vrai que pour le royaume de France, jusqu'à la fin de l'Ancien Régime, les noms de baptême sont moins diversifiés et plus « patrimoniaux » dans la haute noblesse que dans les milieux situés plus bas dans l'échelle sociale.

À la fin du Moyen Âge, la mode des noms arthuriens effectivement portés comme noms de baptême (le cas est différent pour les surnoms éphémères) concerne donc en premier lieu deux classes sociales en pleine transformation : la petite noblesse, plus ou moins ruinée, et la riche bourgeoisie marchande, en pleine ascension sociale et politique. Pour la petite noblesse, c'est un moyen de conserver un peu de son prestige chevaleresque, largement entamé par la guerre de Cent Ans, et de trouver dans le « paraître » anthroponymique une compensation à son déclin économique et politique. Pour la bourgeoisie, ou du moins pour le riche patriciat urbain, c'est au contraire une stratégie sociale, destinée à forcer par le système des valeurs littéraires l'entrée dans la culture et la classe nobles (cette même bourgeoisie tentant également de forcer cette entrée par d'autres voies : la politique matrimoniale, les prêts d'argent, le service du roi).

Très instructives sont également pour l'historien des textes littéraires les indices de fréquence des noms des principaux héros de la légende arthurienne portés par des individus véritables. Le tableau ci-dessous montre clairement que le préféré est Tristan (qui, contrairement à ce que l'on a parfois écrit, appartient bien au monde arthurien) ; il devance nettement Lancelot et Arthur :

Tristan :	120 exemples
Lancelot :	79 exemples
Arthur :	72 exemples
Gauvain :	46 exemples
Perceval :	44 exemples
Yvain :	19 exemples
Galehaut :	12 exemples
Bohort :	11 exemples
Lionel :	7 exemples
Sagremor :	5 exemples
Palamède :	5 exemples
Autres :	11 exemples

Fréquence des noms de chevaliers de la Table Ronde employés comme noms de baptême ou comme surnoms, d'après le dépouillement d'environ 40 000 légendes de sceaux français antérieurs à 1501

Cette primauté de la légende de Tristan sur celle de Lancelot et d'Arthur, et plus encore sur celle du Graal et de Perceval, se retrouve dans d'autres témoignages. Ainsi le nombre des manuscrits conservés : ceux-ci montrent comment, entre la fin du XIIIe siècle et la fin du XVe, le roman du *Tristan en prose* (et ses différents remaniements) a constitué l'ensemble romanesque arthurien le plus copié et le plus lu[35]. Ainsi également les témoignages de l'iconographie, l'enluminure en premier lieu, mais aussi la peinture murale et la tapisserie. Quelques sondages effectués dans les pays entourant la France confirment cette primauté de Tristan dans l'anthroponymie de la fin du Moyen Âge en Allemagne et en Autriche[36] (où Perceval – peut-être grâce à Wolfram von Eschenbach – est également bien représenté) et, à un degré moindre, en Italie[37] (où Lancelot le talonne de près, semble-t-il). En Angleterre (mais pas en Écosse), c'est Gauvain – nom peut-être d'origine galloise[38] – qui vient en tête ; mais cela n'est certainement pas dû à l'étrange et magnifique roman *Sir Gawayn and the Green Knight*, dont nous n'avons conservé qu'un seul manuscrit et dont la diffusion semble avoir été limitée. Je souhaite que des chercheurs, spécialistes d'anthroponymie, se penchent sur ces questions et entreprennent des enquêtes complétant les miennes. En Italie, notamment, le matériel semble particulièrement abondant pour la période 1280-1480, en Émilie, en Lombardie et dans les régions avoisinantes[39]. Ainsi, au milieu du XVe siècle, une puissante famille princière comme celle de la maison d'Este voue encore un culte aux héros arthuriens. Plusieurs de ses illustres représentants en portent les noms : les deux frères Leonello (Lionel) et Borso (Bohort) d'Este, qui portent les noms des deux cousins de Lancelot et qui furent, l'un après l'autre, duc de Ferrare ; ils eurent pour demi-frère un Meliaduse (Méliaduc, père de Tristan), et parmi leurs nombreuses sœurs on remarque une Isotta (Iseut) et une Ginevra (Guenièvre)[40]. Quelques décennies plus tôt, on observe une mode semblable des noms arthuriens chez les Visconti, ducs de Milan, dont plusieurs membres portent les noms de Galeazzo (Galaad, fils de Lancelot) et Galeotto (Galehaut, ami de cœur de Lancelot). Plus tard, mais à un degré moindre, ce seront les Gonzague, seigneurs de Mantoue, qui verseront eux aussi dans l'anthroponymie arthurienne.

L'étude des sceaux m'a conduit à délaisser quelque peu les noms féminins. Parmi mes quelque 40 000 légendes de sceaux, environ 550 seulement appartenaient à des femmes.

Je n'y ai rencontré aucune Guenièvre et trois Iseut en tout, la plus ancienne étant Iseut de Dol, femme d'Asculphe de Soligné, seigneur possessionné aux confins de la Bretagne et de la Normandie ; elle a laissé un sceau appendu à un document daté de 1183[41].

Idéologie du nom

Chez quelques familles nobles, la mode des noms de héros de la Table Ronde, employés d'abord comme surnoms puis comme noms de baptême, a constitué un usage héréditaire. Ainsi, en France, dès la fin du XIIIe siècle, dans la maison de Dreux[42]. Le cas est d'autant plus intéressant qu'il s'agit d'une branche cadette de la maison capétienne (les Dreux sont issus de Robert Ier, comte de Dreux, mort en 1188, troisième fils du roi Louis VI), branche ayant perdu au fil des décennies une bonne partie de son prestige familial (le cousinage avec la famille royale va en s'éloignant) et de ses possessions territoriales. L'historien est en droit de se demander si, ici encore, l'usage de noms littéraires n'est pas un moyen de compenser un irrémédiable déclin politique et dynastique. D'autant que, chez les Dreux, ce sont surtout des membres de branches elles-mêmes cadettes (Dreux-Beaussart et Dreux-Châteauneuf[43]) qui adoptent le plus volontiers des noms et des surnoms arthuriens. Cet usage héréditaire se rencontre pareillement au XIVe siècle dans une famille picarde appartenant à la moyenne noblesse, les Quiéret. Mais ici ce sont les aînés de la branche aînée qui adoptent le surnom de Bohort – cousin germain de Lancelot et seul chevalier de la Table Ronde qui survive à l'écroulement du monde arthurien[44] – et les cadets ou cadets de cadets, ceux de Gauvain (neveu du roi Arthur), de Tristan et de Lionel (frère de Bohort)[45]. Il y a là des pratiques savantes qui combinent, selon des modes dont l'étude détaillée serait à maints égards instructive, la parenté réelle et la parenté littéraire.

Le XVIe siècle ne vit pas tout de suite le déclin de ces noms littéraires dans l'anthroponymie véritable. En Angleterre, les œuvres de Thomas Mallory en assurèrent le succès pour plusieurs décennies. Et sur le continent, la diffusion des versions imprimées des romans de la Table Ronde leur donnèrent une vigueur nouvelle[46]. Il faut en fait attendre le XVIIe siècle et, surtout, le XVIIIe siècle pour que cette mode s'essouffle puis, du moins en France, en Allemagne et aux Pays-Bas, tende à disparaître, malgré les versions simplifiées des romans de chevalerie médiévaux largement diffusés par les bibliothèques de colportage. Par la suite, dans la seconde moitié du XIXe siècle, d'abord dans l'Angleterre victorienne puis sur le continent, la mode des noms arthuriens fut relancée par les poèmes de Tennyson et par les œuvres de plusieurs artistes du mouvement préraphaélite (William Morris et Burne-Jones, notamment)[47].

Le nom de baptême n'est jamais neutre. Il est le premier « marqueur » social, le premier attribut, le premier emblème. Il identifie celui qui le porte – pendant sa vie mais aussi après sa mort – et appartient à sa sensibilité la plus profonde. Dès lors, il est permis de se demander pourquoi pendant si longtemps les historiens médiévistes s'y sont si peu intéressés. Ils en ont abandonné l'étude aux philologues, lesquels se sont parfois enfermés dans de spécieuses querelles d'étymologie ou de phonétique. Le temps paraît venu, à l'heure de l'informatique, de dépasser le stade des monographies locales ou régionales. Des études quantitatives de grande ampleur devraient apporter des informations neuves concernant différentes questions chères à l'anthropologie historique : la diffusion des modèles culturels, les structures de la parenté, le culte des saints, l'attitude de l'Église face à l'anthroponymie[48]. Elle devrait également permettre, pour le Moyen Âge, de mieux replacer le nom dans les réalités sociales. Comment, par qui et pourquoi ce nom est-il choisi ? Sert-il vraiment à désigner, dans la vie quotidienne, l'individu qui le porte ? Peut-il changer au cours d'une existence ? Comment est-il accepté, proclamé, mis en scène, déformé ou rejeté par son possesseur ? Comment est-il reçu par les autres ? Quels systèmes de valeurs véhicule-t-il ? Quelles relations entretient-il avec le nom patronymique pour former, à la fin du Moyen Âge, des formules et des taxinomies sociales nouvelles ? Autant de questions auxquelles devront tenter de répondre des travaux à venir.

RÉSONANCES

Le bestiaire de La Fontaine

L'armorial d'un poète au XVIIe siècle

« Qu'est-ce qu'un *phénix des hôtes de ces bois* ? » demande avec ironie Jean-Jacques Rousseau dans une page célèbre de l'*Émile*, où il analyse mot à mot la fable *Le corbeau et le renard* et montre, avec une certaine mauvaise foi, qu'elle est inintelligible pour un enfant[1]. Emporté par son souci de prouver que les fables de La Fontaine sont obscures et immorales, il en vient même à s'interroger sur la nature et la qualité du fromage puis à poser cette question insolite : « Qu'est-ce qu'un corbeau ? » Comme souvent lorsqu'il se fait polémiste, Rousseau pousse ses critiques trop avant, et aux observations judicieuses finissent par se mêler des objections malvenues.

S'il est vrai que l'image du phénix est quelque peu précieuse et que les vers de La Fontaine ne sont pas toujours limpides pour un jeune enfant, la faune que les *Fables* mettent en scène, en revanche, ne présente aucun problème d'identification ni de compréhension. Il s'agit pour l'essentiel d'animaux « familiers » – concept fondamental pour étudier l'histoire des rapports entre l'homme et l'animal –, les uns domestiques, les autres sauvages, la plupart indigènes, quelques-uns exotiques. Tous font partie du bestiaire le plus ordinaire de la culture occidentale depuis une antiquité lointaine, même ceux qui, tels le lion ou l'éléphant, ne se rencontrent pas sur le sol de la vieille Europe. Ce sont des familiers de tous les lecteurs de La Fontaine, quels que soient leur âge et leur époque. L'erreur, du reste, serait de croire que ce sont les fables de notre auteur qui les ont rendus familiers. Loin s'en faut. Ils l'étaient bien avant lui, grâce à d'autres fables, certes, mais grâce aussi à d'autres textes, à des images, à des mythes, à des usages et à des rituels de toutes natures qui, au fil des siècles, ont passé la faune universelle au tamis de la culture européenne pour la transformer en un bestiaire choisi. Les proverbes, l'anthroponymie et l'héraldique, pour se limiter à trois exemples, sont des domaines qui, tout autant que les fables et les contes, et parfois en association avec eux, ont contribué à façonner ce bestiaire.

Un bestiaire familier

Le bestiaire de La Fontaine innove donc peu. Non seulement parce que le nombre des fables dont il n'emprunte pas la matière à ses prédécesseurs est limité, mais aussi parce que notre auteur a voulu conserver à chaque animal ses traits les plus habituels. Non pas ceux de la nature, bien évidemment, mais ceux de la culture. Il serait absurde, en effet, de continuer à voir en La Fontaine, comme on l'a fait trop longtemps[2], un observateur attentif de la faune de nos campagnes et de croire que la charge de maître des eaux et forêts de Château-Thierry, qu'il a dû acheter en 1652 et qu'il a occupée pendant près de vingt ans, lui a permis d'étudier cette faune en naturaliste (faisait-il vraiment de fréquents séjours dans les forêts champenoises ?). Au XVIIe siècle, la création littéraire ne se fait pas sur le motif, même quand il s'agit de fables, surtout quand il s'agit de fables, genre savant entre tous. En outre, contrairement à une idée reçue, La Fontaine n'a jamais été un authentique campagnard, et guère un forestier ; tout au plus un « jardinier », c'est-à-dire un habitué des jardins. Non pas du côté de la serre ou du potager, mais du côté des « labyrinthes de verdure », tel celui du parc de Versailles dont on sait aujourd'hui le rôle déterminant qu'il a joué dans l'élaboration de certaines de ses fables[3]. Enfin, ce n'est pas parce qu'il prend vigoureusement position contre la théorie des « animaux-machines » de Descartes, Malebranche et de leurs épigones, qu'il faut en faire un naturaliste défenseur des animaux[4]. Bien au contraire, refuser de voir dans les animaux de simples automates est une position savante, élitiste même, qui se situe à l'opposé du courant naturaliste.

Les animaux que dépeint La Fontaine ne sont donc en rien ceux qu'il aurait fréquentés au cours de ses prétendues oisivetés rurales. Ce sont pour la plupart ceux que mettaient déjà en scène les fabulistes antiques et médiévaux, les conteurs orientaux, le *Roman de Renart* et toutes les traditions liées au monde des ysopets et de la poésie animale. Au reste, aimer les prés et les bois, rechercher la fraîcheur des eaux et des ombrages, voisiner avec les bergers et leurs brebis, observer le ciel et les oiseaux et se sentir en harmonie complète avec la nature, avec ses rythmes, son climat et ses saisons, tout cela relève d'une tradition lettrée. Depuis Virgile, on aime à le dire, à le chanter, à le proclamer, mais de là à le faire vraiment, sous la pluie, dans la boue, parmi les ronces et les insectes… C'est une attitude qui se construit autour d'un savoir livresque et qui a pour objet non pas la nature mais l'idée que l'on s'en fait[5]. Sa source première se trouve dans les bibliothèques. Exemplaire est à cet égard le cas de La Fontaine qui a sélectionné ses bêtes dans ses lectures, notamment dans les fabliers de l'Europe et de l'Asie, et non pas dans les prés, dans les champs ou dans les bois[6].

S'appuyer sur la tradition, sur les livres et sur les images permet du reste à notre poète de faire l'économie de bien des précisions inutiles, parce que, pour tout savoir – qu'il soit antique, médiéval ou moderne –, c'est là, dans les bibliothèques et non dans l'insaisissable nature, que se trouve la vérité des êtres et des choses. Cela lui permet également, dès les premiers vers d'une fable, de transformer le lecteur en un complice attendri. Ce dernier a la joie, l'immense joie de retrouver ce qu'il connaît : le lion, roi des animaux, est orgueilleux et autoritaire ; le renard, rusé et fuyant ; le loup, affamé et cruel ; l'âne, stupide et paresseux ; le lapin, gai et insouciant ; le corbeau, bavard et vorace.

D'une fable à l'autre, ces animaux conservent leurs caractères, ceux qu'ils possédaient déjà plus ou moins dans les fables antiques – ainsi chez Ésope, Phèdre, Avianus et quelques autres – et qu'ils possèdent encore pleinement au XVIIe siècle dans les contes et les légendes, dans les proverbes et les chansons, dans les encyclopédies, dans les livres d'emblèmes, dans les traités de blason et dans toutes les images qui en sont issues. Il serait naïf de croire que les timides progrès faits par la zoologie aux XVIe et XVIIe siècles aient pu entamer en quoi que ce soit un tel héritage[7]. Au fil des siècles, culture savante et culture populaire ont progressivement réduit ces caractères animaliers à l'état de clichés. Et l'héraldique, art animalier par excellence, qui donne toujours priorité à la structure sur la forme, leur a forgé, autour d'un squelette invariant venu de loin, une plasticité telle qu'ils se prêtent désormais à tous les emplois sans plus jamais rien perdre de leurs caractères.

Un armorial littéraire

Dans les *Fables* de La Fontaine, en effet, l'héraldique est souvent sous-jacente. Non pas tant sous forme d'allusions aux armoiries de tel ou tel personnage protecteur ou détracteur de La Fontaine et de ses amis : l'écureuil de Fouquet, la couleuvre de Colbert, les lézards des Le Tellier, voire le lion des Bouillon, le brochet des Mancini ou le chien du libraire Barbin. Cette héraldique-là, qui est discrète – mais qui mériterait d'être étudiée de plus près[8] – n'est pas primordiale. Elle ne se limite du reste pas aux figures prenant place dans les armoiries de telle ou telle famille : chaque individu, en effet, outre son animal héraldique familial, peut user d'un ou plusieurs autres animaux qui lui servent de devise (au sens du XVIIe siècle). Louvois par exemple, à côté des célèbres lézards des armoiries des Le Tellier, affiche aussi un emblème parlant qui lui est propre : un loup, et même – l'emblématique du XVIIe siècle se plaisant à cultiver le rébus et le calembour[9] – un loup « regardant », un « loup qui voit » (*loup voit*), c'est-à-dire ayant la tête de face comme celle du léopard et non pas de profil comme celle du lion[10]. Mais l'essentiel n'est pas là.

L'essentiel se trouve d'abord dans le répertoire restreint des animaux mis en scène par les fables et dans la façon dont, d'une fable à l'autre, ils forment un système cohérent ; puis dans la structure fortement héraldique qui sous-tend le récit de chacune de ces fables ; enfin dans la moralité qui s'en dégage, presque toujours sous la forme d'un adage ou d'une sentence placée à la fin du récit tel un *motto* inscrit sur un listel. Plus que les livres d'emblèmes, dont on a depuis longtemps souligné l'influence certaine qu'ils ont exercée sur La Fontaine[11], ce sont l'art et la science du blason qui sont ici au premier plan de la création poétique. Par là même, les trois livres des *Fables* publiés par Jean de La Fontaine entre 1668 et 1694 constituent peut-être le plus bel armorial littéraire que le XVIIe siècle nous ait laissé. Un armorial *ordonné*, c'est-à-dire classé par figures héraldiques et non pas un armorial *général* classé par familles ou par possesseurs d'armoiries.

Les animaux des *Fables* ne sont pas de vrais animaux ; même si la cigale chante, si les alouettes font leur nid, si le loup mange l'agneau et si les ânes et les mulets portent des fardeaux. Ce ne sont pas non plus (ou pas seulement) des hommes, même s'ils parlent et débattent comme des êtres humains, vont en pèlerinage, se marient, se font soigner ou enterrer, et si leur société comporte un roi, une cour, des conseillers, des palais, des chaumières et des tribunaux. Ce ne sont pas non plus des types ou des masques, comme on en rencontre au théâtre et dans les rituels de déguisement, encore moins des attributs, car ils ne sont pas génériques mais individualisés. Non, ce sont plutôt des *meubles*, au sens fort que l'héraldique donne à ce mot, c'est-à-dire des figures qui, contrairement aux figures géométriques, ne sont pas fixes à l'intérieur de l'écu mais adoptent des attitudes et des dispositions différentes selon les armoiries. Ils se déclinent en nombre, position, relation, forme et couleurs ; ils se retrouvent en outre d'un écu à l'autre, créant ainsi des séries, des échos, des continuités ou des ruptures qui donnent son économie propre à tout armorial. Au reste, même les végétaux et les objets que notre poète met en scène sont traités ainsi, à la manière des figures du blason, telles qu'on les rencontre à l'horizon des années 1660-1680 dans les ouvrages de deux grands héraldistes : l'érudit bourguignon Pierre Palliot et, surtout, le père jésuite Claude-François Ménestrier, dont les traités et manuels furent de grands succès de librairie jusque fort avant dans le XVIIIe siècle[12]. Quelles différences, en effet, entre le lion, le loup ou le renard, d'un côté, et le chêne et le roseau, le gland et la citrouille, le pot de terre et le pot de fer, de l'autre ? À dire vrai, aucune. Ce sont des figures du blason, d'authentiques *meubles* héraldiques ; ils prennent place dans l'armorial du fabuliste et sans doute même dans son bestiaire qui, comme ceux du Moyen Âge, ne se limite pas aux animaux. Il ne peut du reste pas en être autrement, sinon les fables sans animaux ne seraient pas des fables.

Des animaux emblématiques

Parfois, la simplicité et la cohérence de ce bestiaire semblent faire contraste avec l'hétérogénéité ou la complexité d'un certain nombre de fables. La récurrence de plusieurs animaux – six d'entre eux se retrouvent dans dix fables ou plus (le lion, le loup, le renard, l'âne, le chien et le rat) et quelques autres sont presque aussi fréquents (le coq, le singe, le corbeau, le bœuf) – en fait un monde en soi, un univers fermé. Contrairement à ce qu'on croit généralement, le bestiaire de La Fontaine ne comporte pas un nombre très élevé d'espèces animales : moins d'une cinquantaine pour les quelque 238 fables publiées en trois recueils de 1668 à 1694. Et encore, plusieurs d'entre elles, comme l'huître ou le frelon, ne se rencontrent-elles qu'une fois. Il vaudrait du reste la peine de s'interroger, chiffres à l'appui, sur les fréquences et sur les raretés et de comparer, presque statistiquement, le bestiaire de notre fabuliste avec celui de ses prédécesseurs. Ses ajouts sont peu nombreux[13], mais ils introduisent des soupapes qui assurent le bon fonctionnement d'un système qui, sans innovation aucune, aurait tendance à se scléroser. Il faudrait aussi s'interroger sur l'absence de certains animaux et peut-être se demander si l'être humain doit ou non être considéré comme faisant partie de ce bestiaire.

Car comme tout bestiaire, celui des fables donne aux animaux des indices de fréquence différents. Chez La Fontaine, deux vedettes : le lion et le renard ; mais ils l'étaient déjà dans les fables antiques et dans celles du Moyen Âge et représentaient déjà les deux versants obligés de la symbolique animale : un animal viril et un animal féminin ; un animal royal et un animal paysan ; un animal solaire et un animal lunaire ; un animal *d'or* (jaune ou fauve) et un autre *de gueules* (rouge ou roux)[14]. À eux deux, le lion et le renard couvrent la moitié de la palette héraldique. Le bestiaire de La Fontaine est bien un bestiaire hiérarchisé, non pas selon les lois de la nature, ni même selon les taxinomies de la zoologie, mais selon l'honorabilité des figures du blason. C'est ce dernier qui, au tournant des XIIe-XIIIe siècles, avait installé le lion sur le trône de roi des animaux dans la symbolique occidentale. Et ce sont les *Fables* de La Fontaine qui, au XVIIe siècle, l'ont fait remonter définitivement sur ce trône dont un moment l'aigle semblait l'avoir chassé[15].

Un trait grammatical souligne avec force ce caractère héraldique des figures animales, récurrentes d'une fable à l'autre :

l'emploi fréquent de l'article défini – *le* corbeau, *le* renard, *le* lion, *la* cigale, *la* fourmi, *les* grenouilles. Cette tournure grammaticale s'apparente à un véritable blasonnement : *d'argent au corbeau de sable* ; *de sable au lion d'or* ; *d'or au renard de gueules* ; *de gueules au loup ravissant d'hermine*. L'article défini, en même temps qu'il donne un nom à chaque figure – presque un nom propre (d'où parfois, dans les éditions anciennes, l'emploi de la majuscule : *le Lion, le Renard, le Corbeau*) –, lui permet aussi et surtout de présenter chaque espèce de manière archétypale. Ce n'est pas *un certain* renard, c'est *Le* renard. Les traits distinctifs – physiques, sociaux, moraux ou psychologiques – qui le caractérisent sont moins des particularités individuelles que des généralités quant à l'espèce qu'il représente. Et ce, non pas par rapport à l'histoire naturelle – rien de moins naturaliste, répétons-le, que la fable –, mais bien par rapport aux traditions culturelles. Aucune cigale, par exemple, ne cherche à se nourrir « de mouches ou de vermisseaux » : il s'agit d'un insecte qui ne mange que la sève des végétaux ; mais la vraisemblance – et donc la vérité – est bien utilisée car, dans les traditions, la cigale est bruyante et vorace, et l'image qu'en donne ici la fable est conforme à l'idée que s'en fait le lecteur.

Héraldique de la fable

Outre cette déclinaison d'un répertoire, formant par lui-même un véritable armorial, ces animaux-types sont mis en mouvement et liés entre eux par une authentique syntaxe héraldique de la narration. Comme l'armoirie, en effet, la fable est structurée en épaisseur et se lit plan par plan. Au plan du fond correspond la situation initiale, en général une situation de crise sur laquelle s'ancre l'histoire à venir. Sur les plans intermédiaires prennent place les événements, plus ou moins longs, qui transforment cette situation initiale ; ce sont les fameux « cent actes divers » qui font alterner récits et discours. Puis, sur le plan du devant, est présentée la situation finale, issue d'un nouvel équilibre des forces en présence. Mais la fable-armoirie ne se termine pas là car, « brochant sur le tout » et constituant le plan le plus rapproché du spectateur, voici pour finir la moralité, véritable *âme* d'une devise dont le récit serait le *corps* – pour reprendre une terminologie chère aux héraldistes et aux théoriciens des livres d'emblèmes des XVIe et XVIIe siècles. Comme pour une armoirie, la lecture se fait dans l'ordre des plans, en commençant par celui du fond, avec impossibilité absolue de revenir en arrière. Les temps des verbes employés par La Fontaine renforcent cette structure en feuilleté : d'abord l'imparfait ; puis le passé simple ou le présent de narration ; enfin le présent absolu, celui des sentences, des maximes et des vérités générales. Ici encore la structure héraldique est prégnante : au fond, le passé ; sur le devant, le présent ; « brochant sur le tout », l'éternité.

Les dix-huit mois passés par le jeune Jean de La Fontaine chez les Pères de l'Oratoire, pionniers au XVIIe siècle dans le domaine de la pédagogie héraldique[16], ont laissé probablement chez lui une marque profonde. Au point qu'il a conçu son bestiaire comme une sorte d'armorial et construit ses fables selon les principes du blason. Chacune peut ainsi être tout ensemble un récit pittoresque, une allégorie morale, une proclamation emblématique, une devise, un programme didactique ou un art de la mémoire : en un mot, une véritable armoirie.

Le soleil noir de la mélancolie

Nerval lecteur des images médiévales

« Le blason est la clef de l'Histoire. » Cette phrase de Gérard de Nerval[1], citée en exergue de la plupart des traités d'héraldique de la fin du XIXe siècle, témoigne de l'intérêt que portait le poète à la science des armoiries. Cependant, même si elle a parfois été timidement signalée par les critiques nervaliens, cette attirance, cette passion même de Nerval pour l'héraldique n'a jamais fait l'objet d'aucune étude. Alors que ses rapports avec l'alchimie[2], avec la franc-maçonnerie[3], avec l'ésotérisme ou l'occultisme[4], avec la généalogie même[5], ont donné lieu à des enquêtes approfondies, ses relations avec le blason n'ont suscité aucun livre, aucun article, aucun paragraphe. Il est vrai qu'un tel travail ne pourrait être conduit que par un héraldiste tant est malaisée à cerner la situation où se trouvent les armoiries au moment où écrit notre poète, à l'horizon des années 1840-1850. Ce n'est plus l'héraldique vivante et structurée de l'Ancien Régime. Ce n'est pas encore l'héraldique savante telle qu'elle va renaître en Allemagne puis en France une ou deux décennies plus tard. C'est une héraldique libre et romantique, débridée, « troubadour », d'autant plus séduisante et fructueuse pour l'imagination d'un poète qu'elle est affranchie de la réalité quotidienne et qu'elle n'obéit pas encore à la rigueur académique de l'érudition. De fait, dans l'œuvre de Nerval, l'héraldique est présente partout : termes et tournures empruntées à la langue du blason, descriptions (parfois fautives) d'armoiries plus ou moins fictives, récits de légendes héraldiques ou para-héraldiques, croquis d'écus armoriés dessinés sur des lettres ou des manuscrits. Pour un nervalien familier du blason il y a là un corpus à entreprendre.

Mon propos sera ici moins ambitieux. Je souhaiterais en effet me limiter au poème le plus célèbre et le plus étudié de Nerval, *El Desdichado*, composé à la fin de l'année 1853, et tenter de montrer comment un manuscrit enluminé et armorié du début du XIVe siècle en a probablement été une des sources d'inspiration principales. Je ne le ferai pas sans quelques scrupules, le médiéviste que je suis étant proprement effaré par la bibliographie consacrée à ce sonnet[6]. La littérature française n'a probablement produit aucune œuvre qui ait occasionné autant d'analyses et de commentaires passionnés. Chaque vers, chaque mot, presque chaque syllabe ou sonorité a engendré plusieurs thèses, livres ou articles[7]. Est-il de ce fait opportun, ou tout simplement tolérable, d'accroître encore cette immense bibliographie ? Je n'en suis pas convaincu. Toutefois, ce que je vais proposer n'est pas un nouvel essai d'interprétation, encore moins d'explication. Je ne cherche ni ne suggère aucune clef, aucun déchiffrement. Pour l'historien, toute œuvre littéraire ou artistique n'est pas seulement ce que son auteur a voulu qu'elle soit ; elle est aussi ce que l'histoire en a fait. En outre, toute œuvre est par essence polysémique. Chaque lecteur, avec sa personnalité, sa culture, son humeur, ses aspirations, sélectionne tel ou tel niveau de sens. Plus que tout autre, *El Desdichado*, poème volontairement chargé par Nerval de multiples niveaux de sens, me paraît obéir à cette règle. Ce qui m'occupe ici n'est donc pas la ou les significations du sonnet[8], encore moins sa structure interne ou son mouvement général, mais seulement les sources, conscientes ou inconscientes, qui ont pu guider les différentes étapes de son élaboration. Et parmi ces sources – dont on a depuis longtemps montré qu'elles étaient diverses et nombreuses[9] – l'héraldique, bien qu'oubliée par tous les critiques, me semble avoir été l'une des plus précoces et des plus fertiles : neuf vers sur quatorze ayant, à mon avis, partiellement ou en totalité, poussé sur un humus armorial précis.

C'est ma fréquentation quotidienne des armoiries médiévales et, partant, ma propre lecture héraldisante du sonnet qui me conduisent à une telle affirmation. Les images que ces neuf vers suscitent en moi me renvoient en effet, presque directement, aux miniatures de l'un des plus célèbres manuscrits que le Moyen Âge nous ait laissés : le fameux *Codex Manesse*, peint dans la région de Zurich ou du lac de Constance vers 1300-1310 et conservé à Paris, à la Bibliothèque nationale, jusqu'en 1888. Il est selon moi impossible que Nerval n'ait pas vu ce manuscrit et que celui-ci n'ait pas influencé, d'une manière qu'il faudra définir, la genèse et la création d'*El Desdichado*.

Un manuscrit prestigieux

L'histoire du *Codex Manesse* a été mouvementée[10]. Il s'agit du plus important et du plus somptueux recueil de poètes courtois de langue allemande (*Minnesänger*) des XIIe et XIIIe siècles, copié et enluminé dans un atelier souabe ou suisse au tout début du XIVe siècle, probablement pour un riche patricien zurichois du nom de Roger Manesse. Au début du XVIIe siècle, ce manuscrit, déjà célèbre dans les milieux de l'érudition et des lettres, se trouvait à Heidelberg, dans la riche bibliothèque de l'électeur palatin. Il en disparut en 1622, au début de la guerre de Trente Ans, lorsque la ville fut pillée par les troupes impériales, et on le retrouva quelques années plus tard en France, dans la bibliothèque des frères Dupuy, grands bibliophiles. Celle-ci ayant été léguée au roi de France en 1656-1657, le *Codex Manesse* entra dans les collections de la Bibliothèque royale et reçut dans le fonds des manuscrits allemands le numéro 32. Il y resta jusqu'à la fin du XIXe siècle. Cependant, à partir des années 1760-1780, plusieurs princes, hommes de lettres et érudits allemands avaient déjà commencé à réclamer le retour en Allemagne de cette insigne relique de la culture médiévale germanique. Ces réclamations se firent de plus en plus pressantes tout au long du XIXe siècle ; si bien qu'au début de l'année 1888 Léopold Delisle, alors administrateur de la Bibliothèque nationale, signa avec le libraire strasbourgeois Trübner la convention d'échange suivante : contre la restitution de 166 manuscrits provenant de la collection Ashburnham et qui avaient autrefois été volés à la Bibliothèque royale, la France lui cédait une somme de 150 000 francs ainsi que le prestigieux *Codex Manesse*, à condition que celui-ci fût déposé dans une bibliothèque publique d'Allemagne[11]. Ce qui fut fait deux mois plus tard : le 10 avril 1888, le fameux manuscrit fut transporté à la bibliothèque universitaire d'Heidelberg, où il est toujours conservé. Ce retour fut salué dans toute l'Allemagne avec de forts accents nationalistes[12].

Le *Codex Manesse*, parfois nommé en allemand *Manessische Liederhandschrift* ou *Große Heidelberger Liederhandschrift*, est aujourd'hui dans les pays germaniques le manuscrit médiéval le plus célèbre. Ayant fait l'objet de plusieurs fac-similés[13], dont certains très anciens[14], ses peintures, diffusées (sinon galvaudées) par d'innombrables reproductions, sont outre-Rhin aussi connues du grand public que le sont en France celles des *Très riches heures* du duc Jean de Berry, peintes vers 1413-1416 par les frères Limbourg.

Les miniatures du *Codex Manesse* sont au nombre de 137, toutes peintes en pleine page (25 × 35,5 cm) dans un style vigoureux où l'on a reconnu au moins trois mains différentes, peut-être quatre. Elles représentent, parfois isolés mais le plus souvent intégrés à des scènes courtoises ou guerrières, 137 des 140 auteurs de poèmes que contient le recueil. La plupart de ces peintures sont accompagnées d'armoiries : écu seul ou bien écu timbré ou accosté d'un heaume cimé. Ces armoiries sont celles du poète représenté, ou du moins celles qui lui sont attribuées par les peintres du manuscrit, puisque l'étude héraldique a pu montrer que les trois quarts de ces armoiries étaient des armoiries fictives[15], faisant allusion à la biographie, à la légende ou à quelques vers fameux du poète en question. On donne à ces armoiries imaginaires le nom de *Minnewappen*, l'amour courtois étant souvent le signifié principal des figures qui les composent : rose et rosier, feuille de tilleul, cœur, buste de jeune fille, rossignol, coussin, lettre A (pour AMOR). En plus des armoiries des *Minnesänger* eux-mêmes, on peut voir sur quelques scènes, peu nombreuses, d'autres personnages porter de véritables vêtements armoriés. L'ensemble de ces différents éléments héraldiques contribue à susciter, pour qui n'est pas familier du blason médiéval, une forte impression d'étrangeté. Au reste, une copie partielle du manuscrit, exécutée à la fin du XVIIe siècle pour l'érudit et collectionneur parisien Roger de Gaignières, qualifie le recueil de ces peintures d'*Armorial fantastique*[16]. Nul doute qu'il y avait là une source picturale propre à séduire et à impressionner un poète romantique, attiré tout à la fois par l'Allemagne, par le Moyen Âge et par les armoiries.

Le soleil noir

Le texte d'*El Desdichado* ne comporte aucun terme de blason spécifique et seulement deux tournures véritablement héraldiques. D'une part « le prince… *à la tour* » (vers 2), c'est-à-dire dont l'écu est chargé d'une tour (de même qu'un chevalier *au lion* est un chevalier dont l'écu est chargé d'un lion)[17] ; d'autre part « mon luth… *porte* » (vers 3-4), verbe qui dans cet emploi est typiquement héraldique. Ces deux tournures caractéristiques servent à traduire deux images qui sont pour ainsi dire passées telles quelles du *Codex Manesse* dans le sonnet de Nerval. Le manuscrit montre en effet par deux fois un chevalier-poète arborant un écu à la tour (fol. 54 et 194 ; *fig. 32*) et, surtout, il nous fait connaître ce qui doit être considéré comme l'origine picturale – et non pas littéraire – de ce célébrissime *luth constellé* porteur du *soleil noir*, qui revient plusieurs fois dans l'œuvre de Nerval et sur lequel on a tant et tant disserté[18]. Cela se situe au folio 312, où l'on voit le poète Reinmar der Fiedler doté pour cimier héraldique d'un instrument de musique à cordes (vielle plus que luth ?), enflammé en quatre endroits de flammes noires (*de sable*, en termes de blason). Ces flammes ont la forme de soleils (*fig. 33*), et l'ensemble, par son graphisme accusé et ses couleurs sombres, produit une très forte émotion visuelle. Il y a certainement eu là une image qui a fait catalyse dans les souvenirs de Nerval et qui, associée à d'autres images, a contribué à la genèse des deux vers les plus énigmatiques et les plus étudiés de toute la poésie française : « … et mon luth constellé / Porte le *Soleil noir* de la *Mélancolie* » (vers 3-4). Je ne conteste certes aucune des interprétations qui ont été proposées concernant ces deux vers, et surtout pas les rapprochements qui ont souvent été faits avec l'image de la *Mélancolie* gravée par Dürer[19], image deux fois présente dans l'œuvre de Nerval[20]. Mais je suis persuadé que la source première de l'admirable image poétique présente au vers 4 du sonnet se trouve dans le souvenir de cette miniature du *Codex Manesse.* Au reste, ces flammes héraldiques de sable[21] apparaissent sur plusieurs autres miniatures du même recueil. Ainsi au folio 17, où l'on voit, dans une scène de tournoi, un chevalier porter un cimier formé de ces mêmes flammes (*fig. 34*) : elles ont ici plus qu'ailleurs la forme d'un soleil noir, elles sont en outre placées sur un heaume penché qui, par son curieux port de tête incliné, semble cacher quelque combattant lui aussi « mélancolique ».

Le prince à la tour, le luth constellé, le soleil noir ne sont pas les seules images empruntées par Nerval au recueil des *Minnesänger*. Quatre autres vers peuvent se lire, presque sans aucun travail de distanciation poétique, sur plusieurs peintures du manuscrit. Ainsi le vers 8 (« Et la treille où le pampre à la rose s'allie »), dont Nerval a donné quatre formulations successives[22], se retrouve sur une bonne dizaine de miniatures. Le dessin très particulier du rosier, sous lequel devisent à différentes reprises un poète et sa dame (la rose est par excellence la fleur de l'amour courtois), évoque en effet à la fois le pampre par sa tige ondulée et la treille par l'arrangement en berceau ou en cœur de ses branches et de ses fleurs au-dessus des amants (*fig. 32*). Cela est particulièrement net au folio 249 verso, représentant le poète Konrad von Alstetten (*fig. 35*). Ce même folio est probablement aussi la source du vers 10 de Nerval (« Mon front est rouge encor du baiser de la reine »), le baiser sur le front, accordé au poète par une femme couronnée, étant ici au centre de la scène. On note enfin, toujours sur ce même folio 249 verso, en haut à droite, la présence d'un heaume cimé d'un tison enflammé de sable formant, ici encore, comme trois magnifiques soleils noirs mélancoliques.

D'une manière semblable, mais peut-être plus discrète, le premier vers d'*El Desdichado* (« Je suis le ténébreux, – le veuf, – l'inconsolé »)[23] tire probablement son origine visuelle de trois miniatures représentant trois illustres poètes qui semblent plongés dans une réflexion « ténébreuse » ou dans un inconsolable chagrin amoureux : il s'agit de Rudolf von Neuenberg (fol. 20), de Heinrich von Veldeke (fol. 30 ; *fig. 30*) et de Walther von der Vogelweide (fol. 124 ; *fig. 31*). Il va sans dire que, pour l'iconographie médiévale, les attitudes de ces trois personnages ne signifient pas seulement le chagrin du cœur[24] ; mais il me paraît évident que c'est ce sens qu'y a reconnu Gérard de Nerval. Au milieu du XIXe siècle l'iconographie et les codes de l'image médiévale restaient peu et mal étudiés ; les lectures erronées (ou du moins différentes des nôtres), les surlectures, les glissements de sens étaient fréquents, et l'étaient d'autant plus lorsque le « décodeur » était lui-même un poète à l'imagination exacerbée. Ici le crescendo des trois qualificatifs du sonnet semble se retrouver dans la succession des trois folios du manuscrit (20, 30, 114), qui paraissent exprimer un chagrin de plus en plus accentué. On remarque en outre sur ces mêmes folios 20 (sous forme d'un rosier) et 30 (en semé dans le fond de la miniature) la présence de nombreuses roses. Cette fleur, qui revient comme un leitmotiv iconographique tout au long du recueil, est dans l'Allemagne médiévale tantôt l'emblème tantôt le symbole de l'amour courtois, la fameuse *Minne*. C'est sans doute à la rose que fait écho le vers 7 de Nerval (« La *fleur* qui plaisait tant à mon cœur désolé »), même si les critiques, s'appuyant sur une note manuscrite du poète, ont surtout cherché à voir, dans cette fleur poétique et mystérieuse, une ancolie[25].

Les ferments de la création

Sept vers ou demi-vers (1, 2, 3, 4, 7, 8, 10) semblent donc avoir eu pour première source figurée les miniatures du *Codex Manesse*. Mais il est dans le sonnet d'autres éléments qui, d'une manière il est vrai moins patente, peuvent aussi se rattacher à certaines scènes du manuscrit. Ainsi la lyre présente au vers 13, que l'on pourrait reconnaître dans l'instrument à cordes (un claricorde ?) représenté aux folios 217 et 410[26]. Ainsi, surtout, le vers 12 dans son ensemble (« Et j'ai deux fois vainqueur traversé l'Achéron ») : par son premier hémistiche, il pourrait renvoyer à plusieurs scènes montrant un poète (tournoi littéraire) ou un chevalier (tournoi guerrier) victorieux, couronné par une dame (fol. 11 v, 54, 151, etc. ; *fig. 36*) ; tandis que le second hémistiche, sémantiquement indissociable du premier, se lirait presque tel quel au folio 116, où l'on voit le poète Friedrich von Hausen traversant sur une nef un fleuve dans l'eau duquel le peintre a représenté l'Enfer (*fig. 37*).

Ce sont donc au total au moins neuf vers sur quatorze qu'a pu inspirer le recueil des *Minnesänger*[27]. Par là même, s'il est certain que les sources du sonnet ont été multiples[28], le *Codex Manesse* en a bien été le germe principal.

L'a-t-il été par un travail poétique lucide et délibéré ou bien est-il le fruit d'un souvenir visuel plus ou moins conscient ? Répondre à une telle question supposerait une connaissance parfaite des mécanismes de la création poétique chez Nerval, ce qui, malgré les innombrables travaux consacrés à cet auteur, n'est – heureusement – pas encore le cas. Il faudrait aussi cerner tout l'environnement, biographique et psychologique, qui a présidé à l'élaboration du sonnet et de ses quatre versions successives[29]. Cela a déjà été tenté, et ce n'est pas le lieu ici de le refaire en détail. Nerval compose ce poème à la fin de 1853, au lendemain d'une nouvelle période de troubles mentaux. Désormais il vit sous la menace constante d'une rechute. Comme il l'avait fait avec *Sylvie* (1853), c'est en se reportant par la mémoire aux jours heureux de son enfance et de son adolescence qu'il essaie de lutter contre le mal qui le persécute. Mais il n'a plus guère d'espoir et prend peu à peu conscience de la fatalité qui pèse sur lui. D'où le titre inexorable du sonnet dans sa version primitive : *Le Destin*[30]. Puis ce cri poignant qu'est le titre définitif, *El Desdichado*, emprunté à l'*Ivanhoé* de Walter Scott[31] et dont les sonorités étrangères semblent avoir une valeur quasi emblématique pour suggérer le désespoir absolu[32].

Le problème le plus concret, le seul vraiment étudiable, est de savoir si Nerval a réellement vu le *Codex Manesse* dans son manuscrit original, et si oui, où, à quelle date, dans quelles circonstances. Est-ce, comme on peut le supposer, au Cabinet des manuscrits de la Bibliothèque nationale devenue impériale ? En 1852-1853 ? Voire plus tôt ? Une fois ? Plusieurs fois ? Ou bien n'a-t-il eu entre les mains que l'un des nombreux fac-similés – complets ou partiels – publiés entre 1840 et 1853[33]. Pour répondre à ces questions il faudrait mieux connaître les rapports de Nerval avec les milieux de l'érudition, avec les spécialistes du *Minnesang*, avec ceux des armoiries médiévales (le curieux personnage qu'était Louis Douët d'Arcq[34] par exemple). Il faudrait aussi connaître sa propre bibliothèque, celles de ses proches (Gautier, Hugo, Dumas) et, bien sûr, ses relations avec la Bibliothèque nationale. Nous savons qu'il la fréquentait régulièrement et qu'il y empruntait des livres[35]. Allait-il également y consulter des manuscrits enluminés ?

Toutefois, la question est-elle si importante ? À dire vrai, il me semble impossible que Nerval ne se soit pas intéressé au *Codex Manesse* et qu'il n'en ait pas admiré les miniatures et les armoiries. Il s'agissait déjà, au milieu du XIXe siècle, d'un manuscrit très célèbre, l'un de ces trésors que la Bibliothèque nationale exhibait parfois et dont circulaient, sous une forme ou sous une autre, de nombreuses reproductions. Il s'agissait en outre d'un manuscrit tout à la fois médiéval, allemand, poétique, héraldique et musical, tous domaines pour lesquels Nerval nourrissait un goût profond. Son attirance pour le Moyen Âge germanique[36], son amitié avec Heinrich Heine[37], grand admirateur du *Minnesang* et lui aussi lecteur familier de la Bibliothèque nationale, ne pouvaient que le conduire vers le fameux *Codex*. Si cela ne s'est pas produit à partir du manuscrit original lui-même, cela a dû se faire par le biais du fac-similé partiel qui en a été donné en 1850 par B. C. Mathieu et F. H. von der Hagen[38] ; ou bien grâce aux reproductions que ce dernier auteur a publiées dans les différents travaux qu'il a consacrés aux *Minnesänger* entre 1842 et 1852[39]. Toutefois, la métamorphose de l'allégorie aux flammes de sable en un symbolique soleil noir m'incite à penser que c'est bien le manuscrit original, avec son style héraldique saisissant et ses couleurs en à-plat[40], que Nerval a directement contemplé[41].

Une œuvre ouverte

Le rapprochement qui vient d'être fait entre le *Codex Manesse* et *El Desdichado* n'infirme en rien les analyses, les commentaires ou les déchiffrements du poème qui ont été proposés depuis plus d'un siècle. On sait que Nerval, dont le savoir était prodigieux, jouait avec toutes les cultures, avec toutes les analogies, avec tous les niveaux de sens. D'où la diversité des hypothèses proposées pour éclairer, sinon décoder, les quatorze vers du sonnet : biographiques, astrologiques, mythologiques, historiques, ésotériques, alchimiques, maçonniques, musicales ou esthétiques. Elles sont en fait complémentaires et non pas opposées. D'un travail poétique infini, foisonnement d'allusions et de vibrations ineffables, il ne peut résulter qu'une œuvre ouverte, offrant au lecteur un nombre illimité de sens, d'échos et de rêves. Le prince d'Aquitaine à la tour abolie peut ainsi être – comme on l'a proposé – aussi bien un ancêtre (imaginaire) de Nerval qu'un héros de Walter Scott, un compagnon de Richard Cœur de Lion, un seigneur de la maison de Lusignan, le Prince Noir, Gaston Phébus, l'arcane XVI du tarot, et bien évidemment le poète lui-même[42]. Rien ne s'y oppose. Le vers n'est vers que parce qu'il est fondamentalement polysémique. Chaque lecteur peut et doit avoir sa propre lecture.

Au-delà de la mienne, ce que je souhaite avoir montré ici, c'est, d'une part, le rôle joué par l'héraldique dans la création poétique nervalienne[43] et, d'autre part, l'empreinte très forte qu'a laissée chez Nerval la contemplation du célèbre recueil armorié des *Minnesänger*[44]. Que chaque strophe ait été réécrite plusieurs fois, que chaque vers ait failli être un autre vers[45], laisse supposer que cette empreinte n'était plus d'une netteté première. Nerval n'a certes pas consciemment construit son sonnet en transposant en vers quelques miniatures du *Codex Manesse*. Celles-ci n'ont agi sur la création poétique d'*El Desdichado* qu'à distance, sous forme de catalyse, tantôt de manière presque obsessionnelle, tantôt de manière plus évanescente. Il est en outre probable que le souvenir de ce manuscrit a laissé des traces dans d'autres textes nervaliens. L'enquête est ouverte pour les rassembler[46]. *El Desdichado* est absolument indissociable du reste de l'œuvre[47]. Il en est l'intertexte par excellence, celui qui se situe au carrefour de toutes les allusions, de toutes les résonances, de toutes les détresses. Il en est l'emblème.

El Desdichado

Je suis le ténébreux, – le veuf, – l'inconsolé,
Le prince d'Aquitaine à la tour abolie :
Ma seule *étoile* est morte, – et mon luth constellé
Porte le *Soleil noir* de la *Mélancolie.*

Dans la nuit du tombeau, toi qui m'as consolé,
Rends-moi le Pausilippe et la mer d'Italie,
La *fleur* qui plaisait tant à mon cœur désolé,
Et la treille où le pampre à la rose s'allie.

Suis-je Amour ou Phébus ?… Lusignan ou Biron ?
Mon front est rouge encor du baiser de la reine ;
J'ai rêvé dans la grotte où nage la sirène…

Et j'ai deux fois vainqueur traversé l'Achéron :
Modulant tour à tour sur la lyre d'Orphée
Les soupirs de la sainte et les cris de la fée[48].

Le Moyen Âge d'*Ivanhoé*

Un *best-seller* à l'époque romantique

Pour clore cette histoire symbolique du Moyen Âge, je souhaiterais rester à l'époque romantique et dire quelques mots de l'un des ouvrages les plus célèbres jamais consacrés à cette période. Ce n'est ni une œuvre savante due à un historien de profession, ni un texte fondateur datant de l'époque médiévale elle-même, mais un livre de fiction, l'un des plus grands succès de librairie de tous les temps, peut-être le roman qui jusqu'au début du XXe siècle a été le plus lu dans le monde occidental[1] : *Ivanhoé*. La célébrité et la portée de ce livre ont été telles qu'elles nous invitent à nous demander où se situe le « vrai » Moyen Âge : dans les documents médiévaux eux-mêmes ? sous la plume des érudits et des historiens ? ou bien dans les créations littéraires et artistiques post-médiévales, qui certes prennent des libertés avec la vérité historique mais qui, ce faisant, sont peut-être moins soumises aux caprices des modes et des idéologies ? Le passé que tentent de reconstituer les chercheurs change tous les jours, au gré de nouvelles découvertes, de nouvelles interrogations, de nouvelles hypothèses. En revanche, celui que certaines œuvres de fiction mettent en scène acquiert parfois un caractère immuable, archétypal, presque mythologique, autour duquel se construisent non seulement nos rêves et nos sensibilités mais aussi une partie de nos connaissances. *Ivanhoé* est à ranger au nombre de ces œuvres. Au reste, la frontière est-elle si grande qui sépare les ouvrages de fiction des travaux d'érudition ? Moi qui depuis plus de trente ans passe plusieurs heures par jour dans la fréquentation des documents médiévaux, je sais bien que cette frontière est perméable, que les travaux savants relèvent eux aussi de la littérature d'évasion et que le « vrai » Moyen Âge n'est à chercher ni dans les documents d'archives, ni dans les témoignages archéologiques, encore moins dans les livres des historiens de profession, mais dans les œuvres de quelques artistes, poètes et romanciers qui ont façonné notre imaginaire de manière inaltérable. Loin de le regretter, je m'en réjouis.

Un immense succès de librairie

Lorsque paraît *Ivanhoé*[2], au mois de décembre 1819, Walter Scott a déjà quarante-huit ans[3]. Depuis plusieurs années c'est un écrivain célèbre, aussi bien en Écosse qu'en Angleterre. En 1813 déjà, il avait refusé le prestigieux titre de poète national du Royaume-Uni, charge officielle qui l'aurait contraint de quitter Édimbourg pour Londres et qui l'aurait privé de sa liberté de créateur. L'année suivante, pour la première fois, il avait écrit un roman, *Waverley*, abandonnant provisoirement le travail poétique et la mise en vers de longs récits, aujourd'hui quelque peu ennuyeux à lire, sur les légendes et les mythologies de l'Écosse. Dès sa parution, *Waverley* avait rencontré le succès et incité Scott à poursuivre dans le genre romanesque. Six romans historiques furent ainsi publiés entre 1815 et 1818 qui reçurent tous un accueil favorable. Aucun, toutefois, ne situait l'action hors du royaume d'Écosse ni à une époque antérieure au XVIe siècle.

Avec *Ivanhoé*, qui sort des presses à la fin de l'année 1819, Scott se montre plus ambitieux : l'histoire se place désormais au cœur du Moyen Âge, à la fin du XIIe siècle, et se déroule entièrement en Angleterre, pendant l'absence du roi Richard, parti en croisade et fait prisonnier sur le chemin du retour. Alors qu'il est retenu captif en Autriche puis en Allemagne, son frère le prince Jean tente de s'emparer du pouvoir en s'appuyant sur les barons normands contre les derniers seigneurs saxons, restés fidèles à Richard. Dans cette Angleterre divisée, qui attend le retour de son roi, l'auteur introduit différents ressorts dramatiques : le conflit entre un père autoritaire et un fils épris de liberté, l'amour impossible entre une jeune fille juive et un héros chrétien, l'identité cachée d'un mystérieux « chevalier noir », ainsi que plusieurs épisodes spectaculaires : le tournoi, le siège du château, le procès en sorcellerie, le jugement de Dieu. Le public de Scott ne peut qu'être séduit car cela est à la fois nouveau et admirablement mis en scène.

De fait, le succès du livre est immédiat et considérable. Il apporte à Walter Scott la gloire et la fortune. Les universités d'Oxford et de Cambridge lui décernent le doctorat *honoris causa* ; les milieux intellectuels écossais lui accordent tous les honneurs et lui demandent même de présider la prestigieuse *Royal Society of Edimburgh* ; le nouveau roi George IV, enfin, le dote d'un titre nobiliaire en le faisant « baronet[4] ». Tous ces honneurs lui échoient dans les six mois qui suivent la parution du livre. À coup sûr, 1820 est l'année la plus faste de toute la vie de Walter Scott, et c'est à son roman *Ivanhoé* qu'il le doit. En outre, à la célébrité s'ajoute la richesse : on a pu calculer qu'entre cette date et celle de sa mort (1832) le livre s'était vendu à plus de six millions d'exemplaires, toutes éditions et traductions confondues. Une mine d'or ! malheureusement tarie par de mauvais placements dans des aventures éditoriales imprudentes, suivis d'une immense faillite (1826) et de dettes énormes que l'écrivain mit six ans à éponger, y laissant son art et sa santé. Scott était un écrivain talentueux, certes, mais un homme d'affaires désastreux.

L'intérêt de Walter Scott pour le Moyen Âge est antérieur à la rédaction d'*Ivanhoé*. Dès les années 1800-1805, il traduisit en anglais moderne plusieurs textes littéraires des XIIIe et XIVe siècles écrits en ancien français ou en moyen anglais. Parmi eux, le roman *Sir Tristram*, d'après une version des années 1350, racontant l'histoire de Tristan et Yseut et les aventures de plusieurs chevaliers de la Table Ronde. Avocat puis magistrat de profession, poète et romancier de grande renommée, collectionneur et « antiquaire » (au sens noble du XVIIIe siècle), Scott était aussi un véritable érudit, qui entretenait une correspondance avec les plus grands historiens du Royaume-Uni et qui possédait dans son domaine d'Abbotsford, acquis en 1811, une bibliothèque remarquable qu'il ne cessa d'enrichir jusqu'en 1826. Au jugement de ses contemporains, il passait également pour philologue et linguiste, étant excellent latiniste, bon connaisseur des anciens dialectes écossais, traducteur de textes français (sa femme était française) et allemands (jeune encore, il avait traduit en anglais le *Goetz von Berlichingen* de Goethe)[5]. À ces qualités reconnues, lui-même rêvait d'ajouter celle de héraut d'armes, l'héraldique constituant à ses yeux la plus noble des sciences, et le blason, la plus admirable des langues. Plusieurs de ses romans sont ainsi parsemés de descriptions d'armoiries, au demeurant pas toujours correctes[6].

Cette compétence d'historien, de médiéviste même, lui fut reconnue dès 1813 lorsque les responsables de l'*Encyclopaedia Britannica* lui demandèrent de rédiger l'article « Chivalry » pour la nouvelle édition de l'immense et savante encyclopédie, alors en préparation. Scott s'acquitta parfaitement de sa tâche. Son texte, long et documenté, parut dans le tome III de l'*Encyclopaedia* en 1818 ; il s'articulait autour d'une pertinente distinction entre la notion féodale et militaire de *knighthood* (terme technique désignant la classe des spécialistes du combat à cheval) et celle, plus sociale et culturelle, de *chivalry* (notion proche de ce que le français nomme « courtoisie »)[7]. La rédaction de cet article d'érudition lui permit de réunir différents matériaux qu'il utilisa l'année suivante dans la mise en forme d'*Ivanhoé*.

Scott travailla six mois à la rédaction de son livre, de juin à novembre 1819, alors que sa mère était mourante et que lui-même n'était pas en très bonne santé. Il sortit peu de sa bibliothèque d'Abbotsford pendant cette période, consacrant toutes ses journées à l'écriture et ne prenant guère la peine de se relire ni de vérifier, à Édimbourg ou ailleurs, tel ou tel détail historique. La critique a montré que l'ouvrage s'en ressentait, mais le public ne lui en a jamais tenu rigueur. Son premier lecteur, l'éditeur écossais Robert Cadell, fut enthousiaste et annonça à ses associés londoniens qu'ils tenaient là « *a most extraordinary book* », un livre tout à fait extraordinaire[8]. L'ouvrage parut simultanément à Édimbourg et à Londres dans les tout derniers jours de l'année 1819[9], dans une édition en trois volumes plus luxueuse que les éditions ordinaires auxquelles Scott avait jusque-là habitué ses lecteurs. Il avait pour titre *Ivanhoe* et pour sous-titre *A romance* (« Une fiction »). Comme pour tous les ouvrages précédents de Scott, la publication s'accompagnait d'un certain mystère : aucun nom d'auteur n'apparaissait sur la page de titre, si ce n'est la mention « *by the author of Waverley* » ; le prologue, en revanche, était signé d'un certain Laurence Templeton qui prétendait avoir écrit le livre en s'inspirant au plus près d'un manuscrit anglo-normand que l'un de ses amis possédait dans un manoir du sud de l'Écosse… Supercherie littéraire à la mode romantique qui ne trompa personne. Tout le monde reconnut le véritable auteur.

De l'histoire au roman et retour

Ivanhoé constitue un tournant majeur dans la vie et dans l'œuvre de Walter Scott. Non seulement il lui a apporté la fortune et les honneurs, mais il a étendu sa renommée bien au-delà des frontières de l'Écosse et de l'Angleterre. La première édition de décembre 1819 fut tirée à 10 000 exemplaires, mais il fallut retirer au double au bout de quelques jours, puis encore quatre fois pendant la seule année 1820 et trois fois l'année suivante. Dans tout le Royaume-Uni, le succès littéraire s'accompagnait d'un succès commercial. Bientôt il en fut de même aux États-Unis et dans l'Europe entière. Les premières éditions américaines sortirent des presses, à Boston et à Philadelphie, dès le mois de mars 1820. La première traduction française, due au traducteur attitré des romans de Scott, Auguste Defauconpret, fut publiée à Paris au mois d'avril de cette même année[10] ; la première traduction allemande, au mois d'octobre ; puis ce furent, lors des deux années suivantes, les traductions en italien, en espagnol, en néerlandais, en suédois. Toutes furent des succès de librairie. Aux traductions s'ajoutèrent rapidement les adaptations, les versions abrégées, les suites, les plagiats, les pièces de théâtre, les drames musicaux, plus tard les pièces musicales, les opéras et les éditions pour enfants. Ni Scott ni ses éditeurs ne purent endiguer ni contrôler l'océan de publications auxquelles *Ivanhoé* donna lieu à partir de 1820. Celles-ci se poursuivirent tout au long du XIXe siècle et se prolongèrent, au siècle suivant, par le relais du cinéma, de la bande dessinée puis des feuilletons télévisés. Elles furent en outre accompagnées, au moins jusque dans les années 1850, d'une vague anthroponymique sans précédent dans l'histoire littéraire. Les noms des principaux personnages du livre devinrent des prénoms à la mode, non seulement en Grande-Bretagne et aux États-Unis, mais aussi en France, en Allemagne, en Italie : Rowena, Rebecca, Wilfrid, Brian, Cédric, voire Gurth (le porcher !). Même le *Werther* de Goethe – constituant lui aussi un des plus grands succès de librairie de tous les temps – n'avait pas connu une telle fortune.

La postérité littéraire et artistique du livre ne fut pas moins importante que sa réussite éditoriale. Il donna au roman historique ses lettres de noblesse et inspira, pendant au moins trois décennies, une bonne part de la création romanesque, dramatique, musicale et picturale. Ce rôle catalyseur joué par *Ivanhoé* à l'horizon des années 1820-1850 est aujourd'hui quelque peu oublié, voire volontiers passé sous silence par une critique de parti pris, mais il est historiquement indéniable. Pour s'en rendre compte, il suffit de lire les recensions qui furent consacrées au livre de Scott dans les revues littéraires. Le jeune Victor Hugo, par exemple, manifeste son enthousiasme de lecteur dans une livraison du *Conservateur littéraire* en 1826 et souligne comment à ses yeux le véritable héros du roman est la belle et triste jeune fille juive, Rebecca, et non pas le fade et discret chevalier Wilfrid d'Ivanhoé[11]. De même, un peu partout en Europe, dans de nombreuses préfaces ou recensions, des poètes, des dramaturges et des romanciers proclament leur dette envers le livre fondateur de Walter Scott. Les peintres ne sont pas en reste qui, jusque fort avant dans le XIXe siècle, consacrent plusieurs œuvres à ce court moment de l'histoire de l'Angleterre sous le règne de Richard Cœur de Lion. À commencer par les plus grands : Turner, Ingres, Delacroix et, plus tard, Rossetti, Burne-Jones. Avec *Ivanhoé*, c'est toute la création romantique et post-romantique qui se trouve sollicitée et qui puise dans le Moyen Âge féodal une partie de ses thèmes et de son inspiration.

Mais la portée du livre ne se limite pas à la création littéraire et artistique. Elle se ressent jusque dans le travail des historiens. Parmi eux, Augustin Thierry, l'un des pères fondateurs de l'école historique française, est le premier à rendre compte d'*Ivanhoé* dans une revue d'histoire et à attirer l'attention sur la question de fond du roman : l'Angleterre divisée et le conflit qui oppose le peuple saxon au peuple normand depuis la conquête du royaume par le duc Guillaume de Normandie, devenu roi d'Angleterre en 1066. Dès 1825, Augustin Thierry, normalien, universitaire, pionnier de l'histoire savante, publie le premier de ses grands livres, l'*Histoire de la conquête de l'Angleterre par les Normands, de ses causes et de ses suites jusqu'à nos jours, en Angleterre, en Écosse, en Irlande et sur le continent*[12], une somme historique impressionnante à l'origine de laquelle se trouve le roman de Walter Scott. Non seulement l'historien de profession ne remet pas en cause la toile de fond tissée par le romancier (pourtant, en grande partie sortie de son imagination) – l'opposition irréductible entre Saxons vaincus et Normands vainqueurs, cent vingt-huit ans après la conquête de l'Angleterre par Guillaume le Conquérant ! –, mais il confirme, explique, développe et réussit à ancrer dans des documents la plupart des points d'histoire mis en scène par Scott, dont certains ont davantage été peints à partir des chimères du poète que de la documentation de l'érudit. La littérature romantique s'était jusque-là constamment inspirée de l'histoire, souvent avec bonheur. Ici, c'est l'histoire savante qui s'inspire fortement de la création romanesque.

Cette admiration unanime pour *Ivanhoé* dura environ deux générations ; puis, à partir des années 1860, vinrent les premières critiques. Elles furent d'abord le fait des historiens universitaires qui relevèrent dans le roman plusieurs erreurs ou anachronismes, certains superficiels et dus à l'atmosphère « troubadour » qui accompagne toute la première moitié du livre, d'autres plus graves et inexplicables, comme la lecture d'un livre de piété imprimé, la rédaction d'une lettre sur une feuille de papier, ou bien la mise en scène d'un frère franciscain. Walter Scott, dont la culture était immense, a probablement rédigé ici son texte avec trop de hâte et oublié que l'action du livre se situait à la fin du XIIe siècle. Toutefois, à ces critiques de détail s'ajoutèrent bientôt des critiques de fond, notamment sur la personnalité de Richard Cœur de Lion, homme et roi controversé, et surtout sur la scission du peuple anglais entre Saxons et Normands. L'histoire positiviste naissante ne trouvait aucune trace de cette prétendue division dans les documents postérieurs aux années 1100-1120. Elle reprocha à Scott de l'avoir purement et simplement déplacée de plus d'un siècle pour faire de son récit un moment fondateur et fédérateur de la nation anglaise[13]. Cette critique est justifiée, mais les libertés prises avec l'histoire ou la chronologie se comprennent fort bien de la part d'un auteur écossais anglophile, souffrant de l'hostilité violente qui en son siècle oppose, encore et toujours, les Anglais et les Écossais. Scott est un Écossais du Sud, qui vit tout près de la frontière anglaise ; c'est en outre un homme épris d'ordre, partisan d'un gouvernement central fort ; enfin, des liens d'amitié véritable le rapprochent du régent puis roi (1820) George IV. Pour toutes ces raisons, et quelques autres, il rêve d'un Royaume-Uni vraiment uni et d'une Angleterre et d'une Écosse plus étroitement liées en la personne du souverain. À ce titre, *Ivanhoé*, dont le personnage principal est au fond l'Angleterre – l'Angleterre divisée et que seul le roi Richard, rentré de captivité, pourra réunifier –, est un roman militant.

Dans les années 1870, l'influence littéraire d'*Ivanhoé* commença à décliner. Le Moyen Âge romantique s'essoufflait, du moins en littérature, et le roman historique n'était plus vraiment considéré comme un genre majeur. À la fin du XIXe siècle, plusieurs historiens de la littérature anglaise ne considéraient déjà plus Walter Scott comme un auteur de premier plan et, parmi les spécialistes de son œuvre, nombreux étaient désormais ceux qui voyaient dans *Ivanhoé* un ouvrage mineur, inférieur à *Waverley* et même aux poèmes de la jeunesse. Le récit leur semblait mal construit ; le caractère des personnages, simpliste ; les dialogues, grandiloquents ; le style, ampoulé et négligé ; les incessantes comparaisons avec l'époque moderne, démodées ou malvenues. Aux louanges excessives succédaient désormais les attaques outrancières. L'une des plus féroces fut prononcée par un critique qui ne comprenait pas la célébrité du livre, Joseph E. Duncan, et qui estimait que l'ouvrage relevait de la seule littérature enfantine : « *a romantic tale for boys*[14] ». Phrase terrible, demeurée plus fameuse que celui qui l'a écrite, et qui fit un tort considérable au roman de Scott.

Un Moyen Âge exemplaire

De fait, à partir des années 1900, les éditions abrégées destinées aux adolescents se multiplièrent, tant en anglais qu'en traductions, et contribuèrent ainsi à déconsidérer un peu plus l'ouvrage aux yeux de la critique littéraire et universitaire. Nombreux sont aujourd'hui encore les témoignages de ce discrédit. Ainsi la bibliographie scientifique très limitée dont a fait l'objet *Ivanhoé* : l'écart est inouï entre la célébrité du livre et le tout petit nombre d'études savantes qui lui ont été consacrées ; il y a là comme une sorte de scandale, ou du moins un document sur le divorce entre la réception populaire d'une œuvre et sa fortune critique[15]. Ainsi également, la difficulté qu'il y a aujourd'hui, dans certains pays, à trouver en librairie une édition ou une traduction complète du texte d'*Ivanhoé*. C'est notamment le cas en France, où seules sont proposées des versions abrégées, destinées au jeune public. La dernière édition complète du texte français est parue en 1970[16] et a été rapidement épuisée. Elle n'a jamais été rééditée et l'ouvrage n'est à ce jour jamais paru en livre de poche[17].

Ici encore, le contraste est donc grand entre le mépris des historiens de la littérature et l'amour que le public porte à ce livre, à l'histoire qu'il raconte, aux personnages qu'il met en scène. Ces derniers sont presque devenus des figures mythologiques, au même titre que Don Quichotte et Sancho Pança, que les héros des *Trois Mousquetaires* ou que certains personnages de Hugo, Dostoïevski, Proust ou Nabokov. Tout le monde connaît l'histoire d'Ivanhoé, de Rebecca, de Bois-Guilbert, mais qui parmi nous a vraiment lu leurs aventures dans le texte original de Scott ? L'ouvrage était encore le plus demandé de tous les romans dans les bibliothèques américaines pendant les années 1880-1890. Était-ce encore vrai dans les années 1920 ? Probablement pas. Et sans doute encore moins dans les années 1950. Quant à aujourd'hui, qui lit encore *Ivanhoé* ? Personne, ou presque. Mais soyons juste : mis à part ceux qui les ont déjà lus et qui, l'âge venant, les relisent, qui lit encore vraiment *Don Quichotte* ou *Les Trois Mousquetaires* ?

Toutefois, même si on ne lit plus *Ivanhoé*, son influence – comme celle de tous les chefs-d'œuvre – n'a pas cessé de s'exercer pour autant, notamment sur la vocation des futurs médiévistes. À cet égard je voudrais apporter deux témoignages, l'un historiographique, l'autre personnel.

Dans une enquête conduite en 1983-1984 par la revue *Médiévales* auprès de jeunes chercheurs et d'historiens confirmés, figurait la question suivante : « D'où vous vient le goût du Moyen Âge ? » Sur les quelque 300 personnes interrogées, un tiers de celles qui répondirent affirmèrent qu'elles devaient leur précoce vocation à *Ivanhoé*, soit connu sous forme de livre, en général dans une version pour adolescents, soit vu au cinéma grâce au film de Richard Thorpe, *Ivanhoe*, sorti sur les écrans en 1952, avec Robert Taylor, Joan Fontaine et Elisabeth Taylor dans les rôles principaux[18]. Ce film hollywoodien, peu prisé des historiens du cinéma, a eu en salles une carrière internationale exceptionnelle, et je le considère pour ma part comme l'un des meilleurs films jamais réalisés sur l'époque médiévale. Paysages, châteaux forts, costumes, armoiries, décors et ambiance générale sont fidèles à la réalité historique, ou du moins à l'image que nous avons de cette réalité. Et, par cette fidélité même, ils plongent le spectateur dans un univers tout à la fois familier et fabuleux. Je déplore que les dictionnaires et les histoires du cinéma américain soient si méprisants à l'égard de ce film. D'autant qu'il a été pour moi, comme pour bien d'autres médiévistes de ma génération, à l'origine de ma fascination pour le Moyen Âge. Dans les années 1950, en effet, je passais chaque été dans une petite ville bretonne où j'avais un camarade dont la grand-mère tenait le cinéma paroissial. Grâce à lui, à l'âge de huit ans, j'ai pu voir quatre ou cinq fois en une semaine le film de Richard Thorpe, et c'est certainement ce film qui décida de ma vocation. Cet exemple est certes anecdotique, mais il n'est en rien isolé, comme le montre pleinement l'enquête de la revue *Médiévales* que je viens de citer. Il en va du reste de même pour la génération née avant la guerre : c'est souvent la lecture du livre de Scott qui, plus que tout autre, a constitué l'éveil au Moyen Âge et semé les premiers grains de ce qui est devenu plus tard une profession, voire une passion. Nos plus grands historiens eux-mêmes sont passés par un tel cheminement. Ainsi Jacques Le Goff, qui tout récemment encore, dans un livre d'entretiens avec Jean-Maurice de Montrémy, raconte comment, à l'âge de douze ans, il a découvert le Moyen Âge sous la plume de Walter Scott « dans la vaste forêt qui couvre la plus grande partie des pittoresques collines situées entre Sheffield et la riante ville de Doncaster[19] ». D'où vient ce rôle de ferment ? D'où vient qu'*Ivanhoé*, depuis 1820, a séduit des générations de lecteurs, grands et petits, hommes et femmes, britanniques, américains, européens et même asiatiques ?

Cette séduction vient peut-être de ce que le chef-d'œuvre de Walter Scott n'est ni un véritable livre d'histoire ni un véritable roman. L'auteur, du reste, l'a voulu ainsi. Sur la page de titre de la première édition, nous l'avons vu, il a pris bien soin d'écrire *A romance* et non pas *A novel*, c'est-à-dire « Une fiction » et non pas « Un roman ». Pour lui, *Ivanhoé* est une œuvre de fiction ; mais une œuvre de fiction s'inscrivant dans un moment précis de l'histoire anglaise – toute l'action se déroule en dix jours – et ayant pour sujet le destin de quelques individus face à cette histoire en train de se faire et de cette nation en train de se construire. Son propos n'est pas seulement récréatif ; il se veut aussi instructif, toute fiction historique ayant aux yeux de Scott des vertus pédagogiques.

En outre, pour les lecteurs de Scott, du moins pour ceux qui n'ont pas lu l'ouvrage dans les années 1820 mais plus tard, parfois bien plus tard, il semble qu'*Ivanhoé* soit devenu au fil du temps un récit possédant tous les ressorts et tous les archétypes d'un conte traditionnel : une situation initiale conflictuelle, remplie d'interdits et opposant des bons et des méchants ; puis une évolution dramatique liée à la transgression de ces interdits (le fils désobéissant au père, le frère cadet usurpant le trône de son aîné, les amours impossibles entre des jeunes gens que tout sépare) ; enfin le châtiment des traîtres, la justice de Dieu, le retour du vrai roi sur son trône et le mariage du héros. Tout y est, et tout s'organise autour de quelques invariants, comme dans un conte-type. En respectant ces quelques schèmes de base, chacun d'entre nous pourrait raconter *Ivanhoé* à sa façon, sans le trahir : cela est bien le propre des contes.

De même, tous les thèmes et tous les motifs qui font que le Moyen Âge est le Moyen Âge sont déjà présents dans le livre : non seulement le tournoi, la croisade et le siège du château fort, mais aussi le roi prisonnier, la rançon, les chevaliers, les templiers, les hors-la-loi, le procès en sorcellerie, le tout peint et mis en scène avec une accumulation de détails (armes et armures, vêtements, couleurs, armoiries, châteaux, mobilier) correspondant exactement aux images du Moyen Âge que chaque lecteur porte en lui, images à la fois vues, apprises, déformées et rêvées. La question reste de savoir si cet imaginaire médiéval, plus ou moins partagé par tous, trouve son origine dans l'*Ivanhoé* de Walter Scott ou bien s'il est déjà en place plus anciennement, le grand écrivain et son livre n'ayant joué qu'un rôle de catalyse et de diffusion. Des études à venir devraient tenter de répondre à cette question difficile.

Pour ma part, cependant, j'ai l'impression que la plupart des schèmes et des thèmes autour desquels Scott organise son récit sont déjà en place dans l'imaginaire collectif bien avant lui. Il y ajoute certes quelques matériaux, mais il n'en modifie aucunement les structures. Il s'agit d'un Moyen Âge archétypal, indélébile, venu de loin, en partie de l'époque médiévale elle-même, en partie des XVIIe et XVIIIe siècles. Certes, les travaux récents des historiens ont modifié ce Moyen Âge sur plusieurs points (par exemple, la mise en place du système féodal, ou bien les origines de la noblesse), mais ils ne l'ont jamais fondamentalement remis en cause. Et, quelles que soient leurs avancées, il est probable que les travaux des historiens à venir ne parviendront pas à le faire non plus. Faut-il le regretter ? Faut-il se scandaliser que ce Moyen Âge archétypal fasse parfois le grand écart avec la vérité historique (ou supposée telle) ? Certainement pas. D'une part parce que l'imaginaire fait toujours partie de la réalité, et que cet imaginaire du Moyen Âge que nous portons en nous, tout affectif ou onirique qu'il soit, est une réalité : il existe, nous le sentons, nous le vivons. D'autre part, parce que la vérité historique est mouvante et que le but de la recherche n'est pas de la fixer une fois pour toutes, mais d'en cerner et d'en comprendre les évolutions. Je voudrais à ce sujet citer pour terminer une phrase de Marc Bloch, une phrase qui devrait accompagner le chercheur tout au long de ses enquêtes et de ses réflexions :

« L'Histoire, ce n'est pas seulement ce qui a été, c'est aussi ce que l'on en a fait[20]. »

Notes

Le symbole médiéval

1. C'était déjà la constatation formulée par les participants à la semaine internationale de Spolète consacrée en 1976 à la symbolique du haut Moyen Âge. Voir *Simboli e simbologia nell'alto Medioevo*, Spolète, 1976, t. II, p. 736-754 (*Settimane di Studio del Centro italiano di studi sull'alto Medioevo*, vol. 23).

2. Sur cette symbolique spéculative de haut niveau, peu présente dans ce livre, je renvoie, parmi une bibliographie abondante, au bel article de J. Chydenius, « La théorie du symbolisme médiéval » (1960), trad. fr. dans *Poétique*, n° 23, 1975, p. 322-341. Voir également, à propos de la difficulté qu'il y a aujourd'hui à saisir, étudier et comprendre les symboles médiévaux, les remarques de G. Ladner, « Medieval and Modern Understanding of Symbolism : A Comparison », dans *Speculum*, vol. 54, 1979, p. 223-256.

3. Il faut citer ici, à titre d'exemple, les travaux de Percy Ernst Schramm, notamment son grand livre *Herrschaftszeichen und Staatssymbolik*, Stuttgart, 1954-1956, 3 vol.

4. Ces deux mots, « emblème » et « symbole », n'ont pas dans la culture médiévale les sens génériques que nous leur donnons aujourd'hui ; ils sont du reste d'un emploi relativement rare. Le mot latin *symbolum*, issu du grec *sumbolon*, a surtout un sens religieux et dogmatique : il ne désigne pas tant un signe ou une construction de type analogique que l'ensemble des principaux articles de la foi chrétienne, principalement le « symbole des apôtres », c'est-à-dire le *credo*. Ce n'est pas ce sens qui nous retiendra ici. Quant au mot latin *emblema*, calqué sur le grec *emblêma*, c'est lui aussi un mot savant ; il est plus rare encore puisqu'il ne sert qu'en architecture pour désigner des ornements rapportés ou appliqués. Ce que nous entendons aujourd'hui par « emblème » ou par « symbole » s'exprime donc au Moyen Âge, en latin comme dans les langues vulgaires, par d'autres mots ; notamment ceux appartenant à la très riche famille du terme *signum* (signe).

5. Ce mode de fonctionnement de la pensée analogique médiévale a été particulièrement bien résumé par J. Le Goff, *La Civilisation de l'Occident médiéval*, Paris, 1964, p. 325-326.

6. M. Pastoureau, *Bleu. Histoire d'une couleur*, Paris, 2000, p. 114-122.

Les procès d'animaux

1. R. Delort, *Les animaux ont une histoire*, Paris, 1984, ouvrage qui connut le succès et qui fut précédé de plusieurs articles en ayant fourni la matière.

2. C'est notamment ce qui se passe depuis quelques années dans le cadre du séminaire de François Poplin au Muséum national d'histoire naturelle, à Paris, séminaire intitulé « Histoire naturelle et culturelle des animaux vrais ». S'y rencontrent fructueusement des zoologues, des historiens, des historiens de l'art, des archéologues, des ethnologues et des linguistes.

3. Ce passage souvent cité (et que j'ai ici fortement condensé) se trouve dans l'*Apologie à Guillaume de Saint-Thierry*, dans J. Leclercq, C. H. Talbot et H. Rochais, éd., *S. Bernardi opera*, Rome, 1977, t. III, p. 127-128.

4. D. Sperber, « Pourquoi l'animal est bon à penser symboliquement », dans *L'Homme*, 1983, p. 117-135.

5. Sur le problème du déguisement en animal, M. Pastoureau, « Nouveaux regards sur le monde animal à la fin du Moyen Âge », dans *Micrologus. Natura, scienze e società medievali*, vol. 4, 1996, p. 41-54.

6. Le corpus aristotélicien sur les animaux fut traduit en latin à partir de l'arabe par Michel Scot à Tolède aux environs de 1230 ; ce même traducteur s'était attaqué quelques années plus tôt aux commentaires d'Avicenne sur ce même corpus. Environ une génération plus tard, l'ensemble fut intégré (presque tel quel pour certains passages) par Albert le Grand dans son *De animalibus*. Toutefois, plusieurs chapitres de ce corpus étaient déjà connus et traduits dès la fin du XIIe siècle. Sur la redécouverte des ouvrages d'histoire naturelle d'Aristote : F. Van Steenberghen, *Aristotle in the West. The Origins of Latin Aristotelianism*, Louvain, 1955 ; Id., *La Philosophie au XIIIe siècle*, 2e éd., Louvain, 1991 ; C. H. Lohr, *The Medieval Interpretation of Aristotle*, Cambridge, 1982. Sur l'unité du monde vivant dans le système d'Aristote : P. Pellegrin, *La Classification des animaux chez Aristote. Statut de la biologie et unité de l'aristotélisme*, Paris, 1982.

7. Ro 8,21 : *Quia et ipsa creatura liberabitur a servitute corruptionis in libertatem gloriae filiorum Dei.*

8. À commencer par Thomas d'Aquin lui-même. Voir T. Domanyi, *Der Römerbriefkommentar des Thomas von Aquin*, Berne et Francfort, 1979, p. 218-230.

9. La remarque est attribuée à Guillaume d'Auvergne, évêque de Paris (1228-1249), mais elle apparaît dans un sermon (v. 1230-1235) qui n'est peut-être pas de lui. Voir A. Quentin, *Naturkenntnisse und Naturanschauungen bei Wilhelm von Auvergne*, Hildesheim, 1976, p. 184.

10. *Ibid.*, p. 126-127. Voir aussi A. Vanneste, « Nature et grâce dans la théologie de Guillaume d'Auvergne… », dans *Ephemerides theologicae lovanienses*, t. 53, 1977, p. 83-106.

11. Parmi une bibliographie peu abondante, et parfois décevante (notamment celle en français), il faut surtout citer : K. von Amira, « Thierstrafen und Thierprocesse », dans *Mittheilungen des Instituts für Österreichische*

Geschichtsforschung (Innsbruck), t. 12, 1891, p. 546-606 ; E. P. Evans, *The Criminal Prosecution and Capital Punishment of Animals*, Londres, 1906 ; H. A. Berkenhoff, *Tierstrafe, Tierbannung und rechtsrituelle Tiertötung im Mittelalter*, Leipzig, 1937 ; C. Chène, *Juger les vers. Exorcismes et procès d'animaux dans le diocèse de Lausanne (XVe-XVIe siècles)*, Lausanne, 1995 (*Cahiers lausannois d'histoire médiévale*, vol. 14). Deux articles dressent un court bilan historiographique pour le XIXe et le XXe siècle : W. W. Hyde, « The Prosecution of Animals and Lifeless Things in the Middle Age and Modern Times », dans *University of Pennsylvania Law Review*, t. 64, 1916, p. 696-730 ; E. Cohen, « Law, Folklore and Animal Lore », dans *Past and Present*, t. 110, 1986, p. 6-37 (essentiellement pour ce qui concerne les procès faits aux rongeurs, vers et insectes).

12. Exemples récents en français : G. Dietrich, *Les Procès d'animaux du Moyen Âge à nos jours*, Lyon, 1961 ; M. Rousseau, *Les Procès d'animaux*, Paris, 1964 ; J. Vartier, *Les Procès d'animaux du Moyen Âge à nos jours*, Paris, 1970.

13. Tous les exemples antérieurs au milieu du XIIIe siècle cités par différents auteurs sont fortement sujets à caution ; dans l'état actuel de nos connaissances, ils doivent être rejetés du corpus. La plus ancienne affaire documentée ayant eu lieu en France date de 1266. Elle concerne une truie qui fut brûlée vive pour avoir tué et mangé un enfant à Fontenay-aux-Roses (territoire relevant de l'abbaye parisienne de Sainte-Geneviève). Voir abbé Lebœuf, *Histoire du diocèse de Paris*, Paris, 1757, t. IX, p. 400-401.

14. L'une des rares études solidement documentées sur le sujet, celle de L. Menabrea, « De l'origine, de la forme et de l'esprit des jugements rendus au Moyen Âge contre les animaux », dans *Mémoires de la Société royale académique de Savoie*, vol. 12, 1846, p. 3-161, prend la plupart de ses exemples dans les régions alpines. Elle concerne davantage – comme tous les travaux ayant les Alpes pour cadre – les procès intentés à des rongeurs, des insectes et des vers qui menacent les récoltes qu'à de gros animaux domestiques qui ont causé des accidents ayant entraîné mort d'homme, de femme ou d'enfant.

15. Connue des historiens depuis longtemps, l'histoire de la truie de Falaise n'a jamais fait l'objet d'une étude approfondie, ni même d'un article sérieux, dépassant la simple mention ou le cadre de l'anecdote. Elle mériterait un ouvrage à part entière tant les questions qu'elle pose sont nombreuses, complexes et, pour une part, originales. En attendant cet ouvrage, voir : J. Charange, *Dictionnaire des titres originaux...*, Paris, 1764, t. II, p. 72-73 ; *Statistique de Falaise*, Falaise, 1827, t. I, p. 63 ; M. Berriat de Saint-Prix, « Rapport et recherches sur les procès et jugements relatifs aux animaux », dans *Mémoires et dissertations sur les antiquités nationales et étrangères*, t. 8, 1829, p. 403-450, ici p. 427 ; E. P. Evans, *The Criminal Prosecution...*, *op. cit.*, p. 287.

16. Je dois à l'amitié du chanoine Pierre Flament, ancien archiviste du diocèse de Sées et ancien président de la Société historique et archéologique de l'Orne, d'avoir eu accès à deux dossiers compilés vers 1880 par un curé érudit normand, Pierre Renard, relatant différents « faits curieux et

histoires singulières » ayant eu lieu dans les anciens diocèses d'Avranches, Sées et Bayeux.

17. Spécialement lorsque le coupable est l'animal et que son propriétaire est déclaré innocent : la justice ne peut espérer aucune rentrée d'argent.

18. J. Charange, *Dictionnaire*..., *op. cit.*, t. II, p. 72.

19. Père G. Langevin, *Recherches historiques sur Falaise. Supplément*, Falaise, 1826, p. 12-13.

20. *Ibid.*, p. 13. Sur l'église et son histoire, voir aussi P. Germain, *Visitons Falaise. L'église de la Sainte-Trinité*, Condé, 1992. Des projets sont actuellement (octobre 2003) à l'étude pour tenter de retrouver la peinture sous les couches de chaux et d'enduits.

21. J. Charange, *Dictionnaire*..., *op. cit.*, t. II, p. 72.

22. Une telle pratique ne semble pas exceptionnelle aux XVe et XVIe siècles. D'autres animaux, avant d'être mis à mort, ont pareillement été mutilés aux mêmes endroits que ceux où ils avaient agressé et blessé leur victime humaine. On peut rapprocher cette pratique des peines de mutilation que subissent certains faussaires, voleurs, violeurs, faux témoins et blasphémateurs, ainsi que des mutilations faites sur le corps des agresseurs à l'endroit même où ils ont agressé leur victime. Voir N. Gonthier, *Le Châtiment du crime au Moyen Âge*, Rennes, 1998, p. 140-146.

23. J. Charange, *Dictionnaire*..., *op. cit.*, t. II, p. 73.

24. Il l'est en revanche lorsque l'animal n'a pas commis un crime mais seulement un « méfait », c'est-à-dire un délit (vols, jardins dévastés, boutiques ou entrepôts visités, dégâts divers, cas de vagabondage). L'affaire n'est pas jugée au criminel mais au civil et entraîne des amendes. De telles affaires impliquant des animaux sont extrêmement nombreuses dans les querelles et procès de voisinage.

25. Pour souligner l'innocence du propriétaire de l'animal, on rappelle ce passage du livre de l'Exode (21,28) : « Si un bœuf a renversé un homme ou une femme et qu'ils en sont morts, le bœuf devra être lapidé. Ses chairs, en revanche, ne seront pas mangées, et le propriétaire du bœuf sera considéré comme innocent » (*Si bos cornu percusserit virum aut mulierem et mortui fuerint, lapidibus obruetur. Et non comendentur carnes ejus. Dominus quoque bovis innocens erit*).

26. C. d'Addosio, *Bestie delinquenti*, Naples, 1892, p. 286-290 ; E. P. Evans, *The Criminal Prosecution*..., *op. cit.*, p. 298-303.

27. Pour la période moderne, les travaux de R. Muchembled semblent aller dans ce sens. Voir *Le Temps des supplices. De l'obéissance sous les rois absolus*, Paris, 1992. Voir aussi, plus généralement, J.-M. Carbasse, « La peine en droit français des origines au XVIIe siècle », dans *Recueil de la Société Jean Bodin*, t. 56/2, Bruxelles, 1956, p. 157-172.

28. E. P. Evans, *The Criminal Prosecution*..., *op. cit.*, p. 156-157.

29. C. D'Addosio, *Bestie delinquenti*, *op. cit.* ; G. Tobler, *Tierprozesse in der Schweiz*, Berne, 1893 ; E. L. Kerdaniel, *Les Animaux en justice. Procédures en excommunication*, Paris, 1908 ; H. A. Berkenhoff, *Tierstrafe, Tierbannung*..., *op. cit.* (note 11).

30. K. von Amira, « Thierstrafen und Thierprocesse », art. cit. (note 11).

31. Outre Barthélemy de Chasseneuz, dont il est parlé plus bas, citons : G. Pape, *Decisiones*, Grenoble, 1490 (voir notamment le dossier entourant la *quaestio* 238 : *si animal brutum delinquat, sicut quandoque faciunt porci qui comedunt pueros, an debeat mori ? Dic quod sit* – « si une bête brute a commis un crime, comme le font par exemple les porcs qui dévorent de jeunes enfants, doit-elle être mise à mort ? Je réponds par l'affirmative ») ; J. Duret, *Traicté des peines et amendes tant pour les matières criminelles que civiles*, Lyon, 1573, 2e éd., Lyon, 1603, p. 436-443 ; P. Ayrault, *L'Ordre, formalité et instruction judiciaire*, 4e éd., Paris, 1610, p. 602 *sq.* Ces trois ouvrages furent constamment réédités jusqu'à la fin de l'Ancien Régime. – Parmi les nombreux ouvrages d'érudits du XIXe siècle qui proposent un florilège de cas, d'affaires et de procès intéressant à un titre ou à un autre notre sujet, on retiendra celui de C. E. Dumont, *Justice criminelle des duchés de Lorraine et de Bar*, Nancy, 1848, 2 vol.

32. L. Pons, *Barthélemy de Chasseneuz*, Paris, 1879, p. 46 ; L. Pignot, *Un juriconsulte du XVIe siècle*, Paris, 1881, p. 112.

33. Chassenée, *Consilia*, Lyon, 1531, 1re partie, § « De excommunicatione animalium et insectorum ».

34. Cité par M. Berriat de Saint-Prix, « Rapport et recherches sur les procès et jugements relatifs aux animaux », art. cit., et repris par E. P. Evans, *The Criminal Prosecution..., op. cit.*, p. 265.

35. E. P. Evans, *ibid.*, en mentionne quelques-uns, mais tous d'après des témoignages bien fragiles. Voir aussi E. Poullain de Saint-Foix, *Œuvres complètes*, Paris, 1778, t. II, p. 167, et t. IV, p. 97.

36. P. J. Brillon, *Dictionnaire de jurisprudence*, Lyon, 1786, t. V, p. 80 (« Animal ») ; A. Franklin, *La Vie privée d'autrefois, du XIIe au XVIIe siècle : les animaux*, Paris, 1899, t. II, p. 267-268.

37. A. Giraud, « Procédures contre les chenilles et autres bêtes nuisibles », dans *Bulletin de la Société départementale d'archéologie et de statistique de la Drôme*, t. 1, 1866, p. 100-102.

38. L. Menabrea, « De l'origine... », art. cit. (note 14), p. 148-161.

39. Sur ce cas et quelques autres : J. Desnoyer, « L'excommunication des insectes et autres animaux nuisibles à l'agriculture », dans *Bulletin du Comité historique des documents écrits de l'Histoire de France*, t. 4, 1853, p. 36-54.

40. F. Bavoud, « L'exorcisme des insectes au XVIIIe siècle dans le diocèse de Besançon », dans *Mémoires de la Société d'émulation du Doubs*, t. 6, 1937, p. 99-113.

41. Dans les Alpes, le plus ancien témoignage d'un tel procès date de 1338 et concerne des sauterelles qui infestent la région de Bolzano, dans le Tyrol-du-Sud. Voir K. Ausserer, « Die Bozner Chronik und ihre Nachrichten zur Geschichte der Stadt Bozen », dans *Der Schlern*, t. 12, 1922, p. 386-393. À propos de fléaux semblables en Méditerranée : R. Delort, *Les animaux ont une histoire, op. cit.*, p. 169-186 ; B. Arbel, « Sauterelles et mentalités : le cas de la Chypre vénitienne », dans *Annales. ESC*, vol. 44, septembre-octobre 1989, p. 1057-1074.

42. C. Chène, *Juger les vers*, *op. cit.* (note 11). Les dossiers étudiés se situent entre 1452 et 1536.

43. Rappelons que les affaires de vol, dégâts et vagabondage impliquant des animaux sont jugées au civil.

44. L. K. Little, « Formules monastiques de malédiction au IXe et au XIe siècle », dans *Revue Mabillon*, t. 58, 1970-1975, p. 377-399 ; Id., « La morphologie des malédictions monastiques », dans *Annales. ESC*, vol. 34, janvier-février 1979, p. 43-60.

45. J. Desnoyer, « L'excommunication des insectes... », art. cit. ; H. d'Arbois de Jubainville, « Les excommunications d'animaux », dans *Revue des questions historiques*, t. 5, 1868, p. 275-280 ; M. Besson, « L'excommunication des animaux au Moyen Âge », dans *Revue historique vaudoise*, t. 43, 1935, p. 3-14. Comme le soulignent ces trois auteurs, le terme « excommunication » est ici à manier avec précaution et ne correspond pas tout à fait à son sens habituel.

46. Gn 3,17.

47. F. Fleuret et L. Perceau, *Les Procès de bestialité*, Paris, 1920, p. 14-15. Le fait de brûler les archives d'un procès est quelque chose de tout à fait exceptionnel, tellement étranger aux pratiques de la fin du Moyen Âge et du début de l'époque moderne qu'il est permis de se demander si ce ne sont pas les seules minutes ou même des copies qui sont symboliquement ainsi détruites, et non pas les pièces originales. Mais, par ailleurs, il reste dans les archives judiciaires si peu de traces de ces crimes de bestialité et des procès qui s'ensuivirent qu'on peut se demander si on ne les a pas fait disparaître, à un moment ou à un autre, volontairement. Voir deux cas du XVe siècle bien documentés, l'un bourguignon, l'autre lorrain, cités par Nicole Gonthier, *Le Châtiment du crime au Moyen Âge*, *op. cit.*, p. 163.

48. Au XVIe siècle, ils semblent devenir un peu plus nombreux. M. Alfred Soman m'a indiqué qu'il avait recensé 54 procès pour crime de bestialité venus devant le Parlement de Paris entre 1536 et 1600. Ces affaires mettent en scène une faune peu diversifiée : ânesse, juments, chiennes, chèvres et vaches. La truie en est absente. Je remercie ici chaleureusement M. A. Soman pour toutes les informations qu'il m'a transmises.

49. L. Dubois-Desaulle, *Étude sur la bestialité du point de vue historique, médical et juridique*, Paris, 1905, p. 154-157.

50. M. Berriat de Saint-Prix, « Rapport et recherches... », art. cit. (note 15), p. 427.

51. A. Franklin, *La Vie privée d'autrefois... : les animaux*, *op. cit.*, t. II, p. 261.

52. On trouvera dans l'étude citée de H. A. Berkenhoff une typologie précise des châtiments infligés aux animaux dans les pays germaniques.

53. Paris, AN, L 885/1. Je remercie le Pr Henri Dubois et son étudiante, Anne Lacourt-Bruère, de m'avoir fait connaître ce document inédit.

54. L. Tanon, *Histoire des justices des églises de Paris*, Paris, 1883, p. 227.

55. Sur l'archéozoologie, ses chiffres, ses méthodes, ses résultats, voir le corpus bibliographique de F. Audouin-Rouzeau, *Hommes et animaux*

en Europe de l'époque antique aux Temps modernes. Corpus de données archéozoologiques et historiques, Paris, 1993.

56. J. Verroust et M. Pastoureau, *Le Cochon. Histoire, symbolique, cuisine*, Paris, 1987, p. 23-26.

57. D'où l'utilisation par la médecine contemporaine de tissus ou d'organes empruntés au porc pour effectuer des pansements, des greffes ou des expériences. Même si le pourcentage d'ADN commun entre l'homme et le porc est moins grand qu'entre l'homme et le singe, le porc est davantage utilisé en laboratoire : d'une part, il est indigène en Occident, donc plus facile d'accès et moins onéreux ; d'autre part, il ne constitue nullement une espèce protégée et est moins « objet de sensibilité » que le singe.

58. Les modèles en sont souvent pris dans les textes compilés par la grande école salernitaine de médecine du XIIe siècle. Voir S. de Renzi, *Collectio salernita*, Naples, 1853, t. II, p. 391-401 ; W. Corner, *Anatomical Texts of Early Middle Ages*, Washington, 1927, p. 47-68.

59. P. de Beaumanoir, *Coutumes du Beauvaisis*, chap. LXIX, § 6 (éd. Beugnot, Paris, 1842, t. II, p. 485-486).

60. J. Duret, *Traité des peines et amendes*, Lyon, 1572, p. 108-109.

61. P. Ayrault, *L'Ordre, formalité et instruction judiciaires...*, 4e éd., Paris, 1610, p. 109.

62. Ex 21,28. Texte latin cité à la note 25.

63. Thomas d'Aquin, *Summa contra gentiles*, livre II, chap. 82 (*Opera... ed. leonina*, Rome, 1918, p. 513-515).

64. Albert le Grand, *De anima*, livre II, chap. 3 et 12 (voir l'éd. « de Cologne », Bonn, 1955, t. XII).

65. Thomas d'Aquin, *Summa theologica*, II, 90/3 et III, 76/2 (*Opera... ed. leonina*, Rome, 1935, p. 169-172).

66. Voir L. C. Rosenfield, *From Beast Machine to Man Machine*, New York, 1941.

67. Sur l'attitude des philosophes, et notamment ceux des XVIIe et XVIIIe siècles, à l'égard des animaux – dossier bien connu et très étudié –, on lira l'ouvrage récent d'Élisabeth de Fontenay, *Le Silence des bêtes. La philosophie à l'épreuve de l'animalité*, Paris, 1998, p. 265-543. Il est surprenant que ce gros ouvrage, qui étudie la position des philosophes antiques, modernes et contemporains à l'égard de l'animal, fasse une impasse totale sur le Moyen Âge, pourtant fort bavard sur ce sujet.

68. J. Racine, *Les Plaideurs*, acte III, scène 3.

69. Ro 8,21. Voir plus haut à la note 7.

Le sacre du lion

1. L'histoire de ces ménageries royales et princières reste à écrire. Le vieux livre de Gustave Loysel, *Histoire des ménageries de l'Antiquité à nos jours*, Paris, 1912, 3 vol., souvent cité mais sans doute jamais lu, est médiocre ; il fournit une information fragmentaire, souvent dépassée et dépourvue de toute problématique. Les ménageries – comme du reste l'ensemble des problèmes concernant les animaux – ont en effet long-

temps été abandonnées à la petite histoire et aux recueils d'anecdotes. Elles méritent mieux.

2. Tout au long de cette étude, j'emploie le mot *ménagerie* dans son sens moderne, celui qu'il a pris au XVIIe siècle. En ancien et moyen français, ce mot désigne non pas un lieu où sont gardées et montrées des bêtes sauvages ou curieuses, mais simplement l'administration d'une ferme ou d'une maison.

3. Le grand P. E. Schramm ne s'y est pas trompé qui leur consacre quelques pages dans son beau livre, écrit en collaboration avec F. Mütherich, *Denkmale der deutschen Könige und Kaiser*, Munich, 1962, 70-74.

4. La typologie des ménageries est difficile à établir car le vocabulaire qui les désigne est instable et ambigu. Les mots les plus fréquents sont *bestiarium*, *vivarium* et *claustrum* ; mais il désignent aussi bien des fosses ou des cages que des parcs ou des réserves. En outre, ils ont plusieurs sens : *vivarium*, par exemple, qualifie tout ensemble une ménagerie abritant des bêtes fauves, un parc aux cerfs, une garenne, un vivier, et même un verger. Des termes comme *pardarium*, *leopardarium* ou *ferarium* sont d'un emploi plus rare mais plus précis : il s'agit d'une fosse où se trouvent des lions, des léopards et des panthères. De même, les volières, contrairement aux viviers, disposent d'un lexique explicite : *aviarium*, *columbarium*.

5. À la même époque se multiplient les parcs aux cerfs, animaux à signification christologique et dont la chasse est désormais jugée plus noble que celle du sanglier. Des ménageries et des animaux vivants possédés par les princes il faut rapprocher les animaux empaillés ou naturalisés – *bouillis en huile*, dit le moyen français – et les parties d'animaux (peaux, fourrures, poils, crins, os, dents, griffes, etc.) conservés dans les trésors laïques ou ecclésiastiques. Ici, les crocodiles, les serpents et les dragons sont les plus recherchés et le resteront jusque fort avant dans l'époque moderne. De même, les spectacles et les combats d'animaux entretiennent des rapports étroits avec les ménageries : si *le gieu des ours et des lions*, c'est-à-dire le combat d'un ours contre un lion, cher aux chansons de geste, n'existe plus guère à l'automne du Moyen Âge, les affrontements entre lions et taureaux ne sont pas rares, notamment en Espagne et en Italie. D'une manière générale, la seconde moitié du XVe siècle revalorise le taureau et les spectacles tauromachiques. Mais ces derniers, contrairement à ce qu'on a parfois écrit, ne sont probablement pas les héritiers directs des rituels taurins de l'Antiquité.

6. Voir les résultats chiffrés que j'ai proposés dans « Le bestiaire héraldique au Moyen Âge », dans *Revue française d'héraldique et de sigillographie*, 1972, p. 3-17, et dans mon *Traité d'héraldique*, Paris, 2e éd., 1993, p. 136-143.

7. H. Beck, *Das Ebersignum im Germanischen*, Berlin, 1965 ; G. Scheibelreiter, *Tiernamen und Wappenwesen*, Vienne, 1976, p. 22-57 et 87-90 ; H. E. Korn, *Adler und Doppeladler. Ein Zeichen im Wandel der Geschichte*, 2e éd., Marbourg, 1976.

8. R. Viel, *Les Origines symboliques du blason*, Paris, 1972, p. 31-91 ;

A. Quacquarelli, *Il leone e il drago nella simbolica dell'età patristica*, Bari, 1975.

9. M. Zips, « Tristan und die Ebersymbolik », dans *Beiträge zur Geschichte der deutschen Sprache und Literatur*, t. 94, 1972, p. 134-152 ; M. Pastoureau, « Les armoiries de Tristan dans la littérature et l'iconographie médiévales », dans *Gwechall* (Quimper), t. 1, 1978, p. 9-32.

10. Ps 22 [21],22 : *Salva me de ore leonis.*

11. 1 Pe 5,8-9 : *Vigilate quia adversarius vester, diabolus, tamquam leo rugiens, circuit, quaerens quem devoret. Cui resistite fortes in fide...*

12. Prov 30,30 ; Gn 49,9.

13. Ap 5,5 : *Ne fleveris : ecce vicit leo de tribu Juda, radix David, aperire librum et solvere septem signacula ejus.*

14. Isidore de Séville, *Etymologiae*, livre XII, chap. II, § 3 (éd. J. André, Paris, 1986, p. 89).

15. Ambroise, *Hymni latini antiquissimi*, éd. A. Bulst, Heidelberg, 1956, p. 42 ; Raban Maur, *De rerum naturis*, livre VIII, chap. 1 (*PL*, t. 112, col. 217-218).

16. Parmi une littérature abondante, voir surtout N. Henkel, *Studien zum « Physiologus »*, Tübingen, 1976.

17. *De bestiis et aliis rebus,* livre II, chap. 1 (*PL*, t. 177, col. 57) ; F. Unterkircher, *Bestiarium. Die Texte der Handschrift Ms. Ashmole 1511 der Bodleian Library Oxford*, Graz, 1986, p. 24.

18. Thomas de Cantimpré, *Liber de natura rerum*, éd. H. Boese, Berlin, 1973, p. 139-141 ; Barthélemy l'Anglais, *De proprietatibus rerum*, Cologne, 1489, fol. 208 [vb, f] ; Vincent de Beauvais, *Speculum naturale*, Douai, 1624, livre XIX, chap. 66-74.

19. Sur ces différentes propriétés – inconnues d'Aristote et de Pline – et leurs interprétations christologiques, voir N. Henkel, *Studien zum « Physiologus », op. cit.*, p. 164-167.

20. M. Pastoureau, *Traité d'héraldique*, *op. cit.*, p. 143-146.

21. H. S. London, *Royal Beasts*, Londres, 1956, p. 9-15 ; R. Viel, *Les Origines symboliques du blason*, Paris, 1972, p. 46-106 (à lire avec précaution) ; A. Ailes, *The Origins of the Royal Arms of England. Their Development to 1199*, Reading, 1982 ; M. Pastoureau, « Genèse du léopard Plantegenêt », dans Société des amis de l'Institut historique allemand, *Bulletin*, vol. 7, 2002, p. 14-29.

22. E. E. Dorling, *Leopards of England and other Papers on Heraldry*, Londres, 1913 ; H. S. London, « Lion or Leopard ? », dans *The Coat of Arms*, t. 2, 1953, p. 291-296 ; C. R. Humphery Smith et M. Heenan, *The Royal Heraldry of England,* Londres, 1966 ; J. H. et R. V. Pinches, *The Royal Heraldry of England*, Londres, 1974, p. 50-63.

23. F. McCullough, *Medieval Latin and French Bestiaries*, Chapel Hill, 1962, p. 150-151 ; A. Henkel, *Studien zum « Physiologus », op. cit.*, p. 41-42. Aristote ne parle pas de l'accouplement de la lionne et du pard. C'est Pline qui transmet cette légende à Solin puis à la culture médiévale par le relais obligé d'Isidore : « le léopard naît de l'adultère de la lionne et du pard »

(*leopardus ex adulterio leaena et pardi nascitur* ; *Etymologiae*, livre XII, chap. II, § 11, éd. J. André, Paris, 1986, p. 95).

24. M. Pastoureau, « Figures et couleurs péjoratives en héraldique médiévale », dans *Communicaciones al XV Congreso internacional de las ciencias genealogica y heraldica*, Madrid, 1982 (1985), t. III, p. 293-309.

25. Gn 6,19-21. Le texte de la Vulgate du XIIIe siècle est tout aussi imprécis que celui des traductions modernes : *Et ex cunctis animantibus universae carnis bina induces in arcam, ut vivant tecum, masculini sexus et feminini. De volucribus juxta genus suum et de bestiis in genere suo et ex omni reptili terrae secundum genus suum : bina de omnibus ingredientur tecum, ut possint vivere.*

26. Sur le dossier patristique et iconographique de l'arche de Noé, on consultera avec profit, surtout pour le haut Moyen Âge, la thèse d'École des chartes, malheureusement encore inédite, de Marianne Besseyre, *L'Iconographie de l'arche de Noé du IIIe au XVe siècle. Du texte aux images*, Paris, 1997. Voir École nationale des chartes, *Positions des thèses…*, Paris, 1997, p. 53-58.

27. Dans les images médiévales, il est souvent difficile de distinguer les moutons, les veaux et les chiens (du moins ceux qui ne portent pas de collier). Certains animaux sont en effet dotés d'attributs iconographiques remarquables, et d'autres non. Chez les oiseaux, par exemple, s'il est facile de reconnaître l'aigle, le cygne, la chouette ou la pie, d'autres espèces sont indifférenciées ou inidentifiables. Elles ne sont du reste pas faites pour être identifiées.

28. L'étude de la disposition des espèces animales à l'intérieur de l'arche est également instructive. Il y a des places plus honorifiques que d'autres.

29. Sur les cultes de l'ours, la littérature est considérable et les opinions souvent divergentes (notamment sur les cultes préhistoriques, niés par certains auteurs, solidement affirmés par d'autres). On lira surtout, malgré sa date, A. I. Hallowell, « Bear Ceremonialism in the Northern Hemisphere », dans *The American Anthropologist*, t. 28, 1926, p. 51-202 ; et T. Tillet et L. R. Binford, dir., *L'Ours et l'Homme*, Actes du colloque d'Auberive (1997), Liège, 2002.

30. Sur les liens entre l'ours et l'homme sauvage au Moyen Âge : R. Bernheimer, *Wild Men in the Middle Ages*, Cambridge (Mass.), 1952 ; T. Husband, *The Wild Man : Myth and Symbolism*, New York, 1980 ; C. Gaignebet et D. Lajoux, *Art profane et religion populaire au Moyen Âge*, Paris, 1982, p. 75-85 et 115-127.

31. Outre l'article « Bärensohn » du *Handwörterbuch des deutschen Aberglaubens*, Leipzig, 1930, t. I, on lira surtout la belle étude de Daniel Fabre, *Jean de l'Ours. Analyse formelle et thématique d'un conte populaire*, Carcassonne, 1971.

32. « Leur accouplement a lieu au début de l'hiver, non pas à la manière ordinaire des quadrupèdes mais enlacés l'un à l'autre face contre face » (*Eorum coitus hiemis initio, nec vulgari quadripedum more sed ambobus cubantibus complexisque* ; Pline, *Histoire naturelle*, livre VIII, chap. LIV, éd. A. Ernout, Paris, 1952, p. 67).

33. M. Pastoureau, *L'Ours. Histoire d'un roi déchu*, Paris, 2007.

34. 1 Sam 17,34 ; 2 Rs 2,24 ; Sag 28,15 ; Dan 7,5 ; Os 13,8 ; Am 5,19 ; etc.

35. Augustin, *Sermones*, XVII, 34 (*PL*, t. 39, col. 1819 : commentaire du combat de David contre un ours et un lion).

36. « Ceux-ci sont de chair blanche et informe, un peu plus grands que des souris, sans yeux, sans poils, seuls dépassent leurs ongles. En les léchant [leur mère] leur donne progressivement forme. » (*Hi sunt candida informisque caro, paulo muribus maior, sine oculis, sine pilo, ungues tantum prominent. Hanc lambendo paulatim figurant* ; Pline, *Histoire naturelle*, livre VIII, chap. LIV, éd. A. Ernout, p. 67). Notons que, dans les traditions du Moyen Âge finissant, l'ourse est jugée plus forte que le mâle et mère exemplaire. À cet égard, il est significatif que, dans les textes à caractère zoologique, les deux seuls animaux chez qui la femelle soit réputée plus forte que le mâle soient les deux « rivaux » du lion : l'ours et le léopard. « Les ourses sont plus fortes et plus téméraires que les mâles, comme c'est le cas chez les léopards » (*urse femine sunt fortiores et audaciores maribus, sicut in leopardum genere est*), écrit par exemple, vers 1240, Thomas de Cantimpré dans son encyclopédie *Liber de natura rerum*, livre IV, chap. CV (éd. H. Boese, Berlin, 1970, p.168).

37. L'animal devient même à partir du XIIIe siècle une vedette du bestiaire des sept péchés capitaux puisqu'il est associé à au moins quatre d'entre eux : colère (*ira*), luxure (*luxuria*), paresse (*acedia*), goinfrerie (*gula*). Voir E. Kirschbaum, dir., *Lexikon der christlichen Ikonographie*, nouvelle éd., Fribourg-en-Brisgau, 1990, col. 242-244.

38. Sur la place de l'ours dans l'hagiographie : M. Praneuf, *L'Ours et les Hommes dans les traditions européennes*, Paris, 1989, p. 125-140 ; D. Lajoux, *L'Homme et l'Ours*, Grenoble, 1996, p. 59-69.

39. On trouvera un résumé commode des passages du *Roman de Renart* dans lesquels l'ours est mis en scène dans le répertoire de M. de Combarieu du Gres et J. Subrenat, *Le « Roman de Renart ». Index des thèmes et des personnages*, Aix-en-Provence, 1987, p. 267-270.

40. L'ours est rare dans les armoiries médiévales. Son indice de fréquence ne dépasse pas 5 ‰ (pour le lion, répétons-le, il est de 15 % !). L'ours joue surtout le rôle d'une figure parlante : son nom forme un jeu de mots avec celui du possesseur de l'armoirie. À ce sujet, il faut souligner le contraste entre l'abondance des anthroponymes et des toponymes construits sur une racine évoquant l'ours et la rareté de celui-ci dans les armoiries. Ce même contraste se retrouve pour le renard et le corbeau.

Chasser le sanglier

1. Les Grecs et les Romains pratiquent peu la chasse à cheval. Toutefois, sous l'Empire, l'influence des modes orientales contribue à développer certaines formes de vénerie équestre.

2. J. Aymard, *Les Chasses romaines*, Paris, 1951, p. 323-329 et 352-361.

3. O. Keller, *Die antike Tierwelt*, Leipzig, 1913, t. I, p. 277-284.

4. J. André, *L'Alimentation et la Cuisine à Rome*, Paris, 1961, p. 118- 120. Remarquons que la Bible, au contraire des traditions romaines, voit dans la chair du cerf la plus pure de toutes les viandes (Deut 12,15, 22 ; 15,22), fournissant par là même au christianisme médiéval de solides arguments scripturaires pour mettre en valeur la pureté de cet animal, très loin du caractère sauvage de la chasse et des rituels sanguinaires de découpe et de partage qui suivent la mort de l'animal.

5. Martial, *Epigrammatae*, I, 49, 26 (éd. W. Heraeus, Leipzig, 1925). Voir aussi J. Aymard, *Les Chasses romaines*, *op. cit.*, p. 353-354.

6. O. Keller, *Die antike Tierwelt*, *op. cit.*, t. I, p. 389-392. Voir aussi F. Poplin, « La chasse au sanglier et la vertu virile », dans Université de Tours, *Homme et animal dans l'Antiquité romaine*, Actes du colloque de Nantes (1991), Tours, 1995, p. 245-267.

7. H. Beck, *Das Ebersignum im Germanischen*, Berlin, 1965 ; G. Scheibelreiter, *Tiernamen und Wappenwesen*, Vienne, 1976, p.40-41, 81-83, 124-127.

8. F. Le Roux et C.-J. Guyonvarc'h, *La Civilisation celtique*, Rennes, 1990, p. 129-146.

9. P. Walter, *Arthur, l'Ours et le Roi*, Paris, 2002, p. 79-100.

10. M. Thiébaux, « The Mouth of the Bear as a Symbol in Medieval Literature », dans *Romance Philology*, n° 12, 1969, p. 281-299 ; M. Zips, « Tristan und die Ebersymbolik », dans *Beiträge zur Geschichte der deutschen Sprache und Literatur*, t. 94, 1972, p. 134-152 ; W. Schouwink, « Der Eber in der deutschen Literatur des Mittelalters », dans *Verbum et Signum. Festschrift F. Ohly*, Munich, 1975, p. 425-476 ; A. Planche, « La bête singulière », dans *La Chasse au Moyen Âge*, Actes du colloque de Nice (1978), Paris et Nice, 1980, p. 493-505.

11. W. Schouwink, « The Sow Salaura and her Relatives in Medieval Literature and Art », dans *Épopée animale, fable, fabliau*, Actes du IVe colloque de la Société internationale renardienne (Évreux, 1981), Paris, 1984, p. 509-524.

12. C. Higounet, « Les forêts de l'Europe occidentale du Ve au XIe siècle », dans *Agricoltura e mondo rurale in Occidente nell'alto Medioevo*, Spolète, 1966, p. 343-398 (*Settimane di studio del Centro italiano di studi sull'alto Medioevo*, vol. 13) ; J. Verdon, « Recherches sur la chasse en Occident durant le haut Moyen Âge », dans *Revue belge de philologie et d'histoire*, t. 56, 1978, p. 805-829 ; W. Rösener, « Jagd, Rittertum und Fürstenhof im Hochmittelalter », dans W. Rösener, dir., *Jagd und höfische Kultur im Mittelalter*, Göttingen, 1997, p. 123-147.

13. K. Lindner, *Die Jagd im frühen Mittelalter*, Berlin, 1960 (*Geschichte der deutschen Weidwerks*, vol.2) ; L. Fenske, « Jagd und Jäger im früheren Mittelalter. Aspekte ihres Verhältnisses », dans W. Rösener, dir., *Jagd und höfische Kultur...*, *op. cit.*, p. 29-93.

14. *Chace dou cerf*, éd. G. Tilander, Stockholm, 1960 (*Cynegetica*, vol. 7).

15. *La Vénerie de Twiti. Le plus ancien traité de chasse écrit en Angleterre*, éd. G. Tilander, Uppsala, 1956 (*Cynegetica*, vol. 2).

16. Gaston Phébus, *Livre de chasse*, éd. G. Tilander, Karlshamm, 1971, p. 52 (*Cynegetica*, vol. 17).

17. Gace de La Buigne, *Roman des deduis*, éd. A. Blomqvist, Karlshamm, 1951 (*Studia romanica holmiensia*, vol. 3).

18. Hardouin de Fontaine-Guérin, *Livre du Trésor de vénerie*, éd. H. Michelant, Metz, 1856.

19. Henri de Ferrières, *Les Livres du roy Modus et de la royne Ratio*, § 3, éd. G. Tilander, Paris, 1932, t. I, p. 12.

20. Gaston Phébus, *Livre de chasse*, chap. IX.

21. Longues chaussures masculines à la mode en milieu aristocratique. Elles font scandale parce qu'elles se terminent par une pointe enroulée sur elle-même comme la corne d'un bélier.

22. *Les Livres du roy Modus...*, § 76, *op. cit.*, t. I, p. 146-148.

23. En Espagne et dans les pays germaniques, en revanche, c'est seulement au XVe siècle que le nombre des meutes destinées au sanglier commence à diminuer. Voir les remarques et les tableaux publiés par W. Störmer, « Hofjagd der Könige und der Herzöge im mittelalterlichen Bayern », dans W. Rösener, dir., *Jagd und höfische Kultur...*, *op. cit.*, p. 289-324. En Bavière, c'est au XVe siècle et, surtout, au XVIe que la chasse au cerf devance définitivement la chasse au sanglier.

24. Sur les spécificités de la meute nécessaire pour chasser le sanglier, Gaston Phébus livre des informations nombreuses et précises. Voir le *Livre de chasse*, chap. XVII-XXI, en part. chap. XVII, § 42-43 et 54.

25. C. Beck, « Chasses et équipages de chasse en Bourgogne ducale (vers 1360-1420) », dans A. Paravicini Bagliani et B. Van den Abeele, dir., *La Chasse au Moyen Âge. Société, traités, symboles*, Turnhout, 2000, p. 151-174. Voir également C. Niedermann, *Das Jagdwesen am Hofe Herzog Philipps des Guten von Burgund*, Bruxelles, 1995, ainsi que la vieille étude, riche en références documentaires, de E. Picard, « La vénerie et la fauconnerie des ducs de Bourgogne », dans *Mémoires de la Société éduenne* (Autun), 9, 1880, p. 297-418.

26. C. Niedermann, « *Je ne fois que chassier.* La chasse à la cour de Philippe le Bon, duc de Bourgogne », dans A. Paravicini Bagliani et B. Van den Abeele, dir., *La Chasse au Moyen Âge*, *op. cit.*, p. 175-185.

27. Sur ces techniques nouvelles pour venir à bout du sanglier, Gaston Phébus est prolixe, même s'il les réprouve car ce ne sont pas là des moyens de prendre les bêtes « par noblesse et gentillesse ». Voir le *Livre de chasse*, chap. LX-LXXVIII.

28. À la fin du Moyen Âge, sur les tables princières, la tendance générale est à une forte diminution de la venaison et, au contraire, à une augmentation de la présence des oiseaux et des volailles de luxe. Parmi une abondante littérature : *Manger et boire au Moyen Âge*, Actes du colloque de Nice (1982), Paris, 1984, 2 vol. ; M. Montanari, *Alimentazione e cultura nel Medioevo*, Rome et Bari, 1988 ; *Essen und Trinken in Mittelalter und Neuzeit*, Sigmaringen, 1987 ; B. Laurioux, *Le Moyen Âge à table*, Paris,

1989 ; Id., *Le Règne de Taillevent. Livres et pratiques culinaires à la fin du Moyen Âge*, Paris, 1997.

29. À l'époque moderne, nombreux sont les auteurs qui refusent de parler de véritable « chasse à courre » pour le sanglier (c'est pourtant une expression qu'emploient volontiers les traités français du XIVe siècle) et préfèrent parler de « petite vénerie ». Voir : J.-L. Bouldoire et J. Vassant, *Le Sanglier*, Paris, 1988 ; J.-J. Brochier et J.-P. Reder, *Anthologie du sanglier*, Paris, 1988.

30. H. Thimme, « *Forestis.* Königsgut und Königsrecht nach den Forsturkunden vom 6. bis 12. Jahrhundert », dans *Archiv für Urkundenforschung*, t. 2, 1909, p. 101-154 ; C. Petit-Dutaillis, « De la signification du mot forêt à l'époque franque », dans *Bibliothèque de l'École des chartes*, t. 76, 1915, p. 97-152 ; C. R. Young, *The Royal Forests of Medieval England*, Cambridge, 1979 ; M. Pacaut, « Esquisse de l'évolution du droit de chasse au haut Moyen Âge », dans *La Chasse au Moyen Âge*, *op. cit.* (note 10), p. 59-68 ; J. Semmler, « Der Forst des Königs », dans J. Semmler, dir., *Der Wald in Mittelalter und Renaissance*, Berlin, 1991, p. 130-147 ; T. Zotz, « Beobachtungen zu Königtum und Forst im früheren Mittelalter », dans W. Rösener, dir., *Jagd und höfische Kultur...*, *op. cit.*, p. 95-122.

31. Augustin, *Ennaratio in Psalmum 79*, *PL*, t. 36, col. 1025.

32. Isidore de Séville, *Etymologiae*, livre XII, chap. I, § 27 (éd. J. André, Paris, 1986, p. 37). Cette étymologie *per commutationem litterarum* sera reprise par Papias puis par tous les auteurs jusqu'au XIIIe siècle.

33. Raban Maur, *De naturis rerum*, *PL*, t. 111, col. 207.

34. Thomas de Cantimpré, *Liber de natura rerum*, éd. H. Böse, Berlin, 1973, p. 109.

35. Cette belle expression est de François Poplin. Voir « La chasse au sanglier... », art. cit. (note 6).

36. L. Douët d'Arcq, « Note sur la mort de Philippe le Bel », dans *Revue des sociétés savantes*, 6e série, t. 4, 1876, p. 277-280 ; C. Baudon de Mony, « La mort et les funérailles de Philippe le Bel d'après un compte rendu à la cour de Majorque », dans *Bibliothèque de l'École des chartes*, t. 68, 1897, p. 5-14 ; J. Favier, *Philippe le Bel*, Paris, 1978, p. 522-523.

37. Suger, *Vita Ludovici Grossi regis*, éd. H. Waquet, Paris, 1929, p. 266.

38. M. Pastoureau, « Histoire d'une mort infâme : le fils du roi de France tué par un cochon (1131) », dans *Bulletin de la Société nationale des Antiquaires de France*, 1992, p. 174-176.

39. M. W. Bloomfield, *The Seven Deadly Sins*, 2e éd., Chicago, 1967, p. 244-245 ; M. Vincent-Cassy, « Les animaux et les péchés capitaux : de la symbolique à l'emblématique », dans *Le Monde animal et ses représentations au Moyen Âge (XIe-XVe s.)*, Actes du XVe congrès de la Société des historiens médiévistes de l'enseignement supérieur public (1984), Toulouse, 1985, p. 121-132.

40. Sur cette iconographie et sur les pratiques de carnaval qui s'y rattachent en pays germaniques, J. Leibbrand, *Speculum bestialitatis. Die*

Tiergestalten der Fastnacht und des Karnevals im Kontext christlicher Allegorese, Munich, 1988.

41. *Les Livres du roy Modus…*, § 75, *op. cit.*, p. 144.

42. *Ibid.*, § 74, p. 141-142.

43. *Livre de chasse*, chap. Ier, § 86.

44. « Il est en hostilité constante avec le serpent. Il cherche les cavernes des reptiles et, par le seul souffle de ses narines, il les force à en sortir. C'est pourquoi aussi l'odeur de corne de cerf brûlée est utile pour chasser les serpents » (*Et iis [cervis] est cum serpente pugna. Vestigant cavernas, nariumque spiritu extrahunt renitentes. Ideo singulare abigendis serpentibus odor adusto cervino cornu* ; Pline, *Histoire naturelle*, livre VIII, chap. L, § 7).

45. *Quemadmodum desirat cervus ad fontes aquarum, ita desirat anima mea ad te, Deus* (Ps 42 [41], 2). Voir le long commentaire que saint Augustin consacre à ce psaume et à la symbolique du cerf : *Ennaratio in Psalmum 41*, *PL*, t. 36, col. 466. Ce verset explique pourquoi le cerf est si fréquemment représenté sur les fonts baptismaux et dans les scènes de baptême : il évoque l'âme chrétienne s'abreuvant à la source de vie.

46. Comme dans l'Antiquité gréco-romaine, le cerf reste au Moyen Âge un symbole fort de lubricité et de sexualité. Nombreux sont les prélats et les pasteurs qui interdisent à leurs ouailles de « faire le cerf », c'est-à-dire, lors du carnaval ou de fêtes traditionnelles, de se déguiser en cerf et d'arborer un sexe masculin gigantesque avec lequel on simule l'acte charnel.

47. Parfois c'est l'amour courtois et profane qui est mis en scène : le cerf incarne alors l'amant serviteur de sa dame. Voir M. Thiébaux, *The Stage of Love. The Chase in Medieval Literature*, Ithaca et Londres, 1974.

48. Sur cette substitution, M. Pastoureau, « Quel est le roi des animaux ? », dans *Le Monde animal et ses représentations…*, *op. cit.*, p. 133-142.

49. P. Walter, *Arthur, l'Ours et le Roi*, *op. cit.* (note 9), p. 79-100.

50. Chrétien de Troyes, *Érec et Énide*, éd. Mario Roques, Paris, 1973, vers 27-284.

51. A. Guerreau-Jalabert, « Le cerf et l'épervier dans la structure du prologue d'*Érec* », dans A. Paravicini Bagliani et B. Van den Abeele, dir., *La Chasse au Moyen Âge*, *op. cit.*, p. 203-219 ; E. Bormann, *Die Jagd in den altfranzösischen Artus- und Abenteuerromanen*, Marbourg, 1887.

52. Parmi une bibliographie abondante, T. Szabo, « Die Kritik der Jagd, von der Antike zum Mittelalter », dans W. Rösener, dir., *Jagd und höfische Kultur…*, *op. cit.*, p. 167-230.

53. B. Andreolli, « L'orso nella cultura nobiliare dall'*Historia Augusta* a Chrétien de Troyes », dans B. Andreolli et M. Montanari, dir., *Il bosco nel Medioevo*, Bologne, 1989, p. 35-54.

54. Gaston Phébus nous livre un grand nombre d'informations à son sujet. Voir son *Livre de chasse*, chap. VIII et LII.

55. À propos de l'ours, voir l'extraordinaire histoire survenue au demi-

frère de Gaston Phébus, Pierre de Béarn, histoire racontée par Froissart et étudiée par M. Zink, « Froissart et la nuit du chasseur », dans *Poétique*, n° 41, 1980, p. 60-77.

56. *Acta sanctorum*, sept. VI, p. 106-142.

57. *Ibid.*, nov. I, p. 759-930.

58. Voir B. Hell, *Le Sang noir. Chasse et mythe du sauvage en Europe*, Paris, 1994, p. 147-198.

Les vertus du bois

1. Albert le Grand, *De animalibus*, éd. H. Stadler, Munster, 1913, chap. 22, § 65 et 66, et chap. 36, § 2. Les vers (*vermes*) comprennent dans la zoologie médiévale de nombreux invertébrés, notamment des insectes.

2. Voir les textes rassemblés par Vincent de Beauvais dans son *Speculum naturale*, livre VII, chap. L-LI (éd. de Douai, 1624, col. 456-457).

3. Voir les textes cités dans l'introduction à l'édition du livre VII du *De vegetalibus* d'Albert le Grand par E. Meyer et C. Jessen, Berlin, 1867.

4. Parmi une bibliographie abondante : P. Geary, *Furta Sacra. Thefts of Relics in the Central Middle Ages*, Princeton, 1978 ; F. Cardini, *Magia, Stregoneria, Superstizioni nell'Occidente medievale*, Florence, 1979 ; P. Brown, *Le Culte des saints*, Paris, 1984 ; P.-A. Sigal, *L'Homme et le Miracle dans la France médiévale (XIe-XIIe s.)*, Paris, 1985 ; J.-C. Schmitt, « Les superstitions », dans J. Le Goff et R. Rémond, dir., *Histoire de la France religieuse*, Paris, 1989, t. I, p. 417-551.

5. M. Bur, *Le Château*, Turnhout, 2002.

6. En ce sens, je suis loin de partager toutes les vues de L. White Jr., *Medieval Technology and Social Change*, Oxford, 1962.

7. Voir P. Geary, « L'humiliation des saints », dans *Annales. ESC*, vol. 1, 1979, p. 27-42.

8. D. Johanssen, *Geschichte des Eisens*, 3e éd., Berlin, 1953 ; R. Sprandel, *Das Eisengewerbe im Mittelalter*, Munich, 1968.

9. H. Bächtold-Stäubli, *Handwörterbuch des deutschen Aberglaubens*, Berlin, 1941, t. IX, col. 257-265 ; L. Röhrich, « Die deutsche Volkssage », dans *Vergleichende Sagenforschungen*, 1969, p. 217-286. Sur le forgeron en tant que « sorcier », on utilisera avec prudence l'ouvrage souvent cité de M. Eliade, *Forgerons et alchimistes*, nouvelle éd., Paris, 1983.

10. P. Sangferst, *Die heilige Handwerke in der Darstellung der « Acta sanctorum »*, Leipzig, 1923.

11. Tant en hébreu qu'en grec (*tektôn*), le mot désignant l'activité de Joseph ne renvoie pas à la profession de charpentier, même simplement pensée comme celle d'un ouvrier travaillant le bois (latin *carpentarius*), mais au seul concept générique d'artisan.

12. Voir J. Le Goff, « Métiers licites et métiers illicites dans l'Occident médiéval », repris dans *Pour un autre Moyen Âge*, Paris, 1977, p. 91-107.

13. Thomas de Cantimpré, *Liber de natura rerum*, éd. H. Böse, Berlin, 1973, p. 378 (*De septem metallis*, chap. VIII).

14. Voir C. Raynaud, *« À la hache ». Histoire et symbolique de la hache dans la France médiévale (XIIIe-XVe s.)*, Paris, 2002, p. 32-37.

15. Seul parmi les éléments végétaux, le fruit semble en effet, dans les traditions médiévales, quelque peu impur, ou du moins pas entièrement pur. Peut-être parce que tout fruit est d'abord une transaction. Peut-être aussi parce que tout fruit renvoie à celui que le serpent a fait manger à Ève et qui a été cause de la Chute.

16. Qu'est-ce qui est en bois dans une société donnée ? Tel pourrait être le sujet d'une vaste enquête historique qui reste à conduire entièrement.

17. M. Pastoureau, « Couleurs, décors, emblèmes », repris dans *Figures et couleurs. Études sur la symbolique et la sensibilité médiévales*, Paris, 1986, p. 51-57 (spécialement p. 52-53).

18. On notera que c'est un des noms latins du bois qui est à l'origine de mots tels que « matériel », « matérialisme ».

19. A. Rey, dir., *Dictionnaire historique de la langue française*, nouvelle éd., Paris, 1994, t. I, p. 740.

20. Faut-il ajouter que dans la seconde moitié du XXe siècle le métal, à son tour, a eu tendance à être remplacé dans ce rôle par le plastique ?

21. C. Raynaud, *« À la hache », op. cit.*, p. 161-234.

22. Sur ces métiers honnis, W. Danckert, *Unehrliche Leute. Die verfemten Berufe*, Berne, 1963.

23. Voir la longue notice « Holzhauer » dans H. Bächtold-Stäubli, *Handwörterbuch des deutschen Aberglaubens*, Berlin, 1932, t. IV.

24. W. Danckert, *Unehrliche Leute*, *op. cit.*, p. 199-207.

25. Dans les miniatures, le charbonnier est un personnage à mi-chemin entre l'homme sauvage hirsute et le démon noirâtre et presque zoomorphe.

26. R. Bechmann, *Des arbres et des hommes. La forêt au Moyen Âge*, Paris, 1984, p. 186-187.

27. Il va sans dire que les premiers *carbonari* n'étaient pas tous, loin s'en faut, des charbonniers, mais ils avaient adopté le nom, les symboles et l'organisation des corporations de charbonniers, notamment dans le royaume de Naples.

28. M. Pastoureau, « La forêt médiévale : un univers symbolique », dans *Le Château, la Forêt, la Chasse*, Actes des IIe rencontres internationales de Commarque (23-25 sept. 1988), Bordeaux, 1990, p. 83-98.

29. Faut-il rappeler que le mot français *sauvage* vient du latin *silva* (forêt) ? Est sauvage (*silvaticus*) celui qui habite ou fréquente la forêt. Cette parenté étymologique existe aussi dans les langues germaniques. En allemand, par exemple, le lien est patent entre le substantif *Wald* (forêt) et l'adjectif *wild* (sauvage).

30. Je renvoie ici aux ouvrages classiques d'André Leroi-Gourhan, ainsi qu'à A. Velther et M. J. Lamothe, *Le Livre de l'outil*, Paris, 1976, 2 vol., et P. Feller et F. Tourret, *L'Outil. Dialogue de l'homme avec la matière*, Bruxelles, 1969.

31. Comme la lime et la scie, le rabot « triche » parce qu'il n'attaque pas franchement la matière mais l'use. C'est à l'époque féodale un outil quelque peu félon. Mais lorsque la patience redeviendra, à la fin du

Moyen Âge, une vertu valorisée, le rabot en bénéficiera et reprendra une place honorable dans les sytèmes de valeurs concernant le monde des outils, au point qu'un prince aussi prestigieux que Jean sans Peur, duc de Bourgogne, l'adoptera comme emblème au début du XVe siècle (ce qui aurait été impensable deux siècles plus tôt).

32. C. Raynaud, *« À la hache »*, *op. cit.*, p. 63-318.

33. Sur Isaïe et le martyre de la scie, R. Bernheimer, « The Martyrdom of Isaias », dans *The Art Bulletin*, 34, 1952, p. 19-34, et L. Réau, *Iconographie de l'art chrétien*, Paris, 1955, t. II, p. 365-372.

34. R. Bechmann, *Des arbres et des hommes*, *op. cit.*, p. 87-92.

35. P.H. Kalian, « Die Bedeutung der Säge in der Geschichte der Forstnützung », dans *Actes du premier symposium d'histoire forestière*, Nancy, 1979, p. 81-96.

36. E. Mâle, *Les Saints Compagnons du Christ*, Paris, 1958, p. 210-211.

37. Sur le caractère péjoratif de toutes les formes de l'usure, J. Le Goff, *La Bourse et la Vie. Économie et religion au Moyen Âge*, Paris, 1986, p. 17-49.

38. M. Pastoureau, « Figures et couleurs péjoratives en héraldique médiévale », repris dans *Figures et couleurs*, Paris, 1986, p. 193-207 ; Id., *L'Étoffe du Diable. Une histoire des rayures et des tissus rayés*, Paris, 1991, p. 37-47.

39. J'appelle de tous mes vœux de telles identifications, notamment pour ce qui concerne les œuvres d'art et leurs supports. Elles seules permettront vraiment d'étudier les rapports symboliques existant entre l'essence d'un bois et l'usage social, artistique, cultuel ou idéologique que l'on en fait.

40. Cité par J. Brosse, *Les Arbres de France. Histoire et légendes*, Paris, 1987, p. 210.

41. Voir, ici encore, les textes rassemblés par Vincent de Beauvais, *Speculum naturale*, livre X, chap. CX (éd. de Douai, 1624, col. 644).

42. Sur la symbolique médiévale du tilleul, on me permettra de renvoyer à mon étude « La musique du tilleul. Des abeilles et des arbres », dans J. Coget, dir., *L'Homme, le Végétal et la Musique*, Parthenay, 1996, p. 98-103.

43. A. de Gubernatis, *Mythologie des plantes*, Paris, 1878, t. II, p. 256.

44. J. Brosse, *Les Arbres de France*, *op. cit.*, p. 105-110.

45. Isidore de Séville, *Etymologiae*, livre XVII, chap. VII, § 40 (éd. J. André, Paris, 1981, p. 117) : *taxus venenata arbor, unde et toxica venena exprimuntur.*

46. F. Leroux, *Les Druides*, Rennes, 1981, *passim.*

47. Thomas de Cantimpré, *Liber de natura rerum*, livre X, chap. XXXIII (éd. H. Böse, Berlin, 1973, p. 222-223).

48. P. Sébillot, *Le Folklore de France : la flore*, nouvelle éd., Paris, 1985, p. 38-39 ; J. Brosse, *Les Arbres de France*, *op. cit.*, p. 137.

49. Isidore de Séville, *Etymologiae*, livre XVII, chap. VII, § 21 (éd. J. André, p. 101) : *nux appellata quod umbra vel stillicidium folibrum eius proximis arboribus noceat.*

50. L'aulne, l'arbre le plus fréquent dans la toponymie française, est comme l'if et le noyer un grand réprouvé : il entretient avec l'eau des

rapports étranges, il pousse lui aussi là où les autres arbres ne poussent pas (tourbières, marécages), il brûle sans fumée, ses feuilles restent vertes jusqu'à leur chute ; c'est un arbre inquiétant, fantomatique dans la brume (pensons au poème de Goethe, *Erlkönig*), qui semble avoir partie liée avec le Diable ; d'autant qu'il « saigne », son bois jaune devenant rouge quand on le coupe ; tout le monde en a peur.

Une fleur pour le roi

1. Le meilleur connaisseur de la fleur de lis capétienne est Hervé Pinoteau, dont les travaux les plus anciens, longtemps dispersés dans des publications difficiles d'accès, ont été pour la plupart regroupés dans un recueil d'articles, *Vingt-cinq ans d'études dynastiques*, Paris, 1982. On trouvera cités dans les notes plusieurs articles de cet auteur publiés depuis cette date.

2. J.-J. Chiflet, *Lilium francicum veritate historica, botanica et heraldica illustratum*, Anvers, 1658. Chiflet ayant soutenu que les abeilles constituaient le plus ancien symbole de la monarchie française et niant l'existence de fleurs de lis héraldiques avant l'époque féodale, plusieurs auteurs lui répondirent par différents ouvrages ou opuscules, notamment le père Jean Ferrand, *Epinicion pro liliis, sive pro aureis Franciae liliis…*, Lyon, 1663 (2e éd., Lyon, 1671).

3. Scévole de Sainte-Marthe, *Traité historique des armes de France et de Navarre*, Paris, Roulland, 1673. Voir également quatre autres ouvrages du XVIIe siècle sur le même sujet : G.-A. de La Roque, *Les Blasons des armes de la royale maison de Bourbon*, Paris, 1626 ; le père G.-E. Rousselet, *Le Lys sacré…*, Lyon, 1631 ; J. Tristan, *Traité du lis, symbole divin de l'espérance*, Paris, 1656 ; P. Rainssant, *Dissertation sur l'origine des fleurs de lis*, Paris, 1678. Pour les ouvrages du XVIe siècle, voir ci-dessous note 26.

4. Outre son *Traité du droit et comportement des armes* resté manuscrit (Paris, BNF, ms. fr. 9466 et Bibl. de l'Arsenal, ms. 4795), voir ses *Dissertations sur l'histoire de saint Louis*, publiées en annexe au *Glossarium ad scriptores mediae et infimae latinitatis*, Paris, 1850, t. VII, 2e partie, p. 1-28, 46-56, 97-108.

5. Citons deux exemples : A. de Beaumont, *Recherches sur l'origine du blason et en particulier de la fleur de lis*, Paris, 1853, et J. Van Malderghem, « Les fleurs de lis de l'ancienne monarchie française. Leur origine, leur nature, leur symbolisme », dans *Annuaire de la Société d'archéologie de Bruxelles*, t. 8, 1894, p. 29-38.

6. E. Rosbach, « De la fleur de lis comme emblème national », dans *Mémoires de l'Académie des sciences, inscriptions et belles-lettres de Toulouse*, t. 6, 1884, p. 136-172.

7. E. J. Wolliez, « Iconographie des plantes aroïdes figurées au Moyen Âge en Picardie et considérées comme origine de la fleur de lis en France », dans *Mémoires de la Société des Antiquaires de Picardie*, t. 9 (s.d.), p. 115-159.

8. F. Châtillon, « Aux origines de la fleur de lis. De la bannière de Kiev à l'écu de France », dans *Revue du Moyen Âge latin*, t. 11, 1955, p. 357-370.

9. De telles extravagances ont été poussées à leur paroxysme par l'ouvrage de Sir Francis Oppenheimer, *Frankish Themes and Problems*, Londres, 1952, spécialement p. 171-235, et par l'article de P. Le Cour, « Les fleurs de lis et le trident de Poséidon », dans *Atlantis*, n° 69, janvier 1973, p. 109-124.

10. L'hypothèse d'une colombe aux origines graphiques et symboliques de la fleur de lis royale est soutenue par l'ouvrage consternant de Sir F. Oppenheimer cité à la note précédente. Celle du soleil, mieux argumentée mais peu convaincante, est défendue par A. Lombard-Jourdan, *Fleur de lis et oriflamme. Signes célestes du royaume de France*, Paris, 1991, spécialement p. 95-127.

11. Voir de nombreux exemples de fleurons ou de fleurs de lis sur les planches de sceaux-cylindres mésopotamiens reproduites dans O. Weber, *Altorientalische Siegelbilder*, Leipzig, 1920 ; H. Francfort, *Cylinder Seals*, Londres, 1939 ; P. Amiet, *Bas-reliefs imaginaires de l'Orient ancien d'après les cachets et les sceaux cylindres*, Paris, 1973.

12. G. Posener, *Dictionnaire de la civilisation égyptienne*, Paris, 1988, p. 147-148.

13. E. Muret et A. Chabouillet, *Catalogue des monnaies gauloises de la Bibliothèque nationale*, Paris, 1889, p. 84, n° 3765 ; A. Blanchet, *Traité des monnaies gauloises*, Paris, 1905, p. 417-418.

14. Notamment par Bède le Vénérable dans son commentaire du Cantique (*PL*, t. 91, col. 1065-1236).

15. Dom H. Leclerc, « Fleur de lis », dans *Dictionnaire d'archéologie chrétienne et de liturgie*, Paris, 1923, t. V, col. 1707-1708.

16. Parmi une littérature théologique foisonnante, voir les belles pages de Fulbert de Chartres, *Sermo de nativitate Beatae Mariae*, *PL*, t. 141, col. 320-324.

17. L. Douët d'Arcq, *Archives de l'Empire... Collection de sceaux*, Paris, 1867, t. II, n° 7252.

18. G. Demay, *Inventaire des sceaux de la Picardie*, Paris, 1877, n° 1153.

19. L. Douët d'Arcq, *Archives de l'Empire...*, *op. cit.*, t. II, n° 7190.

20. Voir l'étude pionnière de G. Braun von Stumm, « L'origine de la fleur de lis des rois de France du point de vue numismatique », dans *Revue numismatique*, 1951, p. 43-58.

21. Nous manquons de travaux récents sur le floraire de la Vierge. Voir, faute de mieux, les travaux plus généraux de L. Behling, notamment l'article « Blumen » publié dans le *Reallexikon zur deutschen Kunstgeschichte*, Berlin, 1937, t. II, col. 925-942.

22. R. Bossuat, « Poème latin sur l'origine des fleurs de lis », dans *Bibliothèque de l'École des chartes*, t. 101, 1940, p. 80-101, et A. Langfors, « Un poème latin sur l'origine des fleurs de lis », dans *Romania*, t. 69, 1946-1947, p. 525-528.

23. Citons pour exemple le *Chapel des fleurs de Lis* de Philippe de Vitry (1322) et le *Rouman de la fleur de lis* de Guillaume de Digulle-

ville (v. 1338), tous deux édités par A. Piaget dans *Romania*, t. 27, 1898, p. 55-92, et t. 62, 1936, p. 317-358. Voir aussi E. Faral, « Le *Roman de la fleur de lis* de Guillaume de Digulleville », dans *Mélanges Ernest Hoepffner*, Strasbourg, 1949, p. 327-338.

24. Sur les enjeux politiques et dynastiques de cette littérature : C. Beaune, *Naissance de la Nation France*, Paris, 1985, p. 237-263.

25. Préface de Raoul de Presles à sa traduction de la *Cité de Dieu* de saint Augustin : Paris, BNF, ms. 22912, fol. 3 v.

26. S. Hindman et G. Spiegel, « The Fleur de Lis Frontispieces to Guillaume de Nangis's *Chronique abrégée*. Political Iconography in the Late Fifteenth Century France », dans *Viator*, t. 12, 1981, p. 381-407. Parmi l'abondante littérature du XVIe siècle consacrée aux origines de la fleur de lis, citons : J. de La Mothe, *Le Blason des célestes et très chrestiennes armes de France...*, Rouen, 1549 ; J. Le Féron, *Le Simbol armorial des armoiries de France et d'Escoce et de Lorraine*, Paris, 1555 ; J. Gosselin, *Discours de la dignité et précellence des fleurs de lys et des armes des roys de France...*, Tours, 1593.

27. E. Roy, « Philippe le Bel et la légende des trois fleurs de lis », dans *Mélanges Antoine Thomas*, Paris, 1927, p. 383-388. Voir aussi les textes littéraires cités ci-dessus à la note 23.

28. Sur la légende des crapauds de Clovis, outre les ouvrages des XVIIe et XVIe siècles cités ci-dessus aux notes 3 et 26, voir C. Beaune, *Naissance de la Nation France*, *op. cit.*, p. 252-255

29. F. Chatillon, « *Lilia crescunt*. Remarques sur la substitution de la fleur de lis aux croissants et sur quelques questions connexes », dans *Revue du Moyen Âge latin*, t. 11, 1955, p. 87-200. On évitera de suivre toutes les hypothèses de cet auteur ; certaines sont bien hasardeuses.

30. Voir les textes rassemblés par J.-C. Cuin et J.-B. Cahours d'Aspry, *Origines légendaires des lys de France*, Paris, 1976.

31. M. Pastoureau, « La diffusion des armoiries et les débuts de l'héraldique (vers 1175-vers 1225) », dans *La France de Philippe Auguste*, Colloque international du CNRS (1980), Paris, 1982, p. 737-760. Une théorie contraire – celle de l'adoption précoce d'armoiries par le roi de France – est toutefois défendue par H. Pinoteau, « La création des armes de France au XIIe siècle », dans *Bulletin de la Société nationale des Antiquaires de France*, 1980-1981, p. 87-99.

32. G. Demay, *Inventaire des sceaux de l'Artois*, Paris, 1877, n° 1.

33. P. E. Schramm, *Der König von Frankreich*, Weimar, 1939, p. 204-215 ; L. Carolus-Barré, « Le lis, emblème pré-héraldique de l'autorité royale sous les Carolingiens », dans *Bulletin de la Société nationale des Antiquaires de France*, 1957, p. 134-135.

34. B. Bedos, « Suger and the Symbolism of Royal Power : the Seal of Louis VII », dans *Abbot Suger and Saint-Denis. A symposium*, New York, 1981 (1984), p. 95-103.

35. P. Bernard, *Saint Bernard et Notre-Dame*, Paris, 1953.

36. Je dois la datation de cette verrière à Françoise Perrot, qui pense qu'elle a été réalisée au moment où le prince Louis, appelé par les barons

anglais, préparait son expédition en Angleterre pour destituer le roi Jean sans Terre.

37. J. Le Goff, J.-C. Bonne, E. Palazzo et M.-N. Colette, *Le Sacre royal à l'époque de saint Louis*, Paris, 2001.

38. Sur ces questions, je renvoie au beau livre de Marc Bloch, *Les Rois thaumaturges*, Paris, nouvelle éd., 1983. On lira avec profit la suggestive préface de Jacques Le Goff à cette nouvelle édition (p. I-LXI).

39. M. Pastoureau, *L'Étoffe du Diable. Une histoire des rayures et des tissus rayés*, Paris, 1991, p. 35-51.

40. H. Pinoteau, « La tenue de sacre de saint Louis IX, roi de France, son arrière-plan symbolique et la *renovatio regni Juda* », repris dans *Vingt-cinq ans d'études dynastiques*, *op. cit.*, p. 447-504.

41. Voir par exemple les gloses qu'elle suscite et les usages que l'on en fait sous Louis XII et au début du règne de François Ier : A.-M. Lecoq, *François Ier imaginaire. Symbolique et politique à l'aube de la Renaissance française*, Paris, 1987, *passim* et spécialement p. 150-151, 179-181, 342-347, 396-400.

42. M. Dalas-Garrigues, « Les sceaux royaux et princiers. Étude iconographique », dans Archives nationales, *Corpus des sceaux français du Moyen Âge*, t. II, *Les Sceaux de rois et de régence*, Paris, 1991, p. 49-68.

43. M. Prinet, « Les variations du nombre des fleurs de lis dans les armes de France », dans *Bulletin monumental*, 1911, p. 469-488.

44. M. Pastoureau, *Traité d'héraldique*, 2e éd., Paris, 1993, p. 51-53 et 160-165.

45. *Ibid.*, p. 165-167.

46. La ville de Florence porte une fleur de lis dans ses armes depuis les années 1250, mais la formule définitive, *d'argent à la fleur de lis épanouie de gueules*, ne se stabilise que dans le courant du XIVe siècle.

47. L. Douët d'Arcq, *Archives de l'Empire…*, *op. cit.*, t. II, n° 5533 ; X. De Gellinck, *Sceaux et armoiries des villes… de la Flandre ancienne et moderne*, Paris, 1935, p. 224.

48. Sur cette chasse aux fleurs de lis pendant la Révolution, R. Mathieu, *Le Système héraldique français*, Paris, 1946, p. 243-246.

49. Sur ces problèmes complexes, on me permettra de renvoyer à M. Pastoureau, « Le roi des lis. Emblèmes dynastiques et symboles royaux », dans Archives nationales, *Corpus des sceaux français du Moyen Âge*, *op. cit.*, t. II, p. 35-48.

50. *Ibid.*, p. 140-143, n° 61-64.

51. H. Pinoteau, « La main de justice des rois de France : essai d'explication », dans *Bulletin de la Société nationale des Antiquaires de France*, 1978-1979, p. 262-265.

52. Joinville, *Vie de saint Louis*, éd. et trad. J. Monfrin, Paris, 1995, p. 30-31, § 59.

53. Typique est à cet égard le refus de faire usage du globe, utilisé par tous les autres monarques européens.

Voir les couleurs du Moyen Âge

1. L'ouvrage le plus ambitieux, mais qui déborde largement le Moyen Âge et qui donne constamment la priorité aux problèmes artistiques et scientifiques sur les pratiques sociales de la couleur, est celui de John Gage, *Color and Culture. Practice and Meaning from Antiquity to Abstraction*, Londres, 1993. Pour une approche théorique des problèmes posés par l'histoire et l'anthropologie des couleurs, on consultera avec profit trois recueils collectifs : I. Meyerson, dir., *Problèmes de la couleur*, Paris, 1957 ; S. Tornay, dir., *Voir et nommer les couleurs*, Nanterre, 1978 ; M.-C. Pouchelle, dir., *Paradoxes de la couleur*, Paris, 1990 (numéro spécial de la revue *Ethnologie française*, t. 20, octobre-décembre 1990).

2. M. Pastoureau, *Jésus chez le teinturier. Couleurs et teintures dans l'Occident médiéval*, Paris, 1998, p. 72-78.

3. *Ibid.*, p. 113-117. Aristote n'a consacré aucun ouvrage spécifique à la couleur. Mais celle-ci est présente de manière dispersée dans plusieurs de ses œuvres, notamment dans le *De anima*, dans les *Libri Meteologicorum* (à propos de l'arc-en-ciel), dans les ouvrages de zoologie et surtout dans *De sensu et sensato*. Ce traité est peut-être celui où ses idées sur la nature et la perception des couleurs sont exposées le plus clairement. Au Moyen Âge, circule un traité spécialement consacré à la nature et à la vision des couleurs, le *De coloribus*. Il est attribué à Aristote et donc souvent cité, glosé, copié et recopié. Toutefois, ce traité n'est pas dû à Aristote, ni même à Théophraste, mais probablement à une école péripatéticienne tardive. Il exerça une grande influence sur le savoir encyclopédique du XIIIe siècle, notamment sur le XIXe livre du *De proprietatibus rerum* de Barthélemy l'Anglais, pour moitié consacré aux couleurs. On trouvera une bonne édition du texte grec de ce traité donnée par W. S. Hett dans la *Loeb Classical Library* : *Aristotle, Minor Works*, Cambridge (Mass.), 1980, t. XIV, p. 3-45. Le texte latin, quant à lui, a été souvent édité avec les *Parva naturalia*. Sur Barthélemy l'Anglais et la couleur : M. Salvat, « Le traité des couleurs de Barthélemy l'Anglais », dans *Senefiance*, vol. 24 (*Les Couleurs au Moyen Âge*), Aix-en-Provence, 1988, p. 359-385.

4. Sur l'histoire médiévale de l'optique, voir les travaux cités ci-après, note 12.

5. Sur l'histoire des théories consacrées à l'arc-en-ciel : C. B. Boyer, *The Rainbow. From Myth to Mathematics*, New York, 1959 ; M. Blay, *Les Figures de l'arc-en-ciel*, Paris, 1995.

6. Robert Grosseteste, *De iride seu de iride et speculo*, éd. L. Baur dans *Beiträge zur Geschichte der Philosophie des Mittelalters*, t. 9, Munster, 1912, p. 72-78. Voir aussi : C. B. Boyer, « Robert Grosseteste on the Rainbow », dans *Osiris*, vol. 11, 1954, p. 247-258 ; B. S. Eastwood, « Robert Grosseteste's Theory of the Rainbow. A Chapter in the History of Non-Experimental Science », dans *Archives internationales d'histoire des sciences*, t. 19, 1966, p. 313-332.

7. John Pecham, *De iride*, éd. D. C. Lindberg, *John Pecham and the Science of Optics. Perspectiva communis*, Madison, 1970, p. 114-123.

8. Roger Bacon, *Opus majus*, éd. J. H. Bridges, Oxford, 1900, 6e partie, § 2-11. Voir D. C. Lindberg, « Roger Bacon's Theory of the Rainbow. Progress or Regress ? », dans *Isis*, vol. 17, 1968, p. 235-248.

9. Thierry de Freiberg, *Tractatus de iride et radialibus impressionibus*, éd. M. R. Pagnoni-Sturlese et L. Sturlese, dans *Opera omnia*, Hambourg, 1985, t. IV, p. 95-268.

10. Witelo, *Perspectiva*, éd. S. Unguru, Varsovie, 1991.

11. Roger Bacon, *Perspectiva communis*, dans *Opus majus*, *op. cit.*, p. 114.

12. Sur l'histoire médiévale des théories concernant la vision : D. C. Lindberg, *Theories of Vision, from al-Kindi to Kepler*, Chicago, 1976 ; K. Tachau, *Vision and Certitude in the Age of Ockham. Optics, Epistemology and the Foundations of Semantics (1250-1345)*, Leyde, 1988.

13. Ou, pour certains auteurs, agissant dans l'œil lui-même.

14. Noir pour les messes des morts et le Vendredi saint ; violet, c'est-à-dire demi-noir, pour les temps d'affliction et de pénitence : l'Avent et le Carême.

15. Sur Robert Grosseteste la bibliographie est abondante. On lira surtout : D. A. Callus, dir., *Robert Grosseteste, Scholar and Bishop*, Oxford, 1955 ; R. W. Southern, *Robert Grosseteste : The Growth of an English Mind in Medieval Europe*, Oxford, 1972 ; J. J. McEvoy, *Robert Grosseteste, Exegete and Philosopher*, Aldershot, 1994 ; N. Van Deusen, *Theology and Music at the Early University : the Case of Robert Grosseteste*, Leyde, 1995 ; ainsi que, encore et toujours, le beau livre d'A. C. Crombie, *Robert Grosseteste and the Origins of Experimental Science (1100-1700)*, 2e éd., Oxford, 1971.

16. Sur John Pecham, on lira la suggestive introduction de D. C. Lindberg à l'édition critique de la *Perspectiva communis* : D. C. Lindberg, *op. cit.* (note 7). Sur les Franciscains oxoniens du XIIIe siècle, y compris Grosseteste et Pecham, on verra aussi : D. E. Sharp, *Franciscan Philosophy at Oxford in the Thirteenth Century*, Oxford, 1930 ; A. G. Little, « The Franciscan School at Oxford in the Thirteenth Century », dans *Archivum Franciscanum Historicum*, vol. 19, 1926, p. 803-874.

17. Voir par exemple les remarques de l'encyclopédiste Barthélemy l'Anglais au XIXe livre de son *De proprietatibus rebus*, compilé à l'horizon des années 1230-1240 : M. Salvat, « Le traité des couleurs de Barthélemy l'Anglais », art. cit. (note 3).

18. Ce qui pose aujourd'hui le problème de la légitimité de nos travaux étudiant les églises des XIIe et XIIIe siècles comme si elles étaient achromes ou monochromes (ce qu'elles sont le plus souvent devenues au fil du temps), alors qu'elles étaient pensées, construites et utilisées dans la plénitude de leur polychromie.

19. Voir plus bas, « Naissance d'un monde en noir et blanc », p. 151-193, ainsi que R. Suntrup, « Liturgische Farbenbedeutung im Mittelalter und

in der frühen Neuzeit », dans *Symbole des Alltags, Alltag der Symbole. Festschrift für Harry Kühnel zum 65. Geburtstag*, Graz, 1992, p. 445-467.

20. L'étude du rôle de la couleur dans les fêtes, joutes et tournois du XIIIe siècle reste à conduire. On en trouvera des témoignages nombreux dans les textes littéraires. Citons comme exemples, pour la première moitié du XIIIe siècle, les deux grands cycles du *Lancelot en prose* et du *Tristan en prose*, ainsi que, pour le domaine germanique, l'étonnant *Frauendienst* d'Ulrich von Liechtenstein. Voir J. Fleckenstein, dir., *Das ritterliche Turnier im Mittelalter*, Göttingen, 1985, p. 175-295 ; M. de Combarieu de Gres, « Les couleurs dans le cycle du *Lancelot-Graal* », dans *Senefiance*, vol. 24, Aix-en-Provence, 1988, p. 451-588.

21. M. Pastoureau, *Traité d'héraldique*, 2e éd., Paris, 1993, p. 37-58 et 298-310.

22. F. Piponnier et P. Mane, *Se vêtir au Moyen Âge*, Paris, 1995, p. 22-28.

23. J. Le Goff, *Saint Louis*, Paris, 1996, p. 631.

24. Dans certaines régions, le XIIIe siècle voit se développer de manière industrielle la culture de cette plante qui sert à teindre en bleu : Picardie, Normandie, Lincolnshire, plus tard Languedoc, Toscane et Thuringe ; cette culture nouvelle fait la fortune de villes comme Amiens, Erfurt, Toulouse. Voir M. Pastoureau, *Jésus chez le teinturier*, *op. cit.*, p. 44-46 et 108-112.

25. Une preuve pertinente de cette priorité de la densité sur la coloration pour définir la couleur est donnée par la notion même d'incolore. Quand un artiste du Moyen Âge doit exprimer en couleur l'idée d'incolore, il ne choisit pas le blanc (pour ce faire, il faudra attendre le XVIIe siècle) ni telle ou telle coloration spécifique, mais il délave ou désature n'importe quelle couleur jusqu'à ce qu'elle soit si peu dense qu'elle puisse évoquer l'incolore. La couleur, c'est d'abord de la densité, de la concentration, et ensuite seulement de la coloration.

26. M. Pastoureau, *Bleu. Histoire d'une couleur*, Paris, 2000.

27. Dans les pays germaniques, les tons rouges, verts et jaunes semblent résister plus longtemps à la montée inexorable des tons bleus puis des tons noirs.

28. Comme le montrent pleinement les lois somptuaires et les décrets vestimentaires qui apparaissent dans la seconde moitié du XIIIe siècle et qui vont proliférer au siècle suivant. Sur ces lois et décrets qui, parmi différentes dispositions touchant à l'étoffe et au vêtement, interdisent l'emploi de telles matières colorantes ou le port de telles couleurs à telles classes ou catégories sociales et, au contraire, imposent telles couleurs à telles ou telles autres : F. E. Baldwin, *Sumptuary Legislation and Personal Relation in England*, Baltimore, 1926 ; J. M. Vincent, *Costume and Conduct in the Laws of Basel, Bern and Zurich*, Baltimore, 1935 ; L. C. Eisenbart, *Kleiderordnungen der deutschen Städte zwischen 1350-1700*, Göttingen, 1962 (le meilleur travail consacré aux lois vestimentaires) ; L. Baur, *Kleiderordnungen in Bayern von 14. bis 19. Jahrhundert*, Munich, 1975 ; D. O. Hugues, « Sumptuary Laws and Social Relations in Renaissance Italy », dans J. Bossy, dir., *Disputes and Settlements : Law and Human Rela-*

tions in the West, Cambridge, 1983, p. 69-99 ; Id., « La moda prohibita », dans *Memoria. Rivista di storia delle donne*, 1986, p. 82-105 ; M. Ceppari Ridolfi et P. Turrini, *Il mulino delle vanità. Lusso e cerimonie nella Siena medievale*, Sienne, 1996.

29. Sur la distinction entre le clair et le brillant telle qu'elle s'exprime chez saint Bernard, M. Pastoureau, « Les Cisterciens et la couleur au XIIe siècle », dans *L'Ordre cistercien et le Berry*, Colloque de Bourges (1998), *Cahiers d'archéologie et d'histoire du Berry*, vol. 136, 1998, p. 21-30.

30. Le regard médiéval attache souvent plus d'importance à l'épaisseur des objets et des images qu'à leur étendue, et ne confond jamais ces deux paramètres. Au XIIIe siècle, par exemple, porter une chemise blanche, une tunique bleue, une robe verte et un manteau rouge, ce n'est pas porter une tenue bariolée. En revanche, porter une tunique ou une robe à rayures rouges, vertes et jaunes, c'est porter un vêtement polychrome, donc laid, indécent ou dégradant. Sur ces questions essentielles, on me permettra de renvoyer à mon ouvrage *L'Étoffe du Diable. Une histoire des rayures et des tissus rayés*, Paris, 1991, p. 17-58.

Naissance d'un monde en noir et blanc

1. Voir les études recensées par la bibliographie de H. J. Sieben, *Voces, eine Bibliographie zu Wörten und Begriffen aus der Patristik (1918-1978)*, Berlin et New York, 1980.

2. Cette idée est déjà présente chez Aristote et Théophraste et traverse tout le Moyen Âge, renforcée par les découvertes des savants musulmans. L'assimilation de la couleur à une substance, c'est-à-dire à une enveloppe, ne disparaît cependant pas pour autant. Au XIIIe siècle, par exemple, la plupart des savants franciscains de l'école d'Oxford, qui ont beaucoup spéculé sur la lumière, sinon sur la couleur, en font à la fois une substance matérielle et une fraction de la lumière. Pour une histoire des théories concernant la nature des couleurs : E. Hoppe, *Geschichte der Optik*, Leipzig, 1926 ; V. Ronchi, *Storia della luce*, 2e éd. Bologne, 1952 (trad. fr., *Histoire de la lumière*, Paris, 1956) ; D. C. Lindberg, *Theories of Vision, from al-Kindi to Kepler*, Chicago, 1976 ; K. T. A. Halbertsma, *A History of the Theory of Colour*, Amsterdam, 1949 (concerne surtout les problèmes artistiques). Sur l'évolution des théories aristotéliciennes : P. Kucharski, « Sur la théorie des couleurs et des saveurs dans le *De sensu* aristotélicien », dans *Revue des études grecques*, t. 67, 1954, p. 355-390 ; B. S. Eastwood, « Robert Grosseteste's Theory on the Rainbow », dans *Archives internationales d'histoire des sciences*, t. 19, 1966, p. 313-332 ; M. Hudeczek, « *De lumine et coloribus* (selon Albert le Grand) », dans *Angelicum*, t. 21, 1944, p. 112-138.

3. L'historien doit, pour ce qui concerne les termes de couleur (et les éventuels commentaires qu'ils suscitent) être très attentif aux éditions, versions, états de texte et traductions utilisés par les Pères de l'Église et les théologiens. Du grec et de l'hébreu au latin et du latin aux langues vernaculaires, l'histoire de la traduction des termes de couleur est remplie d'infi-

délités, de surlectures et glissements de sens. Le latin médiéval, notamment, introduit une grande quantité de termes de coloration là où l'hébreu, l'araméen et le grec n'employaient que des termes de matière, de lumière et de densité ou de qualité. Là où l'hébreu dit *brillant*, le latin dit souvent *candidus*, ou même *ruber*. Là où l'hébreu dit *sale* ou *sombre*, le latin dit *niger* ou *viridis* et les langues vernaculaires, *noir* ou *vert*. Là où l'hébreu et le grec disent *pâle*, le latin dit tantôt *albus* tantôt *viridis*, et les langues vernaculaires, soit *blanc* soit *vert*. Là où l'hébreu dit *riche*, le latin traduit souvent par *purpureus* et les langues vulgaires par *pourpre*. En français, en allemand, en anglais, le mot *rouge* est abondamment utilisé pour traduire des mots qui, dans le texte grec ou hébreu, ne renvoient pas à une idée de coloration, mais à celles de richesse, de force, de prestige, de beauté, de mort, de sang, de feu. Avant toute considération sur la symbolique des couleurs, une minutieuse enquête heuristique et philologique s'impose chaque fois que les Écritures sont en cause.

4. « Stupide est celui qui pratique les couleurs en peinture comme s'il ignorait de quoi est faite la peinture » (*Stultus est qui sic picturae coloribus inhaeret, ut res, quae pictae surit, ignoret*), proclame Grégoire le Grand dans son commentaire sur le Cantique des cantiques ; éd. R. Bélanger, Paris, 1984, p. 72 (*Sources chrétiennes*, vol. 314).

5. Voir les auteurs cités par A. M. Kristol, *Color : les langues romanes devant le phénomène de la couleur*, Berne, 1978 (*Romanica Helvetica*, vol. 88), p. 9-14. On trouvera aussi d'utiles développements dans A. Walde et J. B. Hofmann, *Lateinisches etymologisches Wörterbuch*, 3e éd., Heidelberg, 1930-1954 (« color » : vol. 3, p. 151 *sq.*).

6. Voir la suggestive (et parfois controversée) notice « Color » dans A. Ernout et A. Meillet, *Dictionnaire étymologique de la langue latine*, 4e éd., Paris, 1979. Soulignons ici combien il est regrettable que la plupart des travaux philologiques et lexicographiques qui portent sur les termes de couleur oublient le plus souvent d'étudier le mot « couleur » lui-même. C'est par exemple le cas dans la remarquable thèse de J. André, *Étude sur les termes de couleur dans la langue latine*, Paris, 1949.

7. Isidore de Séville, *Etymologiae*, livre XIX, chap. XVII, § 1 : *Colores dicti sunt, quod calore ignis vel sole perficiuntur.*

8. Pour une mise au point récente, voir F.-D. Boespflug et N. Lossky, dir., *Nicée II, 787-1987 : douze siècles d'images religieuses*, Paris, 1987. Toutefois, c'est plus le problème de l'image que celui, *stricto sensu*, de la couleur qui est étudié par les auteurs des communications présentées dans ce colloque stimulant.

9. Parmi une littérature abondante, voir : K. H. Esser, « Über der Kirchenbau des heiligen Bernhard von Clairvaux », dans *Archiv für mittelrheinische Kirchengeschichte*, t. 5, 1953, p. 195-222 ; G. Duby, *Saint Bernard et l'Art cistercien*, Paris, 1976 ; M. Shapiro, « On the Aesthetic Attitude in Romanesque Art », repris dans *Romanesque Art*, Londres, 1977, t. I, p. 123-178. On relira bien évidemment saint Bernard lui-même, notamment le célèbre chapitre de l'*Apologie*, « De picturis et sculpturis auro et argento in monasteriis » (XII, 28-34).

10. Les études de C. Oursel, *La Miniature du XIIe siècle à l'abbaye de Cîteaux...*, Dijon, 1926, et *Miniatures cisterciennes*, Mâcon, 1960, sont dépassées. On se reportera désormais aux deux ouvrages de Y. Zaluska, *L'Enluminure et le Scriptorium de Cîteaux au XIIe siècle*, Paris, 1989, et *Manuscrits enluminés de Dijon*, Paris, 1991, p. 26-43.

11. Voir les lexiques et *indices* accompagnant les éditions Mabillon (1690), Migne (*PL*, t. 182 et 183), qui pour l'essentiel reprend Mabillon, et Leclercq-Talbot-Rochais (depuis 1957). Tous les volumes, malheureusement, n'en sont pas dotés. On consultera également : C. Mohrmann, « Observations sur la langue et le style de saint Bernard », dans J. Leclercq, C. H. Talbot et H. Rochais, éd., *S. Bernardi opera*, Rome, 1958, vol. 2, p. 9-33.

12. Voir les textes cités par M. Aubert, *L'Architecture cistercienne en France*, Paris, 1943, p. 147-148. On consultera encore avec profit les ouvrages anciens de H. d'Arbois de Jubainville, *Études sur l'état intérieur des abbayes cisterciennes*, Paris, 1858, et de R. Dohme, *Die Kirchen des Cistercienerordens in Deutschland während des Mittelalters*, Leipzig, 1869. On trouvera enfin différentes informations éparses dans la thèse de J.-B. Auberger, *L'Unanimité cistercienne primitive : mythe ou réalité ?*, Achel (Belgique), 1986.

13. Un autre prélat, au XIIIe siècle, établit un lien entre le clair et le transparent : Robert Grosseteste. Mais ses remarques à ce sujet s'appuient davantage sur des observations concrètes et savantes (notamment sur le phénomène de réfraction de la lumière) que sur des faits de lexique et de sensibilité.

14. Sur l'attitude de Suger face à l'art, la couleur, la lumière : M. Aubert, *Suger*, Saint-Wandrille, 1950, p. 110-139 ; E. De Bruyne, *Études d'esthétique médiévale*, Bruges, 1946, t. II, p. 133-135 ; P. Verdier, « La grande croix de l'abbé Suger à Saint-Denis », dans *Cahiers de civilisation médiévale,* t. 13, 1970, p. 1-31 ; Id., « Réflexions sur l'esthétique de Suger », dans *Mélanges E.-R. Labande*, Paris, 1975, p. 699-709 ; E. Panofsky, *Abbot Suger on the Abbey Church of St. Denis and its Art Treasure*, 2e éd., Princeton, 1979 ; L. Grodecki, *Les Vitraux de Saint-Denis : histoire et restitution*, Paris, 1976 ; S. M. Crosby *et al.*, *The Royal Abbey of Saint-Denis in the Time of Abbot Suger (1122-1151)*, New York, 1981.

15. Suger, *De consecratione*, éd. et trad. de J. Leclercq, Paris, 1945, remplacées par celles de F. Gasparri : Suger, *Œuvres*, Paris, 1996, t. I, p. 1-53.

16. J'emprunte ce dernier terme au titre du bel article de J.-C. Bonne, « Rituel de la couleur : fonctionnement et usage des images dans le Sacramentaire de Saint-Étienne de Limoges », dans *Image et signification* (Rencontres de l'École du Louvre), Paris, 1983, p. 129-139.

17. A. Racinet, *L'Ornement polychrome*, Paris, 1887 ; L. Courajod, « La polychromie dans la statuaire du Moyen Âge et de la Renaissance », dans *Mémoires de la Société nationale des Antiquaires de France,* E, t. 8, 1887-1888, p. 193-274 ; A. Van den Cheyn, *La Polychromie funéraire en Belgique*, Anvers, 1894 ; F. Beaucoup, « La polychromie dans les monuments funéraires de Flandre et de Hainaut au Moyen Âge », dans *Bulletin archéologique du Comité des travaux historiques et scientifiques*, 1928, p. 551-567.

On consultera encore, pour l'Antiquité : C. E. Nageotte, *La Polychromie dans l'art antique*, Besançon, 1884, et M. Collignon, « La polychromie dans la sculpture grecque », dans *Revue archéologique*, 1895, p. 346-358.

18. L'essentiel des études récentes (et des polémiques qui les ont accompagnées) est présenté, résumé ou évoqué dans *La Couleur et la Pierre. Polychromie des portails gothiques*, Actes du colloque d'Amiens (octobre 2000), Paris, 2002.

19. Voir un exemple présenté dans le catalogue de l'exposition *Trésors des musées de Liège*, Paris, 1982, n° 67.

20. Honorius Augustodunensis, *Luces incorporatae* (*Expositio in cantica...*, V, 10 ; *PL*, t. 172, col. 440).

21. Le vocabulaire du latin médiéval apporte une preuve de ces liens beaucoup plus forts entre l'or et le blanc qu'entre l'or et le jaune : *aureus* est assez souvent synonyme de *candidus* ou de *niveus* ; il l'est rarement de *croceus* ou de *galbinus*, *giallus* ou *luteus*. Cette distinction nette entre l'or et le jaune explique pourquoi, à la fin du Moyen Âge, tous les jaunes se dévaluent, aussi bien le jaune qui tend vers le vert que celui qui tend vers le rouge. L'or entretient par ailleurs des rapports étroits avec la couleur rouge, en tant qu'elle renvoie à l'idée de densité, de saturation absolue ; c'est cet or-là qui est par exemple présent dans le Graal et dans sa liturgie.

22. Encore « barbares », les époques mérovingienne et carolingienne suscitent, à travers les objets et les images qu'elles nous ont laissés, une impression très colorée. Celle-ci s'atténue quelque peu à partir de la seconde moitié du XIe siècle (seule l'église demeure riche en couleurs), puis réapparaît vers le milieu du XIVe siècle ; se met alors en place une phase « baroque » qui réserve à la couleur une large place jusqu'au début du XVIe siècle. Ce sont évidemment là des impressions toutes personnelles qui demanderaient à être nuancées, complétées ou corrigées. Mais, dans le domaine de la couleur, l'historien doit aussi travailler avec ses impressions.

23. Quelques éléments dans des travaux anciens : F. Bock, *Geschichte der liturgischen Gewänder im Mittelalter*, Berlin, 1859-1869, 3 vol. ; J. W. Legg, *Notes on the History of the Liturgical Colours*, Londres, 1882 (concerne surtout l'époque moderne) ; J. Braun, *Die liturgische Gewandung in Occident und Orient*, Fribourg-en-Brisgau, 1907 ; G. Haupt, *Die Farbensymbolik in der sakralen Kunst des abendländischen Mittelalters*, Leipzig, 1944 (souvent cité, toujours décevant). Pour l'époque paléochrétienne, quelques miettes d'information dans le *Dictionnaire d'archéologie chrétienne et de liturgie*, Paris, 1914, t. III, col. 2999-3001. Sur les usages pontificaux : B. Schimmelpfennig, *Die Zeremonienbücher der römischen Kurie im Mittelalter*, Tübingen, 1973, p. 286-288 et 350-351 ; M. Diekmans, *Le Cérémonial papal*, Bruxelles et Rome, 1977, t. I, p. 223-226.

24. Voir par exemple le court traité (Xe siècle ?) édité par J. Moran, *Essays on the Early Irish Church*, Dublin, 1864, p. 171-172.

25. *De sacrosancti altaris mysterio*, *PL*, t. 217, col. 774-916 (couleurs : col. 799-802).

26. Les meilleures introductions à Guillaume Durant et à ses écrits se trouvent dans le *Dictionnaire de droit canonique*, Paris, 1953, t. V,

col. 1014-1075 et dans les Actes du colloque de Mende (1990) publiés sous la direction de P.-M. Gy, *Guillaume Durand, évêque de Mende (v.1230-1296), canoniste, liturgiste et homme politique*, Paris, 1992. La première édition imprimée du *Rationale* est parue à Mayence, chez Jean Fust et Pierre Schoeffer, en octobre 1459. Neuf éditions en ont encore été données au XVIIe siècle. Une édition scientifique est en cours de publication par les soins de A. Davril et T. M. Thibodeau, *Guillelmi Duranti Rationale divinorum officiorum*, Turnhout, 1995, vol. 1. Le chapitre sur les couleurs liturgiques, « De quatuor coloribus, quibus Ecclesia in ecclesiasticis utitur indumentis » (livre III, chap. 18), se trouve aux p. 224-229.

27. À la veille du concile de Trente, le système des couleurs liturgiques en usage dans la plupart des diocèses de la Chrétienté romaine se présente ainsi : le *blanc* pour le temps pascal et pour les fêtes et messes votives du Christ, de la Vierge et des principaux saints ; le *rouge* pour celles de l'Esprit, de la Croix, des martyrs et du Précieux Sang ; le *violet* pour les jours et temps de pénitence (Avent, Septuagésime, Carême, etc.) ; le *noir* pour le Vendredi saint et les offices funèbres ; le *vert* pour les jours n'ayant pas de couleur particulière. Exceptionnellement, le violet cède la place au rose pour les dimanches de *Gaudete* (3e dim. de l'Avent) et de *Laetare* (4e dim. de Carême). L'usage du bleu est propre à quelques diocèses pour de rares fêtes locales de la Vierge.

28. Les histoires générales du vêtement parlent peu du vêtement des religieux. Le seul ouvrage qui lui soit spécialement consacré date du XVIIIe siècle ; il peut rendre encore certains services : P. Helyot, *Histoire et costumes des ordres monastiques, religieux et militaires*, Paris, 1714-1721, 8 vol. (éd. revue et complétée, Guingamp, 1838-1842). La plupart des travaux consacrés à l'histoire de tel ou tel ordre ne parlent guère ou pas du costume et jamais des couleurs ; c'est par exemple le cas de l'immense somme de P. Schmitz, *Histoire de l'ordre de saint Benoît*, Maredsous, 1942-1956, 7 vol. Quelques informations pour les périodes anciennes dans : P. Oppenheim, *Das Monchkleid im christlichen Altertum*, Fribourg-en-Brisgau, 1931, p. 69-78 ; G. de Valous, *Le Monachisme clunisien des origines au XVe siècle*, Ligugé et Paris, 1935, t. I, p. 227-249.

29. Chap. 55 (« De vestiario vel calciario fratrum »), art. 7 (*De quarum rerum omnium colore aut grossitudine non causentur monachi...*). On consultera avec profit, pour les pistes qu'il suggère, le lexique de J.-M. Clément, *Lexique des anciennes règles monastiques*, Rome, 1978 (*Instrumenta patristica*, vol. 7).

30. L'œuvre réformatrice de Benoît d'Aniane et le *Capitulare monasticum* de 817 ne légifèrent toutefois pas sur les couleurs. Ce sont les usages et non les règles et statuts qui mettent en scène des « moines noirs ».

31. Quelques bonnes remarques dans J.-O. Ducourneau, « Les origines cisterciennes (IV) », dans *Revue Mabillon,* t. 23, 1933, p. 103-110. On me permettra aussi de renvoyer à M. Pastoureau, « Les Cisterciens et la couleur au XIIe siècle », dans *L'Ordre cistercien et le Berry*, Colloque de Bourges (1998), *Cahiers d'archéologie et d'histoire du Berry*, vol. 136, 1998, p. 21-30. Sur la réaction chromatique contre le noir clunisien, on verra égale-

ment, à propos des Chartreux, B. Bligny, « Les premiers Chartreux et la pauvreté », dans *Le Moyen Âge*, t. 56, 1951, p. 27-60.

32. Cette lettre extraordinaire à tout point de vue me semble être un des documents d'histoire culturelle les plus riches que le XIIe siècle nous ait laissés. En voir le texte dans la superbe édition de G. Constable, *The Letters of Peter the Venerable*, Cambridge (Mass.), 1967, t. I, lettre 28, p. 55-58. Voir aussi la lettre conciliatrice de 1144 (n° 111), p. 285-290.

33. Parmi une bibliographie abondante : M. D. Knowles, *Cistercians and Cluniacs, the Controversy between St. Bernard and Peter the Venerable*, Oxford, 1955 ; A. H. Bredero, *Cluny et Cîteaux au douzième siècle : l'histoire d'une controverse monastique*, Amsterdam, 1986. On trouvera quelques informations sur les enjeux du noir clunisien, tels qu'ils sont présentés par Pierre le Vénérable reprenant des traditions plus anciennes, dans K. Hallinger, *Gorze-Kluny*, Rome, 1951, t. XI, p. 661-734.

34. C'est ce que prescrit notamment le chap. II de la *Regula bullata* de 1223. Il n'existe aucun travail de synthèse sur la couleur de l'habit franciscain ; on trouvera quelques éléments dans les ouvrages classiques de P. Gratien, *Histoire de la fondation et de l'évolution des frères mineurs au XIIIe siècle*, Paris, 1928 ; F. de Sessevalle, *Histoire générale de l'ordre de saint François : le Moyen Âge*, Bruxelles, 1940, 2 vol. Sur le problème de la pauvreté et de son expression par le vêtement : D. Lambert, *Franciscan Poverty...*, Londres, 1961. La règle de 1223 préconise : « tous les frères porteront des vêtements vils ; avec la bénédiction de Dieu, ils pourront les rapiécer avec des morceaux de sacs et d'autres chiffons » (*fratres omnes vestimentis vilibus induantur, et possint ea repetiare de saccis et aliis peccis, cum benedictione Dei*) ; d'où des excès de toutes sortes jusqu'au milieu du XIVe siècle dans les mouvements extrémistes. Par une bulle datée de 1336, le pape Benoît XII demande au roi de Naples d'expulser de son royaume « des hommes mauvais, qui se nomment eux-mêmes frères de la vie misérable ou bien qui adoptent d'autres noms, et qui portent des vêtements courts et informes de diverses couleurs ou morceaux d'étoffes... » (*quidam perversi homines, se fratres de paupere vita et aliis nominibus appelantes, qui diversorum colorum seu petiarum variarum curtos et deformes gestant vestes...*).

35. Le juron « ventre saint Gris ! », dont Rabelais et Henri IV font un grand usage, est attesté jusqu'au début du XVIIIe siècle. Il signifie quelque chose comme « par le bas-ventre de saint François ! ».

36. Sur l'habit dominicain, voir la belle étude de J. Siegwart, « Origine et symbolisme de l'habit blanc des Dominicains », dans *Vie dominicaine*, t. 21, 1962, p. 83-128.

37. B.-B. Heim, *Coutumes et droit héraldiques de l'Église*, Paris, 1949 ; M. Pastoureau, *Traité d'héraldique*, 2e éd., Paris, 1993, p. 48-55.

38. L. Trichet, *Le Costume du clergé, ses origines et son évolution en France d'après les règlements de l'Église*, Paris, 1986, p. 60, n. 17 (cet ouvrage ne concerne que le vêtement des séculiers, et ce hors de tout contexte liturgique).

39. Voici un exemple daté de 1320 : « Colin d'Annichier, chavetier,

que l'on disoit estre clerc, avoit été condempné et fait executer a mort, lequel arrest fu ainsi prononcié pour ce que ledit Colin estoit marié et qu'il avoit esté pris en habit rayé » (Rouen, Arch. dép. Seine-Maritime, G 1885, pièce 522). Je remercie mon amie Claudia Rabel qui m'a fait connaître et a transcrit ce document.

40. M. Pastoureau, *L'Étoffe du Diable. Une histoire des rayures et des tissus rayés*, Paris, 1991, *passim*.

41. Sur les lois somptuaires, voir la bibliographie proposée p. 367, note 28.

42. Voici la liste des principaux travaux publiés sur ce sujet depuis une vingtaine d'années : J. Philips, *The Reformation of Images. Destruction of Art in England (1553-1660)*, Berkeley, 1973 ; M. Warnke, *Bildersturm. Die Zerstörung des Kunstwerks*, Munich, 1973 ; M. Stirm, *Die Bilderfrage in der Reformation*, Gütersloh, 1977 (*Forschungen zur Reformationsgeschichte*, 45) ; C. Christensen, *Art and the Reformation in Germany*, Athens (USA), 1979 ; S. Deyon et A. Lottin, *Les Casseurs de l'été 1566. L'iconoclasme dans le Nord*, Paris, 1981 ; G. Scavizzi, *Arte e architettura sacra. Cronache e documenti sulla controversia tra riformati e cattolici (1500-1550)*, Rome, 1981 ; H. D. Altendorf et P. Jezler, éd., *Bilderstreit. Kulturwandel in Zwinglis Reformation*, Zurich, 1984 ; D. Freedberg, *Iconoclasts and their Motives*, Maarsen, 1985 ; C. M. Eire, *War against the Idols. The Reformation of Workship from Erasmus to Calvin*, Cambridge (Mass.), 1986 ; D. Crouzet, *Les Guerriers de Dieu. La violence au temps des guerres de religion*, Paris, 1990, 2 vol. ; O. Christin, *Une révolution symbolique. L'iconoclasme huguenot et la reconstruction catholique*, Paris, 1991. À ces ouvrages il faut ajouter le savant et volumineux catalogue de l'exposition *Iconoclasme*, Berne et Strasbourg, 2001.

43. Parmi les grands réformateurs, Luther semble être en effet celui qui montre le plus de tolérance envers la présence de la couleur dans le temple, le culte, l'art et la vie quotidienne. Il est vrai que ses préoccupations essentielles sont ailleurs, et que pour lui les interdits vétero-testamentaires sur les images ne sont plus vraiment valides sous le régime de la Grâce. D'où parfois, comme pour l'iconographie, une attitude luthérienne originale à l'égard des arts et des pratiques de la couleur. Voir, pour ce qui concerne le problème général de l'image chez Luther (il n'existe aucune étude portant spécifiquement sur la couleur), le bel article de J. Wirth, « Le dogme en image : Luther et l'iconographie », dans *Revue de l'art*, t. 52, 1981, p. 9-21. Voir aussi C. Christensen, *Art and the Reformation…*, *op. cit.*, p. 50-56 ; G. Scavizzi, *Arte e architettura sacra*, *op. cit.*, p. 69-73 et C. Eire, *War against the Idols*, *op. cit.*, p. 69-72.

44. Jr 22,13.

45. Andreas Bodenstein von Karlstadt, *Von Abtung der Bylder…*, Wittenberg, 1522, p. 23 et 39. Voir aussi les passages cités par H. Barge, *Andreas Bodenstein von Karlstadt*, Leipzig, 1905, t. I, p. 386-391, et, pour Haetzer, C. Garside, *Zwingli and the Arts*, New Haven, 1966, p. 110-111.

46. M. Pastoureau, « L'incolore n'existe pas », dans *Mélanges Philippe Junod*, Paris et Lausanne, 2003, p. 11-20.

47. L'expression est d'O. Christin, *Une révolution symbolique*, *op. cit.*, p. 141, n. 5. Voir aussi R. W. Scribner, *Reformation, Carnival and the World Turned Upside-Down*, Stuttgart, 1980, p. 234-264.

48. J. Goody, *La Culture des fleurs*, Paris, 1994, p. 217-226.

49. Trop générale, la vieille étude de K. E. O. Fritsch, *Der Kirchenbau des Protestantismus von der Reformation bis zur Gegenwart*, Berlin, 1893, n'apporte guère d'informations chronologiques ou typologiques sur le problème qui nous occupe ici. Celle de G. Germann, *Der protestantische Kirchenbau in der Schweiz von der Reformation bis zur Romantik*, Zurich, 1963, consacrée au seul domaine suisse, est en revanche plus instructive. Elle met en valeur une certaine recoloration des temples dès la fin du XVIe siècle et, surtout, tout au long du XVIIIe siècle.

50. En raison notamment de l'influence du culte catholique et de l'attitude que les Églises réformées adoptent à son égard. Voir les fines observations de O. H. Senn, *Evangelischer Kirchenbau im ökumenischen Kontext. Identität und Variabilität. Tradition und Freibeit*, Bâle, 1983.

51. Pour les débuts de la Réforme, voir les quelques exemples (concernant les images en général et non pas spécialement la couleur) cités par H. F. von Campenhaussen, « Die Bilderfrage in der Reformation », dans *Zeitschrift für Kirchengeschichte*, t. 68, 1967, p. 96-128. On aimerait voir se multiplier les analyses permettant de cerner, en ce domaine, l'opposition des fidèles à la politique iconoclaste et chromophobe des pasteurs.

52. Nombreux exemples cités par A. Schelter, *Der protestantische Kirchenbau des 18. Jahrhunderts in Franken*, Kulmbach, 1981.

53. C. Garside, *Zwingli and the Arts*, *op. cit.*, p. 155-156. Voir aussi la belle étude de F. Schmidt-Claussing, *Zwingli als Liturgist*, Berlin, 1952.

54. H. Barge, *Andreas Bodenstein von Karlstadt*, *op. cit.*, p. 386 ; M. Stirm, *Die Bilderfrage...*, *op. cit.*, p. 24.

55. Malgré les hésitations de Luther. Voir son étonnante lettre à Spengler, datée du 8 juillet 1530, dans H. Rückert, *Luthers Werke in Auswahl*, 3e éd., Berlin, 1966. Voir aussi, d'un point de vue général, pour l'ensemble du XVIe siècle : H. Waldenmaier, *Die Entstehung der evangelischen Gottesdienstordnungen Süddeutschlands im Zeitalter der Reformation*, Leipzig, 1916.

56. Voir par exemple les propositions de W. von Löhe, *Vom Schmuck heiliger Orte*, Neuendettelsau, 1859. Sur tous ces problèmes, on consultera avec profit la synthèse de K. Goldammer, *Kultsymbolik des Protestantismus*, Stuttgart, 1960, même si la question de la couleur est peu évoquée (p. 24-26, 69, etc.).

57. Informations nombreuses à recueillir dans J. Burnet, *History of the Reformation of the Church of England*, Oxford, 1865, 7 vol., à compléter par J. Dowden, *Outlines of the History of the Theological Literature of the Church of England, from the Reformation to the Close of the Eighteenth Century*, Londres, 1897. On consultera avec profit le petit catalogue d'exposition rédigé par L. Lehman, *Angelican Liturgy. A Living Tradition*, Dallas, 1986.

58. Plusieurs exemples rapidement cités par S. Deyon et A. Lottin, *Les*

Casseurs de l'été 1566, *op. cit.*, *passim*. Voir aussi O. Christin, *Une révolution symbolique*, *op. cit.*, p. 152-154.

59. Typique est à cet égard le cas de Luther. Voir Jean Wirth, « Le dogme en image... », art. cit. (note 43), p. 9-21.

60. C. Garside, *Zwingli and the Arts*, *op. cit.*, chap. 4 et 5.

61. *Institution*... (texte de 1560), III, x, 2.

62. Ce caractère vibratoire de la couleur dans la peinture de Rembrandt, joint à l'omnipotence de la lumière, donne à la plupart de ses œuvres, y compris les plus profanes, une dimension religieuse. Parmi une bibliographie surabondante, voir les Actes du colloque de Berlin (1970) édités par O. von Simson et J. Kelch, *Neue Beiträge zur Rembrandt-Forschung*, Berlin, 1973.

63. Louis Marin, « Signe et représentation. Philippe de Champaigne et Port-Royal », dans *Annales. ESC*, vol. 25, 1970, p. 1-13.

64. On trouvera une excellente présentation de ce dossier dans l'ouvrage de J. Lichtenstein, *La Couleur éloquente. Rhétorique et peinture à l'âge classique*, Paris, 1989. On relira avec profit le *Cours de peinture par principes* (1708), de Roger de Piles, chef de file des partisans de la primauté du coloris. Rompant avec les théories antérieures et avec l'idéal calviniste et janséniste, l'auteur fait l'apologie de la couleur en tant qu'elle est fard, illusion, séduction, en un mot, pleinement peinture.

65. Calvin tient en abomination tout particulièrement les hommes qui se déguisent en femmes ou en animaux. D'où le problème du théâtre.

66. Voir son violent sermon *Oratio contra affectationem novitatis in vestitu* (1527), où il recommande à tout honnête chrétien le port d'un vêtement de couleurs sobres et sombres et non pas « se faisant remarquer par des couleurs variées comme le paon » (*distinctus a variis coloribus velut pavo*). *Corpus reformatorum*, Halle, 1845, vol. 11, p. 139-149. Voir aussi vol. 2, p. 331-338.

67. Sur la révolution vestimentaire préconisée par les anabaptistes de Munster, R. Strupperich, *Das münsterische Taüfertum*, Munster, 1958, p. 30-59.

68. M. Pastoureau, « Vers une histoire sociale des couleurs », dans *Couleurs, images, symboles. Études d'histoire et d'anthropologie*, Paris, 1989, p. 9-68, spécialement ici p. 35-37.

69. *Ibid.*, p. 16-19.

70. I. Thorner, « Ascetic Protestantism and the Development of Science and Technology », dans *The American Journal of Sociology*, vol. 58, 1952-1953, p. 25-38 ; J. Bodamer, *Der Weg zu Aszese als Überwindung der technischen Welt*, Hambourg, 1957.

71. R. Lacey, *Ford, The Man and the Machine*, New York, 1968 ; J. Barry, *Henry Ford and Mass Production*, New York, 1973.

Les teinturiers médiévaux

1. Les plus anciens statuts conservés réglementant le métier de teinturier sont ceux de Venise. Ils datent de l'année 1243, mais il est probable que, dès la fin du XIIe siècle, ces teinturiers étaient déjà regroupés en une

confraternità. Voir F. Brunello, *L'arte della tintura nella storia dell'umanità*, Vicence, 1968, p. 140-141. On trouvera dans l'immense recueil de G. Monticolo, *I capitolari delle arti veneziane...*, Rome, 1896-1914, 4 vol., quantité d'informations concernant les métiers de la teinturerie à Venise, du XIIIe au XVIIIe siècle. Au Moyen Âge, les teinturiers vénitiens semblent avoir été beaucoup plus libres que ceux qui travaillaient dans d'autres villes d'Italie, notamment à Florence et à Lucques. Pour cette dernière ville, nous avons conservé des statuts presque aussi anciens que ceux de Venise : 1255. Voir P. Guerra, *Statuto dell'arte dei tintori di Lucca del 1255*, Lucques, 1864.

2. Le gros et savant ouvrage de Franco Brunello cité à la note précédente concerne davantage l'histoire chimique et technique des teintures que l'histoire sociale et culturelle des teinturiers. Les pages consacrées au Moyen Âge sont en outre décevantes par rapport aux travaux postérieurs de cet auteur sur cette même période (je pense notamment à son livre sur l'ensemble des corps de métiers vénitiens : *Arti e mestieri a Venezia nel Medioevo e nel Rinascimento*, Vicence, 1980 ; ou bien à ses travaux portant sur les pigments utilisés par les enlumineurs : *« De arte illuminandi » e altri trattati sulla tecnica della miniatura medievale*, Vicence, 2e éd., 1992). De même, l'ouvrage de E. E. Ploss, *Ein Buch von alten Farben. Technologie der Textilfarben im Mittelalter*, maintes fois réimprimé (6e éd., Munich, 1989), s'attache davantage aux recettes et aux réceptaires (concernant aussi bien la peinture que la teinture, ce que ne dit pas le titre de l'ouvrage) qu'aux artisans qui les utilisent.

3. Voir notamment l'ouvrage de G. De Poerck, *La Draperie médiévale en Flandre et en Artois*, Bruges, 1951, 3 vol. (spécialement t. I, p. 150-194). Pour ce qui est des matières et des techniques tinctoriales, en revanche, on évitera de suivre toutes les affirmations de cet auteur (notamment dans le t. I, p. 150-194) : non seulement il est beaucoup plus philologue qu'historien des techniques et des métiers, mais surtout sa science n'est pas, ou guère, tirée de documents médiévaux, mais trouve sa source principale dans des ouvrages des XVIIe et XVIIIe siècles. Ce qui le conduit parfois à décrire comme médiévales des pratiques uniquement en usage à l'époque moderne.

4. On en trouvera quelques exemples concernant la Grèce antique dans F. Brunello, *L'arte della tintura...*, *op. cit.*, p. 89-98, et d'autres concernant l'Afrique noire dans le catalogue de l'exposition *Teinture. Expression de la tradition en Afrique noire*, Mulhouse, 1982, p. 9-10.

5. Dans son article « Métiers licites et métiers illicites dans l'Occident médiéval », republié dans le recueil *Pour un autre Moyen Âge*, Paris, 1977, p. 91-107, J. Le Goff mentionne les teinturiers parmi les métiers vils, méprisés et interdits aux clercs (p. 93). Sur eux pèse le tabou de la saleté et de l'impureté, comme du reste sur bon nombre d'ouvriers du textile – ceux que, dans les villes drapières agitées des XIVe et XVe siècles, on qualifie parfois d'*ongles bleus*. En revanche, W. Danckert, dans son bel ouvrage *Unehrliche Leute. Die verfemten Berufe*, Berne et Munich, 1963, ne fait aucune mention des teinturiers.

6. Pour les étoffes de basse qualité, celles que les textes latins qualifient

de *panni non magni precii*, il peut arriver que la laine soit teinte quand elle est en flocons, notamment lorsqu'elle est associée à une autre matière textile.

7. « Quiconques est toisserans a Paris, il ne puet teindre a sa meson de toutes coleurs fors que de gaide. Mès de gaide ne puet il taindre fors que en II mesons. Quar la roine Blanche, que Diex absoille, otroia que li mestiers des toissarans peust avoir II hostex es quex l'en peust ovrer de mestiers de tainturerie et de toissanderie [...]. » R. de Lespinasse et F. Bonnardot, *Le Livre des métiers d'Étienne Boileau*, Paris, 1879, p. 95-96, art. XIX et XX. Voir aussi R. de Lespinasse, *Les Métiers et Corporations...*, Paris, 1886, t. III, p. 113. Le texte du privilège accordé par la reine Blanche lorsqu'elle était régente n'a pas été retrouvé.

8. *Traité de police*, rédigé par Delamare, conseiller-commissaire du roi au Châtelet, 1713, p. 620. J'emprunte cet extrait et le suivant au mémoire de DEA de J. Debrosse, *Recherches sur les teinturiers parisiens du XVIe au XVIIIe siècle*, Paris, EPHE (IVe section), 1995, p. 82-83.

9. *Traité de police*, *ibid.*, p. 626.

10. Je remercie M. Denis Hue qui m'a communiqué cette information tirée du manuscrit Y 16 de la bibliothèque municipale de Rouen : le 11 décembre 1515, les autorités municipales établissent un calendrier (et même un « horaire ») d'accès aux eaux propres de la Seine pour les teinturiers de guède (bleu) et ceux de garance (rouge).

11. En Allemagne, Magdebourg est le grand centre de production et de distribution de la garance (tons rouges) et Erfurt, celui de la guède (tons bleus). La rivalité entre les deux villes est très forte aux XIIIe et XIVe siècles, lorsque les tons bleus, nouvellement mis à la mode, font une concurrence de plus en plus intense aux tons rouges. Toutefois, à partir de la fin du XIVe siècle, la grande ville teinturière d'Allemagne, la seule qui à l'échelle internationale puisse être comparée à Venise ou à Florence, est Nuremberg.

12. R. Scholz, *Aus der Geschichte des Farbstoffhandels im Mittelalter*, Munich, 1929, p. 2 et *passim* ; F. Wielandt, *Das Konstanzer Leinengewerbe. Geschichte und Organisation*, Constance, 1950, p. 122-129.

13. Lev 19,19 et Deut 22,11. Sur ces interdictions bibliques des mélanges, la bibliographie est abondante mais souvent décevante. Les travaux qui semblent ouvrir à l'historien les perspectives les plus fructueuses sont ceux de l'anthropologue Mary Douglas consacrés au thème du pur et de l'impur. Voir par exemple son ouvrage *Purity and Danger*, nouvelle éd., Londres, 1992 ; trad. fr., *De la souillure. Essai sur les notions de pollution et de tabou*, Paris, 1992.

14. M. Pastoureau, *L'Étoffe du Diable. Une histoire des rayures et des tissus rayés*, Paris, 1991, p. 9-15.

15. R. Scholz, *Aus der Geschichte des Farbstoffhandels...*, *op. cit.*, p. 2-3, confirme qu'il n'a jamais rencontré aucun recueil allemand de recettes destinées aux teinturiers qui expliquerait que, pour faire du vert, il faille mélanger ou superposer du bleu et du jaune. Pour cela, il faut vraiment attendre le XVIe siècle (ce qui ne veut pas dire qu'on n'ait pas pratiqué ce mélange expérimentalement dans tel ou tel atelier avant cette date) : M. Pastoureau, « La couleur verte au XVIe siècle : traditions et mutations »,

dans M.-T. Jones-Davies, dir., *Shakespeare. Le monde vert : rites et renouveau*, Paris, 1995, p. 28-38.

16. Sur ces interdictions, G. De Poerck, *La Draperie médiévale...*, *op. cit.*, t. I, p. 193-198. Dans la pratique, il peut arriver que ces interdictions soient transgressées. Si en effet on ne mélange pas dans la même cuve deux matières colorantes différentes, si même on ne plonge pas une même étoffe dans deux bains de teinture successifs de deux couleurs différentes pour en obtenir une troisième, il existe néanmoins une tolérance pour les draps de laine mal teints : quand la première teinture n'a pas donné ce que l'on espérait (ce qui arrive relativement souvent), il est permis de replonger ce même drap dans un bain de teinture plus foncée, en général du gris ou du noir (à base d'écorces et de racines d'aulne ou de noyer) pour tenter de corriger les défauts des premiers bains.

17. D'où l'opposition, sur laquelle je vais revenir plus bas, entre teinturiers de rouge et teinturiers de bleu.

18. M.-L. Heers, « Les Génois et le commerce de l'alun à la fin du Moyen Âge », dans *Revue d'histoire économique et sociale*, vol.32, n° 1, 1954, p. 30-53 ; M. Liagre, « Le commerce de l'alun en Flandre au Moyen Âge », dans *Le Moyen Âge*, t. 61, 1955, p. 177-206 ; J. Delumeau, *L'Alun de Rome*, Paris, 1962. C'est au XVIe siècle que ce commerce atteint son apogée.

19. À la fin du Moyen Âge, un usage fréquent consiste à associer le tartre et l'alun, afin d'obtenir un mordant de bonne qualité sans qu'il soit trop onéreux (le tartre coûtant bien moins cher que l'alun).

20. *Liber magistri Petri de Sancto Audemaro de coloribus faciendis*, éd. M. P. Merrifield, dans *Original Treatises dating from the XIIth to the XVIIIth on the Art of Painting...*, Londres, 1849, p. 129. Sur ces questions on consultera avec profit la thèse d'École des chartes (1995) d'Inès Villela-Petit, *La Peinture médiévale vers 1400. Autour d'un manuscrit de Jean Lebègue*. Cette thèse n'a malheureusement pas encore été publiée.

21. Un projet de banque de données réunissant toutes les recettes médiévales concernant la couleur (teinture et peinture) est en chantier. Voir F. Tolaini, « Una banca dati per lo studio dei ricettari medievali di colori », dans *Centro di Ricerche Informatiche per i Beni Culturali (Pisa). Bollettino d'informazioni*, vol. 5, 1995, fasc. 1, p. 7-25.

22. Sur l'histoire des réceptaires et les difficultés qu'elle soulève, voir les remarques pertinentes de R. Halleux, « Pigments et colorants dans la *Mappae Clavicula* », dans B. Guineau, dir., *Pigments et colorants de l'Antiquité et du Moyen Âge*, Colloque international du CNRS, Paris, 1990, p. 173-180.

23. L'histoire de cette « rivalité » de plus en plus forte entre le rouge et le bleu se lit très bien dans les traités et manuels de teinturerie compilés ou publiés à Venise entre la fin du XVe siècle et le début du XVIIIe. Dans un réceptaire vénitien des années 1480-1500 conservé à la bibliothèque municipale de Côme (G. Rebora, *Un manuale di tintoria del Quattrocento*, Milan, 1970), 109 des 159 recettes proposées sont consacrées à la teinture en rouge. Cette proportion est à peu près la même dans le célèbre *Plictho* de Rosetti publié à Venise en 1540 (S. M. Evans et H. C. Borghetty, *The « Plictho » of Giovan Ventura Rosetti*, Cambridge [Mass.] et Londres, 1969). Mais les

recettes de rouges vont diminuant au profit des bleus dans les nouvelles et nombreuses éditions du *Plictho* données tout au long du XVIIe siècle. Dans celle de 1672, publiée chez les Zattoni, le bleu a même rattrapé le rouge. Et il le devance nettement dans le *Nuovo Plico d'ogni sorte di tinture* de Gallipido Tallier paru, toujours à Venise, chez Lorenzo Basegio en 1704.

24. La thèse encore inédite d'Inès Villela-Petit citée plus haut attire l'attention sur ces questions à propos de la peinture française et italienne du XVe siècle et analyse avec pertinence l'exemple de Jacques Coene et des *Heures Boucicaut* et celui de Michelino da Besozzo (p. 294-338).

25. Celui-ci, il est vrai, est constitué pour l'essentiel de notes de lectures que Léonard n'a sans doute pas eu le temps de mettre en forme (même si certains érudits estiment que sa pensée y est déjà pleinement à l'œuvre). Sur ce traité, dont le manuscrit est conservé à la Bibliothèque vaticane : A. Chastel et R. Klein, *Léonard de Vinci. Traité de la peinture*, Paris, 1960 ; 2e éd., 1987.

26. Quoi qu'aient pu écrire certains auteurs, les recettes de la pourpre antique véritable se sont perdues à partir des VIIIe-IXe siècles ; non seulement pour le savoir de l'Occident, qui n'en avait jamais bien percé tous les mystères, mais aussi pour les artisans du bassin oriental de la Méditerranée : tant en pays d'Islam qu'en terre byzantine (où l'apogée de la pourpre se situe sous Justinien), on produit au Moyen Âge une pourpre n'ayant que peu de rapport avec celle de l'Antiquité. – Dans les documents occidentaux, en latin médiéval comme dans les langues vernaculaires, le mot « pourpre » qualifie rarement une couleur ou une teinture, mais presque toujours une qualité d'étoffe, en général de peu de prix, la couleur de cette étoffe étant précisée par un adjectif. Ainsi en ancien français *pourpre inde*, *pourpre bise*, *pourpre vermeille*, *pourpre verte*, etc. Voir les exemples cités par A. Ott, *Étude sur les couleurs en vieux français*, Paris, 1899, p. 109-112. Voir aussi F. Michel, *Recherche sur le commerce, la fabrication et l'usage des étoffes de soie, d'or et d'argent et autres tissus précieux...*, Paris, 1854, p. 6-25 (malgré sa date, cet ouvrage pionnier n'a guère pris de rides et livre encore des informations très sûres sur les tissus médiévaux). La langue du blason, en revanche, conserve au mot *pourpre* un sens chromatique pour qualifier une couleur très rare dans les armoiries médiévales et s'exprimant d'abord par une nuance grise ou noire puis, à partir du XIVe siècle, par une nuance violette. Voir M. Pastoureau, *Traité d'héraldique*, 2e éd., Paris, 1993, p. 101-102. – Sur la pourpre antique, la bibliographie est considérable. On verra surtout : A. Dedekind, *Ein Beitrag zur Purpurkunde*, Berlin, 1898 ; H. Blümner, *Technologie und Terminologie der Gewerbe und Künste bei Griechen und Römern*, 2e éd., Berlin, 1912, t. I, p. 233-253 ; E. Wunderlich, *Die Bedeutung der roten Farbe im Kultus der Griechen und Römer*, Giessen, 1925 ; W. Born, « Purple in Classical Antiquity », dans *Ciba Review*, vol. 1-2, 1937-1939, p. 110-119 ; K. Schneider, « Purpura », dans *Paulys Realencyclopädie der klassischen Altertumwissenschaft, editio major*, Stuttgart, 1959, t. XXIII, 2, col. 2000-2020 ; M. Reinhold, *History of Purple as a Status Symbol in Antiquity*, Bruxelles, 1976 ; H. Stulz, *Die Farbe Purpur im frühen Grie-*

chentum, Stuttgart, 1990 ; O. Longo, dir., *La porpora. Realtà e immaginario di un colore simbolico*, Venise, 1998.

27. Malgré les immenses progrès faits dans la chimie des teintures et des colorants à partir du XVIIIe siècle, le problème des verts textiles reste d'actualité tout au long de l'époque moderne et même de l'époque contemporaine. C'est en effet dans la gamme des verts que l'on rencontre, encore et toujours, le plus de difficultés pour fabriquer, reproduire et surtout fixer la couleur. Et ce, aussi bien en teinture qu'en peinture.

28. Il ne faut pas confondre les draps véritablement teints en blanc (même si cela est une opération difficile dont les résultats sont décevants) avec les nombreux draps « blancs » dont parlent souvent les documents comptables et marchands. Ces draps « blancs » sont des draps de luxe, non teints, exportés loin de leur lieu de production et destinés à recevoir leur teinture sur le lieu de destination. Voir H. Laurent, *Un grand commerce d'exportation au Moyen Âge. La draperie des Pays-Bas en France et dans les pays méditerranéens (XIIe-XVe s.)*, Paris, 1935, p. 210-211. L'utilisation précoce de l'adjectif « blanc » dans le sens de « non coloré » est ici extrêmement intéressante. Elle prépare l'assimilation que feront les savoirs et les sensibilités modernes entre « blanc » et « incolore ».

29. Le blanchiment à base de chlore et de chlorures n'existe pas avant la fin du XVIIIe siècle, ce corps n'ayant été découvert qu'en 1774. Celui à base de soufre est connu mais, mal maîtrisé, il abîme la laine et la soie. Il faut en effet plonger l'étoffe pendant une journée dans un bain dilué d'acide sulfureux : s'il y a trop d'eau, le blanchiment est peu efficace ; s'il y a trop d'acide, l'étoffe est attaquée.

30. M. Pastoureau, « *Ordo colorum*. Notes sur la naissance des couleurs liturgiques », dans *La Maison-Dieu. Revue de pastorale liturgique*, t. 176, 1998, p. 54-66.

31. Id., « L'Église et la couleur des origines à la Réforme », dans *Bibliothèque de l'École des chartes*, t. 147, 1989, p. 203-230, spécialement p. 222-226.

32. J. Robertet, *Œuvres*, éd. M. Zsuppàn, Genève, 1970, épître 16, p. 139. D'une manière plus fréquente, dans la culture médiévale le jaune est souvent assimilé à un demi-blanc ou à un sous-blanc.

33. Ces difficultés pour fabriquer et fixer la couleur verte, tant en teinture qu'en peinture, expliquent peut-être pourquoi cette couleur est rare dans les armoiries. Du moins dans les armoiries véritables, celles qui doivent être matériellement représentées sur des supports et selon des techniques de toutes sortes. Car dans les armoiries littéraires et imaginaires, qui n'ont nullement besoin d'être peintes pour exister (les décrire suffit), l'indice de fréquence du vert (*sinople* en termes de blason, à partir du XVe siècle) est beaucoup plus élevé que dans les armoiries véritables. Ce qui permet aux auteurs de solliciter la riche symbolique de la couleur verte. Sur ces questions, M. Pastoureau, *Traité d'héraldique*, *op. cit.*, p. 116-121.

34. Ce problème du mélange du jaune et du bleu pour faire du vert est un des problèmes les plus importants de l'histoire des couleurs en Occident. Il mériterait que des travaux spécifiques lui soient consacrés.

35. Sur cette invention essentielle, qui constitue un tournant dans l'histoire de la couleur en Europe, on lira le beau catalogue de l'exposition *Anatomie de la couleur. L'invention de l'estampe en couleurs*, Paris et Lausanne, 1996 ; sur les problèmes liés à la couleur verte, p. 91-93.

36. Voir A. E. Shapiro, « Artists' Colors and Newton's Colors », dans *Isis*, vol. 85, 1994, p. 600-630.

37. Cité par S. Bergeon et E. Martin, « La technique de la peinture française au XVIIe siècle », dans *Techné. La science au service de l'histoire de l'art et des civilisations*, t. 1, 1994, p. 65-78 ; ici p. 72.

38. D'un usage général pour teindre en jaune, rappelons que le genêt sert parfois pour obtenir du vert.

39. H. Estienne, *Apologie pour Hérodote*, Genève, 1566 ; nouvelle éd. par P. Ristelhuber, Paris, 1879, t. I, p. 26.

40. *Tinctores pannorum tingunt in rubea majore, gaudone et sandice. Qua de causa habent ungues pictos ; quorum autem sunt quidam rubei, quidam negri, quidam blodii. Et ideo contempnuntur a mulieribus formosis, nisi gratia numismatis accipiantur* (éd. T. Wright, *A Volume of Vocabularies*, Londres, 1857, p. 120-138). Ce texte, probablement une œuvre de jeunesse dans l'abondante production de Jean de Garlande, a été compilé vers 1218-1220. Voir A. Saiani et G. Vecchi, *Studi su Giovanni di Garlandia*, Rome, 1956-1963, 2 vol.

41. F. Brunello, *Arti e mestieri a Venezia*..., *op. cit.* (note 2). Voir aussi les statuts publiés par G. Monticolo, *I capitolari delle arti veneziane*..., *op. cit.* (note 1), *passim*. En revanche, je n'ai jamais pu consulter l'ouvrage, parfois cité, de G. Bologna, *L'arte dei tintori in Venezia*, Venise, 1884.

42. « Ils seront exclus de tout office et de toute charge » (*Exclusi erunt omni beneficio et honore*), dit un règlement municipal florentin du XVe siècle (reprenant des statuts antérieurs) cité par G. Rebora, *Un manuale di tintoria del Quattrocento, op. cit.* (note 23), p. 4-6.

43. E. Staley, *The Guilds of Florence*, Chicago, 1906, p. 149-153. Les teinturiers sont répartis en trois groupes : ceux qui travaillent sur les draps fabriqués à Florence même ; ceux qui travaillent sur les draps importés ; ceux qui travaillent sur les étoffes de soie. Chaque groupe comprend, comme partout, des teinturiers de rouge et des teinturiers de bleu.

44. À Florence, au XIVe siècle, on donne le nom de *ciompi* aux artisans les plus pauvres du textile, notamment aux cardeurs. Ils se révoltèrent au mois de juillet 1378 et imposèrent la nomination de leur chef comme gonfalonier ; puis ils tentèrent de briser le pouvoir oligarchique des corporations en imposant trois arts nouveaux, dont celui des teinturiers. Mais progressivement les insurgés se divisèrent, se montrèrent incapables de gouverner et les marchands et banquiers reprirent vite le pouvoir. Parmi une bibliographie abondante : N. Rodolico, *I Ciompi. Una pagina di storia del proletario operaio*, Florence, 1945 ; C. de La Roncière, *Prix et salaires à Florence au XIVe siècle (1280-1380)*, Rome, 1982, p. 771-790.

45. Sur l'agitation permanente des teinturiers à Florence, A. Doren, *Studien aus der Florentiner Wirtschaftsgeschichte. I : Die Florentiner Wollentuchindustrie*, Stuttgart, 1901, p. 286-313.

46. J. Bedarride, *Les Juifs en France, en Italie et en Espagne au Moyen Âge*, Paris, 1867, p. 179-180 ; L. Depping, *Die Juden in Mittelalter*, Leipzig, 1884, p. 136, 353 et 401 ; R. Strauss, *Die Juden in Königreich Sizilien*, Leipzig, 1920, p. 66-77.

47. A. Schaube, *Handelsgeschichte der romanischen Völker des Mittelmeergebiets bis zum Ende der Kreuzzüge*, Munich et Berlin, 1906, p. 585.

48. Voir le livre séduisant de J. Bril, *Origines et symbolismes des productions textiles. De la toile et du fil*, Paris, 1984, spécialement p. 63-71.

49. W. Stokes, *Lives of the Saints from the Book of Lismore*, Oxford, 1890, p. 266-267. Je remercie Laurence Bobis de m'avoir communiqué cette référence.

50. R. Boser-Sarivaxevanis, *Aperçu sur la teinture en Afrique occidentale*, Bâle, 1969 ; J. Étienne-Nugue, *Artisanats traditionnels en Côte-d'Ivoire*, Marseille, 1974 ; *Teinture*, *op. cit.* (note 4), p. 9-10.

51. A. Ernout et A. Meillet, *Dictionnaire étymologique de la langue latine*, 4e éd., Paris, 1979, p. 212, et A. Rey, dir., *Dictionnaire historique de la langue française*, Paris, 1993, t. I, p. 1022.

52. Voir par exemple les remarques de Varron, *De lingua latina*, livre VI, chap. 96.

53. *Tingere* n'est pas rare chez de grands auteurs comme Tertullien, Augustin ou Grégoire le Grand ; en revanche, les textes liturgiques plus « techniques » ne l'emploient pas. À partir des VIe-VIIe siècles, il est partout remplacé par *baptizare*. De même, les termes *tinctio* ou *tinctorium*, qui parfois pouvaient désigner le baptême, sont désormais remplacés par *baptisma* (ou *baptismum*). Voir A. Blaise, *Le Vocabulaire latin des principaux thèmes liturgiques*, Turnhout, 1966, p. 473-474, § 331.

54. G. Di Stefano, *Dictionnaire des locutions en moyen français*, Montréal, 1991, p. 203.

55. L'orseille est une sorte de lichen que l'on trouve sur les côtes rocheuses. Elle fournit une belle teinture rouge violacé, qui se contente de mordants ordinaires (urine, vinaigre) mais qui est peu solide. Dans les réceptaires, l'orseille est parfois difficile à distinguer du tournesol (dont se servent les enlumineurs), car c'est souvent le même mot latin qui les désigne : *folium*.

56. Ainsi dans la plupart des villes drapières d'Italie aux XIVe et XVe siècles (mais pas à Venise) : E. Staley, *The Guilds of Florence*, *op. cit.*, p. 149-153 ; R. Guemara, *Les Arts de la laine à Vérone aux XIVe et XVe siècles*, Tunis, 1987, p. 150-151.

57. Ainsi à Rouen (dès le XIIIe siècle), à Louviers et dans la plupart des villes drapières de Normandie : M. Mollat du Jourdain, « La draperie normande », dans Istituto internazionale di storia economica F. Datini (Prato), *Produzione, commercio e consumo dei panni di lana (XII-XVIIe s.)*, Florence, 1976, p. 403-422.

58. À Paris, celle-ci se réunit, du XVe au XVIIIe siècle, dans l'église Sainte-Hippolyte (aujourd'hui détruite), dans le faubourg Saint-Marcel. Ce quartier, où s'installent au XVIIe siècle la manufacture royale des Gobelins et son très actif atelier de teinture, est dans la longue durée celui des tein-

turiers parisiens, à qui les eaux de la Bièvre sont nécessaires pour exercer leur activité.

59. Paris, AN, Y 6/5, fol. 98.

60. Sur le personnage et la légende de saint Maurice : J. Devisse et M. Mollat, *L'Image du noir dans l'art occidental. Des premiers siècles chrétiens aux grandes découvertes*, Fribourg, 1979, t. I, p. 149-204 ; G. Suckale-Redlefsen, *Mauritius. Der heilige Mohr. The Black Saint Maurice*, Zurich et Houston, 1987.

61. *Et resplenduit facies ejus sicut sol, vestimenta autem ejus facta sunt sicut nix* (Mt 17,2 ; également : Mc 9,2-3 ; Lc 9,29).

62. E. Mâle, *L'Art religieux du XIIe siècle en France*, Paris, 1922, p. 93-96 ; L. Réau, *Iconographie de l'art chrétien*, Paris, 1957, t. II/2, p. 574-578.

63. L. Réau, *ibid.*, p. 288, se trompe en affirmant que l'épisode de Jésus chez le teinturier n'a donné naissance qu'à un seul témoignage iconographique (un retable de Pedro Garcia de Benabarre, aujourd'hui conservé dans l'église paroissiale de Ainsa, près de Lérida, en Catalogne). Il existe d'autres témoignages figurés de la légende, notamment les manuscrits enluminés : voir M. Pastoureau, *Jésus chez le teinturier. Couleurs et teintures dans l'Occident médiéval*, Paris, 1998, p. 19-21, spécialement n.5. Sur l'iconographie générale des évangiles de l'enfance du Christ, on trouvera des informations solides dans E. Kirschbaum, dir., *Lexikon der christlichen Ikonographie*, Fribourg-en-Brisgau, 1971, t. III, col. 39-85 (« Leben Jesus »).

64. Cambridge, University Library, ms. G. G. I. 1., fol. 36-36 v, et Grenoble, Bibl. municipale, ms. 1137, fol. 59 v-60, pour les versions latines ; Oxford, Bodleian Library, ms. Selden Supra 38, fol. 25-27 v, pour une très intéressante version en anglo-normand dont la rédaction peut être datée des années 1315-1325. Le manuscrit comporte un cycle de 60 miniatures consacrées à l'enfance de Jésus, dont deux concernent l'épisode chez le teinturier de Tibériade.

65. Dans plusieurs manuscrits des XIIIe et XIVe siècles, le miracle opéré chez le teinturier de Tibériade est présenté comme le premier réalisé par Jésus après le retour d'Égypte. Ce qui donne une indication sur l'importance qu'on lui accordait à cette époque.

66. Mon ouvrage déjà cité, *Jésus chez le teinturier*, est spécifiquement consacré à cet épisode des évangiles de l'Enfance.

L'homme roux

1. Les travaux sur l'iconographie de Judas sont assez peu nombreux et en général anciens. La meilleure synthèse construite autour du problème de la chevelure rousse, est celle de R. Mellinkoff, « Judas's Red Hair and the Jews », dans *Journal of Jewish Art*, n° 9, 1982, p. 31-46, que l'on complétera par le gros ouvrage du même auteur, *Outcasts. Signs of Otherness in Northern European Art of the Late Middle Ages*, Berkeley, 1993, 2 vol. (spécialement vol. 1, p. 145-159). Contrairement à l'opinion de R. Mellinkoff, on consultera encore avec profit la thèse de W. Porte, *Judas Ischariot in der bildenden Kunst*, Berlin, 1883.

2. Dans la représentation de la Cène à l'Arena de Padoue. On retrouve le même nimbe noir cernant les cheveux roux de l'apôtre félon chez Fra Angelico dans la Cène du couvent San Marco à Florence.

3. On trouvera la liste et l'étude critique de ces attributs dans les répertoires iconographiques usuels, notamment : L. Réau, *Iconographie de l'art chrétien,* Paris, 1957, t. II/2, p. 406-410 ; G. Schiller, *Iconography of Christian Art*, Londres, 1972, t. II, p. 29-30, 164-180, 494-501 et *passim* ; *Lexikon der christlichen Ikonographie*, Fribourg-en-Brisgau, 1970, t. II, col. 444-448.

4. R. Mellinkoff, *The Mark of Cain*, Berkeley, 1981.

5. C. Raynaud, « Images médiévales de Ganelon », dans *Félonie, trahison et reniements au Moyen Âge*, Montpellier, 1996, p. 75-92.

6. J. Grisward, *Archéologie de l'épopée médiévale*, Paris, 1981, *passim.*

7. Voir le corpus d'images réuni par R. Mellinkoff, *Outcasts*, *op. cit.* (spécialement vol. 2, fig. VII/1-38).

8. Voir plus bas, notes 28-31.

9. Gn 25,25.

10. Il faut noter que ni Jacob ni Rebecca ne sont figurés négativement dans l'imagerie médiévale. Leurs ruses et leur comportement injuste envers Ésaü ne paraissent pas avoir été jugés péjorativement, ni par les théologiens ni par les artistes.

11. Sur l'iconographie de Saül, voir *Lexikon der christlichen Ikonographie*, Fribourg-en-Brisgau, 1972, t. IV, col. 50-54.

12. Sur l'iconographie de Caïphe, qui dans les images a souvent la peau sombre et le cheveu roux et frisé, triple attribut qui le rend bien plus négatif que Pilate ou Hérode, voir *ibid.*, col. 233-234.

13. 1 Sam 16,12. Contrairement à la Vulgate, qui emploie le mot *rufus*, certaines traductions françaises modernes, notamment dans les bibles protestantes, remplacent « roux » par « blond ». Faut-il y voir une survivance du rejet des cheveux roux, incompatibles avec l'idée de beauté ? Les travaux sur l'iconographie de David sont nombreux ; on en trouvera une synthèse, ainsi qu'une bibliographie développée, dans *Lexikon der christlichen Ikonographie*, Fribourg-en-Brisgau, 1968, t. I, col. 477-490.

14. Sur les rapports entre Seth et Typhon, voir F. Vian, « Le mythe de Typhée… », dans *Éléments orientaux dans la mythologie grecque*, Paris, 1960, p. 19-37, et J. B. Russell, *The Devil*, Ithaca et Londres, 1977, p. 78-79 et 253-255.

15. Voir le répertoire de W. D. Hand, *A Dictionary of Words and Idioms Associated with Judas Iscariot*, Berkeley, 1942.

16. E. C. Evans, « Physiognomics in the Ancient World », dans *Transactions of the American Philosophical Society*, n.s., vol.59, 1969, p. 5-101.

17. H. Bächtold-Stäubli, dir., *Handwörterbuch des deutschen Aberglaubens*, Berlin et Leipzig, 1931, t. III, col. 1249-1254.

18. Voir les répertoires usuels de H. Walter, *Proverbia sententiaeque latinitatis Medii ac Recentioris Aevi*, Göttingen, 1963-1969, 6 vol. ; J. W. Hassell, *Middle French Proverbs, Sentences and Proverbial Phrases*,

Toronto, 1982 ; G. Di Stefano, *Dictionnaire des locutions en moyen français*, Montréal, 1991.

19. Sur les prolongements de ces croyances à l'époque moderne, voir le petit livre de X. Fauche, *Roux et rousses. Un éclat très particulier*, Paris, 1997.

20. Sur la légende de Frédéric Barberousse : M. Pacaut, *Frédéric Barberousse*, 2e éd., Paris, 1991 ; F. Opll, *Friedrich Barbarossa*, 2e éd., Darmstadt, 1994.

21. M. Trotter, « Classifications of Hair Color », dans *American Journal of Physical Anthropology*, vol. 24, 1938, p. 237-259 ; à nuancer avec J. V. Neel, « Red Hair Colour as a Genetical Character », dans *Annals of Eugenics*, vol. 17, 1952-1953, p. 115-139. Voir aussi les différents travaux cités par R. Mellinkoff, « Judas'Red Hair and the Jews », art. cit., p. 46, n. 90.

22. Contrairement à une idée fausse largement répandue, les roux ne sont pas plus nombreux que les blonds en Scandinavie et en Irlande ou en Écosse. Bien au contraire, ils représentent ici, comme dans les sociétés méditerranéennes, une minorité ; même si, quantitativement et proportionnellement, cette minorité est plus importante qu'ailleurs.

23. Le discours sportif en apporte aujourd'hui une preuve quotidienne, en signalant toujours dans une équipe (notamment de football) la présence d'un joueur ou d'une joueuse aux cheveux roux ; ce qu'il ne fait ni pour les bruns, ni pour les blonds, ni même pour les chauves. Être roux, sur un terrain de sport comme partout ailleurs, c'est faire un écart.

24. *Le Blason des couleurs* (seconde partie attribuée à tort au héraut Sicile), Hippolyte Cocheris éd., Paris, 1860, p. 125. Comme toute la littérature symbolique du XVe siècle, ce traité assimile le roux au tanné et donc retient surtout la nuance de brun-rouge. À la fin du XVe siècle, plusieurs auteurs s'amusent à mettre en compétition le noir et le tanné pour déterminer quelle est la couleur la plus laide. Le noir n'est pas toujours perdant. Voir par exemple *Le Débat de deux demoiselles, l'une nommée la Noire et l'autre la Tannée*, édité dans *Recueil de poésies françaises des XVe et XVIe siècles*, Paris, 1855, t. V, p. 264-304.

25. Sur la symbolique médiévale des couleurs, M. Pastoureau, *Figures et couleurs. Études sur la symbolique et la sensibilité médiévales*, Paris, 1986, p. 15-57 et 193-207 ; Id., *Jésus chez le teinturier. Couleurs et teintures dans l'Occident médiéval*, Paris, 1998.

26. Voir les exemples nombreux recensés par E. Langlois, *Table des noms propres de toutes natures compris dans les chansons de geste imprimées*, Paris, 1904 ; par L.-F. Flutre, *Table des noms propres... figurant dans les romans du Moyen Âge...*, Poitiers, 1962 ; et surtout par G. D. West, *An Index of Proper Names in French Arthurian... Romances (1150-1300)*, Toronto, 1969-1978, 2 vol. Sur les surnoms « le Rouge » ou « le Roux » dans le roman arthurien, voir G. J. Brault, *Early Blazon. Heraldic Terminology in the Twelfth and Thirteenth Centuries with Special Reference to Arthurian Literature*, Oxford, 1972, p. 33.

27. Citées ici par ordre de préférence décroissante. M. Pastoureau, « Les

couleurs aussi ont une histoire », dans *L'Histoire*, n° 92, septembre 1986, p. 46-54.

28. D. Sansy, « Chapeau juif ou chapeau pointu ? Esquisse d'un signe d'infamie », dans *Symbole des Alltags, Alltag der Symbole. Festschrift für Harry Kühnel*, Graz, 1992, p. 349-375. On pourra également consulter, du même auteur, sa thèse encore inédite, *L'Image du juif en France du Nord et en Angleterre du XIIe au XVe siècle*, Paris, université de Paris-X Nanterre, 1994.

29. Ce problème des marques infamantes ou distinctives imposées à certaines catégories sociales dans l'Occident médiéval n'a pas encore fait l'objet de travaux d'ensemble véritablement satisfaisants. Force est encore de renvoyer à l'étude ancienne et rapide de U. Robert, *Les Signes de l'infamie au Moyen Âge*, Paris, 1891, dont on attend impatiemment qu'elle soit remplacée. On trouvera des informations utiles dans la plupart des histoires du costume au Moyen Âge, ainsi que dans W. Danckaert, *Unehrliche Leute. Die verfemten Berufe*, Berne et Munich, 1963 ; B. Blumenkranz, *Le Juif médiéval au miroir de l'art chrétien*, Paris, 1966 ; L. C. Eisenbart, *Kleiderordnungen der deutschen Städte zwischen 1350 und 1700*, Göttingen, 1962.

30. Ainsi B. Blumenkranz ou R. Mellinkoff, dont les travaux sont par ailleurs essentiels. Parmi leur abondante production, citons : B. Blumenkranz, *Le Juif médiéval au miroir de l'art chrétien*, *op. cit.* ; *Les Juifs en France. Écrits dispersés*, Paris, 1989. R. Mellinkoff, *Outcasts*, *op. cit.* On lira aussi avec prudence : A. Rubens, *A History of Jewish Costume*, Londres, 1967, et L. Finkelstein, *Jewish Self-Government in the Middle Ages*, nouvelle éd., Wesport, 1972. Sur la rouelle proprement dite, la meilleure étude est désormais celle de D. Sansy, « Marquer la différence. L'imposition de la rouelle aux XIIIe et XIVe siècles, dans *Médiévales*, n° 41, 2001, p. 15-36.

31. F. Singermann, *Die Kennzeichnung der Juden im Mittelalter*, Berlin, 1915, et surtout G. Kisch, « The Yellow Badge in History », dans *Historia Judaica*, vol. 19, 1957, p. 89-146. Il existe cependant de nombreuses exceptions à cette tendance allant vers une uniformisation autour de la couleur jaune. Ainsi à Venise, où le bonnet jaune se transforme peu à peu en bonnet rouge : B. Ravid, « From yellow to red. On the Distinguished Head Covering of the Jews of Venice », dans *Jewish History*, vol. 6, 1992, fasc. 1-2, p. 179-210.

32. On trouvera une bibliographie abondante dans les deux articles de Kisch et Ravid cités à la note précédente. On se reportera également à l'étude de Danièle Sansy citée à la note 30.

33. Traduction partielle du texte publié par E. de Laurière dans les *Ordonnances des rois de France de la troisième race*, Paris, 1723, t. I, p. 294. On lira une traduction complète de cette ordonnance dans G. Nahon, « Les ordonnances de saint Louis et les Juifs », dans *Les Nouveaux Cahiers*, t. 23, 1970, p. 23-42. Sur Saint Louis et les juifs, J. Le Goff, *Saint Louis*, Paris, 1996, p. 793-814.

34. M. Pastoureau, *L'Étoffe du Diable. Une histoire des rayures et des tissus rayés*, Paris, 1991.

35. Aujourd'hui, l'écureuil est un petit animal sympathique, joyeux,

ludique, inoffensif ; au Moyen Âge, il n'en est rien. L'écureuil est « le singe de la forêt », comme l'écrit un auteur allemand du XIVe siècle. Il passe pour paresseux, lubrique, stupide et avaricieux. L'essentiel de son temps est consacré à dormir, à se lutiner avec ses congénères, à jouer et batifoler dans les arbres. En outre, il stocke bien plus de nourriture qu'il ne lui est nécessaire – ce qui est un péché très grave – et il ne se souvient même plus des cachettes qu'il a utilisées – ce qui est la marque d'une grande sottise. Son pelage roux est le signe extérieur de cette nature mauvaise.

36. En attendant une étude d'ensemble sur le problème du tacheté, voir M. Pastoureau, *Figures et couleurs*, *op. cit.*, p. 159-173 et 193-207.

37. P.-M. Bertrand, *Histoire des gauchers en Occident. Des gens à l'envers*, Paris, 2002.

38. La bibliographie disponible sur le problème de la gaucherie est en elle-même un document d'histoire pertinent. Les travaux abondent dans le domaine de la neuropsychologie et de l'anatomie corticale ; tous s'efforcent de présenter les gauchers comme « des gens comme les autres », mais leur insistance à le faire semble montrer qu'être gaucher est une maladie, du moins une maladie sociale. Cherchant récemment des ouvrages sur la question de la gaucherie dans une grande librairie du Quartier latin à Paris, j'ai été invité par un vendeur à consulter le rayon « Handicapés » (à quand la consultation du rayon « Criminalité » pour trouver les travaux sur la gaucherie ?). Outre le bel ouvrage de P.-M. Bertrand, cité à la note précédente, voir surtout : H. et J. Jursch, *Hände als Symbol und Gestalt*, Berlin, 1951 ; V. Fritsch, *Links und Recht in Wissenschaft und Leben*, Stuttgart, 1964 ; R. Kourilsky et P. Grapin, dir., *Main droite et main gauche*, Paris, 1968 ; H. Hécaen, *Les Gauchers*, Paris, 1984 (importante bibliographie) ; la meilleure étude anthropologique me semble toutefois demeurer celle de R. Hertz, « La prééminence de la main droite. Étude sur la polarité religieuse », dans *Mélanges de sociologie religieuse et de folklore*, 1928, p. 84-127 ; on la complétera par R. Needham, dir., *Right and Left. Essays on Dual Symbolic Classification*, Chicago, 1973.

39. Rappelons à ce sujet qu'en ancien et moyen français le mot *gauche*, dérivé d'un verbe francique **wankjan* signifiant « vaciller », désigne ce qui est « de travers », « contourné », « qui a perdu sa forme » (sens qu'il conserve parfois en français moderne). En tant que terme de latéralité, notre *gauche* s'exprime par le mot *senestre*, dérivé du latin *sinister* qui avait déjà le double sens de « gauche » et de « défavorable ». Ce n'est qu'au XVIe siècle que *senestre* recule définitivement au profit de *gauche* pour désigner la main ou le côté gauche.

40. Une exception, toutefois, formant soupape comme pour la couleur rousse : Éhud, juge d'Israël, est gaucher ; il se sert de cette particularité pour assassiner le roi de Moab et redonner ainsi aux Israélites leur liberté contre les Moabites (Jug 3,15-30).

41. Mt 25,31-33 et 41.

La naissance des armoiries

1. C.-F. Ménestrier, *Le Véritable Art du blason et l'Origine des armoiries*, Paris, 1671, p. 109-194. On verra aussi, du même auteur, *Origines des armoiries*, 2e éd., Paris, 1680, p. 5-112 et 135-158. On me permettra de renvoyer, pour ce qui concerne la bibliographie du problème de l'origine des armoiries, à mon article « Origine, apparition et diffusion des armoiries. Essai de bibliographie », dans Académie internationale d'héraldique, *L'Origine des armoiries*, Actes du IIe colloque international d'héraldique (Brixen/Bressanone, octobre 1981), Paris, 1983, p. 97-104.

2. La théorie d'une origine runique des armoiries, autrefois vigoureusement défendue par B. Koerner, *Handbuch der Heroldskunst*, Görlitz, 1920-1930, 4 vol., est aujourd'hui totalement abandonnée, même par les héraldistes allemands. En revanche, celle d'une emblématique germanique pré-héraldique a encore des partisans sérieux. Voir E. Kittel, « Wappentheorien », dans *Archivum heraldicum*, 1971, p. 18-26 et 53-59.

3. M. Prinet, « De l'origine orientale des armoiries européennes », dans *Archives héraldiques suisses*, t. 26, 1912, p. 53-58 ; L. A. Mayer, *Saracenic Heraldry. A Survey*, Oxford, 1933, p. 1-7.

4. Pour une synthèse de nos connaissances : M. Pastoureau, *Traité d'héraldique*, 2e éd., Paris, 1993, p. 20-36 et 298-310.

5. D. L. Galbreath, *Manuel du blason*, Lausanne, 1942, p. 28-43 ; M. Pastoureau, « L'apparition des armoiries en Occident : état du problème », dans *Bibliothèque de l'École des chartes,* t. 134, 1976, p. 281-300 ; Id., « La genèse des armoiries : emblématique féodale ou emblématique familiale ? », dans *Cahiers d'héraldique du CNRS,* t. 4, p. 91-126.

6. Le grand bouclier sur lequel apparaissent, à la fin du XIe siècle et au début du XIIe, les premiers signes proto-héraldiques, a la forme d'une amande, incurvée le long de son axe vertical et se terminant par une pointe qui permet de le ficher en terre. Ses dimensions peuvent être considérables : plus de 1,50 m de hauteur et une largeur comprise entre 60 et 80 cm. Il recouvre le combattant des pieds au menton et sert de civière après la bataille. Il est formé d'un assemblage de planches, les *ais*, soutenues par une armature métallique de formes diverses. La plus fréquente est constituée par une bordure associée à une sorte de grande étoile à huit branches, rayonnante depuis le centre. L'intérieur de l'écu est matelassé ; l'extérieur, recouvert de toile, de cuir, de peau. À l'endroit où l'écu est le plus bombé, la bosse se prolonge par une protubérance métallique plus ou moins saillante, la *bocle*, finement ciselée sur les écus d'apparat et parfois sertie de verroterie. Lorsqu'il ne combat pas, le chevalier peut passer son écu en bandoulière ou le suspendre autour de son cou au moyen d'une courroie s'allongeant à volonté, la *guige*. Au combat, il passe la main qui tient les rênes du cheval dans les *enarmes*, courroies plus courtes, en forme de croix ou de sautoir, qui maintiennent l'écu sur l'avant-bras. Cet écu en amande n'est pas le seul utilisé sur les champs de bataille. L'ancien bouclier rond des cavaliers carolingiens n'a pas encore complètement disparu

au XIIe siècle. Mais si les chevaliers en font parfois usage, il semble plutôt réservé aux sergents et aux piétons.

7. Le point de départ de ces enquêtes renouvelées devrait être le livre de G. J. Brault, *Early Blazon. Heraldic Terminology in the Twelfth and Thirteenth Centuries with Special Reference to Arthurian Literature*, Oxford, 1972.

8. Voir les dernières mises au point de L. Musset, *La Tapisserie de Bayeux*, La Pierre-qui-vire, 1989, p. 15-16. Quelques chercheurs estiment cependant que la broderie n'a pas été réalisée en Angleterre, mais sur les bords de la Loire, à l'abbaye Saint-Florent de Saumur, peut-être à la demande de Guillaume lui-même.

9. CNRS, *Catalogue international de l'œuvre de Limoges*, t. I, *L'Époque romane*, Paris, 1988, n° 100.

10. E. Hucher, *L'Émail de Geoffroi Plantegenêt au musée du Mans*, Paris, 1878.

11. M.-M. Gauthier, *Émaux du Moyen Âge occidental*, Fribourg, 1972, p. 81-83 et 327 ; fig. n° 40.

12. Il est permis d'hésiter sur le nombre des lions. La plupart des auteurs n'en voient que six ; mais récemment Roger Harmignies a invité à en voir huit, puisque sur la moitié visible de l'écu de Geoffroi on devine quatre lions, et qu'il y en a donc quatre autres sur l'autre moitié. R. Harmignies, « À propos du blason de Geoffroi Plantegenêt », dans *L'Origine des armoiries*, *op. cit.*, p. 55-63.

13. D. L. Galbreath, *Manuel du blason*, *op. cit.*, p. 25-26 ; R. Mathieu, *Le Système héraldique français*, Paris, 1946, p. 18-19 ; R. Viel, *Les Origines symboliques du blason*, Paris, 1972, p. 29-30.

14. *Clipeus leunculos aureos ymaginarios habens collo ejus suspenditur* (Jean de Marmoutier, *Historia Gaufredi Normannorum ducis et comitis Andegavorum*, éd. L. Halphen et R. Poupardin, dans *Chroniques des comtes d'Anjou...*, Paris, 1913, p. 179).

15. Sceau décrit par G. Demay, *Inventaire des sceaux de la Normandie*, Paris, 1881, n° 20.

16. Plusieurs listes très voisines des plus anciens sceaux « armoriés » (le terme étant pris dans un sens relativement large) ont été publiées. Les plus satisfaisantes sont celles qu'ont établies D. L. Galbreath (*Manuel du blason*, *op. cit.*, p. 26-27) et A. R. Wagner (*Heralds and Heraldry in the Middle Ages*, 2e éd., Londres, 1956, p. 13-17). Elles recensent tous les sceaux antérieurs à 1160 présentant des caractères nettement héraldiques (écu armorié) ou bien seulement proto-héraldiques (bannière, gonfanon, cotte d'armes, tapis de selle ou champ du sceau ornés de signes qui peu à peu vont devenir d'authentiques figures héraldiques). Malgré quelques lacunes, ces deux listes peuvent être considérées, pour les recherches à venir, comme un point de départ extrêmement solide. Or, de l'examen de la vingtaine de sceaux ainsi recensés, il est possible de tirer les informations suivantes : les signes proto-héraldiques semblent apparaître sur la bannière ou sur le gonfanon avant de prendre place dans l'écu ; ces signes naissent un peu partout en Europe occidentale dans une fourchette

de dates réduite : vers 1120-vers 1160 ; enfin, pour composer ces signes, jusque vers 1140 les figures géométriques sont plus nombreuses que les figures animales ou végétales.

17. Outre l'article « La genèse des armoiries... » cité plus haut, on verra « L'origine des armoiries : un problème en voie de solution ? », dans *Genealogica et Heraldica. Recueil du XIV*e *congrès international des sciences généalogique et héraldique (Copenhague, 1980)*, Copenhague, 1981, p. 241-254.

18. J'emprunte ce terme à R. Fossier, *Enfances de l'Europe (X*e*-XII*e *s.). Aspects économiques et sociaux*, Paris, 1982, 2 vol. Voir aussi D. Barthélemy, *L'Ordre seigneurial (XI*e*-XII*e *s.)*, Paris, 1990 (*Nouvelle histoire de la France médiévale*, vol. 3).

19. M. Bourin, dir., *Genèse médiévale de l'anthroponymie moderne*, Tours, 1990-1997, 5 tomes en 7 vol.

20. H. Platelle, « Le problème du scandale. Les nouvelles modes masculines aux XIe et XIIe siècles », dans *Revue belge de philologie et d'histoire*, t. 62, 1975, p. 1071-1096.

21. Voir plus haut, « Naisssance d'un monde en noir et blanc », p. 135-171.

22. Sur la genèse, l'apparition et la première diffusion des armoiries : *L'Origine des armoiries*, *op. cit.* ; L. Fenske, « Adel und Rittertum im Spiegel früher heraldischer Formen », dans J. Fleckenstein, dir., *Das ritterliche Turnier im Mittelalter*, Göttingen, 1985, p. 75-160 ; M. Pastoureau, « La naissance des armoiries », dans *Cahiers du Léopard d'or*, vol. 3, 1994 (*Le XII*e *siècle*), p. 103-122.

23. Sur l'extension de l'usage des armoiries à l'ensemble de la société et, d'une manière plus générale, sur les rapports entre héraldique et société : G. A. Seyler, *Geschichte der Heraldik*, 2e éd., Nuremberg, 1890, p. 66-322 ; R. Mathieu, *Le Système héraldique français*, *op. cit.*, p. 25-38 ; D. L. Galbreath et L. Jéquier, *Manuel du blason*, Lausanne, 1977, p. 41-78 ; M. Pastoureau, *Traité d'héraldique*, *op. cit.*, p. 37-65.

24. Plusieurs exemples cités par R. C. Van Caeneghem, « La preuve dans l'ancien droit belge, des origines à la fin du XVIIIe siècle », dans *Recueil de la Société Jean Bodin*, vol. 17, 1965, p. 375-430.

25. Pour la France, voir la belle étude de J.-L. Chassel, « L'usage du sceau au XIIe siècle », dans *Cahiers du Léopard d'or*, vol. 3, 1994, p. 61-102.

26. M. Pastoureau, « Les sceaux et la fonction sociale des images », dans *Cahiers du Léopard d'or*, vol. 5, 1996, p. 275-303.

27. Cette pratique, contrairement à ce que l'on croit trop souvent, est loin d'avoir été générale. Elle concerne surtout les grands personnages (empereurs, rois, papes, princes et prélats), plus rarement les simples particuliers. Dans les pays d'Empire, la matrice d'un sceau noble n'est souvent détruite qu'à l'extinction d'une famille ou d'une branche de la famille ; symboliquement, elle disparaît donc en même temps que le nom et les armes de cette famille ou de cette branche. Sur ces questions : W. Ewald, *Siegelkunde*, Munich et Berlin, 1914, p. 111-116 ; H. Bresslau, *Handbuch der Urkundenlehre...*, 2e éd., Leipzig, 1931, t. II, p. 554-557 ; F. Eygun, *Sigillographie du Poitou jusqu'en 1515*, Poitiers, 1938, p. 79-83 ; R. Fawtier, « Ce

qu'il advenait des sceaux de la couronne à la mort du roi de France », dans *Comptes rendus de l'Académie des inscriptions et belles-lettres*, 1938, p. 522-530. Voir aussi P. M. Baumgarten, « Das päpstliche Siegelamt bei Tode und nach Neuwahl des Papstes », dans *Römische Quartelschrift für christliches Altertum*..., t. 21, 1907, p. 32-42.

28. C'est ainsi que fut retrouvée dans son tombeau à Notre-Dame de Paris la matrice en argent du sceau d'Isabelle de Hainaut, première femme de Philippe Auguste, morte en 1190, matrice spécialement réalisée pour les funérailles et dont, bien évidemment, aucune empreinte n'est jamais sortie. L. Douët d'Arcq, *Archives de l'Empire... Collection de sceaux*, Paris, 1863, t. I, n° 153. La matrice de ce sceau se trouve aujourd'hui conservée au British Museum.

29. Toutefois, il va sans dire que, si le droit aux armoiries appartient à tout le monde, tout le monde n'en porte pas nécessairement. Il existe ainsi, surtout aux époques anciennes, des classes et des catégories sociales au sein desquelles l'usage des armoiries est plus fréquent que dans d'autres : la noblesse, le patriciat urbain, les couches supérieures du monde des magistrats et des marchands, les riches artisans. C'est un peu comme la carte de visite aujourd'hui : chacun peut en posséder, mais tout le monde n'en a pas. La meilleure synthèse sur le droit français aux armoiries se trouve dans l'ouvrage de Remi Mathieu cité à la note 13. Pour les pays germaniques, on consultera : G. A. Seyler, *Geschichte der Heraldik*, *op. cit.*, p. 226-322, et F. Hauptmann, *Das Wappenrecht*, Bonn, 1896. Pour l'Angleterre : A. C. Fox-Davies, *The Right to Bear Arms*, 2e éd., Londres, 1900, et A. R. Wagner, « Heraldry », dans A. L. Poole, dir., *Medieval England*, Oxford, 1958, p. 338-381. Pour l'Italie : O. Cavallar, S. Degenring et J. Kirshner, *A Grammar of Signs. Bartolo da Sassoferato's Tract on Insignia and Coats of Arms*, Berkeley, 1994.

30. J'emploie volontairement ici les termes de la langue ordinaire et non pas ceux du blason. À la fin du Moyen Âge, une septième couleur fut ajoutée par les hérauts d'armes pour constituer un septenaire : le violet (*pourpre*). Mais jusqu'au XVIIe siècle son usage demeura très limité.

31. Sur les brisures : L. Bouly de Lesdain, « Les brisures d'après les sceaux », dans *Archives héraldiques suisses*, t. 10, 1896, p. 73-78, 98-100, 104-116 et 121-128 ; R. Gayre of Gayre, *Heraldic Cadency. The Development of Differencing of Coat of Arms*, Londres, 1962 ; Académie internationale d'héraldique, *Brisures, augmentations et changements d'armoiries*, Actes du Ve colloque international d'héraldique (Spolète, octobre 1987), Bruxelles, 1988.

32. Pour ne pas encombrer les notes de cet article, qui se veut une synthèse introductive et non pas un exposé érudit et détaillé de tous les cas rencontrés, c'est à dessein que je ne donne pas toutes les références des exemples proposés sous forme de listes. La plupart sont empruntés aux ouvrages cités ci-dessus aux notes 23 et 29, ainsi qu'à G. J. Brault, *Early Blazon*, *op. cit.* (note 7), et aux principaux manuels de blason français, anglais et allemands.

33. Ces expressions latines ne sont toutefois pas antérieures au XVIIe siècle,

tandis que l'expression française « armes parlantes » se rencontre dès le XIVe siècle. Les auteurs anglais utilisent parfois l'expression *punning arms* au lieu de *canting arms*.

34. C'est l'opinion de tous les auteurs français et anglais du XIXe siècle. Un témoignage prolongé de ce discrédit des armoiries parlantes à l'époque contemporaine est fourni par l'héraldique urbaine : beaucoup de petites villes françaises dont le nom s'associerait facilement avec une figure parlante, refusent d'adopter une telle figure lorsqu'elles se font créer des armes. Elles ont l'impression que cette relation parlante est plus ou moins ridicule et fort peu héraldique. Idée fausse mais idée indélébile, malheureusement. Cette réticence devant les emblèmes parlants se retrouve semblablement dans le monde des logos, du moins en France.

35. Armoiries reprises par plusieurs armoriaux germaniques, notamment vers 1330 par la célèbre *Wappenrolle von Zürich*. Voir W. Merz et F. Hegi, *Die Wappenrolle von Zürich*..., Zurich, 1930, n° 10 et 11.

36. En France, l'*Armorial général* de 1696, entreprise à but plus fiscal que proprement héraldique, abonde en armoiries parlantes ridicules attribuées d'office à des individus ou à des personnes morales qui avaient négligé ou refusé de faire enregistrer dans cet immense armorial général du royaume leurs véritables armoiries (et de payer la taxe d'enregistrement obligatoire…). Un notaire du Nivernais nommé Pierre Pépin se vit octroyer des armoiries *d'argent à trois pépins de raisin de sable* ; à Caen, un certain Le Marié, avocat, reçut pour figure héraldique des bois de cerf ; tandis qu'à Paris, un sieur Bobeau hérita d'un écu orné d'une main, l'index blessé et entouré d'un pansement ! L'héraldique française du XVIIe siècle n'a jamais eu peur de l'humour ni du calembour. Quelques années plus tôt, un héraldiste avait composé pour le grand-père de Jean Racine, l'illustre Racine, un écu « parlant », chargé d'un rat et d'un cygne. Voir R. Mathieu, *Le Système héraldique français*, *op. cit.*, p. 75-86 ; M. Pastoureau, *Traité d'héraldique*, *op. cit.*, p. 68-70. Des exemples semblables, qui nous paraissent relever de l'à-peu-près ou du mauvais goût, se rencontrent également dans les armoiries et les sceaux du Moyen Âge : au XIVe siècle, le doyen du chapitre de Saint-Germain d'Auxerre aurait porté dans le champ de son sceau un singe entouré d'étoiles (pour figurer l'air) et serrant ses mains dans son dos (= singe-air-mains-dos-serre). Aucune empreinte de ce sceau étonnant ne nous est malheureusement parvenue. Voir E. Gevaert, *L'Héraldique, son esprit, son langage et ses applications*, Bruxelles, 1930, p. 68.

37. L. Douët d'Arcq, *Archives de l'Empire*..., *op. cit.*, t. I, n° 1298.

38. H. S. London, *Aspilogia II. Rolls of Arms Henry III*, Londres, 1967, p. 155, n° 203.

39. Les Visconti, ducs de Milan et comtes de Pavie, ne sont à l'origine que seigneurs d'Anguaria, terre dont le nom évoque celui du serpent (*anguis*). Il est probable que leur célèbre figure héraldique en forme de « guivre » (serpent dragonné) est au départ une figure parlante liée au nom de cette terre. Mais dès le milieu du XIVe siècle est forgée la légende héroïque suivante : Boniface, seigneur de Pavie, épouse Blanche, fille du duc de Milan. Ils ont un fils. Mais pendant que son père fait la guerre

contre les Sarrasins, ce fils est enlevé de son berceau par un énorme serpent qui l'engloutit. Boniface, de retour de la croisade, part à la recherche du serpent. Après bien des péripéties, il le retrouve dans une forêt et lui livre un combat acharné. Grâce à l'aide de Dieu, il parvient à le vaincre et à lui faire vomir l'enfant, miraculeusement vivant. Cette légende présente toutes les structures narratives du conte. Elle explique en outre pourquoi les Visconti portent dans leurs armoiries et en cimier une guivre vomissant un enfant. Reste à savoir d'où venait l'enfant et comment s'est élaborée la légende par rapport à l'emblème. Malheureusement, celle-ci n'a encore fait l'objet d'aucune étude scientifique. Voir Académie internationale d'héraldique, *Le Cimier : mythologie, rituel, parenté, des origines au XVIe siècle*, Actes du VIe colloque international d'héraldique (La Petite-Pierre, octobre 1989), Bruxelles, 1990, p. 360, n. 22.

40. Longtemps délaissée par les philologues, cette première langue du blason a fait l'objet de quelques travaux importants depuis les années 1960, ceux du professeur américain Gerard J. Brault et de ses élèves portant sur l'ancien français et l'anglo-normand, étudiés surtout à partir des armoriaux et des textes littéraires : G. J. Brault, *Early Blazon*, *op. cit.* ; A. M. Barstow, *A Lexicographical Study of Heraldic Terms in Anglo-Norman Rolls of Arms (1300-1350)*, University of Pennsylvania Press, 1974. Pour l'allemand et le néerlandais, presque tout reste à étudier. Force est de recourir, encore et toujours, au vieil ouvrage de G. A. Seyler, *Geschichte der Heraldik*, *op. cit.*, p. 6-70.

41. Sur le blasonnement (laborieux) en latin des notaires de Florence au XIVe siècle, voir C. Klapish-Zuber et M. Pastoureau, « Parenté et identité : un dossier florentin du XIVe siècle », dans *Annales. ESC*, vol. 5, 1988, p. 1201-1256.

42. Sur le cimier médiéval, on se reportera surtout aux Actes du VIe colloque international d'héraldique organisé par l'Académie internationale d'héraldique cités plus haut.

43. On me permettra de renvoyer ici à mes articles « L'apparition des armoiries… » et « La genèse des armoiries… » cités plus haut (note 5).

44. On notera que le seul sceau de Geoffroi conservé, appendu à un document daté de 1149, ne porte pas plus de trace de cimier que d'armoirie (Paris, AN, Sceaux, N 20).

45. Voir G. Duby, *Le Dimanche de Bouvines*, Paris, 1973, p. 41.

46. Soulignons à ce propos que le cimier médiéval, contrairement à l'écu, n'a que très rarement fait l'objet de descriptions de la part des hérauts d'armes et des auteurs de la fin du Moyen Âge.

47. Le paon, notamment, semble jouir d'une vogue symbolique aussi grande que dans l'Antiquité grecque. Il mériterait de faire l'objet d'un travail approfondi, transdisciplinaire et inscrit dans la longue durée.

48. En voir un exemple dans l'*Armorial Bellenville* (v. 1370-1390), Paris, BNF, ms. fr. 5230, fol. 20 r (voir aussi le fol. 42).

49. Sur les brisures, on se reportera aux Actes du Ve colloque international d'héraldique, *Brisures, augmentations…*, *op. cit.*

50. B. Guenée, « Les généalogies entre l'histoire et la politique : la fierté

d'être capétien en France au Moyen Âge », dans *Annales. ESC*, vol. 33, 1978, p. 450-477.

51. C. Lecouteux, *Mélusine et le Chevalier au cygne*, Paris, 1982.

52. A. R. Wagner : « The Swan Badge », dans *Archaeologia*, 1959, p. 127-130.

53. J.-C. Loutsch, « Le cimier au dragon et la légende de Mélusine », dans Académie internationale d'héraldique, dans *Le Cimier*, *op. cit.*, p. 181-204.

54. Et bien souvent au-delà, au moins pour les couches supérieures de l'aristocratie. Pensons à ce que représente l'idée de « race » en France et en Angleterre aux XVIe et XVIIe siècles. Voir A. Jouanna, *L'Idée de race en France au XVIe siècle*, Montpellier, 1981.

55. Sur le cimier en Pologne, S. Kuczinski, « Les cimiers territoriaux en Pologne médiévale », dans *Le Cimier*, *op. cit.*, p. 169-179.

Des armoiries aux drapeaux

1. Je donne ici au mot *drapeau* un sens large, englobant la plupart des signes vexillaires en usage en Europe occidentale du XVIIe siècle à nos jours ; son sens actuel est plus restreint et plus technique. En français, il faut attendre les années 1600 pour que ce mot prenne définitivement et exclusivement un sens vexillaire ; auparavant, il désigne simplement un petit morceau de *drap*, c'est-à-dire d'étoffe de laine, voire un simple chiffon. Les médiévistes évitent donc l'emploi de ce mot et lui préfèrent, à juste titre, les termes de *bannière* ou d'*enseigne*, ou même le mot latin *vexillum*.

2. Je pense par exemple au cas du curieux livre d'Arnold Van Gennep, *Traité comparatif des nationalités. Les éléments extérieurs de la nationalité*, Paris, 1923. Inachevé, venu trop tôt, à la fois excitant et décevant, cet ouvrage est resté sans postérité et est aujourd'hui souvent oublié dans l'œuvre du grand Van Gennep. C'est à la fois dommage et significatif.

3. On trouvera une bibliographie sur l'étude des drapeaux dans le répertoire de W. Smith, *The Bibliography of Flags of Foreign Nations*, Boston, 1965. Les manuels de vexillologie sont nombreux dans toutes les langues (notamment en anglais) ; ils sont souvent médiocres. En français, l'ouvrage le moins décevant semble être celui de W. Smith et G. Pasch, *Les Drapeaux à travers les âges et dans le monde entier*, Paris, 1976 (traduit et adapté d'une version américaine comportant de nombreuses erreurs et naïvetés historiques). En revanche, sur l'histoire de tel ou tel drapeau particulier, il peut exister des travaux de qualité. Citons par exemple : P. Wentsche, *Die deutschen Farben*, Heidelberg, 1955, et H. Henningsen, *Dannebrog og flagforing til sos*, Copenhague, 1969. Dans la production vexillologique, il faut mettre à part les excellents travaux du grand érudit Ottfried Neubecker, notamment son étude « Fahne », dans *Reallexikon zur deutschen Kunstgeschichte*, Munich, 1972, fasc. 108.

4. Dans le monde foisonnant des signes vexillaires, dont le lexique français moderne est quelque peu flottant, les héraldistes ont l'habitude de désigner par le mot *bannière* le morceau d'étoffe de forme rectangulaire

dont le grand côté est fixé à la hampe. C'est en quelque sorte un gonfanon sans queue. Largement utilisée à l'époque féodale par les seigneurs venant à l'ost avec leurs vassaux, la bannière est au XIIe siècle l'un des supports privilégiés des premières armoiries. Au-delà de ce sens étroit, lié aux structures féodales et à l'organisation de l'ost, le mot *bannière* peut avoir sous la plume de nombreux auteurs un sens plus vague, correspondant à l'ancien français *enseigne* ou au latin *vexillum*, et désigner toute espèce de signe emblématique de grande taille installé au sommet d'une hampe. À partir du XVIIe siècle, le terme *enseigne*, jusque-là très générique, prend lui aussi un sens plus précis et qualifie généralement un emblème militaire de commandement servant de signe de ralliement pour les troupes. Quant au mot *étendard*, il désigne à l'origine les bannières de forme triangulaire dont la base est fixée à la hampe et dont la pointe flotte au vent ; par la suite l'étendard devient plus carré, et le mot tend à être réservé pour désigner spécialement les enseignes des régiments de cavalerie.

5. O. Neubecker, *Fahnen und Flaggen*, Leipzig, 1939, p. 1-10 et *passim*.

6. Il faudrait que les chercheurs se penchent un jour sérieusement sur la priorité que l'image occidentale – et pas seulement l'image emblématique – accorde au périmètre rectangulaire. Le rectangle ne correspond nullement au champ de vision et est peu usité dans les autres cultures, tant pour enfermer les images que pour pratiquer des ouvertures dans des bâtiments, délimiter des terrains ou des espaces, fabriquer des tissus, etc. En matière de drapeau, c'est évidemment l'Europe qui l'a progressivement imposé à la planète entière.

7. Le vert, le rouge et le noir sont à la fois des couleurs religieuses, dynastiques et politiques dans tous les pays d'Islam ; mais l'interprétation que l'on en donne varie dans le temps et dans l'espace. Le vert est la couleur religieuse de l'Islam, le rouge sa couleur politique. En outre, historiquement, le vert est la couleur des Abbassides, le rouge celle des Hachémites, le noir celle des Fatimides, et le blanc celle des Omeyyades.

8. Voir plus haut, « La naissance des armoiries », p. 239-274.

9. B. Guenée, *L'Occident aux XIVe et XVe siècles. Les États*, Paris, 1971, p. 113-132 et 227-243.

10. H. Glaser, *Wittelsbach und Bayern. Die Zeit der frühen Herzöge*, Munich, 1980, p. 96-97, n° 116 ; P. Rattelmüller, *Das Wappen von Bayern*, Munich, 1989, p. 20-22 ; H. Waldner, *Die ältesten Wappenbilder*, Berlin, 1992, p. 14.

11. Ce militantisme séparatiste des armes de Bavière se retrouve constamment dans la série des calendriers héraldiques publiés par le grand dessinateur d'armoiries Otto Hupp, chaque année, de 1884 à 1936, sous le titre *Münchener Kalender*.

12. L. Douët d'Arcq, *Archives de l'Empire... Collection de sceaux*, Paris, 1863, t. I, n° 725.

13. J. T. De Raadt, *Sceaux armoriés des Pays-Bas et des pays avoisinants*, Bruxelles, 1898, t. I, p. 72-74 ; H. Pinoteau, *Héraldique capétienne*, nouvelle éd., Paris, 1979, p. 88-89.

14. Voir par exemple les affirmations, de fort mauvaise foi, de P. de

Lisle du Dreneuc, *L'Hermine de Bretagne et ses origines*, Vannes, 1893, et la critique pertinente qu'en a faite S. de La Nicollière-Teijeiro, « L'hermine. Observations à M. P. de Lisle du Dreneuc », dans *Bulletin de la Société archéologique de Nantes*, 1893, p. 134-143.

15. Le roi Arthur n'a évidemment jamais eu que des armoiries littéraires. Celles-ci apparaissent à la fin du XIIe siècle et ont pour figure soit un dragon, soit une image de la Vierge, soit – et ce sera la formule définitive au siècle suivant – trois couronnes. Jamais elles n'ont comporté d'hermine. Voir M. Pastoureau, *Armorial des chevaliers de la Table Ronde*, Paris, 1983, p. 46-47.

16. Dom G. A. Lobineau, *Histoire de Bretagne...*, Paris, 1707, t. I, p. 197.

17. M. Pastoureau, « L'hermine : de l'héraldique ducale à la symbolique de l'État », dans J. Kerhervé et T. Daniel, dir., *1491. La Bretagne terre d'Europe*, Brest, 1992, p. 253-264.

18. M. Pastoureau, *L'Étoffe du Diable. Une histoire des rayures et des tissus rayés*, Paris, 1991, p. 37-48.

19. Ce prestige de l'hermine a perduré jusqu'à nos jours. Mais il s'est créé, à l'époque moderne, un double mondain : la dentelle.

20. Voir les travaux de M. Jones, spécialement *Ducal Brittany (1364-1399). Relations with England and France during the Reign of Duke John IV*, Oxford, 1970, p. 313-326, et « *Mon pais et ma nation.* Breton Identity in the Fourteenth Century », dans *War, Literature and Politics in the Late Middle Ages*, Liverpool, 1976, p. 119-126. Voir aussi J. Kerhervé, « Aux origines d'un sentiment national : les chroniqueurs bretons de la fin du Moyen Âge », dans *Bulletin de la Société archéologique du Finistère*, 1980, p. 165-206.

21. Sur tout ceci, je renvoie aux principaux ouvrages traitant de l'histoire de la Bretagne au XVIe siècle et sous la monarchie absolue ; notamment : Dom G. A. Lobineau, *Histoire de Bretagne...*, Paris, 1707, t. II (très attentif à tout ce qui concerne l'histoire des mouchetures d'hermine) ; A. Dupuy, *Histoire de la réunion de la Bretagne à la France*, Paris, 1880, 2 vol. ; E. Bossard, *Le Parlement de Bretagne et la Royauté, 1765-1769*, Paris, 1882 ; A. Le Moy, *Le Parlement de Bretagne et le Pouvoir royal au XVIIIe siècle*, Angers, 1909 ; A. de La Borderie et B. Pocquet, *Histoire de Bretagne*, Rennes, 1914, 6 vol.

22. Remarquons cependant qu'au cours des dernières décennies les mouvements bretons séparatistes ou indépendantistes ont souvent préféré à la formule *d'hermine plain*, peut-être jugée trop passéiste ou trop « héraldique » (c'est-à-dire trop aristocratique ?), des formules différentes, où les mouchetures d'hermine n'étaient pas toujours présentes mais où la combinaison de noir et blanc constituait toujours l'élément essentiel. Ces couleurs sont déjà celles de la Bretagne au XVe siècle (voir G. Le Menn, « Les Bretons tonnants », dans J. Kerhervé et T. Daniel, dir., *1491. La Bretagne terre d'Europe*, *op. cit.*, p. 313-314).

23. M. Pastoureau, « Genèse du drapeau », dans École française de Rome, *Genèse de l'État moderne en Méditerranée. Approche historique et anthro-*

pologique des pratiques et des représentations (tables rondes, Paris, 1987 et 1988), Rome, 1993, p. 97-108.

24. Soulignons à ce sujet que le conseil régional de Bretagne a fait un choix désastreux en dotant récemment la région d'un logo en forme de carte de Bretagne où ni l'hermine, ni le noir, ni le blanc ne figurent. Il s'agit évidemment d'un choix le plus neutre possible pour éviter toute expression d'un sentiment nationaliste ; mais à mon avis c'est, sur le plan emblématique, un choix peu heureux car il tourne entièrement le dos à l'Histoire.

25. Il n'existe pas d'étude sur l'origine et l'histoire du drapeau grec moderne. On trouvera quelques miettes d'information dans *The Flag Bulletin*, n° 12, 1973, p. 4-9.

26. À l'origine, le croissant n'est en terre d'Islam qu'un symbole musulman parmi d'autres. Il semble bien que ce soit la croix des chrétiens qui au fil des siècles ait contribué, presque sémiologiquement (croix *vs* croissant), à promouvoir le croissant au rang de première des figures dans la symbolique politique musulmane. En tout cas, dans cette promotion, le rôle des Occidentaux a été certain : ce sont eux qui, dès les XIIIe-XIVe siècles, réunissent la totalité de l'Islam sous l'emblème du croissant et font de celui-ci le pendant mahométan de la croix chrétienne, usage que les musulmans eux-mêmes n'ont repris que tardivement, à l'époque ottomane. Des travaux sur ces problèmes d'acculturation passionnants seraient les bienvenus.

27. Voir Y. Artin Pacha, *Contribution à l'étude du blason en Orient*, Londres, 1902.

28. Enquêtant au début des années 1980 sur l'origine, l'apparition, la signification et l'évolution de l'emblème du Parti socialiste français (une rose tenue par un poing), je n'ai pu trouver, ni chez les responsables du parti, ni chez les membres ou les militants, ni même chez les spécialistes de la « communication » et de l'image de marque de ce parti, aucune information solide sur le pourquoi et le comment de cet emblème, qui l'a choisi, où, quand, dans quel contexte, etc. Ce qui n'empêche nullement cet emblème de jouer pleinement le rôle qu'on attend de lui.

29. Je dois mes informations sur l'héraldique et la vexillologie brésiliennes aux travaux d'Hervé Pinoteau (*Héraldique capétienne*, *op. cit.*, p. 117-130). Le vert est la couleur emblématique et dynastique de la maison de Bragance et non pas sa couleur héraldique.

L'arrivée du jeu d'échecs en Occident

1. Sur cette datation, voir les documents cités par H. J. R Murray, *A History of Chess*, Oxford, 1913, p. 405-407, et par R. Eales, *Chess. The History of a Game*, Londres, 1985, p. 42-43. Ces deux livres, le second étant l'abrégé et la mise à jour du premier, constituent les meilleures histoires du jeu d'échecs jamais écrites.

2. H. J. R Murray, *ibid.*, p. 408-415.

3. Sur le jeu des quatre rois et le passage de ce jeu des Indes vers la Perse, voir H. J. R Murray, *ibid.*, n. 6, p. 47-77.

4. Paris, BNF, ms. 1173, fol. 6 (recueil de parties et de problèmes

d'échecs, peut-être picard, attribué à un certain Nicholes, copié et enluminé vers 1320-1340).

5. Sur l'histoire du jeu de dames et son déclin à l'époque médiévale, H. J. R. Murray, *A History of Board Games Other than Chess*, Oxford, 1952.

6. M. Pastoureau, « Héraldique arthurienne et civilisation médiévale : notes sur les armoiries de Bohort et de Palamède », dans *Revue française d'héraldique et de sigillographie*, n° 50, 1980, p. 29-41.

7. J.-B. Vaivre, « Les armoiries de Régnier Pot et de Palamède », dans *Cahiers d'héraldique du CNRS*, t. 2, 1975, p. 177-212. Notons que, dans la longue durée, le nom de Palamède est resté lié à la tradition échiquéenne : la première revue entièrement consacrée au jeu d'échecs, fondée en 1836, à Paris, par La Bourdonnais, avait pour titre *Le Palamède* ; elle parut de 1836 à 1839 puis de 1841 à 1847. Elle eut pour épigone *Le Palamède français* en 1864-1865.

8. Sur le jeu dit « de Charlemagne », aujourd'hui conservé au Cabinet des médailles de la Bibliothèque nationale de France : D. Gaborit-Chopin, *Ivoires du Moyen Âge*, Fribourg, 1978, p. 119-126 et notice 185 ; A. Goldschmidt, *Die Elfenbeinskulpturen aus der Zeit der Karolingischen und Säschischen Kaiser*, Berlin, 1926, t. IV, notices 161-165 et 170-174 ; B. de Montesquiou-Fézensac et D. Gaborit-Chopin, *Le Trésor de Saint-Denis*, Paris, 1977, t. III, p. 73-74 ; M. Pastoureau, *L'Échiquier de Charlemagne. Un jeu pour ne pas jouer*, Paris, 1990.

9. C'est notamment le cas de plusieurs églises d'Allemagne du Nord et d'Espagne. Voir H. J. R. Murray, *A History of Chess*, *op. cit.*, n.6, p. 756-765.

10. Sur cette notion de « trésor », voir le beau livre de P. E. Schramm et F. Mütherich, *Denkmale der deutschen Könige und Kaiser*, Munich, 1962.

11. H. J. R. Murray, *A History of Chess*, *op. cit.*, n. 6, p. 420-424.

12. J.-M. Mehl, *Jeu d'échecs et éducation au* XIII*e siècle. Recherches sur le « Liber de moribus » de Jacques de Cessoles*, thèse, université de Strasbourg, 1975.

13. Sur les jeux de dés au Moyen Âge, voir F. Semrau, *Würfel und Würfelspiel im alten Frankreich*, Halle, 1910 ; M. Pastoureau, *La Vie quotidienne en France et en Angleterre au temps des chevaliers de la Table ronde*, Paris, 1976, p. 138-139 ; J.-M. Mehl, « Tricheurs et tricheries dans la France médiévale : l'exemple du jeu de dés », dans *Historical Reflections/Réflexions historiques*, vol. 8, 1981, p. 3-25 ; Id., *Les Jeux au royaume de France, du* XIII*e siècle au début du* XVI*e siècle*, Paris, 1990, p. 76-97.

14. J.-M. Mehl, « Le jeu d'échecs à la conquête du monde », dans *L'Histoire*, n° 71, octobre 1984, p. 40-50, spécialement ici p. 45. Voir aussi, du même auteur, *Les Jeux au royaume de France*, *op. cit.*, p. 115-134.

15. Jean de Joinville, *Histoire de saint Louis*, éd. N. de Wailly, Paris, 1881, § LXXIX, et éd. J. Monfrin, Paris, 1995, § 405. Sur cet épisode, voir aussi J. Le Goff, *Saint Louis*, Paris, 1996, p. 541.

16. Alphonse X le Sage, *Juegos de acedrex, dados y tablas*, fac-similé et commentaires par W. Hiersmann, Leipzig, 1913.

17. Sur ces différents animaux, voir les textes réunis par Vincent de

Beauvais, *Speculum naturale*, Douai, 1624, col. 1403-1412, ainsi que les précisions apportés par Olaus Magnus, *Historia de gentibus septentrionalibus*, Rome, 1555, p. 729-749.

18. Sur la symbolique médiévale de l'éléphant : R. Delort, *Les Éléphants piliers du monde. Essai de zoohistoire*, Paris, 1990 ; G. Druce, « The Elephant in Medieval Legend and Art », dans *The Archaeological Journal*, vol. 76, 1919, p. 11-73 ; I. Malaxechevarria, « L'éléphant », dans *Circé. Cahiers de recherches sur l'imaginaire*, t. 12-13, 1982 (*Le Bestiaire*), p. 61-73 ; H. H. Scullard, *The Elephant in the Greek and Roman World*, Londres, 1974 ; M. Thibout, « L'éléphant dans la sculpture romane française », dans *Bulletin monumental*, t. 105, 1947, p. 183-195.

19. Sur la licorne, voir la somme de J. W. Einhorn, *Spiritualis Unicornis. Das Einhorn als Bedeutungsträger in Literatur und Kunst des Mittelalters*, Munich, 1976. Voir aussi : R. R. Beer, *Einhorn. Fabelwelt und Wirklichkeit*, Munich, 1977 ; J.-P. Jossua, *La Licorne. Images d'un couple*, Paris, 1985 ; O. Shepard, *The Lore of the Unicorn*, Londres, 1930.

20. F. Strohmeyer, « Das Schachspiel im Altfranzösischen », dans *Abhandlungen Herrn Prof. Dr. Adolf Tobler*, Halle, 1895, p. 381-403 ; P. Jonin, « La partie d'échecs dans l'épopée médiévale », dans *Mélanges Jean Frappier*, Paris, 1970, p. 483-497.

21. Chrétien de Troyes, *Conte du Graal*, éd. F. Lecoy, Paris, 1975, vers 5849 *sq.*

22. François Rabelais, *Pantagruel*, Cinquième Livre, chap. XXIV et XXV : « Comment fut en présence de la Quinte faict un bal joyeux en forme de tournoys » ; « Comment les trente-deux personnages du bal combattent ».

23. J.-M. Mehl, *Les Jeux au royaume de France*, *op. cit.*, p. 127-133.

24. Sur la différence entre la guerre et la bataille, G. Duby, *Le Dimanche de Bouvines*, nouvelle éd., Paris, 1985, p. 133-208.

25. J.-M. Mehl, « La reine de l'échiquier », dans *Reines et princesses au Moyen Âge*, Montpellier, 2001, p. 323-331.

26. M. Pastoureau, *Figures et couleurs. Études sur la symbolique et la sensibilité médiévales*, Paris, 1986, p. 35-49.

27. W. L. Tronzo, « Moral Hieroglyphs : Chess and Dice at San Savino in Piacenza », dans *Gesta*, XVI, 2, 1977, p. 15-26.

28. H. Meyer et R. Suntrup, *Lexikon der Mittelalterlichen Zahlenbedeutungen*, Munich, 1987, p. 566-579.

29. H. J. R. Murray, *A History of Chess*, *op. cit.*, p. 428.

30. Par exemple l'ouvrage de référence de H. et S. Wichmann, *Schach. Ursprung und Wandlung der Spielfigur*, Munich, 1960, p. 281-282 et fig. 1-3.

31. W. Wackernagel, « Das Schachspiel im Mittelalter », dans *Abhandlungen zur deutsche Altertumskunde und Kunstgeschichte*, Leipzig, 1872, p. 107-127.

32. À partir du XIVe siècle, plusieurs auteurs limitent à trois cases maximum la marche de l'alfin.

33. À partir du milieu du XIVe siècle, certains auteurs italiens affirment

que le roc peut se déplacer d'autant de cases qu'il lui plaît. Il devient ainsi, à la place de l'alfin, la pièce la plus forte.

34. M. Pastoureau, *L'Échiquier de Charlemagne*, *op. cit.*, p. 37-39.

35. Toutefois, jusqu'au XVIIe siècle, chaque fois qu'ils s'affronteront, les joueurs musulmans l'emporteront sur les joueurs chrétiens.

36. J.-M. Mehl, *Les Jeux au royaume de France, op. cit.*, p. 184-222.

37. A.-M. Legaré, F. Guichard-Tesson et B. Roy, *Le Livre des échecs amoureux*, Paris, 1991.

38. Sur l'œuvre de Jacques de Cessoles, parmi une littérature très abondante, voir J. Rychner, « Les traductions françaises de la *Moralisatio super ludum scaccorum* de Jacques de Cessoles », dans *Mélanges Clovis Brunel*, Paris, 1955, t. II, p. 480-493 (importante bibliographie) ; J.-M. Mehl, *Jeux d'échecs et éducation au XIIIe siècle*, *op. cit.* ; Id., « L'*exemplum* chez Jacques de Cessoles », dans *Le Moyen Âge*, t. 84, 1978, p. 227-246.

Jouer au roi Arthur

1. Sur l'histoire de la littérature arthurienne, de sa genèse et de son évolution, le meilleur livre reste l'ouvrage collectif publié sous la direction de R. S. Loomis, *Arthurian Literature in the Middle Ages. A Collaborative History*, Oxford, 1959. On consultera également : J. D. Bruce, *The Evolution of Arthurian Romances from the Beginning down to the Year 1300*, 2e éd., Baltimore, 1928, 2 vol. ; E. Faral, *La Légende arthurienne. Études et documents*, Paris, 1929, 3 vol. ; N. Lacy, dir., *The Arthurian Encyclopedia*, New York et Londres, 1986 ; D. Regnier-Bohler, dir., *La Légende arthurienne, le Graal et la Table Ronde*, Paris, 1989 ; T. Delcourt, *La Littérature arthurienne*, Paris, 2000. On trouvera chaque année dans le remarquable *Bulletin bibliographique de la Société internationale arthurienne* (depuis 1949) une bibliographie courante exhaustive, entièrement consacrée aux études arthurienne et aux sujets circonvoisins.

2. Geoffroi de Monmouth, *Historia regum Britanniae*, éd. N. Wright et J. C. Crick, Cambridge, 1985-1991, 5 vol. Une traduction en français moderne a été publiée par L. Mathey-Maille, Paris, 1992.

3. Wace, *Roman de Brut*, éd. I. Arnold, Paris, 1938-1940, 2 vol.

4. I. Arnold et M. Pelan, *La Partie arthurienne du « Roman de Brut »*, Paris, 1962.

5. Sur Chrétien de Troyes et son œuvre, parmi une bibliographie très abondante, on lira : R. Bezzola, *Le Sens de l'aventure et de l'amour : Chrétien de Troyes*, Paris, 1947 ; R. S. Loomis, *Arthurian Tradition and Chrétien de Troyes*, New York, 1949 ; J. Frappier, *Chrétien de Troyes. L'homme et l'œuvre*, 2e éd., Paris, 1969 ; G. Chandès, *Le Serpent, la Femme et l'Épée. Recherches sur l'imagination symbolique d'un romancier médiéval : Chrétien de Troyes*, Amsterdam, 1986. On consultera aussi la bibliographie de D. Kelly, *Chrétien de Troyes : An Analytic Bibliography*, Londres, 1976.

6. Sur les rapports entre littérature chevaleresque et société : L. D. Benson et J. Leyerle, dir., *Chivalric Literature. Essays on the Relations between Literature and Life in the Later Middle Ages*, 2e éd., Kalamazoo, 1985 ;

J. Bumke, *Höfische Kultur. Literatur und Gesellschaft im hohen Mittelalter*, Munich, 1986, 2 vol. ; E. Köhler, *L'Aventure chevaleresque. Idéal et réalité dans le roman courtois*, Paris, 1974 ; W. Paravicini, *Die ritterlich-höfische Kultur des Mittelalters*, Munich, 1994 ; M. Pastoureau, *La Vie quotidienne en France et en Angleterre au temps des chevaliers de la Table Ronde*, Paris, 1976 ; C. E. Pickford, *L'Évolution du roman arthurien en prose vers la fin du Moyen Âge*, Paris, 1960.

7. G. Duby, « Les jeunes dans la société aristocratique dans la France du Nord-Ouest au XIIe siècle », dans *Annales. ESC*, vol.19/5, 1964, p. 835-846.

8. Les romans arthuriens, bien plus que les chansons de geste, me semblent exprimer l'idéal chevaleresque de l'aristocratie des XIIe et XIIIe siècles, et par là même avoir une portée idéologique plus forte. La littérature épique n'est pas vraiment une littérature de classe, une littérature militante ; destinée à un public plus large que les romans proprement dits, elle véhicule des thèmes « archétypaux » qui relèvent d'un imaginaire plus ancien, trop ancien peut-être pour avoir un impact sur les réalités sociales du public qui l'entend. En attendant un renouvellement des études comparatistes entre littérature épique et littérature courtoise, voir le livre stimulant de D. Boutet, *Charlemagne et Arthur, ou le Roi imaginaire*, Paris, 1992.

9. Ici aussi, des enquêtes plus nombreuses et plus serrées seraient bienvenues qui compareraient le modèle arthurien aux réalités royales que représentent, dans la seconde moitié du XIIe siècle et au XIIIe, les rois plantegenêts et les rois capétiens. Le modèle littéraire a-t-il un prolongement idéologique dans le pouvoir tel qu'il est réellement exercé ? L'enjeu « dynastique » de la légende arthurienne chez les Plantegenêts ne gêne-t-il pas l'idéologie monarchique anglaise plus qu'il ne la sert ? Voir à ce sujet : W. Störmer, « König Artus als aristokratisches Leitbild während des späteren Mittelalters », dans *Zeitschrift für bayerische Landesgeschichte*, t. 35, 1972, p. 946-971 ; P. Johanek, « König Arthur und die Plantagenets », dans *Frühmittelalterliche Studien*, t. 21, 1987, p. 346-389 ; A. Chauou, *L'Idéologie Plantagenet. Royauté arthurienne et monarchique politique dans l'espace Plantagenet (XIIe-XIIIe siècles)*, Rennes, 2001.

10. Voir l'ouvrage pionnier de E. Köhler, *Ideal und Wirklichkeit in der höfischen Epik*, Tübingen, 1956. Les reproches de « surlectures » parfois faits à Köhler ne m'ont jamais paru justifiés.

11. J'ai tenté d'attirer l'attention sur ces problèmes lors du XIVe congrès international arthurien (Rennes, août 1984). Un résumé de ma conférence d'ouverture, « La diffusion de la légende arthurienne : les témoignages non littéraires », a été publié dans le *Bulletin bibliographique de la Société internationale arthurienne*, t. 36, 1984, p. 322-323.

12. M. Prinet, « Armoiries familiales et armoiries de roman au XVe siècle », dans *Romania*, t.58, 1932, p. 569-573 ; G. J. Brault, « Arthurian Heraldry and the date of *Escanor* », dans *Bulletin bibliographique de la Société internationale arthurienne*, t. 11, 1959, p. 81-88 ; J.-B. de Vaivre, « Les armoiries de Regnier Pot et de Palamède », dans *Cahiers d'héraldique du CNRS*, t. 2, 1975, p. 177-212. On me permettra également de renvoyer aux différentes études que j'ai réunies dans *L'Hermine et le*

Sinople. Études d'héraldique médiévale, Paris, 1982, p. 261-316, ainsi qu'à mon *Armorial des chevaliers de la Table Ronde*, Paris, 1983.

13. Le travail pionnier de R. S. et L. H. Loomis, *Arthurian Legends in Medieval Art*, New York, 1938, n'a malheureusement pas eu beaucoup de continuateurs. Voir cependant les excellents travaux de : D. Fouquet, *Wort und Bild in der mittelalterlichen Tristantradition*, Berlin, 1971 ; H. Frühmorgen-Voss et N. Ott, *Text und Illustration im Mittelalter. Aufsätze zu den Wechselbeziehungen zwischen Literatur und bildender Kunst*, Munich, 1975 ; E. Kühebacher, dir., *Literatur und bildende Kunst im Tiroler Mittelalter. Iwein-Fresken von Rodenegg und andere Zeugnisse der Wechselwirkung von Literatur und bildender Kunst*, Innsbruck, 1982 ; J. Woods-Marsden, *The Gonzaga of Mantua and Pisanello's Arthurian Frescoes*, Princeton, 1988 ; M. Whitaker, *The Legend of King Arthur in Art*, Cambridge, 1990 ; A. Stones, « Arthurian Art since Loomis », dans *Arturus rex. Acta conventus Lovaniensis 1987*, éd. W. van Hoecke, G. Tourny et W. Verbeke, Louvain, 1991, t. II, p. 21-76 ; V. Schupp et H. Szklenar, *Ywain auf Schloss Rodenegg. Eine Bildergeschichte nach dem « Iwein » Hartmanns von Aue*, Sigmaringen, 1996 ; E. Castelnuovo, dir., *Le stanze di Artu. Gli affreschi di Frugarolo e l'immaginario cavalleresco nell'autunno del Medioevo*, Milan, 1999.

14. Voir L. Allen *et al.*, « The Relation of the First Name Preference to their Frequency in the Culture », dans le *Journal of Social Psychology*, n°14, 1941, p. 279-293 ; P. Besnard, « Pour une étude empirique du phénomène de mode dans la consommation des biens symboliques : le cas des prénoms », dans *Archives européennes de sociologie*, n° 20, 1979, p. 343-351.

15. R. Lejeune, « La naissance du couple littéraire *Roland et Olivier* », dans *Mélanges H. Grégoire*, Bruxelles, 1950, t. II, p. 371-401 ; M. Delbouille, *Sur la genèse de la chanson de Roland*, Bruxelles, 1951, p. 98-120 ; P. Aebischer, « L'entrée de Roland et d'Olivier dans le vocabulaire onomastique de la *Marca hispanica* », dans *Estudis romanics*, n° 5, 1955-1956, p. 55-76.

16. Il existe néanmoins un certain nombre d'études qui attirent l'attention sur ces questions importantes : F. Panzer, « Personnennamen aus dem höfischen Epos in Baiern », dans *Festgabe für E. Sievers*, Munich, 1896, p. 205-220 ; E. Kegel, *Die Verbreitung der mittelhochdeutschen erzählenden Literatur in Mittel-und Norddeutschland nachgewiesen auf Grund von Personnennamen*, Halle, 1905 ; G. J. Boekenhoogen, « Namen uit ridderromans als voornamen in gebruik », dans *Tijdschrift voor Nederlandse taal-en letterkunde*, t. 36, 1917, p. 67-96 ; P. Gallais, « Bleheri, la cour de Poitiers et la diffusion des récits arthuriens sur le continent », dans *Actes du VIIe congrès national de la Société française de littérature comparée* (Poitiers, 1965), Paris, 1967, p. 47-79 ; R. Lejeune, « Les noms de Tristan et Yseut dans l'anthroponymie médiévale », dans *Mélanges Jean Frappier*, Genève, 1970, t. II, p. 625-630.

17. Voir les deux superbes répertoires dressés par G. D. West, *An Index of Proper Names in French Arthurian Verse Romances (1150-1300)*, Toronto,

1969, et *An Index of Proper Names in French Arthurian Prose Romances*, Toronto, 1978.

18. Voir surtout le numéro de la revue *L'Homme*, n° 20/4, octobre-décembre 1980, consacrée aux *Formes de nomination en Europe* (particulièrement les contributions de F. Zonabend et de C. Klapish-Zuber), et la collection publiée par l'université de Tours, *Genèse médiévale de l'anthroponymie moderne*, Tours, 1989-1997, 7 vol.

19. G. Demay, *Inventaire des sceaux de la Normandie*, Paris, 1881, n° 1116.

20. Les sceaux des paysans normands du XIIIe siècle ont été recensés par L. Douët d'Arcq, *Archives de l'Empire... Collection de sceaux*, Paris, 1867, t. II, n° 4137-4382, et par G. Demay, *Inventaire des sceaux de la Normandie*, *op. cit.*, n° 613-1630. Certains érudits ont pensé que les possesseurs de ces sceaux n'étaient peut-être pas de véritables paysans ; mais l'examen attentif des termes (*rustici*, *villani*, *ruricolae*) les qualifiant dans les actes ne laisse aucun doute à ce sujet. M. T. Clanchy, *From Memory to Written Record. England, 1066-1307*, Londres, 1979, p. 184, signale du reste, pour ce même XIIIe siècle, l'existence de sceaux paysans dans le royaume d'Angleterre ; plusieurs sont parvenus jusqu'à nous. Sur la sigillographie paysanne : E. Kittel, *Siegel*, Braunschweig, 1970, p. 367-382 ; O. Clottu, « L'héraldique paysanne en Suisse », dans *Archives héraldiques suisses*, t. 85, 1971, p. 7-16 ; M. Pastoureau, *Traité d'héraldique*, 2e éd., Paris, 1993, p. 51-53.

21. Voir les noms arthuriens du XIIIe siècle cités par J. Estienne, « Noms de personnes dans la région du Nord (1267-1312) », dans *Bulletin historique et philologique du CTHS*, 1940-1941, p. 201-202 ; G. Vasseur, « Noms de personnes du Ponthieu et du Vimeu en 1311-1312 », dans *Revue internationale d'onomastique*, n° 4, 1952, p. 40-44 et 145-149. Je dois à l'amitié du regretté Louis Carolus-Barré plusieurs informations concernant la vogue des noms arthuriens en Beauvaisis aux XIIIe et XIVe siècles.

22. Voir G. Duby, « La vulgarisation des modèles culturels dans la société féodale », repris dans *Hommes et structures du Moyen Âge*, Paris et La Haye, 1973, p. 299-308.

23. Voir d'autres exemples cités par J. Bumke, *Höfische Kultur*, *op. cit.*, 7e éd., Munich, 1994, p. 711-712.

24. La mode de ces tournois et cérémonies arthuriennes semble bien avoir commencé en Terre sainte et dans le royaume de Chypre. Elle est attestée dans l'Allemagne méridionale et dans le Tyrol dès 1230-1240 puis se diffuse rapidement dans tout l'Occident. Voir A. Schultz, *Das höfische Leben zur Zeit der Minnesinger*, 2e éd., Leipzig, 1889, spécialement le t. II, ainsi que R. S. Loomis, « Arthurian Influence on Sport and Spectacle », dans R. S. Loomis, dir., *Arthurian Literature...*, *op. cit.*, p. 553-559. L'apparition de telles pratiques chevaleresques outre-mer et non pas en Occident même est en soi un document d'histoire socioculturelle important. Outremer, la mise en scène ritualisée des valeurs idéologiques du pays et de la culture d'origine prend une importance considérable.

25. Tournoi au cours duquel seigneurs, dames et chevaliers se dégui-

sèrent en personnages de la légende arthurienne. Le trouvère Sarrazin lui a consacré un poème qui nous est malheureusement parvenu mutilé. Voir A. Henry, *Sarrasin. Le roman du Hem*, Paris, 1939.

26. R. S. Loomis, « Edward I. Arthurian Enthusiast », dans *Speculum*, vol. 28, 1953, p. 114-127 ; N. Denholm-Young, « The Tournament in the Thirteenth Century », repris dans *Collected Papers*, Cardiff, 1969, p. 95-120. Voir également R. H. Cline, « Influences of Romances on Tournaments of the Middle Ages », dans *Speculum*, vol. 2, 1945, p. 204-211.

27. Sur le roman arthurien comme modèle pour la société chevaleresque : C. E. Pickford, *L'Évolution du roman arthurien en prose vers la fin du Moyen Âge*, Paris, 1960, p. 215-289 ; M. Stanesco, *Jeux d'errance du chevalier médiéval. Aspects ludiques de la fonction guerrière dans la littérature du Moyen Âge flamboyant*, Leyde, 1988. Sur le cas particulier du *Frauendienst* d'Ulrich von Liechtenstein, où les allers et retours entre réalité et fiction sont multiples : U. Peters, *« Frauendienst ». Untersuchungen zu Ulrich von Liechtenstein und zum Wirklichkeitsgehalt der Minnedichtung*, Göppingen, 1971 ; F. V. Spechtler et B. Maier, *Ich-Ulrich von Liechtenstein. Literatur und Politik im Mittelalter*, Friesach, 1999. Enfin, on renverra, encore et toujours, aux admirables pages de J. Huizinga, *L'Automne du Moyen Âge*, nouvelle éd., Paris, 1975 (1re éd. néerlandaise : 1919).

28. R. S. Loomis, « Chivalric and Dramatic Imitations of Arthurian Romances » dans *Medieval Studies in Memory of A. Kingsley Porter*, Cambridge (Mass.), 1954, t. I, p. 79-97.

29. V. Bouton, *Armorial des tournois (à Tournai, en 1330)*, Paris, 1870 ; M. Popoff, *Armorial des rois de l'épinette de Lille, 1283-1486*, Paris, 1984 ; E. Van den Neste, *Tournois, joutes et pas d'armes dans les villes de Flandre à la fin du Moyen Âge (1300-1486)*, Paris, 1996.

30. En France, au XVe siècle, les cours de Bourbon, d'Armagnac, de Bar et d'Anjou et, sur les marches du royaume, celles de Lorraine et de Savoie aiment à organiser des fêtes, joutes, tournois ou pas d'armes mettant en scène les principaux héros et épisodes de la légende arthurienne. Voir plusieurs exemples étudiés par C. de Mérindol, *Les Fêtes de chevalerie à la cour du roi René. Emblématique, art et histoire*, Paris, 1993.

31. Pour les Pays-Bas : *Arturus rex. Koning Artur en Nederlanden. La matière de Bretagne et les anciens Pays-Bas*, exposition, Louvain (Musée municipal), 1987. Pour l'Italie : E. G. Gardner, *The Arthurian Legend in Italian Literature*, Londres, 1930 ; P. Breillat, « La quête du Saint Graal en Italie », dans *Mélanges d'archéologie et d'histoire de l'École française de Rome*, t. 54, 1937, p. 264-300 ; D. Delcorno Branca, *Tristano e Lancillotto in Italia. Studi di letteratura arturiana*, Ravenne, 1998.

32. Voir par exemple la place infime qui leur est réservée, spécialement pour la période médiévale, dans les excellents recensements de M. Mulon, *L'Onomastique en France. Bibliographie des travaux publiés jusqu'en 1960*, Paris, 1977, ainsi que dans les bibliographies courantes concernant l'anthroponymie.

33. En tout 40 127, si je ne me suis pas trompé dans mes calculs. J'ai essentiellement utilisé des catalogues et inventaires de sceaux publiés. Je

les ai complétés par quelques séries de moulages de sceaux inédits conservés au Service des sceaux des Archives nationales à Paris. Je remercie ici les trois conservateurs successifs, mes amis Y. Metman, B. Bedos-Rezak et M. Garrigues, qui m'ont permis, pendant une quinzaine d'années, de travailler presque quotidiennement dans ce service. Pour une bibliographie de la sigillographie française : R. Gandilhon et M. Pastoureau, *Bibliographie de la sigillographie française*, Paris, 1982.

34. L'usage du sceau a toujours été moins répandu dans la France méridionale que dans la France du Nord, notamment en raison du développement plus précoce qu'y a connu le notariat public. En outre, la plupart des sceaux des provinces méridionales attendent encore d'être inventoriés ou catalogués.

35. E. Baumgartner, *Le « Tristan en prose ». Essai d'interprétation d'un roman médiéval*, Genève, 1975, p. 15-28. Voir l'édition en cours sous la direction de P. Ménard, Paris et Genève, 7 vol. parus depuis 1994, mais on consultera également encore avec profit la vieille analyse de E. Löseth, *Le Roman en prose de Tristan, le Roman de Palamède et la Compilation de Rusticien de Pise*..., Paris, 1891.

36. F. Panzer, « Personnennamen aus dem höfischen Epos in Baiern », dans *Festgabe für E. Sievers*, Munich, 1896, p. 205-220 ; E. Kegel, *Die Verbreitung der mittelhochdeutschen erzählenden Literatur*..., *op. cit.* Voir aussi J. Bumke, *Höfische Kultur*, *op. cit.*, p. 711-712.

37. D. Delcorno Branca, « Per la Storia del *Roman de Tristan* in Italia », dans *Cultura neolatina*, n° 40, 1980, p. 1-19.

38. Comme la plupart des étymologies des noms de héros de la Table Ronde, celle de Gauvain est controversée. Il est du reste permis de se demander si les nombreuses études consacrées à ces problèmes d'étymologie de noms propres littéraires (que l'on trouvera recensées dans les bibliographies arthuriennes habituelles) ont, telles qu'elles ont jusqu'à présent été envisagées, une réelle utilité.

39. E. Castelnuovo, dir., *Le stanze di Artu*, *op. cit.* (note 13).

40. E. G. Gardner, *Dukes and Poets in Ferrara. A Study in the Poetry, Religion and Politics of the Fifteenth and Early Sixteenth Centuries*, Londres, 1904 ; G. Bertoni, « Lettori di romanzi francesci nel Quattrocento alla corte estense », dans *Romania*, t. 65, 1918-1919, p. 117-122.

41. Sur ce sceau, M. Pastoureau, *L'Hermine et le Sinople*, *op. cit.*, p. 183.

42. E. Lefèvre, *Documents historiques sur le comté et la ville de Dreux*, Chartres, 1859 ; A. du Chesne, *Histoire généalogique de la maison royale de Dreux*..., Paris, 1631 ; G. Sirjean, *Encyclopédie généalogique des maisons souveraines du monde*, Paris, 1967, t. XII, *Les Dreux*.

43. Au sein de ces deux branches, les noms de Gauvain et de Perceval furent portés jusqu'au début du XVIe siècle. Je remercie Pierre Bony pour toutes les informations qu'il m'a fournies à ce sujet.

44. Sur le personnage de Bohort : A. Pauphilet, *Étude sur la « Queste del saint Graal » attibuée à Gautier Map*, Paris, 1921, p. 131-132 ; J. Frappier, *Étude sur « La mort le roi Artu »*, Paris et Genève, 1972, p. 326-328 ; F. Suard, « Bohort de Gaunes, image et héraut de Lancelot », dans

Miscellanea mediaevalia. Mélanges offerts à Philippe Ménard, Paris, 1998, t. II, p. 1297-1317. Non seulement Bohort est le seul survivant de *La Mort Artu*, ce crépuscule du monde arthurien, mais il est aussi le témoin privilégié grâce auquel nous connaissons l'histoire du Graal et des chevaliers de la Table Ronde.

45. Voir R. de Belleval, *Les Fiefs et Seigneuries du Ponthieu et du Vimeu*, Paris, 1870 ; Id., *Les Sceaux du Ponthieu*, Paris, 1896, p. 603-624. Sur l'adoption des armes de Gauvain par une famille picarde alliée aux Quiéret, M. Pastoureau, *Armorial des chevaliers de la Table ronde*, *op. cit.*, p. 69-70

46. M. Simonin, « La réputation des romans de chevalerie selon quelques listes de livres (XVIe-XVIIe siècles) », dans *Mélanges Charles Foulon*, Rennes, 1980, t. I, p. 363-369.

47. M. Whitaker, *The Legend of King Arthur in Art*, *op. cit.* (note 13), p. 175-286.

48. L'Église ne semble pas avoir été très favorable à la transformation des noms de héros littéraires en véritables noms de baptême. Voir les deux textes cités par J. Bumke, *Höfische Kultur*, *op. cit.*, p. 711-712.

Le bestiaire de La Fontaine

1. Jean-Jacques Rousseau, *Émile, ou de l'Éducation*, livre II, chap. 2. Ce passage a suscité une bibliographie considérable.

2. Cette image du poète, cependant, semble indélébile ; elle fait partie de la légende du « bonhomme La Fontaine » et concerne surtout ses prétendues observations faites sur le chien, le chat, l'âne, les rats, les souris et… les fourmis. On sait comment, selon cette légende, l'étude attentive de celles-ci aurait mis notre poète en retard à un repas.

3. A.-M. Bassy, « Les *Fables* de La Fontaine et le labyrinthe de Versailles », dans *Revue française d'histoire du livre*, n° 12, 1976, p. 1-63.

4. H. Bresson, « La Fontaine et l'âme des bêtes », dans *Revue d'histoire littéraire de la France*, 1935, p. 1-32, et 1936, p. 257-286.

5. Laquelle est très éloignée de la notion ambigüe de « naturel » telle que la définit P. Dandrey dans son livre *La Fabrique des Fables. Essai sur la poétique de La Fontaine*, Paris, 1992, p. 155-166.

6. On reste confondu devant certains ouvrages anciens, tel celui de M. Damas-Hinard, *La Fontaine et Buffon*, Paris, 1861, qui présentent le fabuliste comme le premier véritable naturaliste français. Plus récemment, une démarche comme celle de H. G. Hall, « On some of the Birds in La Fontaine's *Fables* », dans *Papers on French Seventeenth Century Literature*, vol. 22, 1985, p. 15-27, qui compare les descriptions de certains oiseaux par La Fontaine et notre savoir zoologique actuel sur l'avifaune, me semble vaine et anachronique.

7. Typiques sont à cet égard les « sommes » zoologiques de Conrad Gesner et d'Ulysse Aldrovandi, quoi que disent leurs auteurs sur les mythes et les légendes dont ils prétendent se détourner. Sur cette question, on ne

suivra pas les affirmations de P. Dandrey, *La Fabrique des Fables*, *op. cit.*, p. 142-151, qui situe trop tôt les « débuts de la zoologie moderne ».

8. Y. Loskoutoff, « L'écureuil, le serpent et le léopard. Présence de l'héraldique dans les *Fables* de La Fontaine », dans *XVIIᵉ siècle*, vol. 184, 1994, p. 503-528 ; Id., « Entre la gloire et la bassesse : les armes parlantes dans l'*Armorial général* de Louis XIV », dans *Revue française d'héraldique et de sigillographie*, t. 67-68, 1997-1998, p. 39-62.

9. Rappelons que l'imagination héraldique du Grand Siècle n'a pas hésité à donner pour armes à la famille de Jean Racine, l'immense Racine, un écu chargé d'un rat et d'un cygne ! J. Dubu, « Autour des armoiries de Jean Racine », dans *XVIIᵉ siècle*, vol. 161, 1988, p. 427-431.

10. Cet emblème parlant du « loup qui voit » se trouve plusieurs fois représenté dans le décor sculpté de l'hôtel des Invalides, notamment celui de la façade septentrionale.

11. G. Couton, *La Poétique de La Fontaine. Deux études : 1. La Fontaine et l'art des emblèmes...*, Paris, 1957.

12. P. Palliot, *La Vraye et Parfaicte Science des armoiries...*, Paris, 1660, 1661, 1664 ; C.-F. Ménestrier, *Abrégé méthodique des principes héraldiques*, Lyon, 1661, 1665, 1672, 1673, 1675, 1677, et *Le Véritable Art du blason et l'Origine des armoiries*, Lyon, 1671, 1673, etc.

13. P. Dandrey, *La Fabrique des Fables*, *op. cit.*, p. 131, note avec justesse que les ajouts ou innovations de La Fontaine « font plus signe que nombre ».

14. L'étude du lexique des couleurs qualifiant les animaux dans les *Fables* montre comment cette palette se rapproche de celle du blason. Voir les pistes suggérées par l'ouvrage déjà ancien de F. Boillot, *Les Impressions sensorielles de La Fontaine*, Paris, 1926.

15. M. Pastoureau, « Quel est le roi des animaux ? », dans *Figures et couleurs. Études sur la symbolique et la sensibilité médiévales*, Paris, 1986, p. 159-175.

16. Contrairement à une idée reçue, les Oratoriens furent en France, avant les Jésuites, les pionniers de la pédagogie héraldique. Voir P. Palasi, *Jeux de cartes et jeux de l'oie héraldiques aux XVIIᵉ et XVIIIᵉ siècles*, Paris, 2000, p. 23-50.

Le soleil noir de la mélancolie

1. Dans la note finale d'*Angélique*. Voir J. Richer, *Nerval : expérience et création*, Paris, 1963, p. 39, qui donne pour citation complète : « Le blason est la clef de l'histoire de France », laquelle n'est reprise sous cette forme par aucun ouvrage ou répertoire. La présente étude a été publiée dans le *Bulletin du bibliophile* en 1981. Elle ne semble avoir eu aucun écho, ni chez les spécialistes de Nerval ni chez les héraldistes. Je la republie aujourd'hui sans guère de modifications, telle qu'elle est parue il y a maintenant plus de vingt ans. Pour tout ce qui concerne Gérard de Nerval et son œuvre, la bibliographie – océanique ! – n'a volontairement pas été mise à jour et s'arrête donc en 1981.

2. R. Lalou, *Vers une alchimie lyrique. De Sainte-Beuve à Baudelaire*, Paris, 1927, p. 48-65 ; G. Le Breton, « La clé des *Chimères* : l'alchimie », dans *Fontaine*, n° 44, 1945, p. 441-460 ; F. Constans, « Le Soleil noir et l'Étoile ressuscitée », dans *Tour Saint-Jacques*, t. 13-14, 1958, p. 35-46.

3. G.-H. Luquet, « Gérard de Nerval et la franc-maçonnerie », dans *Mercure de France*, t. 324, n° 1101, 1955, p. 77-96.

4. Parmi une foule d'études, on renverra encore et toujours à J. Richer, *Gérard de Nerval et les Doctrines ésotériques*, Paris, 1947 ; Id., *Nerval : expérience et création*, *op. cit.*, cette dernière thèse constituant sans doute le livre le plus complet jamais consacré au poète.

5. Outre la thèse de J. Richer, voir J. Bechade-Labarthe, *Origines agenaises de Gérard de Nerval*, Agen, 1956, et E. Peyrouzet, *Gérard de Nerval inconnu*, Paris, 1965.

6. Pour la période antérieure à 1968, j'ai utilisé l'excellent répertoire de J. Villas, *Gérard de Nerval. A Critical Bibliography, 1900 to 1967*, Columbia, 1968 (*University of Missouri Studies*, vol. 49).

7. Il est évidemment impossible de les citer tous. On verra surtout, outre les études générales consacrées au poète : G. Le Breton, « La clé des *Chimères* : l'alchimie », art. cit. ; J. Moulin, *« Les Chimères ». Exégèses*, Lille et Genève, 1949 ; M. Richelle, « Analyse textuelle : *El Desdichado* de Gérard de Nerval », dans *Revue des langues vivantes*, t. 17, n° 2, 1951, p. 165-170 ; L. Cellier, « Sur *un vers des Chimères* », dans *Cahiers du Sud*, n° 311, 1952, p. 146-153 ; J. Richer, « Le luth constellé de Nerval », dans *Cahiers du Sud*, n° 331, 1955, p. 373-387 ; J. W. Kneller, « The Poet and his *Moira* : *El Desdichado* », dans *Publications of the Modern Language Association*, t. 75, 1960, p. 402-409 ; J. Genaille, « Sur *El Desdichado* », dans *Revue d'histoire littéraire de la France*, t. 60/1, 1960, p. 1-10 ; A.S. Gérard, « Images, structures et thèmes dans *El Desdichado* », dans *Modern Language Review*, t. 58/4, 1963, p. 507-515 ; M.-T. Goosse, « *El Desdichado* de Gérard de Nerval », dans *Lettres romanes*, 1964, t.18, n° 2, p. 111-135, et n° 3, p. 241-262 ; A. Lebois, *Vers une élucidation des « Chimères » de Nerval*, Paris, 1965 (*Archives nervaliennes*, 1) ; J. Geninasca, *Une lecture de « El Desdichado »*, Paris, 1965 (*Archives nervaliennes*, 5) ; J. Pellegrin, « Commentaire sur *El Desdichado* », dans *Cahiers du Sud*, t. 61, n° 387-388, 1966, p. 276-295 ; J. Dhaenens, *Le Destin d'Orphée. Étude sur « El Desdichado » de Nerval*, Paris, 1972 (*Nouvelle bibliothèque nervalienne*, 5) ; P. Laszlo, « *El Desdichado* », dans *Romantisme. Revue du* XIXe *siècle*, n° 33, 1981, p. 35-57.

8. Voir les études de Le Breton, Richer, Genaille, Gérard, Goosse, Lebois, citées à la note précédente. La quasi-totalité des significations proposées sont résumées dans l'ouvrage de Dhaenens. On notera enfin que P. Laszlo voit, étrangement mais non sans raison, dans *El Desdichado* un poème du XIVe siècle !

9. Voir ici encore l'étude de J. Dhaenens citée à la note 7 qui met en valeur la multitude des sources potentielles et qui résume les principales. Voir aussi l'ouvrage de M. J. Durry, *Gérard de Nerval et le Mythe*, Paris, 1956.

10. Sur le *Codex Manesse*, l'ouvrage le plus récent et le plus complet est l'imposant catalogue publié sous la direction de E. Mittler et W. Werner, à l'occasion de la grande exposition qui s'est tenue à Heidelberg en 1988 : *Codex Manesse. Die Welt des Codex Manesse. Ein Blick ins Mittelalter*, Heidelberg, 1988. On le complétera avec le catalogue de l'exposition qui s'est tenu à Zurich trois ans plus tard, publié sous la direction de C. Brinker et D. Flüher-Kreis, *Die Manessische Liederhandschrift in Zürich*, Zurich, 1991. Outre les introductions aux différents fac-similés cités à la note 13, on verra également : E. Jammers, *Das königliche Liederbuch des deutschen Minnesangs*, Heidelberg, 1965 ; H. Frühmorgen-Voss, « Bildtypen der Manessischen Liederhandschrift », dans *Werk, Typ, Situation. Festschrift H. Kuhn*, Stuttgart, 1969, p. 184-216 ; H.-E. Renk, *Der Manessekreis, seine Dichter und die Manessische Handschrift*, Stuttgart et Cologne, 1974.

11. Sur cet échange : L. Delisle, *Bibliothèque nationale. Catalogue des manuscrits des fonds Libri et Barrois*, Paris, 1888, p. LVIII-LXIII.

12. Voir notamment l'étonnant article de K.-J. Trübner, « Die Wiedergewinnung der sogenannten Manessischen Liederhandschrift », dans *Centralblatt für Bibliothekswesen*, t. 5, 1888, p. 225-227. À la bibliothèque universitaire d'Heidelberg, le manuscrit est aujourd'hui conservé dans le fonds des *Codices Palatini Germanici* sous le n° 848.

13. Il est impossible de les citer tous ; ceux du XIXe siècle sont pour la plupart des fac-similés partiels. Mentionnons surtout : F.-X. Kraus, *Die Miniaturen der Manessischen Liederhandschrift im Auftrag des badischen Ministeriums in Lichtdruck herausgegeben*, Strasbourg, 1887 ; A. von Oechelhauser, *Die Miniaturen der Universitätsbibliothek zu Heidelberg*, Heidelberg, 1895, 2 vol. ; F. Pfaff, *Die große Heidelberger Liederhandschrift...*, Heidelberg, 1909 ; R. Sillib, F. Panzer et A. Haseloff, *Die Manessische Liederhandschrift. Faksimile-Ausgabe...*, Leipzig, 1929 ; rééd. Berlin, 1930, 2 vol. Tous ces fac-similés sont aujourd'hui remplacés par celui qui a été publié en 1988, sous la direction de F. Walther, à l'occasion de la double exposition de Heidelberg et de Zurich : *Codex Manesse. Die Miniaturen der großen Heidelberger Liederhandschrift*, Francfort-sur-le-Main, 1988.

14. Sur la copie (partielle) effectuée pour Roger de Gaignières à la fin du XVIIe siècle, voir note 16.

15. K. Zangemeister, *Die Wappen, Helmzieren und Standarten der großen Heidelberger Liederhandschrift (Manesse Codex)*, Görlitz et Heidelberg, 1892 ; A. von Oechelhauser, *Die Miniaturen...*, *op. cit.*, *passim*.

16. Paris, BNF, ms. fr. 22260, fol. 6-12. Le titre *Armorial fantastique* se trouve au dos de la reliure et sur le feuillet de titre. Le catalogue des manuscrits français de la Bibliothèque nationale qualifie cette copie (non identifiée) du *Codex Manesse* de « blasons coloriés étranges, soit par eux-mêmes soit par leurs cimiers ». Sur cette copie peinte à l'aquarelle pour Roger de Gaignières, voir l'étude de M. Prinet, « Un armorial des *Minnesinger* conservé à la Bibliothèque nationale », dans *Bibliographie moderne*, vol. 7, 1911, p. 9-19.

17. Sur l'origine de cette tournure : G. J. Brault, *Early Blazon. Heraldic Terminology in the Twelfth and Thirteenth Centuries...*, Oxford, 1972, p. 227-228. – Voir un résumé des différentes interprétations de ce vers dans J. Dhaenens, *Le Destin d'Orphée*, *op. cit.*, p. 25-29, et P. Laszlo, « *El Desdichado* », art. cit., p. 42-57. Sur le problème de la hantise qu'avait Nerval de son lignage (les Labrunie auraient possédé trois châteaux et Nerval nous a laissé un croquis de leurs armoiries fictives : trois tours d'argent), on se reportera à J. Richer, *Nerval : expérience et création*, *op. cit.*, p. 29-52.

18. Aux travaux cités à la note 9, ajouter : A.-C. Coppier, « Le Soleil noir de la mélancolie », dans *Mercure de France*, t. 293, 1939, p. 607-610 ; H. Tuzet, « L'image du soleil noir », dans *Revue des sciences humaines*, fasc. 85-88, 1957, p. 479-502 ; G. Antoine, « Pour une méthode d'analyse stylistique des images », dans *Langue et littérature*, Actes du VIIIe congrès et colloque de l'université de Liège, Paris, 1961, fasc. 21 ; P. Pieltain, « Sur l'image d'un soleil noir », dans *Cahiers d'analyse textuelle*, vol. 5, 1963, p. 88-94.

19. Dans la première version de la gravure *Melencolia I*, le prétendu soleil noir serait une comète apparue en 1513-1514. Voir E. Panofsky et F. Saxl, *Dürers « Melencolia I ». Eine Quelle und typengeschitliche Untersuchung*, Leipzig et Berlin, 1923.

20. Voir l'article d'Hélène Tuzet cité à la note 18. L'estampe de Dürer apparaît au moins deux fois dans l'œuvre de Nerval (voir Gérard de Nerval, *Œuvres*, Paris, coll. « Bibl. de la Pléiade », 1960, t. I [3e éd.], p. 362, et 1961, t. II [2e éd.], p. 132). Le soleil noir se retrouve quant à lui dans *Aurélia*, dans le *Voyage en Orient*, dans *Le Christ aux Oliviers* et dans différentes traductions effectuées par Nerval (notamment de Heine).

21. On notera qu'en héraldique médiévale le feu et les flammes sont plus fréquemment de sable (noir) que de gueules (rouge). Il en va de même dans l'iconographie de l'enfer où, à partir du milieu du XIIIe siècle, le noir l'emporte sur le rouge.

22. Sur l'établissement du texte d'*El Desdichado* et la chronologie des trois versions (certains critiques comme J. Dhaenens parlent même de quatre versions) voir : J. Guillaume, *« Les Chimères » de Nerval. Édition critique*, Bruxelles, 1966 ; J. Dhaenens, *Le Destin d'Orphée*, *op. cit.*, p. 126-132. Ce dernier auteur propose la chronologie suivante : publication « pré-originale » dans *Le Mousquetaire* du 10 décembre 1853 ; manuscrit Lombard ; manuscrit Eluard ; publication définitive dans *Les Filles du feu* en 1854.

23. Les analyses de ce vers ont surtout porté sur le *Je* proclamatif et sur la prosodie. La succession graduée et le sens des trois qualificatifs semblent avoir dérouté la critique, d'autant que la note manuscrite laissée par Nerval en face de ce vers sur le manuscrit Eluard est particulièrement déroutante. Voir J. Dhaenens, *Le Destin d'Orphée*, *op. cit.*, p. 18-24.

24. Sur les possibles significations de la position de la tête et des mains, voir J. Garnier, *Le Langage de l'image au Moyen Âge*, Paris, 1982, p. 165-170 et 181-184.

25. J. Dhaenens, *Le Destin d'Orphée*, *op. cit.*, p. 44-45.

26. Il faut souligner la présence, tout au long du *Codex Manesse*, de

nombreux instruments de musique. Aujourd'hui encore, leur identification et leur dénomination font problème ; il ne faut donc pas s'étonner si Nerval a cru avoir vu un luth dans une vielle et une lyre dans un claricorde.

27. D'autres éléments du sonnet pourraient encore être rapprochés du *Codex*. Ainsi l'étoile (vers 3) qui, au même titre que la rose, revient comme un leitmotiv tout au long des miniatures. Ainsi le second hémistiche du vers 5 (... *toi qui m'as consolé*) qui pourrait fort bien avoir été suggéré par plusieurs scènes représentant un poète ou un chevalier réconforté par une dame (fol. 46 v, 76 v, 158, 179, 249 v, 252, 300, 371, etc.). Toutefois, en raison du caractère passe-partout de ces scènes et de la polyvalence de l'hémistiche, il est impossible d'être ici affirmatif.

28. Ce qui est indéniable lorsque l'on met en valeur les associations ou les oppositions qu'il contient : Nord/Midi, Moyen Âge chrétien/Antiquité païenne, Allemagne/Italie, Amour/Mort, double/unité.

29. Sur ces quatre versions, voir la note 22. Les changements de termes ou de formulations sont peu nombreux. En revanche, les différences sont importantes qui portent sur la ponctuation, les majuscules et la typographie (caractères italiques de certains mots).

30. C'est le manuscrit Eluard qui donne au sonnet le titre *Le Destin*. Son antériorité a fait l'objet d'une querelle érudite. Voir par exemple J. Richer, *Nerval : expérience et création*, p. 556, et J. Dhaenens, *Le Destin d'Orphée*, *op. cit.*, p. 13-17 et 126-132.

31. Au chap. 8 de son roman, Walter Scott met en scène, à l'occasion du récit des faits d'armes du tournoi d'Ashby, un chevalier inconnu qui porte sur son bouclier l'image d'un chêne déraciné accompagné pour devise du mot espagnol *Desdichado*. Il s'agit du chevalier Wilfrid d'Ivanhoé, brouillé avec son père Cédric le Saxon et qui participe au tournoi incognito.

32. La traduction d'*El Desdichado* par « Le Déshérité », a souvent été contestée, notamment par J. W. Kneller (art. cit. à la note 7). Elle semble toutefois aujourd'hui admise par la plupart des nervaliens, bien que le terme espagnol *desdichado* ait pour sens premier « infortuné », « malheureux ». Il semble que ce soit ainsi que l'entendait Nerval. Toutefois, c'est Walter Scott lui-même qui le premier commet un faux-sens : dans le texte même d'*Ivanhoé* (voir la note précédente), il propose comme traduction anglaise de *Desdichado* : *disinherited* (déshérité), confondant ainsi les mots espagnols *desdichado* et *desheradado*.

33. E. Mittler et W. Werner, dir., *Codex Manesse*, *op. cit.* (note 10), p. 216-217, notice F39.

34. Louis Douët d'Arcq (1808-1882), chartiste et archiviste, fut le premier érudit français à publier de manière scientifique des sources héraldiques médiévales (sceaux, armoriaux, traités de blason). Il était par ailleurs lié à de nombreux peintres et écrivains. Voir *Bibliothèque de l'École des chartes*, t. 43, 1882, p. 119-124, et t. 46, 1885, p. 511-528.

35. Voir le catalogue de l'exposition *Gérard de Nerval. Exposition organisée pour le centième anniversaire de sa mort*, Paris, 1955, notice 72, p. 19.

36. Sur les rapports de Nerval avec l'Allemagne, voir l'ouvrage fon-

damental de C. Dedeyan, *Gérard de Nerval et l'Allemagne*, Paris, 1957-1959, 3 vol.

37. S. A. Rhodes, « The Friendship between Gerard de Nerval and Heinrich Heine », dans *French Review*, t. 23, 1949, p. 18-27 ; A. J. Du Bruck, *Gerard de Nerval and the German Heritage*, La Haye, 1965.

38. *Minnesinger aus der Zeit der Hohenstaufen. Fac-Simile der Pariser Handschrift*, Zurich, 1850.

39. Ces travaux ont tous été publiés dans les *Abhandlungen der königlichen Akademie der Wissenschaften zu Berlin, phil.-hist. Klasse* (1842, 1845, 1850, 1852).

40. Il y aurait une pertinente étude à entreprendre sur les couleurs et leur champ sémantique dans l'œuvre de Nerval. La place de l'héraldique y semble considérable, de même que celles de certaines écoles picturales. En attendant une telle étude, on verra : J. Richer, *Nerval : expérience et création*, *op. cit.*, p. 133-167 (chap. « La race rouge ») ; J. Dhaenens, *Le Destin d'Orphée*, *op. cit.*, p. 59-61 ; S. Dunn, « Nerval coloriste », dans *Romanische Forschungen*, t. 91, 1979, p. 102-110.

41. Voir la note 46.

42. Sur ces différentes interprétations : J. Dhaenens, *Le Destin d'Orphée*, *op. cit.*, p. 25-29 ; P. Laszlo, « *El Desdichado* », art. cit., p. 56-57.

43. D'une manière générale, je me demande si, plus que les recherches d'histoire généalogique et familiale ou que la séduction poétique du vocabulaire du blason, ce n'est pas l'alchimie, l'ésotérisme et le symbolisme qui ont conduit Nerval à s'intéresser à l'héraldique. Un livre comme celui de F. Portal, *Des couleurs symboliques* (Paris, Treuttel et Würz, 1837), qu'il a certainement lu, ne pouvait que l'y conduire.

44. Il faudrait par exemple cerner de plus près la magnifique chimère héraldique qui orne un cimier peint au fol. 18 du *Codex*. Elle n'est peut-être pas sans rapport avec le titre *Les Chimères.*

45. Le vers 8 a ainsi (successivement ?) été : « Et la treille où le pampre à la vigne s'allie » (*Le Mousquetaire*) ; « Et la Treille où le Pampre à la Vigne s'allie ! » (ms. Lombard) ; « Et la Treille où le pampre à la Rose s'allie » (ms. Eluard) ; « Et la treille où le pampre à la rose s'allie » (*Les Filles du feu*). Voir J. Guillaume, éd., *« Les Chimères »...*, *op. cit.*, p. 43, et J. Dhaenens, *Le Destin d'Orphée*, *op. cit.*, p. 129.

46. Depuis la rédaction de cette étude, une confirmation de mon hypothèse a été apportée par Éric Buffetaud qui a retrouvé, sur une gravure d'Eugène Gervais représentant Gérard de Nerval et datée de 1854, un croquis dessiné par Gérard lui-même reproduisant la cage à oiseaux figurant dans les armoiries attribuées par le *Codex Manesse* au grand poète du début du XIIIe siècle Walter von der Vögelweide. Voir É. Buffetaud et C. Pichois, *Album Gérard de Nerval*, Paris, 1993, p. 230-231 et 273.

47. Cette impossibilité de détacher *El Desdichado* du reste de l'œuvre a été bien mise en valeur par Marie-Thérèse Goosse (étude citée à la note 7).

48. Texte reproduit d'après l'éd. de Jean Guillaume, *« Les Chimères »...*, *op. cit.*, p. 13.

Le Moyen Âge d'*Ivanhoé*

1. Longtemps les historiens de la littérature ont débattu pour savoir si le « roman » le plus lu depuis l'apparition du livre imprimé avait été *Don Quichotte*, *Ivanhoé* ou *Guerre et Paix*. Aujourd'hui ce débat n'est plus de mise : on sait, chiffres à l'appui, que le roman le plus lu n'est dû ni à Cervantès, ni à Scott, et encore moins à Tolstoï, mais à Agatha Christie. Et ce n'est pas *Dix petits nègres*, mais *Le Meurtre de Roger Ackroyd*.

2. J'adopte tout au long de cette étude l'orthographe du titre du roman traduit en français : *Ivanhoé*, avec un accent aigu sur le *e* qui n'existe évidemment pas dans l'orthographe anglaise.

3. Les biographies de Walter Scott sont nombreuses et inégales. En français, on lira l'excellente « biographie littéraire » de H. Suhamy, *Sir Walter Scott*, Paris, 1993.

4. Walter Scott appartenait à la branche cadette d'une famille d'ancienne et petite noblesse, non titrée et peu fortunée. Le titre de « baronet » l'éleva au-dessus de tous ses parents et cousins, et Scott en usa jusqu'à sa mort avec une indéniable vanité.

5. Dans *Ivanhoé*, certains épisodes du long siège de Torquilstone ont sans doute été inspirés par les passages de la prise du château de Goetz dans la pièce de Goethe.

6. Dans *Ivanhoé*, par exemple, on relève une étonnante infraction à la règle d'emploi des couleurs héraldiques : dans la description des armoiries du mystérieux Chevalier Noir, *de sable à la chaîne d'azur*, Scott place une figure bleue sur un fond noir, ce qui est interdit. Sur l'intérêt de Walter Scott pour le blason et la place de l'héraldique dans son œuvre, voir Y. Loskoutoff, « *I am, you know, a Herald.* L'héraldique de Walter Scott », dans *Revue française d'héraldique et de sigillographie*, t. 66, 1996, p. 25-52.

7. *Encyclopaedia Britannica, Supplement*, Londres et Édimbourg, 1818, t. III, 1re partie, p. 115-140.

8. Cité par Graham Tulloch dans son introduction à l'édition d'*Ivanhoe* dans la collection des *Penguin Classics*, Londres, 2000, p. XII.

9. La page de titre porte toutefois la date de 1820.

10. Faite à la hâte, cette traduction comportait de nombreuses inexactitudes et omissions. Defauconpret la reprit et, aidé de son fils, en fit paraître une version plus satisfaisante en 1827. Mais entre-temps d'autres traductions en français avaient été publiées.

11. Le texte de cette recension très instructive sur les goûts du jeune Hugo est reproduit dans l'édition française d'*Ivanhoé* par Raymonde Robert, Paris, Éd. du Delta, 1970, p. 493-494.

12. Paris, 1825, 3 vol.

13. Le premier historien qui remit fortement en cause cette prétendue division ethnique et politique de l'Angleterre entre Saxons et Normands fut E. Freeman dans son volumineux ouvrage *The History of the Norman Conquest of England, its Causes and its Results*, Oxford, 1875-1879, 6 vol. Sur les enjeux de l'historiographie de la conquête de 1066 et de ses pro-

longements en Angleterre et en Écosse au XIXe siècle, voir la belle étude de C. A. Simmons, *Reversing the Conquest. History and Myth in Nineteenth Century Literature*, Londres, 1990.

14. Cité, ici encore, par G. Tulloch dans son introduction à l'édition d'*Ivanhoe* dans la collection des *Penguin Classics*, *op. cit.*, p. XII.

15. Parmi les maigres travaux consacrés à *Ivanhoé*, le moins décevant est le petit livre de P. J. de Gategno, *« Ivanhoe », The Mask of Chivalry*, New York, 1994. Il ne dépasse pas 120 pages.

16. Paris, Éd. du Delta, 1970 (introduction et notes – excellentes – par Raymonde Robert).

17. Toutefois, une édition légèrement abrégée de la traduction de Defauconpret est proposée au public adolescent dans la collection « Folio Junior » (Gallimard, 2 vol.). Au moment où j'écris ces lignes (octobre 2003), j'apprends que plusieurs romans de Walter Scott viennent de paraître aux Éditions Gallimard dans la célèbre « Bibliothèque de la Pléiade » : *Ivanhoé* n'en fait pas partie.

18. J. Baschet, C. Lapostolle, M. Pastoureau et Y. Régis-Cazal, « Profession médiéviste », dans *Médiévales*, vol. 7, 1984, p. 7-64, ici p. 27-28.

19. Jacques Le Goff, *À la recherche du Moyen Âge*, Paris, 2003, p. 11-12.

20. M. Bloch, *Apologie pour l'Histoire, ou le métier d'historien*, 7e éd., Paris, 1974, p. 2.

Table des illustrations

1. La Cène. Évangéliaire de l'empereur Henri II (Reichenau, 1012). Munich, Bayerische Staatsbibliothek, Clm 4452, fol. 105 v.
2. La Cène. Évangéliaire (Allemagne méridionale, v. 1160-1170). Vienne, Österreichische Nationalbibliothek, Cod. 1244, fol. 176 v.
3. La Cène. Psautier (Bavière ?, v. 1230-1240). Melk (Autriche), Stiftsbibliothek, Cod. lat. 1903, fol. 11 v.
4. L'arrestation du Christ. *Livre de Madame Marie* (Hainaut, v. 1285-1290). Paris, BNF, ms. nouv. acq. fr. 16251, fol. 33 v.
5. L'arrestation du Christ. Détail d'un vitrail de l'église Sankt Peter à Wimpfen im Tal, Hesse (v. 1290). Darmstadt, Hessisches Landesmuseum.
6. Caïn tuant Abel. Bible prémontrée de Notre-Dame-du-Parc, près de Louvain (Brabant, 1148). Londres, British Library, Ms. Add. 14788, fol. 6 v.
7. Bannières armoriées dans la *Wappenrolle von Zürich* (Zurich, v. 1330-1335). Zurich, Musée national suisse.
8. Bannières armoriées dans le manuscrit du *Codex balduinum* (Trèves, v. 1335-1340). Coblence, Landeshauptarchiv, Cod. germ. 3, fol. 28.
9. Bataille d'Hastings. Broderie de Bayeux (v. 1080).
10. Bataille d'Hastings. Broderie de Bayeux (v. 1080).
11. Pièce d'échecs en ivoire d'éléphant (Salerne, v. 1080-1100). Paris, BNF, musée du Cabinet des médailles.
12. Fragment de pierre tombale aux armes des Guelfes (Bavière, fin du XIIe siècle). Munich, Bayerisches Nationalmuseum, Inv. M 121.
13. Sceau du prince Louis, fils du roi Philippe Auguste (1211,

matrice probablement gravée en 1209). Moulage : Paris, AN, CHAN, Sceaux A 1.

14. Sceau de Hugues IV, duc de Bourgogne, appendu à un document daté de 1234. Moulage : Paris, AN, CHAN, Sceaux DD 469.
15. Sceau de Gui VI, comte de Forez, appendu à un document daté de 1242. Moulage : Paris, AN, CHAN, Sceaux DD 676.
16. Sceau de la ville de Lille, orné d'une fleur de lis « parlante » et appendu à un document daté de 1199. Moulage : Paris, AN, CHAN, Sceaux DD 5599.
17. Sceau de Lancelot Havard, paysan normand, appendu à un acte daté de 1272. Moulage : Paris, AN, CHAN, Sceaux N 1116.
18. Armes parlantes fictives dans la *Wappenrolle von Zürich* (Zurich, v. 1330-1335). Zurich, Musée national suisse.
19. Armes parlantes formant rébus dans la *Wappenrolle von Zürich* (Zurich, v. 1330-1335). Zurich, Musée national suisse.
20. Cimiers dans l'*Armorial de Conrad Grünenberg* (Constance, 1483). Berlin, Geh. Staatsarchiv (Berlin-Dahlem), Kupferstichkabinett, Cod. germ. 12, fol. 142 v (d'après le fac-similé de R. von Alcantara-Stillfried et A. M. Hildebrandt, Görlitz, 1875-1884, vol. 3, pl. 237).
21. Cimiers dans l'*Armorial de Conrad Grünenberg* (Constance, 1483). Berlin, Geh. Staatsarchiv (Berlin-Dahlem), Kupferstichkabinett, Cod. germ. 12, fol. 167 (d'après le fac-similé de R. von Alcantara-Stillfried et A. M. Hildebrandt, Görlitz, 1875-1884, vol. 3, pl. 245).
22. Plaque funéraire émaillée de Geoffroi Plantegenêt, comte d'Anjou et duc de Normandie († 1151), réalisée vers 1155-1160 et se trouvant autrefois dans la cathédrale du Mans. Le Mans, musée Tessé.
23. Jean Clément, seigneur du Mez en Gâtinais, maréchal de France, recevant l'oriflamme des mains de saint Denis. Vitrail de la cathédrale de Chartres (v. 1225-1230). Chartres, cathédrale, transept sud.
24. Armoiries du roi de France et des princes des fleurs de lis dans le *Grand armorial équestre de la Toison d'or* (Lille, v. 1435) : principales « brisures » portées dans la maison de France aux XIVe et XVe siècles. Paris, Bibl. de l'Arsenal, ms. 4790, fol. 54.

25. Armoiries normandes de la fin du XIIIe siècle peintes un siècle et demi plus tard dans le *Grand armorial équestre de la Toison d'or* (Lille, v. 1435). Paris, Bibl. de l'Arsenal, ms. 4790, fol. 64 v.
26. Le roi de France en grande tenue héraldique. Portrait équestre peint dans le *Grand armorial équestre de la Toison d'or* (Lille, v. 1435). Paris, Bibl. de l'Arsenal, ms. 4790, fol. 47 v.
27. Cimier au dragon. Portrait équestre du roi d'Aragon peint dans le *Grand armorial équestre de la Toison d'or* (Lille, v. 1435). Paris, Bibl. de l'Arsenal, ms. 4790, fol. 108.
28. Cimier à la Mélusine. Portrait équestre de Jean, bâtard de Luxembourg, comte de Saint-Pol, chevalier de la Toison d'or, peint dans le *Petit armorial équestre de la Toison d'or* (Lille, v. 1438-1440). Paris, BNF, ms. Clairambault, fol. 1312, fol. 282.
29. Cimier au cœur crevé. Portrait équestre de Jacques de Crèvecœur, chevalier de la Toison d'or, peint dans le *Petit armorial équestre de la Toison d'or* (Lille, v. 1438-1440). Paris, BNF, ms. Clairambault, fol. 1312, fol. 289.
30. *Codex Manesse*, Henrich von Veldeke. Heidelberg, Universitätsbibliothek, Cpg 848, fol. 30.
31. *Codex Manesse*, Walther von der Vogelweide. Heidelberg, Universitätsbibliothek, Cpg 848, fol. 124.
32. *Codex Manesse*, Otto zum Turme. Heidelberg, Universitätsbibliothek, Cpg 848, fol. 194.
33. *Codex Manesse*, Reinmar der Fiedler. Heidelberg, Universitätsbibliothek, Cpg 848, fol. 312.
34. *Codex Manesse*, Der Herzog von Anhalt. Heidelberg, Universitätsbibliothek, Cpg 848, fol. 17.
35. *Codex Manesse*, Konrad von Alstetten. Heidelberg, Universitätsbibliothek, Cpg 848, fol. 249 v.
36. *Codex Manesse*, Herzog Heinrich von Breslau. Heidelberg, Universitätsbibliothek, Cpg 848, fol. 11 v.
37. *Codex Manesse*, Friedrich von Hausen. Heidelberg, Universitätsbibliothek, Cpg 848, fol. 116.

Crédits photographiques : 1. Bayerische Staatsbibliothek, Munich. 2 et 3. Österreichische Nationalbibliothek, Vienne. 4. BNF, Paris. 5. Louis Grodecki. 6. British Library. 7. Michel

Pastoureau. 8. Archivio di Stato, Turin. 9 et 10. Éditions Zodiaque. 11 à 21. Michel Pastoureau. 22. Marie-Madeleine Gauthier. 23 à 37. Michel Pastoureau.

Sources

Les dix-sept chapitres proposés ici sont le reflet de mes recherches et de mon enseignement depuis une trentaine d'années. Tous ont d'abord constitué le sujet de mes séminaires à l'École pratique des hautes études et à l'École des hautes études en sciences sociales. Ils ont ensuite été publiés sous forme d'articles dans différentes revues, actes de colloque ou ouvrages collectifs. Je les ai révisés, complétés, remaniés et en partie réécrits pour le présent ouvrage. Je me suis également efforcé d'actualiser la bibliographie proposée dans les notes. Voici la liste des publications où sont parues les premières versions de ces différentes études :

Le symbole médiéval : « Symbole », dans J. Le Goff et J.-C. Schmitt, dir., *Dictionnaire raisonné de l'Occident médiéval*, Paris, 1999, p. 1096-1112.

Les procès d'animaux : « Une justice exemplaire : les procès intentés aux animaux (XIIIe-XVIe s.) », dans *Cahiers du Léopard d'or*, vol. 9, 2000 (*Les Rituels judiciaires*), p. 173-200.

Le sacre du lion : « Quel est le roi des animaux ? », dans *Le Monde animal et ses représentations au Moyen Âge*, Actes du XVe congrès de la Société des historiens médiévistes de l'enseignement supérieur public (Toulouse, 1984), Paris, 1985, p. 133-142 ; « Pourquoi tant de lions dans l'Occident médiéval ? » dans *Il mondo animale. The World of Animals* (*Micrologus*, VIII, 1-2), Turnhout-Sismel, 2000, t. I, p. 11-30.

Chasser le sanglier : « La chasse au sanglier. Histoire d'une dévalorisation (IVe-XIVe siècle) », dans A. Paravicini Bagliani et B. Van den Abeele, dir., *La Chasse au Moyen Âge. Société, traités, symboles*, Florence, 2000 (*Micrologus'Library*, vol. 5), p. 7-23.

Les vertus du bois : « La forêt médiévale : un univers symbolique », dans A. Chastel, dir., *Le Château, la Chasse et la Forêt. Les cahiers de Commarque*, Bordeaux, 1990, p. 81-98 ; « Introduction à la symbolique médiévale du bois », dans *Cahiers du Léopard d'or*, vol. 2, 1993, p. 25-40.

Une fleur pour le roi : « Le roi des lis. Emblèmes dynastiques et symboles royaux », dans Archives nationales, *Corpus des sceaux français du Moyen Âge*, t. II, *Les sceaux des rois*, Paris, 1991, p. 35-48 ; « Une fleur pour le roi. Jalons pour une histoire de la fleur de lis au Moyen Âge », dans *Cahiers du Léopard d'or*, vol. 6, 1997, p. 113-130.

Voir les couleurs du Moyen Âge : « Une histoire des couleurs est-elle possible ? », dans *Ethnologie française*, vol. 20/4, octobre-décembre 1990, p. 368-377 ; « Voir les couleurs au XIIIe siècle », dans *Micrologus. Natura, scienze e società medievali*, vol. 6/2, 1998, p. 147-165 ; « Voir les couleurs du passé : anachronismes, naïvetés, surlectures », dans L. Gerbereau, dir., *Peut-on apprendre à voir ?*, Paris, 1999, p. 232-244.

Naissance d'un monde en noir et blanc : « L'Église et la couleur des origines à la Réforme », dans *Bibliothèque de l'École des chartes*, t. 147, 1989, p. 203-230 ; « La Réforme et la couleur », dans *Bulletin de la Société d'histoire du pro-*

testantisme français, t. 138, juillet-septembre 1992, p. 323-342 ; « Les Cisterciens et la couleur au XIIe siècle », dans *L'Ordre cistercien et le Berry* (colloque, Bourges, 1998), *Cahiers d'archéologie et d'histoire du Berry*, vol. 136, 1998, p. 21-30.

Les teinturiers médiévaux : *Jésus chez le teinturier. Couleurs et teintures dans l'Occident médiéval*, Paris, 1998.

L'homme roux : « Tous les gauchers sont roux », dans *Le Genre humain*, vol. 16-17, 1988, p. 343-354.

La naissance des armoiries : « L'apparition des armoiries en Occident : état du problème », dans *Bibliothèque de l'École des chartes*, t. 134, 1976, p. 281-300 ; « Du masque au totem : le cimier héraldique et la mythologie de la parenté », dans *Razo. Cahiers du centre d'études médiévales de Nice*, t. 7, 1985, p. 101-116 ; « La naissance des armoiries », dans *Cahiers du Léopard d'or*, vol. 3, 1994, p. 103-122.

Aux origines des drapeaux : « Du vague des drapeaux », dans *Le Genre humain*, n° 20, 1989, p. 119-134 ; « L'emblème fait-il la nation ? De la bannière à l'armoirie et de l'armoirie au drapeau », dans R. Babel et J.-M. Moeglin, dir., *Identité régionale et conscience nationale en France et en Allemagne du Moyen Âge à l'époque moderne*, Sigmaringen, 1997, p. 193-203.

L'arrivée du jeu d'échecs en Occident : *L'Échiquier de Charlemagne. Un jeu pour ne pas jouer*, Paris, 1990.

Jouer au roi Arthur : « L'enromancement du nom. Enquête sur la diffusion des noms de héros arthuriens à la fin du Moyen Âge », dans J.-C. Payen et M. Pastoureau, dir., *Les Romans de la Table Ronde, la Normandie et au-delà*, Condé-sur-Noireau, 1987, p. 73-84.

Le bestiaire de La Fontaine : « Le bestiaire de La Fontaine », dans C. Lesage, dir., *Jean de La Fontaine*, exposition, Paris, BNF, 1995, p. 140-146.

Le soleil noir de la mélancolie : « Soleil noir et flammes de sable. Contribution à l'héraldique nervalienne : *El Desdichado* », dans *Bulletin du bibliophile*, fasc. 3, 1982, p. 321-338.

Le Moyen Âge d'*Ivanhoé* : « *Ivanhoé.* Un Moyen Âge exemplaire », dans *Le Moyen Âge à livres ouverts*, Actes du colloque de Lyon (24-25 septembre 2002), Paris, 2003, p. 15-24.

Index

Les termes et notions présentant un trop grand nombre d'occurrences (code, document, image, livre, rituel, signe, symbole, système, etc.) ne figurent pas dans cet index.

Abeille, 105-106.
Accouplement, 48, 65.
Acculturation, 279, 289-290, 303-330.
Adoubement, 244, 283, 322, 337.
Agneau, 85, 173, 224, 353.
Aile, 38, 85, 225, 269, 273.
Air, 142, 202.
Ajonc, 111.
Alchimiste, 198, 203.
Aliment, 143, 162,
Alouette, 352.
Alun, 200.
Ambivalence, 26, 322.
Ambre, 314.
Âme, 34, 50, 196, 357.
Amour, 306, 369, 382.
Anachronisme, 12, 27, 35, 53, 129, 133-134, 136, 159, 151, 162, 377.
Analogie, 18, 368.
Anathème, 42, 44.
Anatomie, 48.
Ancolie, 365.
Âne, 43, 45, 353.
Ânesse, 45.
Animal : voir à chaque nom d'animal.
Animalité, 173, 232, 270.
Annelet, 121, 231, 255.
Anthroponymie, 32, 54, 57, 229, 261, 330, 333-336, 339, 342, 344, 350.
Antilope, 56.
Apothicaire, 44-45, 198, 203, 211.
Apparition, 175, 218.
Arbitraire du signe, 15.
Arbre, 16, 24, 92, 95, 98, 100-109, 122-123, 188, 255, 269, 318.
Arbre de Jessé, 123.
Arc-en-ciel, 135, 139-140.
Arc, 108.
Arche de Noé, 66.
Archéologie, 76, 157-158, 166, 170, 281, 325-326.
Archéozoologie, 47, 54.
Arme, 22, 78-79, 101, 107, 114, 119-121, 164, 244, 255, 257-262, 269, 274, 284-285, 307, 382.
Armoiries, 14, 22-23, 57-60, 64-66, 83, 103, 111-112, 115-122, 144-145, 147, 170, 217, 228, 239-274, 282-289, 306, 322, 337,

352-354, 358, 360-362, 366-367, 380, 382.
Armorial, 259, 268, 352-354, 356, 360.
Article (grammatical), 355-356.
Attribut iconographique, 123.
Aulne, 109, 207, 402.
Autre-monde, 22, 76, 107, 229.
Autruche, 269.
Avarice, 84.
Avocat, 41, 373.
Avoine, 259.

Baie, 126.
Baleine, 267, 312.
Bannière, 59, 117, 218, 242, 250, 256, 266, 268, 275, 277-278, 280, 283, 286-287, 297.
Baptême, 214.
Bar, 242, 259.
Barbe, 23, 221-222.
Barde, 330.
Bâtard, 103.
Bâton, 101, 123.
Beauté, 149-150, 157, 183, 185-186.
Bêche, 94, 235.
Belette, 162.
Bélier, 45.
Besant, 121, 255.
Bestialité, 33, 44, 69.
Biche, 80, 262.
Bichromie, 147, 149, 175, 193, 254, 321-323.
Bijou, 164, 177, 307.
Biologie, 33, 137, 227.
Blaireau, 78.
Blanc, 76, 85-86, 107, 112, 129-130, 134, 141, 144-145, 149, 158, 165-170, 173-175, 179, 181, 184, 188, 190, 192-193, 205-207, 209, 218, 228, 253-254, 269, 281, 283, 292-294, 297, 313, 320-321.
Blason, 57-59, 110, 121, 144-145, 170, 228, 239-240, 242-243, 253-254, 259, 262, 264-265, 280, 283, 294-295, 352-355, 357-359, 362-363, 373.
Bleu, 20, 26, 133-136, 140-141, 144-149, 168, 172-173, 176-177, 190, 195-197, 199, 201, 204, 206-209, 230, 253-254, 283, 292-294.
Bleuet, 123.
Blond, 228.
Bœuf, 45, 50, 71, 355.
Bois, 36, 85, 87, 91-109, 123, 161-163, 200, 267, 314, 325, 349, 351.
Bouc, 45, 235, 269.
Bouche, 99, 202, 222, 233.
Boucher, 98, 223, 229, 234.
Bouclier, 241-245, 250, 253, 256.
Bouffon, 223, 225, 232, 318, 322
Boule, 242, 259.
Bouleau, 107, 207, 209.
Bourreau, 23, 36-38, 98, 103, 223, 225, 229, 234-235.
Bourse, 222, 233.
Brebis, 44-45, 235, 351.
Brisure, 257, 272, 284-285, 288.
Brochet, 16, 260, 352.
Bronze, 162, 315.
Brun, 72, 109, 166, 172-173, 176, 193, 206, 209, 228.
Bûcher, 36, 44, 46.
Bûcheron, 98-101.

Cachalot, 312.
Cadeau, 71, 326.
Calice, 259.
Camaïeu, 137, 156, 186.
Carré, 323-324.
Carte, 280, 289.

Casque, 266-268, 270.
Caverne, 71.
Cécité, 18, 155, 165.
Cendres, 36, 205.
Cercueil, 105, 251.
Cerf, 62, 67-68, 74-78, 80-81, 84-88.
Chaleur, 84, 99, 153, 164.
Chameau, 56, 68, 318.
Chapeau, 38, 230.
Char, 71, 84, 318
Charbonnier, 98-100.
Charité, 58.
Charpentier, 37, 94, 98, 101.
Charrue, 71, 94.
Chasse, 73-82, 85-88, 176, 327.
Chat, 45, 269.
Châtaignier, 105, 200.
Château, 24, 35, 42, 71, 93, 118, 259, 309, 313, 326, 337, 372, 380, 382.
Chaux, 38, 181, 200, 223.
Chêne, 104-106, 223, 354.
Chenille, 41-42.
Cheval, 22, 33, 39, 43, 45-47, 68, 81, 83, 112, 143, 162, 224, 243, 250, 309, 312.
Chevalier, 16, 22, 59, 65, 99, 101, 229, 248, 260, 267-268, 272, 305, 316, 323, 332, 336, 343, 362-363, 365, 372, 376.
Cheveux, 23, 210, 225, 227, 235.
Chèvre, 173, 258.
Chevreuil, 74, 80.
Chien, 33, 43, 45, 51, 74, 78-79, 86-87, 143, 162, 222, 262, 308, 352, 354.
Chimère, 377.
Chimie, 136-137, 172, 193, 210.
Chouette, 269.
Chromoclasme, 179, 181, 185.
Chronique, 67, 83, 98, 244, 330, 335.
Ciel, 34, 43, 79, 85, 107, 114, 117-118, 188, 296, 323, 351.
Cigale, 353, 356.
Cimetière, 48, 105, 108.
Cimier, 84, 265-274, 363.
Cinéma, 193, 375, 380.
Cire, 162-163, 314.
Cirque, 54, 61, 71.
Citrouille, 354.
Clarté, 153, 155, 186.
Clef, 145, 258, 359.
Cochenille, 177, 198.
Cœur, 18, 362, 364-365.
Colère, 71, 75, 79, 83-84, 195, 225, 270.
Collier, 112, 265.
Colombe, 67, 111.
Compartimentage, 256, 265.
Contraste, 20, 99, 135-137, 139, 172, 334, 354, 379.
Conversion, 114, 187, 322.
Coq, 281, 336, 354.
Corbeau, 62, 67, 269, 349, 352, 355-356.
Corde, 106, 233, 363, 365.
Corne, 21-22, 82, 95, 162, 268-269, 313-314, 325.
Couleur : voir à chaque terme de couleur.
Couleuvre, 352.
Cour, 209, 232, 306, 317, 328, 353.
Courage, 58, 63, 74-75, 78, 82.
Couronne, 24, 113, 118, 120, 123, 286-287.
Courtoisie, 373.
Couteau, 74, 101.
Crapaud, 114-115, 222.
Crinière, 56, 62, 64.
Cristal, 176, 315.
Crocodile, 68, 392.
Croisade, 13, 59-60, 115-116, 176, 240, 290, 335, 371, 385.
Croissant, 115, 118, 121, 293, 297.

Croix, 17, 85, 121, 168, 231, 235, 242-243, 281, 292-294.
Cruauté, 39.
Crucifix, 87, 104, 154.
Cuir, 267, 312.
Cuisine, 204.
Cuivre, 202.
Culpabilité, 39.
Culte animalier, 69, 86.
Culte chrétien, 169, 183-184, 188, 191, 217, 250, 274, 309, 311, 344.
Cupidité, 83, 164.
Cuve, 201-202, 209, 219-220.
Cygne, 269, 272.

Daim, 78, 80.
Dames (jeu de), 305, 317, 321, 326.
Damier, 176, 232, 304, 306, 321-322.
Décapitation, 46.
Déguisement, 36, 189, 270, 353.
Densité, 146-147, 154-155, 164-165, 172, 175, 190, 201, 231.
Dent, 24, 103, 312.
Dés (jeu de), 305.
Désordre, 26, 232.
Dessin, 66, 112, 185, 187, 255, 364.
Deuil, 108, 168, 191, 206, 299.
Dévoration, 38-40, 46, 49, 61, 65, 71.
Diable, 16, 20, 22, 61, 63, 70, 79, 82, 98, 100, 107, 228, 310, 312, 320.
Dimanche, 34, 63, 168, 414.
Dissection, 48.
Dragon, 20, 26, 59, 64-65, 68, 224, 232, 243, 269, 273, 312, 318.
Drapeau, 239, 275-299.
Drapier, 194-195, 197, 211-212, 216.
Droit, 40, 42, 52-53, 76, 80-81, 253, 297.
Droite (côté droit), 113, 234-235, 364.

Eau, 142, 196-197, 202.
Écart, 21, 109, 172, 205, 222, 383.
Échafaud, 35.
Échecs (jeu d'), 305, 307, 309-311, 320-321, 323-325, 327, 329.
Éclairage, 128-129, 150, 156.
Éclat, 143, 146-147, 155, 205.
Écorce, 105-106, 108-109, 207, 211.
Écureuil, 232, 352.
Église (édifice), 20, 32, 36-38, 46, 56, 106, 113, 142, 144-145, 154, 156-161, 163-165, 170-171, 180, 182, 188, 250, 306-307, 311, 314, 322.
Élan, 56.
Éléments (quatre), 142, 202.
Éléphant, 258, 312, 325-327.
Émail, 157, 244.
Emblème, 13-14, 55, 57, 61, 64-65, 84, 91, 112-114, 116-117, 120-123, 171-172, 174-175, 237-299, 344, 352-353, 357, 365, 369.
Enfer, 53.
Enfouissement, 46.
Envie, 84.
Épée, 101, 235.
Épine, 113, 123.
Ermitage, 71.
Ermite, 100.
Esclave, 225.
Étable, 34, 51, 108.
Étendard, 277, 279, 291.
Étoffe : voir Textile.
Étoile, 118, 121, 130-131, 255, 258, 285, 293, 297, 369.
Étranglement, 36, 46.
Étymologie, 15, 21, 75, 97, 109, 153, 229, 344.

Évêque, 42-43, 102, 113, 166-167, 249, 318, 321, 327.
Exclusion, 192, 220.
Excommunication, 42-43.
Exorcisme, 43-44.

Fable, 63, 350-357.
Face (sainte), 17.
Facialité, 64.
Fard, 187, 189, 214.
Faucon, 33, 143, 162, 242, 308.
Fécondité / fertilité, 85, 101, 111-112, 330, 359.
Fée, 273.
Fer, 94, 98-99, 101, 203, 354.
Férocité, 82.
Feu, 94, 99, 101, 107, 140-142, 153, 202, 226, 228-229, 235.
Feuille, 95, 362, 377.
Fief, 24.
Fierté, 58.
Figure géométrique, 255, 260, 268, 314.
Flagellation, 107, 235.
Flèche, 107, 108, 111.
Flegme, 314.
Fleur, 95, 105-106, 110-115, 119-123, 182, 207, 269, 364-365.
Fleur de lis, 110-116, 118, 120-122, 255, 261, 272.
Fleuron, 112-113, 122.
Folie, 180, 224, 232.
Force, 58, 60-63, 70, 74, 94, 100, 101, 327.
Forêt, 24, 69, 77, 81-82, 91, 96, 98-100, 104, 296-297, 381.
Forgeron, 94, 98, 100, 198, 223.
Fou, 103, 137, 232, 318, 327.
Foudre, 75, 84, 101, 107.
Fougère, 207, 209.
Foulon, 212.
Fourmi, 356.
Fourrure, 177, 242, 285, 308.
Fraude, 42, 102, 215-216.
Frêne, 104, 107-108, 207.
Froid, 20, 71, 135, 201, 291.
Fromage, 349.
Fronde, 101.
Fruit, 16, 43, 95, 108-109, 255, 366.

Gant, 37-38, 230.
Garance, 198-200, 202, 210-211, 216.
Gauche (côté gauche), 233-236.
Gaude, 200, 207, 211, 216.
Généalogie, 120, 203, 258, 272-275, 324, 358.
Genêt, 111, 123, 207, 209, 216.
Gestation, 116, 192, 203, 245.
Gland, 354.
Globe, 280, 297.
Goinfrerie (gourmandise), 71, 83-84.
Gravure, 129, 188, 208.
Griffon, 62, 269.
Gris, 130, 140, 146, 171-173, 175-176, 178-181, 184, 186-187, 190, 192-193, 199-200, 206-207, 209.
Grisaille, 160, 180, 186-187.
Groseillier, 123.
Guède, 146, 177, 195-196, 199-201, 207, 216.
Guérison, 18, 87, 117.
Guerre, 26, 65, 70, 121, 156, 170, 176, 179, 181, 183, 185, 241, 262-263, 266-267, 270, 276, 280, 286-287, 289-290, 294, 298, 310, 316-317, 328, 338, 340, 360, 381.

Hache, 17, 94, 99-102, 111.
Hagiographie, 17, 71, 76, 85, 182, 223.
Hanneton, 41, 43.
Hasard, 94, 171, 309-310.
Haubert, 241.

Héraut d'armes, 259, 262-263, 373.
Herbe, 24, 207.
Hérétique, 42, 103, 224, 235.
Hermine, 242, 283-288, 356.
Hêtre, 104.
Hippopotame, 312.
Historiographie, 40, 157, 171.
Homicide, 45, 49-50.
Horizontalité, 58, 64-65, 272, 321, 327.
Houx, 123.
Huile, 109, 117, 128, 209.
Humiliation, 39, 46.
Humilité, 172, 174, 189, 191.
Hybride, 32, 56, 269.
Hypocrisie, 221, 269.

Iconoclasme, 179, 181, 185.
Identité, 13, 97, 140, 147, 239, 246-248, 250-252, 262, 265-266, 272, 276, 282, 325, 372.
Îf, 107-108.
Île, 312, 330.
Illusion, 187.
Imprimerie, 192, 289, 320, 334.
Impureté, 60, 95, 189, 199, 232.
Inceste, 223.
Incolore, 143, 158.
Indigo, 200.
Infanticide, 35, 45, 49.
Injure, 182, 225.
Insecte, 35, 42-44, 67, 351, 356.
Invention, 128, 208, 240, 305-306.
Inversion, 22-23, 80-81, 87, 225, 279.
Iris, 111, 123.
Ironie, 15, 349.
Ivoire, 62, 162, 251, 306-307, 311-314, 318-319, 325-326.

Jalousie, 223-224.
Jardin, 47, 80, 113, 350.
Jaune, 26, 135-137, 141, 144-145, 147, 149, 160, 165-166, 176, 178, 190, 197, 199-200, 205-209, 211, 216, 218-219, 221-222, 224, 228-232, 253-254, 261, 281, 294, 355.
Javelot, 107.
Jeu, 54, 132, 150, 270, 273, 289, 303-329, 338.
Jeu de mots, 85, 121, 215, 229, 242, 258.
Jeûne, 34, 53.
Jongleur, 71, 223, 234, 322.
Joute, 84, 144, 267, 270, 333, 338.
Juif, 230-231.
Jumeaux, 334.
Jument, 35-36, 45.
Jurisprudence, 41.
Justice, 14, 31, 40-41, 43, 45-47, 49, 52, 58, 105-106, 122-123, 144, 248, 285, 382.
Juxtaposition, 145.

Kermès, 177, 198, 216.

Lâcheté, 74, 102, 328.
Laideur, 79, 82-83, 149-150, 226, 228.
Laie, 76, 86.
Laine, 171-173, 175, 178, 195, 197, 199-201, 205-206.
Lance, 101, 107, 191, 235.
Lapidation, 50, 299.
Lapin, 352.
Largesse, 58, 63.
Latin, 11-12, 15-16, 18, 97, 108, 121, 141, 213-214, 226, 259-260, 264-265, 317-318, 331.
Léopard, 26, 55, 58, 62, 64-66, 111, 118-119, 232, 269.
Lépreux, 224.
Lessive, 143, 201, 205-206.
Lettres (alphabet), 305, 362.
Lèvres, 222.

Lévrier, 260.
Lexique, 203, 213, 263.
Lézard, 352-353.
Licorne, 68, 85, 269, 313-314.
Lièvre, 80.
Limace, 41-42.
Lime, 103.
Lion, 20, 26, 32, 54-73, 75, 120, 232, 244, 254-255, 259, 261, 308, 349, 352-356, 362, 368.
Lionne, 65.
Lis : voir Fleur de lis.
Liturgie, 165, 167, 169-171, 182-184, 188-190, 277, 279, 298, 307.
Lois somptuaires, 177.
Losange, 121, 255, 260.
Lotus, 111.
Loup, 43, 78, 80, 258, 262, 352-354, 356.
Loutre, 78, 260.
Lumière, 18, 85, 101, 111, 129, 138-143, 146, 150-160, 164-165, 168, 187, 205-206, 209, 231, 292.
Lune, 118.
Lunettes, 139.
Luth, 363, 369.
Luxe, 130, 154-155, 164, 166, 173, 176, 180, 187, 189, 198, 200-201, 308.
Luxure (lubricité), 71, 82, 84.
Lyre, 365, 369.

Magie, 94.
Main de justice, 14, 122.
Main, 113, 148, 211, 222, 231, 233-236, 361, 366.
Majesté, 105, 123.
Malédiction, 42, 390.
Mannequin, 46.
Manteau, 113, 118, 134, 230.
Marguerite, 123.
Marque infamante, 229.
Marteau, 100, 259.
Martyre, 17, 102, 169, 217.
Masque, 36, 153, 222, 225, 233, 266, 270, 271, 353.
Massue, 101.
Matériau, 32, 91-97, 148, 158, 162, 181, 306, 308, 311, 313-315, 330, 373, 382.
Matière, 17-19, 92, 95-97, 102-103, 106, 128, 140, 142, 146, 148, 152, 157, 164, 168, 172, 187, 194-201, 203, 231, 311, 318.
Médecine, 48, 109, 204.
Mélange, 141, 198-199, 203, 206-208, 221
Mémoire, 36-37, 262, 273-274, 291, 299, 312, 357, 366.
Ménagerie, 55.
Mensonge, 215, 221, 226, 230.
Menthe, 259.
Mer, 280, 289, 292, 296, 312.
Merveille, 63, 305.
Métal, 62, 92, 94-95, 97, 182, 267.
Métamorphose, 100, 203, 317, 324, 367.
Meunier, 17-18, 98, 223.
Miracle, 117, 219-220.
Miséricorde, 58, 63.
Mitre, 318.
Mobilier, 105, 161, 163, 382.
Mode vestimentaire, 189, 191.
Monnaie, 11-113, 164, 242, 246, 305, 307.
Monstre, 32, 56, 226, 269, 312.
Mont, 258, 262.
Mordant, 198-202, 209, 215.
Morse, 56, 312-313.
Mort, 34, 36, 39, 49-50, 105, 107-108, 270, 320, 322-323.
Mouche, 42-43, 356.
Mouton, 47, 262.
Mule, 71.

Mulot, 41-42.
Musique, 77, 105-106, 186, 308, 363.
Musulman, 59, 95, 115, 224, 234, 279-280, 289-291, 293, 303-304, 307-311, 318-319.
Mutilation, 36, 38-39, 46.
Mythologie : celtique, 76, 330 ; germanique, 62, 69, 104, 267 ; grecque, 26, 225, 305.

Narval, 312-313.
Nationalisme, 284, 287, 292, 361.
Nef, 38, 56, 365.
Nez, 222.
Nimbe, 222.
Nœud, 92.
Noir et blanc, 129-130, 149, 151-193, 320-321.
Noir, 78-80, 84, 99, 109, 133, 141-145, 149, 166, 168-179, 184, 190-193, 197, 2300, 205-206, 209-211, 213, 216-219, 222, 228, 230-231, 248, 253-254, 261, 267, 269, 280, 293-294, 306, 318-321, 358, 363.
Noix, de galle, 216.
Nom, 13, 16-18, 37, 41, 56, 62, 64, 66, 76, 82, 108-109, 121, 164, 175, 198, 202, 218, 242, 250, 258-262, 265, 269, 274, 335-336, 339, 342-345, 356.
Nombre, 19, 25, 27-28, 155, 202, 323.
Noyade, 46.
Noyer, 16, 104, 107-109, 200, 211, 216.
Nuage, 139, 262.
Nuancier, 210.
Nudité, 69.

Odeur, 74, 84, 214.
Œil, 136, 140-142, 145-148, 150-151, 162, 186, 232, 254, 256.
Officialité, 35, 41-42.
Oiseau, 66-67, 80, 87, 269, 351.
Olivier, 104-105, 334.
Ombre, 109.
Onction, 117.
Ongle, 210-211, 216.
Opacité, 155, 165.
Optique, 136, 139, 141-143.
Or, 112, 145, 164, 231, 253, 315.
Orage, 107.
Orangé, 170, 190, 221, 253.
Oranger, 123.
Ordre de chevalerie, 265.
Ordure, 214.
Orfèvrerie, 156-157, 163-164, 307, 319.
Orge, 258.
Orgueil, 83-84.
Orme, 104, 106.
Orseille, 216.
Orthographe, 122, 215.
Os, 24, 47, 312, 314, 325.
Ours, 55, 70-71, 75, 86-87, 260-261, 308 ; – blanc, 71.
Outil, 94, 98, 100-101, 103, 255.

Paille, 24.
Palme, 122.
Palmier, 104.
Panthère, 56, 65, 308.
Paon, 190, 269.
Papyrus, 112.
Paradis, 53, 169, 212.
Parchemin, 95, 170, 202.
Parenté, 33, 48, 75, 120, 214, 239, 245, 249, 255-256, 265-266, 270-274, 315, 343-344.
Paresse, 71, 82-84.
Partie pour le tout, 23-24, 285.
Patience, 103.
Pauvreté, 99, 139, 156, 173.

Peau, 217-218, 222, 227, 232, 312.
Péché, originel, 16, 51, 113.
Peintre, 20, 136, 151, 185-187, 203-204, 208, 211, 322, 361, 365, 376.
Peinture murale, 36, 38, 132, 342.
Pendaison, 46.
Perception, 135, 145, 150, 201, 291.
Perle, 319.
Peur, 16, 74, 85, 99, 108.
Pharmacopée, 105.
Phénix, 349.
Philologie, 15, 31, 100, 334, 344, 373.
Phonétique, 15, 344.
Photographie, 129-131, 133.
Physiognomonie, 225.
Pie, 394.
Pied, 79.
Piège, 80.
Pierre, 92-95, 161, 163, 170, 262, 268, 321 ; – précieuse, 164, 311.
Pin, 105.
Pique, 101.
Plan, 162, 265.
Plantain, 207, 209
Plâtre, 200.
Pluie, 109, 351.
Plume, 11, 38, 58, 202, 269.
Poil, 54, 84, 173, 227-228, 232.
Poison, 108, 312.
Poisson, 16, 67, 222, 233.
Polychromie, 150, 156-157, 159-160, 162, 176, 180-183, 290.
Pommier, 16.
Porc, 36-37, 39-40, 43, 47-48, 73, 76, 82-83, 389, 391.
Porcher, 100, 375.
Porte, 258-259.
Positivisme, 16, 111, 128, 292, 377.
Poule, 262.
Pourpre, 166, 205.
Préhistoire, 102.
Preuve, 34, 82, 135-136, 173.
Prison, 37, 46, 299, 371, 382.
Procès, 31-53, 195-196, 224, 372, 382.
Profil, 64-65, 353.
Prostituée, 103, 181, 223, 229, 234.
Protestantisme, 177, 179-182, 185-193, 209.
Proverbes, 32, 54, 98, 226, 350, 352.
Punition, 39, 49, 93, 107.
Pureté, 95, 107, 11, 113, 129, 141, 168, 175, 183-184, 191, 311.
Pustule, 18.

Queue, 56, 63, 255.

Rabot, 100, 401-402.
Racine, 108-109, 216.
Rage, 75, 87.
Raison, 49, 51.
Rat, 41, 43, 68, 261, 354.
Rayure, 176-177, 232.
Réalité (réalisme), 11, 20, 24, 28, 100, 102, 128, 132-133, 153, 252, 261, 267, 279, 329, 334, 344, 358, 380, 383.
Rébus, 258, 262, 353.
Recette, 135, 199-200, 202, 204.
Récipients, 203.
Récompense, 16-17.
Rectangle, 280, 324.
Regalia, 14, 307.
Règle (couleurs), 145, 254, 281, 294-295.
Règlements, 98, 138, 156, 172, 177, 190, 195, 197, 200, 208, 215, 217, 230, 241, 243.
Règles (jeu), 316-317, 326-327.
Reine, 317, 327.
Reliquaire, 164.
Reliques, 24, 43, 279, 307, 309.

Renard, 78, 80, 228, 232, 269, 349, 352, 354-356.
Renne, 56.
Restauration, 129.
Résurrection, 64, 70, 85, 174, 203, 324.
Rocher, 258.
Roi (royauté), 24, 55, 60, 63, 69, 71-72, 76-77, 80-71, 87, 99, 114, 116-123, 246, 253, 259, 278, 285, 307, 310-311, 317, 326-328, 338, 353, 382.
Roman de chevalerie, 16, 58, 338, 344.
Rongeur, 42, 44, 67, 387.
Rose (couleur), 140, 170, 190, 253
Rose (fleur), 114, 123, 255, 285, 362-365, 369.
Roseau, 354.
Rosée, 205.
Rossignol, 362.
Roue, 17, 231, 262.
Rouelle, 231.
Rouge, 18, 22-23, 26, 99, 130, 133, 136, 140-141, 144-145, 147-151, 161, 166, 168-171, 176-178, 180-181, 190, 197-211, 216, 221, 224, 228-232, 253-254, 258, 281, 291, 293-297, 318-321, 355, 364, 369.
Roux, 18, 23, 221, 223-236, 355.
Runes, 240.
Ruse, 39, 46, 60, 102, 226, 312, 352.

Sac, 44-45, 106.
Sacre, 117, 322.
Sacrement, 19.
Sacrifice, 85, 225.
Safran, 216.
Saint, 18, 24, 87, 106, 169, 217, 307.
Saleté, 71, 82-83, 215.
Sang, 36, 39, 168-169, 180, 229, 294.
Sanglier, 43, 55, 59-60, 62, 67-68, 73-88.
Saturation, 147, 165, 175, 190, 201, 290.
Saumon, 62.
Sauterelle, 42-43.
Sautoir, 121, 243.
Sceau, 24, 61, 112-113, 115-117, 119-123, 216, 242, 244, 246, 250-254, 260, 267-267, 283-284, 323, 336, 339-343.
Sceptre, 112-113, 122.
Scie, 17, 100-103.
Secret, 63, 202, 205, 210.
Semé (structure en), 117-119, 365.
Sémiologie, 21, 23, 228, 277-278, 292.
Sensation, 50, 151.
Serpent, 44, 67-68, 85, 312.
Sexualité, 70, 85, 87.
Singe, 32, 48, 56, 269, 355.
Sirène, 269.
Soie, 195, 197.
Soif, 85.
Soleil, 107, 111, 139, 143, 146, 153, 161, 201, 205, 218, 293, 358-369.
Sombre, 75, 82, 155, 161, 172, 186-187, 190-191, 221-222, 228, 363.
Sorcellerie, 33, 35, 45, 372, 382.
Souffle, 50, 63, 74.
Souveraineté, 111-112, 115, 285.
Spectre, 134-137, 140-141, 188, 192, 199, 206.
Sphère, 297.
Sport, 239, 289, 297-298.
Statue, 93, 104, 106, 161, 163, 181, 188.
Suaire, 17.
Subdivision, 255.
Suicide, 108, 224, 235.

Superposition, 145, 161-162, 169, 199, 208, 254.
Supplice, 17, 36-39, 102.

Tables (jeu des), 310-311.
Tache, 210, 232.
Tanneur, 195-196.
Tartre, 200, 202.
Taureau, 39, 45, 314.
Teinture, 135, 138, 146, 174, 194-215, 219.
Teinturier, 136, 151, 178, 194-205, 207-220.
Témoin, 46, 52, 310.
Temps, 13, 67, 127-129, 137, 143, 150, 157, 159, 161, 165, 167-172, 183, 203, 292, 313, 319, 324, 326, 339.
Terre, 24, 142, 163, 202-203, 296, 354.
Tête, 64-65, 79, 228, 233, 255, 266-270, 363.
Textile, 96-97, 106, 144, 164, 173, 194-195, 197, 200, 202, 211-213, 216, 279.
Tiare, 112.
Tigre, 232.
Tilleul, 104-107, 362.
Tisserand, 194-196, 211-212.
Tissu : voir Textile.
Tombeau, 63, 185, 369.
Toponymie, 32, 76, 229.
Torture, 39, 45, 102.
Totem, 266, 270-274.
Tour, 24, 258, 318, 327, 362-363, 368-369.
Tournoi, 16, 37, 84, 144, 170, 241, 243, 247, 255, 263, 266-267, 270-273, 281, 306, 315-316, 328, 333, 335, 337-338, 363, 365, 372, 382.
Trahison, 18, 23, 83, 129, 161, 221, 223, 225-226, 229.
Transe, 87.
Transgression, 23, 178, 225, 270, 294, 382.
Transparence, 156.
Trèfle, 123, 281.
Trésor, 55, 279, 306-308, 311, 314, 319.
Trident, 111.
Trône, 61, 70, 86, 114, 143, 226, 293, 326, 355, 382.
Truie, 35-39, 43, 46, 48-49.

Uni, 118, 171, 206
Urine, 200, 209.
Usure, 103.

Vache, 45.
Vaisselle, 164, 307.
Vanité, 153, 183, 191.
Vassalité, 79.
Vendredi, 40.
Vénerie, 73-78, 85.
Ver, 92.
Vérité, 15, 17-20, 24, 27, 53, 115, 120, 127-129, 135-136, 189, 218, 351, 356-357, 370, 383.
Vermine, 41-44, 312.
Vert, 26, 133, 135-137, 140-141, 144-145, 147, 149, 166, 168, 170, 176, 178, 199, 206-209, 228, 230, 232, 254, 280, 291, 294-295.
Vert de gris, 207.
Vertu, 76, 114, 177, 252.
Vêtement, 22, 35, 96-97, 103, 111, 117, 133, 136, 138, 144, 146-152, 163-164, 166-167, 171-173, 176-180, 183, 188-191, 193, 206-207, 209-210, 212-213, 215, 218, 220, 228-2333, 248-250, 252, 263, 285, 308-309, 322, 362, 382.
Vexillologie, 276-277, 280, 294.
Viande, 47, 75, 80.

Vice, 65, 71, 82-84, 252.
Victoire, 61, 69, 295, 316, 328.
Vigne (vin), 42, 80-81, 200, 209.
Vinaigre, 200, 202.
Violence, 22, 26, 62, 69-70, 75, 81-83, 98, 136, 181-182, 185, 216, 219, 226.
Violet, 136, 141, 170, 190, 199, 206.
Virginité, 111, 113-114, 169.
Vision, 139-141.
Vitrail, 131-133, 135, 154, 156-157, 160-161, 181, 217-219, 253.
Vocation, 380-381.

Zoologie, 352, 355.

Table

Le symbole médiéval 11
Comment l'imaginaire fait partie de la réalité

Une histoire à construire 13
L'étymologie 15
L'analogie 18
L'écart, la partie et le tout 21
Les modes d'intervention 25

L'ANIMAL

Les procès d'animaux 31
Une justice exemplaire ?

Le Moyen Âge chrétien face à l'animal 32
La truie de Falaise 35
Une historiographie décevante 40
Typologie des procès 43
Pourquoi tant de porcs au tribunal ? 47
L'âme des bêtes 49
La bonne justice 52

Le sacre du lion 54
Comment le bestiaire médiéval s'est donné un roi

Des lions partout 54
La faune du blason 57
Un triple héritage 60
Naissance du léopard 62

L'arche de Noé 66
L'ours détrôné 69

Chasser le sanglier 73
Du gibier royal à la bête impure :
histoire d'une dévalorisation

Les chasses romaines 74
Les livres de vénerie 76
Des textes cynégétiques
aux documents d'archives 79
Le sanglier, un animal diabolique 81
Le cerf, un animal christologique 84
L'Église face à la chasse 86

LE VÉGÉTAL

Les vertus du bois 91
Pour une histoire symbolique des matériaux

Un matériau vivant 92
La matière par excellence 95
Le bûcheron et le charbonnier 98
La hache et la scie 100
Les arbres bienfaisants 103
Les arbres malfaisants 107

Une fleur pour le roi 110
Jalons pour une histoire médiévale de la fleur de lis

Une fleur mariale 111
Une fleur royale 114
Un décor cosmique 117
Une fleur partagée 120
Une monarchie végétale 122

LA COULEUR

Voir les couleurs du Moyen Âge 127
Une histoire des couleurs est-elle possible ?

Difficultés documentaires 128
Difficultés méthodologiques 131
Difficultés épistémologiques 134
Le travail de l'historien 137
Spéculations savantes 139
Pratiques sociales 143
Voir les couleurs au quotidien 147

Naissance d'un monde en noir et blanc 151
L'Église et la couleur des origines à la Réforme

Lumière ou matière ? 153
L'église médiévale, temple de la couleur 157
Liturgie de la couleur 165
Le vêtement : du symbole à l'emblème 171
Une couleur honnête : le noir 176
Le « chromoclasme » de la Réforme 179

Les teinturiers médiévaux 194
Histoire sociale d'un métier réprouvé

Des artisans divisés et querelleurs 195
Le tabou des mélanges 198
Les recueils de recettes 202
Difficultés de la teinture médiévale 205
Un métier dévalorisé 210
Les enjeux du lexique 213
Jésus chez le teinturier 217

L'homme roux 221
Iconographie médiévale de Judas

Judas n'est pas seul 222
La couleur de l'autre 224
Rouge, jaune et tacheté 228
Tous les gauchers sont roux 233

L'EMBLÈME

La naissance des armoiries 239
De l'identité individuelle à l'identité familiale

La question des origines 239
Le problème de la date 243
L'expression de l'identité 247
La diffusion sociale 249
Figures et couleurs 253
Brisures et armes parlantes 257
La langue du blason 262
De l'écu au cimier 265
La mythologie de la parenté 271

Des armoiries aux drapeaux 275
Genèse médiévale des emblèmes nationaux

Un objet d'histoire sous-étudié 276
De l'objet à l'image 278
Une histoire longue 281
L'exemple breton 283
Quand l'emblème fait la Nation 286
Un code européen à l'échelle planétaire 288
Comment naissent les drapeaux 291
État ou Nation ? 295

LE JEU

L'arrivée du jeu d'échecs en Occident 303
Histoire d'une acculturation difficile

Un jeu venu d'Orient 303
L'Église et les échecs 307
L'ivoire, une matière vivante 311
Repenser les pièces et la partie 315
Du rouge au noir 318
Une structure infinie 321
Un jeu pour rêver 324

Jouer au roi Arthur 330
Anthroponymie littéraire et idéologie chevaleresque

Une littérature militante 331
Des noms littéraires aux noms véritables 334
Rituels arthuriens 337
Tristan, le héros préféré 339
Idéologie du nom 343

RÉSONANCES

Le bestiaire de La Fontaine 349
L'armorial d'un poète au XVIIe siècle

Un bestiaire familier 350
Un armorial littéraire 352
Des animaux emblématiques 354
Héraldique de la fable 356

Le soleil noir de la mélancolie 358
Nerval lecteur des images médiévales

Un manuscrit prestigieux 360
Le soleil noir 362
Les ferments de la création 365
Une œuvre ouverte 367

Le Moyen Âge d'*Ivanhoé* 370
Un *best-seller* à l'époque romantique

Un immense succès de librairie 371
De l'histoire au roman et retour 374
Un Moyen Âge exemplaire 379

Notes 385
Table des illustations 459
Sources 463
Index 467

L'auteur

Né à Paris en 1947, Michel Pastoureau a fait ses études supérieures à la Sorbonne et à l'École des chartes, où il a soutenu en 1972 une thèse sur *Le Bestiaire héraldique médiéval*. D'abord conservateur au Cabinet des médailles de la Bibliothèque nationale, il a été élu en 1982 directeur d'études à l'École pratique des hautes études (IVe section), où il occupe depuis cette date la chaire d'histoire de la symbolique médiévale. Il a également été pendant vingt ans (1987-2007) directeur d'études associé à l'École des hautes études en sciences sociales, consacrant ses séminaires à l'histoire symbolique des sociétés européennes. Assumant différentes fonctions académiques et associatives, Michel Pastoureau a été ces dernières années professeur invité dans plusieurs universités européennes, notamment celles de Lausanne et de Genève. Il est correspondant de l'Institut de France (Académie des inscriptions et belles-lettres) et président de la Société française d'héraldique et de sigillographie. Il a reçu en 2010 le prix Médicis essai pour son ouvrage *Les Couleurs de nos souvenirs* (Seuil, « La Librairie du XXIe siècle »).

Les premiers travaux de Michel Pastoureau se sont inscrits dans le prolongement de sa thèse et ont eu pour objet l'étude des armoiries, des sceaux et des images. Ils ont contribué à faire de l'héraldique une science historique à part entière. Par la suite, à partir des années 1980, c'est surtout à l'histoire des couleurs, tous problèmes confondus, qu'il a consacré ses recherches et son enseignement. Dans ce domaine, où tout était à construire, y compris pour ce qui concernait l'histoire de la peinture, il est devenu au plan international le premier spécialiste. Parallèlement à ces différents terrains d'enquête et de réflexion, Michel Pastoureau n'a jamais cessé de travailler sur l'histoire des animaux, du bestiaire et de la zoologie, principalement au Moyen Âge.

Michel Pastoureau a publié une quarantaine d'ouvrages. Parmi les plus récents :

L'Échiquier de Charlemagne. Un jeu pour ne pas jouer, Paris, Adam Biro, 1990.

L'Étoffe du Diable. Une histoire des rayures et des tissus rayés, Paris, Seuil, « La Librairie du XXIe siècle », 1991, « Points », 2003 et « Points Histoire », 2008.

Traité d'héraldique, Paris, Picard, 3e éd., 1993.

Figures de l'héraldique, Paris, Gallimard, 1996.

Jésus chez le teinturier. Couleurs et teintures dans l'Occident médiéval, Paris, Le Léopard d'or, 1998.

Les Emblèmes de la France, Paris, Bonneton, 1998.

Bleu. Histoire d'une couleur, Paris, Seuil, 2000, « Points Essais », 2002 et « Points Histoire », 2006.

Figures romanes, Paris, Seuil, 2001 (en collaboration avec Franck Horvat).

Les Animaux célèbres, Paris, Bonneton, 2001 ; Paris, Arléa, « Arléa Poche », 2008.

Le Petit Livre des couleurs, Paris, Panama, 2005 (en collaboration avec Dominique Simonnet) ; Paris, Seuil, « Points Histoire », 2007.

Les Chevaliers de la Table ronde. Histoire d'une société imaginaire, Doussard, Éditions du Gui, 2006.

La Bible et les Saints, Paris, Flammarion, 2006 (en collaboration avec Gaston Duchet-Suchaux).

Armorial des chevaliers de la Table ronde. Étude sur l'héraldique imaginaire à la fin du Moyen Âge, Paris, Le Léopard d'or, 2006.

Dictionnaire des couleurs de notre temps. Symbolique et société, Paris, Bonneton, 2007.

L'Ours. Histoire d'un roi déchu, Paris, Seuil, « La Librairie du XXIe siècle », 2007 ; Grand prix du livre médiéval, 2007.

Couleurs. Le Grand Livre, Paris, Panama, 2008 (en collaboration avec Dominique Simonnet).

Noir. Histoire d'une couleur, Paris, Seuil, 2008 et « Points Histoire », 2011.

Le Cochon. Histoire d'un cousin mal aimé, Paris, Gallimard, 2009.

L'Art héraldique au Moyen Âge, Paris, Seuil, 2009.

Les Couleurs de nos souvenirs, Paris, Seuil, « La Librairie du XXIe siècle », 2010 ; prix Médicis essai, 2010.

Couleurs. Toutes les couleurs du monde en 350 photos, Paris, Chêne, 2010.

Bestiaire du Moyen Âge, Paris, Seuil, 2011.

Symboles du Moyen Âge. Animaux, végétaux, couleurs, objets, Paris, Le Léopard d'or, 2012.

Le Jeu d'échecs médiéval. Une histoire symbolique, Paris, Le Léopard d'or, 2012.

Vert. Histoire d'une couleur, Paris, Seuil, 2013.

RÉALISATION : NORD COMPO, À VILLENEUVE D'ASQ
IMPRESSION : NORMANDIE ROTO, S.A.S, À LONRAI
DÉPÔT LÉGAL : MARS 2014. N° 116538-3 (1601824)
Imprimé en France

La Librairie du XXIe siècle

Sylviane Agacinski, *Le Passeur de temps. Modernité et nostalgie.*
Sylviane Agacinski, *Métaphysique des sexes. Masculin/féminin aux sources du christianisme.*
Sylviane Agacinski, *Drame des sexes. Ibsen, Strindberg, Bergman.*
Sylviane Agacinski, *Femmes entre sexe et genre.*
Giorgio Agamben, *La Communauté qui vient. Théorie de la singularité quelconque.*
Henri Atlan, *Tout, non, peut-être. Éducation et vérité.*
Henri Atlan, *Les Étincelles de hasard I. Connaissance spermatique.*
Henri Atlan, *Les Étincelles de hasard II. Athéisme de l'Écriture.*
Henri Atlan, *L'Utérus artificiel.*
Henri Atlan, *L'Organisation biologique et la Théorie de l'information.*
Henri Atlan, *De la fraude. Le monde de l'*onaa.
Marc Augé, *Domaines et Châteaux.*
Marc Augé, *Non-lieux. Introduction à une anthropologie de la surmodernité.*
Marc Augé, *La Guerre des rêves. Exercices d'ethnofiction.*
Marc Augé, *Casablanca.*
Marc Augé, *Le Métro revisité.*
Marc Augé, *Quelqu'un cherche à vous retrouver.*
Marc Augé, *Journal d'un SDF. Ethnofiction.*
Marc Augé, *Une ethnologie de soi. Le temps sans âge.*
Jean-Christophe Bailly, *Le Propre du langage. Voyages au pays des noms communs.*
Jean-Christophe Bailly, *Le Champ mimétique.*
Marcel Bénabou, *Jacob, Ménahem et Mimoun. Une épopée familiale.*
Marcel Bénabou, *Pourquoi je n'ai écrit aucun de mes livres.*
Julien Blanc, *Au commencement de la Résistance. Du côté du musée de l'Homme 1940-1941.*
R. Howard Bloch, *Le Plagiaire de Dieu. La fabuleuse industrie de l'abbé Migne.*
Remo Bodei, *La Sensation de déjà vu.*

Ginevra Bompiani, *Le Portrait de Sarah Malcolm.*
Julien Bonhomme, *Les Voleurs de sexe. Anthropologie d'une rumeur africaine.*
Yves Bonnefoy, *Lieux et destins de l'image. Un cours de poétique au Collège de France (1981-1993).*
Yves Bonnefoy, *L'Imaginaire métaphysique.*
Yves Bonnefoy, *Notre besoin de Rimbaud.*
Yves Bonnefoy, *L'Autre Langue à portée de voix.*
Philippe Borgeaud, *La Mère des Dieux. De Cybèle à la Vierge Marie.*
Philippe Borgeaud, *Aux origines de l'histoire des religions.*
Jorge Luis Borges, *Cours de littérature anglaise.*
Claude Burgelin, *Les Mal Nommés. Duras, Leiris, Calet, Bive, Perec, Gary et quelques autres.*
Italo Calvino, *Pourquoi lire les classiques.*
Italo Calvino, *La Machine littérature.*
Paul Celan et Gisèle Celan-Lestrange, *Correspondance.*
Paul Celan, *Le Méridien & autres proses.*
Paul Celan, *Renverse du souffle.*
Paul Celan et Ilana Shmueli, *Correspondance.*
Paul Celan, *Partie de neige.*
Paul Celan et Ingeborg Bachmann, *Le Temps du cœur. Correspondance.*
Michel Chodkiewicz, *Un océan sans rivage. Ibn Arabî, le Livre et la Loi.*
Antoine Compagnon, *Chat en poche. Montaigne et l'allégorie.*
Hubert Damisch, *Un souvenir d'enfance par Piero della Francesca.*
Hubert Damisch, *CINÉ FIL.*
Hubert Damisch, *Le Messager des îles.*
Luc Dardenne, *Au dos de nos images*, suivi de *Le Fils* et *L'Enfant*, par Jean-Pierre et Luc Dardenne.
Luc Dardenne, *Sur l'affaire humaine.*
Michel Deguy, *À ce qui n'en finit pas.*
Daniele Del Giudice, *Quand l'ombre se détache du sol.*
Daniele Del Giudice, *L'Oreille absolue.*
Daniele Del Giudice, *Dans le musée de Reims.*
Daniele Del Giudice, *Horizon mobile.*
Daniele Del Giudice, *Marchands de temps.*
Mireille Delmas-Marty, *Pour un droit commun.*
Marcel Detienne, *Comparer l'incomparable.*
Marcel Detienne, *Comment être autochtone. Du pur Athénien au Français raciné.*

Milad Doueihi, *Histoire perverse du cœur humain.*
Milad Doueihi, *Le Paradis terrestre. Mythes et philosophies.*
Milad Doueihi, *La Grande Conversion numérique.*
Milad Doueihi, *Solitude de l'incomparable. Augustin et Spinoza.*
Milad Doueihi, *Pour un humanisme numérique.*
Jean-Pierre Dozon, *La Cause des prophètes. Politique et religion en Afrique contemporaine*, suivi de *La Leçon des prophètes* par Marc Augé.
Pascal Dusapin, *Une musique en train de se faire.*
Brigitta Eisenreich, avec Bertrand Badiou, *L'Étoile de craie. Une liaison clandestine avec Paul Celan.*
Uri Eisenzweig, *Naissance littéraire du fascisme.*
Norbert Elias, *Mozart. Sociologie d'un génie.*
Rachel Ertel, *Dans la langue de personne. Poésie yiddish de l'anéantissement.*
Arlette Farge, *Le Goût de l'archive.*
Arlette Farge, *Dire et mal dire. L'opinion publique au* XVIIIe *siècle.*
Arlette Farge, *Le Cours ordinaire des choses dans la cité au* XVIIIe *siècle.*
Arlette Farge, *Des lieux pour l'histoire.*
Arlette Farge, *La Nuit blanche.*
Alain Fleischer, *L'Accent, une langue fantôme.*
Alain Fleischer, *Le Carnet d'adresses.*
Alain Fleischer, *Réponse du muet au parlant. En retour à Jean-Luc Godard.*
Alain Fleischer, *Sous la dictée des choses.*
Lydia Flem, *L'Homme Freud.*
Lydia Flem, *Casanova ou l'Exercice du bonheur.*
Lydia Flem, *La Voix des amants.*
Lydia Flem, *Comment j'ai vidé la maison de mes parents.*
Lydia Flem, *Panique.*
Lydia Flem, *Lettres d'amour en héritage.*
Lydia Flem, *Comment je me suis séparée de ma fille et de mon quasi-fils.*
Lydia Flem, *La Reine Alice.*
Lydia Flem, *Discours de réception à l'Académie royale de Belgique*, accueillie par Jacques de Decker, secrétaire perpétuel.
Nadine Fresco, *Fabrication d'un antisémite.*
Nadine Fresco, *La Mort des juifs.*
Françoise Frontisi-Ducroux, *Ouvrages de dames. Ariane, Hélène, Pénélope…*

Marcel Gauchet, *L'Inconscient cérébral.*
Jack Goody, *La Culture des fleurs.*
Jack Goody, *L'Orient en Occident.*
Anthony Grafton, *Les Origines tragiques de l'érudition. Une histoire de la note en bas de page.*
Jean-Claude Grumberg, *Mon père. Inventaire*, suivi de *Une leçon de savoir-vivre.*
Jean-Claude Grumberg, *Pleurnichard.*
François Hartog, *Régimes d'historicité. Présentisme et expériences du temps.*
Daniel Heller-Roazen, *Écholalies. Essai sur l'oubli des langues.*
Daniel Heller-Roazen, *L'Ennemi de tous. Le pirate contre les nations.*
Daniel Heller-Roazen, *Une archéologie du toucher.*
Daniel Heller-Roazen, *Le Cinquième Marteau. Pythagore et la dysharmonie du monde.*
Ivan Jablonka, *Histoire des grands-parents que je n'ai pas eus. Une enquête.*
Jean Kellens, *La Quatrième Naissance de Zarathushtra. Zoroastre dans l'imaginaire occidental.*
Jacques Le Brun, *Le Pur Amour de Platon à Lacan.*
Jacques Le Goff, *Faut-il vraiment découper l'histoire en tranches ?*
Jean Levi, *Les Fonctionnaires divins. Politique, despotisme et mystique en Chine ancienne.*
Jean Levi, *La Chine romanesque. Fictions d'Orient et d'Occident.*
Claude Lévi-Strauss, *L'Anthropologie face aux problèmes du monde moderne.*
Claude Lévi-Strauss, *L'Autre Face de la lune. Écrits sur le Japon.*
Claude Lévi-Strauss, *Nous sommes tous des cannibales.*
Nicole Loraux, *Les Mères en deuil.*
Nicole Loraux, *Né de la Terre. Mythe et politique à Athènes.*
Nicole Loraux, *La Tragédie d'Athènes. La politique entre l'ombre et l'utopie.*
Patrice Loraux, *Le Tempo de la pensée.*
Sabina Loriga, *Le Petit x. De la biographie à l'histoire.*
Charles Malamoud, *Le Jumeau solaire.*
Charles Malamoud, *La Danse des pierres. Études sur la scène sacrificielle dans l'Inde ancienne.*
François Maspero, *Des saisons au bord de la mer.*
Marie Moscovici, *L'Ombre de l'objet. Sur l'inactualité de la psychanalyse.*

Michel Pastoureau, *L'Étoffe du diable. Une histoire des rayures et des tissus rayés.*
Michel Pastoureau, *Une histoire symbolique du Moyen Âge occidental.*
Michel Pastoureau, *L'Ours. Histoire d'un roi déchu.*
Michel Pastoureau, *Les Couleurs de nos souvenirs.*
Vincent Peillon, *Une religion pour la République. La foi laïque de Ferdinand Buisson.*
Vincent Peillon, *Éloge du politique. Une introduction au XXI*e *siècle.*
Georges Perec, *L'Infra-ordinaire.*
Georges Perec, *Vœux.*
Georges Perec, *Je suis né.*
Georges Perec, *Cantatrix sopranica L. et autres écrits scientifiques.*
Georges Perec, *L. G. Une aventure des années soixante.*
Georges Perec, *Le Voyage d'hiver.*
Georges Perec, *Un cabinet d'amateur.*
Georges Perec, *Beaux présents, belles absentes.*
Georges Perec, *Penser/Classer.*
Georges Perec, *Le Condottière.*
Georges Perec/OuLiPo, *Le Voyage d'hiver & ses suites.*
Catherine Perret, *L'Enseignement de la torture. Réflexions sur Jean Améry.*
Michelle Perrot, *Histoire de chambres.*
J.-B. Pontalis, *La Force d'attraction.*
Jean Pouillon, *Le Cru et le Su.*
Jérôme Prieur, *Roman noir.*
Jérôme Prieur, *Rendez-vous dans une autre vie.*
Jacques Rancière, *Courts voyages au pays du peuple.*
Jacques Rancière, *Les Noms de l'histoire. Essai de poétique du savoir.*
Jacques Rancière, *La Fable cinématographique.*
Jacques Rancière, *Chroniques des temps consensuels.*
Jean-Michel Rey, *Paul Valéry. L'aventure d'une œuvre.*
Jacqueline Risset, *Puissances du sommeil.*
Denis Roche, *Dans la maison du Sphinx. Essais sur la matière littéraire.*
Olivier Rolin, *Suite à l'hôtel Crystal.*
Olivier Rolin & Cie, *Rooms.*
Charles Rosen, *Aux confins du sens. Propos sur la musique.*
Israel Rosenfield, *« La Mégalomanie » de Freud.*
Pierre Rosenstiehl, *Le Labyrinthe des jours ordinaires.*
Jean-Frédéric Schaub, *Oroonoko, prince et esclave. Roman colonial de l'incertitude.*

Francis Schmidt, *La Pensée du Temple. De Jérusalem à Qoumrân.*
Jean-Claude Schmitt, *La Conversion d'Hermann le Juif. Autobiographie, histoire et fiction.*
Michel Schneider, *La Tombée du jour. Schumann.*
Michel Schneider, *Baudelaire. Les années profondes.*
David Shulman, Velcheru Narayana Rao et Sanjay Subrahmanyam, *Textures du temps. Écrire l'histoire en Inde.*
David Shulman, *Ta'ayush. Journal d'un combat pour la paix. Israël-Palestine, 2002-2005.*
Jean Starobinski, *Action et Réaction. Vie et aventures d'un couple.*
Jean Starobinski, *Les Enchanteresses.*
Jean Starobinski, *L'Encre de la mélancolie.*
Anne-Lise Stern, *Le Savoir-déporté. Camps, histoire, psychanalyse.*
Antonio Tabucchi, *Les Trois Derniers Jours de Fernando Pessoa. Un délire.*
Antonio Tabucchi, *La Nostalgie, l'Automobile et l'Infini. Lectures de Pessoa.*
Antonio Tabucchi, *Autobiographies d'autrui. Poétiques* a posteriori.
Emmanuel Terray, *La Politique dans la caverne.*
Emmanuel Terray, *Une passion allemande. Luther, Kant, Schiller, Hölderlin, Kleist.*
Camille de Toledo, *Le Hêtre et le bouleau. Essai sur la tristesse européenne*, suivi de *L'Utopie linguistique ou la pédagogie du vertige.*
Camille de Toledo, *Vies pøtentielles.*
Camille de Toledo, *Oublier, trahir, puis disparaître.*
César Vallejo, *Poèmes humains* et *Espagne, écarte de moi ce calice.*
Jean-Pierre Vernant, *Mythe et Religion en Grèce ancienne.*
Jean-Pierre Vernant, *Entre mythe et politique I.*
Jean-Pierre Vernant, *L'Univers, les Dieux, les Hommes. Récits grecs des origines.*
Jean-Pierre Vernant, *La Traversée des frontières. Entre mythe et politique II.*
Nathan Wachtel, *Dieux et Vampires. Retour à Chipaya.*
Nathan Wachtel, *La Foi du souvenir. Labyrinthes marranes.*
Nathan Wachtel, *La Logique des bûchers.*
Nathan Wachtel, *Mémoires marranes. Itinéraires dans le* sertão *du Nordeste brésilien.*
Catherine Weinberger-Thomas, *Cendres d'immortalité. La crémation des veuves en Inde.*
Natalie Zemon Davis, *Juive, Catholique, Protestante. Trois femmes en marge au XVIIe siècle.*